AS COISAS QUE DEIXAMOS PARA TRÁS

AS COISAS QUE DEIXAMOS PARA TRÁS

LUCY SCORE

TRADUÇÃO DE LETÍCIA CARVALHO

ALTA BOOKS
GRUPO EDITORIAL
Rio de Janeiro, 2024

As Coisas que Deixamos para Trás

ALTA NOVEL é um selo da EDITORA ALTA BOOKS do Grupo Editorial Alta Books (Starlin Alta e Consultoria Ltda.)

ISBN: 978-85-508-2273-0

Impresso no Brasil — 1ª Edição, 2024 — Edição revisada conforme o Acordo Ortográfico da Língua Portuguesa de 2009.

Dados Internacionais de Catalogação na Publicação (CIP)
(Câmara Brasileira do Livro, SP, Brasil)

Score, Lucy
As coisas que deixamos para trás / Lucy Score; traduzido por Letícia Carvalho - Rio de Janeiro: Alta Books, 2024.
ISBN 978-85-508-2273-0

1. Romance norte-americano I. Título.

24-194227 CDD-813.5

Índices para catálogo sistemático:

1. Romances : Literatura norte-americana 813.5

Eliane de Freitas Leite - Bibliotecária - CRB 8/8415

Produção Editorial: Grupo Editorial Alta Books
Diretor Editorial: Anderson Vieira
Vendas Governamentais: Cristiane Mutüs
Gerência Comercial: Claudio Lima
Gerência Marketing: Andréa Guatiello

Coordenadora Editorial: Illysabelle Trajano
Produtoras da Obra: Beatriz de Assis & Luana Maura
Tradução: Letícia Carvalho
Copidesque: Beatriz Guterman
Revisão: Andresa Vidal
Diagramação: Joyce Matos

ALTA BOOKS
GRUPO EDITORIAL

Rua Viúva Cláudio, 291 — Bairro Industrial do Jacaré
CEP: 20.970-031 — Rio de Janeiro (RJ)
Tels.: (21) 3278-8069 / 3278-8419
www.altabooks.com.br — altabooks@altabooks.com.br
Ouvidoria: ouvidoria@altabooks.com.br

Editora **afiliada à:**

ASSOCIADO

Para o meu "eu" aos 12, 17, 21 e 30 anos. Você nunca foi o desastre que julgava ser. As coisas vão se resolver.

UM

FUNERAL COM BURRITO

Sloane

O balanço fazia um rangido ritmado enquanto eu usava a ponta do pé para pegar impulso no assoalho da varanda.

Enfiei meus dedos congelados debaixo do cobertor e entre as camadas de roupa. Mas, ironicamente, eu já estava congelada por dentro.

A guirlanda pendurada na porta da frente desde o Natal, que ostentava a cor roxa, chamou minha atenção.

Eu precisava retirá-la.

Precisava voltar a trabalhar.

Precisava voltar ao andar de cima e passar o desodorante que acabei esquecendo.

Pelo visto, havia muitas coisas que eu precisava fazer. Todas pareciam uma tarefa de grande magnitude, como se subir as escadas que levavam ao meu quarto exigissem a mesma energia de uma escalada ao topo do Monte Everest.

Foi mal, Knockemout. Vão ter que aguentar uma bibliotecária com cheiro de cecê.

Puxei uma lufada de ar cortante para os meus pulmões. Chegava a ser engraçado como eu precisava me lembrar de fazer algo tão instintivo quanto respirar. O luto dava um jeito de se infiltrar em tudo, mesmo quando você já estava preparada para isso.

Ergui a caneca do meu pai, com os dizeres LÁGRIMAS DO ADVOGADO DE DEFESA, e tomei um gole fortificante de vinho como café da manhã.

Eu passaria o resto do dia no calor sufocante da Nocaute Eterno, a funerária com nome irreverente de Knockemout. O termostato da funerária sempre era mantido por volta dos 23 °C para agradar aos idosos friorentos que apareciam com frequência.

Minha respiração formou uma nuvem. Quando se dissipou, pude voltar a ver a casa ao lado.

Era uma casa de dois andares sem grandes atrativos, com revestimento na cor bege e paisagismo funcional.

Para ser justa, minha casa vitoriana extravagante fazia com que a maioria das outras parecesse sem graça em comparação, com uma varanda ampla que contornava o edifício e uma torre nada sutil. No entanto, havia uma sensação de vazio na casa vizinha que tornava o contraste mais evidente. Por mais de uma década, os indícios de vida ali tinham se limitado à equipe encarregada da manutenção do jardim e às visitas esporádicas do proprietário insuportável.

Eu me questionava por que ele não tinha simplesmente vendido a casa ou a reduzido a cinzas. Ou seja lá o que for que homens absurdamente ricos faziam com lugares que abrigavam pesares e segredos.

Aborrecia-me que ele ainda fosse o proprietário. Que vez ou outra ainda se hospedasse lá. Nem eu nem ele queríamos ser assolados por aquelas lembranças. Nem queríamos ter que morar lado a lado.

A porta da frente se abriu e minha mãe apareceu.

Sempre achei Karen Walton belíssima. Mesmo hoje, com a tristeza estampada no rosto, ela ainda era linda.

— O que acha? Está exagerado? — perguntou, dando uma voltinha com seu novo vestidinho preto. O decote canoa discreto do vestido e as mangas compridas se transformavam em uma saia de festa esvoaçante com tule escuro brilhante. Havia uma tiara de veludo em seu cabelo loiro e liso com corte chanel.

Fomos às compras alguns dias atrás com a minha amiga Lina para que ela nos ajudasse a escolher roupas para o funeral. Meu vestido preto de tricô era curto e justo, com bolsos escondidos nas costuras da saia. Era lindo e eu não tinha intenção de usá-lo novamente.

— Você está linda. Ficou perfeito — tranquilizei-a, levantando um canto do cobertor em sinal de convite.

Ela se sentou e deu um tapinha no meu joelho enquanto eu nos cobria.

Este balanço sempre foi o cerne da nossa família. Era aqui que nos reuníamos para comer algo e fofocar depois da escola. Meus pais se encontravam neste balanço para um *happy hour* toda semana. Após termos lavado a louça do Dia de Ação de Graças, relaxávamos aqui com nossos livros favoritos e mantas aconchegantes.

Há dois anos, herdei essa casa gigantesca com pintura em tons de verde-oliva, roxo e azul-marinho quando meus pais se mudaram para Washington D.C. para ficarem mais próximos dos médicos do meu pai. Sempre tive um carinho especial por ela. Não havia nenhum outro lugar no mundo que transmitisse a mesma sensação de lar. Mas eram momentos como esse que me faziam perceber que, em vez de crescer, nossa família estava diminuindo.

Minha mãe soltou um suspiro longo.

— É um saco passar por isso.

— *Apesar* de ser um saco, pelo menos estamos bonitas — ressaltei.

— É o jeitinho da família Walton — concordou.

A porta da frente voltou a se abrir e minha irmã, Maeve, juntou-se a nós. Ela estava vestindo um conjuntinho simples de calça e terno preto, assim como um casaco de lã, e segurava uma caneca de chá fumegante. Estava linda como sempre, mas com semblante cansado. Fiz um lembrete mental de indagá-la depois do funeral para verificar se nada mais estava acontecendo.

— Cadê a Chloe? — perguntou mamãe.

Maeve revirou os olhos.

— Ela reduziu as opções para dois *looks* e disse que precisava de um tempo com cada um antes de decidir de vez — respondeu ela, encaixando-se ao lado da nossa mãe no balanço.

Minha sobrinha era uma fashionista do mais alto nível. Pelo menos o mais alto que uma garota de 12 anos com mesada limitada no interior da Virgínia poderia atingir.

Ficamos balançando em silêncio por um tempo, cada uma absorta em suas próprias lembranças.

— Lembram quando o pai de vocês comprou uma árvore de Natal que era tão larga que não passava pela porta da frente? — perguntou mamãe com contentamento na voz.

— Foi assim que começou a tradição de colocar a árvore na varanda — relembrou Maeve.

Senti uma pontada de culpa. Neste Natal, eu não tinha colocado uma árvore na varanda. Nem dentro de casa. Apenas a guirlanda, agora sem vida, que comprei na venda beneficente da escola da Chloe. O câncer tinha traçado outros planos para nossa família.

Decidi que compensaria no Natal seguinte. Haveria vida neste lugar. Família. Risadas, biscoitos, bebidas e presentes mal embrulhados.

Tinha sido o desejo do meu pai. Saber que a vida prosseguiria, apesar da saudade avassaladora que sentiríamos dele.

— Sei que o pai de vocês era quem proferia palavras motivacionais — começou minha mãe. — Mas prometi a ele que me esforçaria ao máximo. Então é assim que vai ser. Vamos entrar naquela funerária e dar a ele o melhor funeral que esta cidade já viu. Vamos rir e chorar e lembrar como somos sortudas por tê-lo tido pelo tempo que tivemos.

Maeve e eu assentimos, lágrimas já começando a brotar em nossos olhos. Pisquei para afastá-las. A última coisa de que minha mãe ou minha irmã precisavam era ter que lidar com a minha enxurrada de tristeza.

— Digam "com certeza!" — incentivou mamãe.

— Com certeza — respondemos com a voz trêmula.

Mamãe olhou para uma filha e depois para outra.

— Foi horrível.

— Puxa. Desculpa se não estamos superempolgadas para o funeral do papai — falei em um tom seco.

Mamãe colocou a mão no bolso da saia do vestido e tirou de dentro um cantil rosa de aço inoxidável.

— Isso vai ajudar.

— São 9h32 — afirmou Maeve.

— Já estou tomando vinho — rejeitei, mostrando minha caneca.

Mamãe entregou o cantil gracioso à minha irmã.

— Como o pai de vocês gostava de dizer: "Não dá para beber o dia todo se não começarmos agora".

Maeve soltou um suspiro.

— Tá legal. Mas se a gente beber agora, vamos de Uber para o funeral.

— Isso vale um brinde — concordei.

— Tim-tim, pai — disse ela e deu um gole no cantil, fazendo careta logo em seguida.

Maeve devolveu o cantil, e mamãe o ergueu em um brinde silencioso.

A porta da frente se abriu outra vez, provocando um estrondo, e Chloe deu um salto para a varanda. Minha sobrinha estava usando meias estampadas, shorts de cetim roxo e uma blusa canelada de gola alta. Seu cabelo estava penteado em dois coques pretos no alto da cabeça. Maeve deve ter perdido a batalha da maquiagem hoje, porque as pálpebras da Chloe estavam em um tom de roxo bem escuro.

— Acham que vai tirar a atenção que era para ser do vovô? — perguntou, fazendo pose com as mãos nos quadris.

— Ai, Senhor — resmungou baixinho minha irmã e mais uma vez se apoderou do cantil.

— Você está linda, coração — elogiou mamãe, sorrindo de orelha a orelha para a única neta.

Chloe deu uma voltinha.

— Obrigada, eu sei.

Com o ar julgador de sempre, a gata rechonchuda e mal-humorada que herdei com a casa entrou de forma sorrateira na varanda. A bichana parcialmente domesticada e pulguenta tinha sido batizada com o nome pomposo de Lady Mildred Miauington. Com o tempo, acabou sendo abreviado para Milly Miau Miau. Hoje em dia, quando eu precisava gritar com ela pela décima oitava vez para não arranhar o encosto do sofá, era apenas Miau Miau ou Ei, Sua Cretina.

— Entra, Miau Miau, ou vai ficar do lado de fora o dia todo — avisei.

A gata não se deu ao trabalho de responder ao meu aviso. Preferiu se roçar nas meias pretas da Chloe e depois se sentou aos pés dela para dar atenção ao próprio ânus felino.

— Que nojeira — observou Maeve.

— Ótimo. Agora vou ter que tirar pelos das minhas meias — reclamou Chloe batendo energicamente um pé calçado com bota no chão.

— Vou pegar o removedor de pelos — ofereci-me, levantando do balanço e empurrando a gata com o pé até que ela se jogasse de costas para mostrar a barriguinha rechonchuda. — Quem está a fim de vinho no café da manhã?

— Conhece o ditado — falou mamãe, puxando minha irmã para ela se levantar. — Chardonnay é a refeição mais importante do dia.

A SENSAÇÃO DE calor e embriaguez da bebida começou a perder intensidade por volta da segunda hora do velório. Eu não queria estar ali, em frente a uma urna de aço inoxidável em uma sala com papel de parede de pavão amuado, aceitando condolências e ouvindo histórias de como Simon Walton foi um homem incrível.

Eu me dei conta de que não haveria mais histórias. Meu pai querido, inteligente e de bom coração não estava mais conosco. E só nos restavam recordações que jamais conseguiriam preencher o vazio deixado pela sua ausência.

— Não sei o que faremos sem o tio Simon — falou minha prima Nessa, segurando uma bebê gordinha no quadril enquanto seu marido se ocupava com o filho de 3 anos que usava uma gravata-borboleta. Meu pai sempre usava gravatas-borboletas. — Uma vez por mês, ele e a sua mãe tomavam conta das crianças para que eu e o Will pudéssemos ter uma noite de casal.

— Ele adorava passar tempo com seus filhos — garanti.

Meus pais nunca esconderam o desejo de ter uma casa repleta de familiares. Esse foi o motivo que os levou a comprar uma mansão vitoriana com dezoito cômodos, incluindo uma sala de jantar separada, grande o suficiente para acomodar vinte pessoas. Maeve tinha cumprido seu dever de dar à luz um neto, mas o divórcio e uma carreira jurídica de sucesso adiaram temporariamente os planos do segundo filho.

E então, tinha eu. Eu era a bibliotecária-chefe da melhor biblioteca pública da região dos três condados e trabalhava pra caramba para expandir nosso catálogo, programas e serviços. Mas eu não estava mais perto de casar e ter filhos agora do que estava aos 30 anos. Que foi há... putz. Um tempinho.

A bebê de Nessa fez um som de pum com a boca e pareceu extremamente satisfeita consigo mesma.

— Ai, não — disse minha prima.

Acompanhei o olhar dela até a criança que estava fugindo do pai ao correr em círculos ao redor do pedestal da urna.

— Segura — disse Nessa, passando-me a bebê. — A mãe aqui precisa salvar o dia com discrição e elegância.

— Sabe — falei à bebê —, aposto que meu pai ia adorar se o seu irmão derrubasse as cinzas por acidente. Ele acharia muito engraçado.

Ela me olhou com curiosidade, parecendo uma coruja com os olhos mais azuis e enormes que já vi. Ela era quase carequinha, com cabelos loiros e finos cuidadosamente presos com um laço cor-de-rosa cheio de estilo. Uma mãozinha encharcada de baba se aproximou, e ela acariciou minha bochecha com o dedo.

O sorriso banguela me pegou de surpresa, assim como a risadinha encantadora que saiu de algum lugar em sua barriguinha redonda. A mais pura felicidade borbulhou dentro de mim.

— Crise evitada — disse Nessa, reaparecendo. — Own, ela gostou de você!

Minha prima pegou a filha e fiquei surpresa por, no mesmo instante, sentir falta do peso caloroso e risonho em meus braços. Sentindo-me desnorteada, observei a pequena família seguir em direção à minha mãe e minha irmã para cumprimentá-las.

Já tinha ouvido falar do relógio biológico das mulheres sendo acionado com um simples cheirinho dado na cabeça de um bebê, mas uma contagem regressiva iniciada em um funeral? Isso devia ser inédito.

Claro que eu queria uma família. Sempre supus que arranjaria tempo... depois da faculdade, depois de conseguir meu primeiro emprego, depois de conseguir meu emprego dos sonhos na cidade natal, depois de realocar a biblioteca para o prédio novo.

Eu não estava mais na flor da idade. Meus óvulos não estavam misteriosamente ficando mais férteis. Se eu quisesse ter minha própria família, precisava começar agora.

Que droga.

Os instintos evolutivos tomaram conta, e eu examinei Bud Nickelbee enquanto ele se aproximava de mim e oferecia suas condolências. Os macacões eram a marca registrada do corpo magro e esguio de Bud. Como alguém que também usava óculos, sua armação estilo Lennon não me incomodava. Mas o rabo de cavalo longo e grisalho e seus planos de se aposentar e construir um abrigo isolado em Montana eram inaceitáveis.

Eu precisava de um homem jovem o bastante para *querer* encarar os desafios de ter um bebê ao meu lado. De preferência aqui, com uma loja grande de departamento e outra atacadista por perto.

Minha epifania em relação ao relógio biológico foi interrompida pela chegada de Knox e Naomi Morgan. O *bad boy* barbudo de Knockemout tinha se apaixonado perdidamente pela noiva fugitiva quando ela apareceu na cidade no ano passado. Juntos, tinham conseguido construir o tipo de final feliz arrebatador que eu devorava nas páginas dos livros quando era adolescente... e jovem adulta... e até mesmo na semana passada.

Falando em instintos evolutivos, o mal-humorado Knox vestido de terno — com gravata torta, como se não desse a mínima para endireitá-la — seria sem dúvida um pai perfeito. Nash, seu irmão de ombros largos, apareceu atrás dele vestindo o uniforme completo da polícia. Ele e Lina, sua noiva linda e estilosa, estavam de mãos dadas de forma possessiva. Os dois homens eram excelentes candidatos a doadores de esperma.

Balancei a cabeça para sair do devaneio sobre procriação.

— Obrigada por terem vindo, gente — falei.

O vestido de lã azul-marinho e o cabelo estilizado em ondas castanhas que pareciam pequenas molas deram à Naomi uma aparência feminina e delicada. Seu abraço tinha um leve cheiro de produto de limpeza com aroma de limão, o que me fez sorrir. Quando estava estressada, entediada ou feliz, Naomi fazia faxina. Era o seu jeito de expressar amor. A biblioteca nunca esteve tão limpa desde que ela assumiu o cargo de coordenadora de auxílio comunitário.

— Meus pêsames pelo Simon. Ele era um homem maravilhoso — disse ela. — Fico feliz por ter tido a oportunidade de conhecê-lo no Dia de Ação de Graças.

— Eu também — concordei.

Aquele tinha sido o último feriado oficial dos Walton no lar da família. A casa tinha estado repleta de amigos, familiares e comida. Tanta. Tanta. Comida. Apesar da enfermidade, meu pai tinha irradiado felicidade.

A lembrança trouxe uma nova onda de tristeza que me atingiu em cheio, e precisei de toda a minha força para não me render ao choro descontrolado, que fingi ser um soluço ao me afastar do abraço da Naomi.

— Desculpa. Bebi vinho demais no café da manhã — dei uma desculpa esfarrapada.

Nossa amiga Lina se aproximou. Ela tinha pernas longas e uma atitude ousada, mesmo vestindo um conjuntinho de calça e terno sexy e saltos de tirar o fôlego. Ela fez uma careta e, em seguida, aproximou-se para dar um abraço desajeitado. Lina não se sentia à vontade para abraçar mais ninguém além de Nash. Isso me fez valorizar ainda mais o gesto.

Contudo, se as pessoas não parassem de ser gentis comigo, a represa que continha a imensa reserva de tristeza iria ceder.

— Que droga — sussurrou ela antes de me soltar.

— Uhum. É mesmo — concordei, limpando a garganta e reprimindo as emoções. Eu conseguia lidar com a raiva. A raiva era algo simples, claro e transformador, até mesmo poderoso. Mas eu não me sentia confortável em compartilhar emoções mais confusas com outras pessoas.

Lina se afastou e se acomodou com destreza sob o braço do Nash.

— O que vai fazer depois desse... evento? — perguntou.

Eu sabia exatamente por que ela estava perguntando. Elas estariam ao meu lado se eu pedisse. Mesmo que eu não pedisse, caramba. Se achassem que eu precisava de um ombro para chorar, um coquetel bem-feito ou pisos limpos, Naomi e Lina se fariam presentes.

— Minha mãe reservou um pernoite num spa com algumas amigas, e a Maeve está organizando um jantar em família hoje à noite para os convidados que não são da cidade — eu disse. Não era lorota. Minha irmã *estava* hospedando nossos tios e primos. Mas eu já tinha planejado fingir que estava com enxaqueca e passar a noite desafogando minha tristeza descontrolada na privacidade da minha própria casa.

— Vamos combinar de nos ver em breve. Sem ser no trabalho — acrescentou Naomi com firmeza. — Fique de licença pelo tempo que precisar.

— Uhum. Com certeza. Obrigada — falei.

Minhas amigas seguiram pela fila para cumprimentar minha mãe, deixando os futuros pais dos seus filhos comigo.

— Saco pra caralho isso — falou Knox com um tom bem sério quando me abraçou.

Sorri encostada em seu peito.

— Não dá pra discordar.

— Se precisar de algo, Sloaninha, Cara de Fuinha — disse Nash, aproximando-se para dar um abraço. Não era necessário completar a frase. Tínhamos crescido juntos. Eu sabia que podia contar com ele para qualquer coisa. O mesmo valia para Knox, ainda que não expressasse. Ele simplesmente daria as caras e executaria algum ato de serviço atencioso com mau humor e, em seguida, ficaria bravo se eu tentasse agradecer.

— Obrigada, gente.

Nash se afastou e observou a multidão que se espalhava da sala para o hall de entrada. Até em um funeral, o nosso chefe de polícia agia como um cão de guarda, zelando pela segurança de seu rebanho.

— Nunca esquecemos o que seu pai fez por Lucian — falou.

Fiquei tensa. Toda vez que alguém mencionava o nome dele, parecia que um sino tocava na minha cabeça, reverberando nos meus ossos como se devesse significar algo. Mas não significava. Não mais. A menos que "eu odeio aquele cara" contasse como "algo".

— Pois é, meu pai ajudou muitas pessoas ao longo da vida — falei, incomodada.

Era verdade. Simon Walton tinha desempenhado o papel de advogado, treinador, mentor e pai. Parando para pensar, ele e a sua nobreza deviam ser os responsáveis pela minha situação atual sem casamento e filhos. Afinal, como eu poderia encontrar um companheiro quando ninguém se comparava ao que meus pais tinham encontrado um no outro?

— Falando no diabo — disse Knox.

Olhamos para a porta na outra extremidade do cômodo que, de repente, parecia insignificante diante do homem sombrio vestindo um terno caríssimo.

Lucian Rollins. Luce ou Lucy, como era chamado pelos poucos amigos que tinha. Lúcifer para mim e os demais da sua legião de inimigos.

Eu *odiava* como meu corpo reagia sempre que ele aparecia. Aquela consciência formigante, como se cada nervo tivesse recebido a mesma mensagem simultaneamente.

Eu conseguia lidar com aquela advertência instintiva e biológica de que o perigo estava próximo. Afinal de contas, ele não inspirava segurança alguma. O que eu não conseguia lidar era com o formigamento que se transformava imediatamente em um reflexo afetuoso e feliz de *"Até que enfim você chegou"*, como se eu estivesse prendendo a respiração enquanto aguardava que ele aparecesse.

Eu me considerava uma pessoa de mente aberta, que não se intrometia na vida alheia, e uma adulta razoavelmente madura. No entanto, eu não suportava o Lucian. A mera existência dele acionava todos os meus gatilhos. Era o que eu repetia para mim mesma toda vez que ele aparecia, como se tivesse sido conjurado de algum canto idiota e desesperado da minha mente. Até eu me lembrar de que ele não era mais o rapaz charmoso e sedutor dos meus sonhos literários da adolescência.

Aquele Lucian, o rapaz sonhador e esperançoso que carregava um fardo excessivamente pesado, tinha desaparecido. Em seu lugar estava um homem frio e impiedoso, que me odiava tanto quanto eu o odiava.

"Eu confiei em você, Sloane. E você quebrou essa confiança. Você causou mais danos do que ele jamais poderia causar."

Não éramos mais as mesmas pessoas. Nossos olhares se encontraram com aquele reconhecimento familiar e desconfortável.

Era estranho ter um segredo com o garoto que um dia amei e agora compartilhá-lo com o homem que eu não suportava. Havia uma mensagem implícita em cada interação. Um significado que apenas nós dois éramos capazes de decifrar. E talvez existisse um cantinho pequeno, tolo e sombrio dentro de mim que sentia adrenalina toda vez que nossos olhares se cruzavam. Como se aquele segredo tivesse nos conectado de uma forma que nunca poderia ser desfeita.

Ele avançava, a multidão abrindo-se ao seu redor à medida que poder e riqueza trilhavam o próprio caminho.

Mas ele não veio em minha direção. Foi em linha reta até minha mãe.

— Meu menininho querido. — Mamãe abriu os braços e Lucian se encaixou neles, envolvendo-a em um abraço que revelava uma familiaridade desconcertante.

Menininho querido? Lucian era um megalomaníaco na casa dos quarenta.

Os irmãos Morgan se aproximaram para se juntar ao amigo que estava com minha mãe.

— Como vocês estão, Sloane? — indagou a Sra. Tweedy, a frequentadora de academia idosa e vizinha do Nash, enquanto ocupava o lugar deles. Seu visual consistia em um conjuntinho de agasalho de veludo preto e uma faixa esportiva que afastava seu cabelo do rosto.

— Estamos bem. Agradeço muito por ter vindo — falei segurando sua mão cheia de calos.

Pelo canto do olho, vi minha mãe se afastar um pouco do abraço de Lucian.

— Não tenho palavras suficientes para agradecer. Nunca vou conseguir retribuir o que você fez pelo Simon. Por mim. Pela nossa família — disse ela em meio a lágrimas.

Como é? Não pude evitar que meus olhos se voltassem para o rosto irresistivelmente bonito de Lucian.

Meu Deus, como ele era lindo. De uma beleza moldada de forma sobrenatural pelos deuses. Ele faria lindos bebês demoníacos.

Não. Não. Não. Definitivamente, não. Meu declínio biológico não me faria considerar Lucian Rollins como potencial parceiro.

— Sabe, dizem que musculação ajuda a lidar com o luto. Você deveria dar uma passada na academia esta semana. Meus colegas vão cuidar bem de você — exclamou a Sra. Tweedy enquanto eu tentava ouvir minha mãe e Lucian.

— Eu é que estou em dívida com vocês — disse ele com a voz rouca.

Porra, sobre o que eles estavam falando? Claro, meus pais e Lucian eram próximos quando ele era o adolescente problemático da casa ao lado. Mas isso parecia algo mais sério, mais recente. O que estava acontecendo e por que eu não sabia?

Dedos estalaram bem na minha cara, tirando-me do devaneio.

— Está bem, garota? Parece pálida. Quer beliscar alguma coisa? Tenho uma barrinha de proteína e uma garrafa de água aqui — disse a Sra. Tweedy, vasculhando sua bolsa de ginástica.

— Você está bem, Sloane? — perguntou minha mãe, percebendo nosso rebuliço.

Agora, tanto ela quanto Lucian me encaravam.

— Estou bem — tranquilizei-a bem rápido.

— Ela se desligou da realidade — dedurou a Sra. Tweedy.

— É sério, estou bem — insisti, recusando-me a fazer contato visual com Lucian.

— Faz mais de duas horas que você está em pé aqui. Por que não vai tomar um arzinho? — sugeriu mamãe. Eu estava prestes a salientar que ela estava em pé pelo mesmo tempo que eu quando ela se virou para Lucian. — Faz esse favor?

Ele assentiu e, de repente, estava muito próximo.

— Eu a acompanho.

— Estou bem — repeti, dando um passo para trás, em pânico. Fui impedida de fugir por uma enorme coroa de flores. Meu traseiro bateu no suporte e o arranjo do Corpo de Bombeiros de Knockemout oscilou.

Lucian estabilizou as flores e depois apoiou uma mão grande e quente na minha lombar. Foi como ser atingida por um raio diretamente na espinha.

Eu sempre tinha o cuidado de nunca o tocar. Coisas estranhas ocorriam dentro de mim quando isso acontecia.

Não tomei a decisão consciente de deixá-lo me afastar da fila de recepção. Mas lá estava eu, acompanhando-o como um golden retriever obediente.

Naomi e Lina estavam prestes a se levantar de seus assentos, parecendo preocupadas. Mas fiz que não com a cabeça. Eu conseguiria dar conta.

Ele me conduziu para fora da sala abafada até onde deixamos os casacos, e, em menos de um minuto, me vi parada na calçada em frente à casa funerária, deixando para trás a pressão avassaladora de corpos e o burburinho das conversas. Era uma quarta-feira deprimente e invernal. Meus óculos embaçaram com a mudança de temperatura. As nuvens carregadas e cinza-ardósia pairavam acima, prometendo neve até o fim do dia.

Meu pai adorava a neve.

— Toma — falou Lucian com irritação, empurrando um casaco para mim.

Ele era alto, moreno e diabólico.

Eu era baixa, loiríssima e sensacional.

— Não é meu — falei.

— É o meu. Vista antes que morra congelada.

— Se eu vestir, você vaza daqui? — perguntei.

Eu queria ficar sozinha. Recobrar o fôlego. Encarar o céu e contar ao meu pai que estava com saudade dele, que odiava o câncer, que se nevasse, eu me deitaria na neve e faria um anjo em sua homenagem. Talvez eu tivesse tempo para deixar escapar algumas das lágrimas que tinha reprimido.

— Não. — Ele tomou a frente e cobriu meus ombros com o casaco.

Era feito de um tecido grosso e escuro, parecido com *cashmere*, com um forro de cetim. Luxuoso. Sexy. Pesava em mim como uma manta. Tinha um cheiro... Divino não era a palavra certa. Deliciosamente perigoso. O cheiro desse homem era afrodisíaco.

— Você comeu hoje?

Pisquei.

— Quê?

— Você comeu hoje? — Ele pronunciou cada palavra com irritação.

— Não pode ser grosseiro comigo hoje, Lúcifer. — Mas minhas palavras não tinham a intensidade de sempre.

— Ou seja: não.

— Perdão por termos tomado uísque e vinho como café da manhã.

— Senhor — murmurou. Em seguida estendeu a mão na minha direção.

Em vez de me afastar rapidamente ou dar um golpe de karatê na garganta dele, fiquei sem reação. Era uma tentativa desajeitada de me abraçar? Me apalpar?

— O que está fazendo? — chiei.

— Fica paradinha — mandou. As mãos dele desapareceram nos bolsos do casaco.

Ele era exatamente trinta centímetros e meio mais alto do que eu. Eu sabia porque tínhamos medido uma vez. A marcação da altura dele ainda estava no vão da porta da minha cozinha. Parte da história que nós dois fingíamos que não existia.

Ele tirou um cigarro e um isqueiro prateado chique do casaco.

Nem mesmo os vícios conseguiam controlar Lucian Rollins. Ele se permitia um único cigarro por dia. Eu achava seu autocontrole irritante.

— Tem certeza de que quer usar sua única pausa para fumar agora? Não é nem meio-dia — frisei.

Encarando-me com raiva, ele acendeu o cigarro, guardou o isqueiro no bolso, e em seguida pegou o celular. Ele digitou rapidamente no celular antes de guardá-lo de volta no casaco. Arrancou o cigarro da boca e soltou uma nuvem de fumaça azul com a mesma expressão no rosto.

Cada movimento era predatório, econômico e enfurecido.

— Não precisa ficar de babá. Já deu as caras. Fique à vontade para ir embora. Tenho certeza de que tem coisas mais importantes para fazer numa quarta-feira do que ficar em Knockemout.

Ele me encarou por cima da ponta do cigarro e não disse nada. Tinha o hábito de me observar como se eu fosse fascinantemente desprezível, do mesmo modo que eu olhava para as lesmas no meu quintal.

Cruzei os braços.

— Tá legal. Já que está determinado a ficar, por que minha mãe disse que está em dívida com você? — perguntei.

Ele continuou a me encarar em silêncio.

— Lucian.

— Sloane. — Ele falou meu nome com a voz rouca, como se fosse um aviso. Apesar dos arrepios gélidos percorrendo minha espinha, senti algo quente e perigoso desatar dentro de mim.

— Precisa ser tão insuportável o tempo todo? — perguntei. — Não quero brigar com você hoje. Nem aqui.

Em uma reviravolta humilhante, meus olhos se encheram de lágrimas.

Outra onda vertiginosa de luto me atingiu e lutei para contê-la.

— Não vai ter histórias novas — murmurei.

— Quê? — perguntou ele com irritação.

Balancei a cabeça.

— Nada.

— Você disse que não vai ter histórias novas — incentivou.

— Estava falando sozinha. Nunca mais vou ter uma lembrança nova do meu pai. — Para minha eterna vergonha, minha voz falhou.

— Porra — murmurou Lucian. — Senta.

Eu estava tão ocupada tentando não mostrar minhas lágrimas descontroladas ao meu pior inimigo que mal percebi quando ele me fez sentar na calçada de forma nada delicada. Suas mãos reviraram os bolsos do casaco outra vez, e um lenço apareceu diante do meu rosto.

Hesitei.

— Se usar meu casaco para limpar o nariz, vou te fazer comprar um novo, e você não tem como pagar — alertou, brandindo o lenço.

Arranquei-o de sua mão.

Ele se sentou ao meu lado, tomando cuidado para manter certa distância entre nós.

— Não quero ouvir suas reclamações por sujar seu terno elegante — resmunguei e em seguida assoei o nariz no lenço ridículo fazendo barulho. Quem anda por aí com lenços de tecido hoje em dia?

— Vou tentar me controlar — falou de forma branda.

Sentamos em silêncio enquanto eu me esforçava ao máximo para me recompor. Inclinei a cabeça e olhei para cima, fitando as nuvens pesadas, torcendo para que as lágrimas secassem. Lucian era a última pessoa na Terra que eu gostaria que me visse vulnerável.

— Você poderia ter me distraído com uma daquelas discussõezinhas de sempre, sabe? — acusei.

Com um suspiro, ele soprou mais uma nuvem de fumaça.

— Tá legal. Foi burrice e egoísmo da sua parte não se alimentar esta manhã. Agora sua mãe está lá dentro preocupada com você, tornando um dia ruim ainda pior para ela. Sua irmã e suas amigas estão preocupadas porque estão com medo de que você não esteja lidando bem com as coisas. E estou aqui para garantir que você não desmaie para que elas possam vivenciar a dor da perda em paz.

Endireitei a coluna.

— Muito obrigada pela sua *preocupação.*

— Você tem uma única tarefa hoje. Ser o apoio da sua mãe. Ficar ao lado dela. Vivenciar junto a tristeza. Fazer o necessário para ser o que *ela* precisa. Você perdeu o pai, mas ela perdeu o companheiro. Pode lamentar do seu jeito mais tarde. Mas hoje ela é o foco, e fazê-la se preocupar com você é um puta egoísmo.

— Como você é babaca, Lúcifer. — Um babaca astuto e não totalmente equivocado.

— Tome vergonha na cara, Fadinha.

O apelido antigo surtiu efeito, afastando a tristeza implacável com uma explosão enérgica de raiva.

— Você é a pessoa mais arrogante e presunçosa...

Uma caminhonete amassada com adesivos da Knockemout Diner nas portas parou com tudo na nossa frente, e Lucian me entregou seu cigarro.

Ele se levantou à medida que a janela se abria.

— Prontinho, Sr. Rollins. — Bean Taylor, o gerente magricela e agitado da lanchonete se inclinou e entregou ao Lucian uma embalagem de papel. Bean passava o dia todo e todos os dias devorando as delícias fritas da lanchonete e não engordava nem um grama. No momento em que uma salada tocava seus lábios, ele começava a ganhar peso.

Lucian entregou uma nota de cinquenta dólares.

— Fica com o troco.

— Valeu, cara! Meus sentimentos pela perda do seu pai, Sloane — disse ele pela janela.

Dei um sorriso fraco.

— Valeu, Bean.

— Preciso voltar. Deixei a patroa no comando e ela sempre queima os bolinhos de batata.

Ele se afastou com o carro e Lucian largou o pacote no meu colo.

— Coma.

Com a ordem, ele deu meia-volta e marchou de volta para a entrada da funerária.

— Pelo jeito vou ficar com o casaco — falei depois que se afastou.

Fiquei observando-o, e então, quando tive certeza de que ele tinha entrado, abri a embalagem e encontrei meu burrito favorito, que eu gostava de comer no café da manhã, bem embrulhadinho em papel alumínio. A lanchonete não fazia entregas. E Lucian não deveria saber qual é o meu café da manhã predileto.

— Insuportável — murmurei antes de levar a ponta do cigarro aos meus lábios por breves instantes, onde quase pude sentir o gosto dele.

DOIS

FICA COM O CASACO E ME DEIXA EM PAZ

Lucian

Quando estacionei na entrada da casa que eu odiava, flocos de neve grandes já estavam caindo há quase uma hora. Soltei o ar devagar e me deixei afundar no conforto do banco de couro aquecido da minha Range Rover. Shania Twain cantava suavemente pelos alto-falantes. Os limpadores de para-brisa rangiam no vidro, removendo a neve.

Pelo visto, eu teria que passar a noite aqui, disse para mim mesmo, como se esse não tivesse sido o plano desde o começo.

Como se não tivesse uma bolsa de viagem no banco de trás.

Como se eu não tivesse essa necessidade sufocante de ficar por perto. Por via das dúvidas.

Pressionei o botão do controle remoto da garagem e fiquei observando a porta se abrir silenciosamente diante de mim sob a iluminação dos faróis. Os compromissos e a refeição tinham tomado todo o tempo de luz solar restante. Amigos e entes queridos tinham ficado mais tempo, aproveitando os pratos e as bebidas favoritas de Simon, relembrando velhas histórias enquanto eu evitava Sloane. Não confiava em mim mesmo para manter a distância necessária quando ela estava triste daquele jeito, então recorri à distância física.

Descartei da minha mente qualquer pensamento relacionado à fadinha loira e foquei em outras coisas mais importantes e menos irritantes. Esta noite, Karen Walton e algumas amigas da cidade ficariam hospedadas em segurança nas suítes de um spa nos arredores de Washington, para desfrutarem de um dia de cuidados amanhã.

Era o mínimo que eu poderia fazer pelos vizinhos que me deram tudo.

A tela do meu painel acendeu com o identificador de chamadas.

Agente especial Idler.

— Alô? — atendi, apertando o osso do meu nariz.

— Achei que teria interesse em saber que ninguém viu ou ouviu falar de Felix Metzer desde setembro — disse ela sem rodeios. A agente do FBI me superava ao demonstrar pouquíssima disposição para perder tempo com conversa fiada.

— Que inoportuno. — Inoportuno e nem um pouco inesperado.

— Vamos direto para a parte em que me garante que não teve nada a ver com o desaparecimento dele — falou de forma direta.

— Acredito que minha colaboração nesta investigação deveria, no mínimo, me garantir o benefício da dúvida.

— Nós dois sabemos que você tem os meios necessários para fazer com que qualquer pessoa que te irrita desapareça.

Dei outra olhada rápida para a casa extravagante ao lado. Havia exceções.

Ouvi o clique de um isqueiro sendo aceso e uma tragada e desejei não ter fumado meu único cigarro do dia. A culpa tinha sido da Sloane. Meu autocontrole fraquejava perto dela.

— Olha, sei que você provavelmente não desmembrou o Metzer e o deu de comida para o seu cardume de piranhas altamente treinadas ou qualquer outro tipo de vida marinha na qual os caras ricos investem. Só estou puta da vida. O filho incompetente do chefe do crime nos deu o nome, fizemos todo o trabalho pesado, mas acabou sendo só mais uma pista que não deu em nada.

Quanto mais minha equipe trabalhava com a Idler, menos eu a achava irritante. Eu admirava sua busca incansável por justiça, ainda que eu preferisse a vingança.

— Talvez ele tenha se escondido — sugeri.

— Tenho um mau pressentimento a respeito disso — falou Idler. — Alguém está encobrindo as ações deles. Vou ficar puta se isso me impedir de fechar a porta de uma cela na cara do Anthony Hugo pessoalmente. Os únicos dois sobreviventes que podem confirmar que Anthony encomendou uma lista de pessoas para serem assassinadas por seus capangas são o filho idiota e criminoso dele e a ex-namorada idiota do filho criminoso. Nenhum dos dois vai se sair bem diante de um júri.

— Vou conseguir mais informações — garanti. Não ia deixar um homem como Anthony Hugo sair ileso depois de ter prejudicado as pessoas que eu amava.

— Até que Metzer ou seu corpo sejam encontrados, estamos diante de outro beco sem saída.

— Meu time está investigando as movimentações financeiras de Hugo. Vamos encontrar o que precisa — prometi. Hugo era bom, mas eu era melhor e mais obstinado.

— Você está calmo demais para um paisano que pode se tornar uma das pontas soltas a ser resolvida — salientou ela.

— Se Hugo vier atrás de mim, não vai encontrar um alvo fácil — prometi de forma sombria.

— Não faça nenhuma besteira. Pelo menos não até conseguir algo que eu possa usar para acertar as contas com esse filho da mãe.

Minha equipe já tinha descoberto algumas coisinhas para ela. Mas o FBI queria um caso irrefutável, com acusações que garantissem prisão perpétua. Eu iria me assegurar de que eles conseguissem.

— Farei o possível. Contanto que não pense em fazer acordos que afetem aqueles que importam para mim. — Meu olhar se voltou outra vez para a casa ao lado. A casa ainda estava escura.

— Hugo é o peixe grande. Não haverá acordos — prometeu Idler.

ENTREI NA ÁREA reservada para tirar os sapatos e casacos, o ambiente de organização perfeito para a família que não morava ali. Os móveis, os acabamentos, até mesmo a estrutura da casa tinham sido alterados. Mas nem pintura, carpete ou armários novos eram capazes de apagar as lembranças.

Eu ainda odiava este lugar.

Financeiramente, não fazia sentido manter esta casa abandonada, este lembrete de um passado que era melhor ser esquecido. Mas aqui estava eu. Mais uma vez passando a noite como se de alguma forma eu pudesse enfraquecer a influência que esta casa exercia sobre mim se eu simplesmente passasse tempo suficiente aqui.

Era mais sensato para todos vender a casa e me livrar disso.

Foi por esse motivo que voltei no verão passado. Mas bastou dar uma olhada naqueles olhos verdes — não verdes suaves, como musgo. Não, os olhos de Sloane Walton reluziam com chamas esmeralda. Um único olhar e meus planos mais bem arquitetados desmoronaram.

Mas já era hora. Hora de me libertar da casa, das lembranças. Da vulnerabilidade que aqueles anos simbolizavam. Eu tinha me erguido acima de tudo isso. Tinha me tornado alguém. E mesmo que eu ainda fosse um monstro sob a pompa de riqueza e poder, eu tinha feito boas ações. Não era o bastante?

Eu nunca seria bom o bastante. Não com esse sangue correndo em minhas veias, nas minhas mãos.

Eu tinha tomado a decisão de seguir em frente durante o calor intenso de agosto passado. O verão escaldante me fez acreditar que eu tinha superado a dolorosa esperança da primavera. No entanto, aqui estava eu, seis meses depois, e os laços que me prendiam a este lugar pareciam mais fortes do que nunca. Eu culpava Sloane por ser o motivo pelo qual eu contava os dias até a primavera.

Até que as árvores florescessem.

Odiava pensar que o sentido da minha vida em D.C. estava ligado a algo tão pateticamente frágil. Que *eu* era algo tão pateticamente frágil. No entanto, a cada primavera, quando aquelas flores cor-de-rosa e perfumadas desabrochavam, meu peito se acalmava. Eu respirava com mais tranquilidade. E meu inimigo mais antigo despertava.

A esperança. Algumas pessoas não podiam se dar ao luxo de ter esperança. Algumas pessoas não eram dignas de tê-la.

Em breve, prometi a mim mesmo. Assim que garantisse que as Walton estivessem bem, eu romperia os laços com este lugar. Eu desfrutaria de uma última primavera aqui e então nunca mais voltaria.

Acendi as luzes na cozinha, um ambiente frio com tons de cinza e branco, e fiquei olhando fixamente para a silhueta de aço inoxidável da geladeira.

Eu não estava com fome. A simples ideia de comer me fez sentir um leve enjoo. Eu queria fumar outro cigarro. Beber. Mas se tinha algo que eu era, era disciplinado. Tomava decisões que me tornavam mais forte, mais esperto. Minha prioridade era a longo prazo, em vez de prazeres imediatos. O que implicava ignorar meus instintos mais básicos.

Abri o freezer e peguei um pote ao acaso. Abri a tampa de um frango com mostarda *dijon* e coloquei o pote no micro-ondas para descongelar. Enquanto o cronômetro fazia a contagem, abaixei a cabeça e deixei o luto que eu tanto tinha controlado correr livre dentro de mim.

Senti vontade de brigar. Extravasar a raiva. Destruir.

Um homem bom tinha partido. Outro, perverso, tinha conseguido escapar sem enfrentar sua punição até o fim. E não tinha nada que eu pudesse fazer. Apesar de toda a riqueza e influência que eu tinha conquistado, eu estava impotente mais uma vez.

Cerrei os punhos no balcão até que os nós dos dedos ficassem brancos e uma lembrança viesse à tona.

"A casa está com uma cara melhorzinha agora", dissera-me Simon quando entrou pela porta da garagem aberta.

Eu estava todo suado e sujo de poeira, demolindo as paredes de drywall *e os fantasmas.*

"Está?", perguntara minha versão de vinte e poucos anos. Parecia que tinha ocorrido uma explosão na cozinha.

"Às vezes é necessário demolir tudo para reconstruir do zero. Quer ajuda?"

Simples assim, o homem que tinha me salvado pegou um martelo e me ajudou a demolir as partes mais terríveis do meu passado.

A campainha tocou e eu levantei a cabeça. A raiva se recolheu obedientemente de volta para seu confim. Cogitei não atender quem quer que fosse à porta. Mas a campainha tocou mais algumas vezes em rápida sucessão.

Irritado, abri a porta com força, e meu coração deu um solavanco. Sempre dava quando eu a encontrava de surpresa. Uma parte de mim, um fragmento pequeno e frágil escondido bem no fundo, a viu e desejou se aproximar. Como se ela fosse uma fogueira me chamando com a promessa de calor e bondade na escuridão da noite.

Mas eu já estava calejado. Sloane não oferecia calor. Ela prometia queimaduras de terceiro grau.

Ela ainda vestia o vestido preto e o cinto brilhante que usara no funeral, mas em vez dos saltos que a faziam chegar à altura do meu peito, estava com botas apropriadas para a neve. E meu casaco.

Ela passou por mim, carregando uma embalagem de papel.

— O que está fazendo? — indaguei à medida que ela avançava pelo corredor. — Era para estar na casa da sua irmã.

— Me monitorando, Lúcifer? Não estava no clima de ter companhia esta noite — disse ela por cima do ombro.

— O que está fazendo aqui, então? — perguntei, seguindo-a em direção aos fundos da casa. Eu odiava a sua presença nesta casa. Dava calafrios, fazia meu estômago revirar. Mas alguma parte doentia e estúpida de mim desejava estar perto dela.

— Você não conta como companhia — respondeu, jogando meu casaco no balcão. Eu me perguntava se estava com o cheiro dela ou se, ao usá-lo, ela agora estava com o meu cheiro.

Sloane abriu um armário, depois o fechou e abriu o próximo. Ela ficou nas pontas dos pés. A barra do vestido subiu um pouco nas coxas e percebi que ela também tinha tirado a meia-calça. Por um breve e estúpido momento, eu me perguntei se ela tinha tirado mais alguma coisa antes de me obrigar a desviar a atenção de sua pele.

Eu não sabia exatamente quando acontecera. Quando a garota da casa ao lado tinha se transformado na mulher que não saía da minha cabeça.

Sloane encontrou um prato e, com um gesto espalhafatoso, despejou nele o conteúdo do saco pardo gorduroso.

— Pronto. Estamos quites — anunciou. O pequeno piercing de diamante falso cintilou em seu nariz. Se ela fosse minha, seria uma pedra de verdade.

— O que é isso?

— Jantar. Você deu seu recadinho com o burrito. Então aqui está o jantar pós-funeral. Não devo nada a você.

Não havia "obrigado" ou "de nada" entre nós. Não seriam sinceros. O que existia era uma compulsão para equilibrar as coisas, nunca estar em dívida com o outro.

Dei uma olhada rápida para o prato.

— O que é?

— Sério? O quanto uma pessoa tem que ser rica para não reconhecer um x-burguer com batatas fritas? Eu não sabia do que você gostava, então escolhi o que eu gosto — falou, pegando uma batata frita do prato e devorando-a em duas mordidas rápidas.

Ela parecia cansada e agitada ao mesmo tempo.

— Como a Karen está? — perguntei.

— Minha mãe está se mantendo forte. Está passando a noite com algumas amigas em um spa. Vão fazer tratamentos faciais hoje à noite e ter um dia completo de cuidados amanhã. Parece um lugar seguro para deixá-la se sentir triste e... — Sloane fechou os olhos por um instante.

Eram mais palavras e menos insultos do que eu estava acostumado a ouvir dela.

— Aliviada? — chutei.

Aqueles olhos verdes se abriram e me encararam com intensidade.

— Talvez.

— Ele estava sofrendo. É natural ficar feliz que uma parte disso tenha acabado.

Ela pulou no balcão, posicionando-se ao lado do meu fast-food.

— Não deixa de parecer errado — falou.

Estiquei o braço por trás dela e peguei uma batata frita do prato. Era apenas uma desculpa para me aproximar. Para me testar.

— Por que está aqui, Sloane?

Mesmo tramando uma aproximação, eu continuava a afastá-la. A dinâmica era desgastante em dias bons. Em dias como este, era exaustiva pra caralho.

Ela pegou outra batata frita e a usou para apontar na minha direção.

— Porque eu quero saber por que minha mãe te cumprimentou hoje como se você fosse um Walton que não via há muito tempo. O que ela acha que te deve? Sobre o que estavam conversando?

Eu não iria dar início a essa conversa. Se a Sloane tivesse qualquer suspeita do que fiz, nunca mais me deixaria em paz.

— Olha, está tarde. Estou cansado. Melhor você ir embora.

— São 17h30, seu insuportável.

— Não quero você aqui. — A verdade escapou de mim num ímpeto desesperado.

Ela se sentou mais ereta no balcão, mas não fez nenhuma menção de ir embora. Ela sempre se sentiu confortável demais com meu temperamento. Isso fazia parte do problema. Ou ela superestimava sua invulnerabilidade, ou subestimava o que fervilhava dentro de mim. Eu não permitiria que ela ficasse por tempo suficiente para descobrir qual dos dois.

Ela inclinou a cabeça, jogando aquele cabelo loiro e longo por cima do ombro. Ela tinha mudado o tom do cabelo, passando de um framboesa desbotado para um tom de cinza nas pontas.

— Sabe no que eu não conseguia parar de pensar hoje durante o funeral?

Ela, assim como a mãe e a irmã, tinha feito um discurso diante das pessoas com eloquência e emoção. Mas foi a lágrima solitária que escorreu pela bochecha de Sloane, a que ela enxugou com meu lenço, que me dilacerou e deixou vulnerável.

— Doze jeitos novos de me tirar do sério, começando por invadir minha privacidade?

— Como meu pai teria ficado feliz se a gente tivesse fingido se dar bem.

Foi a minha vez de fechar os olhos. Ela acertou o golpe com uma precisão de mestre. A culpa era uma arma poderosa.

Simon não teria desejado nada além de ver sua filha e seu "projeto" voltarem a pelo menos serem amigáveis um com o outro.

— Acho que não tem por que começar agora — continuou. Seus olhos se fixaram nos meus. Não havia nada amigável em seu olhar. Apenas a dor e o luto que espelhavam os meus. Mas não iríamos chorar juntos.

— Acho que não — concordei.

Ela soltou um suspiro pesado, depois saltou do balcão.

— Beleza. Eu me retiro sozinha.

— Leve o casaco — falei, estendendo-o em sua direção. — Está frio.

Ela fez que não.

— Se eu aceitar, vou ter que devolver, e prefiro não ter que voltar aqui.

Seu olhar percorreu o ambiente. Eu sabia que ela também tinha fantasmas aqui.

— Leve a porra do casaco, Sloane. — Minha voz saiu rouca. Empurrei-o em direção aos braços dela, não dando-lhe escolha.

Por um segundo, ficamos conectados pelo casaco de *cashmere*.

— Está aqui por minha causa? — perguntou ela, do nada.

— Quê?

— Você me ouviu. Está aqui por minha causa?

— Vim prestar minhas condolências. Seu pai era um homem bom, e a sua mãe sempre me tratou com muita gentileza.

— Por que voltou neste verão?

— Porque meus amigos de longa data estavam agindo feito criança.

— E não fui levada em consideração ao fazer essas decisões? — insistiu.

— Nunca levo.

Ela assentiu com vivacidade. Não havia indícios de emoção em seu rosto encantador.

— Ótimo. — Pegou o casaco e enfiou os braços nas mangas compridas demais. — Quando vai vender esta casa? — perguntou, tirando o cabelo loiro acinzentado de dentro do colarinho.

— Na primavera — respondi.

— Ótimo — repetiu. — Vai ser bom ter vizinhos agradáveis para variar.

Então Sloane Walton saiu da minha casa sem olhar para trás.

ACABEI COMENDO O sanduíche frio e as batatas fritas em vez do frango, então, lavei o prato e o guardei de volta no armário. As bancadas e o chão vieram em seguida, quando limpei qualquer vestígio que minha visitante indesejada pudesse ter deixado.

Eu estava cansado. Aquilo não tinha sido mentira. Eu só queria tomar um banho quente e deitar na cama para ler um livro.

Mas eu não dormiria. Não até que ela dormisse. Além disso, havia trabalho a ser feito. Subi as escadas que levavam ao meu antigo quarto, agora transformado em escritório.

Sentei-me na escrivaninha sob a janela saliente e ampla com vista para o quintal e para a casa da Sloane. Meu celular emitiu uma notificação de mensagem.

> Karen: Estamos nos divertindo muito. Era exatamente o que minha alma precisava hoje. Obrigada mais uma vez por ser tão atencioso e generoso! P.S.: Minha amiga quer que você conheça a filha dela.

Ela incluiu um emoji de piscadinha e uma selfie dela e das amigas usando roupões iguais, todas com máscara verde no rosto. Os olhos estavam vermelhos e inchados, mas os sorrisos pareciam sinceros. Algumas pessoas tinham a capacidade de suportar o pior sem que isso afetasse suas almas. Os Walton eram assim. Eu, por outro lado, já tinha nascido com defeito.

> Eu: Disponha. Nada de filhas.

Percorri as demais mensagens até encontrar a conversa que estava procurando.

Simon: Se eu pudesse ter escolhido um filho nesta vida, teria sido você. Cuide bem das minhas garotas.

Foi a última mensagem que recebi do homem que eu tinha admirado tanto. O homem que tão ingenuamente acreditara que eu poderia ser salvo. Soltei o celular, sentindo os dedos se contraírem, e mais uma vez desejei ter guardado o cigarro do dia para este momento. Como alternativa, pressionei as palmas das mãos nos meus olhos, esperando que o ardor que sentia ali diminuísse.

Suprimi a sensação, peguei o celular outra vez e percorri meus contatos. Cheguei à conclusão de que ela não deveria ficar sozinha.

Eu: Sloane não está na casa da irmã. Está sozinha em casa.

Naomi: Valeu pelo toque. Minha intuição dizia que ela ia tentar dar um jeito de ficar sozinha. Eu e a Lina vamos cuidar disso.

Cumprida a obrigação, liguei o notebook e abri o primeiro dos oito relatórios que demandavam minha atenção. Eu mal tinha terminado de analisar as finanças do primeiro relatório quando o celular vibrou na mesa. Desta vez era uma ligação.

Emry Sadik.

Decidindo me afundar na tristeza em vez de discuti-la, deixei cair na caixa postal.

Poucos instantes depois recebi uma mensagem.

Emry: Vou continuar ligando. Poderia muito bem poupar nosso tempo e atender.

Mal terminei de revirar os olhos quando recebi a próxima chamada.

— Alô? — atendi com um tom seco.

— Ah, que bom. Você não está se afundando completamente na autodestruição. — O Dr. Emry Sadik era um psicólogo, coach de alto desempenho e, o que é pior, um amigo por interesse mútuo. Ele conhecia a maioria dos meus segredos mais profundos e obscuros. Eu tinha desistido de tentar dissuadi-lo da crença de que eu era digno de ser salvo.

— Ligou por algum motivo específico ou só para me irritar? — perguntei.

Ouvi o inconfundível *crack* e *tlim* das cascas de pistache que ele comia antes do jantar caindo na tigela. Conseguia imaginá-lo sentado à mesa em seu escritório, com um jogo de basquete no mudo, o quebra-cabeça do dia à frente.

Emry valorizava a rotina e a eficiência... e estar presente para os amigos, mesmo quando não desejavam sua presença.

— Como foi o dia?

— Bom. Deprimente. Triste.

Crack. Tlim.

— Como se sente?

— Furioso — respondi. — Um homem como ele poderia estar praticando o bem. Ele merecia ter tido uma vida mais longa. A família ainda precisava dele. Eu ainda precisava dele.

— Nada balança nossas estruturas como uma morte repentina. — Emry demonstrou empatia. Ele sabia bem como era. Sua esposa tinha falecido em um acidente de carro há quatro anos. — Se o mundo fosse justo e correto, seu pai teria tido uma vida mais longa?

Crack. Tlim.

Em um mundo justo e correto, Ansel Rollins teria cumprido sua sentença completa e, no dia de sua libertação, teria sofrido uma morte dolorosa e traumática. No entanto, ele conseguiu escapar de sua punição devido a um derrame que tirou sua vida silenciosamente enquanto dormia. A injustiça desse fato fazia com que a raiva fervesse dentro de mim.

— Faz quinze anos que você deixou de ser meu terapeuta. Não sou mais obrigado a falar sobre ele com você.

— Como uma das poucas pessoas neste planeta que você tolera, estou apenas observando que encarar a morte de duas figuras paternas no intervalo de seis meses é difícil para qualquer ser humano.

— Acho que já ficou claro que eu não sou humano — lembrei.

Emry deu uma risadinha, sem se abalar.

— Você é mais humano do que pensa, meu amigo.

Dei uma risada desdenhosa.

— Não precisa partir para os insultos.

Crack. Tlim.

— Como foi com a filha do Simon?

— Qual delas? — Fui evasivo de propósito.

Emry bufou.

— Não me faça ir até aí durante uma tempestade de neve.

Fechei os olhos para não me sentir compelido a olhar para a casa da Sloane.

— Correu tudo... bem.

— Conseguiu ser educado no funeral?

— Quase sempre sou educado — respondi com irritação e cansaço.

Emry deu uma risada.

— O que eu não daria para conhecer a infame Sloane Walton.

— Seria necessário mais de uma sessão se você quisesse mesmo desvendar o que há de errado com ela — contei.

— Acho interessante como ela conseguiu se enraizar tão profundamente em você, mesmo você sendo especialista em remover incômodos da sua vida de forma cirúrgica.

Crack. Tlim.

— Como foi o recital de piano da Sadie? — perguntei, mudando o assunto para algo que meu amigo não poderia deixar passar: os netos.

— Na minha humilde opinião, ela se destacou entre todas as outras crianças de cinco anos com sua apresentação comovente de *Se Essa Rua Fosse Minha.*

— Não tenho dúvida de que ela foi a melhor — concordei.

— Te envio o vídeo assim que descobrir como enviar dez minutos de vídeo tremido pelo aplicativo de mensagens.

— Mal posso esperar — menti. — Já criou coragem para chamar sua vizinha para sair ou ainda está espiando atrás das cortinas?

Meu amigo tinha desenvolvido uma paixonite pela divorciada estilosa que morava do outro lado da rua e, de acordo com ele mesmo, só conseguia gaguejar e acenar para ela.

— A oportunidade certa ainda não surgiu — afirmou. — Vou aproveitar para ressaltar a ironia de você me encorajar a voltar a namorar.

— O casamento é a escolha certa para algumas pessoas. Como você, que queima todas as panelas e precisa de uma mulher gentil que faça com que pare de se vestir como uma estrela de comédia dos anos oitenta.

Faróis surgiram na casa ao lado, iluminando a cerca que separava meu quintal e o da Sloane. Levantei-me e fui até a janela na parede oposta que dava para a frente da casa dela. Parecia que Sloane estava prestes a ter companhia, querendo ou não.

Emry deu uma risada.

— Deixe meus cardigãs fora disso. O nosso jantar na semana que vem ainda está de pé? Acho que enfim descobri uma brecha que vai aplacar o seu cavalo irritante.

Emry e eu tínhamos migrado das sessões de terapia para uma amizade que consistia em jantares e partidas de xadrez a cada duas semanas. Ele era bom. Mas eu sempre o superava.

— Duvido muito. Mas vou estar lá. Agora, se me der licença, tenho coisas a fazer.

— Não há paz para os ímpios, né?

Nenhuma.

— Tchau, Emry.

— Boa noite, Lucian.

Imediatamente descartei a conversa da minha mente e abri outro relatório quando a campainha tocou.

— Por que as pessoas não me deixam em paz, caralho? — resmunguei enquanto abria meu aplicativo de segurança e vi os dois irmãos Morgan, com os ombros encolhidos para aguentar o frio, na minha porta da frente.

Com um grunhido, fechei o notebook com força.

— Quê? — exigi saber quando abri a porta um minuto depois.

Eles entraram, batendo os pés para remover a neve dos sapatos no piso da entrada. Disse a mim mesmo que mais tarde eu limparia as poças. Waylon, o basset hound do Knox, marchou para dentro, deu uma cabeçada nos meus joelhos e depois correu até a sala de estar.

Knox mostrou um engradado de seis latas de cerveja. Nash carregava uma garrafa de bourbon e um pacote de salgadinhos. A cabeça peluda e branca de sua cachorrinha, Bica, apareceu acima do zíper do seu casaco.

— As garotas estão na casa ao lado — falou Knox como se isso explicasse tudo e foi em direção à cozinha. — Falei que ele ainda estaria de terno — disse de longe para o irmão.

Passei a mão na minha gravata, notando que os dois tinham trocado para a roupa padrão de inverno de Knockemout: calça jeans, camisa térmica e outra de flanela por cima.

— Achamos melhor ficar por perto e de olho nelas para evitar que os eventos passados se repitam — disse Nash, colocando Bica no chão e indo atrás do irmão. A cachorrinha usava um suéter vermelho com estampas de flocos de neve brancos. Ela me dirigiu um olhar ansioso e, em seguida, trotou pelo corredor atrás de Nash.

Fechei a porta e resisti à vontade de bater minha cabeça contra ela. Eu não queria companhia. E não queria me envolver nas peripécias bêbadas em que Sloane e as amigas se meteriam. Os "eventos passados" tinham envolvido Naomi e Sloane ficando superbêbadas e "ajudando" Lina a capturar um fugitivo usando apenas a astúcia. Bom, a astúcia da Naomi e os seios espetaculares da Sloane.

Eu ainda estava furioso por ter perdido essa.

— Preciso trabalhar — falei.

— Então a gente vai só ficar quietinho assistindo a um filme cheio de explosões enquanto você domina seu império do mal — disse Nash com entusiasmo.

Eles pegaram papel-toalha e copos, depois foram para a sala de estar, mais à vontade aqui do que eu jamais tinha estado.

O cômodo tinha sido decorado com uma família em mente. Havia um sofá em formato de "L" bem espaçoso e um pufe de frente para uma TV de tela plana grande. As prateleiras brancas que ocupavam uma parede tinham bastante espaço para livros, jogos e fotos.

Quando eu era criança, não tinha nenhuma foto de família aqui. Ao menos nenhuma depois da minha fase pré-adolescente, quando tudo tinha virado um inferno.

— Suas câmeras de segurança pegam bem a casa da Sloane? — perguntou Knox.

— Não sei — fui evasivo. — Por quê?

— Não duvido nada que elas saiam de fininho para construir um batalhão de bonecos de neve no meio da estrada — explicou Nash.

— Vou ver o que posso fazer.

Voltei para cima e peguei meu notebook, mas antes dei uma olhada para a noite de inverno sombria pela janela. As luzes do quarto da Sloane estavam apagadas. Já passei muitas noites me perguntando por que ela escolheu ficar com o quarto de infância em vez de se mudar para o quarto dos pais. Eu odiava o tanto de perguntas que eu tinha relacionadas à mulher pela qual não queria sentir nada.

Com um suspiro impaciente, iniciei a reprodução das câmeras de segurança que ferrenhamente me recusava a abrir. Aquelas que estavam direcionadas para a porta da frente e a entrada da garagem da Sloane. Eu tinha orgulho de nunca ter dado uma espiada, mesmo quando sentia saudades de uma casa que nunca fora minha.

Ao ouvir a briguinha entre irmãos na sala de estar, vesti a contragosto um conjunto de moletom e uma camiseta, e depois calcei as pantufas forradas com tecido *sherpa* que Karen me deu há dois Natais. Desci as escadas com passos pesados e encontrei meus amigos e seus cachorros acomodados confortavelmente no sofá em formato de "L".

— Ele é humano — observou Nash quando entrei na sala.

— Só por fora — garanti a ele.

Ele tinha levado dois tiros neste verão, quando seu nome tinha entrado na lista de obstáculos para a organização criminosa de Anthony Hugo na área de D.C. Após alguns meses turbulentos, com a ajuda da impressionante Lina, que não era adepta da monogamia, Nash conseguiu se reerguer de uma fase em que ia de mal a pior.

Embora ele a tenha convencido a se casar, eu ainda estava tentando convencê-la a trabalhar em tempo integral para mim. Ela era inteligente, astuta e mais habilidosa em lidar com pessoas do que ela mesma reconhecia. No final, eu conseguiria. Eu sempre conseguia.

Sentei-me no sofá e abri o notebook para acessar as imagens da câmera.

— Aqui — falei, virando o notebook na direção dos irmãos.

— Perfeito — disse Knox.

— O que vamos assistir? — perguntei.

— Reduzimos as opções para *Um Sonho de Liberdade* e *Santos Justiceiros*. Você escolhe — falou Nash.

— *Santos Justiceiros* — respondi logo.

Knox deu o play enquanto Nash servia o bourbon. Ele distribuiu os copos e ergueu o seu.

— Ao Simon. O homem que todos os homens deveriam aspirar a ser.

— Ao Simon — repeti, profundamente consciente de uma nova onda de dor.

— Acha que a Sloane vai ficar bem? — perguntou Nash.

Cruzei os braços e fingi que não sentia aquela sensação incômoda que me invadia toda vez que alguém mencionava o nome dela na minha presença.

Knox balançou a cabeça.

— É uma perda difícil. Ela se manteve firme hoje, depois que o Luce aqui a fez enfiar um burrito goela abaixo.

Nash ergueu as sobrancelhas enquanto olhava na minha direção.

— Não é eufemismo. Era mesmo um burrito — expliquei.

— Sloane quebraria o burrito de eufemismo dele ao meio — previu Knox com um sorriso de deboche, que desapareceu num piscar de olhos. — Naomi acha que ela não vai aceitar bem e tentar esconder.

— E a Naomi costuma estar certa — salientou Nash.

— Me avisem se ela precisar de alguma coisa — falei, no mesmo instante me distanciando da responsabilidade de cuidar dela.

Knox abriu um sorriso malicioso.

— Como um burrito?

Encarei-o com raiva.

— Como apoio moral ou financeiro que possa ser oferecido à distância. Meu burrito não tem nenhum interesse em Sloane Walton.

— Uhum. Continue repetindo isso para o seu burrito — disse Nash, pegando o celular. Ele fez uma careta. — Maravilha. Lina acabou de mandar mensagem. As meninas vão fazer margaritas.

Knox colocou seu bourbon de lado.

— Ferrou.

TRÊS
CONVERSA REGADA A MARGARITAS

Sloane

Pisoteei a neve, atravessando a entrada da casa de Lucian e depois a minha. Como sempre, conversas com esse homem insuportável me deixavam permanentemente irritada.

Ao longo dos anos, tínhamos feito todo o possível para evitar um ao outro. Mas, justamente hoje, eu tinha ficado sozinha com ele não apenas uma, mas duas vezes. Era surpreendente que nós dois tivéssemos sobrevivido.

Entrei pela porta da frente e me livrei do casaco magnífico do Lucian. Pendurei-o no armário da entrada e tirei as botas enquanto pensava em tomar um banho e vestir o pijama. Eu não queria companhia. Queria uma noite tranquila na qual pudesse extravasar todas as emoções confusas que consegui, na maior parte do tempo, manter controladas.

Abri as portas de vidro da salinha de estudo, que ficava ao lado do hall de entrada. Por anos tinha sido o escritório do meu pai. Minha intenção, quando me mudei, era transformá-la em uma biblioteca ou sala de leitura, mas eu ainda não tinha tido oportunidade de fazer a reforma. Havia muitas coisas que eu ainda não tinha arranjado tempo para fazer.

Era um ambiente aconchegante, com teto em caixotões e uma grande janela saliente que se projetava para a varanda da frente. Havia uma escrivaninha e uma estante de livros barata — e bamba — atrás. O cômodo ainda emanava a presença dele. Ainda havia fotos e prêmios nas prateleiras, junto com algumas revistas jurídicas empoeiradas.

Sentei-me na cadeira da escrivaninha e esbocei um sorriso triste ao ouvir o rangido familiar. Eu sempre sabia quando um caso estava incomodando-o. Após o jantar, ele se trancava aqui para analisar minuciosamente os arquivos e refletir enquanto se balançava para frente e para trás, para frente e para trás.

Acendi o abajur. Era uma aquisição horrenda de uma venda de garagem, com uma cúpula de tecido desbotado que constantemente soltava fios e uma base de latão pesada entalhada com sereias de presas afiadas. Minha mãe insistia que aquilo era uma afronta à iluminação de interiores. Meu pai insistia que a iluminação dava para o gasto e, portanto, era perfeita.

Esse era o meu pai. Sempre conseguia ver o lado bom, mesmo nos piores lugares.

Não tinha mais nada na mesa, com exceção de um calendário desatualizado e um porta-canetas vazio. Havia *post-its* coloridos espalhados pela página do calendário.

Pegar as roupas na lavanderia.

Encomendar um buquê de flores de aniversário de casamento! Maior este ano!

Falar para Sloane sobre aquele livro.

Passei a ponta dos dedos sobre sua caligrafia irregular. A dor da perda era como milhares de facas minúsculas me atingindo atrás dos olhos. As lágrimas brotaram, e desta vez, neste espaço seguro, não resisti quando começaram a cair.

— Sinto sua falta, pai — sussurrei.

Meu coração doeu ao perceber que meu pai nunca mais se sentaria nesta cadeira. Ele nunca mais contaria uma piada boba e sem graça que faria a mamãe se acabar de rir. Ele não estaria aqui para ver Chloe abrir os presentes no próximo Natal. Ele não conheceria nenhum novo membro da família.

Se eu me casasse e tivesse filhos, como poderia transmitir a eles como meu pai era importante para mim?

Ótimo, pensei enquanto tirava o lenço estúpido e ainda úmido do Lucian do bolso do meu vestido. Agora meu coração estava se partindo em pedaços cada vez menores e mais afiados, e minha tristeza estava sendo iluminada por este abajur horrendo.

O soluço que segurei o dia todo se libertou da minha garganta. Tirei meus óculos e deixei que a emoção aflorasse dentro de mim.

Eu tinha perdido o homem mais incrível que já conheci.

Todos precisavam que eu fosse forte, que estivesse bem. Minha mãe e minha irmã, meus amigos, minha cidade. Eles não precisavam se preocupar com a profundidade desse abismo de dor. Mas esta noite, neste exato momento, eu poderia me permitir ser honesta com a forma como me sentia. Devastada.

Lágrimas escorreram, quentes e rápidas, pelas minhas bochechas. Abracei minhas pernas e simplesmente deixei que saíssem. Como um vulcão em erupção, chorei como se estivesse me despedaçando.

Era para eu sentir certo alívio. O sofrimento do meu pai tinha chegado ao fim. Ele não estava mais sentindo dor. Sua cognição não estava sendo roubada de nós minuto a minuto pelo câncer e pelos medicamentos. Ele estava livre do sofrimento. Mas eu não via um fim para o meu. Porque eu sentiria falta do meu pai pelo resto da vida.

Assoei o nariz fazendo barulho.

Eu só havia me sentido assim uma vez antes. Quando tinha perdido outro homem... um garoto, na verdade.

Lucian.

O nome dele surgiu em minha mente entre os fungados.

Apesar das nossas diferenças, ele tinha comparecido hoje. Tinha permanecido durante toda a cerimônia e o almoço, dizendo tudo que minha mãe e minha irmã precisavam ouvir. Em uma atitude estranhíssima, ele tinha me obrigado a comer um burrito e, em seguida, provocado uma briguinha. Briguinhas, corrigi.

A campainha tocou.

— Droga — murmurei.

Eu queria ficar sozinha. Talvez a pessoa à porta desistisse. Eu poderia simplesmente ficar aqui no escuro e esperar até que fosse embora.

Mas algo dentro de mim não deixaria. Talvez fosse alguém precisando de algo. Ou talvez minha garagem estivesse pegando fogo e alguém estivesse tentando me salvar, mas eu estava ocupada demais chorando sem parar para perceber.

Assoei o nariz outra vez e depois dei fungadas no ar.

A campainha tocou de novo e eu xinguei baixinho. Passando um lenço de papel limpo no rosto borrado de maquiagem, segui em direção à porta e coloquei os óculos de volta.

Deparei-me com um desconhecido na varanda da frente, com as mãos nos bolsos da calça jeans. Ele devia ter uns vinte e poucos anos, com cabelos cacheados e bem-definidos. Usava brincos, um moletom da Universidade Georgetown Law por baixo de um casaco de lã e exibia um sorriso de desculpas.

— Desculpa incomodar. Você é a Sloane? — perguntou.

— Sim — respondi com a voz rouca, em seguida, limpei o nó da minha garganta. — Sim.

— Seu pai me falou bastante sobre você e sua irmã — comentou, balançando a cabeça e engolindo com dificuldade. — Devia ter ligado antes, mas precisei fazer uma prova que não podia faltar e vim direto pra cá depois. Tô me sentindo péssimo por ter perdido o funeral. — Ele passou a mão nos cachos curtos.

Eu o encarei sem entender nada.

— Te conheço?

— Hã, não. Não conhece. Me chamo Allen. Allen Upshaw.

— Você era amigo do meu pai?

— Não. Digo, gosto de pensar que teríamos sido. Ele foi meu orientador. O motivo pelo qual ingressei na faculdade de direito... — Allen se calou, parecendo tão desolado quanto eu me sentia.

Tive pena dele.

— Gostaria de entrar? Eu estava prestes a fazer um café ou chá.

— Claro. Valeu.

Abri caminho pelo corredor, atravessamos o átrio e passamos pela sala de jantar até chegarmos à cozinha espaçosa. Os antigos proprietários haviam integrado a cozinha principal e a cozinha industrial em um único ambiente imenso, com mais armários e bancadas dos quais eu jamais saberia como aproveitar. As paredes estavam com papel de parede quadriculado de estilo retrô, porém encantador, e decoradas com quadros de naturezas-mortas com molduras douradas.

— Parece igual, só que com algumas mudanças — observou. — Estive aqui faz uns aninhos antes dos seus pais se mudarem para D.C.

— Ninguém estava pronto para abrir mão da casa, então eu me mudei — expliquei, ligando a cafeteira. Gesticulei para que ele se sentasse à mesa de cor turquesa no estilo canto alemão que minha irmã e eu ajudamos minha mãe a pintar em um fim de semana de verão muito tempo atrás.

Allen balançou a cabeça.

— Não acredito que ele faleceu. Quer dizer, me sinto mal por me sentir mal, quando você deve estar se sentindo mil vezes pior. Mas ele foi uma parte tão importante da minha vida nos últimos anos.

— Me conforta saber que ele foi importante para tantas pessoas — tranquilizei. — Creme? Açúcar?

— Os dois, por favor. A Sra. Walton está aqui?

— Foi passar a noite fora com as amigas. — Coloquei uma caneca com a frase "Literatura ou Surta" debaixo da saída da cafeteira e abri a geladeira.

Ele soltou um suspiro.

— Na próxima semana eu mato a saudade, então. Não dá pra acreditar que ele se foi. — Ele fez uma careta. — Desculpa. Sinto como se estivesse me apropriando da sua dor.

— A dor é sua também — tranquilizei, colocando a caneca com café à sua frente e fazendo café para mim, mesmo sem vontade de tomar.

— Não sei se sabe, mas ele entrou na minha vida quando eu mais precisei.

— Como foi isso? — perguntei enquanto a cafeteira enchia mais uma caneca.

— Antes, eu queria ser arquiteto, mas quando completei 15 anos, dei algumas mancadas — falou, segurando a caneca com as duas mãos.

— Todo mundo dá mancada na adolescência — garanti, sentando-me na cadeira de frente para ele. Eu mesma tinha feito algumas coisas absurdamente estúpidas.

Os cantos de seus lábios se ergueram.

— Seu pai disse a mesma coisa. Mas a minha mancada teve consequências. E quem pagou o pato foi minha mãe. Foi aí que tomei a decisão de que seria advogado.

— Fico feliz por você — comentei.

— Conheci seu pai em uma feira comunitária de empregos. Após o ensino médio, fiquei por conta própria, dormia no porão da minha tia e trabalhava em dois empregos para economizar para a faculdade de direito. Simon me fez acreditar que era possível, que eu seria capaz. Ele me entregou o cartão de visita e disse para ligar se eu precisasse de alguma ajuda. Liguei na mesma noite. — Allen fez uma pausa e sorriu com a ironia.

Senti um aperto no coração.

— Desabafei tudo de uma vez. Como eu tinha feito besteira, como minha mãe tinha pagado o preço, como eu queria consertar as coisas. Simon ouviu minha história e não me julgou. Nem uma vez. E quando terminei de contar por que minha vida era um verdadeiro caos, ele disse que poderia ajudar. E foi o que fez.

Era a cara do meu pai fazer isso. O nó na minha garganta voltou. Tomei um gole de café para aliviar.

— Uau — falei.

Allen esfregou os olhos com os dedos.

— Sim. Ele mudou minha vida. Dedicou horas do seu tempo a mim. Dando uma força nas inscrições de bolsas e auxílios. Ele me apresentou ao professor preferido dele na Georgetown. Foi a primeira pessoa com quem entrei em contato quando fui aceito. E quando as coisas ficaram apertadas, mesmo com minhas economias e todos aqueles auxílios e bolsas de estudo, seu pai cobriu a diferença no primeiro ano. — Ele parou, com os olhos enchendo-se de lágrimas.

Meu peito se encheu de orgulho, envolvendo os pedaços do meu coração partido. Meu pai não era apenas um homem bom. Ele era o melhor.

— Quando você se forma? — perguntei.

— Maio — disse Allen, com orgulho. Em seguida, seu semblante ficou abatido. — Como minha mãe não poderia estar presente, seus pais se ofereceram para ir.

Meu coração se entristeceu por ele.

Pela minha mãe.

Por mim.

De agora em diante, haveria um buraco no formato do meu pai em cada evento.

Estiquei a mão por cima da mesa e apertei a dele.

— Tenho certeza de que minha mãe ainda planeja ir. Ela adora formaturas, casamentos e chás de bebê. Qualquer ocasião festiva, na verdade.

— Minha mãe também era assim — disse ele com um sorriso de tristeza. — Um dia vou organizar uma festa surpresa enorme em agradecimento por tudo o que ela fez por mim.

Ele falava sobre a mãe em uma interessante mistura de tempos verbais, no passado e no presente, o que despertou minha curiosidade.

— A sua mãe ainda está... viva?

Ele abaixou a vista para o café.

— Está na prisão.

— Sinto muito.

— A culpa é minha. Mas vou acertar as coisas.

— Tenho certeza de que ela tem muito orgulho de você.

Seu sorriso ficou mais radiante agora.

— Sim. Ela tem, sim.

Eu sabia por experiência própria como era bom sentir aquele orgulho que vinha dos pais e senti outra pontada de dor.

Allen deu uma olhada no relógio e fez uma careta.

— Melhor eu voltar. Amanhã de manhã vou ter outra prova.

— Tem certeza? Parece que a neve está começando a cair com força.

— As estradas estão desobstruídas e meu carro tem tração nas quatro rodas — tranquilizou.

Eu o acompanhei até a porta.

— Foi um prazer te conhecer, Allen.

— Igualmente, Sloane.

FOI SÓ O tempo de acenar para o Allen, lavar as canecas e começar a chorar quando a campainha tocou novamente. O som ainda ecoava pela casa quando uma enxurrada de punhos bateu com animação na porta.

— Sério? Será que uma garota não pode ter um momento de descontrole emocional em paz? — murmurei com um lenço úmido encostado no rosto.

— Deixa a gente entrar antes que as nossas bundas congelem — gritou Lina da porta da frente.

— Trouxemos abraços e tequila! — exclamou Naomi.

— A Naomi trouxe os abraços. Eu trouxe a tequila — corrigiu Lina.

— Merda — murmurei antes de colocar minha cabeça embaixo da torneira da cozinha e lavar todos os vestígios da minha crise de choro.

Elas entraram na casa como dois lindos furacões cheios de energia, com sacolas de compras e expressões de compaixão. Lina estava deslumbrante com um casaco parca azul-royal e botas com acabamento em pele. Naomi estava linda com uma jaqueta *puffer* rosa e protetores auriculares.

— Por que estão aqui? — perguntei à medida que elas se livravam das camadas de roupa de inverno.

— Lucian te dedurou e disse que você estava passando a noite sozinha e não na casa da sua irmã — anunciou Naomi com entusiasmo, seu rabo de cavalo balançando com animação.

— Aquele intrometido filho da mãe.

— Fica tranquila. Naomi revidou mandando os garotos Morgan para lá para acabar com o sossego dele — assegurou Lina.

— Não *acabei* com o sossego dele. Garanti que ele tivesse apoio emocional, caso precisasse — corrigiu Naomi.

— Para precisar de apoio emocional é preciso ter sentimentos — salientei.

— Lucian está bem abalado com a morte do seu pai. Eles eram próximos — disse Naomi.

Eu queria discutir, questioná-la. Mas não estava com disposição. Optei por mudar de assunto.

— Cadê a Waylay?

— A minha geniazinha da tecnologia vai dormir na casa da Liza J para consertar a *smart* TV dela de novo — anunciou Naomi.

Merda. Se já tinham planejado onde deixar a menina durante a noite, eu não me livraria delas tão facilmente.

Naomi colocou o braço em volta dos meus ombros e me conduziu em direção à escada.

— Por que não sobe e toma um banho? A gente vai preparando o jantar.

Enxotada para o andar de cima, eu me arrastei pelo corredor revestido de painéis de madeira até meu quarto, onde tomei o banho mais longo da história da hidráulica da residência. Passei a primeira metade do banho enrolando de propósito, na esperança de que minhas amigas ficassem entediadas e fossem embora. Quando ficou evidente pelo cheiro de alho que invadiu o banheiro que não seria o caso, passei a segunda metade chorando baixinho até sentir que minha tristeza tinha sido lavada e levada pelo ralo a ponto de eu parecer normal por algumas horas.

Penteei meu cabelo molhado e entrei no meu quarto, arrastando-me até o assento da janela. A neve continuava caindo lá fora. A caminhonete do Knox estava estacionada na entrada da casa do Lucian. Como retaliação, torci para que ele estivesse sofrendo bastante com essa socialização forçada.

Meu estômago roncou e percebi que não tinha comido nada desde o burrito que o Lucian comprou de manhã. Exceto pelas batatas fritas que roubei do prato dele... e da embalagem no carro.

Voltei para o banheiro, passei um pouco de hidratante, e depois, a contragosto, fui para a cozinha no andar de baixo.

Minhas amigas acrescentaram molho apimentado e pimenta-doce, a minha favorita, nas pizzas compradas prontas. Havia duas embalagens de massa de biscoito na bancada, assim como três sacos de salgadinhos com uma variedade de molhos. Parecia que a Naomi tinha trazido todos os ingredientes para fazer margaritas iguais às servidas no Honky Tonk, e estava servindo-os em copos do tamanho de um balde.

— Nada expressa luto como margaritas pós-funeral — observei.

— O luto pode ser como você quiser que seja — insistiu Naomi. Ela tinha trocado de roupa e estava usando short de pijama térmico vermelho com uma blusa de manga comprida da mesma cor e meias felpudas até o joelho.

— Pode ser ficar bêbada e sair para escorregar na neve à 1 hora da manhã. Ou pode ser comer pizza e biscoitos e fazer uma maratona de episódios de *Cougar Town* — disse Lina. Ela também tinha se trocado e estava vestindo um pijama preto de seda. Os chinelos felpudos dela tinham pequenos pompons de pele falsa que a Miau Miau encarava do centro da mesa de canto alemão. Eu me aproximei e acariciei as costas da gata. Com um grunhido mal-humorado, ela se virou para o lado e aceitou de má vontade meu carinho.

— Sério que vão abrir mão de transar durante a nevasca só para passar a noite comigo? — perguntei às minhas amigas.

— Você não deveria passar esta noite sozinha — insistiu Naomi, oferecendo-me uma margarita.

— Eu *gosto* de ficar sozinha — argumentei. Ficar sozinha significava não ter que fingir estar bem. Ficar sozinha significava não ter que ficar descontrolada e emotiva diante de testemunhas.

— Sinta-se à vontade para ficar sozinha *com* a gente — anunciou Lina.

— Achei que ficaria do meu lado.

Ela abriu um sorriso mordaz e seus olhos faiscaram.

— A culpa é toda de vocês. Você e Naomi me fizeram desistir do meu estilo de vida solitário.

— Tecnicamente, o mérito principal nessa empreitada vai para Nash. Mas Sloane e eu *merecemos* a medalha de prata — concordou Naomi.

— Então está dizendo que estou presa nesse ciclo de codependência? — perguntei, aceitando a margarita oferecida.

Lina assentiu.

— Basicamente. Você pode muito bem se render agora.

O cheiro da pizza estava *muito* bom. E provavelmente seria indelicado se eu não bebesse pelo menos um pouquinho de tequila.

— Bom, já que estão aqui...

Lina colocou duas fatias em um prato descartável e me entregou. Peguei e dei uma mordida num pedaço quente e cheio de queijo enquanto minhas amigas se serviam.

A campainha tocou de novo.

— Vá embora — gritei.

Mas fui abafada pelos gritos animados de Naomi e Lina:

— Entrem!

Estávamos a meio caminho da porta quando ela se abriu e o melhor amigo da Naomi, Stefan Liao, e seu namorado barbeiro e motociclista, Jeremiah, entraram. Vestindo suéter e blazer, Stef parecia ter acabado de fazer uma sessão de fotos para uma grife da Nova Inglaterra. Jeremiah, por outro lado, parecia mais um motociclista descolado e atraente, com um coque samurai, botas com marcas de uso, calça jeans justa e uma camiseta do David Bowie.

— Meninas. Vejo que começaram sem a gente — disse Stef.

— Eu disse que a vestimenta era informal — provocou Naomi.

— Está parecendo aquele seu tio rico Bartolomeu que tem um iate atracado em Martha's Vineyard — observei.

— Sabe como o Stef é. Ele não se veste de forma casual — disse Jeremiah com carinho enquanto tiravam os casacos.

— Não há nada de errado em andar bem-arrumado. Agora, se me lembro bem, me prometeram uma margarita do tamanho da minha cara — disse Stef.

— Alguém tem bom gosto — falou Jeremiah, tirando o casaco do Lucian do armário.

— Ora, ora, ora. De quem é *isso* aqui? — indagou Stef, passando a mão no casaco de *cashmere*.

Merda.

— De ninguém — respondi bem rápido.

— É um Burberry? — perguntou Lina, aproximando-se para conferir a etiqueta. — Por favor, diz que está dormindo com alguém com gosto excelente.

Eu devia ter deixado a porcaria do casaco na porcaria da bancada da cozinha dele.

Naomi pressionou o rosto no tecido.

— Tão macio! E tem um cheiro delicioso. — Ela levantou a cabeça, franzindo a boca. — E familiar.

Stef, Jeremiah e Lina deram uma fungada.

— Lucian — disseram ao mesmo tempo.

Todos os olhares se voltaram para mim.

Virei as costas para eles e levei minha margarita e minha pizza para a sala de estar, um ambiente repleto de móveis que não combinavam, com uma lareira de quase dois metros com anjos de mármore segurando a cornija, e armários embutidos repletos de história familiar.

Meus amigos me seguiram de perto como um bando de patinhos raivosos.

— Por favor, diz que vou encontrar as calças dele lá em cima, debaixo da sua cama — disse Lina.

— Por favor, diz que mal consegue andar porque ele despejou todo o estoque de testosterona pura em você — pediu Stef.

— Por favor, diz que vocês dois enfim se deram conta do que sentem pelo outro! — Naomi deu um gritinho entusiasmado.

Eu me joguei em uma poltrona listrada com encosto alto que tinha sido amaciada como um urso de pelúcia por duas décadas de traseiros familiares, colocando minha refeição e minha bebida na mesinha lateral com tampo de latão.

— Ai, meu Deus, seus doidos. Ele me deu o casaco para usar hoje de manhã porque estava frio e ele queria que eu ficasse aquecida o bastante para poder ouvir ele gritar comigo.

Naomi arfou.

— Ele gritou com você no funeral do seu pai?

— Parece algo que ele faria — disse Jeremiah.

Lina fez uma careta.

— É, no escritório, ele não é muito conhecido por ser acolhedor e amigável.

— Ele daria um jeito de gritar comigo no *próprio* funeral — salientei.

— Essa história de repente ficou sem graça e sem nudez. Vou pegar aquela margarita para mim — anunciou Stef e foi em direção à cozinha.

— Por que ele gritou com você? Quer que eu acabe com ele amanhã no trabalho? — perguntou Lina.

Lina tinha largado o emprego de investigadora de seguros, que muitas vezes se tornava perigoso e sempre demandava viagens, e agora estava trabalhando como consultora em meio período com a equipe do Lucian, enquanto ela e Nash planejavam o casamento.

— Posso raspar a cabeça dele "por acidente" na próxima vez que ele for ao salão — ofereceu Jeremiah.

— Prefiro eu mesma acabar com ele e raspar aquela cabeça. O que a equipe dele pesquisa, afinal? Formas de torturar filhotes de pandas? — perguntei à Lina na esperança de mudar de assunto.

— Ainda não fui incluída no círculo interno. Mas até agora não há sinais de tortura de filhotes de panda. — Ela se acomodou na poltrona azul com bolinhas em frente à lareira e jogou as pernas sobre um dos braços da poltrona.

Naomi se sentou no sofá e arrumou os porta-copos com precisão na mesa de centro de madeira, entre pilhas de livros e bandejas de velas.

Stef voltou com duas margaritas gigantes e entregou uma para Jeremiah. Eles se juntaram à Naomi no sofá, com o braço do Jeremiah envolvendo confortavelmente os ombros do Stef. Todos me encararam com expectativa.

Se queriam algum babado sobre Lucian, tinham procurado a pessoa errada.

— Quê? — perguntei com malcriação.

— Vamos te dar duas opções. Ou você fala sobre o seu pai ou fala sobre o Gostosão de Terno — disse Stef.

— Estou pensando em formar uma família. — As palavras escaparam e imediatamente enfiei metade de uma fatia de pizza na boca para evitar falar mais.

Lina engasgou com a margarita.

— Pelo visto a opção número três — disse Jeremiah, arqueando as sobrancelhas bem alto.

— O que te levou a considerar a ideia? — perguntou Naomi.

Dei de ombros e continuei mastigando com força.

— Não responda. Vamos tentar adivinhar — propôs Stef. — Deixa eu ver. Sloane decidiu que é hora de formar uma família porque ela já está grávida de um bilionário italiano que viaja no tempo.

— Resolveu ouvir o audiolivro que recomendei, né? — falei com a boca cheia de pizza.

— Talvez seja apenas porque ela está mais próxima da casa dos quarenta e uma ginecologista bem-intencionada disse que é "agora ou nunca" — sugeriu Naomi, olhando rapidamente para o prato.

— Bingo — disse Lina e usou sua pizza para apontar para Naomi. — Entenda, Stef. Tanto você quanto Jer têm pênis que produzem espermatozoides. E eles não têm a mesma data de validade dos óvulos. Quanto mais demorarmos para ter filhos, mais difícil pode ser engravidar. Se você sentisse atração pelo sexo oposto, poderia ejacular na vagina de mulheres na casa dos vinte no seu aniversário de 80 anos.

Stef fez uma careta e deu um gole dramático na margarita.

— Hã. *Eca*.

— Você *quer* formar uma família ou *sente* que deve formar uma família? — perguntou-me Naomi.

— Acho que quero — respondi. — Hoje segurei a bebê da minha prima no funeral e isso deve ter despertado meus ovários adormecidos ou algo assim. Tudo o que minha mãe e meu pai desejavam era ter uma família grande, caótica e intergeracional. Mas meu pai só teve a oportunidade de aproveitar um neto antes de falecer porque eu estava ocupada demais arrasando no meu trabalho.

— A culpa não é um motivo tão bom assim para começar uma família, minha bibliotecária sexy — salientou Stef.

Jeremiah assentiu.

— Vou ter que concordar com o Stef. E não só porque estamos namorando. Formar uma família é assunto sério.

Jeremiah falava por experiência própria. Ele vinha de uma família libanesa grande e barulhenta.

— Não quero ter um bebê porque me sinto culpada — bufei. — É que eu me dediquei tanto ao meu lado profissional que acabei negligenciando o pessoal. Eu quero um marido bonitão que massageie meus pés no sofá e saiba que eu gosto de colocar molho picante na pizza. Quero reclamar de passar as manhãs de sábado em jogos de futebol e de ter que assar três dúzias de *cupcakes* à meia-noite porque minha cria pré-adolescente egocêntrica esqueceu de avisar que tinha dito que eu levaria para todo mundo.

— Tem algum candidato a pai dos seus filhos? — perguntou Lina.

— Sua prioridade é encontrar um companheiro ou ter um bebê? — perguntou Naomi no mesmo instante, sempre prática.

Dei um gole meditativo na margarita.

— Num cenário ideal? Um companheiro. Mas será que dá tempo de conhecer alguém, fazê-lo se apaixonar por mim e engravidar antes que meus óvulos virem pó? Por outro lado, se eu optar por ter filhos primeiro, posso limitar as opções de relacionamento e perder a oportunidade de encontrar o marido perfeito. Mas, de qualquer forma, se um cara não gosta de crianças, ele não seria o marido que eu quero.

Ficar quebrando a cabeça com isso era cansativo.

Tudo seria mais simples se eu saísse de casa amanhã e encontrasse o cara perfeito. Mas, na prática, se eu saísse de casa amanhã, o único cara com quem eu me depararia seria um sujeito mal-humorado de terno. O homem que eu amava odiar.

— Nossa, muita coisa para processar — afirmou Lina. — Vamos um passo de cada vez. Você usa algum aplicativo de namoro?

— Não.

— Sério? — perguntou Stef. Ele e Jeremiah trocaram um olhar de perplexidade.

— Como faz para conhecer homens? — perguntou Jeremiah.

— Sei lá. De forma espontânea? — dei uma resposta vaga.

— Bom, encontros espontâneos não funcionam nos dias de hoje — anunciou Lina.

— Gostaria de salientar que *você* conheceu seu noivo ao chegar na cidade e beijar o irmão dele. — Eu me virei para Naomi e Stef. — E vocês *dois* encontraram o par de vocês ao entrarem numa cafeteria e numa barbearia.

Stef inclinou o copo para mim.

— Então pode começar a entrar em todos os estabelecimentos e beijar todos os homens em um raio de oitenta quilômetros *ou* pode baixar um aplicativo de namoro e criar um perfil incrível.

Dei um gemido.

— Tem alguém na cidade que já pensou em namorar? — perguntou Naomi, com caneta e papel, pronta para anotar.

— Onde arrumou esse bloquinho? — perguntei.

— Ela carrega em um coldre na coxa — brincou Stef.

Esfreguei as mãos no rosto.

— Não consigo imaginar um único homem nesta cidade com quem eu toparia ir pra cama. Todo mundo da minha idade, eu conheço desde que éramos pequenos. Sem ofensa, Jeremiah.

Ele deu uma piscadela.

— Eu entendo. É difícil se sentir atraída por um cara depois de vê-lo tirando meleca do nariz e passando no peru de Dia de Ação de Graças feito de cartolina.

— E o Gostosão de Terno? — perguntou Stef.

Abri os dedos sobre os olhos para encará-lo com raiva.

— Nem morta.

— Me dê três bons motivos — desafiou.

Abaixei as mãos.

— Ele é grosseirão. É egoísta. É tão cabeça-dura e controlador que as coisas têm que ser feitas do jeito dele, senão ele surta. Fica pagando de ricaço e poderoso, o que quer dizer que ele é mais sujo que pau de galinheiro. Está metido com política. E não no sentido de "quero fazer a diferença no mundo", mas sim de "quero que outros ricaços poderosos me devam favores". Ele não consegue estabelecer conexões com outras pessoas porque é um robô sem alma determinado a acumular a maior pilha de dinheiro possível para si mesmo, para poder estocá-la como algum tipo de rei dos goblins.

Meu público não parava de piscar os olhos em minha direção.

— Algo mais? — perguntou Lina, tentando ao máximo esconder o seu divertimento.

— Sim. Aquele casaco idiota vale mais que o meu Jeep — falei, apontando para o casaco no armário. — Pesquisei no Google.

Houve outro longo período de silêncio.

— Vamos marcar o Lucian na coluna "não", então — falou Naomi antes de anotar algo no bloquinho.

— Tá. Vou baixar o aplicativo de namoro — eu me rendi.

— Essa é a minha garota. Serei o seu especialista em "arrastar pra direita" — prontificou-se Stef.

— Serei sua consultora em "arrastar pra direita" perfis de pessoas do sexo oposto — disse Lina, erguendo sua taça de margarita em minha direção.

— Não quero tirar conclusões precipitadas. O Sr. Perfeito é do sexo masculino mesmo? — perguntou-me Stef.

— Por mais que eu não hesitaria em ficar com a Alicia Keys se ela fizesse uma serenata para mim, não consigo viver sem pênis.

— Homens com pênis — falou Naomi em voz alta enquanto fazia mais uma anotação. — O que mais procura em um homem?

— Hum, acho que ele tem que ser engraçado, gentil e generoso. E seria bom se gostasse de jardinagem para me ajudar a cuidar do quintal. E, claro, tem que gostar de crianças... e de livros. — A gata entrou na sala. Dei um tapinha no braço da minha cadeira. Miau Miau me dirigiu um olhar de desdém e saiu com ar de superioridade como se eu a tivesse insultado. — E de gatos mal-humorados — acrescentei.

— Algo mais? — perguntou Lina.

— Ser bom de cama. *Muito*, muito bom de cama — alterei. — Ah, e tenho um fraco por óculos de leitura.

Stef suspirou com aprovação.

— Nerds gostosos são tão gostosos.

— Você vai ter lindos bebês nerds — previu Naomi, abraçando o caderno na altura do peito.

— Preciso de mais pizza.

— Preciso de outra margarita — disse Stef.

— Vou fazer uma nova leva e trazer a pizza para cá — prontificou-se Jeremiah.

Nós quatro admiramos seu traseiro impecável enquanto ele deixava o cômodo.

— Que partidão — disse Lina para o Stef.

Ele suspirou.

— Eu sei.

— Tá. Acho que quero falar sobre algo relacionado ao meu pai — anunciei.

— Espera aí. Vamos criar o clima — disse Lina antes de acertar meu rosto com uma manta que jogou.

Naomi acendeu a lareira com o controle remoto e, em seguida, caminhou pelo cômodo, acendendo as velas espalhadas. Stef empurrou uma caixa de lenços para mim. Todos se sentaram e me encararam.

— Sabe como a gente vem discutindo a possibilidade de iniciar uma instituição comunitária com o dinheiro da venda da sua casa em Long Island? — encorajei Naomi.

Ela assentiu, a caneta pairando sobre o bloquinho.

— Bom, meu pai deixou um pouco de dinheiro tanto para a Maeve quanto para mim, e eu estava pensando em como poderia usá-lo. E se criássemos uma espécie de iniciativa de assistência jurídica gratuita?

Os olhos da Naomi dançaram à luz da lareira.

— Adorei!

— A gente poderia juntar advogados locais para prestarem serviços *pro bono*. Muitas das grandes empresas incentivam seus associados a fazerem trabalhos gratuitos. Eles adorariam a publicidade positiva — apontou Lina.

Naomi e eu trocamos um sorriso cúmplice.

— Quê? — perguntou Lina.

— Você disse "a gente" — eu disse.

Ela fez uma careta.

— Shiu. Não façam com que eu me arrependa de ter me tornado amiga de vocês, suas sem graça. Além disso, meu último bônus foi absurdamente grande. Acho que não me importaria em destinar uma parte para uma boa causa.

— Ótimo. Agora vou parecer o Tio Patinhas se não contribuir também — reclamou Stef.

— Não vamos julgá-lo — prometeu Naomi.

— Vamos, sim — falei.

— Tá. Eu invisto. Mas espero que saibam que isso significa reduzir meu orçamento para imóvel.

— Que orçamento para imóvel? — indagou Lina.

Stef deu de ombros e olhou para as botas de camurça.

— Talvez eu esteja começando a considerar a ideia de um dia abordar o assunto de ir morar com Jeremiah.

Naomi soltou um gritinho agudo e foi imediatamente silenciada por Stef.

Ele deu uma olhada rápida por cima do ombro na direção dos ruídos do liquidificador.

— Fecha o bico, Witty!

— Desculpa — sussurrou ela, com brilho nos olhos.

— Sabia que as coisas estavam ficando sérias, já que você está aqui o tempo todo — disse Lina.

— Bom, estão sérias para mim, mas não sei como estão para o meu namorado gato barbudo e barbeiro.

— Ele é louco por você — insistiu Naomi, com a voz ainda estridente.

— Vocês dois são gatos e loucamente apaixonados um pelo outro — eu disse, mantendo a voz baixa.

Stef parecia esperançoso e nauseado.

— Ainda não tivemos uma conversa séria sobre o futuro. Mas quero que tenhamos um. O que faço? Pergunto se posso me mudar para o apartamento de solteiro dele, que, aliás, parece ter sido decorado por algum grupo de motociclistas rebeldes? Sério, quem tem uma mesa de centro com tampo em chapa de alumínio xadrez? Não dá nem para deslizar uma taça de vinho na superfície. Além disso, não vou parecer um maluco obcecado se chegar e disser: *Ei, posso me mudar para a sua casa?*

— Sendo sincera, passar quinze dias por mês aqui, quando você tecnicamente mora em Nova York, te faz parecer bem mais louco e obcecado do que querer comprar um imóvel na cidade — ressaltei. — Sinceramente, não acredito que você me deixou ficar falando sem parar sobre meus ovários e meu pai falecido por tanto tempo sem trazer isso à tona.

Stef bufou.

— Pois é. Caramba, Sloane. Nem tudo se trata do seu pai que faleceu recentemente. Dá um tempo.

Ainda estávamos rindo quando Jeremiah voltou com o liquidificador e a pizza.

— Qual é a graça? — perguntou, entregando-me a bandeja da pizza.

— Ah, é que eu estava contando o que Knox fez na última nevasca — disse Naomi com inocência.

QUATRO
EMBOSCADAS E ANJOS

Lucian

Hora do show — disse Nash, contendo um bocejo enquanto outra troca de tiros acontecia na tela.

Meu olhar se desviou para o notebook no centro de mesa acolchoado. A porta da frente da Sloane foi aberta e cinco adultos bem-agasalhados pareceram estar descendo os degraus da varanda na ponta dos pés.

A menor das figuras indistintas chamou minha atenção. Como sempre.

— Minha esposa insiste que estão se preparando para dormir — disse Knox, mostrando o celular.

— Sua esposa e minha noiva são duas mentirosas — disse Nash, levantando-se para se alongar.

Os cães levantaram a orelha no sofá, percebendo a agitação ao redor.

— São onze da noite no meio de uma nevasca. Quanto problema podem causar? — perguntei.

— Não me surpreenderia se elas hackeassem um reator nuclear — murmurou Knox, indo em direção ao hall de entrada.

Nash seguiu.

— Nunca falta emoção — disse ele com carinho.

Eu os vi cambalear e pisar com força em direção à porta. Suspirei e esfreguei as mãos nas coxas. Waylon me fitou com uma orelha longa e caída por cima do focinho, implorando com seus olhos castanhos tristes para eu ficar no sofá, para que ele não fosse obrigado a sair.

— Desculpa, Waylon — falei ao cachorro e fui atrás dos Morgan.

— Vai se juntar a nós na disputa com as meninas? — perguntou Nash enquanto calçava as botas.

— Vocês estão em menor número — salientei. — Minhas coisas estão na outra entrada. Encontro vocês lá fora.

— Espera aí — disse Knox. Ele estava olhando pela janela lateral. — Eles estão atrás da minha caminhonete. Não consigo ver o que estão fazendo.

— Pra mim tem cheiro de emboscada — disse Nash, ajustando o casaco nos ombros.

Houve um resmungo, um baque e, em seguida, um baque menor vindo da sala de estar. Os dois cães apareceram. Waylon parecia aborrecido por sua soneca ter sido interrompida. Bica parecia entusiasmada por ter sido incluída na reunião dos homens.

— Uma emboscada? — repeti.

— Pode ser que eu tenha me escondido no telhado da varanda na última nevasca, feito um estoque de bolas de neve e depois atacado a Naomi e a Way quando voltaram do shopping — disse Knox.

O amor transformava os homens em idiotas.

O celular do Knox se iluminou na mão. Ele revirou os olhos e mostrou a tela para nós.

> Naomi: Acabamos de ver um urso lá fora! Correu para a casa do Lucian! Consegue ver?

— Sem dúvida, uma emboscada — disse Nash, cobrindo a cabeça com o gorro de tricô com o nome da polícia local: Knockemout PD.

— Não acredito que Jer está lá fora com elas. Era para ele ser meu amigo. — Knox deu um suspiro alto, heroico. — Acho que é melhor eu encarar o pelotão de fuzilamento sozinho.

— Não posso ficar parado e ser testemunha disso — insistiu Nash, dando um tapinha no ombro do irmão. — Não quero passar a próxima semana te ouvindo reclamar do seu rosto estúpido queimado por causa do gelo.

Eu, por outro lado, não via problema em ver o Knox ser forçado a comer neve por três mulheres vingativas... e Stef e Jeremiah. Mas pelo menos eu ia assistir de camarote.

— Podemos usar a porta do lado da garagem — sugeri.

Knox ficou mais animado.

— Vamos atacar pelas laterais. Isso vai dar uma lição!

Fomos em fila para a lavanderia com os cachorros no encalço, e eu me equipei.

Na garagem, Knox deu uma olhada nas minhas luvas e bufou.

— Não acredito que vai entrar numa guerra de bolas de neve com essas merdas de luvas de grife.

Tirei uma das luvas e dei um tapa na cara dele com ela. O impacto deve ter sido totalmente absorvido pela sua barba espessa.

— Não me faça te desafiar para um duelo. Arremesso melhor do que você — avisei.

— Por mais que eu goste de ver darem bofetada na cara do meu irmão, se a gente não sair logo daqui, vão tentar roubar a sua caminhonete e fazer manobras perigosas na rua — disse Nash, gesticulando em direção à porta.

— Certo. O plano é o seguinte — disse Knox. — A gente se manda lá pra fora, monta um arsenal em um minuto e depois ataca.

— Para mim está ótimo — concordou Nash, um tanto amigável demais. Fiquei imediatamente desconfiado. O amor e a lealdade dos irmãos Morgan eram profundos, mas eles ainda se comportavam como adolescentes insuportáveis cheios de açúcar no sangue quando ficavam sem supervisão.

Knox fez um gesto para ficarmos quietos e abriu a porta lateral. Quando ele olhou para fora, Nash se virou para mim e fez um gesto de cortar a garganta. Em seguida, fingiu fazer uma bola de neve e bater com ela na cabeça do irmão.

Fiz um joinha com os dois polegares.

— Consegue ver alguma coisa? — sussurrou Nash para Knox.

— Está escuro e nevando pra caralho. Só vejo um monte de treco branco — retrucou Knox em resposta.

— Olhe com mais atenção — aconselhou Nash antes de pegar o celular do bolso e enviar mensagens de texto para alguém. Ao que tudo indicava, sua noiva. Sorrindo, ele o guardou de volta no bolso.

— Vamos avançar — disse ele.

— Vou na linha de frente — insistiu Knox.

— Então saia logo para a gente poder pelo menos começar a fazer bolas de neve, seu imbecil — disse seu irmão, empurrando para que ele passasse pela porta.

Segui-os até a noite branca. Cerca de quinze centímetros de neve cobriam o chão, mas não abafavam as risadas que vinham da frente da casa.

Waylon e Bica trotaram para fora. O basset hound colocou o nariz no chão e imediatamente abriu caminho na neve até a cerca que dividia minha propriedade e a da Sloane. Ele levantou a perna, quase fazendo xixi na curiosa Bica, que o seguia.

Knox se ajoelhou e começou a fazer bolas de neve freneticamente.

— Façam o máximo que der para carregar — sibilou para nós.

Foi o que Nash fez.

Eu, no entanto, fui para a guerra almejando algo maior do que algumas bolas de neve patéticas. Voltei para a garagem e peguei um balde de plástico amarelo da prateleira. Lá fora, arrastei-o pelo chão, enchendo-o de uma só vez.

— Waylon, venha — ordenou Knox.

O cachorro estava com o focinho coberto de neve e um olhar desvairado.

Knox segurou as bochechas do cão entre as mãos.

— Vai chamar a mamãe.

Waylon espirrou e ouvimos as risadas serem interrompidas de forma abrupta.

— Saúde — ouvi a voz grave de barítono de Jeremiah num sussurro teatral.

— Não espirrei — respondeu Naomi. — Mas obrigada mesmo assim.

— Gente, calem a boca ou vão nos ouvir — sibilou Lina ainda mais alto.

— Vai, Waylon — sussurrou Knox, empurrando seu cachorro em direção à frente da casa. — Encontre a mamãe.

Nash olhou para Bica, que estava de pé na ponta das botas dele, com uma expressão de quem esperava ser pega no colo e salva da humilhação da neve.

— Ouviu seu tio. Vá procurar a mamãe.

Os dois cachorros avançaram pela neve e contornaram a frente da casa, latindo com entusiasmo.

— Vamos — disse Knox, severo.

— Nos vemos do outro lado — prometi.

Knox dobrou a esquina da casa e foi bombardeado de frente por uma enxurrada de bolas de neve antes de poder atirar sua primeira rodada.

Houve uma enxurrada de risadas histéricas enquanto Nash descarregava avidamente o seu arsenal nas costas de Knox, dando atenção especial à cabeça e ao traseiro.

Caminhei até Knox, segurei o balde sobre a cabeça dele e despejei tudo.

Naomi estava posicionada na caçamba da caminhonete do Knox, com várias dezenas de bolas de neve empilhadas aos pés. Jeremiah estava registrando o momento no celular enquanto ficava de mãos dadas com Stef, que segurava na outra mão a maior margarita que eu já tinha visto. Sloane e Lina estavam deitadas e enroscadas na neve se acabando de rir, com os dois cachorros lambendo seus rostos sem parar.

Havia algo de puro e natural na risada rouca da Sloane. Ela não ria assim perto de mim. Não mais.

Naomi soltou uma gargalhada.

— Está parecendo o Abominável Homem das Neves — exclamou para o marido. Foi uma conclusão justa. A barba de Knox estava completamente coberta de neve.

Knox saiu do estupor, levantou os braços e rosnou.

Sua esposa deu um grito e tentou escapar, mas Knox saltou para a caçamba da caminhonete e a envolveu em um abraço cheio de neve. Ele esfregou o rosto no pescoço descoberto dela, fazendo-a gritar mais alto.

— Esta é, sem dúvida, uma cena digna de ser emoldurada — afirmou Jeremiah enquanto se afastava.

Nash levantou Lina, que ainda estava rindo.

— Você está cheirando a tequila e más decisões — disse ele.

Ela passou os braços em volta do pescoço dele e tascou um beijo barulhento na boca.

— E *você* está com o cheiro de que a gente deveria transar.

Sloane, no chão, imitou um ataque de vômito.

Joguei o balde de lado e estendi a mão para ela.

Ela encarou minha mão por um momento longo demais, então me inclinei e a puxei para ficar em pé.

Suas mãos protegidas por luvas seguraram meus antebraços enquanto ela recuperava o equilíbrio. Ela ainda estava rindo. Seu rosto lindo era o epítome da alegria. De perto, concentrei-me na mancha mais escura do tom de verde-floresta ao redor da íris do olho esquerdo.

— Por baixo da camisa, não — gritou Naomi da caçamba da caminhonete.

— É melhor que essas travessuras não estraguem minhas botas — reclamou Stef, olhando para os pés.

Sloane estava sorrindo, seus olhos verde-esmeralda claros e brilhantes.

— Você não está bêbada — observei.

— Ninguém está. É a neve. Desperta a quinta série que habita em nós. A prova viva disso — disse ela e acenou com as duas luvas magenta para mim. — Quando foi a última vez que você fez algo tão degradante quanto brincar na neve?

— Você pode tirar o homem de Knockemout, mas não pode tirar Knockemout do homem — brinquei.

Ela franziu a testa.

— Espera. Esqueci. Estou brava com você de novo.

— Acho que sempre podemos presumir isso de nós — falei num tom seco.

Ela se curvou e pegou no colo uma Bica desgrenhada que ia precisar de um suéter novo, já que este estava cheio de neve grudada.

— Estou brava *além da conta,* porque você me dedurou para a Naomi quando tudo o que eu queria era uma noite tranquila e sozinha em casa.

— Como pode ver, também estou pagando pelos meus atos — falei, gesticulando na direção de Knox e Nash.

Sloane enterrou o rosto no pelo molhado e áspero da Bica.

— Por algum motivo ridículo, Naomi sentiu que o dedo-duro também não deveria ficar sozinho esta noite. Meu sofrimento quase compensa saber que você precisa receber seus amigos em vez de descobrir como aumentar o preço dos medicamentos para pressão arterial ou seja lá o que for que você faça para se divertir.

— Eu me divirto fazendo uma maratona de *Ted Lasso* e torcendo por Rupert, o vilão.

Sloane tentou e não conseguiu sufocar a risada.

— Droga.

Foi uma emoção mais inebriante que qualquer coisa que eu pudesse recordar nos últimos tempos. Que coisa patética.

— Espera aí. Aqueles dois estão *sorrindo* um para o outro? — indagou Lina.

— Meu Deus. É um milagre da nevasca — disse Stef, fazendo o sinal da cruz enquanto Jeremiah envolvia sua cintura.

— É melhor eu ligar para a delegacia e ver se algum tipo de asteroide está prestes a nos atingir — brincou Nash.

— Não gostei nada disso — disse Knox, encarando-me com aquele olhar diabólico e cheio de neve.

— Eu adorei — insistiu Naomi, prendendo o braço no dele.

— Rá rá! Vocês são uma *comédia* — disse Sloane, dando um passo calculado para trás. Ela virou as costas para mim e levou consigo aquela sensação calorosa.

KNOX E NASH insistiram em passar a noite após as meninas terem confiscado os cães e os levado para passar a noite na casa ao lado.

Era meia-noite. Knox estava apagado na cama de solteiro no quarto montado para uma criança, enquanto Nash dormia no sofá-cama, na sala.

Qualquer um poderia ter pensado, pelas despedidas longas e emocionadas que trocaram com Naomi e Lina, que estavam partindo para a guerra.

O que havia no amor que transformava os homens em idiotas babões?

Eu me considerei sortudo por pelo menos ser uma coisa com a qual não precisava me preocupar.

Voltei minha atenção para os registros financeiros à minha frente. A plataforma de angariação de fundos digitais seria uma adição interessante ao meu "império corporativo do mal". Salvei minhas anotações na nuvem e enviei um e-mail para que minha assistente adicionasse uma reunião com os parceiros da plataforma à minha agenda.

Tirei os óculos e esfreguei os olhos turvos com as duas mãos.

Queria ir dormir. Entregar-me, exausto, a um sono profundo e sem sonhos. Mas não podia. Ainda não. Não com as luzes do quarto da Sloane ainda acesas, irradiando um brilho quente e dourado como um farol enquanto a neve continuava a cair.

Na minha opinião, não ir dormir até que as luzes da Sloane se apagassem era um hábito pior do que fumar. Era uma compulsão que não me beneficiava em nada, considerando que a mulher era uma aficionada por livros, que costumava ler até tarde da noite. Olhei para o livro *A Biblioteca Da Meia-Noite* perto do meu cotovelo e me questionei se aquilo seria mais uma coisa que eu abandonaria assim que enfim vendesse este lugar.

Eu era patético, compartilhando secretamente um horário de dormir como se sincronizar minha hora de apagar as luzes com a dela de alguma forma garantisse sua segurança. Quanto mais cedo vendesse esta casa e cortasse os laços, mais depressa ficaríamos livres.

Os refletores externos do quintal da Sloane iluminaram a paisagem invernal, e eu fiquei completamente atento enquanto me inclinava para frente, para espiar pela janela.

Ali estava ela.

Ela havia trocado de roupa e tinha vestido outro conjunto de pijama e o complementado com um casaco escuro e volumoso e botas de neve vermelhas. Observei enquanto ela caminhava com determinação pelo quintal, desejando que parasse antes que a perdesse de vista atrás das cicutas e da moita de tuias.

Levantei-me da cadeira e prendi a respiração. Ela fez uma pausa, ainda à vista, e eu relaxei.

Sloane inclinou a cabeça para o céu e abriu os braços. Então se inclinou para trás, caindo de costas. Meus músculos se contraíram instintivamente, prontos para correr escada abaixo e sair pela porta até que percebi que ela estava se mexendo. Ela estava arrastando os braços e as pernas na neve. Para dentro e para fora. Para dentro e para fora.

Fiquei vidrado enquanto presenciava Sloane Walton fazer um anjo de neve.

Pressionei a palma da mão no vidro gelado.

Cuide bem das minhas garotas. Ouvi as palavras do Simon tão claramente como se ele as tivesse dito em voz alta.

Não era culpa dele. Ele não sabia o efeito que a filha causava em mim. Como ela era perigosa para mim. Como eu poderia ser fatal para ela.

Ela estava sentada agora, com a cabeça inclinada para trás. Perguntei-me se também estava pensando no Simon. Se era mais um laço que nos unia injustamente. Em um momento de fraqueza, levei minha mão até a janela e tracei sua figura no vidro com os dedos.

Vi antes dela, a distante faixa laranja de luz no céu. Uma estrela-cadente.

Sloane levou uma mão ao rosto e permaneceu ali, imóvel.

Ela se levantou de repente, dando fim à própria quietude. Observei cativado enquanto ela cuidadosamente se erguia antes de dar um salto para longe de sua criação de neve.

Com as mãos nos quadris, olhou para baixo e assentiu. Em seguida, olhou para cima. Desta vez não para o céu, mas diretamente para mim.

O abajur da escrivaninha estava apagado. Não tinha como ela me ver na janela, disse a mim mesmo, enquanto afastava a mão do vidro. Ainda assim, fiquei nas sombras e a observei fitar minha janela.

Após um minuto angustiante, ela desviou o olhar e lentamente voltou para casa.

Somente quando desapareceu de vista e as luzes em seu quarto finalmente se apagaram, eu percebi algo.

Ela estava usando o meu casaco.

CINCO
BONITÃO NO MEU QUARTO

Sloane

Vinte e três anos atrás

Era para eu estar terminando minha lição de trigonometria ou pelo menos tomando banho por ter vindo do treino de softbol. Mas, para ser sincera, eu odiava matemática e não me permitia tomar banho até terminar a lição de casa. Então, na verdade, minha única opção era fazer uma pausa para ler.

Havia uma possibilidade remota de que minhas frustrações tivessem sido motivadas por eu estar a exatamente um capítulo das partes *bem* interessantes da minha edição surrupiada de *Shanna*, de Kathleen E. Woodiwiss.

Era a terceira vez que eu relia o livro de bolso surrado da minha mãe, e eu era completamente obcecada pelo volátil Ruark Beauchamp. Embora o comportamento dele — e de Shanna — fosse totalmente problemático na vida real, eu ainda gostava da metáfora de que um caso secreto e ardente fosse, de alguma forma, capaz de proporcionar um ambiente seguro no qual se pudesse ser você mesmo.

Acomodei-me no assento da janela e amontoei uma pilha de almofadas nas costas. Um cheirinho de cecê me pegou de surpresa. Fiz careta e abri a janela para deixar entrar o ar fresco da primavera. Meu time estava se encaminhando para disputar as eliminatórias do distrito este ano, e os treinadores nos pressionavam cada vez mais. Eu queria ter essa experiência. Ela estava incluída no Plano de Vida Sensacional da Sloane, ao qual eu estava completamente dedicada. Mas, naquele momento, tudo o que eu queria era me perder em uma história de amor caribenha e picante. Em questão de segundos, as preocupações com o meu cheiro e a lição de casa sem graça desapareceram, e fui transportada para dentro do livro.

Eu estava no meio da parte boa quando minha atenção foi arrancada da página pelo Sr. Rollins, nosso vizinho, que estava dando ré bem rápido com a caminhonete para sair da garagem. Ele trocou de marcha e a caminhonete arrancou, fazendo os pneus derraparem enquanto acelerava e sumia de vista.

Meu estômago deu um nó. As coisas não andavam bem na casa ao lado desde que o Sr. Rollins ficou desempregado há um ano. Meu pai disse que ele trabalhava como supervisor na fábrica de produtos químicos de uma cidade próxima. Mas a fábrica tinha fechado. Depois disso, o Sr. Rollins parou de aparar o gramado. Também não grelhava mais hambúrgueres. De vez em quando, se a janela do meu quarto estivesse aberta para que a brisa da primavera entrasse, eu o ouvia gritar tarde da noite.

Meu pai nunca foi de gritar. Ele *suspirava*.

Ele não ficava bravo comigo e com a Maeve. Ficava *desapontado*.

Eu me perguntava o que Lucian fazia quando o pai gritava.

Um arrepio gostoso percorreu todo o meu corpo só de pensar *nele*.

Lucian Rollins era aluno do penúltimo ano e *quarterback* titular do time de futebol americano da escola. Eu gostava de acreditar que o garoto sério de cabelos escuros que levava o lixo para fora sem camisa era o motivo do meu despertar sexual na adolescência. Eu tinha deixado de achar os garotos repugnantes — o quê, aos 12 e 13 anos, era absolutamente verdade — e passado a imaginar como seria ser beijada pelo *bad boy* da casa ao lado.

Lucian era lindo, sarado e popular.

Eu, por outro lado, era uma quatro-olhos de quase 16 anos e com seios fartos, que preferia passar a noite de sexta-feira aconchegada com um bom livro do que beber cerveja em temperatura ambiente em frente a uma fogueira no campo conhecido como Sinal Verde. Eu *não* estava à altura dele. Somente as líderes de torcida, presidentes de classe e adolescentes bonitas, que de alguma forma escapavam da desesperadora falta de autoconfiança imposta ao restante de nós, é que estavam.

Eu me destacava em um esporte nada atraente e havia passado a última semana na detenção por conta das minhas "fortes objeções" à aplicação do código de vestimenta, quando minha amiga Sherry Salama Fiasco ficara na detenção por usar uma saia que era um centímetro curta demais.

"Em vez de se preocuparem tanto com as roupas das meninas, por que não direcionam essa atenção toda para ensinar os meninos a se controlarem?" Eu tinha contestado. Bem alto. Até tinha chegado a receber alguns aplausos animados e um aceno de cabeça de aprovação de uma das líderes de torcida do último ano na sala de estudos.

Não odiei a notoriedade. E meus pais tinham se recusado a me deixar de castigo por defender o que era certo.

Ouvi um rangido e uma batida de porta na casa ao lado. O livro caiu do meu colo enquanto eu esticava o pescoço para ver melhor.

O que eu mais gostava no meu quarto — além do fato de ser suíte e ter estantes de livros dignas de uma biblioteca e um assento de janela incrível para leitura — era a vista. Do meu assento da janela, eu tinha uma visão completa da lateral da casa do Lucian, incluindo a *janela do seu quarto.*

Lá estava ele.

Lucian saiu para o quintal com passos firmes. Infelizmente, vestindo a camisa. Estava com os ombros curvados e esfregava o braço direito automaticamente enquanto encarava o chão, pensativo.

Graças à habilidade do meu pai com jardinagem, nosso quintal era um verdadeiro paraíso, cercado de flores, árvores e arbustos. Era fim de março e as cerejeiras estavam florescendo, marcando oficialmente a chegada da primavera.

O quintal do Lucian parecia mais um terreno abandonado. A grama estava irregular e havia tufos de ervas daninhas que chegavam à altura dos joelhos. Uma churrasqueira enferrujada estava abandonada ao lado da garagem. Não era minha *intenção* julgar, é claro. Muitas pessoas tinham coisas melhores para fazer do que mexer em terra todo fim de semana.

Embora, talvez, Lucian devesse pensar em dar uma mãozinha em casa já que seu pai não ia mais cuidar do jardim. Pelo amor de Deus, havia um cortador de grama manual ao lado da churrasqueira. Eu não queria ter uma paixonite por um cara preguiçoso e mimado.

Mentalmente o instiguei a se aproximar do cortador de grama.

No entanto, Lucian chutou uma pedra numa área sem grama, fazendo-a voar e atingir nossa cerca com um estrondo.

— Ei! — gritei.

Seu olhar logo se voltou para a minha janela. Esparramei-me no assento e cobri o rosto com uma almofada.

— Que besteira, sua tonta. Ele já te viu — falei com o rosto ainda coberto. Voltei a me sentar. Mas não conseguia ver Lucian em lugar nenhum.

A cerejeira ao lado da minha janela sacudiu e ouvi um grunhido.

— Mas o quê...

Havia algo na árvore. Não. Algo, não. *Alguém*. Pisquei várias vezes e me perguntei se precisava de uma receita de óculos nova, porque parecia que Lucian Rollins estava subindo na minha árvore. Ele escalou o tronco e deu um pequeno salto em direção ao galho que passava por cima do telhado da varanda.

Ai, meu Deus. Ai, meu Deus. Ai, meu Deus. Um garoto gato e popular tinha acabado de subir na minha árvore porque eu tinha gritado com ele.

Com uma mistura inebriante de horror e emoção, eu o observei escalar o galho antes de saltar com destreza para o telhado.

Saí do assento e andei de costas em direção ao centro do quarto, enquanto Lucian Rollins jogava uma perna sobre o peitoril da janela e entrava.

Ai, meu Deus. Ai, meu Deus. Ai, meu Deus. Lucian Rollins estava no meu quarto. Merda! Lucian Rollins estava no meu *quarto*!

Olhei rapidamente ao redor, torcendo para que meu quarto não estivesse um mico total. Graças a Deus que minha mãe tinha insistido em reformá-lo depois do meu aniversário de 12 anos. A casinha de bonecas e a rede cheia de bichinhos de pelúcia foram substituídas por estantes de livros do chão ao teto, que meu pai tinha instalado. As paredes de tom rosa pastel foram cobertas com a tinta mais clara da paleta do azul-ardósia.

Mas eu tinha acabado de jogar de qualquer jeito duas lavagens de roupa limpa no chão em frente ao guarda-roupa, porque minha mãe precisava do cesto de roupa suja. Também tinha esvaziado o conteúdo da mochila aos pés da cama, porque não conseguia encontrar meu marca-texto framboesa favorito, que reservava para as anotações mais importantes das aulas.

Meu Senhor. Eu tinha um marcador favorito, e, no outono passado, Lucian tinha batido o recorde de passes da escola.

Meu convidado não convidado não disse nada enquanto eu silenciosamente entrava em pânico.

Lucian pegou meu livro, virou-o e leu a contracapa. Ele levantou uma sobrancelha em provocação.

Atravessei o quarto até ele e o arranquei da sua mão.

— Por que está no meu quarto? — exigi saber, enfim encontrando a voz.

— Em grande parte, para talvez me desculpar pela pedra — disse ele, com a voz baixa e suave.

— Em grande parte?

Ele deu de ombros e começou a passear pelo quarto.

— Nunca estive na sua casa. Queria ver como é.

— Poderia ter usado a porta da frente — falei. Se eu fosse uma líder de torcida, saberia como flertar. Eu já estaria de banho tomado, vestida com a parte de cima e de baixo do pijama combinando e usando brilho labial. Eu jogaria o cabelo para trás sem machucar o pescoço, e ele sentiria uma vontade irresistível de me beijar.

Mas eu não era líder de torcida. Eu era eu mesma e não tinha a menor ideia de como conversar com meu vizinho gato, por quem eu tinha uma paixonite.

Ele parou na minha escrivaninha e passou os olhos pelos meus CDs. Seus lábios se curvaram em um sorriso.

— Destiny's Child e Enrique Iglesias.

— Você não pode simplesmente invadir minha casa e julgar meu gosto musical.

— Não estou julgando. Achei... interessante.

Ele era ainda mais bonito de perto.

Espera. Não, bonito não. *Lindo.*

Seu cabelo era volumoso e escuro e um pouco ondulado nas pontas. Ele tinha um nariz reto e maçãs do rosto tão proeminentes que a Sra. Clawser o escolheu como modelo para desenho de retrato na aula de artes. Becky Bunton contou que foi só Lucian tirar a camisa e a Sra. Clawser teve que ficar se abanando com o leque por dez minutos seguidos por causa do calor repentino.

Claro, Becky *também* alegava que as mochilas JanSport tinham sido criadas por seu tio, então era preciso encarar suas afirmações com certo ceticismo.

Lucian era alto e sarado, de modo que seu corpo preenchia sua calça desgastada e camiseta de mangas compridas do time de futebol americano de Knockemout de um jeito que remetia mais a um homem do que a um garoto.

Estava esquentando aqui? Eu precisava de um leque?

Eu ainda era virgem. Queria que a minha primeira vez fosse com alguém que fizesse eu me sentir como a protagonista de um livro. Alguém que pudesse me arrebatar e fazer com que eu me sentisse especial e bem, e não que me deixasse toda suada e constrangida no banco de trás de um carro Toyota antigo, como foi na primeira vez de Becky.

Lucian, com seus antebraços musculosos e seu lindo cabelo, faria uma garota se sentir desse jeito. Especial. Importante.

Como eu poderia me relacionar com garotos que não fossem muita areia para o meu caminhãozinho quando tinha esse espécime diante de mim? Minhas opções se restringiam aos caras menos populares do ensino médio. Como alguém da equipe dos bastidores do teatro ou talvez um dos mais lerdos do time de atletismo.

Mas nenhum deles chegava aos pés do meu vizinho bonitão.

Não era só a aparência. Lucian transitava pelos corredores da Knockemout High com a confiança de que a multidão se abriria para deixá-lo passar. Eu, por outro lado, me enfiava entre os espacinhos, encarando as costas e os ombros de todos os alunos.

Lucian limpou a garganta e eu pisquei os olhos.

Estava encarando-o há muito tempo. O suficiente para que ele se sentasse no recamier e me encarasse em resposta. Com expectativa.

— Hã, quer um refrigerante ou algo do tipo? — perguntei, sem saber o que faria se ele dissesse que sim. Meus pais estavam no andar de baixo e com certeza notariam se eu subisse sorrateiramente com dois refrigerantes. Diferente dos pais na televisão, os meus não deixavam passar nada.

— Não, valeu — disse ele, de olho no meu dever de casa. Ele pegou a folha de cima, a que eu tinha rabiscado inteira com "Que saco. Odeio matemática".

Arranquei-a da mão dele e amassei atrás das costas.

Eu era inteligente. Era minha especialidade. Se me colocassem em uma aula de inglês, história ou ciências, sem dúvida eu garantiria uma nota máxima. Mas matemática era um caso totalmente diferente.

— Posso te ajudar — disse ele, estendendo a mão atrás de mim e pegando o papel de volta.

— Você é bom em matemática? — Não consegui disfarçar a incredulidade na entonação.

— Acha que só porque jogo futebol não posso ser inteligente também?

Na realidade, estava pensando que era para eu ser a tutora do atleta sarado que acabaria se apaixonando por mim durante as aulas particulares. Mas essa configuração também poderia dar certo.

— Claro que não. — Fiz pouco caso.

— Então me empresta um lápis. — Ele estendeu a mão, e por um instante, lutei contra a fantasia de simplesmente colocar minha mão na dele... e então me jogar em seu colo e beijá-lo.

Mas eu não confiava na minha coordenação motora. E se eu desse uma joelhada na virilha dele ou o fizesse perder o fôlego?

O bom senso falou mais alto e peguei minha lapiseira cor-de-rosa do chão e a entreguei.

— Venha cá — disse ele, sentando-se no chão e dando tapinhas ao seu lado.

Fiz como mandou.

— Você acertou a primeira parte — falou, refazendo meus passos com a ponta do grafite. — Mas errou aqui.

Sentei-me ao lado dele e observei sua mão grande mover a lapiseira cor-de-rosa pela folha. Só Lucian Rollins para fazer a matemática parecer sexy.

— Uau. Você é mesmo inteligente — falei quando ele circulou a resposta certa.

Seus lábios se curvaram levemente nos cantos.

— Não saia espalhando.

— Seu segredo está seguro comigo — prometi.

— Sua vez — falou, passando a lapiseira para mim.

Ele estava com um perfume delicioso. O que me deixou receosa de que ele pudesse sentir meu cheiro.

Foram necessárias três tentativas e uma paciência infinita por parte de Lucian, mas enfim consegui. Acertei a questão seguinte na segunda tentativa. E quando acertei a terceira questão de primeira, levantei num pulo e arremessei a lapiseira no chão como se fosse uma bola de futebol na zona de finalização.

— Isso! Toma essa, matemática!

Eu estava no meio da minha dança da vitória quando lembrei que tinha um aluno mais velho e gato como plateia e eu estava com as axilas suadas.

Lucian se recostou com os cotovelos no carpete, observando com diversão. Um sorriso genuíno se formou em seu rosto. Um sorriso que *eu* tinha provocado. Uma sensação cálida floresceu dentro de mim. Tinha quase certeza de que era uma onda de calor.

Ajeitei meu cabelo atrás das orelhas e me acomodei de volta no chão.

— Hum, obrigada pela ajuda. Não costumo ficar tão empolgada com a lição de matemática.

O sorriso ainda estava lá, e estava transformando meu interior em geleia.

— Pelo visto, você curte mais ler do que estudar trigonometria, né? — Ele indicou minhas estantes com a cabeça.

— Ah, hã, sim. Gosto de ler. Muito.

— Quer virar escritora?

Fiz que não com a cabeça.

— Que nada. A leitura é só um passatempo. Vou conseguir uma bolsa de estudo com o softbol e seguir a carreira de medicina esportiva. — Já tinha tudo planejado. Segundo meu treinador, eu era uma "arremessadora com entusiasmo agressivo".

— Sério? — perguntou.

— Acha que não tenho capacidade para isso?

— É só que deve ser legal saber o que quer fazer.

— Você está quase no último ano — salientei. — Onde pretende fazer faculdade? Qual curso quer fazer?

Ele deu de ombros, depois fez uma careta e começou a esfregar o braço, distraído.

— Ainda não sei.

Franzi a testa.

— O que quer ser, então?

— Rico.

Ele pareceu falar com sinceridade. E não como um adolescente mal-humorado, cansado da tia Alice, que vivia perguntando o que ele queria ser quando crescesse.

— Hã, tá bom. E como planeja chegar lá? — perguntei.

— Vou dar um jeito.

Fiquei desapontada. Um cara como Lucian deveria ter sonhos ambiciosos e específicos. Era para ele querer desenvolver aparelhos auditivos inovadores para bebês ou até mesmo administrar uma clínica odontológica bacana, como a minha mãe. Poxa, até mesmo almejar ser jogador de futebol profissional seria melhor do que não ter sonho nenhum.

— Sloane! Jantar — chamou minha mãe do andar de baixo.

Droga, droga, droga.

— Hã, tá! — gritei em resposta.

— Acho que é melhor eu ir — disse Lucian.

Eu não queria que ele fosse embora. Mas também não queria que meus pais soubessem que um jogador de futebol extremamente gato tinha escalado uma árvore e entrado no meu quarto. Caso ele repetisse o feito e eu estivesse de banho tomado, com pijama combinando e brilho labial.

— Pergunte ao garoto que entrou pela sua janela se ele quer ficar para jantar. Vamos comer rocambole de carne — gritou minha mãe, convidando-o.

— Ai, meu Deus — murmurei com as mãos no rosto, mortificada.

Levantei a vista para Lucian e ele sorriu. Um sorriso vivaz, capaz de fazer os joelhos fraquejarem e o estômago dar cambalhotas.

— Valeu, Sra. Walton, mas preciso voltar para casa — gritou ele em resposta.

— Fique à vontade para usar a porta da frente — gritou mamãe.

Fiz uma careta.

— Melhor usar a porta mesmo. Senão eles vão acabar subindo aqui.

— Tá — disse ele, não parecendo muito preocupado com a minha humilhação.

Endireitando os ombros, conduzi-nos para fora do meu quarto e desci as escadas, sem saber ao certo como seriam as reações. Na visão dos meus pais, lutar pelos direitos das mulheres era uma coisa. Trazer meninos escondidos para o meu quarto era um tipo de rebelião totalmente diferente.

Meus pais nos encontraram ao pé da escada, na cozinha. Meu pai estava com um suéter bege folgado que combinava bem com sua calça cáqui. Minha mãe ainda estava vestida com o uniforme de enfermeira. Os dois estavam segurando taças de vinho.

— Mãe, pai, este é o Lucian. Ele, hã, me ajudou com a lição de casa de trigonometria — falei, constrangida, fazendo as apresentações.

— É um prazer conhecê-los, Sr. e Sra. Walton — disse Lucian, trocando apertos de mãos como se fosse um adulto. Tive uma visão dele vestindo terno elegante, presidindo reuniões com a expressão séria e dando apertos de mão firmes. Talvez "rico" não fosse um objetivo tão sem graça, afinal.

— É um prazer te conhecer oficialmente, Lucian — disse minha mãe, dirigindo-me um olhar de "vamos ter uma conversinha sobre isso mais tarde".

— Será sempre bem-vindo aqui, ainda mais se isso evitar que a Sloane fique atirando os livros de matemática pelos cantos — disse meu pai.

Os dedos dos meus pés se contraíram de constrangimento.

— Pai — sibilei.

Ele esticou a mão e bagunçou meu cabelo. Continuei morrendo de vergonha, uma condição fatal e incurável.

— Tem certeza de que não pode ficar para jantar? — instou minha mãe.

Lucian hesitou por apenas um breve segundo, e meus pais partiram para cima dele como cachorros da raça pug atrás de manteiga de amendoim.

— Jante conosco — insistiu meu pai. — A Karen faz um rocambole de carne sensacional, e eu fiz batatas assadas com molho de rábano.

Lucian olhou para mim, depois para os pés, antes de assentir.

— Hã, tem certeza de que não se importam?

— Nem um pouco — insistiu minha mãe, dirigindo-nos até a ilha da cozinha, onde os pratos estavam empilhados.

Ai, meu Deus. Eu estava prestes a jantar com Lucian Rollins. Uhul!

E os meus pais. Aff!

Claramente não era um encontro se tinha supervisores presentes. Pelo menos, não neste século.

— Venham — disse mamãe, indo na frente. — Vocês podem arrumar a mesa.

— SEUS PAIS são legais — disse Lucian enquanto eu fechava a porta da frente. A fragrância das flores de cerejeira pairava no ar fresco da noite.

— E constrangedores — acrescentei, encolhendo-me de vergonha ao relembrar alguns dos tópicos da conversa. — Não precisa ajudar meu pai a tirar as decorações de verão da garagem neste fim de semana.

Meu pai, que tem medo de escadas e mede 1,73 metro, ficou empolgado com a altura do Lucian. Minha mãe ficou extasiada com sua aparente incapacidade de dizer não.

— Não me importo — disse ele, colocando as mãos nos bolsos.

— Não deixe eles te ouvirem dizer isso, senão minha mãe vai fazer você trocar as caixas de arquivos do escritório dela de lugar e meu pai vai te recrutar para aparar os galhos mais altos no quintal.

— Sua casa é ótima — disse Lucian. Por pouco não pareceu uma acusação.

— Até poderia agradecer, mas não tive nenhum envolvimento nisso.

— A minha é uma merda — disse ele, apontando com o queixo na direção da casa pequena e bege de dois andares ao lado. Reparei que o pai do Lucian ainda não tinha voltado.

— Talvez ache mais bonita se aparar o jardim? — sugeri de forma prestativa.

Ele olhou para mim, mais uma vez achando graça.

— Duvido que isso melhore as coisas.

Cruzei os braços sobre o peito para me proteger do frio.

— Nunca se sabe. Às vezes, melhorar a aparência externa das coisas as torna melhores em todos os aspectos.

Era como quando eu acordava cedo para passar um pouco de rímel e batom antes da escola. Batom chamativo e cílios longos faziam com que eu me sentisse uma versão mais bonita e bem apresentada de mim mesma.

— Vamos ver — disse ele. — Valeu pelo jantar. Preciso voltar e fazer minha própria lição de casa.

Ele deu alguns passos para trás.

Desesperada por mais um minuto ao seu lado, minha mente se apressou em buscar algo para dizer.

— Ei! Odeio ter que dizer, mas você ainda não se desculpou pela pedra.

Ele exibiu aquele sorrisinho contido, com um pé na varanda e outro no degrau.

— Acho que vou ter que fazer isso da próxima vez.

Da próxima vez.

Senti aquela sensação nervosa no estômago de novo.

— A gente se vê por aí — disse ele.

— É. Até mais — falei ofegante. Fiquei ali, parada feito uma idiota, observando-o caminhar pela calçada antes de atravessar a entrada da garagem em direção ao próprio jardim.

— Da próxima vez — sussurrei.

Fui para a cama naquela noite com um sorriso estampado no rosto, deixando Ruark e Shanna temporariamente de lado.

Quando saí para a escola na manhã seguinte, não pude deixar de notar que a caminhonete do pai do Lucian ainda não estava estacionada na entrada. Mas o gramado da frente tinha sido cortado.

SEIS
EMBOSCADA NO CAFÉ DA MANHÃ

Sloane

Obrigada, Lou — murmurei com o elástico de cabelo entre os dentes. Lou Witt, o pai da Naomi, segurou a porta do restaurante para mim, já que minhas mãos estavam ocupadas tentando fazer um coque improvisado no topo da cabeça.

— Você tá com uma cara de esgotada hoje — observou sua esposa, Amanda, a nova conselheira educacional de meio período do distrito escolar.

Dei uma olhada rápida no meu moletom largo com manchas de café recentes, obtidas após derramar metade de uma caneca na frente do meu corpo, quando minha mãe mandou mensagem para lembrar que eu tinha marcado de encontrá-la no café da manhã.

Tinha um buraco em um dos joelhos da minha calça legging, e eu tinha esquecido de trocar o chinelo.

Merda.

— É um dia daqueles — falei, prendendo o coque.

Na verdade, estava mais para semanas.

— É de se esperar, querida — tranquilizou Amanda com um aperto solidário no meu braço. — Não se esqueça de cuidar de si mesma.

— Não vou — prometi antes de acenar para os Witt e entrar. Avistei minha mãe em uma das mesas do fundo e me apressei até ela. — Desculpe o atraso. A Naomi ligou. Ela e o Eric finalmente acharam a cobra que tinha desaparecido na fazendinha na quarta-feira à noite. Estava na janela, enrolada em uma planta...

Parei bruscamente e encarei de boca aberta o homem sentado à sua frente.

Mamãe sorriu para mim como se não estivesse sentada à mesa com meu inimigo mortal.

— Pedi para o Lucian se juntar a nós, já que ele ainda está na cidade.

Lucian também não aparentava estar muito feliz com essa reviravolta, mas, para ser justa, o homem raramente exibia uma expressão diferente de alguém com um caso sério de constipação.

— Sente-se — disse minha mãe, apontando para o sofázinho em que Lucian estava.

— Sabe de uma coisa? Esqueci que tenho um compromisso marcado com alguém para discutir...

— Sloane, sente-se agora mesmo.

Ela tinha usado a voz de mãe. Infelizmente, virar adulta não vinha com imunidade instantânea a esse tom.

Lucian abriu espaço com relutância. Ótimo. Agora eu também tinha que entrar no jogo, senão pareceria mais imbecil e imatura do que ele. Sentei-me com cautela, apoiando uma nádega no vinil e mantendo um pé no corredor caso precisasse fazer uma fuga rápida.

Mamãe entrelaçou os dedos na mesa e nos olhou com expectativa. Ela parecia cansada e triste, o que fez com que eu me sentisse uma criança petulante. Ajeitei-me melhor no assento e peguei um cardápio.

— E aí, por que nos encontramos para o café da manhã? — perguntei.

— Volto para Washington hoje — anunciou ela. — Me despedi da sua irmã e da Chloe esta manhã. Agora é a sua vez.

Coloquei o cardápio de lado e ignorei a sensação de que o calor corporal do Lucian estava sendo absorvido pela lateral direita do meu corpo.

— Mãe, não tem motivo para pressa. Se quiser um pouco de paz e tranquilidade, sabe que pode ficar comigo. — Ela tinha dividido o tempo em Knockemout entre a minha casa e a da minha irmã enquanto planejávamos os serviços funerários. Eu tinha gostado de tê-la comigo. Sua presença fez com que a casa parecesse menos vazia. Além disso, ela comprava lanches bem gostosos.

Ela fez que não com a cabeça.

— Agradeço a oferta, mas está na hora de voltar. Seu pai deixou uma lista bem clara e detalhada de coisas que preciso resolver.

— Me deixe ajudar. — De repente, fiquei desesperada para mantê-la na cidade. Eu não queria que ela lidasse com tudo sozinha. Também não queria ser abandonada.

— Que coisas precisam ser resolvidas? — perguntou Lucian.

Dirigi-lhe um olhar breve. Não que fosse da conta dele, mas eu também estava interessada na resposta.

— Bom, uma das coisas é que ele queria que suas roupas fossem doadas para uma ONG que fornece roupas de trabalho a homens desabrigados, para facilitar suas entrevistas de emprego. Também fui encarregada de juntar e entregar todos os arquivos dos casos dele a Lee V. Coops, na Ellery and Hodges, para possíveis recursos futuros.

— Eu cuido disso — prontificou-se Lucian, tirando o celular do bolso e abrindo as mensagens. — Vou pedir a um dos meus funcionários que pegue os arquivos na sua casa e os envie para a nova empresa.

Por que diabos Lucian "Sou Dono de Metade do Mundo" Rollins estava se oferecendo para ajudar minha mãe a resolver as coisas? E por que minha mãe estava agindo como se não fosse a primeira vez que ele estava sendo prestativo?

Forcei um sorriso com os dentes cerrados.

— Vou dar uma olhada no escritório do papai lá em casa para garantir que ele não deixou nenhum arquivo antigo guardado.

— Perfeito. Pode entregar ao Lucian o que encontrar.

Olhei para ele de soslaio e o encontrei já me encarando. Juntos, voltamos nossa atenção para minha mãe.

— O que está acontecendo, Karen? — perguntou ele ao mesmo tempo que perguntei:

— O que está acontecendo, mãe?

— Simon amava vocês dois. Quando o câncer retornou, ele começou a refletir muito sobre o que era essencial para uma vida boa. E o rancor que vocês dois parecem carregar não é saudável.

Mudei de posição no assento, sentindo-me desconfortável. A ideia de que fiz algo nos últimos meses do meu pai que o deixasse infeliz era como espremer suco de limão fresco nas feridas abertas da minha tristeza.

— Papai estava desapontado comigo? — perguntei com a voz rouca.

Mamãe segurou minha mão e a apertou com carinho.

— Claro que não, amorzinho. Ela sentia tanto orgulho de você. Dos dois, por tudo o que realizaram, por tudo o que construíram, pela generosidade que demonstram. Mas a vida é dolorosamente curta. Esse rancor que vocês dois cultivam é um desperdício desse tempo precioso.

— Tá. Peço desculpas se estiver sendo indelicada, mas o que Lucian tem a ver com a nossa família?

Mamãe e Lucian trocaram um olhar prolongado até que ele balançou sutilmente a cabeça.

— Isso que acabou de acontecer — acusei, apontando para o rosto dele. — O que diabos significa esse balançar de cabeça discreto?

— Lucian fez mais por esta família do que jamais me permitirá dizer — afirmou minha mãe, por fim.

— Por exemplo? — As palavras saíram em um tom agudo e cheias de pânico.

— Lucian — encorajou minha mãe.

— Não.

Ela revirou os olhos para ele, depois olhou para mim.

— Como pagar um spa para eu ir com minhas amigas depois do funeral.

— Karen — disse Lucian, exasperado.

Mamãe segurou a mão dele com a que estava livre, unindo-nos por meio dela.

— Lucian, querido, em algum momento você terá que parar de negar...

— O que vão querer hoje? — Bean Taylor, usando suspensórios e um avental sujo de alimentos do café da manhã, apareceu com seu bloquinho manchado de gordura, pronto para anotar. Esse homem era um mestre na churrasqueira, mas um dos garçons mais desajeitados do planeta.

— Oi, Bean. Que bom te ver — disse mamãe, soltando nossas mãos.

O que Lucian tinha que parar de negar? Quais segredos eles compartilhavam?

Nós, a família Walton, éramos um livro aberto. Sabíamos tudo um do outro. Bom, quase tudo.

— Olha, preciso botar o pé na estrada — disse minha mãe, pegando a bolsa e colocando dinheiro na mesa. — Mas eu ficaria muito feliz se vocês dois ficassem e tomassem café da manhã. E detesto apelar para a culpa, mas agora vou me agarrar com as duas mãos a qualquer coisa que me faça feliz.

Seus olhos se encheram de lágrimas.

Eu me levantei junto com ela e a envolvi em um abraço. Talvez se eu a abraçasse com toda a minha força, ela não iria embora.

— Vou dar mais um minuto pra vocês — disse Bean, afastando-se da demonstração de afeto.

— Mãe. Não vá. — Minha voz falhou, e ela me abraçou com mais força.

— Tenho que ir. Vai ser bom ser produtiva e começar a pensar no próximo passo. Acredito que será bom para você também. Precisa voltar ao trabalho — sussurrou. — Além disso, estou a apenas uma ligação de distância.

Eu funguei.

— Uma ligação e um dos piores trânsitos do país.

— Vale a pena enfrentar o trânsito por mim.

Soltei uma gargalhada.

— É. Acho que sim.

— Eu te amo, Sloane — sussurrou mamãe. — Seja feliz. Faça boas ações. Não deixe que isso te desanime por muito tempo. Seu pai não ia querer isso.

— Tá bem — sussurrei enquanto uma lágrima escapava, escorrendo pela curva do meu nariz.

Mamãe me soltou, apertou meus braços e depois se virou para Lucian, que estava saindo do sofázinho. Ele se levantou, fazendo-nos parecer pequenas, alisando a camisa provavelmente personalizada com seu monograma.

— Eu te amo. — Ouvi minha mãe dizer a ele. A resposta foi muito baixa para eu conseguir escutar, mas notei como ele a abraçou com os punhos cerrados, os nós dos dedos ficando brancos.

— Fique. Coma — insistiu ela outra vez quando ele a soltou.

Lucian assentiu.

— Tchau, mãe — despedi-me com a voz embargada. Ela balançou os dedos para mim, os olhos ainda marejados, e foi para a porta. Fiquei ali parada, vendo-a ir embora, sentindo-me como Anne de Green Gables antes de conhecer Marilla e Matthew Cuthbert.

— Sente-se.

O comando firme de Lucian foi acompanhado por uma mão larga nas minhas costas, conduzindo-me de volta ao sofázinho. Sentei-me no assento que minha mãe tinha desocupado e fiquei encarando o menu à minha frente, sem realmente enxergá-lo.

— Ela vai ficar bem, Sloane. — O murmúrio rouco acariciou meu nome com irritação e algo mais.

— Claro que sim — falei com firmeza.

— Você também.

Não pude retrucar com uma resposta sarcástica. Toda a minha concentração estava em tentar fazer as lágrimas serem reabsorvidas pelo meu rosto. Eu não me permitiria demonstrar fraqueza diante dele. Mais uma vez.

— Não precisa ficar — eu disse, olhando para todo lado, menos para o seu rosto.

— Depois daquela pressão emocional, eu tomaria café da manhã até com o Rasputin.

Mesmo com a visão embaçada, eu podia vê-lo balançando a cabeça com veemência.

— O que não quer que eu saiba? — exigi saber. — Estava chantageando meus pais? Você os fez cair em uma seita ou esquema de pirâmide?

— Só consegue pensar nessas opções? — perguntou.

— Psiu! Posso voltar e anotar os pedidos? — perguntou Bean, voltando de mansinho para a mesa.

— Claro, Bean. — Consegui esboçar um sorriso fraco para ele. Não me ajudaria em nada ter rumores circulando sobre o surto público da bibliotecária da cidade. Eu tinha uma reputação a zelar. Ficava completamente amedrontadora quando a situação pedia. Isso assegurava que minha biblioteca e minha vida aqui em Knockemout fluíssem sem problemas.

— Sabe que tem manchas espalhadas pelo moletom todo, né? — Bean apontou para a minha roupa com o toco de lápis que segurava.

— Tive um incidente com uma cafeteira esta manhã. Vou querer o de sempre e um chocolate quente. — Eu precisava de uma bebida que me reconfortasse.

— Com dose extra de marshmallow e chantili? — especificou Bean.

— Isso mesmo.

— E pra você, Sr. Rollins?

Bufei por dentro. Estamos em Knockemout, pelo amor de Deus, e Bean era apenas um ano mais novo que eu. Mas era "Sr. Rollins para cá e Sr. Rollins para lá".

— Omelete de clara de ovo com espinafre e legumes — pediu Lucian.

Urgh. Até o pedido do café da manhã dele me irritava. E a forma como nem se dava ao trabalho de dizer "por favor" ou "obrigado" me fazia querer dar na cara dele com o porta-guardanapos. Estreitei os olhos em sua direção.

Lucian soltou o ar com força pelo nariz.

— Por favor — acrescentou antes de recolher os nossos cardápios e entregá-los.

— Claro — disse Bean.

— Obrigada, Bean — agradeci antes de ele se apressar de volta para a cozinha. Assim que se afastou, voltei a encarar Lucian. — Seria o fim do mundo ser educado de vez em quando? Ou será que esses ternos fazem você perder a humanidade?

— Fico surpreso que não tenha pedido as panquecas com glitter do cardápio infantil para acompanhar sua caneca de açúcar puro.

— Já provou o chocolate quente daqui alguma vez? — perguntei. — Ah, espera. Esqueci. Você é completamente alérgico a diversão e felicidade. Quando é que volta ao seu covil de vampiros deprimente?

— Assim que sobreviver a este café da manhã com você.

Outro garçom apareceu para completar o café preto do Lucian e entregar o meu chocolate quente. Era uma obra de arte. A caneca de cabo grosso tinha uma verdadeira torre de chantili em cima. Marshmallows pequenos pontilhavam o redemoinho branco, e Bean tinha acrescentado uma quantidade generosa de granulados cor-de-rosa e brilhantes.

Senti uma coceira na garganta e outra sensação incômoda nos olhos. De jeito nenhum eu ia chorar por causa de uma caneca de chocolate quente, não importava o quanto fosse óbvio que tinha sido feita com amor.

Era por isso que eu amava tanto essa maldita cidade. Por isso nunca quis morar em outro lugar. A vida de todos era intimamente entrelaçada. Ao sair de casa, se você olhar além do cheiro de couro e dos gases de escape, dos SUVs luxuosos e das roupas de equitação de grife, verá uma dúzia de pequenos gestos de bondade todos os dias.

— Você é ridícula — disse Lucian enquanto eu aproximava a caneca de mim com as duas mãos.

— Está com inveja.

— Não dá nem pra beber. Vai acabar se sujando toda.

Ri com desdém e peguei um canudo.

— Que amador. — Com precisão, coloquei o canudo pela parte de cima para garantir a proporção correta de creme para chocolate. — Aqui — falei, deslizando a caneca em sua direção.

Ele me encarou como se eu tivesse acabado de sugerir que mexesse o café com o pênis.

— O que quer que eu faça com isso?

— Quero que prove, faça uma careta e depois diga o quanto acha repugnante, mesmo que no fundo goste tanto que vai começar a planejar como pedir um sem que eu perceba.

— Por quê?

— Porque você pagou um spa para a minha mãe ir com as amigas quando ela precisava ser lembrada de que poderia vivenciar o luto e ainda assim encontrar alegria. Porque escolheu aguentar um café da manhã do qual nem eu nem você queríamos participar só para agradá-la. Então tome só *um* gole, porque isso é tudo o que estou disposta a dividir, e aí podemos voltar a nos ignorar.

Para minha surpresa, Lucian pegou a caneca. Ele a ergueu até a altura dos olhos e examinou como se fosse um cientista e o chocolate quente fosse um espécime ainda não descoberto da família das aranhas.

Procurei não prestar atenção em como seus lábios se fecharam na ponta do canudo. Em como sua garganta se movimentou com o único gole. Mas notei que a careta veio com meio segundo de atraso.

— Repugnante — disse ele, deslizando a caneca de volta para mim. — Feliz agora?

— Extasiada.

Ele pegou o café, mas não bebeu. Talvez porque por baixo de seu paletó de cinquenta milhões de dólares e da barba de homem rico, ele tivesse um pouco de humanidade, afinal.

Deveria ter pegado um canudo novo. Deveria ter feito alarde, evitando encostar minha boca em qualquer lugar próximo de onde a dele tinha estado. Mas não o fiz. Em vez disso, eu o retirei da bebida, coloquei-o de volta no lado oposto da caneca e fechei meus lábios onde os dele haviam ocupado poucos instantes antes.

Uma gostosura quente e açucarada atingiu minha língua, com um leve toque crocante dos granulados.

Segurei a caneca com as mãos e fechei os olhos para prolongar este pequeno momento de perfeição.

Quando os abri novamente, encontrei Lucian me observando, sua expressão... confusa.

— Quê? — perguntei, soltando o canudo.

— Nada.

— Não está me encarando como se não fosse nada.

— Estou olhando para você e contando os segundos até que esta refeição termine.

E, simplesmente assim, tudo voltou ao normal.

— Não enche, Lúcifer.

Ele tirou o celular do bolso e me ignorou enquanto eu observava os outros clientes.

O restaurante estava movimentado, como de costume neste horário. Os clientes eram em sua maioria aposentados, com alguns fazendeiros e, é claro, com adição da típica turma de motociclistas para dar aquele toque especial. Knockemout era um lugar único, onde se misturavam donos ricos de coudelarias, foras-da-lei em busca de liberdade e políticos de meia-idade exaustos.

Senti o peso do olhar do Lucian e, de propósito, evitei encará-lo de volta.

— Não é obrigado a fazer isso, sabe. Tenho certeza de que tem coisas melhores para fazer — falei, enfim.

— E tenho. Mas não serei o responsável por desapontar sua mãe hoje — disse meu colega de mesa ranzinza.

Meu olhar deveria tê-lo incinerado.

— Requer mais ou menos energia pra ser um babaca a cada segundo do dia? Porque não consigo determinar se é uma característica natural ou se precisa se esforçar para ser assim.

— Faz diferença?

— Costumávamos nos dar bem. — Não sei por que disse isso. Tínhamos um acordo tácito de nunca mencionar aquele período de nossas vidas.

Desviou a atenção para o meu pulso direito, que estava à mostra.

Senti vontade de esconder a mão no colo, mas por teimosia a mantive em cima da mesa.

— Éramos ingênuos na época — disse ele, com a voz rouca.

— Você é insuportável.

— Você é irritante — rebateu.

Segurei o canudo como se fosse uma arma capaz de apunhalar.

— Cuidado, Fadinha. Estamos sendo observados.

O apelido me fez hesitar.

Consegui desviar a vista do rosto ridiculamente bonito dele e olhei ao redor. Havia vários olhares fixos em nossa mesa. Não podia culpá-los. Fazia parte da história da cidade que Lucian e eu não nos suportávamos. O simples fato de nos verem "curtindo" uma refeição a sós já devia ter dado início às fofocas. Qualquer uma dessas pessoas não hesitaria em relatar para minha mãe.

Com cautela, coloquei o canudo de volta no chantili.

— Escuta. Já que é cabeça-dura demais para ir embora e não está disposto a me contar por que você e minha mãe são tão amiguinhos, vamos encontrar algum tópico de conversa em que possamos concordar para sobreviver a este café da manhã interminável. O que acha do... clima?

— Do clima? — repetiu.

— Sim. Podemos concordar que há clima lá fora?

— Sim, Sloane. Podemos concordar que há clima lá fora.

Seu tom era tão condescendente que eu queria pegar o frasco de ketchup e despejá-lo inteiro nele.

— Sua vez — falei.

— Tá. Estou certo de que concordamos que você se veste como uma adolescente perturbada.

— É melhor do que parecer um agente funerário carrancudo — revidei.

Seus lábios se curvaram e depois sua expressão voltou ao estado de tédio e irritação de sempre.

A sineta da porta do restaurante tilintou, e Wylie Ogden entrou com passos pesados.

As conversas cessaram à medida que a atenção se desviou de nós para Wylie.

Lucian não mexeu um músculo, mas ainda assim senti um calafrio percorrer a mesa.

O ex-chefe de polícia não tinha dado muito as caras desde o incidente em que Tate Dilton, um ex-policial que virou criminoso, uniu-se a Duncan Hugo, filho do mafioso, para atirar em Nash Morgan. Wylie, cujo longo mandato como chefe de polícia tinha sido marcado pelo nepotismo e conluio de velhos conhecidos, era amigo do policial deposto, mas se redimiu quando atirou e matou Dilton. A imagem que eu tinha do Wylie melhorara bastante depois disso. Até quase sorri para ele na única vez que o tinha visto na mercearia.

O olhar do ex-chefe de polícia pousou em nossa mesa. Ele ficou imóvel, exceto pelo palito de dente no canto da boca, que se movia para cima e para baixo, e então deu uma virada brusca para se sentar no lado oposto do balcão do restaurante.

O olhar frio de Lucian permaneceu fixo no homem.

Senti alguma coisa. Algo que se assemelhava suspeitosamente a culpa, o que me deixou na defensiva.

— Sabe, se tivesse me contado tudo, eu não teria...

— Não — interrompeu como se estivesse mandando uma criança parar de tentar colocar o dedo em uma tomada.

— Só estou falando que...

— Deixa para lá, Sloane.

Era assim que agíamos. Deixávamos as coisas para lá. A única indicação do nosso passado compartilhado era o gosto amargo presente em cada interação.

Nenhum de nós estava disposto a perdoar ou esquecer. Apenas continuaríamos fingindo que isso não nos corroía.

— Aqui está o café da manhã de vocês — disse Bean em voz alta. Ele colocou os pratos fumegantes sobre a mesa com uma animação forçada e, em seguida, casualmente guardou as duas facas de manteiga no bolso do avental.

SETE
O IMPÉRIO CORPORATIVO DO MAL

Lucian

Os escritórios da Rollins Consulting ocupavam o último andar de um edifício pós-moderno na G Street, o distrito central de negócios de Washington, D.C. A proximidade com a Casa Branca fazia com que a rua em frente ao prédio fosse fechada com frequência para as comitivas de motocicletas de dignitários visitantes.

As portas do elevador se abriram, revelando um interior elegante em mármore, letras douradas imponentes e uma escultura de dragão.

Petula "Você Não Tem Permissão para Passar" Reubena levava a sério seu papel de guardiã da entrada. Ninguém conseguia passar por ela, a menos que fosse expressamente autorizado. Uma vez a encontrei revistando a bolsa da minha mãe quando ela tinha vindo me visitar para um almoço raro.

— Boa tarde, senhor — cumprimentou Petula, levantando-se da cadeira e batendo continência. Ela tinha tido uma longa e condecorada carreira militar e, após um mês de aposentadoria, decidira que não estava destinada a uma vida de descanso.

Ela se vestia como a avó rica de alguém, e apesar de ter três netos, Petula aproveitava o tempo livre fazendo escaladas. Essa informação foi descoberta durante a minuciosa verificação de antecedentes pela qual todos os funcionários passavam. Ela jamais comentara sobre sua vida pessoal e tinha pouca paciência com quem comentava.

— Boa tarde, Petula. Alguma emergência durante a minha ausência?

— Nada que eu não desse conta — respondeu de forma rápida e enérgica.

Segurei a porta de vidro para ela e Petula seguiu em frente, listando o cronograma do dia.

— Você tem uma conferência por telefone agendada para às 14h15. Tem uma reunião com Trip Armistead às 15 horas e Sheila Chandra está agendada para às 15h15. Imagino que essa seja mais uma jogada diabólica para afirmar o poder, caso contrário finalmente cometeu seu primeiro erro.

Trip era um congressista da Geórgia e um cliente que não iria gostar dos nossos quinze minutos juntos.

— Nunca cometo erros — falei, cumprimentando com a cabeça o associado de terno cinza cujo nome eu não conseguia me lembrar.

Petula me lançou um olhar apático.

— Vou alertar a segurança. O pessoal da limpeza não vai gostar se tiverem que tirar manchas de sangue do tapete de novo.

— Farei o possível para minimizar o derramamento de sangue — prometi.

Adentramos a movimentada central de atendimentos, onde telefones tocavam e os funcionários faziam o que eu os pagava para fazer com diligência. Na Rollins Consulting, o salário de entrada era de oitenta mil dólares ao ano. Não porque eu era generoso, mas porque não queria desperdiçar tempo tendo que ficar sempre preenchendo vagas mal remuneradas. O dinheiro também ajudava a compensar o fato de eu ser um chefe exigente e babaca, como provavelmente sussurravam perto do bebedouro. Se pagasse menos à equipe, teria que ser mais simpático. E isso não era do meu interesse.

Percorremos os cubículos e passamos por três salas de conferência ocupadas. O que tinha começado como uma pequena empresa de consultoria política, com apenas um funcionário disposto a sujar as mãos pelos clientes, evoluiu para uma organização com cento e quinze colaboradores que colocava e retirava pessoas de cargos públicos quando necessário. E eu ainda não me importava em jogar sujo quando isso se encaixava nos meus objetivos.

Um assobio estridente chamou minha atenção e avistei o ex-delegado federal, Nolan Graham, atrás da mesa em seu escritório envidraçado, com um telefone grudado na orelha. Ele tinha se juntado à equipe há alguns meses, após ter levado um tiro por meu amigo. Fiz-lhe uma proposta que seria burrice recusar, e ele deu adeus ao emprego no governo.

— Vou deixá-lo com o Príncipe Encantado — disse Petula com o que quase poderia ser considerado um sorriso na direção de Nolan. Pelo visto, o charme dele tinha conseguido criar brechas nas defesas da minha sentinela severa.

Parei na porta do Nolan.

— Quê?

Ele desligou o telefone e, com ar de triunfo, começou a digitar no teclado do computador.

— A equipe de cibersegurança identificou mais alguns rastros de dinheiro suspeitos relacionados a você-sabe-quem que estamos investigando. Algumas operações que parecem lavagem de dinheiro. Estou escrevendo o relatório agora, caso seus amigos do gabinete queiram fazer uma análise mais detalhada.

Era uma corda bamba. Meus analistas de segurança cibernética — popularmente chamados de hackers — usavam suas habilidades não totalmente dentro da legalidade para encontrar pistas. No momento em que sabíamos onde procurar, o restante da equipe trabalhava para confirmar e transmitir a informação de maneiras que não levassem o caso a ser rejeitado pelo tribunal.

A agente especial Idler era esperta o bastante para não fazer muitas perguntas sobre como as informações vinham parar em minhas mãos.

— Precisamos de algo maior. Um esconderijo. Rotas de distribuição. Um superior ressentido que possa ser persuadido. — Algo que desmantelaria a organização de dentro para fora.

— O que posso fazer? O cara não é tão idiota quanto o filho, cacete. Se me permite opinar, por que não deixa a Lina dar uma olhada em parte das informações? Ela está no escritório hoje. Pode ser que encontre uma brecha que estamos ignorando.

— Ela é parcial neste caso — insisti. Eu não era um chefe do tipo "minha porta está sempre aberta" ou "aqui está a caixinha de sugestões". Não queria receber feedback. Queria dizer às pessoas o que fazer e não ter que me preocupar se realmente fariam.

Aliás, além de estar extremamente irritada com a família Hugo por tê-la sequestrado e quase matado seu noivo, Lina também se recusava a se comprometer totalmente com este trabalho. No começo, sua afirmação de poder ao trabalhar apenas meio expediente era divertida. Agora achava irritante.

Eu temia que os demais funcionários seguissem o exemplo de Petula, Nolan e Lina, que mostravam não ter medo de mim descaradamente, e começassem a fazer coisas como bater na porta do meu escritório para "uma conversa rápida" ou sugerir que eu organizasse uma festa natalina no escritório.

Nolan se inclinou para trás na cadeira.

— Deixa eu ver. Se a Lina é o mal lavado, então você é o sujo.

— Estou sem tempo para suas baboseiras sem sentido hoje.

— Para que fique claro, você é o sujo que está falando do mal lavado nessa metáfora — disse ele.

— Eu não sou parcial neste caso — menti.

Nolan começou a vasculhar dramaticamente as gavetas da mesa.

— O que está procurando? — perguntei.

Ele parou, depois sorriu.

— Uma lixa para essa sua cara de pau.

— Achei que tivesse ficado menos irritante desde que tirou o bigode. Me enganei.

Na verdade, ele tinha ficado significativamente mais agradável desde que parou de sair com a Sloane, uma exigência para trabalhar comigo.

Porra.

Dei uma rápida olhada no meu relógio.

Nem sequer havia chegado ao meu escritório e já estava pensando nela. Já tinha tomado café da manhã com ela. Por que não conseguia simplesmente deixá-la de lado e passar para a próxima coisa que precisava ser resolvida? Sloane Walton nunca fazia o que eu queria. Meu desejo era ter uma vida em que nada fizesse com que eu me sentisse impotente, descontrolado, e, até encontrar uma forma de exorcizá-la, eu estaria sempre vulnerável.

— É só um comentário. Parece que você espera que ela prove a lealdade, enquanto ela espera que prove que vale a pena ser leal a você. Se não tentarem chegar a um meio-termo, ninguém vai sair desse círculo vicioso de jogos de poder.

Demorei um pouco para entender que ele estava falando da Lina, não da Sloane.

— Não me lembro de pedir sua opinião.

— É para isso que servem os amigos. Por falar nisso, quer reforços com os federais hoje? Posso ficar atrás de você e fazer caretas ameaçadoras — ofereceu Nolan.

— Não preciso de reforços. — Quanto menos pessoas estiverem diretamente envolvidas na investigação de Anthony Hugo, melhor. Quando Hugo soubesse o que eu estava aprontando, queria que a sua atenção se concentrasse apenas em mim. — O que eu quero é uma análise detalhada dos parceiros da Fund It em dez minutos — pedi.

— Já está na sua mesa — afirmou, jogando com presunção um M&M de amendoim na boca.

Era menos divertido mandar nas pessoas quando elas já tinham se antecipado e providenciado o que eu precisava.

Com um grunhido, deixei seu escritório e me dirigi ao meu.

— De nada — disse Nolan enquanto me afastava.

Às vezes eu me questionava por que tinha me dado ao trabalho de contratar funcionários.

Eram todos irritantes.

— Boa tarde, Sr. Rollins — cantarolou uma ruiva animada, que mais parecia estar estudando para tirar a habilitação do que trabalhando para uma das empresas de consultoria mais implacáveis do país.

Devia ter trabalhado de casa hoje.

Holly tinha 22 anos, dois filhos, e se referia ao emprego como o seu primeiro "de gente grande". Ela se comportava de forma excessivamente grata em relação a mim, como se o emprego e o salário fossem favores pessoais que eu concedera.

Isso me deixava desconfortável e sem jeito.

— Seu cabelo está... interessante — comentei.

Ela se virou, mostrando a parte de trás da sua cabeça sem que eu pedisse. Hoje o cabelo estava dividido em duas tranças grossas que pareciam ter sido feitas por pássaros que trabalharam de forma meticulosa em cada uma, tentando separá-las sem sucesso.

— Gostou? Se chamam tranças bolhas. Tenho um canal no YouTube...

— Não ligo — falei.

Ela soltou uma risadinha jovial.

— O senhor é tão engraçado, Sr. Rollins.

— Não. Não sou — insisti.

Ela dispensou meu comentário com um gesto de mão.

— Só queria informar que deixei uma coisinha na mesa do senhor. Como perguntou sobre o meu almoço ontem, trouxe um pouco para provar.

Não tinha perguntado sobre o almoço dela. Tinha sugerido que evitasse aquecer sopa de peixe no micro-ondas da sala de descanso, porque deixava todo o escritório com cheiro de barco de pesca.

— Não devia ter feito isso.

— Era o mínimo que podia fazer — disse ela, alegre.

— Que atencioso — disse Petula, reaparecendo ao meu lado como uma atiradora de elite. — Sem dúvida o Sr. Rollins vai adorar provar sua sopa no lanche da tarde.

Holly sorriu para nós.

— Espere só até experimentar o meu curry de tofu!

Observamos ela praticamente saltitar enquanto se afastava.

— Meu Deus, no que eu estava pensando ao contratá-la? — murmurei.

— Estava pensando que ela precisava desesperadamente de um emprego que poderia prover o sustento de duas crianças. Ela te acha um verdadeiro herói — explicou Petula, abrindo a porta do meu escritório.

Eu não era um herói. Era o monstro a ser enfrentado.

— Então, ou ela está gravemente desinformada ou está delirando — murmurei ao adentrar meu escritório, montado de modo a intimidar e impressionar. Não havia nada acolhedor ou aconchegante na mesa de vidro, no sofá branco austero, na madeira escura. Era formal, frio. Combinava comigo.

— Não é o fim do mundo ter funcionários que não ficam visivelmente apavorados com o senhor — disse Petula, ocupando-se ao acionar os controles remotos para abrir as cortinas, ligando os monitores da minha mesa e organizando documentos por prioridade enquanto eu pendurava meu casaco no gancho da porta.

— Nolan e Holly estão te deixando mole — reclamei.

— Exijo que retire esse insulto, senão vou contar para todo mundo que o senhor chora durante os comerciais da Sociedade para a Prevenção da Crueldade contra os Animais.

A parede de vidro oferecia uma vista impressionante do distrito comercial de D.C. A maior parte ainda estava coberta por uma camada branca impecável, suficientemente densa para esconder as manchas e os pecados que aconteciam por trás de portas fechadas na capital do país.

— Prefiro que as pessoas fiquem amedrontadas. Assim não tentam conversar comigo sobre seja lá o que for trança bolha. E por que é tão simpática com ela? Você trata todo mundo mal.

Petula bufou.

— Não trato todo mundo mal. Sou eficiente. Sutilezas são uma perda de tempo e energia.

— Concordo plenamente.

— O que faço com isso? — perguntou, mostrando o pote de sopa de peixe caseira.

— Jogue pela janela.

Ela me encarou com seriedade e aguardou.

— Tá. Coloque na minha geladeira. — Eu jogaria fora quando tivesse certeza de que não seria pego no flagra.

— Não jogue o pote fora. Ela vai querer de volta — pediu Petula.

Droga.

— Algo mais? — perguntei com irritação.

Petula alinhou as pastas na minha mesa em batidas firmes.

— Estas são prioridade. Você ficou de sair para beber às 19 horas no Wellesley Club com dois dos vice-presidentes da Democracy Strategies. E aquela investigadora provavelmente chegará em breve. Informei que o senhor com certeza não estava disponível esta tarde, mas ela foi rude e insistente.

Enquanto ela falava, eu me aproximei da parede de vidro e fitei Washington, questionando o que Sloane acharia deste lugar e das minhas realizações.

Eu tinha me tornado alguém importante. Construído um império. E tinha me tornado suficientemente forte, rico e poderoso para que nenhuma ameaça isolada pudesse destruir o que construíra. Eu tinha superado os fantasmas do passado.

— Obrigado, Petula. Por hoje é só — falei, de repente ansioso para me perder no trabalho.

Ela olhou para mim com superioridade.

— Sei que por hoje é só, porque foi só o que agendei para o senhor. Aviso quando aquela investigadora chegar. E vou mandar a Holly trazer seu café quando ficar pronto.

— Não...

Mas ela já estava saindo pela porta e me dispensando, com um ar de presunção.

Foram necessários três minutos insuportáveis de conversa fiada sobre o clima e o interesse repentino do filho dela em ver outras crianças jogando videogame no YouTube para eu conseguir tirar o café das mãos da Holly.

Eu estava na segunda pasta prioritária, uma verificação de antecedentes de um candidato a governador na Pensilvânia, quando "aquela investigadora" deu duas batidas fortes na minha porta de vidro. Gesticulei para que entrasse.

Nallana Jones era uma investigadora privada cujos bolsos eram recheados por clientes como eu, que tinham condições de pagar um preço elevado por serviços ilícitos. Hoje, ela estava vestida como uma mãe de classe média na meia-idade, pronta para uma caminhada vigorosa, vestindo roupas folgadas e uma pochete volumosa na cintura. Usava uma peruca curta e castanha sob o boné de uma concessionária de carros. Seu moletom cor-de-rosa tinha a frase AMO GATOS MAINE COON.

— Você está ridícula — comentei.

— A ideia é essa. Ninguém presta muita atenção em Maude, a mulher de meia-idade, quando ela começa a usar a esteira na mesma academia da amante investigada.

— Entendo que seja serviço para outra pessoa?

— Sim. — Ela tirou um pen drive da pochete e o colocou na mesa. — Recebi ontem da minha informante em Atlanta. Os backups já estão na nuvem. Também incluí algumas imagens picantes de quando o cara de quem está atrás chegou à cidade esta manhã. Lugar certo, hora certa. Seja lá o que planeja fazer com essa informação, é consistente. Não tem como ele se safar disso.

— Impressionante como sempre, Nallana.

— É, sabe como é. É por isso que você me paga muito bem — disse ela, dando tapinhas nos joelhos. — Enfim, tenho que me mandar. Uma jovem personal trainer de 22 anos está prestes a encontrar seu *sugar daddy* de 58 anos, casado, para uma aula. Não posso me atrasar.

— Ligo quando precisar de você outra vez.

Ela fez uma saudação usando dois dedos e saiu.

Coloquei o pen drive no meu notebook de alta segurança e dei uma olhada nos arquivos. Tinha mais de duas dezenas de fotos e alguns arquivos de vídeo também. Cada uma delas era capaz de arruinar a carreira de alguém. Imprimi duas das melhores fotos, copiei os arquivos para uma nova pasta segura no meu próprio backup e, em seguida, formatei o drive.

Peguei o celular e liguei para o ramal da Lina.

— E aí, chefe? — perguntou com uma pitada de sarcasmo tão sutil que duvidei se realmente o havia escutado.

— Pode ser que eu tenha uma missão para você — falei.

— Uma de verdade ou outra que será moleza?

— Só venha aqui.

Segundos depois, ela apareceu à minha porta. Chamei-a com um gesto e indiquei que se sentasse.

Suas pernas compridas ocuparam o espaço entre a porta e a minha mesa. Ela se sentou na cadeira e cruzou uma perna sobre a outra com elegância.

— Como consegue não deixar impressões digitais no vidro? — perguntou, olhando para a superfície impecável da minha mesa.

— Eu me esforço para não ser desleixado. Exatamente o que preciso que você faça. — Passei as duas fotos pela mesa. — Sabe quem é esse homem?

Ela examinou as imagens.

— O sujeito que parece ter nascido usando uma gravata Ascot se chama Trip Armistead, nosso cliente e membro atual da Câmara dos Representantes. Não faço ideia de quem seja a dançarina de topless, mas duvido que seja maior de idade.

Dei uma olhada rápida no meu relógio.

— Você tem vinte e três minutos para usar essas fotos e as informações na pasta segura para elaborar uma denúncia anônima convincente, que será enviada às agências de notícias conceituadas de sua escolha.

— Vamos mesmo enviar ou só usar para assustar nosso velho amigo Trip?

— O último.

O sujeito tinha medo da própria sombra. Um susto de leve já bastava.

— Divertido. Conta comigo — disse ela, levantando-se da cadeira.

— Por que não aceitou o cargo? — perguntei.

Ela ficou imóvel, depois voltou a se sentar na cadeira.

— Isso importa? — perguntou com cautela.

— Não vou saber até você me contar. É a remuneração? Nash tem alguma objeção a você trabalhar para mim?

— A remuneração está de acordo. O trabalho parece interessante com base nos vislumbres que me permite ter. Nash está animado que posso ficar em casa todos os dias.

— Então, qual é o problema?

— Sloane.

Apertei com firmeza a caneta em minha mão.

— Você não parece ser o tipo de mulher que deixa outras pessoas mandarem na sua vida — falei de forma serena.

Lina riu com desdém.

— Sloane não me proibiu de aceitar o emprego. Estou hesitante por você ser um babaca com uma das minhas poucas amigas por motivos vagos que os dois se recusam a explicar.

Não falei nada e Lina continuou:

— Talvez seja uma rixa de várias décadas por conta de algo que aconteceu quando eram praticamente crianças, o que seria patético. Ou talvez tenham tido um caso secreto e tórrido que deu errado e agora você não a suporta, o que seria imaturo. Talvez ela tenha atropelado sua tarântula de estimação quando estava aprendendo a dirigir. Sinceramente, não dou a mínima para o motivo. A questão principal é que eu não quero dedicar minha vida profissional a um homem que trata minha amiga mal. Agora, se me der licença, preciso ir chantagear um político.

TRIP ARMISTEAD ERA um sulista de cabelos loiros e olhos azuis que se orgulhava de seu charme e origem nobre.

Também era um imbecil que havia oficialmente perdido sua utilidade.

Ele entrou no meu escritório, com braços abertos e palmas voltadas para cima, certo de sua importância. Eu ansiava por arruinar isso.

— Lucian, meu velho amigo. Devíamos ter feito isso em Atlanta. Eu estava com as mangas arregaçadas no campo de golfe dois dias atrás — afirmou Trip, indo direto para o decantador de bourbon em uma mesinha lateral. Encheu um copo o usou para fazer um gesto em minha direção.

— Quer um?

— Não, obrigado, Trip. Receio que a nossa reunião não dure o suficiente para que termine isso.

— Que papo é esse? — perguntou amigavelmente enquanto se sentava em uma das cadeiras em frente à minha mesa.

— Você não vai concorrer ao Senado. Na verdade, não vai concorrer à reeleição. Vai renunciar ao seu cargo e fugir do centro das atenções como uma barata no chão da cozinha.

— Como é? — Ele apertou o copo com força, deixando os nós dos dedos brancos.

Levantei-me da cadeira e contornei a mesa.

— Quando começamos, você me garantiu que não haveria problemas, nenhum segredinho sujo. Lembra disso?

Trip engoliu instintivamente.

— Claro. Dei a minha palavra. Não sei o que chegou aos seus ouvidos, mas tenho sido...

— Vou te interromper aí, Trip, porque se mentir na minha cara, as coisas vão ficar feias. E não tenho tempo para isso.

Entreguei a pasta que a Lina tinha preparado em tempo recorde.

O copo deslizou da mão de Trip.

Peguei-o antes de atingir o chão e coloquei na minha mesa com um *clink* alto.

— Vejo que tenho a sua atenção.

— Como... Por quê?

A ousadia e a confiança estavam se desfazendo cada vez mais rápido agora.

— Sabe quem eu sou, não sabe, Trip? Entende o quanto levo a sério proteger os meus clientes enquanto abro caminho para que façam história. Como pode ser tão burro a ponto de achar que eu levaria suas palavras a sério? Eu protejo os meus investimentos... até mesmo deles próprios.

— Tenho esposa, filhas.

— Devia ter pensado nelas antes de contratar duas garotas de programa em menos de vinte e quatro horas.

Ele estava tremendo de forma visível agora.

— Avisei o que aconteceria se você me desafiasse — lembrei-o.

— Não te desafiei. Não é o que parece — falou com dificuldade.

— A garota que contratou esta manhã completou 18 anos na semana passada. A sua filha mais velha tem o quê? Dezesseis?

— É uma compulsão sexual. Vou buscar ajuda — decidiu Trip. — Vamos manter isso em sigilo, vou buscar tratamento e tudo ficará bem.

Fiz que não com a cabeça.

— Vejo que ainda não caiu a ficha. Acabou para você. Não pode contar com a misericórdia da opinião pública, eles vão te devorar. Ainda mais levando em conta que você faltou à votação que daria benefícios aos veteranos de guerra porque estava pagando para chuparem seu pau.

Gotinhas de suor brilharam em sua testa.

— Você jogou tudo fora porque não conseguiu manter a braguilha fechada. Sua carreira, seu futuro. Sua família. Sua esposa vai te deixar. As suas filhas têm idade suficiente para ouvirem todos os pormenores obscenos da vida sexual extraconjugal do pai. Elas nunca mais olharão para você da mesma forma. — Indiquei com a cabeça a pasta aberta em seu colo. — Já elaboramos um comunicado à imprensa sobre como minha empresa teve que romper os laços com você após descobrir suas façanhas sexuais.

Ele fechou os olhos e eu tive que virar de costas quando seu lábio começou a tremer.

— Por favor. Não faça isso. Farei qualquer coisa que me pedir — implorou.

Ele era apenas mais um fraco e patético na extensa lista de homens que colocaram tudo em risco só para se satisfazerem.

— Vou dar a possibilidade de escolha. Vai renunciar ao cargo no Congresso imediatamente. Vai voltar para casa e contar à sua esposa e filhas que teve uma epifania e que o tempo que passam juntos é precioso. Que não quer mais um trabalho que o afasta delas por tanto tempo. Vai fazer a porra da terapia. Se quiser. Vai salvar seu casamento, se quiser. O que não vai fazer é trair sua mulher outra vez. Porque se trair, entrego cópias de todas as fotos e vídeos à sua esposa, aos seus pais, à sua igreja e a cada representante de imprensa entre aqui e a porra da Atlanta.

Trip levou as mãos à cabeça e soltou um gemido desolado.

Quase desejei que ele tivesse resistido mais, mas logo suprimi esse sentimento.

— Saia. Vá para casa e nunca me dê motivo para compartilhar as informações que obtive.

— Posso melhorar. Fazer escolhas melhores — disse ele, levantando-se da cadeira como uma marionete.

— Estou pouco me lixando — falei, liderando o caminho até a porta.

Ele era fraco. Ninguém poderia construir uma estrutura duradoura tendo a fraqueza como base.

Abri a porta e a mantive aberta. Trip passou, cabisbaixo.

— Trouxe a Sra. Chandra até o senhor — disse Petula.

Trip levantou a vista, derrota tomando conta dele enquanto seus ombros se encurvavam.

— Que mundo pequeno, Trip — disse Sheila Chandra com o sotaque melódico da Geórgia. Ela olhou de um lado para o outro entre mim e meu ex-cliente.

— Sheila vai concorrer ao cargo que está sendo tão gentil em desocupar, Trip — eu disse. — Fico feliz por poder contar com o seu apoio.

Trip me encarou com os olhos vermelhos e não disse nada enquanto saía pisando firme do meu escritório.

Sheila se virou para mim, com as sobrancelhas arqueadas.

— Acho que vou precisar de uma explicação... e uma bebida.

UMA BATIDA NA porta do meu escritório me tirou do fluxo interminável de e-mails. Olhei para cima e vi Lina do outro lado do vidro. Já passava das 18 horas. A cidade do lado de fora das minhas janelas iluminava o céu noturno. A maior parte da equipe já tinha ido para casa, mas eu ainda tinha horas de trabalho para recuperar devido ao meu tempo em Knockemout.

Gesticulei para que entrasse.

— Já terminou? — perguntei, enviando a resposta e abrindo a próxima mensagem.

— Sim.

— Ótimo. Agora saia. Estou ocupado.

Ela ignorou a ordem e se sentou na cadeira em frente a mim.

— Como foi com a Chandra?

Tirei os óculos de leitura, resignando-me a uma conversa indesejada.

— Bem. — A mulher tinha me acusado de manipulações maquiavélicas, o que encarei como elogio. Então tinha insistido em tirar um tempo para considerar minha proposta, que a faria assumir o lugar de Trip antes de concorrer a um cargo mais alto. O fato de ela não ter aceitado minha oferta imediatamente me convenceu de que eu tinha tomado a decisão certa. Ela teria uma aceitação maior entre os eleitores mais jovens, faria mais pelos eleitores e não brincaria com uma oportunidade única como o antecessor.

Ela veria minha proposta pelo que era: uma chance de finalmente realizar o trabalho que sempre desejara.

— Qual é o seu objetivo final? — indagou Lina.

— É uma pergunta muito pessoal para alguém que não trabalha oficialmente para mim.

— Me faça esse agrado. Só hoje, você forçou um de seus clientes a renunciar ao cargo que garantiu para ele e o fez passar pela humilhação de dar de cara com a substituta que você escolheu pessoalmente. Daí, me fez levar um envelope cheio de dinheiro para uma garota de programa que mal parece ter idade para votar e deu acesso a uma mansão em um condomínio fechado em Georgetown.

— Tem uma pergunta escondida aí?

— Verifiquei o endereço — disse ela, parando para admirar o anel de noivado em sua mão esquerda.

Claro que verificou.

— Onde você quer chegar?

— Demandou bastante pesquisa. No entanto, parece que aquela casa de tijolos grande e bonita, num bairro tranquilo e agradável, é um lar de acolhimento para vítimas de violência doméstica e tráfico sexual. Também parece pertencer a Yoshino Holdings, uma subsidiária de uma subsidiária de uma subsidiária deste grupo de consultoria.

Era irritante como ela era boa no trabalho.

— Ainda estou aguardando saber onde quer chegar — falei.

— Não consigo determinar se você é um cara do bem ou do mal.

— Isso importa?

Ela me olhou diretamente nos olhos.

— Acho que importa para nós dois. Está apenas fazendo joguinhos de poder para lembrar as pessoas que é um homem forte e poderoso que precisa ser temido? Ou está movendo as peças no maior tabuleiro de xadrez do mundo em prol do bem maior?

— Tentei contratá-la pela sua inteligência. Por que não a coloca em prática e me diz o que acha?

Ela se inclinou para a frente, apoiando os cotovelos nos joelhos.

— Acho que está colocando pessoas amigáveis em cargos de poder, não apenas porque te pagam para isso. Sheila Chandra é diretora de uma escola primária. Ela não tem recursos financeiros suficientes para pagar seus honorários. Você não apenas dispensou Trip e seu rico bolso, você destroçou a carreira dele, citando o fato de que mentiu para você. Mas acho que vai além. Acho que não gosta de homens ruins em posições de poder. O que vai contra a reputação que construiu de ser aterrorizante, implacável e talvez até um pouco maléfico.

Abri as mãos.

— O que posso dizer? Sou um homem complicado. Melhor você ir para casa e ficar com o Nash.

— Ele está trabalhando até tarde esta noite. Se eu for entrar nessa, quero saber o que busca com tudo isso. Está almejando ter o presidente do país comendo nas suas mãos?

— É isso o que acha?

— De cara, é o que parece. Mas fico pensando se não está em uma missão solitária para transformar o mundo em um lugar melhor.

— Não me confunda com algum tipo de herói.

— Ah, pode ficar tranquilo. Não vamos esquecer o rastro de vidas arruinadas que você deixa por onde passa.

Cruzei os braços na altura do peito.

— Não arruíno a vida de ninguém que não mereça.

É o que tento, pelo menos.

— Mas se deleita em arruinar a dos que merecem.

— Sim.

Lina ergueu a cabeça e deu um sorriso aberto.

— Acho que gosto disso em você.

— Fico muito feliz que aprove — falei num tom seco.

Ela me lançou outro olhar demorado e avaliador e depois assentiu.

— Tá. Aceito o emprego com um acréscimo de dez por cento em relação à sua oferta, já que Nash e eu estamos construindo uma casa e eu quero um closet do tamanho de uma quadra de basquete. Mas se começar a virar para o lado sombrio da força ou algo assim, eu caio fora.

— Tá. Dez por cento. Sem lado sombrio. Vou falar com o RH. Agora saia para que eu possa me concentrar em arruinar mais vidas.

— Tem mais uma coisa que eu quero.

— O quê? — perguntei, exasperado.

— Quero fazer parte da investigação secreta do Hugo.

— Que investigação secreta do Hugo? — tentei despistar.

— A que eu não deveria saber. Por causa do Hugo, quase perdi o Nash e ele quase me perdeu. Quero aquele homem em uma cela ou em um caixão. Não sou exigente. Mas quero ajudar a colocá-lo lá.

— Combinado. Agora me deixe em paz.

— Mais uma pergunta. Por que é tão escroto com a Sloane?

— Vá embora.

— E por que ela é tão escrota com você? — perguntou, inclinando a cabeça.

— Tchau, Lina.

— Se nenhum dos dois me contar, vou ter que começar a investigar por conta própria.

— E aí vou retirar minha proposta e te demitir.

Ela se levantou e sorriu para mim.

— Acho que vai ser divertido trabalhar com você.

— Como está o Nash? — perguntei enquanto ela ia para a porta.

Lina se virou, com a sobrancelha arqueada.

— Não deveria estar perguntando isso a ele?

— Estou perguntando a você.

Após ser baleado, Nash passou por um período sombrio do qual Lina o ajudou a sair.

Sua expressão suavizou, como sempre acontecia quando falava do noivo. Eu duvidava que ela estivesse ciente disso e duvidava ainda mais que ela gostaria que isso fosse ressaltado.

— Ele está bem. O ombro está quase totalmente curado e não teve nenhum ataque de pânico desde o outono.

— Ótimo.

— Por falar no Nash, vou precisar começar o emprego em tempo integral na terça-feira. Porque na segunda vou sair para procurar meu vestido de noiva.

— Se está atrás de alguém que pergunte por que você faz parecer que comprar um vestido de noiva seja um tipo de tortura, procurou a pessoa errada.

Ela riu com desdém.

— Não faço parecer que um comprar vestido de noiva seja uma tortura.

— Não ligo se faz parecer ou não.

— Eu só não curto essa coisa toda de casamento cheio de frufrus, e Naomi e Sloane tiraram o dia de folga para me acompanhar e me ver desfilar como uma Barbie Noiva.

Sloane. Meu batimento cardíaco acelerou.

Apesar dos meus melhores esforços, meu cérebro catalogava cada vez que o nome dela era mencionado em uma conversa.

Sloane vai estar na *minha* cidade.

— Traga elas para visitar o escritório — falei.

Lina parecia estar convencida de que eu tinha enlouquecido.

— Por quê?

— São suas amigas. Tenho certeza de que gostariam de ver onde você trabalha oficialmente desde dois minutos atrás.

Ela estreitou os olhos e levou um dedo com unha pintada ao maxilar.

— Hum. É como se você quisesse que eu trouxesse Sloane ao seu santuário.

— Está me irritando. Vá para casa antes que eu te demita.

— Seja mais gentil com ela — pediu.

— Ou o quê?

— Ou vou garantir que sua vida profissional seja um verdadeiro tormento enquanto faço o meu trabalho. E eu sou muito, muito boa em atormentar.

Emry: Os dois ingressos para a orquestra sinfônica que mandou entregar na minha casa são o seu jeito de me chamar para sair?

Eu: Atravesse a rua com os ingressos. Bata à porta. CHAME. ELA. PARA. SAIR. Mas troque de camisa antes. Melhor parecer um "homem com potencial para encontros" e não um "avô fofinho".

Emry: Não tem nada de errado em parecer fofinho.

OITO
ALERGIA A VESTIDO DE NOIVA

Sloane

Pela primeira vez desde o falecimento do meu pai, eu estava acordada, de banho tomado, vestida e pronta para sair mais cedo do que o necessário. Era o primeiro dia do meu retorno oficial. Minha mãe tinha razão. Eu não podia me entregar à tristeza para sempre. Nem era boa nisso mesmo. Então, hoje, eu daria uma caprichada no batom e no sorriso e sairia para procurar vestidos de noiva. Amanhã, voltaria oficialmente ao trabalho.

Levei a louça do café da manhã do cantinho alemão até a pia e franzi a testa quando a encontrei já cheia de pratos e tigelas sujas. Uma sensação esmagadora e opressiva de aflição pesou sobre meus ombros.

Disposição era um bem precioso, e eu já tinha gastado toda a minha ao prender meu cabelo em um rabo de cavalo.

Faltavam trinta minutos para eu sair. Eu *poderia* lavar a louça, mas será que eu estava mesmo mentalmente disposta a organizar as louças na máquina de lavar de forma estratégica? Dei uma olhada rápida e soltei um gemido. Já estava cheia e, pelo odor, os pratos *não* estavam limpos.

Reclamando comigo mesma, abri o armário debaixo da pia e peguei o detergente. Estava vazio.

Irritada, joguei a garrafa dentro da pia. O barulho que se seguiu e o estrondo dos pratos se chocando fizeram a gata correr para o cômodo como um pônei investigador.

— Sabe, você poderia dar uma mãozinha nas tarefas de casa. Trabalhar para garantir o sustento — eu disse a ela.

Miau Miau deu um espirro de desprezo e passou gingando por mim.

Meus olhos se voltaram para o relógio em formato de garfo e faca na parede, próximo à pintura de natureza-morta.

Se eu saísse agora, poderia passar em uma daquelas cafeterias moderninhas de D.C., onde os aficionados por café vestidos de ternos começam o dia, e me deliciar com uma bebida cara e desnecessariamente calórica.

Ou eu poderia riscar algo simples da minha lista de tarefas.

Soltei um suspiro, passando os dedos pelos cabelos que contornavam meu rosto. Tinha algo que eu poderia resolver agora e que me pouparia muitos aborrecimentos: meu perfil no aplicativo de namoro. Se o preenchesse agora, não teria que mentir quando Lina e Naomi me perguntassem a respeito.

Ignorei a bagunça da cozinha e entrei na sala de jantar, com suas paredes forradas de papel de parede com tema vintage e móveis antigos e pesados. Lá, eu me joguei na poltrona de veludo com encosto alto, entre a cristaleira embutida que abrigava mais bebidas do que louças e a janela de vitral.

Miau Miau pulou na mesa, esparramando seu corpinho robusto no trilho de mesa.

Já havia um tufo de pelos de gato visível no tecido de seda cor de ferrugem. A luz fraca da manhã iluminava de forma crítica a superfície empoeirada da mesa. Soltei o ar com força. Passar os dias me arrastando e lamentando não tinha sido benéfico para mim *nem* para a minha casa.

— Esta manhã, passei máscara de cílios e vesti uma roupa bonitinha. É um começo. Hoje à noite, vou tirar o pó dos móveis e aspirar a casa — falei de forma descontraída para a gata enquanto abria o aplicativo que o Stef tinha me obrigado a baixar. — Urgh. Se chama Solteiroz com "z".

As fotos dos "solteiroz atraentes perto de mim" me animaram.

— Sabe, já faz um tempinho que não transo. Talvez eu dê match com meu perfeito futuro marido logo de cara, e assim vou poder me divertir e sair dessa fossa. — Sexo gostoso, seja em um relacionamento sério ou em uma aventura casual, sempre foi uma ótima forma de recarregar minhas energias. Como um dia no spa, só que com mais pessoas nuas de ambos os sexos.

Miau Miau não parecia estar dando bola. Ela não parava de lamber as patinhas da frente com a língua rosada.

Voltei a minha atenção para a tela. Nome de usuário.

Acho que eu não precisaria de muita criatividade aqui. Eu tinha um histórico de cem por cento de sucesso ao entrar em um bar com o objetivo de conquistar. Não seria *tão* difícil assim encontrar alguém adequado em um aplicativo desenvolvido para juntar pessoas.

Olhei rapidamente o cômodo, em busca de inspiração.

Livros. Bebida. Poeira. Gata.

Digitei com agilidade na tela.

— Olha só — falei. — Bibliotecaria4OlhosGata está disponível.

Miau Miau me lançou um olhar aborrecido e em seguida bocejou, exibindo os dentes.

Gostos? Essa era moleza.

— Gatos mal-humorados, livros e calças confortáveis — murmurei enquanto digitava.

O que procura? As opções padrão não eram muito específicas. Havia uma lacuna gigante entre companhia e casamento. Escolhi a opção "outro" e digitei o que melhor se aproximava do que procurava.

— Tá legal. Agora só algumas fotos e pronto.

Dei uma olhada na minha galeria de fotos e selecionei algumas selfies fofas.

— Boom! Feito — anunciei, largando meu celular no colo como se fosse um microfone.

Tinha levado apenas quatro minutos e agora eu não teria que mentir para minhas amigas. Eu estava começando a me impressionar com esse retorno em grande estilo.

Dei uma olhada rápida na sala em busca de outra tarefa fácil para concluir e lembrei que tinha prometido à minha mãe que iria juntar todos os arquivos antigos do meu pai. Já que eu veria a Lina hoje, poderia entregá-los a ela em vez de fazer uma visita pessoal ao Satanás de Terno.

Saí da sala de jantar, passei pela sala de estar — caramba, eu precisava urgentemente dar uma limpada — e entrei no escritório. No armário atrás da escrivaninha havia uma variedade de canetas esferográficas antigas, lápis quebrados, moedas e elásticos.

Dentro da segunda gaveta da escrivaninha, atrás de uma pilha de blocos de notas, encontrei o esconderijo de doces do meu pai. Identificado como pré-diabético alguns anos antes de seu primeiro diagnóstico de câncer, ele decidiu por conta própria racionar os doces em um por dia.

Guardei um mini KitKat no bolso, que sem dúvida já tinha passado da validade, e passei para a última gaveta.

Era uma gaveta funda e de puxar, com pastas suspensas identificadas por abas. A maioria estava vazia, embora suas etiquetas ainda estivessem lá. *Impostos sobre bens imobiliários. Ideias de presentes. Liga de Futebol Virtual. Desenhos das Crianças. Receitas.*

Fui folheando-as, sorrindo ao ver páginas arrancadas de catálogos arquivadas como ideias de presentes e a pilha de desenhos feitos com giz de cera que ele tinha colecionado ao longo dos seus anos como pai, tio, avô e vizinho querido.

No fundo da gaveta havia alguns arquivos volumosos, que eu tirei e empilhei em cima da escrivaninha enquanto a gata entrava no cômodo, exibindo-se. Ela pulou na escrivaninha e colocou as patas dianteiras em cima da pilha de pastas.

— Com licencinha. Dá pra chegar mais pra lá?

Miau Miau piscou para mim e aos poucos foi se jogando em cima da papelada.

Acariciei as orelhas dela e depois segui pelo corredor para pegar meu casaco e a ecobag.

Assim que fechei a porta do armário, notei o som rápido e frenético de unhas arranhando, seguido por uma sequência de pancadas vindas do escritório. Houve um último baque mais alto, e então Miau Miau saiu desembestada pelo corredor e correu em direção à escada.

De volta ao escritório, descobri que minha pilha arrumada de pastas tinha se espalhado por todo o escritório.

— Gata miserável — resmunguei.

Abaixei-me e comecei a recolher a bagunça de papéis. Decidi que o Sr. Eu Posso Te Ajudar poderia organizá-los na ordem correta.

Várias cópias amassadas de reportagens de jornais chamaram minha atenção.

Upshaw recebe pena de 20 anos por posse ilegal de drogas

O juiz usa o caso da infratora de réu primário como exemplo

A família da ré opina que a sentença de Upshaw é muito severa

Folheei as manchetes, mas foi a foto de um jovem devastado saindo de um tribunal que me chamou atenção. A imagem estava com baixa resolução e amassada pelas patas da gata, mas ainda assim o reconheci. Era Allen, o pupilo do curso de direito do meu pai.

APÓS UMA ETERNIDADE presa no tráfego do norte da Virgínia, saí do Jeep com o celular encaixado entre a orelha e o ombro.

— Oi, Maeve. Preciso te perguntar uma coisa. É sobre o pai. Me liga quando tiver um tempinho. — Deixei o recado na caixa postal da minha irmã antes de encerrar a chamada. Se meu pai tivesse tido interesse no caso da mãe do Allen, provavelmente teria discutido isso em algum momento com a minha irmã.

Coloquei a mão para dentro do carro para puxar minha bolsa do banco do passageiro.

Estava cinco minutos atrasada, o que me incomodou. Mas deixei a irritação de lado, endireitei os ombros e estampei um sorriso alegre no rosto enquanto entrava no modo dama de honra.

Digitei as informações do estacionamento no aplicativo e segui a pé por dois quarteirões até a loja de noivas. Quando abri a porta da frente, no lugar de uma sineta, música angelical tocada em harpa anunciou minha chegada. Encontrei Naomi, Lina e Stef sentados em um sofá embutido de veludo cor-de-rosa, cada um segurando uma taça alta de champanhe, rodeados por uma profusão de anáguas, rendas e todos os tons de branco que existem no mundo.

Naomi parecia estar se divertindo como nunca.

Lina parecia prestes a vomitar.

— E o que a nossa noivinha acha de ter um vestido para a cerimônia e outro para a recepção? — perguntou um homem careca que usava mocassins de veludo azul e óculos cobalto combinando.

Lina se engasgou com o champanhe.

— Um vestido é mais do que suficiente — insistiu. Os olhos dela se voltaram para mim. — Ah! Olha só! Sloane chegou. Vou lá cumprimentá-la. — Suas longas pernas envoltas em jeans de grife percorreram o tapete cor-de-rosa entre nós. — Me ajuda. Parece que estou sufocando em tafetá — sibilou, puxando-me para um abraço desajeitado e inesperado.

— Está assustada pra valer, hein? Está me abraçando por vontade própria.

— Eu te dou um beijo de bom grado se me ajudar a escolher um vestido nos próximos dez minutos para a gente poder sair daqui. Estou tendo crise alérgica com urticária.

— Ué, mas você não gostava de moda?

— Gosto de roupas que vou usar no dia a dia. Gosto de saltos arrasadores, terninhos de grife e roupas de academia requintadas. Mas pelo visto eu não gosto de procurar vestido de noiva. Isso me lembra que... — Ela olhou por cima do ombro. — Isso me lembra que *vou me casar*.

Antes de o ferido e taciturno Nash Morgan surgir em sua vida, Lina era mais do tipo curtir e vazar do que "ficar noiva e construir uma casa juntos". Ela ainda estava se adaptando à vida de uma mulher prestes a se casar.

Agarrei-a pelos ombros e dei um aperto leve.

— Você ainda quer se casar com o Nash, né?

Ela revirou os olhos.

— *Claro* que sim. Mas não vestida como uma princesa virgem!

— Lina, o que acha de usar véu? — perguntou Naomi, em um tom mais alto, do sofá fofo onde Stef estava mostrando um véu de uns dois metros e meio com pérolas.

— Ai, Deus! — Lina deu um gritinho agudo. — Ou não vou aguentar essa situação, ou vou acabar escolhendo um vestido que detesto só para terminar logo.

— Ai, não — sussurrei enquanto ela me arrastava em direção aos nossos amigos.

AHMAD, O FUNCIONÁRIO da loja de vestidos, com sapatos incríveis e sotaque sulista bem carregado, levou Lina para um provador enquanto uma série de assistentes sérias os acompanhava, carregando cinco vestidos que pareciam cada vez mais dignos de uma princesa.

Naomi se recostou no sofá e deu um gole satisfeito no champanhe.

— Por que está tão cheia de si? Ela vai odiar todos esses vestidos — perguntei, aceitando a taça que Stef me ofereceu.

— Eu sei — disse Naomi com alegria.

— A Witty tem um plano — explicou Stef.

— Que tipo de plano?

— Do tipo que resulta na nossa amiga encontrando o vestido de casamento perfeito — declarou Naomi.

— Ou está sendo arrogante ou diabólica — refleti. — Mal posso esperar para ver qual dos dois.

— E aí. Já deu uns amassos em algum papai em potencial para o seu bebê? — perguntou-me Stef.

— Caramba. Acabei de criar meu perfil. Me dá um dia ou dois para encontrar o cara perfeito. Já falou com o Jeremiah sobre a ideia de morarem juntos?

Naomi disfarçou o sorriso com uma tosse discreta.

Stef a fulminou com os olhos por cima da taça de champanhe.

— Ah, vai — provocou Naomi. — Conte a ela a sua última desculpa.

— Não é uma desculpa. Ter espaço no guarda-roupa é fundamental para um relacionamento, e acontece que ele não tem o suficiente. Nunca daria certo. Eu e as minhas roupas já passamos por muita coisa juntos. Elas merecem um lar bonito e espaçoso. Não umas araras de roupas ao lado das peças de uma motocicleta que ele desmontou na sala de estar — disse Stef com um arrepio.

— Está coberto de razão — concordei. — Ter espaço no guarda-roupa é mais importante do que estar apaixonado e compartilhar sua vida com alguém, não tenho dúvidas. Tenho certeza de que você pode passar a noite agarradinho com aqueles mocassins de camurça com estampa de oncinha como faz com o Jeremiah. Acho que nem vai notar a diferença.

Naomi sorriu.

— Está vendo. Eu te disse.

Stef deu uma fungada.

— Comprar vestido de noiva deixa vocês maldosas.

— Aí vem a nossa noiva maravilhosa — disse Ahmad.

— Hora do show — disse Naomi, batendo palmas.

Cliquei no botão de videochamada no celular da Lina, e a mãe dela surgiu na tela.

— Está na hora! — avisei.

Bonnie Solavita estava sentada atrás de uma mesa executiva com uma mimosa na mão.

— Estou pronta!

Lina apareceu usando um vestido de festa marfim tão amplo que ela teve que se virar de lado para passar entre dois manequins. As alças finas brilhavam com cristais. O espartilho estava amarrado com fitilhos de cetim cor-de-

-rosa. Tinha tantas camadas de tule que tive que apertar os lábios para não soltar uma piada comparando-a com Scarlett O'Hara, de *E o Vento Levou*.

A noiva não parecia estar no clima de piadas. Ela parecia completamente desolada.

— Ai, meu Deus! Esse vestido foi feito pra você — disse Naomi.

— Você está... incrível. — Consegui articular as palavras com esforço.

— Estou... sem palavras — disse Stef antes de se virar para mim e esboçar com a boca "Que porra é essa?".

— Uau! Que vestido maravilhoso, querida — falou Bonnie na tela.

Ahmad apoiou o queixo nos nós dos dedos e a observou enquanto suas assistentes se movimentavam em volta da Lina, afofando a saia até que parecesse dobrar de tamanho.

— Adorou? — indagou ele.

— Não há palavras que expressem o quanto eu odeio este vestido — disse Lina com os dentes cerrados.

Ahmad bateu palmas.

— Para o provador.

Lina praticamente correu.

— Aquele vestido era... interessante, não acham? — perguntou Bonnie, nervosa.

Virei o celular para poder vê-la.

— Naomi falou que tem um plano — expliquei.

— Que tipo de plano?

— Não sei. Ela se recusa a me dizer.

Naomi se debruçou sobre o Stef para conseguir ver a mãe da Lina.

— Não se preocupe, Bonnie. Vamos garantir que a Lina leve o vestido perfeito para casa. Prometo.

— Bom, nem de longe era aquele — disse Bonnie, tomando um gole de mimosa. — Parecia uma pilha de feno branco.

— Ela está voltando — disse Stef, empurrando Naomi de volta ao seu lugar.

Fizemos o mesmo processo mais quatro vezes, e cada vestido era mais horroroso que o anterior.

— Está um pouco corada, meu amor. Seria bom fazer uma pausa e respirar fundo — sugeriu Bonnie na tela.

— Estou bem, mãe — disse Lina, soando tudo, menos bem. — Meu coração está bem. É só que estou toda coberta de renda, do pescoço aos pés.

— Isso é muito comum entre as noivas — disse Ahmad. — Recomendamos que passe uma camada generosa de creme antialérgico se for usar algo que cause irritação na pele.

— Você está linda — garantiu Naomi.

— Sarnenta, mas bonita — concordei.

— Sabe de uma coisa? Acho que já chega de experimentar vestidos por hoje — disse Lina, soltando o cinto de cristal que uma das assistentes tinha colocado em sua cintura. — Alguém me tira dessa coisa antes que a minha pele descole.

— Xi. Ela vai surtar — previu Stef baixinho.

Enquanto Lina se balançava sem sair do lugar, uma assistente começou a desabotoar o primeiro dos setenta mil botões nas suas costas e Naomi assentiu para Ahmad. Ele se virou em direção aos fundos da loja e fez uma série de gestos circulares e dramáticos.

Duas funcionárias apareceram carregando um manequim entre elas. O manequim já estava com um vestido tomara que caia, com aplicações florais pretas que começavam no corpete justo e se estendiam por toda a saia volumosa.

— Isso vai para a vitrine, meninas — disse Ahmad.

Lina deu uma olhada rápida no espelho e congelou.

— O que chamou a atenção dela? — indagou Bonnie pelo celular.

Inclinei a tela para que ela pudesse ver o vestido.

— Aquele — disse Lina, apontando.

— Este? Chegou esta manhã. Ninguém provou ainda — disse Ahmad com um toque de inocência.

— É lindo — incentivou Bonnie.

— Não sei — ponderou Stef. — Quantas noivas sustentariam um *look* preto no dia do casamento?

— Vou provar esse, mas, depois disso, vamos embora — anunciou Lina, contorcendo-se para sair do vestido. Cheia de atitude, ela se afastou do espelho triplo, usando apenas top e calcinha.

Ahmad estalou os dedos para as mulheres, que prontamente removeram o vestido do manequim.

— Ai, meu Deus. É o vestido perfeito — falei.

— Eu sei — concordou Naomi.

— É espetacular — disse Stef.

— Eu sei — repetiu Naomi com um sorriso presunçoso.

— E a Lina também é — concordou Bonnie.

— Exatamente — disse Naomi, acomodando-se na beira do assento, de olho nos provadores.

— Você é diabólica — eu disse a ela.

— Só uso meus poderes para o bem — explicou.

— Aí vem ela — disse Stef, soando animado pela primeira vez.

Lina apareceu no campo de visão como uma rainha. Soltei um arquejo. Naomi já abanava as mãos na frente do rosto para afastar as lágrimas. Stef estendeu as mãos para segurar meu joelho e o da Naomi.

Lina subiu no pedestal, soltou as saias e fez uma pose digna de realeza.

— Morto. Estou morto — disse Ahmad, apertando o peito de forma teatral.

— É como o Nash vai ficar quando a ver — previ.

Bonnie soltou um soluço abafado pelo celular.

Lina deu uma voltinha, a saia flutuando ao seu redor como se tivesse vida própria.

— Mãe! Não chore. Você tem uma reunião em vinte minutos — insistiu Lina.

— Não consigo me conter. É tão perfeito para você. Assim como o Nash. Isso me deixa tão... feliz — choramingou Bonnie.

Por um breve instante, fiquei pensando como seria estar ali, usando um vestido lindo e sabendo que vou me casar com o homem dos meus sonhos. Será que eu viveria essa experiência? E se eu vivesse, será que seria menos especial por saber que meu pai não estaria presente para me levar ao altar?

Lágrimas se formaram nos meus olhos. Droga! Nada de chorar. Sem ficar se lamentando. Eu era a Sloane do Retorno em Grande Estilo, a Dama de Honra Excepcional. Não havia espaço para pessimismo, só para o jogo do contente.

— É lindo, e é a minha cara — admitiu Lina. — Mas que sapatos eu usaria?

— Suas botas pretas Jimmy Choo com cadarço preto e detalhes de cristal — disse Stef.

— Uuuuh, ousado, confortável *e* majestoso — comentei.

— Merda. Combinariam perfeitamente — disse Lina, acariciando um dos apliques pretos.

— Esse vestido foi feito para você — decidiu Ahmad. — Seria um crime deixar outra pessoa sequer provar. — Suas ajudantes concordaram com a cabeça.

Lina deu outra voltinha para se observar no espelho.

Os olhos dela encontraram os meus.

— O que acha, Sloane?

— É tão perfeito que mal consigo olhar para você — admiti.

— É mesmo, não é? — Ela levou a mão ao peito.

— Está tendo uma arritmia cardíaca? — exigiu saber Bonnie.

Lina revirou os olhos.

— Não, mãe. Estou me apaixonando por um maldito vestido de noiva.

Todos os ocupantes do pequeno sofá cor-de-rosa vibraram de alegria.

— Agora vamos ver os vestidos das damas de honra — disse Lina.

— NÃO ACREDITO que encontrei o vestido. — Lina afastou o prato com um suspiro cheio de satisfação. — Ninguém mais tinha provado. É como se fosse destino ou algo do tipo em que vocês, românticas esquisitas, acreditam.

Estávamos espremidas no sofázinho de uma mesa pequena no fundo de um bistrô da moda. Stef tinha pulado o almoço sob o pretexto de ter uma reunião por telefone. Particularmente, eu achava que ele estava apenas evitando ser zoado pela falta de progresso na questão de morar junto com o namorado.

Lancei um olhar para a Naomi enquanto comia meu queijo-quente gourmet. Ela irradiava todas as suas energias de recém-casada feliz na direção de Lina enquanto discutiam cada detalhe do vestido.

Uma boa amiga ligara para a loja de noivas e encomendara antecipadamente o vestido perfeito. Uma grande amiga fingira que o destino tinha sido o responsável.

Meu telefone vibrou na mesa e eu o peguei. Era uma ligação da minha irmã.

— Oi, Maeve — atendi, tapando a orelha com o dedo e saindo do sofázinho.

— Recebi a sua mensagem, mas estava ocupada no tribunal. Qual é a boa? — perguntou.

Eu me agachei atrás de um grande vaso de planta ao lado do balcão de recepção.

— O pai mencionou alguma vez uma tal Mary Louise Upshaw para você?

— O pai mencionou muitas pessoas para mim. Ela é de Knockemout?

— Ela era daqui da região. Trabalhava no serviço postal. Não tive muito tempo para investigar, mas parece que ela foi condenada por envolvimento com drogas. Acho que ela é a mãe do Allen, o pupilo da faculdade de direito do papai.

— Me soa vagamente familiar. Mas provavelmente foi há alguns anos, antes do câncer e da mudança — disse Maeve.

Antes do início do fim.

— É. Deve ter sido por aí — concordei.

— Ele não era o advogado dela, era? — perguntou Maeve.

— Não. Acho que ela teve um defensor público. Pegou vinte anos. Ré primária.

— Por posse? Isso é exagero, até mesmo para a Virgínia.

— Foi o que pensei também. Descobri que o caso da mãe foi o que levou Allen a ingressar na faculdade de direito. Você poderia dar uma conferida? Sabe, no tempo livre que você não tem.

— Uhum. Vou dar uma investigada e te falo depois.

— Em troca, levo a Chloe para o ensaio da peça pelos próximos dois dias — prontifiquei-me.

— A melhor tia de todas — disse Maeve, com afeto na voz. — O que vou fazer quando você tiver seus filhos?

— Rá. Por enquanto, sou só eu e a bichana. Preciso desligar. Estou com a Lina e a Naomi. Vou passar para buscar a Chloe hoje à noite. Te amo.

— Te amo. Tchau.

Desliguei.

— Sobre o que era a conversa? — perguntou Lina quando voltei para a mesa.

— Sobre uns arquivos do meu pai que encontrei. Ouve só essa. Minha mãe quer que eu os entregue para o Lucian.

As sobrancelhas da Naomi se arquearam em surpresa.

— Sua mãe não está ciente da animosidade recíproca?

— Ah, está ciente, sim. Acho que ela só quer que a gente descubra uma maneira de sermos amigos, mas não conseguimos estar no mesmo ambiente sem querer nos esganar, então tomei a decisão de entregá-los nas mãos da Lina aqui, já que ela tem mais chance de encontrar o Lúcifer.

— Falando no Gostosão de Terno — disse Lina, passando o dedo na borda do copo de uísque. — Aceitei oficialmente a oferta de emprego após exigir um aumento salarial e outras coisinhas.

— Que notícia maravilhosa — disse Naomi.

— Parabéns? — falei. Não tinha a intenção de fazer parecer uma pergunta, mas foi assim que saiu.

Lina riu.

— Valeu. Estou empolgada. Finalmente vou poder conhecer a empresa direito e colocar a mão na massa.

— Que coisinhas você pediu? — perguntei.

— Ele tem que ser mais gentil com você.

— Ai, meu Deus. Você *não* me envolveu na negociação do seu contrato de trabalho, não é? — Eu não queria que Lucian Rollins achasse que eu precisava de alguém para me defender.

— Foi mais um comentário passageiro do que uma exigência — garantiu Lina. — A parte interessante é que quando ele ficou sabendo que vocês duas estariam na cidade hoje, sugeriu que eu as convidasse para conhecer o escritório.

Naomi se virou para mim, parecendo prestes a implodir de felicidade.

— O que foi? — indaguei, na defensiva.

— Ele fica sabendo que você vai estar na cidade com a Lina e te convida para o escritório. Não acha que isso soa exatamente o *oposto* do que um homem faria pela inimiga declarada? — disse ela de forma enfática.

— Inimiga declarada é um pouco forte — falei, pensando no burrito de café da manhã e no dia no spa da minha mãe. — E convidou *nós duas*, não só a mim.

— Não sei. Meus instintos me dizem que ele quer *você* lá — insistiu Lina.

— Não quer. Talvez estivesse apenas fingindo ser humano para a nova funcionária. Ou talvez esteja interessado na Naomi, como todos os homens com pênis e um mínimo de inteligência.

Naomi jogou o cabelo e fez beicinho como uma supermodelo.

— É verdade. Seis homens já tropeçaram hoje — disse ela, ofegante.

Dei uma risadinha sarcástica.

Lina levantou as mãos.

—Beleza. Sinceridade total. Ele tem compromisso fora no escritório esta tarde. Então talvez tenha sugerido isso sabendo que não estaria por perto para brigar com você.

De jeito nenhum que admitiria a pequena pontada de decepção que essa notícia trouxe.

Naomi, por outro lado, parecia totalmente desanimada.

— Mas falando sério. Não está nem um pouco curiosa para saber por que ele te convidou? — insistiu Lina.

— Não — menti.

— Bom, sempre quis ver onde ele trabalha. É verdade que tem um trono feito com os ossos dos inimigos? — perguntou Naomi.

— Eu estava *prestes* a te dar os arquivos para entregar a ele na próxima vez que estivesse no escritório — falei à Lina.

— Sim, mas não está nem um pouquinho curiosa para desvendar o que há por trás da fachada de cara rico e mal-humorado? Tenho que admitir que é bem impressionante — instigou. — Você mesma poderia deixar os arquivos na mesa dele, que é bem cara, para poder dizer à sua mãe que tentou entregá-los pessoalmente. Talvez a gente até possa usar a máquina de café expresso que tem no escritório dele.

Naomi bateu palmas.

— Uuuuh! Café expresso! Por favor, por favor, por favor, Sloane.

Não era uma ideia inteligente, mas parte de mim queria muito ver de onde Lucian Rollins comandava seu império do mal.

Além disso, quanto mais tempo eu passasse aqui, maiores seriam as chances de um cara atraente e da região me enviar uma mensagem no aplicativo. Havia a possibilidade de no mesmo dia ajudar Lina a achar o vestido, conhecer o império maligno do Lucian *e* transar.

— Acho que a gente pode dar uma passada para conhecer o seu novo escritório — refleti. — Já estamos aqui mesmo.

Naomi e Lina trocaram um olhar triunfante de cupido.

— Parem de fazer essa cara ou vou voltar atrás.

NOVE

DE GRACINHA COM O DIABO

Sloane

Os escritórios da Rollins Consulting ocupavam todo o décimo quarto andar de um prédio chique, com vista de dar inveja. Tudo, desde o chão de mármore da área de recepção até as paredes revestidas de madeira escura, exalava riqueza e poder.

Havia arte requintada nas paredes e plantas naturais em vasos dourados.

— Preciso ver os documentos de identidade de vocês — disse a mulher atrás da mesa da recepção.

Ela devia ter entre cinquenta e sessenta e poucos anos, com a postura rígida de uma mulher com carreira militar. Estava nos encarando como se achasse que Naomi e eu pudéssemos tentar roubar um quadro da parede ou encher nossas bolsas com cápsulas de café expresso. De acordo com o crachá, seu nome era Petula.

Eu a achei aterrorizante e fascinante ao mesmo tempo.

— São amigas minhas e do Lucian — insistiu Lina.

Que *mentira* deslavada.

Petula não demonstrou estar impressionada.

— Elas podem ser amigas agora, mas isso não impede que se tornem inimigas no futuro — disse ela. — Aceito CNH, carteira de identidade ou passaporte.

Naomi se apressou em obedecer, revirando sua bolsa como se estivesse em uma caça ao tesouro.

Tirei minha carteira de motorista do bolso e estava prestes a entregá-la quando o ex-delegado federal, Nolan Graham, entrou no saguão, passando por uma porta de vidro fumê de duas folhas.

— Loirinha!

— Nolan!

Ele aparentava estar bem. Saudável e feliz. E isso me deixou contente.

Abri os braços para um abraço. Ele me envolveu e me levantou do chão, fazendo meus pés balançarem no ar. Nós tínhamos saído juntos. Por pouco tempo. Não foi o suficiente nem mesmo para mais do que alguns beijos agradáveis antes que seu ato heroico, que resultou em uma lesão, mudasse o rumo de sua carreira e vida pessoal.

Lucian, por razões desconhecidas, ofereceu a Nolan uma oportunidade de emprego em sua empresa. Um cargo que lhe possibilitou reconquistar a ex-esposa, Callie.

Posso não ter acabado com um namorado bonitão que é delegado federal, mas pelo menos consegui um novo amigo.

— Como está a ferida de bala? — Minha pergunta terminou em uma risadinha ofegante quando ele me deu um aperto forte antes de me colocar de volta no chão.

O som de vários pigarros interrompeu sua resposta. Olhei rapidamente ao redor e notei Lina, Naomi e até mesmo Petula com os olhos arregalados, como a plateia na primeira fila de um show da Taylor Swift.

— Ah, oi, chefe — disse Nolan, demorando um pouco para me soltar do abraço.

Merda.

Uma sensação familiar de calor tomou conta da parte de trás do meu corpo, da cabeça aos pés. Isso sempre me fazia questionar se o homem controlava as chamas do próprio inferno.

— E aí, como está? — perguntei ao Nolan de novo, determinada a não dar atenção à ameaça atrás de mim.

— Completamente recuperado — disse ele.

— Não dê ouvidos a ele. Na sexta-feira, o bebezão reclamou que o vento frio estava fazendo a cicatriz doer — interveio Lina.

— Sou um herói. Heróis podem reclamar — insistiu Nolan com um sorriso.

— Como vai a futura esposa? Ouvi dizer que vão fazer um casamento íntimo — perguntei, fazendo de conta que não sentia as costas ardendo em chamas.

O sorriso do Nolan foi de canto a canto da boca.

— Ela está ótima. Estamos ótimos. Vamos para St. Croix dentro de algumas semanas para oficializar as coisas... de novo.

Sua felicidade era palpável.

Dei um aperto gentil em seu braço.

— Parabéns. Estou tão feliz pelos dois.

Estava mesmo. Todos à minha volta estavam se apaixonando, casando e começando — ou expandindo — uma família. Isso estava me deixando extremamente ciente do meu status atual de solteira.

— Senhoras.

O timbre grave e profundo da voz de Lucian ressoou em minha espinha.

Virei-me lentamente e me deleitei com a sedutora perfeição do Lúcifer em pessoa. Era impossível não se render. Era como estar diante de uma obra de arte magnífica e tentar *não* gravar na memória cada traço magistral.

Lucian estava irritantemente atraente vestindo outro terno escuro impecável, uma camisa primorosa de tecido Oxford e uma gravata listrada em tons de cinza e azul. Eu queria agarrar aquela gravata e dar um puxão até que aquela fachada perfeita se desfizesse. Seus cabelos escuros e encorpados ondulavam para longe de seu rosto em um penteado perfeito demais, como se implorassem para que alguém os desarrumasse. Ele era perfeito demais. Não era natural.

Ele me olhou da cabeça aos pés como sempre costumava fazer. E, pela primeira vez, eu me perguntei o que ele estava vendo. Em contraste com sua aparência impecavelmente arrumada, eu estava usando calça cargo verde-militar e uma blusa violeta leve de gola alta. Meu cabelo estava preso em um rabo de cavalo alto, e meus lábios estavam com batom vermelho profundo.

Era coisa da minha cabeça, ou seu olhar se deteve um pouco mais do que devia nos meus lábios?

Por que eu me sentia tão viva quando nossos olhares se encontravam?

Alguém ia falar alguma coisa, ou íamos só ficar nos encarando intensamente o dia inteiro?

— Espero que não se importe que estejamos aqui — disse Naomi, interrompendo nosso confronto visual com sua gentileza e vontade de agradar a todos.

Desviei o olhar quando ela o cumprimentou com um abraço amigável. Notei que Petula me observava com uma expressão calculista.

— Lina nos deu a boa notícia e quisemos conhecer o local de trabalho oficial — continuou Naomi como se fosse seu papel amenizar o desconforto que surgia sempre que Lucian e eu tínhamos o azar de estar no mesmo ambiente.

Lina estreitou os olhos.

— Achei que fosse se ausentar durante a tarde — disse ao novo chefe oficial.

— Me ausentei — disse Lucian, interrompendo-a de forma abrupta. — Minha agenda foi reorganizada devido a circunstâncias imprevistas.

Aqueles olhos acinzentados profundos se voltaram para mim.

Ele provavelmente tinha feito com que a segurança o alertasse assim que eu entrasse no prédio. E ele tinha voltado... Por quê? Para garantir que eu não tacasse fogo no escritório?

— Deveria me alertar de todas e quaisquer mudanças de horário assim que ocorrem — lembrou Petula.

Sorri de canto de boca, achando graça do egomaníaco poderoso sendo repreendido pela secretária séria.

— Vou tentar me lembrar disso no futuro, Petula — respondeu Lucian num tom seco.

Ele ainda estava me observando, e eu não conseguia fazer nada além de encará-lo também.

Lina estalou os dedos e balançou a cabeça.

— Entãoooo...

Parecia que estávamos de volta àquele clima desconfortável.

— Achou o vestido? — perguntou-lhe Nolan.

Lina quase torceu o braço ao tentar pegar o celular.

— Achei. E os vestidos das damas de honra. O que a Callie vai usar na cerimônia na praia?

Nolan pegou o celular, e os dois se juntaram para discutir vestidos de casamento.

— Estão fazendo com que eu me arrependa de ter contratado os dois — disse Lucian, irritado.

Lina olhou para Nolan.

— Acho que ele está se sentindo excluído.

— Tem razão — concordou Nolan.

Encurralaram o chefe mal-humorado entre eles e começaram a mostrar as fotos nos celulares, explicando cada uma em detalhes excruciantes.

— Estão demitidos — disse ele enquanto se livrava da aglomeração. — Aproveite a visita — disse à Naomi, em seguida, dirigiu-se para as portas de vidro sem voltar a olhar na minha direção.

Lina deu um suspiro satisfeito.

— Foi divertido.

— Suas convidadas estão autorizadas a entrar — disse Petula, devolvendo nossos documentos de identidade. Ela aparentava estar desapontada, como se estivesse esperando uma violação de segurança.

— Ela acabou de verificar nossos antecedentes? — sussurrei para Nolan.

— Uhum. E a análise de crédito.

— Uau.

— Aproveite o passeio. Preciso ir encontrar uma fonte anônima para tratar de algo ultrassecreto — disse ele.

Não consegui determinar se ele estava brincando ou não. Conhecendo os negócios duvidosos de Lucian, tudo era possível.

— Foi bom te ver, Nolan.

— Você também, loirinha. Vê se não some.

Lina nos ajudou a passar pelas portas de vidro duplo com um cartão de acesso. Pisquei, surpresa.

Por anos, tinha imaginado que Lucian conduzia seu império do mal de um covil com paredes úmidas de pedra e uma neblina com cheiro de enxofre. Mas não era como eu esperava. Havia uma área de baias modernas ocupada por dezenas de funcionários, nenhum deles aparentando estar aqui contra a própria vontade. Funcionários de todas as idades, raças e estilos de moda se reuniam em mesas compartilhadas e em salas de conferência com paredes de vidro.

Era agitado, mas não caótico. Algumas pessoas estavam até *rindo*.

— Uau — disse Naomi.

— Onde estão os instrumentos de tortura? — perguntei.

— Ele guarda em um local separado. Manchas de sangue no carpete e tudo mais — disse Lina de forma descontraída.

— Lina, espera. — Uma ruiva com sardas, que parecia ser a mistura perfeita de deslumbrada e feliz, parou abruptamente na nossa frente. — Petula me pediu para perguntar se vocês gostariam de tomar café, água ou chá.

Parte de seu cabelo estava preso para trás em um coque elaborado. Tinha adesivos nas suas unhas. E sob o blazer xadrez, ela vestia uma camiseta da Selena Gomez.

— Esta é a Holly. Ela é recém-contratada, como eu — disse Lina, apresentando a mulher.

Duas manchas rosadas surgiram nas bochechas da Holly, e ela parecia prestes a chorar ou cantar.

— Este trabalho é a realização de um sonho. O Sr. Rollins me contratou como assistente administrativa. É o meu primeiro emprego de verdade. Meus filhos sentem tanto orgulho de mim que até preparam minha marmita todas as manhãs, e eu tenho que esperar até que estejam na escola e na creche para poder colocar algo além de biscoitos em formatos de animais e palitinhos de queijo — explicou apressadamente para nós.

— Que carinhoso da parte deles — disse Naomi.

— Parabéns — falei, torcendo para que Lucian não soltasse seu fogo de dragão na pobre garota e a reduzisse a cinzas.

— Você mencionou café? — perguntou Naomi, esperançosa. — Porque eu adoraria um.

Já haviam se passado quase trinta minutos desde a última vez que ela ingerira cafeína.

— Como prefere? — perguntou Holly com um sorriso ansioso.

— De tudo que é jeito — brincou Naomi.

— Vou trazer minha especialidade, então. Posso trazer algo para você? — perguntou Holly, voltando-se para mim.

— Não precisa, obrigada. — Com a minha sorte, derramaria uma xícara de café inteira por todo o escritório luxuoso do Lucian e ele me processaria por danos.

— Encontro vocês no meio do passeio — prometeu e saiu em disparada.

— Que fofa — comentei.

— É mesmo. Há duas semanas, ela e os dois filhos estavam sem moradia. Deixaram um lar abusivo e foram parar em um abrigo. Dizem que o Lucian a contratou na mesma hora. Ela começou no dia seguinte e se mudou para um apartamento na semana passada.

— Que incrível — disse Naomi, apertando as mãos junto ao peito.

— Por que ele estava lá para oferecer o emprego?

— Ao que parece, o seu arqui-inimigo é um dos principais patrocinadores do programa — explicou Lina.

— Sim, bem, acho que até ogros podem fazer algo bom em prol de um abatimento de impostos — murmurei.

Não gostei de me deparar com evidências que contradiziam todas as minhas crenças relacionadas a ele. Eu gostava de tê-lo bem caracterizado na minha mente. Por anos, ou melhor, *décadas*, ele não passara de uma caricatura bidimensional de um vilão. Agora, porém, eu estava começando a me perguntar quais outros indícios de humanidade eu tinha deixado passar despercebidos por trás daqueles ternos sob medida e maçãs do rosto irresistíveis.

Se um coração hipotético batia em algum lugar dentro daquele peito largo e rico, o que significava ele ainda me odiar?

Lina prosseguiu com a visita guiada, mostrando uma impressionante variedade de salas de descanso, de reunião e escritórios.

Seu escritório era minimalista e bem iluminado, com uma mesa, um sofá e uma vista incrível. Em sua mesa, havia uma foto dela e do Nash presos a um paraquedas.

— Então, o que exatamente você faz aqui? — perguntei, testando o conforto do sofá.

— O principal propósito da empresa é apoiar candidatos durante suas campanhas e mandatos políticos.

— Então vocês procuram informações comprometedoras dos oponentes políticos, os chantageiam e, se isso não funciona, vocês os fazem "desaparecer"? — adivinhei. — Você esconde os corpos ou está mais acima na cadeia hierárquica?

— Sloane — sibilou Naomi.

— Tem um armário específico para o descarte de corpos no final do corredor — brincou Lina, girando em sua cadeira ergonômica.

— Todo mundo aqui parece tão feliz — disse Naomi, tentando mudar para um assunto mais positivo.

— É difícil não ser — disse Lina. — O salário é bem acima do que seria considerado justo. Os benefícios são generosos. E o chefe é um homem belo e poderoso que ninguém quer desapontar.

Dei uma fungada desdenhosa.

— Se você curte esse lance de fogo e enxofre.

As duas mulheres olharam para mim.

— Até *você* tem que concordar que o Lucian é absurdamente bonito — instigou Naomi.

— Bonito? — Lina bufou. — O cara parece ser o filho mais sensual dos deuses mais sensuais do universo. Não estou convencida de que ele seja um mero mortal. Alguém já o viu dormir?

Eu já.

Aqueles cílios escuros em contraste com a pele bronzeada. A cadência lenta e regular das respirações que faziam seu peito subir e descer. Mas nem mesmo o sono conseguia aliviar a tensão daquela mandíbula esculpida.

Odiava ter essas lembranças na cabeça, prontas para me pegar de surpresa e mexer com as minhas emoções. Culpa. Medo. Raiva ardente e justa.

— Vampiros não precisam dormir — falei. — Onde fica o banheiro?

O banheiro era igual ao restante do escritório, maravilhosamente elegante e absurdamente luxuoso. As bancadas de granito retroiluminadas tinham cestas com loções para as mãos de alta qualidade, limpadores de óculos e seleções bem-organizadas de produtos femininos.

Havia até uma penteadeira com espelho construída em uma alcova.

Umedeci uma toalha tão macia que só poderia ser de *cashmere* e a pressionei nas bochechas.

As últimas semanas me fizeram questionar todas as minhas certezas. Coisas em que eu acreditava piamente, como se fossem leis imutáveis da vida.

Eu sempre poderia contar com meus pais.

Não havia urgência em formar minha própria família.

Lucian Rollins era um ser humano horrível e repulsivo.

Agora eu me sentia... perdida. Como se de alguma forma tivesse entrado em uma realidade paralela onde o que era para cima estivesse para baixo e o que era para baixo estivesse roxo. Eu estava saturada de mudanças no momento.

Enxuguei meu rosto com delicadeza. Em seguida, aproveitando os materiais à disposição, limpei meus óculos.

— Tudo isso faz parte do luto — disse ao meu reflexo. — Você não está interessada de verdade em saber se o Lucian é humano ou não. Seu cérebro está apenas tentando encontrar outra coisa na qual se concentrar. As coisas vão melhorar. Com o tempo. Provavelmente.

Após uma tentativa meia-boca de me animar, saí do banheiro e esbarrei em um peito quente e rígido.

Minha bolsa caiu com um baque no chão, enquanto mãos grandes e quentes me equilibraram.

Eu soube quem era sem precisar olhar para o rosto. Soube pela corrente elétrica que percorreu meu corpo.

— Será que é tão difícil olhar para onde está indo? — perguntou Lucian com grosseria.

— Você que está passando pelo banheiro feminino a toda velocidade — salientei, dando um empurrão nele. Ele não se mexeu, e isso me irritou.

Então cedi e dei um passo para trás. Agachei-me para pegar as alças da bolsa, mas ele foi mais rápido.

— Jesus, o que tem nessa bolsa? Um corpo desmembrado?

— Por que os homens sempre se acham no direito de opinar sobre o peso e o conteúdo da bolsa de uma mulher? — perguntei, esticando o braço para pegar as alças.

Ele afastou a bolsa do meu alcance.

— Curiosidade. Só podemos carregar o que cabe em uma carteira ou pasta. Parece ter uma coleção completa de enciclopédias aqui dentro.

— Se quer mesmo saber, são os arquivos do meu pai. Encontrei esta manhã e estava planejando entregar à Lina para ela passar pra você.

— Você ia entregar à Lina — repetiu ele, com a voz perigosamente calma.

— Sim — confirmei.

— Em vez de entregar a mim.

Senti um arrepio na nuca. Perigo. Cuidado. Prossiga com cuidado.

Ignorei o aviso.

— Uhum.

— Por quê?

— *Por quê*? — Pelo visto, era a minha vez de bancar o papagaio. — Você sabe por quê.

— Esclareça mais — insistiu.

— Não.

Ele me fulminou com um olhar furioso, depois deu meia-volta com seus mocassins muito caros e marchou pelo corredor com a minha bolsa.

— Ei! — Tive que correr para acompanhar suas pernas compridas e bem-vestidas. Aquela bolsa não continha apenas arquivos. Continha todos os meus itens essenciais, como chaves do carro, batom, tablet, spray de pimenta e guloseimas.

Ele entrou por uma porta e eu o segui para dentro, só percebendo quando fechou a porta de vidro que eu tinha entrado voluntariamente na toca do diabo.

O escritório do Lucian.

Claro que ficava no canto do prédio. E, claro, era gigantesco, com vistas de tirar o fôlego. Era frio, formal e impressionante. Lembrei-me do meu próprio escritório aconchegante e desorganizado.

— Estranho. Esperava que cheirasse a enxofre, mas estou sentindo cheiro de... peixe — falei, farejando o ar.

Lucian soltou um palavrão baixinho.

— Tá legal. *Qual* é o seu problema, Lúcifer? — indaguei.

— Você. Mais uma vez, é você.

— Devolve a minha bolsa.

Em vez de me entregar como um adulto, ele a colocou na mesa de centro de aparência muito cara, em frente a um sofá branco que parecia caríssimo. Esse cara nunca ouviu falar da IKEA? Ele apontou para a minha bolsa.

— Me dê os arquivos.

Sentei-me bufando no estofado de seda e arrastei a ecobag pela superfície de mármore da mesa de centro.

— Não entendo por que está ficando tão puto sendo que só está provando o que eu disse. Era exatamente por isso que eu estava pensando em dar os arquivos para a Lina — resmunguei.

— Acha que eu quero não gostar de você?

Levantei o olhar, assustada com a dureza do seu tom. Ele estava passando uma das mãos por aqueles cabelos escuros e bem-arrumados, enquanto tateava os bolsos com a outra.

— Se estiver ao menos *cogitando* acender um cigarro aqui dentro...

— Não ouse fingir que não deu uma tragada no último cigarro que fumei na sua presença — falou.

Senti meu rosto enrubescer.

— Ah, cale a boca. — Puxei os arquivos da bolsa com força, e de dentro saíram dois livros da biblioteca, meu nécessaire e metade do meu estoque de guloseimas. — E, sim. Acho que você não gosta de mim porque quer. Acho que adora me odiar.

Ele se levantou, com as pernas afastadas e as mãos nos quadris como se estivesse preparando-se para a batalha. Fingi não notar a contração da sua mandíbula bem delineada sob a barba perfeita.

O cara tinha sido um adolescente lindo, e a Lina tinha razão. Ele tinha crescido e se transformado em um verdadeiro deus. Às vezes a vida não era mesmo justa.

— Aqui estão os malditos arquivos que você pode entregar ao maldito advogado, para que possa continuar parecendo um maldito herói aos olhos da minha mãe.

Empurrei a pilha na sua direção e, em seguida, avistei os recortes de notícias de Mary Louise Upshaw junto a ela e os puxei de volta.

Em um gesto rápido, devolvi os recortes e o restante do que havia caído para dentro da bolsa e me levantei. Colocando as alças sobre o ombro, dei um passo em direção à porta.

— Não sinto prazer em te odiar.

As palavras, ditas em tom suave, me fizeram parar.

Virei-me para encará-lo e, como estava me sentindo de pavio curto, me aproximei dele.

— O que você *quer*, Lucian? — indaguei, encarando-o.

Ele permaneceu em silêncio. Eu sabia que havia sentimentos, ideias e uma personalidade incrível por trás daquela bela aparência, mas ele tinha me privado de tudo isso.

— Você me trata como se eu fosse a pior pessoa do planeta e depois faz coisas gentis para os meus pais pelas minhas costas. Dá emprego a mães solo desabrigadas. Provoca brigas comigo e depois me dá o meu burrito favorito. Como diabos você sabe qual é o meu burrito favorito, caramba?

Ele deu um passo na minha direção. Mas levantei uma mão antes que pudesse responder.

— Sabe de uma coisa? Deixa pra lá. Não quero saber. A única coisa que eu quero realmente saber é: o *que você quer de mim*?

Por um breve e glorioso instante, o homem agigantando-se diante de mim como um vampiro puto da vida prestes a dar uma mordida parecia tão infeliz quanto eu.

— Quero que você deixe de ter importância — disse ele. Seu tom era calmo, mas havia uma chama ardente e prateada nos olhos cinzentos.

Foi indelicado, devo admitir. Mas parecia uma grande vitória. Uma eletrizante. Eu estava cansada de ser a que tinha o pavio curto. De sentir como se eu fosse a única a ser perturbada por nossas trocas de farpas.

Eu era *importante*, e ele odiava isso.

— Idem, grandalhão.

— Melhor você ir embora — disse, de repente.

— Por quê? Não gosta de me ter aqui neste escritório tão bonito? — Caminhei até a mesa dele. Ela tinha tampo de vidro e cantos pontudos, com nada além de um teclado, um mouse e dois monitores.

Fiquei me perguntando se ele gostava de organização ou se simplesmente detestava o caos.

Deslizei meus dedos ao longo da borda chanfrada, ciente de que estava deixando marcas.

— Você parece irritado — falei, parando e mantendo contato visual com ele. — Quer desabafar? — ofereci antes de dar um pulinho e me sentar na superfície de vidro.

Seu olhar escureceu perigosamente, e ele deu alguns passos na minha direção antes de parar. Meu batimento cardíaco acelerou.

— Não gosto de quem nos tornamos quando estamos juntos — disse ele.

Dei uma risada desdenhosa.

— Acha que *eu* gosto?

— Acho que você adora.

Ele tinha se aproximado? Ou eu estava me inclinando em sua direção? Meus joelhos estavam quase perto o bastante para roçar as pregas das suas calças. Estávamos sendo atraídos feito ímãs. Inimigos que se impeliam repetidamente.

Eu estava farta disso.

Uma tensão elétrica estava se formando no espaço entre nós. Como quando os pelos dos braços se eriçam pouco antes de um raio cair.

— Não é verdade — insisti com certa irritação.

Em seguida, meus joelhos roçaram suas pernas, e ele se posicionou entre elas, separando minhas coxas enquanto eu esticava o pescoço para olhá-lo.

Fiquei sem fôlego.

Seus dedos se flexionaram ao lado do corpo e, em seguida, percorreram levemente a parte superior das minhas coxas antes de posicionar as mãos de cada lado dos meus quadris. Deus. Até o *cheiro* dele era irresistível.

Lucian dominou todos os meus sentidos. As sutis listras cinza na gravata eram da exata cor de seus olhos. O calor que irradiava do seu corpo me deu a sensação de estar dentro de uma sauna. Seu perfume era fresco, puro e mortal. Dava para ouvir um batimento cardíaco, e era forte o suficiente para me fazer pensar que talvez pertencesse a nós dois.

— É, sim. Você acredita que um dia vai encontrar o insulto ideal e conseguirá ver além das minhas vulnerabilidades.

A voz dele mal passava de um sussurro ameaçador. Ele não desviava o olhar do meu. Isso causou uma estranha sensação de gravidade. Como se eu não pudesse desviar o olhar, senão simplesmente começaria a flutuar sem essa âncora.

Eu não fazia ideia do que estava acontecendo aqui. Mas sabia com certeza que não queria que ele parasse de falar. Não queria que ele se afastasse.

— O que eu conseguiria ver? — perguntei.

Ele fechou os olhos e balançou a cabeça, tentando quebrar o encanto. Mas eu não ia deixar isso acontecer. Não desta vez. Estendi a mão e fiz o que fantasiava há anos. Agarrei sua gravata perfeita e o puxei para perto.

— *Não* me provoque, Fadinha — ele sibilou. Suas palavras eram um aviso, mas os olhos estavam abertos agora, e notei algo a mais neles. Algo abrasador.

Meus instintos biológicos foram acionados. Em vez de lutar ou fugir, meu corpo parecia ter acrescentado uma terceira opção: transar.

— Não me chame assim — falei, ofegante.

— Então pare de me olhar assim.

— Assim como? — sussurrei. Seus dois polegares acariciaram ao mesmo tempo a curva externa do meu traseiro que tocava a mesa, e eu quase desmaiei.

Isto não parecia ódio. Parecia algo bem mais perigoso.

— Como se quisesse que eu... — O imperturbável Lucian Rollins perdeu o raciocínio ao olhar para a minha boca. A sinceridade que vi naquele rosto belo tanto me aterrorizou quanto me fascinou.

Por um instante, questionei-me se o problema cardíaco da Lina era contagioso, porque meu coração parecia estar aos trancos e barrancos, como se tivesse esquecido como bater direito.

— Essa ideia é terrível — falei em um sussurro quase inaudível.

— A pior que já tive — concordou.

Nenhum de nós se mexeu. Nenhum de nós recobrou o juízo.

— Não aguento mais a gente — admiti.

— *Odeio* essa dinâmica entre nós — rebateu.

Meus dedos começaram a doer, e percebi que ainda estava agarrada à sua gravata.

Sua boca pairava sobre a minha, sem chegar a tocar. Estávamos respirando o mesmo ar enquanto nossos corpos se incendiavam. Minha cabeça estava girando, abandonando toda a lógica enquanto eu me apegava à única coisa que parecia certa. Ele. Eu desejava isso. Eu o desejava.

— Com licença, senhor.

Lucian permaneceu imóvel. Mas eu não.

— Está na hora de largar a bibliotecária. As amigas dela estão esperando, e tem uma ligação de emergência de Boston na linha para falar com o senhor — anunciou Petula de forma direta de algum lugar atrás do peito largo do Lucian.

Com um grito agudo, joguei-me para frente em uma tentativa desesperada de sair da mesa. Mas em vez de descer, só consegui levar minha virilha de encontro a do Lucian.

Eu estava presa, suspensa no vão entre a beirada da mesa e o que só poderia ser descrito como uma ereção monumental. Minhas pernas estavam apoiadas em suas coxas em uma posição que seria perfeita para um momento de prazer intenso.

— Ai, meu Deus — soltei numa voz aguda.

Se eu podia sentir o quanto ele estava excitado, será que ele podia sentir o quanto eu estava molhada? Essa era a última informação que precisávamos que o outro tivesse.

As narinas do Lucian se expandiram, e suas mãos agora me seguravam pelos quadris. Com força.

— Saia — respondeu ele num tom brusco sem desviar o olhar do meu.

— Não — decretou Petula. — Você me paga para manter a ordem, não para tolerar sua completa desconsideração em relação aos seus compromissos. Você não tem tempo para ficar de gracinha com a Srta. Walton. Vai ter que ficar para depois.

— Ficar de gracinha? — Havia um tom histérico na minha voz e, por um momento fugaz, pensei ter visto um lampejo de divertimento no rosto do Lucian, mas logo desapareceu.

— A Srta. Walton estava de saída — disse Lucian com frieza.

Ele agarrou meus quadris com seus dedos fortes e me colocou no chão com firmeza. Ele cerrou os dentes e deu um passo para trás. A seda da sua gravata, a única coisa que ainda nos conectava, deslizou entre meus dedos.

Por petulância, agarrei a ponta da gravata e a joguei com insolência sobre o seu ombro.

— Nos vemos por aí, *Lúcifer*.

DEZ

IRRITADO E COM FOME

Lucian

Parece tenso — observou Emry.

— Tenso? Por que eu estaria tenso? Só porque tenho que lidar com clientes, o FBI está agindo a passos de tartaruga, uma mulher irritante atrapalhou meus compromissos e tem alguém na minha cola que parece ser da organização criminosa do Hugo? Não há motivos para ficar tenso — retruquei.

As ruas da cidade estavam sempre congestionadas com SUVs pretos de luxo. Mas ainda assim eu tinha conseguido despistar a pessoa na minha cola quando fui alertado da chegada de Sloane.

Eu não conseguira lidar com a questão de segurança porque tinha sentido a necessidade de *vê-la*. Tinha sido impelido a ignorar a situação que poderia ter resolvido facilmente porque queria vê-la no meu escritório. Queria estar presente quando ela visse o que eu havia construído.

E aí acabei perdendo toda e qualquer noção de controle. Eu me esqueci do princípio mais básico: ficar próximo da Sloane era perigoso demais. Sempre foi assim.

Meu amigo entrelaçou os dedos sobre a barriga arredondada e aguardou com expectativa.

Percebi que não tinha nem me sentado. Eu estava andando de um lado para o outro em frente à lareira desde que cheguei. Nosso plano era jantar. Mas bastou me ver ao abrir a porta e ele largou o avental e fez um gesto para que eu entrasse no escritório.

Levei as pontas dos dedos à testa.

— Desculpe, Emry. Estou estragando o jantar.

Já fazia um bom tempo que não me sentia tão descontrolado. Eu precisava reprimir meus sentimentos para deter as imagens que não paravam de se repetir na minha cabeça. Aqueles olhos verdes semicerrados. Os lábios vermelhos se entreabrindo.

Ele dispensou minha desculpa com um aceno de mão.

— É caçarola. Não vai estragar.

— Você queimou, não foi?

Ele sorriu com resignação.

— Estou surpreso que não tenha notado o cheiro de carvão queimado.

Eu não tinha notado nada. Precisava me acalmar, porra.

— Ela é irritante pra caramba — falei, voltando a andar de um lado para o outro.

— A agente do FBI?

— Não! Sloane.

Rindo, ele se levantou da poltrona de couro e foi até o carrinho de bebidas de latão que ficava sob uma pintura de mares tempestuosos desafiando um navio de madeira.

Encostei-me na cornija da lareira e me forcei a parar de pensar na sensação de ter a Sloane entre mim e a mesa.

Emry serviu duas taças de vinho de um decantador escultural. Ele estava vestindo um suéter de lã preto com estampas de peixes neon sobre uma camisa xadrez de botões.

— Devia tacar fogo nesse suéter — comentei quando me entregou uma das taças. Ele parecia ser um avô bondoso e atrapalhado.

Por um instante, perguntei-me o que se passava em sua cabeça quando me via. Será que eu aparentava ser o CEO de uma empresa multimilionária? Será que aparentava ser o marido de alguém, o pai de alguém? Ou parecia o vilão que eu realmente era?

— Por enquanto vamos deixar de lado o assunto da irritante Sloane, e retomar a parte em que você está sendo seguido por uma organização criminosa — sugeriu ele, apontando para a outra cadeira.

— Não os trouxe até aqui, se é isso o que te preocupa — falei enquanto me sentava a contragosto.

— Hum — respondeu ele de forma enfática.

Soltei o ar com força. Eu estava, como Emry costumava dizer em nossos dias de terapia, "deixando o meu inconsciente interpretar as palavras dos outros". Hoje em dia, bastava ele fazer um "hum" para eu entender o recado.

— Eu te conheço bem o bastante para entender que tem todo o cuidado de proteger as pessoas que importam para você. É com *você* que me preocupo. Você se dá o mesmo zelo?

— Não pode apenas me dizer como parar de sentir todas essas emoções para que eu possa me concentrar no que precisa ser feito? — perguntei, encarando a taça.

— Se estivéssemos em uma sessão, eu diria algo reflexivo sobre como, às vezes, as emoções a que mais resistimos são as que têm mais a nos ensinar. Depois poderíamos abordar o motivo pelo qual, entre várias situações que qualquer pessoa consideraria desafiadoras, você está mais preocupado com uma mulher do seu passado. Uma por quem alega sentir apenas antipatia. Mas somos apenas dois amigos prestes a pedir pizza para não termos que comer o meteoro fumegante na minha cozinha. Então, como amigo, vou te fazer a seguinte pergunta. Por que a visita de uma bibliotecária pública te incomoda mais do que a possibilidade de um chefe do crime estar ciente de que está ajudando o FBI a montar um caso contra ele?

Porque eu estava no controle das coisas quando se tratava de Anthony Hugo.

Porque eu sabia como lidar com homens como ele.

Porque eu me deleitava com a ruína deles.

— Porque ela me lembra de um passado que prefiro esquecer — falei em voz alta. — Ela me traiu em um momento de vulnerabilidade.

E hoje tinha aberto as pernas para mim enquanto estava sentada na minha mesa como se seu lugar fosse ali. Como se quisesse estar ali. Como se *me* quisesse ali.

Balancei a cabeça para afastar as imagens e as substituí por outra lembrança mais antiga e obscura.

Sloane parecendo desolada, mas corajosa, com o braço engessado, aqueles olhos cor de esmeralda brilhando com lágrimas desafiadoras.

"O que foi que você fez?" Eu tinha berrado para ela. O que eu realmente queria dizer, mas não tinha verbalizado, era: *"O que foi que ele fez?"*

— Lucian, você é um homem esperto — afirmou Emry enquanto me observava por cima da borda da taça.

Já não estava gostando do rumo da conversa.

— O que está insinuando?

— Como um homem razoavelmente inteligente, vou supor que você saiba que não pode simplesmente esquecer o passado ou fingir que ele não existe. E como passou um tempo considerável em sessões com um terapeuta brilhante, vou lembrá-lo de que a única saída é encarar. Você não pode simplesmente guardar suas emoções em uma caixinha e esperar que elas permaneçam lá. Não é assim que os sentimentos funcionam.

— Vou lembrá-lo então de que nós dois sabemos por que é perigoso deixar essas emoções saírem da caixinha.

— Você tem bem mais controle do que imagina — ressaltou.

— Esse controle depende de não deixar minhas emoções me dominarem.

— Há uma diferença entre suprimir os impulsos que todo mundo tem e se recusar a reconhecer qualquer sentimento.

Dei uma risada desdenhosa.

— Tem sentimentos que reconheço o tempo todo.

— Por exemplo? — instigou Emry.

— Por exemplo, estou com fome e irritado agora.

Meu amigo deu uma risada.

— Pepperoni e calabresa?

— Pode ser.

— Lucian, não sinto pena de você pelo que passou na infância, assim como não o isento do esforço de perceber que é um homem completo e complicado, capaz não apenas de vivenciar a felicidade, mas também de fazê-la durar.

— Por que todo mundo é tão obcecado pela felicidade? Há outros objetivos mais valiosos do que simplesmente andar por aí com um sorriso idiota no rosto.

— Vou te falar uma coisa. Você é um homem adulto que atingiu um nível excepcional de sucesso, o que, por si só, é impressionante. Mas se levarmos em conta a sua infância, é um verdadeiro milagre. Confie que conseguirá lidar com o desafio de ter sentimentos. Inclusive os que são incômodos.

Ele me dava crédito demais. Ele não sabia do que eu era capaz. Mas eu, sim.

Soltei um suspiro lento.

— Só por curiosidade, o que ela fez agora que te deixou tão agoniado? — perguntou Emry, o olhar brincalhão atrás dos óculos de leitura meia-lua.

— Deixou marcas de dedos na minha mesa — falei com impaciência.

Nossas brigas sempre me deixavam com tesão. Era uma fraqueza que fazia com que me sentisse patético. Mas hoje ela havia me provocado no meu próprio território, e meu pau tinha ficado duro tão rápido que até fiquei tonto.

Eu a desejei. Ansiei por ela. E eu a teria possuído ali mesmo, naquela mesa.

Talvez essa seja a solução. Quem sabe essa tensão angustiante entre nós desapareça de uma vez por todas se cedermos, só uma vez.

Emry deu uma risada.

— Uma hora ou outra, meu amigo, você vai entender que é na confusão da vida que você encontra seus maiores tesouros.

— Valeu, mas prefiro minhas pilhas bem-organizadas de dinheiro. — Mas eu não estava pensando em saldos bancários. Eu estava imaginando Sloane, com as pernas abertas, os lábios vermelhos entreabertos enquanto eu finalmente a penetrava.

— Venha. Vamos pedir a comida e depois eu te deixo me humilhar em uma partida de xadrez.

ONZE

SHANIA TWAIN É DEMAIS

Lucian

Vinte e três anos atrás

Vamos começar — disse Simon Walton enquanto colocava uma caneca do Garfield com a frase QUERIA QUE ISSO FOSSE LASANHA perto do meu cotovelo.

Estávamos sentados de frente um para o outro na cozinha dos Walton, um cômodo que era praticamente do tamanho de todo o térreo da minha casa. Folhas em tons de laranja e ferrugem farfalhavam do lado de fora das janelas de canto acima do assento.

Na mesa recém-pintada na cor turquesa entre nós estava um tabuleiro de xadrez desgastado, em plena partida acirrada.

— Valeu — agradeci, ainda franzindo a testa para o tabuleiro. Gostava que ele não me questionava nem tirava sarro de mim por pedir café. Homens tomavam café. Eu estava aprendendo a gostar.

Fechei os dedos na cabeça do cavalo e o movi para o território inimigo.

— Não se esqueça de que não pode sair atacando sem mais nem menos — explicou Walton. — É preciso ter um plano. Uma estratégia. Não adianta só pensar no que vai fazer. Tem que prever a jogada do seu oponente.

Após o conselho, o bispo dele eliminou meu cavalo com maestria.

— Que droga — resmunguei, pegando o café.

O Sr. Walton deu um sorriso de orelha a orelha.

— Nada de desistir. Termine o jogo.

Contrariado, sacrifiquei um peão.

— Xeque-mate — disse Walton, ajustando os óculos no nariz.

Encostei-me de forma despojada no assento amarelo estampado do canto alemão.

— Acho que não gosto deste jogo.

— Tenho a impressão de que com um pouco mais de prática você vai pegar o jeito. É igual ao que faz no futebol americano quando está dentro da área de proteção da defesa.

Era um domingo à tarde de novembro. O que implicava nenhum jogo, nenhum treino, nenhuma escapatória do inferno que eu vivia ao lado.

Meu pai foi pescar com os amigos. Minha mãe estava onde ela passava a maior parte do tempo livre quando meu pai não estava por perto: sozinha no quarto. Eu tinha avistado o Sr. Walton no quintal removendo as flores murchas e me ofereci para ajudar.

— Como vão as aulas de xadrez? — perguntou Karen Walton, entrando no cômodo com duas sacolas de compras.

— Uma maravilha — insistiu o Sr. Walton.

— Horríveis — falei.

Nós nos levantamos da mesa e cada um pegou uma sacola. Enquanto o Sr. Walton dava um beijo estalado na esposa, me fiz útil ao colocar a sacola na ilha enorme. Tinha sujeira e desordem aqui. Uma pilha desorganizada de livros de culinária, um pouco de farinha derramada ao lado do recipiente de porcelana que ninguém tinha tido tempo de limpar. A fruteira com maçãs estava parcialmente em cima de uma revista aberta em um artigo sobre mandar os filhos para a universidade.

Desordem não era tolerada na minha casa. Tudo que pudesse ser um fator desencadeante de brigas tinha que ser evitado a todo custo.

— Tem mais no carro — anunciou a Sra. Walton, dando um tapa constrangedor no traseiro do Sr. Walton. Demonstração de carinho era algo que não existia na minha casa.

— A gente pega — insistiu o Sr. Walton. — Tome um cafezinho enquanto meu pupilo e eu descarregamos.

— O que eu faria sem vocês dois? Acho que vou tomar vinho — disse a Sra. Walton, dando um tapinha afetuoso no meu braço enquanto se dirigia à cristaleira embutida que abrigava uma variedade de copos de bebidas.

Não consegui disfarçar por completo a expressão de desconforto quando os dedos dela acidentalmente entraram em contato com meu novo machucado. O casal Walton bebia. Havia vinho na mesa de jantar, e eu notava o Sr. e a Sra. Walton de vez em quando bebericando coquetéis na varanda da frente. Mas eu nunca os vi bêbados.

Essa era a diferença entre o Sr. Walton e meu pai. O autocontrole.

Talvez fosse isso que ele estava tentando me ensinar no xadrez.

— Se machucou no futebol? — perguntou o Sr. Walton, olhando para o meu braço.

— Sim — respondi, puxando a manga da camisa para cobrir o hematoma. A mentira se alojou na minha garganta.

A Sra. Walton fez um gesto com o dedo indicador para mim e apontou para cima. Disfarcei meu sorriso. Eu gostava de me sentir útil, ainda que fosse apenas por causa da minha altura. Encontrei sua taça de vinho preferida, com haste longa e desenhos florais gravados, na prateleira de cima e entreguei a ela, que balançou a taça na direção do marido, fazendo uma pergunta silenciosa. O Sr. Walton fez um "joinha", parecendo um nerd, e eu tirei mais uma taça da prateleira.

— Lucian, não gosto que você participe desse esporte — repreendeu ela, pegando a segunda taça e indo para o balcão. Ela pôs as taças de lado, revirou uma das sacolas e tirou uma garrafa de vinho. — Você pode se machucar de tantos jeitos. E, sim, corpos jovens se curam mais rápido, mas você não sabe quais impactos esses machucados podem ter no futuro.

— O garoto está no último ano do ensino médio e é o *quarterback* titular, amor — salientou o Sr. Walton. — Ele não vai largar o time e começar a tricotar.

— Ninguém falou em tricotar — disse ela. — E o softbol, o que acha? É raro a Sloane se machucar. Aliás, cadê nossa filha?

Eu estive me perguntando isso pelas últimas duas horas, mas me recusei a questionar em voz alta.

— Num encontro com aquele tal de Bluth — disse Walton com uma mexida exagerada das sobrancelhas.

Fiquei tenso. Isso me pegou desprevenido. Nós já tínhamos falado sobre isso. Não na escola, porque nunca conversávamos na escola. Era uma espécie de regra não verbalizada entre nós. Ela provavelmente achava que eu era um babaca. O *quarterback* popular que se achava superior demais para ser visto falando com a nerd do segundo ano que gostava de ler.

— Não lembro. A gente gosta dele ou não? — perguntou a Sra. Walton, inserindo o abridor na garrafa.

Jonah Bluth era um metido a valentão do penúltimo ano, um jogador da linha defensiva que tinha cometido o erro de falar besteira no vestiário sobre apalpar os peitos da Sloane Walton. Aguardei até chegarmos ao campo de treino antes de acertá-lo com um soco forte o suficiente para colocar juízo em sua cabeça. Infelizmente para ele, esse juízo não o orientou a permanecer caído, e Nash foi quem nos separou.

Eu tinha dito à Sloane de forma bem direta para dar um fora no Jonah. Ela exigiu saber o motivo. Por alguma razão, ela se sentia no direito de saber tudo sobre qualquer assunto. Era irritante e cativante ao mesmo tempo.

Avisei que ele era um babaca e que ela merecia alguém melhor. Duas afirmações verdadeiras.

Ela disse que ia pensar no assunto, o que aparentemente significava que faria o que bem entendesse, doa a quem doer.

— Acho que estamos esperando pra ver se a nossa filha gosta dele — disse o Sr. Walton. Em seguida, ele fez um gesto para eu me aproximar. — Vem comigo, Lucian. Vou te contar sobre a Defesa Escandinava enquanto a gente pega as compras.

— Vou preparar o seu segundo prato preferido para o jantar de hoje, Lucian. Ravióli pré-pronto com molho industrializado — falou em voz alta a Sra. Walton enquanto nos afastávamos.

Eu não sabia o que era aquela sensação calorosa no peito, mas gostei dela.

O GOSTO METÁLICO do sangue tomou conta da minha boca. Meus braços e ombros latejavam de dor por causa dos seis hematomas que eu teria que esconder. Minha mandíbula doía por causa do soco que ele me dera. E, pela primeira vez, os nós dos dedos da minha mão direita estavam machucados e feridos.

O soco nos pegara desprevenidos.

Pior.

Ele estava ficando pior.

E eu também.

— Seu pai não falou aquilo com maldade — disse minha mãe em sua voz sussurrante. Ela sempre sussurrava. — Ele está com a cabeça cheia de preocupações.

Estávamos sentados lado a lado no chão da cozinha, no meio da bagunça, como se fôssemos dois entulhos aguardando serem recolhidos e jogados fora.

— Porra, mãe. Isso não é desculpa. Nosso vizinho, o Sr. Walton...

Ela se encolheu. Foi isso que desencadeara tudo desta vez, quando meu pai chegou em casa cheirando a bebida.

Sempre era alguma coisinha. O jantar estava frio. Eu tinha estacionado meu carro antigo de forma errada. Algum tom de voz não demonstrava respeito suficiente. Esta noite, tinha sido o livro de xadrez que Simon Walton me dera.

— Se acha melhor do que eu? — perguntara meu pai em um tom gutural. — Acha que a porra do vizinho bunda-mole é melhor do que eu? Acha que pode ler a porra de um livro e esquecer de onde veio?

Certas noites, eu orava a um ser superior no qual eu não acreditava de verdade, suplicando que ele fosse preso por dirigir alcoolizado ou que algo pior acontecesse.

Era a única solução para continuarmos vivos.

Embora parte de mim estivesse receosa de que já fosse tarde demais. Eu estava tomado por uma raiva que se enraizava lá no fundo, que nunca encontrava uma válvula de escape, que alterava a essência de uma pessoa.

Por mais que me esforçasse, eu não conseguia relaxar meus punhos cerrados.

Ele tinha feito isso comigo.

O que mais incomodava não era a dor em si. Pelo menos, não mais. Era a humilhação. Suas exigências de que tanto eu quanto minha mãe nos submetêssemos a todos os seus caprichos. Ele acreditava que era o centro das nossas vidas. Que as nossas necessidades vinham depois das dele.

Eu tinha tamanho e força suficientes para me defender dele, caso fosse necessário. Ele se deu conta disso agora. Se deu conta e me odiou ainda mais por eu me conter e não fazer exatamente isso.

Eu não queria ser como ele, e ele sabia. Então se esforçaria ao máximo para me destruir. E, se eu não estivesse presente, minha mãe continuaria sendo o alvo de sua destruição.

Homens despedaçados despedaçavam mulheres.

Essa frase se repetia na minha cabeça enquanto eu me levantava, ajudava minha mãe a se levantar e então escapulia para o quintal.

A brisa outonal refrescou minha pele. O ruído suave das folhas secas sendo esmagadas ecoava sob meus pés.

Eu queria sair correndo. Sair deste lugar e nunca mais olhar para trás. Mas sem mim, não demoraria muito para ele matá-la. Para que a empurrasse com muita força ou perdesse o controle e não conseguisse parar de espancar.

Eu era a única coisa que a mantinha viva.

Eu não entendia por que nós três ainda fazíamos de conta que a faculdade era uma opção. Que eu de fato aceitaria a bolsa de estudos esportiva pela qual batalhei tanto. Nós sabíamos o que aconteceria se eu partisse. No entanto, nunca tocávamos no assunto. Nunca mencionávamos o segredo obscuro que compartilhávamos.

Cuspi o sangue e o amargor no escuro e comecei a aliviar a dor no meu ombro direito fazendo movimentos circulares com o braço. Ele sempre me atingia de propósito onde mais me afetava. Na medida certa para me lembrar do que ele era capaz, mas para que ninguém percebesse.

Até esta noite, lembrei-me, contraindo a mandíbula. Não teria como disfarçar o hematoma no meu rosto.

— Psiu!

Parei de fazer círculos com o braço e olhei para a lateral da casa, além da fachada com revestimento bege desgastado, passando pelas ervas daninhas que separavam o que era bom do que era ruim na minha vida.

E lá estava ela, na janela, logo após a cerejeira. A parte boa da minha vida.

— O que está fazendo acordada? Está tarde — repreendi em voz baixa.

— Não consegui pegar no sono — retrucou Sloane.

Nem eu conseguiria agora. Ele não ia voltar. Não esta noite. Ele iria para a casa de um amigo e beberia até desmaiar. Eu, por outro lado, ficaria deitado, acordado, encarando o teto, desejando que nunca mais voltasse. Que atirasse aquela caminhonete de uma ponte e acabasse com o nosso sofrimento de uma vez por todas.

Olhei para a minha casa. As luzes do quarto da minha mãe estavam acesas. Estaria deitada, toda encolhida, como sempre fazia depois. Ela costumava se aninhar ao meu lado quando as coisas não eram tão ruins assim. Quando ele não era tão cruel. Mas, em algum momento, ela começou a se retrair, e eu me tornei o protetor.

Eu deveria ficar. Não deveria macular a vida da Sloane com a feiura da minha.

— Comprei um CD novo. Quer ouvir? — sibilou ela no escuro.

— Foda-se — murmurei para mim mesmo e entrei no outro quintal.

A casca áspera da árvore arranhou minhas mãos enquanto eu subia até ela.

— Oi — cumprimentou Sloane, linda e animada vestindo calça de pijama e regata do David Bowie quando entrei pela janela.

— Oi — cumprimentei, pisando com cuidado entre os livros espalhados no assento da janela.

Tinha uma marca de vincos de travesseiro na sua bochecha por baixo dos óculos. O cabelo estava todo amontoado no alto da cabeça em um coque tão bagunçado que estava na cara que ela tinha pegado no sono em algum momento.

Ela era... uma gracinha. Até mesmo encantadora. Eu me sentia atraído por ela, mas de uma forma diferente do que eu estava habituado.

— O que te fez acordar? — perguntei, meio apreensivo.

O olhar dela se desviou rapidamente para a janela e então voltou. Ela ergueu o queixo.

— Não sei.

Ela sabia mentir bem, mas eu, ainda assim, consegui notar.

— Ouviu alguma coisa? — insisti.

— Você está sangrando — falou, ignorando minha pergunta e partindo para ação.

Meus dedos tocaram o canto da boca e voltaram manchados de sangue.

— Merda.

Ela pegou uma caixa de lenços de papel e arrancou vários.

— Aqui. Senta.

— Não, está tudo bem. Acho melhor eu ir embora — falei, indo em direção à janela.

Estava na cara que não era uma boa ideia trazer isso para cá. Só porque eu estava me sentindo mal não significava que eu tinha o direito de sujar todo o quarto dela com meu sangue.

— Ei. Não pode ir embora. Ainda não se desculpou pela pedra que jogou na primavera.

— Da próxima vez — falei com firmeza. Era o que repetíamos sempre. A nossa promessa de que eu voltaria. Uma promessa que eu precisava seriamente considerar quebrar.

Eu já estava com um pé no assento da janela quando ela me segurou pela parte de trás da calça de moletom.

— Sério, Sloane?

— Deixa eu ver sua boca. Digo, o sangue na sua boca — insistiu.

Ela se agarrou a mim como um daqueles malditos carrapichos que grudam nas meias após uma caminhada na mata.

— Tá bem — murmurei. Sentei-me na almofada entre um livro do John Grisham e um da Octavia Butler.

— Não se mexa — ordenou Sloane.

— Você é mandona demais para uma fadinha — reclamei.

Ela deu uma risada de desdém enquanto pegava o amontoado de lenços de papel e um copo de água da mesinha de cabeceira. Seus olhos verde-esmeralda estavam sérios enquanto se aproximava. E foi aí que me dei conta de que ela sabia.

Ela sabia e sentia pena de mim. Minhas mãos cerraram de novo.

— E aí, preparado para a sua prova de química amanhã? — perguntou.

Ela sabia do meu segredo, sabia que eu não queria abordar o assunto, então apenas ia me limpar e fingir que tudo estava normal. Eu não a merecia.

— Desculpe por nunca... sabe... — Fiz um gesto aleatório.

— Falar comigo na escola? — deduziu Sloane, completando a lacuna. Ela tinha a incrível capacidade de entender o que eu queria dizer, mesmo quando eu não conseguia me expressar.

— É.

Ela fez um gesto de descaso com aqueles ombros delicados e me deu um sorriso debochado.

— Puff. Tudo bem. Ia prejudicar a minha reputação se o capitão do time de futebol começasse a me dar atenção.

— Sua reputação? — zombei.

Ela molhou os lenços na água e começou a encostá-los com delicadeza no canto da minha boca. Era... bom ter alguém demonstrando preocupação.

— As pessoas passariam a esperar que eu tentasse virar líder de torcida e fosse às festas no Sinal Verde. Isso atrapalharia meu tempo de leitura. Além disso, eu teria que abrir mão da minha paixonite secreta pelo Philip.

— O Phil do Palco é a sua paixonite secreta? — provoquei.

Phil do Palco era conhecido por suas notas perfeitas em cálculo e pelos fones de ouvido que usava nos bastidores durante as produções escolares, por ser o responsável pelas cortinas. Ele não dava a mínima para a opinião de ninguém e ia para a escola todos os dias com a mesma roupa: calça jeans e camiseta preta. Exceto no Dia da Foto, quando usava uma gravata borboleta por cima da camiseta.

— Não consigo evitar. Eu me amarro em caras que exalam poder. Sempre que o imagino falando "abram as cortinas", minhas pernas ficam bambas.

Eu estava sorrindo apesar de... tudo. Era isso que ela fazia comigo. Ela era boa. Tudo nela parecia reluzir. Pessoas boas são recompensadas com coisas boas.

Aí me lembrei do Jonah.

— Seu pai comentou que você foi em um encontro hoje. — Soou como uma acusação, mas não pude evitar.

— Relaxa. Saí com o Jonah só para poder dar um fora nele cara a cara.

Eu me endireitei.

— Você o dispensou?

— Uhum — disse ela, com os olhos fixos na minha boca. — Ele era meio babaca. Você tinha razão.

— Fala de novo — insisti.

Ela deu um sorrisinho enquanto me limpava.

— Não.

— Diz, vai — pedi com jeitinho.

— Não. E ponto final. Mas falando sério — continuou ela, pressionando o amontoado úmido de lenços no canto da minha boca —, eu entendo.

— Entende o quê?

— Não rola ser visto sendo amigável com uma nerd quatro-olhos do segundo ano. Isso geraria um rebuliço na ordem social do ensino médio.

Ela não tinha ideia do motivo real de eu não querer que ninguém soubesse sobre nós. Se meu pai desconfiasse que algo tinha importância para mim, ele simplesmente o destruiria ou arruinaria de alguma forma. A única coisa que ele me "deixava" ter era o futebol, porque era significativo para ele ter um filho que se destacava em campo.

Mas se sequer suspeitasse que a Sloane era importante para mim, que ela tinha valor para mim, ele causaria danos. E se ele fizesse isso, se conseguisse de alguma maneira feri-la, eu não sabia se conseguiria conviver com isso... ou permitir que continuasse vivo.

— Nerd — falei brincando.

— Dói? — perguntou ela, mudando de assunto mais uma vez. Sua voz estava rouca e séria.

— Que nada — menti.

— Lucian...

— Não — falei.

— Você nem sabe o que eu ia falar.

— Sei, sim. E não é da sua conta.

— Mas...

— Nem todo mundo tem a família que você tem. Tá legal? — Ela não tinha a menor noção do que eu enfrentava todos os dias. Não sendo filha de Simon e Karen Walton.

— Por que a gente não procura a polícia? — insistiu.

A ideia de ligar para a polícia e denunciar meu pai me dava vontade de rir.

Wylie Ogden, o chefe da polícia, era um dos melhores amigos do meu pai. Eu tinha apenas 10 anos quando Wylie flagrara meu pai dirigindo em alta velocidade e ziguezagueando entre as faixas. Ele estava bêbado. Assim que parara no acostamento, me passou a lata de cerveja aberta.

A ansiedade no meu estômago tinha enfim começado a diminuir. A polícia poderia ajudar. A gente assistia a vídeos sobre esse assunto na escola. Bebida e direção não combinam. Mas era o que meu pai fazia.

Eu tinha achado que a polícia impediria meu pai de cometer esse erro, de me assustar, de causar danos a alguém.

"Alguém começou cedo hoje", Wylie soltara uma gargalhada ao se aproximar da janela do meu pai.

O chefe da polícia o liberou sem nem sequer dar uma advertência. Eles bateram um papo sobre um barco de pesca e planejaram se encontrar no bar mais tarde naquela noite. E então Wylie fizera um gesto para o meu pai seguir em frente na estrada, como se estivesse concedendo algum tipo de privilégio especial.

— Eu não posso, sério — falei de forma tensa.

— Nós podemos, sim — insistiu.

Ela não parava de falar "nós". Como se também estivesse envolvida nisso, sendo que essa era a *última* coisa que eu queria. Se ela se aproximasse demais... Se ela se machucasse... Eu não conseguiria me conter. Eu não conseguiria me manter apenas na defensiva. Eu acabaria com ele, e, ao fazê-lo, me transformaria nele.

— Se ele está te batendo, Lucian... — A voz da Sloane falhou, e uma parte do meu coração se despedaçou.

— Pare — sussurrei, abraçando-a enquanto me levantava.

Ela envolveu os braços na minha cintura e me abraçou apertado. Ela encostou o rosto no meu peito. Eu odiava como me sentia bem com essa sua demonstração física de carinho.

Era diferente do que eu sentira por Brandy Kleinbauer quando perdera minha virgindade com ela com quase 16 anos. Ou a atração que eu sentira por Cindy Crawford durante todo o primeiro ano do ensino médio por culpa dos meus hormônios. E não era o que eu sentia por Addie, minha ficante de fim de semana com idas e vindas.

Isso era... mais complexo. Eu gostava da Sloane. Tinha o desejo de preservar a sua segurança. E toda vez que nos tocávamos, por mais inocente que fosse, uma parte de mim ansiava por algo a mais. Mas isso não era uma opção. Eu estava destruído e ela era maravilhosa.

Eu não compreendia o que significávamos um para o outro além de ela ser importante para mim. Mais importante que qualquer outra pessoa.

— Qual CD você comprou? — perguntei.

Ela se afastou do nosso abraço, e senti um misto de alívio e pesar. Seus óculos estavam tortos. Seu cabelo estava ainda mais bagunçado. Uma emoção calorosa e terna se manifestou no meu peito. Como se estivesse absorvendo a sua bondade. Embora não coubesse a mim reivindicá-la.

— Shania Twain.

Abri um sorriso irônico.

— Tá me zoando, né?

— Qual é o problema? Não é homem o bastante para ouvir música country feminina? — Ela se dirigiu à cama dando saltinhos e pegou os fones de ouvido, desafiando-me com o olhar. — Shania Twain é demais. Quer ouvir?

Ela estava tão meiga e cheia de expectativa, com o cabelo todo desarrumado e os olhos bem abertos. O que eu mais queria era me deitar ao lado dela naquela cama confortável, neste quarto bonito, nesta casa grande e fazer parte de tudo. E era exatamente por isso que eu não podia.

Eu carregava a escuridão comigo. Minhas feridas eram contagiosas.

— Acho que é melhor eu voltar e... — E o quê? O que havia para mim em casa?

Sloane inclinou a cabeça.

— Por favor?

— Não é uma boa ideia, Fadinha. E se os seus pais aparecerem? Eu não deveria estar aqui. — Eu não deveria estar perto dela de jeito nenhum.

— Eles estão dormindo no outro lado da casa. E, se for embora agora, vou passar a noite toda preocupada com você. Não vou conseguir dormir. E amanhã vou estar tão cansada que vou me dar mal na prova de trigonometria. Vai, grandalhão. Quer mesmo esse peso na sua consciência?

— Você é uma figura.

— Três músicas — barganhou Sloane, pulando na cama e dando tapinhas ao seu lado no colchão.

Soltei um suspiro. Ela percebeu que tinha vencido e abriu um sorriso largo.

— Uma música — respondi.

— Duas — insistiu.

Era egoísmo e uma completa burrice, pensei, enquanto tirava os sapatos com os próprios pés. Se o pai da Sloane aparecesse aqui e me encontrasse na cama da filha, ele jamais me perdoaria. Mesmo que eu tentasse explicar. Ele tinha ciência do quanto ela era especial e conseguia ver o quanto eu estava danificado. Era por isso que eles eram tão simpáticos. Porque tinham pena de mim.

— É o álbum *Come On Over*, não cálculo avançado — brincou Sloane.

Subi na cama ao lado dela e decidi permanecer em cima da colcha. Mas deixei que amontoasse sua coleção absurda de travesseiros ao nosso redor.

— O que está fazendo? — perguntei enquanto ela encaixava um travesseiro debaixo do meu braço.

— Um ninho. É assim que eu durmo — explicou, dando uma afofada nos dois atrás de mim.

— Você dorme com quarenta e dois travesseiros toda noite?

— São seis, espertinho. E não me critique até ver como é. — Acabei com apenas um travesseiro e um colchão no chão depois que meu pai quebrou a minha cama ao me jogar nela no verão passado. Eu me recostei na pilha de travesseiros e tentei não pensar em como era bom estar cercado de tanta maciez.

Sloane se aninhou ao meu lado. Éramos só nós dois amparados por um arco aconchegante de travesseiros.

— Ele é assim o tempo todo? — perguntou ela baixinho.

Baixei os olhos e encarei minhas mãos no colo. Elas estavam cerradas de novo.

— Só quando bebe. Só que ele está bebendo com mais frequência agora. Às vezes ele ainda se comporta normalmente. — E era esse comportamento, essa encenação, que eu odiava mais. Eu preferia o monstro ao homem que fingia se importar ao comparecer aos jogos de futebol ou nos levar para jantar.

— Odeio ele. — Sua voz ficou trêmula. — Odeio ele com todas as minhas forças.

Passei meu braço em volta dos ombros dela e delicadamente a trouxe para perto. Era tão bom que eu sabia que era errado.

— Não quero que fique pensando nele.

— Por que não podemos denunciá-lo para a polícia? — perguntou.

Neguei com a cabeça.

— É complicado, tá? Acredite em mim.

— Promete que vai se cuidar, Lucian? Tipo, se ele se descontrolar demais, você não vai deixar ele... sabe.

Me matar. Matar minha mãe.

Eu o mataria antes. Ainda que isso selasse meu destino como monstro. *Tal pai, tal filho*, pensei.

— Prometo, mas só se prometer que não vai chamar a polícia. Nunca. Não importa o que aconteça.

Ela encheu os pulmões de ar e o soltou.

— Fadinha — instiguei. — Acredite em mim. A polícia só pioraria as coisas.

O silêncio dela se prolongou demais, e eu dei um aperto gentil em seu ombro.

— Urgh. Tá. Mas não estou nada feliz com isso.

— Tem que me prometer — insisti. Ela era filha de um advogado. Eu sabia que não deveria aceitar "urgh, tá" como resposta.

— Prometo — falou com pesar.

Uma parte da tensão se dissipou de mim com a garantia que ela me deu.

Sloane levantou a vista e me encarou com aqueles olhos verdes da cor das florestas.

— Você não vai para a faculdade, né? Não pode deixá-la sozinha com ele.

Desviei o olhar.

— Não. Não posso.

Ela se sentou ao meu lado, seu corpo pequeno tenso de indignação diante da injustiça disso.

— Que saco. Você precisa abrir mão de todo o seu futuro porque seu pai é um monstro e a sua mãe não o larga? Não é justo.

— A vida não é justa, Fadinha.

— E se eu cuidasse dela? — ofereceu, esperançosa.

— Não. — A palavra saiu tão alta que pareceu reverberar pelo quarto.

Nós dois ficamos paralisados e atentos aos sons característicos de pais acordando.

Eu a segurei pelos dois ombros e a fiz me olhar diretamente nos olhos.

— Não pode de maneira alguma se envolver. Está me ouvindo? Nunca vá até lá. Não fale com eles. Nunca chame atenção para si mesma. E nunca se coloque entre ele e outra pessoa quando ele estiver bêbado. Tá bom?

Ela estava com os olhos arregalados e assustada. Mas eu precisava que ela ficasse assim. Eu precisava garantir que ela nunca se aproximaria do meu pai.

— Tá bom. Caramba. Se acalma. Foi só uma sugestão — disse ela, parecendo que eu tinha acabado de pedir que incendiasse seu livro favorito.

Soltei um suspiro pesado.

— Desculpe se te assustei.

— Não me assustou. Você me *irritou* com a sua intensidade.

— Três músicas — cedi.

Ela se animou e se arrastou por cima de mim para pegar os fones de ouvido na mesinha de cabeceira. Desta vez, quando cerrei as mãos no lençol, não teve nada a ver com medo ou raiva. Eu estava sentindo... coisas. Sensações normais de um adolescente. Mas eu não podia ter essas sensações com a Sloane. O Sr. Walton confiava em mim. E eu precisava dessa confiança. Às vezes, os Walton pareciam ser minha única âncora.

Ela se arrastou de novo por cima de mim e me entregou um dos lados do fone de ouvido antes de voltar a se acomodar ao meu lado.

— A Addie sabe que a gente faz isso? — perguntou.

— Quê?

— Addie. A sua *namorada*.

— Ela não é minha namorada. — Não exatamente. Ela era uma garota com quem eu tinha ficado algumas vezes nas últimas semanas. Parte desse tempo foi passado seminus. Mas isso porque eu tinha 17 anos e ela estava querendo provocar ciúmes no ex-namorado. Não era como se eu ficasse falando ao telefone com ela ou jantasse com seus pais... ou subisse em uma árvore e me arrastasse pela janela dela à noite para passar um tempo juntos.

— Sua não-namorada sabe disso? — insistiu.

— Não. E não estamos mais ficando. — Ela tinha ficado um tanto exigente. Querendo fazer planos, querendo conhecer meus pais. Eu não podia oferecer nada disso a ela. E também não queria mais, depois de ouvi-la falando para uma amiga que não tinha dúvidas de que a peituda Sloane Walton era uma piranha.

— Ah? — falou ela com inocência.

— Não parece muito abalada por isso — observei.

Ela deu de ombros.

— É que ela não era muito legal. Você merece alguém melhor. Mas se você encontrar alguém melhor e estiver com alguém legal, acho que não teremos esses momentos juntos. E eu meio que gosto dessa nossa amizadezinha secreta ou... seja lá o que for.

Amizade não expressava o que eu sentia por ela. Eu era amigo do Knox e do Nash Morgan. Mas eu não me aconchegaria com eles em um ninho de travesseiros para ouvir música, com certeza. Nem com a Addie eu faria algo assim. Talvez com a Cindy Crawford.

— Eu também gosto do que temos — disse a ela.

Consegui ver um lampejo do sorriso radiante que ela não conseguiu disfarçar completamente enquanto abaixava a cabeça e pegava o CD player.

Passei meu braço ao redor do ombro dela e acomodei sua cabeça em meu peito. Com os travesseiros, a música *From This Moment On* da Shania Twain nos ouvidos e o aconchego caloroso da Sloane colada em mim, eu me senti quase feliz. Eu quase pude fingir que esta era a minha vida. Aqui nesta casa. Com a garota boa e doce nos meus braços.

A música terminou rápido demais, mudando para um country bem conhecido. Algo relacionado a olhos pretos e lágrimas azuis. A garota na música nunca mais ia voltar. Deve ter sido o cansaço que deixou a história clara na minha cabeça. Ir embora. Seguir em frente. Crescer.

Por um momento, desejei com tanto fervor que nem percebi o quanto eu estava apertando a Sloane até meus dedos começarem a doer.

Franzindo o rosto, relaxei a mão. Ela inclinou a cabeça para me olhar.

— Tudo bem. Pode se agarrar a mim. Não vou quebrar.

Encostei o rosto dela de novo e retomei o abraço, mas com delicadeza desta vez.

A faixa mudou de novo. A terceira música era a balada *I Won't Leave You Lonely*, e, mesmo tentando resistir, as palavras se infiltraram na minha mente e se gravaram na minha alma. Nunca mais conseguiria ouvir essa música sem associá-la à Sloane e à sensação de segurança que ela me proporcionava. Eu queria ouvir de novo, mas não ia pedir que a repetisse. Talvez eu compre o álbum para mim... e esconda no carro.

Quando os acordes finais da música ecoaram em meus ouvidos, Sloane envolveu com carinho meu abdômen e se aconchegou em mim. Eu tinha cumprido minha promessa de três músicas. Mas não havia nada para mim em casa. E havia tudo para mim aqui.

Ela não disse nada quando a música seguinte começou.

E eu também não.

DOZE

LIVIN' LA VIDA BIBLIOTECÁRIA

Sloane

A biblioteca era o meu refúgio, *não* um lugar para sentir tesão. Apesar das peripécias com meu vibrador na noite passada, ainda assim destranquei a porta me sentindo inquieta e insatisfeita. E a culpa era *dele*.

Voltei a trancar a porta e acendi as luzes do térreo. Senti meus ombros relaxarem imediatamente conforme a harmonia tranquila e natural das coisas me acalmavam.

Eu adorava ser a primeira pessoa a entrar aqui todas as manhãs. Amava desfrutar desses momentos preciosos de silêncio enquanto me preparava para mais um dia. Apesar dos estereótipos, a biblioteca dificilmente ficava silenciosa. Na outra extremidade do térreo, havia duas salas reservadas para estudo, leitura ou para a aula semanal de meditação, onde o silêncio reinava. Contudo, essas paredes abrigavam vida.

Quando me tornei bibliotecária-chefe, estávamos alojados em um prédio municipal com piso de linóleo descascando, lâmpadas fluorescentes piscando e estantes de metal que rangiam. Todo o catálogo estava cerca de uma década desatualizado, e a equipe e os frequentadores precisavam compartilhar dois notebooks de oito anos.

Agora, os habitantes de Knockemout desfrutam de um ambiente iluminado e arejado, com cantinhos aconchegantes para se sentar, Wi-Fi ultrarrápido, dois andares repletos de livros e mídia, além de toda a tecnologia que um leitor poderia desejar.

Livros sobre todos os temas estavam organizados nas prateleiras de carvalho-branco, alinhados como uma banda marcial sincronizada. O balcão de atendimento comprido e baixo em forma de meia-lua estava arrumado e pronto para receber visitas. Optamos por um carpete de pelo baixo, adequado para cadeiras de rodas, em um tom verde suave que me remetia a pastos verdejantes. O sol da manhã de terça-feira se infiltrava pelas janelas amplas, iluminando as variedades de plantas no interior.

Colocando minha bolsa no balcão, selecionei uma playlist animada com versões instrumentais de músicas pop para tocar no sistema de som e liguei os dois computadores.

Comparei o calendário afixado na parede com as nossas programações para garantir que as informações estivessem atualizadas e fiz um lembrete mental de enviar um e-mail para o abrigo de animais para confirmar o nosso evento "Sábado dos Gatos" e encomendar biscoitos extras para a "Hora da História com Drag Queens", já que eles tinham acabado rápido no mês passado.

Duas empresas tinham reservado as salas de conferência no andar de cima para reuniões hoje, o que significava que eu precisava garantir que as mesas estivessem dispostas corretamente e que os quadros brancos estivessem sem pichações feitas por adolescentes.

A menina responsável pelos peixes viria para reequilibrar o pH da água no aquário da área infantil. Mandei uma mensagem rápida para o Jamal, o bibliotecário responsável pelos serviços para jovens e crianças, perguntando se ele tinha passado o esterilizador portátil de luz UV nos almofadões do chão, pois a escola primária tinha relatado um surto de conjuntivite ontem.

Próximo passo: café.

Coloquei minha bolsa embaixo da mesa e fui até o balcão de café. Optamos por uma daquelas máquinas de café expresso instantâneo e de luxo e uma máquina de lavar louças para higienizar as canecas. Os frequentadores não só gostaram da melhoria em relação ao café coado normal, como também se sentiam motivados a ficar um pouco mais por conta dessa experiência. Parar um pouco para respirar e desfrutar de um livro ou interagir com os funcionários e outros visitantes.

Após verificar o funcionamento da máquina e reabastecer os complementos do café, retirei as canecas do dia anterior da máquina de lavar louça e as organizei em seus ganchos.

Fiquei imaginando se o Lucian sentia algo parecido ao entrar em seu escritório todas as manhãs. Será que sentia o mesmo orgulho que eu?

Não que eu estivesse pensando nele de novo, porque *com certeza* não estava.

Só que agora eu sem dúvida estava. Será que ele chegou a pensar em mim depois que saí do escritório dele ontem?

— Ai, meu Deus. Chega! — falei em voz alta para mim mesma.

— Chega do quê?

— Mãe dos dragões! Fui ao céu e voltei — reclamei, imediatamente abaixando as mãos que eu havia levantado em uma postura defensiva.

Naomi, linda em um vestido canelado de manga comprida e meias-calças, estava segurando um copo gigante de café para viagem.

— Tive a mesma experiência hoje, só que positiva. Quando acordei, me deparei com meu marido pelado e...

Levantei uma mão.

— Nova regra na nossa amizade. Nada de se gabar da sua vida sexual incrível quando sua amiga está passando por um período de seca.

— Justo — concordou Naomi. Apesar de já estar com um copo de café nas mãos, ela foi direto para a máquina de expresso. Uma mecha de cabelo castanho caiu sobre seu rosto em uma onda perfeita.

— Seu cabelo está lindo — elogiei.

— Valeu. Foi a Waylay que arrumou. Jeremiah a presenteou com um *babyliss* caríssimo no Natal, e ela já está craque em usar. E aí, já chega do quê?

— Hein? — Fingi inocência.

— Você estava ali, perdida em pensamentos, e aí disse a si mesma que já chega.

Eu não tinha comentado com a Naomi e a Lina sobre o "incidente infeliz" de ontem envolvendo o Lucian. Em grande parte, porque eu não queria lidar com as exigências de um relato completo ou suas esperanças equivocadas de que isso era o começo do fim da nossa desavença. Também não queria admitir para ninguém que Lucian Rollins tinha despertado sensações nas minhas partes íntimas que não deveriam ter acontecido em resposta a ele.

— Ah, é só que estou com a mente cheia de... coisas quando, na verdade, preciso me concentrar em... outras coisas. — Sutil. Bem sutil.

— Uhum. Sabe que sei que está mentindo, né? Tenho uma filha de 12 anos em casa.

— *Tsc.* Não estou mentindo — menti.

Ela me encarou com um olhar sério.

— Também sabe que pode se abrir comigo quando estiver pronta para conversar sobre seja lá o que for que estiver escondendo, né?

— Sim. Eu sei. — falei encarando meus tênis. Eu não era obrigada a contar cada coisinha pequena para minhas amigas. Eu não esperava isso delas. No entanto, esperava que me contassem as coisas grandes e importantes. O que quer que eu e o Lucian tenhamos feito ontem não se enquadrava como algo grande ou importante.

Mal tínhamos nos tocado. E qualquer acontecido entre nós antes da Petula entrar, seja toques leves, um roçar ou troca de olhares intensos de desejo avassalador, não significou nada. Absolutamente nada.

Ótimo. Agora eu estava pensando nisso de novo, e a Naomi estava me olhando com expectativa, como se aguardasse uma resposta.

— Ei, sabe se o Jamal desinfetou a seção infantil ontem à noite? — perguntei.

— Mudança de assunto. Nada suspeito — brincou ela. — Ainda vai jantar lá em casa hoje à noite, né? Nash e Lina vão.

Minha vida social se resumia a ser a "vela" de dois casais com vidas sexuais intensas.

Urgh. Estava mesmo precisando fazer algumas mudanças na minha vida. Eu queria ser a responsável por deixar minhas amigas constrangidas com demonstrações exageradas de afeto em público. Eu queria estar traçando planos para o futuro com meu parceiro gato e bem-dotado.

Uma lembrança lasciva da ereção do Lucian coberta pela calça imediatamente veio à minha mente. *Não! Que feio, cérebro! Que feio.* Lucian não tinha as qualidades necessárias para ser meu companheiro.

— Estarei lá — confirmei a contragosto.

O dia estava tão corrido que consegui deixar de lado todos os pensamentos relacionados ao Lucian, exceto os mais picantes que surgiam na minha cabeça a cada dez a doze minutos. Quando comecei a reunião da tarde com a equipe, eu já tinha concluído todas as tarefas da minha lista, além de ter lidado com os técnicos de manutenção do elevador em sua inspeção anual, com a moça dos peixes e com uma criança em prantos que se recusava a sair da cabana de travesseiros. O pai dela estava se recuperando de uma cirurgia no joelho, então, no fim, eu que tive que entrar lá atrás dela. Foram necessários um pacote de salgadinho de queijo e a promessa de que ela poderia escanear todos os livros que pegaria emprestado para convencê-la a sair.

— Essas são ideias fantásticas de arrecadação de fundos para o nosso programa de café da manhã gratuito no verão — falei, anotando a última sugestão no meu iPad e voltando para a pauta. — Vamos ver. Ah. Clube do livro. A agente do Matt Haig me retornou. Ela disse que ele está disposto a responder às cinco perguntas do clube do livro.

As pessoas à mesa reagiram à notícia com murmúrios entusiasmados. Todos estavam com a boca cheia de delícias da padaria, um requisito das reuniões da equipe.

— Qual o próximo tópico? — perguntei.

Kristin, a bibliotecária responsável pelos serviços voltados para o público adulto, apontou com seu pão recheado de cream cheese em minha direção. Ela era uma mulher cheia de curvas na faixa dos 50 anos que começou a namorar motociclistas e fazer pole dance após o divórcio.

— Encomendei o novo romance da Cecelia Blatch para o catálogo, e *stalkeando* suas redes sociais, descobri que ela mora a cerca de uma hora daqui. E se organizássemos uma sessão de autógrafos para ela? Quem sabe para o Dia dos Namorados.

— Gostei. Ela poderia fazer uma leitura coletiva e em seguida autografar os livros — refleti.

Já li três obras da autora. Os heróis ríspidos e metidos a alfa eram protetores na medida certa, sem serem escrotos. As protagonistas eram uma combinação perfeita de coragem e vulnerabilidade. E as cenas de sexo eram pura intensidade.

Fiquei imaginando como Lucian seria na cama. Ele seria tão contido como era no dia a dia, ou se entregaria sem reservas entre quatro paredes?

Ah, pelo amor de tudo o que é mais sagrado!

Levei a mão ao meu rosto. A minha pele estava quente como o sol. Eu precisava dar um jeito nisso. Precisava transar com alguém que não fosse Você Sabe Quem.

Afastei à força todos os pensamentos relacionados a ele e foquei nos últimos tópicos da pauta.

— Boa reunião — falei, fechando a capa do meu tablet. — Se alguém tiver mais alguma ideia...

— Sua porta está sempre aberta — completaram ao mesmo tempo.

— Mais uma coisa — disse Jamal. Com apenas 26 anos, o bibliotecário responsável pelos serviços voltados para o público jovem era o mais novo da equipe. As crianças o adoravam. Não só pelo fato de ele usar bonés de beisebol descolados no trabalho e jogar Ultimate Frisbee. Ele também era um artista amador talentoso, cujos desenhos e caricaturas divertiam os frequentadores de todas as idades. — Recebemos o e-mail de reclamação semanal da Marjorie Ronsanto...

O nosso resmungo coletivo o interrompeu.

— Sobre os livros LGBTQIAPN+ na seção infantil serem "absurdamente inclusivos" — continuou ele, olhando para o papel impresso. — Na verdade, recebemos a reclamação destinada à gente *e* uma que ela escreveu para a Target por usar um casal inter-racial em seu comercial de TV. Ela também nos lembrou da "doação generosa" que fez para a sala de descanso: a lixeira.

— Odeio aquela coisa — comentou Kristin.

Era uma daquelas lixeiras inteligentes que não era inteligente o bastante para abrir quando deveria. Seis meses atrás, eu perdi a paciência e finalmente arranquei a tampa.

— Ela não consegue ficar uma semana sem odiar tudo? — perguntou Naomi.

— Marjorie está em uma missão pessoal de encher o saco de todo mundo — disse Blaze, cruzando os braços tatuados na altura do peito. Blaze fazia parte do nosso conselho e também era voluntária. Além disso, representava o L da comunidade LGBTQIAPN+.

— É evidente que a mãe não demonstrou amor o bastante quando ela era criança — falei em um tom seco. — Todos a favor de fazer o que sempre fazemos com as reclamações da Marjorie?

Todo mundo à mesa levantou as mãos.

— Vou enviar a resposta padrão — prontificou-se Agatha, a esposa de Blaze e membro do conselho.

— Quando enviar, diga a ela que o livro *Os Amantes da Montanha da Bruxa: Um Harém Inverso Paranormal com Consentimento Duvidoso* deveria ter sido devolvido dois dias atrás — disse Kristin com ar de superioridade.

Agatha abriu um sorriso largo e fez o gesto de soltar um microfone.

DE VOLTA À segurança do meu escritório, abri meu refrigerante e me joguei na cadeira atrás da mesa.

Não era de vidro reluzente e esterilizado como a do Lucian. Meu escritório era mobiliado com o que eu gostava de chamar de móveis genéricos de escritório: resistentes e econômicos que careciam de personalidade. Compensei pintando as paredes de verde musgo e enchendo as prateleiras de recordações pessoais. O escritório era desordenado, colorido e caótico. Igual a mim.

Uma bagunça encantadora como eu não combinava com um maníaco por organização emocionalmente reprimido. Nem mesmo na cama.

Não, se eu fosse levar a busca pelo meu companheiro a sério, precisaria me concentrar nisso. Não no potencial de um sexo gostoso com um cara que eu nem ao menos gostava.

Lembrei-me do aplicativo de namoro e fiquei animada na hora. Talvez meu futuro marido já tivesse entrado em contato.

Eu me joguei na direção do celular como minha gata fazia com seus petiscos sabor frango com waffle... e imediatamente desanimei.

Sem notificações. Como isso era possível?

Verifiquei a caixa de entrada e a encontrei vazia.

— Isso não pode estar certo — murmurei para mim mesma. Percorri os perfis masculinos que eu tinha curtido. Sério? Como é que uma garota ia conseguir transar, quem dirá se apaixonar, quando nenhum dos homens que tinha curtido retribuíram o gesto?

Talvez o aplicativo estivesse com algum defeito. É provável que eu tenha deixado passar algum botão de publicar meu perfil. Eu teria que perguntar ao Stef ou à Lina o mais rápido possível, já que meu "corpo com tesão" estava com um apetite sexual tão voraz que estava começando a considerar Lucian Rollins como possível candidato.

— Quando terminar de fazer cara feia para a tela, tenho algo para você.

Acertei minha garrafinha térmica com o dorso da mão, fazendo-a cair da mesa, e atirei meu celular para longe. Eu já estava me levantando da cadeira quando recobrei o juízo.

E meus sentidos me disseram que o maldito Lucian Rollins estava parado na porta do meu escritório.

— O quê... Por quê... Er, como? — falei com a voz rouca enquanto me levantava.

Ele se agachou com destreza e pegou a garrafa de água que acabei agredindo sem querer.

— Engraçado, pelo que lembro, você falava com tanta eloquência.

— Não comece, Lúcifer — avisei, tirando a garrafa de sua mão máscula. — Por que está assombrando meu escritório em vez de estar comprando diamantes de sangue e vendendo órgãos roubados no mercado clandestino?

Ele jogou um mangá na minha mesa. Meu mangá. Bom, tecnicamente da biblioteca.

— Você deixou isso no meu escritório. Pelo que ouvi, a bibliotecária daqui é bem rigorosa com as multas por atraso.

— Sabe, existe uma coisa chamada serviço postal — falei, pegando meu celular do chão.

— Pra sua infelicidade, eu já estava planejando estar na cidade. — Ele colocou as mãos nos bolsos e perambulou pelo meu escritório em um circuito lento, parando para observar mais de perto meus pertences pessoais.

Ele era muito grande para caber aqui. Parecia sugar todo o ar e a cor do ambiente, de modo que eu só conseguia perceber a presença dele.

— Por que está querendo arrumar briga, Fadinha? Outro esquilo ficou preso na caixa de devolução de livros?

— Você é hilário. Tão engraçado. Fico muito feliz que tivemos esse momento juntos. Por que eu não abro essa janela do segundo andar e te ajudo a sair por ela? — ofereci, massageando o pulso que tinha batido na minha garrafa de água.

— Leitura interessante — disse ele, indicando com a cabeça o livro na minha mesa.

— É para um adolescente com dislexia. Imaginei que ele fosse gostar das cenas de luta, mas queria ler primeiro antes de recomendar. — Eu não sabia por que estava me explicando. Não era como se ele se importasse de verdade com o que eu lia, e eu certamente não dava a mínima para o que ele pensava de mim ou das minhas leituras.

— Quase todas as lembranças que tenho de você envolvem livros.

Soou como uma confissão. Ficamos nos fitando por uns longos trinta segundos, sem dizer nada.

Neguei com a cabeça.

— Sabe, às vezes acho que imaginei tudo.

Ele devolveu à mesa o porta-retrato com a foto dos meus pais comigo na cerimônia de inauguração da biblioteca e focou aqueles olhos cinza avaliadores em mim.

— Imaginou o quê?

— Você. Eu. A cerejeira. Achei que éramos amigos.

— Nós éramos. Antes.

Ele acrescentou culpa àquela única palavra até que fosse tudo o que eu pude ouvir.

— Eu não te entendo. Não te entendia quando você estava no último ano do ensino médio, e não te entendo agora que é um magnata dos negócios. E com certeza não entendo o que aconteceu ontem.

Os olhos dele sofreram uma mudança. Uma quase imperceptível, mas eu o observei por toda a vida, então não me passou despercebido o brilho prateado.

— Vamos incluir ontem à longa lista de erros que é melhor deixar no passado — sugeriu.

— Já esqueci — eu me gabei.

— Por isso que foi você quem trouxe isso à tona cinco segundos atrás — ressaltou.

Eu tinha me esquecido de como ele era hábil ao lidar com os inimigos. Ele e meu pai passaram incontáveis horas com um tabuleiro de xadrez entre eles.

— Pode até ser que eu tenha trazido isso à tona, mas nós dois sabemos que não é mera coincidência aquilo ter acontecido ontem e você estar aqui agora, me visitando em um lugar onde nunca esteve.

O ambiente estava eletrizado. Eu podia praticamente ver as faíscas voando entre nós. Mas não eram as faíscas românticas do tipo "será que vai rolar, será que não?". Essas eram do tipo que incendiavam tudo ao redor. Do tipo que devastava tudo por onde passavam.

Pela janela, o sol da tarde banhava o rosto dele em brilho dourado e sombras.

— Como está sua mãe? — perguntou antes de se virar para outro objeto meu que despertou seu interesse.

— Ela está bem.

Sua expressão mudou para irritação.

— Bem, na medida do possível — corrigi. — Eu a ajudei a organizar algumas coisas do meu pai ontem, depois de sair com as meninas, e foi... — O quê? Doloroso? Desolador? Apesar de cada uma de nós ter ficado com as peças que mais gostávamos, empacotar suas roupas acrescentou mais dor à nossa despedida. — Difícil — decidi.

— Esses dias estava pensando na camiseta de jardinagem do Simon — disse Lucian. — Da primeira e única vez em que ele concluiu uma corrida de cinco quilômetros.

Fiquei aliviada por ele estar com o rosto virado para o outro lado, porque precisei levar os dedos à boca para segurar o soluço inesperado.

— Maratona de Knockemout contra o Câncer de Mama — falei depois que me recompus.

Era uma camiseta rosa-choque que ele tinha ganhado de brinde, tamanho GG, com desenhos de seios estampados no peito. O corpo do meu pai se perdia dentro dela. Mas ele ficara tão orgulhoso de sua realização e do dinheiro que arrecadou que a transformou em sua camiseta de jardinagem, amarrando-a no quadril como se fosse uma adolescente. Eu tinha passado anos morrendo de vergonha por causa daquela camiseta. Foi a única peça de roupa que guardei.

— Quando o vi usando aquela camiseta pela primeira vez, ele estava aparando a cerca-viva do quintal, aquela com frutinhas vermelhas, com um aparador elétrico e dizendo para a sua mãe que ele era o Simon Mãos de Tesouras.

Minha risada, ainda que fraca, pegou-nos de surpresa.

Os lábios dele se curvaram e, por um momento, pareceu que não havia mesa entre nós, nem um passado ruim. Ele costumava me arrancar risadas, e eu costumava fazê-lo sorrir.

— Não sei como reagir quando você é legal comigo — anunciei.

— Se você não complicasse tanto, eu seria educado com mais frequência — disse em um tom seco.

— Provavelmente é melhor assim. Você poderia distender um músculo fingindo ser humano.

Um sorriso leve permaneceu em seus lábios.

— Sobre ontem — comecei.

O que eu queria falar sobre ontem? O que diabos eu estava pensando ao trazer isso à tona? *De novo.*

— O que é que tem? — Havia um desafio implícito em sua pergunta.

— Conheci a Holly — soltei sem pensar, abordando o primeiro assunto que não incluísse a gente se tocando. — Ela parecia muito grata pelo emprego. Lina nos contou como você a contratou. Talvez você não seja um completo babaca.

— Ninguém elogia como você, Fadinha.

Revirei os olhos.

— Ah, para com isso. Estou tentando ser legal.

— A única coisa positiva que consegue dizer sobre mim é que contratei alguém para trabalhar?

— Quem sabe eu teria mais a dizer se você me contasse por que minha mãe é tão grata a você — lembrei-o.

— Deixa isso quieto, Sloane — disse ele, em um tom cansado.

A trégua estranha entre nós estava se desfazendo, desmoronando. Fiquei em dúvida se estava aliviada ou decepcionada.

Lucian voltou sua atenção para a estante de livros.

O olhar dele parou na caixinha que mostrava uma bola de softbol de bronze. Seus lábios se fecharam em uma linha reta novamente.

— O que é isso? — perguntou, olhando para a caixa acrílica.

— É a bola do meu último jogo. Foi uma brincadeira da Maeve, ela mandou banhar. — Tinha sido a minha primeira gargalhada sincera e incontrolável desde o meu machucado. Desde que fiquei sabendo que meus planos de conseguir uma bolsa de estudos esportiva tinham ido por água abaixo.

Eu não sabia se a fisgada no meu pulso era real ou só o eco de uma lembrança. Nem me dei conta de que estava massageando-o até o Lucian olhar para ele.

Seus olhos ficaram cinza, como nuvens de tempestade. Ele abriu a boca e em seguida a fechou rapidamente.

— Quê? — perguntei, sem me dar ao trabalho de disfarçar o tom irritado.

— Não tenho tempo para isso. Para você.

— Como já falei, ninguém te pediu para bancar o entregador.

— E *eu* não te pedi para se envolver e acabar com sua carreira de softbol — disse ele.

— Pelo visto, estamos quites — brinquei.

— Como sempre, você consegue ser irritante, irresponsável e imatura. — Seu tom era desdenhoso, como se eu mal valesse o esforço de ser insultada.

— E, pra mim, você é um babaca volátil — ressaltei, sentindo a ofensa.

— Sempre tão encantadora. É um mistério ainda estar solteira.

O homem usava o sarcasmo com a destreza de um manipulador experiente. Deu vontade de tatear meu corpo à procura de feridas físicas.

— Está atrasado para o seu próximo ritual de sacrifício, Lúcifer. Melhor ir embora logo.

Ele sorriu de lado.

— Obrigado por me lembrar por que nosso relacionamento é como é. Às vezes acabo esquecendo o que você é de verdade.

— É mesmo? E o que você acha que eu sou? — perguntei.

— Perigosa.

Sorri para ele de forma melosa.

— Acha que consegue encontrar a saída sozinho ou quer que eu te ajude a descer as escadas de cara?

— Acho que posso me virar. Deixe suas coisas longe da minha vida.

— É? E você mantenha sua vida longe do meu trabalho — rebati, atravessando o cômodo e apontando para a porta aberta.

— Oi, tio Lucian — falou Waylay de trás do balcão da recepção onde estava mexendo em um notebook. Os dois adolescentes encostados na mesa encararam Lucian com os olhos arregalados.

— Oi, Way — disse Lucian, indo em direção às escadas.

— Precisa que a gente o escolte para fora, Sra. Walton? — ofereceu-se Lonnie Potter, apontando com o polegar na direção das costas do Lucian, que se afastava.

Os olhos de seu amigo quase saíram das órbitas atrás dos óculos.

Eu teria rido se não estivesse ocupada soltando fogo pelas narinas.

— Não. Mas obrigada, Lonnie. É muito cavalheiresco da sua parte.

Voltei pisando forte até minha mesa e pressionei as palmas das mãos nos olhos.

— O que diabos significa "volátil"? — Ouvi Lonnie cochichar para o amigo.

— Meu Deus do céu — murmurei.

Eu precisava de uma aula de meditação. Ou terapia de hipnose. Ou algum tipo de remédio que me tornasse imune ao Lucian Rollins. E daí que ele me odiava? E daí que ele fazia questão de me deixar irritada? Toda vez que eu reagia, estava dando o que ele queria. Só isso deveria ser suficiente para me refrear.

— Toc-toc? — O cumprimento hesitante veio da Naomi, que entrou no meu escritório, acompanhada da minha irmã. — Estava trazendo a Maeve até você, e esbarramos com o Lucian nas escadas. Acho que ele até rosnou quando o cumprimentei.

— Por favor, não mencione esse nome na minha frente nunca mais — implorei.

— Nossa. Vocês não se suportam mesmo, né? — observou Maeve. — Costumavam ser tão próximos.

— Costumavam? Quando? — Naomi se agarrou à informação como um gato se agarra a um novelo de lã.

— Vou pedir um enorme favor a vocês: mudem de assunto imediatamente — interrompi.

— Ela não gosta de falar sobre o que quer que tenha acontecido com o Lu... aquele cara — cochichou Naomi para minha irmã.

— Por acaso, tenho a mudança perfeita de assunto — disse Maeve, olhando para as cadeiras de visitantes que estavam cobertas de livros e restos de uma maquete infantil da primeira biblioteca pública de Knockemout.

— Vamos discutir isso na sala de conferências — sugeri, querendo me afastar da atmosfera Lucianesca no meu escritório.

— Preciso voltar lá para baixo — disse Naomi. — Neecey vem assim que terminar o expediente na Dino's e eu vou ajudá-la a ver algumas questões sobre o plano de saúde do pai dela.

— Obrigada por me trazer até aqui — agradeceu Maeve em voz alta enquanto Naomi se afastava.

— É, obrigada — falei atrasada. — Vem.

Fui à frente até a sala de conferências e me acomodei à mesa com minha irmã.

— Beleza. Manda ver.

— Mary Louise Upshaw — disse Maeve, tirando um arquivo de sua pasta fina e elegante. — Foi presa por posse e transporte de substância ilegal. Foi condenada a vinte anos de prisão. Ela já está cumprindo pena há onze anos no Fraus Correctional Center, que fica a aproximadamente uma hora ao sul daqui.

— A pena parece excessivamente severa — observei.

— Sim — concordou minha irmã. — A pena média para acusações semelhantes costuma ser de três a cinco anos.

— Por que o caso dela acarretaria uma pena tão exagerada? Era o primeiro delito.

— O juiz responsável pelo caso tem fama de ser severo com casos de drogas. Talvez ele estivesse querendo passar alguma mensagem.

Peguei a pasta e dei uma olhada na ficha criminal de Mary Louise. Na foto, ela parecia uma mãe suburbana assustada que não tinha ideia de como havia se metido em uma situação que envolvia uma foto para ficha criminal.

— Ela não parece alguém que se envolveria com tráfico de quilos de maconha e pílulas de ecstasy.

— Pelo que consegui entender, Mary Louise afirmou que as drogas não eram dela e inicialmente se declarou inocente. Mas algumas semanas depois, ela mudou sua declaração para "sem contestação".

Pensei no que Allen tinha me dito no dia do funeral do meu pai. "*Minha mancada teve consequências. E quem pagou o pato foi minha mãe.*"

— Ah, Allen. — Suspirei. — Por que ela não recorreu?

— Ela recorreu, sim. Ou pelo menos tentou. Ela teve quatro defensores públicos desde que foi presa. Tenho as informações de contato do representante atual — disse Maeve.

Eu sabia pela minha irmã e pelo meu pai que os defensores públicos costumavam ter uma carga de trabalho excessiva e que a rotatividade era alta.

— Desculpe, não é uma investigação muito aprofundada. Eu estava no tribunal e outras coisas requereram minha atenção, então não tive tanto tempo para pesquisar o caso como gostaria.

Folheei a papelada.

— Agradeço por se disponibilizar a fazer isso. Sei que anda ocupada com muita coisa.

— Para a família, jamais — disse ela.

Lá estava aquela pontada de culpa de novo. Eu andava ocupada demais para a família. Ocupada demais para começar a minha.

— Ei. Como está lidando com tudo? — perguntei, estendendo a mão pela mesa e segurando a dela.

Ela retribuiu o aperto.

— Bem, na medida do possível. Chloe é uma ótima distração. Essa garota consegue sugar toda a atenção de um ambiente para si e deixar as pessoas exaustas demais para sequer pensar depois que vai embora. Mas sinto muita saudade dele.

— Eu também — falei.

Senti que havia algo mais por trás do encolher de ombros triste e do sorriso forçado. Alguma coisa que ela não estava me contando.

— Tem mais alguma coisa rolando? — insisti.

Um observador desavisado teria deixado passar o brilho em seus olhos, mas eu era uma irmã mais nova intrometida. Nada me passava despercebido.

— Nada — disse ela com inocência.

— Mentirosa. Você anda estranha desde antes do falecimento do papai. O que está acontecendo? É melhor desabafar logo, sabe que não vou te deixar em paz.

Ela revirou os olhos.

— Urgh. Tá. Eu estava saindo com um cara, mas não deu certo. Não foi nada. Nenhuma separação dramática. Nenhuma briga que acabou em lágrimas.

As minhas sobrancelhas se arquearam.

— Você estava saindo com alguém e conseguiu manter isso em segredo nesta cidade?

— Não era bem um relacionamento que eu queria que todos soubessem.

— Você teve um caso secreto e proibido e conseguiu manter tudo à surdina? Estou impressionada. Por que deu um fora nele?

— Como você... deixa pra lá. Estou ocupada demais para um relacionamento. Ele queria algo sério, e eu não... não tenho tempo pra algo sério.

Minha irmã era a pessoa calma e tranquila que você gostaria de ter ao lado em uma emergência. Ela nunca permitia que as emoções a dominassem. Ela estar disfarçando a tristeza com o término deixou claro para mim que era mais do que "nada".

— Sinto muito que não tenha dado certo — falei, agindo com cautela.

— Está tudo bem. Obrigada mais uma vez por levar a Chloe ao ensaio da peça. Tem sido de grande ajuda — disse Maeve, contendo as emoções.

Observei-a por um instante e decidi deixar para lá... por enquanto.

— Ei, você e Chloe querem ir jantar lá em casa no domingo? Vamos fazer o chili do papai e o pão de milho da mamãe e assistir ao filme *Erin Brockovich – Uma Mulher de Talento*. — E aí eu poderia, sorrateiramente, obter mais informações sobre esse homem misterioso.

— A Tríplice Memorial de Simon Walton — disse Maeve com um sorriso. — Pode contar com a gente.

— Maravilha.

Minha irmã arrumou sua pasta de maneira bem-organizada e se levantou.

— Olha. Se resolver investigar esse caso da Mary Louise, me avise. Tenho interesse.

— Obrigada, Maevezinha Praguinha — falei, envolvendo-a em um abraço.

— Sempre que precisar, Sloaninha, Cara de Fuinha.

TREZE
UM JANTAR ELETRIZANTE

Lucian

Manobrei meu Range Rover para a entrada da garagem do Knox, estacionando atrás da caminhonete dele. As luzes estavam acesas na casa grande, emitindo um brilho que dissipava a escuridão do inverno. Eu adorava vir aqui quando era pequeno. Adorava a liberdade que Liza J e seu marido, Pop, proporcionavam. Passávamos verões inteiros aqui, nadando no riacho, dormindo sob as estrelas, escalando árvores e desafiando uns aos outros a fazer maluquices típicas da infância.

Claro que depois que descobrimos as garotas, nossas prioridades mudaram.

A casa antiga de madeira tinha mudado também. Desde que o Knox e a Naomi se mudaram, havia uma decoração antes inexistente. Havia velas nas janelas e ramos de pinheiro presos ao guarda-corpo da varanda.

Eles tinham caprichado na decoração de Natal, o primeiro como família. Devo admitir que fora espetacular. Não dava para criticar Knox pelo trenó e pelas renas no telhado. Se eu tivesse a oportunidade de ter uma família como aquela, provavelmente enlouqueceria compensando exageradamente por todos os feriados que não tive quando era criança.

Saí do carro e fiquei pensando se deveria fumar meu cigarro agora. Apreciar uns instantes de tranquilidade antes de entrar. Tinha sido uma demonstração de pura força de vontade não fumar assim que saí da biblioteca. O mais provável é que eu precisaria depois do jantar.

Às vezes eu gostava desses encontros barulhentos e descontraídos, mas em outras ocasiões, eu me sentia como um fantasma assombrando uma família feliz. Quando garotos, Knox e Nash tinham me aceitado do jeito que eu era. Agora que éramos adultos, a nossa amizade podia ser retomada ou deixada de lado a qualquer momento, sem consequências ou mágoas.

Mas com a Naomi e a Lina agora na jogada, a relação pareceu ganhar mais responsabilidades. Se eu desaparecesse para Washington, Nova York ou Atlanta por semanas sem dar notícias, eu não tinha dúvida de que a Naomi me encontraria, exigindo saber se estava tudo bem e quando eu pretendia voltar. Lina esperaria que eu, no mínimo, a avisasse antes de partir e lhe desse uma ideia geral de quando voltaria. As duas levariam para o lado pessoal se eu passasse semanas ou meses sem entrar em contato.

As mulheres complicavam tudo. E não apenas para os companheiros que escolhiam. Para todos ligados a eles.

A porta da frente abriu com um estrondo e Knox saiu sem pressa assim que faróis iluminaram a entrada da garagem. Uma música abafada encheu o ar noturno sobrepondo o ronco do motor.

O Jeep da Sloane estacionou atrás do meu veículo. As luzes e o motor desligaram, mas a música continuou. Era *Man! I Feel Like a Woman*. Soltei um suspiro. Certas coisas nunca mudavam.

Knox se aproximou de mim, vestido de calça jeans e camiseta térmica cinza-carvão com uma manga toda mastigada.

— Não me falou que ela vinha — reclamei, apontando com o polegar na direção do Jeep.

A música terminou e a porta do lado do motorista se abriu. Sloane saiu, pousando suas botas de cowboy no chão fazendo um baque.

— De quem é o Rover? — perguntou ela ao Knox.

Contornei o capô e a vi dar um passo para trás.

— Não me falou que ele vinha — retrucou ela em voz alta.

— É justamente por isso que estou aqui fora, e não recebendo vocês na porcaria da porta — anunciou Knox.

— Qual é a reclamação da vez? — indagou Sloane, aproximando-se com passadas fortes. Ela estava vestindo calça legging e suéter vermelho-rubi largo que combinava com a cor do batom. Seu cabelo estava meio preso e meio solto, com o comprimento caindo em ondas largas e despojadas. Descontraídas. Tangíveis.

— Waylay e eu tivemos que aguentar a Naomi falando sozinha por uma hora sobre qual de vocês *desinconvidar* hoje à noite — explicou Knox.

— Acho que a palavra certa é desconvidar — comentei.

— Vá à merda — respondeu Knox.

— Não sei qual é a dúvida. Sou amiga e chefe da Naomi. Logo, eu ganho — disse Sloane, irritada.

— É, bom, o Luce aqui é *meu* amigo. E, aparentemente, a Naomi está preocupada com ele — acrescentou Knox.

Ignorei a expressão presunçosa na cara da Sloane.

— Não precisa se preocupar, não tem nada de errado comigo — insisti, ao mesmo tempo irritado e estranhamente aliviado por existir alguém preocupado comigo.

— Tirando o fato de você ser um cadáver sem alma determinado a espalhar infelicidade — acrescentou Sloane.

— Só no seu caso, Fadinha. Vivo apenas para destruir a sua felicidade — disse.

— É por isso que estou passando frio na entrada da minha casa em vez de estar aos beijos com a minha esposa. Então é assim que vai ser. Nós três vamos entrar, e vocês dois vão se comportar como adultos com autocontrole. Senão...

Sloane estreitou os olhos.

— Senão o quê?

Ela sempre reagia de forma errada a desafios como este.

Knox sorriu de forma diabólica.

— Fico feliz que tenha perguntado. Como não quero que a Naomi fique sabendo disso e como só posso socar um de vocês no rosto e tenho um pouco de medo de você... — ele apontou para a Sloane — ...tive que ser criativo.

Ele levantou dois aparelhos pequenos com fios saindo deles.

Sloane já estava balançando a cabeça.

— Não. Não. Nem a pau.

— Ah, pode apostar que sim — insistiu Knox.

— O que é isso? — perguntei.

— Então, Lucy — continuou Knox, descontraído. — São máquinas de estimulação nervosa elétrica transcutânea, também conhecidas como TENS, ou como aparelhos de tortura para cólicas menstruais que as garotas do Honky Tonk usam na Semana do Chico. Elas grudam essas coisas pegajosas na barriga dos caras e começam a dar choque para mostrar pelo que passam todo mês.

Sloane bufou e cruzou os braços.

— Não acredito que está planejando eletrocutar seus convidados.

— Pra ser sincero, não me importo tanto assim com o jantar ou com a nossa amizade — falei, pegando as chaves do carro no meu bolso.

Sloane colocou as mãos nos quadris, em triunfo.

— Já vai tarde.

Knox tirou as chaves de mim.

— Acho que não estão me entendendo. A Naomi decidiu que não podem ser convidados para as mesmas merdas sociais. O que significa que ela vai marcar o dobro para garantir que os dois pentelhos tenham o mesmo tempo de qualidade conosco. E eu não quero mais merdas desse tipo. Não quero ter mais dessa porra de tempo de qualidade. Quero que deixem de lado essa palhaçada de "temos uma rixa secreta que não vamos abordar" e façam minha esposa esquecer que não se suportam.

— Isso é ridículo — insisti.

— Não. Você que é ridículo pra caralho por me obrigar a fazer isso. Então ou os dois entram lá com o brinquedinho grudado no corpo, fingem ser adultos durante o jantar, e fazem a minha mulher feliz, ou podem vazar para casa para refletir como são estúpidos por me fazer ser a maldita voz da razão nessa situação.

Olhei rapidamente para Sloane, que parecia estar avaliando as opções ridículas.

— O que vamos comer? — perguntou, os olhos semicerrados, refletindo.

— Tacos.

— Droga — murmurou ela e pegou um dos aparelhos TENS.

— Está de brincadeira, né?

— Estou com fome, e estou provando ao barbeiro barbudo aqui que sou uma amiga melhor do que você — anunciou Sloane. Ela levantou a bainha da blusa de gola alta, expondo a barriga lisa.

— Não vou entrar nessa — falei para o Knox.

— Não vou te obrigar. Você já sabe as opções e as consequências. Mas falei sério. São os dois ou nenhum. E se eu voltar lá e tiver que dizer à minha esposa que os dois nem sequer concordaram em não serem babacas pelo tempo que leva para engolir um monte de tacos, ela vai ficar chateada, e isso vai me deixar puto. Não terei outra opção a não ser tornar minha missão de vida acabar com vocês — ameaçou Knox.

— O que foi, Lúcifer? Com medo de um pouquinho de dor ou de não conseguir se segurar? — provocou Sloane com um olhar desafiador.

Xingando, soltei meu cinto e desabotoei a camisa.

— Só para deixar claro, esses tacos têm que ser os melhores que já comi, porque não estou convencido de que essa amizade valha a pena.

Os olhos verdes da Sloane percorreram meu abdômen enquanto eu colava os adesivos.

— Acertem as contas agora, porque a Waylay vai se sentar entre vocês. Se a minha garotinha flagrar os dois trocando farpas, ela vai dar choque sem dó.

Enquanto caminhávamos em direção à casa, consolei-me com o fato de que seria Waylay, e não Knox, controlando os aparelhos. Além disso, quão ruim poderia ser a cólica menstrual?

UMA DOR AGUDA percorreu meu abdômen e desceu pelas pernas. Dei um tapa na mesa, fazendo os copos e talheres tilintarem.

Bica soltou um ganido e Waylon reclamou de estarem exilados do outro lado da grade para cachorros.

Waylay deu uma risadinha, e todas as conversas cessaram enquanto todos olhavam para mim.

Knox exibia um sorriso de satisfação no rosto. Sloane estava rindo silenciosamente, tremendo os ombros do outro lado da cabeça loira da Waylay. Todos estavam com cara de preocupação.

— Tá tudo bem aí, Lucy? — perguntou Nash do outro lado da mesa.

— Tudo bem — falei com a voz rouca conforme a dor diminuía.

Sloane deu uma leve secada nos cantos dos olhos com o guardanapo.

— Acho que você estava falando que minha voz lembra a de um chihuahua irritado. Quer continuar o raciocínio ou...

O guardanapo e a colher do molho caíram no chão enquanto Sloane ficava toda tensa. Ela soltou um gritinho agudo.

— O que está acontecendo? — perguntou Naomi à direita do Knox.

— Nada — dissemos eu, Waylay, Knox e Sloane ao mesmo tempo.

Demos sorrisos inocentes, mas ninguém parecia convencido.

— Naomi, qual é a cor da decoração da nossa recepção mesmo? — perguntou Lina, atraindo a atenção para o outro lado da mesa.

— Eu não o insultei, sua pirralhinha — sibilou Sloane para Waylay.

— Estava provocando. É tão ruim quanto. Acredite. Eu sou praticamente a rainha das provocações no futebol — informou Waylay.

— Você deve ter colocado o meu aparelho no nível mais alto — acusei. Pareceu que minhas entranhas estavam prestes a sair do corpo.

— Na verdade, você está no nível oito. Knox e eu achamos que a Sloane tinha vantagem, já que é mulher e menstrua há décadas.

— Quantos anos acha que eu tenho? — perguntou Sloane, depois balançou a cabeça. — Deixa pra lá. Só me diga qual é o nível do meu.

— O seu está no nove.

Sloane deu um soco no ar em comemoração.

— Isso!

Naomi estava nos observando de novo. Peguei um taco e fiz um gesto de aprovação com a cabeça.

— Coloque o meu no dez — eu disse à Waylay quando Naomi desviou o olhar.

— Não sei, não. Knox falou que as meninas não estão mais autorizadas a usar o nível dez no bar desde que Garth Lipton quase se borrou nas calças.

— Coloque no dez — insisti com firmeza.

— Cagar nas calças não é nada heroico, Rollins — disse Sloane baixinho. Ela ficou tensa novamente e o taco que segurava se abriu ao cair no prato. — Ai! Waylay, eu não estava insultando. Estava dando um conselho.

— Pareceu um insulto. E ainda falou uma palavra feia, então vai ter que colocar um dólar no potinho dos palavrões, e por causa disso a tia Naomi vai passar mais tempo na seção estúpida de verduras.

— Está gostando dos tacos, Waylay? — perguntou Naomi.

— Estão uma delícia. Estariam melhores sem todos esses legumes nojentos e viscosos, mas dá pra comer — disse a garota.

— Garth Lipton é 40 anos mais velho do que eu — falei à Sloane por cima da cabeça da Waylay.

— Só estou demonstrando preocupação, tá legal? Mal deu conta do oito. Nem quero imaginar o que um dez faria. Quer dizer, eu adoraria ver. Mas estou me comportando como a adulta sensata e madura aqui — sussurrou em resposta.

— Só porque não aguenta um dez não quer dizer que eu também não aguento. Sou resistente.

— Eu sou mulher. Duas semanas atrás, tive cólicas tão fortes que precisei me deitar no chão do banheiro público *da oficina mecânica*. E *depois* tive que me levantar e ir trabalhar por oito horas. Eu nasci para aguentar um dez.

— Não estão se ofendendo, mas o tom de voz está começando a ficar agressivo — alertou Waylay.

— Coloque no nível dez — ordenei.

— Tá. Dez pra todo mundo. Vou mostrar como se faz — retrucou Sloane com impaciência.

— Odeio falar isso, já que estou me divertindo muito, mas acho que estão esquecendo o motivo de o Knox ter me deixado dar choques em vocês.

Primeiro Knox, agora Waylay. Com o passar da noite, as vozes da razão estavam se tornando cada vez menos prováveis.

Sloane me lançou um olhar fulminante por cima da cabeça da Waylay. Devolvi o olhar.

— Vá catar coquinho — esboçou ela com a boca.

— Só se for pra tacar em você — respondi do mesmo jeito.

— Tá tudo certinho aí? — perguntou Naomi, parecendo nervosa.

— Certíssimo, tirando o fato de o Lucian estar me encarando feito um... — Sloane grunhiu, o rosto se contorcendo de dor. — Valeu a pena — sibilou.

— Você é uma idiota mesmo — eu disse a ela. E então, me dobrei, com o rosto quase tocando o prato com os tacos, enquanto uma dor excruciante me atingia. — Meus rins estão doendo.

Waylon e Bica estavam latindo freneticamente agora.

— Knox Morgan! Por que a nossa filha está dando choque nos nossos convidados? — gritou Naomi com a voz aguda.

Meu amigo ergueu as mãos.

— Daze, há uma explicação perfeitamente lógica pra isso.

— Jesus — murmurou Nash. — Não sei quem prender primeiro.

— Sabe de uma coisa? Acho que vou pegar a torta... e mais bebidas — disse Lina, levantando-se da mesa.

— Eu ajudo — disse Waylay, escapulindo da sala para evitar qualquer punição.

— Eu vou supervisionar — prontificou-se Nash.

Nós nos levantamos e começamos a arrancar os eletrodos. Minhas pernas pareciam feitas de gelatina. Um passo errado e eu desabaria. Senti uma pontada de dor na lombar.

Segurei o braço da Sloane e a levei em direção à porta dos fundos.

— Lá fora — falei em tom seco.

— Mas quero ver a Naomi dar bronca no Knox — reclamou ela.

— Oportunidade é o que não vai faltar.

Levei-a para fora, no deque, e fechei a porta. Estava frio e escuro. As árvores sem folhas projetavam sombras esqueléticas na neve, à luz fraca da lua crescente.

— O nível dez fritou seu cérebro? — perguntou Sloane, desvencilhando-se de mim.

— Vamos dar uma trégua — anunciei.

— Não é assim que funciona.

— Tenho 40 anos. Tenho um negócio multimilionário. Sou proprietário de imóveis. Pago impostos. Voto. Cozinho. Tomo a maldita vacina contra a gripe todos os anos.

— Parabéns. Para onde mando seu troféu?

— Somos adultos — falei, apontando para a janela onde parecia que o caos ainda reinava.

— E o que rolou lá dentro foi a última performance de uma série de espetáculos infantis que já protagonizamos juntos.

Sloane cruzou os braços e olhou para os pés. Suas botas eram marrons com costura roxa.

— Não estou afirmando que você tem razão. Mas também não está totalmente errado.

— Isso tem que parar.

Ela encheu as bochechas de ar. A luz do interior da casa fez o piercing em seu nariz cintilar. Ela parecia uma fada travessa da floresta.

— Eu sei. — Ela se afastou de mim e foi até o guarda-corpo. — Detesto como cada conversa com você me faz voltar a ser uma adolescente sem controle. É vergonhoso.

— Detesto que você consiga me aborrecer tanto. É irritante — admiti.

Ela abriu um sorriso discreto para o céu noturno.

— Então admite ser parcialmente humano.

— Se contar pra alguém, vou negar.

Ela se abraçou com força, encolhendo os ombros para se aquecer do frio. Devagar, me aproximei até que meu braço roçou seu ombro, transferindo-lhe um pouco do meu calor.

— O que a gente faz agora? Simplesmente perdoa e esquece? — perguntou.

— Não tem como, é impossível — falei de forma seca.

Ela deu uma risadinha curta e amarga.

— Nem me fale.

— Temos que pensar em alguma solução. Por eles.

Demos uma olhada rápida sobre os ombros em direção à cozinha, onde todos estavam reunidos ao redor da ilha com café e torta.

— Olha como parecem felizes sem a gente — observou Sloane.

— Então vamos dar um jeito de deixá-los felizes com a gente.

— Vamos começar com nenhuma interação entre nós quando estivermos em grupo — sugeriu ela. — Acho que ainda não estamos prontos para conversa fiada educada.

Odiava admitir, mas ela tinha razão. O mais seguro era evitar um ao outro até criarmos uma tolerância.

— Tá. E se, por algum motivo, um de nós sentir que não vai conseguir suportar ver o outro em um evento específico, combinamos com antecedência de comparecer em momentos diferentes.

— Essa é uma fala tão característica de gente rica e elegante que vai a jantares de gala. Sem ofensa. — Ela acrescentou rapidamente, depois fez uma careta. — Vai ser mais difícil do que eu pensava.

— É força do hábito. Só isso — insisti.

Eu não ia permitir que um hábito me dominasse. Por outro lado, peguei meu cigarro diário do bolso da camisa e também o meu isqueiro.

Sloane olhou de forma expressiva para o cigarro enquanto eu o acendia.

— Alguns hábitos são mais difíceis de largar do que outros.

Ela não tinha a menor ideia da batalha que eu tinha travado naquela tarde após a nossa conversa no escritório dela. Tudo o que eu queria era aliviar toda aquela raiva com minha dose diária de nicotina. Meus dedos haviam coçado para segurar o filtro entre eles; meus ouvidos haviam ansiado pelo som do isqueiro.

Mas eu tinha me recusado a ceder.

Uma recompensa. Não uma muleta.

Recompensa era sinal de conquista. Muleta era símbolo de fraqueza. E eu não suportava fraqueza, especialmente as minhas.

— No futuro, se achar que não consegue se controlar e a necessidade de me insultar for muito forte, resolvemos isso em particular — sugeri, soltando a fumaça em direção à lua.

— Eu? — Ela se virou e olhou para mim. — Você não conseguiu terminar nem o primeiro taco sem dar piti.

— É, bom. Não vai mais se repetir. — Eu amava e odiava quando ela focava toda a sua atenção em mim. Eu me obriguei a desviar os olhos.

— De agora em diante, para mim, você será apenas um tio levemente racista, misógino e com problemas de audição com quem todo mundo evita interagir no Dia de Ação de Graças.

— E *você* não vai passar de uma amiga irritante e invisível da Naomi e da Lina, a quem finjo que dou atenção quando elas insistem em colocar um lugar à mesa — falei.

Sloane se afastou do guarda-corpo e estendeu a mão.

— Combinado?

Cobri a mão dela com a minha. Era tão pequena e delicada.

— Combinado.

Quebrar algo tão frágil assim seria muito fácil. *Tinha* sido muito fácil. Eu odiava que nós dois soubéssemos disso.

Crack!

Um sorriso malicioso curvou seus lábios vermelhos enquanto apertávamos as mãos.

— Eu diria que foi bom te conhecer, mas nós dois sabemos que é mentira — disse ela.

Soltei sua mão e virei as costas, desejando que ela e o som que me assombrava desaparecessem.

Aguardei até ouvir a porta se abrir e fechar, deixando-me sozinho no escuro do deque, e só depois dei uma longa tragada no cigarro.

QUATORZE
SINAIS DE ALERTA

Sloane

Ao menos escondeu o corpo, Sloaninha? — perguntou Nash quando entrei na cozinha. Ele estava massageando os ombros da Lina enquanto ela enchia as taças de vinho.

— Ele ainda está respirando. Vejo que fizeram as pazes — eu disse ao Knox, que tinha encurralado a Naomi entre o balcão e o seu peito. Com as mãos nos bolsos de trás da calça jeans dela, ele exibia uma expressão de expectativa voraz em seu belo rosto.

— Impossível ficar bravo comigo — disse Knox.

— Basta ele colocar as louças para lavar do jeito certo na máquina e eu viro um poço de perdão — disse Naomi. O anel de noivado e a aliança de casamento em sua mão cintilaram na luz.

— Posso falar com as duas por um minutinho? — perguntei à Naomi e à Lina.

As duas mulheres se desvencilharam de seus companheiros e me seguiram para a sala de estar do outro lado da cozinha.

— Não gostei nada disso — resmungou Knox enquanto saíamos.

— Certeza de que vão bisbilhotar nossa conversa — alertou Lina, sentando-se e balançando as pernas apoiadas no braço da cadeira.

Naomi se acomodou no sofá e deu umas batidinhas ao seu lado.

— Tem a ver com o babaca volátil?

Lina se engasgou com o vinho.

Neguei com a cabeça.

— Resolvemos dar uma trégua, e, não, antes que perguntem, não quero discutir os detalhes dessa trégua. — Ouvi a porta dos fundos abrir e fechar, acompanhada pelo som abafado de conversa masculina. — Tem a ver com o que estávamos conversando sobre assistência jurídica. Queria discutir algo com as duas.

Resumi o caso da Mary Louise para elas.

— Acho que o Allen fez alguma besteira ou se envolveu com a turma errada, e a mãe dele o protegeu. E ninguém merece pegar vinte anos por proteger o próprio filho. Claro que não vou sair por aí investindo o dinheiro de vocês em qualquer coisa sem antes consultá-las. Pode ser que não seja o mais adequado para o que queremos fazer, mas pelo menos gostaria de ir falar com ela e obter mais detalhes do caso e da condenação. — Respirei fundo e esfreguei meus joelhos. — E aí, o que acham?

— Acho que é uma ideia incrível e encheria seu pai de orgulho — disse Naomi, apertando minha mão.

— Concordo — disse Lina.

— Pode sair caro. Mais do que temos. Não sobraria nada para mais ninguém — avisei.

— É a vida de uma mulher — disse Naomi. — Claro que vale a pena.

— Se vocês têm certeza, então vou procurá-la para ouvir o que tem a dizer, caso esteja disposta a compartilhar.

— Em qual prisão ela está? Eu te acompanho — prontificou-se Lina.

— Eu também — concordou Naomi. — Eu gostaria de ir conhecê-la.

— O caralho que vão. — Knox entrou pisando firme na sala, seguido por Nash. Lucian ficou na porta.

— Olha, viking… — começou Naomi.

— Daze, não me venha com essa de "olha, viking" — retrucou seu marido. — Você não vai para a prisão, mesmo que seja só pra conversar.

Nash estava com os braços cruzados e o olhar fixo em Lina. Ela o repreendeu balançando o dedo.

— Nem pense em fazer pose de mandão, convencido. Já entrevistei detentos antes.

— Ah, não estou do lado do meu irmão idiota. Mas se você vai, eu também vou, Angel — disse Nash de boa vontade.

— Que tal eu poupar todo mundo de muitas brigas de casal? Eu vou sozinha e...

Houve um "Não!" retumbante e coletivo. Até o Lucian entrou no meio.

Uma faísca de raiva surgiu em mim.

— Vamos ser justos, nenhum de vocês tem o direito de me dizer o que posso ou não fazer. Entendo as complexidades dos relacionamentos, e vocês podem lidar com isso por conta própria. Mas não devo essa consideração a nenhum de vocês.

— Você não vai — disse Lucian como se tivesse o direito de tomar essa decisão.

— Posso falar com você lá fora? — falei com os dentes cerrados.

— Eu vou com vocês — interrompeu Nash.

— Se vocês dois vão, não vou ficar de fora — argumentou Lina.

— Aham! Esse dinheiro é *nosso* para a *nossa* iniciativa — lembrou Naomi aos homens. — Logo, somos nós que decidimos.

Knox ergueu um dedo como se estivesse prestes a começar a gritar e depois saiu da sala.

Seus passos pesados ecoaram pela casa enquanto ele saía furioso e em seguida retornava.

Ele voltou com um talão de cheques e uma caneta na mão, Waylon e Bica na cola, animados.

Knox rabiscou o cheque com tinta de forma energética, e, em seguida, o destacou.

— Pronto. Agora tenho direito a opinar, e você não vai.

— Não dá para resolver tudo com dinheiro, Knox — salientou Naomi, levantando-se. — Aquela mulher merece uma segunda chance de verdade.

— Provavelmente sim — concordou Knox com veemência.

Levantei um dedo.

— Espera aí. Estou confusa.

— Ninguém está discordando de que é uma boa causa. Mas *eu* não quero lidar com as repercussões de vocês três irem até lá e acabarem sofrendo por causa de alguma história triste sobre como a vida é injusta.

Knox Morgan não aguentava ver mulheres chorando e sofrendo. Eram a sua criptonita.

— Você não quer que a gente tente fazer algo bom porque nossos sentimentos vão te incomodar? — Naomi parecia ter esquecido completamente as habilidades do Knox de colocar as louças para lavar.

— Não foi isso que eu disse, Daze.

— Na verdade — interveio Lina —, meio que foi.

— Não está ajudando, Solavita — disse Knox baixinho.

— Não fala com ela desse jeito, senão te arrebento e depois te prendo — advertiu seu irmão.

Subi no pufe e dei um assobio.

— Parem de falar!

Todos se calaram e me olharam.

— Está na cara que é um tema polêmico. Vou fazer mais algumas pesquisas, e depois conversamos sobre isso como adultos sensatos.

Houve um coro de murmúrios de "tá bem" e "ok".

— Ei, o que vocês costumam tomar para aliviar as cólicas? — perguntou Lina, do nada.

Knox e Lucian sumiram do cômodo como se alguém tivesse acabado de sugerir que juntássemos nossas mãos para fazer "um por todos, todos por um".

Nash acariciou os quadris da Lina.

— Você está bem, Angel?

Ela deu uma piscadela.

— Sim. Eu só queria tirar os rapazes daqui para poder interrogar a Sloane sobre o aplicativo de namoro.

— E, com isso, estou dando o fora. — Mas não partiu sem antes dar um beijo apaixonado na noiva.

— Uau — falei, me abanando.

— Sim. Uau — disse Lina com uma expressão sonhadora enquanto observávamos Nash sair. Ele tinha mesmo um bumbum empinadinho.

As coisas voltaram a entrar em foco quando o traseiro do Nash desapareceu. Eu me joguei de volta no sofá. Waylon, o basset hound, atirou-se no meu colo, prendendo-me ao sofá. Ele deu um suspiro meio engraçado enquanto eu brincava com suas orelhas sedosas.

— E aí, como está indo o aplicativo? Com quantos caras está falando? Algum encontro marcado? — perguntou Lina.

— Acho que não preenchi o perfil direito. Não dei match com ninguém. Nenhuma mensagem, nenhum match, nenhum *nude* indesejado.

— Você deve ter pulado um passo durante a configuração — disse Naomi, me apoiando.

— Deixa eu dar uma olhada — disse Lina.

Abri o aplicativo e joguei o celular para ela.

Lina arqueou as sobrancelhas.

— Perdão, mas está tentando não transar? — perguntou ela.

— Do que está falando? — Será que eu tinha carregado a foto errada por acidente? Talvez alguém tivesse hackeado minha conta e dito que eu estava envolvida em rituais de sacrifício e participando de competições de soletração.

— Não pode estar tão ruim assim — insistiu Naomi. Lina virou a tela na direção dela e minha amiga fez uma careta. — Ok. Ela está claramente se sabotando.

— O que tem de tão errado no meu perfil? — indaguei, tentando me desvencilhar do peso do basset hound adormecido que não parava de roncar.

— Vamos pedir a opinião dos especialistas — sugeriu Lina.

— Não se atreva!

Mas já era tarde demais. Os homens, que claramente estavam escutando a conversa de novo, apareceram na porta.

— Alguém falou em especialistas? — perguntou Nash com um sorriso encantador.

Lina mostrou meu celular.

— Conta pra mim por que você não curtiria este perfil.

Os irmãos Morgan se inclinaram para frente e, em seguida, afastaram-se ao mesmo tempo.

— Meu Deus, Sloaninha. Qual é a ideia aqui, ser um repelente de paus? — disse Knox.

Vergonha tomou conta de mim quando Lucian deu uma olhada na tela. Ao contrário dos amigos, ele não se abalou. Ele sorriu de lado.

— Qual é o primeiro problema? — perguntou Lina como se estivesse dando aula.

— A gata — disseram os irmãos juntos.

— Espera aí. O que tem a gata? Gatos são fofinhos — argumentei.

— Uma gata na foto de perfil é o mesmo que afirmar "sou a louca dos gatos" — explicou Nash.

— E colocar "gata" no nome de usuário mostra isso — acrescentou Knox, alisando a barba. — Depois, entra a cor do cabelo.

Waylon soltou mais um ronco, fazendo meu colo vibrar.

— Foi a Hora da História com o Papai Noel. O vermelho e o verde foram temporários — falei, na defensiva.

— Cores de cabelo chamativas na foto do perfil são um sinal de que a mulher pode ser exigente e... — disse Nash.

— É louca por atenção — acrescentou Knox.

Peguei as pontas tingidas do meu cabelo.

— Que horror.

— Eu não estou afirmando que é verdade. Estou falando que o que você coloca em um perfil de namoro são as qualidades que acha que são as melhores. E tudo o que você está dizendo aqui é que gosta de gatos e cabelos diferentões.

— Sem contar que está vestida de duende — acrescentou Lina. — Sloane, você é uma garota esperta. Por que cargas d'água escolheria essa foto?

— A iluminação estava ótima. Gostei do meu sorriso. E o ângulo realçou as maçãs do rosto. Além do mais, achei que mostrar uma foto com uma gata passaria a ideia de que sou uma pessoa acolhedora.

— Por que diabos quer passar a imagem de ser acolhedora, cacete? — perguntou Knox, horrorizado.

— Porque ela quer casar e começar uma família — disse Naomi ao marido.

— Preciso de uma bebida — resmungou Lucian baixinho. Ele deixou o cômodo.

— Sem ofensa, Sloaninha, mas este perfil não te faz parecer alguém para casar. Ele te faz parecer um sinal de alerta ambulante — disse Nash.

— Essas regras estão registradas em algum lugar?

— Sim, em um lugar chamado internet — respondeu Knox.

— Ótimo — resmunguei. — E agora, como eu conserto isso?

— Nisso a gente pode ajudar — anunciou Lina.

QUANDO LUCIAN VOLTOU com um copo de bebida, eu estava encostada na lareira de pedra segurando uma taça de vinho — que, de acordo com Naomi, mostrava que eu era responsável, mas divertida — com a mão na cintura, fingindo rir de algo que o diretor de arte autoproclamado, Knox, estava dizendo enquanto Lina tirava fotos.

Nash tinha retirado a cúpula de uma luminária de chão e estava direcionando a lâmpada para o meu rosto.

— Eu sou muito engraçado e você está se divertindo pra caralho — insistiu Knox com um quase grunhido.

— Bem que podia me contar uma piada — sugeri, perguntando-me se deveria ter simplesmente pulado a etapa de encontros e ido direto para o banco de esperma.

— Hum. Melhor mostrar mais peito ou barriga? — perguntou Lina, inclinando a cabeça e me observando.

— Peito — disseram os irmãos Morgan ao mesmo tempo.

Lucian me encarava com uma expressão estranhamente assassina no rosto. Retribui o olhar.

— Ah, acho que conseguimos a foto perfeita. Está toda sedutora e sexy — disse Lina, olhando para a tela do celular.

Naomi olhou por cima do ombro.

— Mas ainda acessível e interessante.

Knox e Nash se aproximaram para dar suas opiniões.

— Sexy, mas não em excesso — decidiu Knox.

— Em pouco tempo você arranja um marido — concordou Nash. — E vamos garantir que seja alguém à sua altura.

— Deixa eu ver — pedi.

Olhei rapidamente para a tela quando a mostraram e senti o calor se espalhar nas minhas bochechas. Eu estava olhando de soslaio para o Lucian. Era assim que eu ficava quando o olhava? Eu estava com o queixo projetado para frente, lábios entreabertos, olhos ardentes. Eu estava atraente... e cheia de tesão.

Caramba. Eu até que estava bonita.

Lucian se aproximou e, para minha humilhação, deu uma espiada na foto. Seu olhar se voltou para mim, e eu vi que ele sacou. Ele sabia que eu estivera olhando para ele. Que aquele olhar tinha sido só para ele. Qual o problema de haver mais um segredo entre nós?

— Preciso de uma bebida forte — murmurei, colocando meu vinho intocado na mesa de centro.

Sem dizer nada, Lucian me entregou o copo dele e se retirou de novo. Fiquei pasma, olhando para baixo.

Naomi me deu uma cotovelada.

— Olha só, vocês se dando bem.

— Falei que eletrocutá-los não era uma ideia idiota — disse Knox.

— É só uma trégua — falei. Em seguida, tomei um gole do que se revelou ser um ótimo bourbon.

Waylay entrou no cômodo saltitando e colocou o braço em volta da cintura da Naomi.

— O que está rolando aqui?

— Achei que estava consertando o notebook da sua professora — disse Naomi, afastando o cabelo da Waylay do rosto.

A garota deu de ombros.

— Terminei aquilo em uns dez minutos. As pessoas têm que ficar ligadas no antivírus. Foi a grana mais fácil que fiz na semana. Enfim, vocês pareciam estar se divertindo mais do que eu. Vim dar uma olhadinha.

— Estamos ajudando a Sloane a criar um perfil de namoro — explicou Naomi.

— Legal. Posso comer mais torta? — perguntou Waylay.

— Só se trouxer outra fatia para mim — disse Nash de onde estava, recolocando a cúpula na lâmpada.

Naomi abriu a boca, mas Waylay levantou a mão.

— Foi mal, tia Naomi. Mas um adulto já disse que posso e não quero esperar outra opinião.

— Tudo bem, mas vou junto para garantir que sua segunda fatia não seja gigantesca — aceitou Naomi. Elas foram para a cozinha assim que Lucian voltou com mais um copo.

— Vamos falar sobre esse nome de usuário — disse Lina, tirando o meu foco dele e voltando para o assunto em questão.

Nash deu uma espiada por cima do ombro dela, apoiando as mãos nos quadris da noiva.

— Bibliotecaria4OlhosGata?

Fiz uma careta. Tá, até eu tinha de admitir que não foi o meu momento mais criativo.

— O que eu quero que o meu nome de usuário revele sobre mim?

— Que você não é maluca — afirmou Knox, ajeitando-se no sofá. Waylon saltou e se deitou ao lado dele, de barriga para cima.

Enquanto meus amigos decidiam um novo nome de usuário, eu tomava bourbon em uma poltrona perto da lareira e me questionava por que eu era tão ruim nisso. Eu mandava bem em pedidos de subsídios. Em uma festa, eu conseguia conquistar rapidinho um cara bonito e solteiro. Mas a ideia de me promover em um perfil parecia uma tarefa complicada e boba.

— Você está com a mão no pulso — disse Lucian, com a voz baixa e grave.

Tive um sobressalto. Eu estava tão absorta em pensamentos que nem notei a sua aproximação.

— Quê? — Olhei para baixo e notei que estava esfregando meu pulso direito sem nem perceber.

— Ainda te incomoda? — A voz dele estava calma, mas havia certa fragilidade nas palavras.

— Não. Claro que não — falei, baixando as mãos.

Naomi reapareceu.

— Você se machucou? — perguntou, provando que se tornar guardiã da Waylay lhe dera audição sobre-humana.

— É a síndrome do túnel do carpo? — perguntou Lina.

— Eu, hã, quebrei o pulso no ensino médio. Não foi nada sério — acrescentei, rápido.

Knox franziu a testa.

— Não me lembro disso.

— Você já tinha se formado. Aconteceu logo antes das férias do meio do ano.

— Nem lembrava mais disso — refletiu Nash. Ele me encarou com um olhar demorado e indecifrável. Como chefe de polícia, Nash teria acesso a todos os registros antigos.

— Como quebrou? — perguntou Waylay.

Evitei olhar para o Lucian de propósito, mas podia sentir que ele ainda estava me observando.

— Como um adolescente quebra qualquer coisa. Com muita trapalhada e um toque de drama.

— E ainda incomoda? — perguntou Naomi.

— Não. Quase não penso mais nisso.

Lina deu um gritinho misturado com risada.

— Adivinha só quem acabou de conseguir três matches e duas mensagens?

— Quem? — perguntei, ficando animada.

— LoirinhaLeitoraDeEroticos — disse e me passou meu celular com triunfo.

Três fotos de homens razoavelmente atraentes e nada surtados me encararam.

— Vocês são gênios! — eu lhes disse.

— Olha só! Já está praticamente casada — brincou Naomi.

Com um rosnado baixo, Lucian deixou o cômodo de forma abrupta.

— Que merda deu nele? — questionou-se Knox enquanto pegava a colher da Waylay e comia um pedaço da fatia de torta dela.

— Talvez ele tenha ido soltar pum — sugeriu Waylay.

QUINZE
STRIPTEASE NO PRESÍDIO

Lucian

Meu dia começou às 5 horas da matina. Já tinha malhado, tomado café, participado de três teleconferências — duas delas de dentro do carro —, demitido três pessoas e fechado um contrato milionário. Tudo isso antes do meio-dia.

Duas reuniões presenciais agendadas para hoje não davam para ser adiadas, então acabei fazendo algo que não queria: passei a responsabilidade para o Nolan com instruções bem claras de não dar nenhuma bola fora.

Tudo isso só para conseguir chegar antes dela.

O “vou fazer mais algumas pesquisas” da Sloane pode até ter enganado os outros, mas a mim, não.

O sargento Grave Hopper não pensou duas vezes antes de concordar em enviar uma mensagem quando visse a bibliotecária malandra saindo do estacionamento, a caminho de uma “reunião” misteriosa na tarde de quarta-feira.

— Ela chegou — anunciou Hank, meu motorista, assim que o Jeep entrou acelerando no estacionamento do Fraus Correctional Center.

— Depois retorno a ligação, Nolan — falei e desliguei.

Sloane estava com o som alto e óculos de sol. Totalmente despreocupada. Achando que poderia simplesmente ir salvar alguém sem nem pensar na própria segurança antes. Eu não permitiria que isso se repetisse.

Quando me aproximei da janela do Jeep, ela estava procurando algo na enorme *ecobag* que estava no banco do passageiro e que tinha a frase “PREFERIA

ESTAR LENDO". Dei uma olhadinha rápida e consegui ver a tela do celular em seu colo. Ela estava pesquisando na internet "o que não levar quando for visitar alguém na cadeia".

Com um revirar de olhos, dei batidinhas na janela.

Assustada, Sloane deu um pulo, e o que estava dentro da bolsa se espalhou para todos os lados.

Com um suspiro de irritação, abri a porta. Ela me encarou, com a boca entreaberta e os óculos de sol meio tortos.

Esperei.

— O que está fazendo aqui? — exigiu saber ela, enfim recobrando o poder de fala.

— Te esperando.

— Como... Por quê...

— Essa pose de bibliotecária inocente pode enganar seus amigos, mas comigo não cola.

Ela fez pouco-caso e começou a colocar os pertences femininos espalhados de volta na bolsa.

— Eu não tenho pose de bibliotecária inocente.

— Você contou para a Naomi e a Lina que viria?

— Não. Mas...

— Contou ao Nash ou ao Knox?

Ela parou de guardar os objetos. Seu queixo se projetou para a frente.

— Não — respondeu.

— Você agiu às escondidas porque decidiu que era mais esperta do que todos eles. Não é o melhor pontapé inicial na parceria.

Pela cara dela, deu para notar que ela sabia que eu tinha razão e não estava satisfeita com isso.

— Vai ficar me dando lição de moral até cansar ou vai me deixar em paz para que eu possa continuar ferrando tudo? — Com raiva, ela tentou sair do veículo, mas o cinto de segurança a impediu.

Estendi o braço por cima dela e o soltei.

— Nenhum dos dois. Nós vamos.

— Nem a pau, Lúcifer. Não vou te deixar entrar lá. Com esse olhar fulminante de desaprovação, vai assustar a pobre mulher.

— Você não vai entrar lá sem mim — deixei claro.

— Vou, sim — proferiu com desprezo. Ela se virou para o outro lado e tentou puxar a bolsa do outro banco.

— Deixa aí. Não pode entrar com isso — falei enquanto pegava meu celular.

— O que está fazendo? — questionou ela.

— Ligando para a Naomi. — Meu polegar estava sobre o botão de chamada.

— Droga!

— Você acabou de bater o pé? — perguntei. Sempre achei interessante como a Sloane não hesitava em expressar sua raiva. Mas acho que quando alguém era capaz de controlar sua raiva, nada a impedia de expressá-la livremente.

— Eu estava imaginando seu pé debaixo do meu — rebateu ela.

— Ou eu vou junto ou você dá meia-volta e retorna para casa. Só tem essas duas opções.

Ela cruzou os braços sobre o peito e me encarou com raiva. Olhou de relance para a entrada da prisão. Seus lábios franziram.

— Eu te alcançaria — avisei.

Ela soltou os braços e cerrou as mãos ao lado do corpo.

— Tá. Pode entrar. Mas não pode encarar, rosnar ou revirar os olhos. E muito menos falar.

— Posso respirar?

— Seria melhor se não fizesse isso — falou ela.

— Era pra gente estar em meio a uma trégua — salientei.

— Que trégua é essa que permite você me atacar de surpresa no estacionamento de uma prisão feminina?

Ela tinha certa razão, uma praticamente insignificante.

— Se eu tivesse te ligado para falar disso, você ao menos teria atendido? — Eu já sabia a resposta.

— Provavelmente não — admitiu.

— Então vamos lidar com a questão presente. Eu vou entrar lá com você. Fim de papo! — esbravejei.

— Puxa, dá uma maneirada aí no charme, Dono do Universo. Desse jeito vai deixar a mulher tão impressionada que é capaz de ela desmaiar.

Fechei a porta do Jeep e apontei em direção à entrada da prisão.

— Vamos.

Nós atravessamos o asfalto juntos, caminhando em direção ao imenso monumento de segurança. Arenito marrom e concreto constituíam as paredes imponentes da prisão, além de cercas duplas de arame farpado.

Mulheres vestindo macacões beges se reuniam em grupos no pátio desolador. O asfalto do lado de dentro das cercas estava se deteriorando e ervas daninhas secas estavam brotando pelas rachaduras.

De repente, Sloane parou na calçada.

— Por que está aqui? — questionou ela de novo.

— Já me perguntou isso — lembrei-a.

Ela balançou a cabeça, fazendo o rabo de cavalo loiro e encorpado balançar.

— Tá. É quarta-feira. Por que não está comandando o mundo corporativo? E você não me suporta, então que diferença faz para você se eu estragar essa parceria com meus amigos? Achei que ficaria feliz em ver eu me dar mal.

— Se conseguir estragar tudo, existe a chance de estar basicamente desperdiçando o dinheiro dos seus amigos. Mas, mais importante ainda, tem uma mulher lá dentro que pode sofrer por causa disso.

Ela fechou os olhos e respirou fundo.

— Você já enterrou e esqueceu tantas coisas, que eu simplesmente supus que também tinha superado isso.

Ela estava errada. Eu não tinha enterrado nem esquecido nada. Pelo contrário, eu tinha usado tudo como força motriz.

— Tem coisas que a gente nunca supera. Outras a gente guarda em segredo — falei, dando batidinhas no bolso e lembrando que deixei meu cigarro no carro.

Sloane olhou para cima, para as nuvens cinzentas, e franziu o nariz. Seu piercing era rosa-claro hoje.

— Aposto que usou sua rede de espionagem assustadora para investigar o caso da Mary Louise — supôs ela.

— Talvez eu tenha dado uma olhada em alguns arquivos.

Minha equipe tinha feito uma investigação rápida e detalhada, e eu tinha conseguido examinar suas descobertas entre todas as outras coisas que precisei fazer hoje. Segundo todos os relatos, Mary Louise Upshaw era uma detenta exemplar que aproveitou o tempo na prisão para conseguir dois diplomas e iniciar um programa de escrita criativa para suas colegas detentas. Meu próprio advogado tinha analisado a pena dela e concluído que era um "absurdo completo". O que significava que a Sloane justiceira provavelmente estava prestes a ter seu coração despedaçado.

— Então você acha que podemos ter uma causa — insistiu.

— Acredito que muito depende do que ela tem a dizer — esquivei-me.

A SALA DE visitação era mais deprimente do que eu previra. Havia duas filas de mesas dobráveis com marcas de uso, apertadas entre cadeiras de vinil rachadas e desbotadas. O chão de azulejo industrial estava manchado e com o revestimento soltando. Algumas placas do forro do teto entre as luzes fluorescentes piscantes estavam faltando. Algo que se assemelhava suspeitosamente a mofo estava subindo pelas paredes sob as janelas de blocos de vidro.

Sloane estava apertando a caneta de clique e mordendo o lábio inferior, seus olhos estavam arregalados por trás dos óculos. Com um suspiro, segurei a parte de trás da cadeira dela e a puxei para o meu lado.

Ela parou de apertar a caneta e franziu a testa para mim. Sempre teve aquela ruguinha entre as sobrancelhas que ficava mais pronunciada quando estava imersa em pensamentos... ou puta comigo. Senti vontade de passar o dedo ali.

— Não há motivo para ter medo — comentei.

— Eu não estou com medo.

Dei uma olhada significativa para a perna vestida em calça jeans que estava balançando quase encostada na minha.

— Tá. Não estou com medo, estou nervosa. Tá legal?

— Pra que tanto nervosismo? Você vai poder sair daqui.

— Obrigada, sabichão. Mas e se ela for incrível? E se ela estiver aqui por causa de uma injustiça grotesca? E se ela perdeu todos esses anos de vida por causa de uma pena injusta?

— Aí você vai ajudá-la.

Ela voltou a morder o lábio inferior por alguns instantes e em seguida se virou para me olhar. Seu joelho estava encostado na minha coxa. Aqueles olhos verdes estavam determinados.

— E se a pena dela tiver sido injustamente dura, mas ela for uma pessoa horrível?

Senti que eu estava abrandando em relação a ela. Tal como o pai, ela desejava fazer a diferença na vida de desconhecidos. Mas Sloane não tinha a capacidade ilimitada de perdão do Simon. Nem eu.

— Aí a gente conversa depois e define a melhor forma de prosseguir. Não vale a pena dar importância a uma situação que ainda não aconteceu.

Ela franziu a testa.

— A impressão que tenho é de que você é o tipo de homem que encara as situações depois de considerar todos os cenários possíveis.

Dei um sorriso discreto.

— É o luxo de quem não tem sentimentos.

— Lucian, estou falando sério.

— Eu também. Você encara essa conversa do seu jeito, e eu encaro do meu. A gente fala sobre isso mais tarde. Por ora, tudo o que você precisa fazer é perguntar e ouvir.

— Eu só... Eu não quero dar a ela falsas esperanças.

— Não vai — garanti.

Era mentira. Bastaria olhar para o rosto determinado da Sloane, aqueles olhos ansiosos, e Mary Louise Upshaw sentiria o que eu senti aos 17 anos. *Esperança.*

A porta de metal pesada na extremidade distante da sala se abriu, e uma mulher com macacão bege entrou.

Tive a sensação de que minha garganta estava seca e apertada.

Ela tinha pele clara, cabelos castanhos volumosos e ondulados, com alguns fios grisalhos. Sem o macacão, ela pareceria uma mãe na meia-idade. O guarda apontou para nós e uma expressão de curiosidade atravessou seu rosto.

Ela veio em nossa direção e eu senti a Sloane prender a respiração.

Coloquei meu braço no encosto da cadeira dela e apertei seu ombro.

— É apenas uma conversa — falei, mantendo meu tom de voz baixo.

Senti-a relaxar um pouquinho.

— Olá — disse Mary Louise, puxando a cadeira em frente a nós e sentando-se.

— Oi. — A voz da Sloane deu uma esganiçada. Ela limpou a garganta e recomeçou. — Mary Louise, eu me chamo Sloane Walton, e este é o meu... colega de trabalho, Lucian Rollins. Temos algumas perguntas sobre o seu caso e pena.

— São da imprensa? — perguntou Mary Louise, inclinando a cabeça para o lado.

O olhar da Sloane se voltou para mim.

— Não.

Havia um guarda posicionado do outro lado da sala, com cara de paisagem e entediado. Isso me deu arrepios.

— Advogados? — O semblante de Mary Louise era de esperança.

Sloane negou com a cabeça.

— Não. Somos só... — Ela olhou para mim de novo, com um pedido de *socorro* nos seus belos olhos verdes.

Eu me inclinei para frente.

— Sra. Upshaw, recentemente nos deparamos com uma menção ao seu caso. A senhora já se encontrou com um tal de Simon Walton? Ele era advogado.

Devagar, ela fez que não com a cabeça.

— Não. Só tive defensores públicos. O Simon era o mentor do meu filho. Ele ajudou o Allen a entrar na faculdade de direito. Infelizmente, ele faleceu pouco tempo atrás.

Sloane enrijeceu encostada em mim, como se estivesse preparando-se para o golpe inevitável da tristeza.

— Tivemos a impressão de que o Simon tinha se interessado pelo seu caso, em especial pela pena que recebeu — continuei. — Poderia elucidar o possível motivo disso?

Mary Louise deu de ombros e entrelaçou os dedos na mesa.

— Talvez porque tenha sido uma das penas mais severas por posse e tráfico no estado da Virgínia nos últimos 35 anos.

Sloane limpou a garganta.

— A princípio, você alegou que as drogas encontradas no seu carro durante uma blitz não eram suas. Mas depois mudou a declaração e se declarou culpada.

Mary Louise nos observou com os olhos semicerrados por um momento.

— Quem são vocês? Por que estão aqui?

— Me chamo Sloane Walton. Simon era meu pai. Creio que ele tinha a intenção de ajudá-la, mas adoeceu antes de conseguir poder fazer qualquer coisa.

Mary Louise respirou fundo, empatia reluzindo em seus olhos.

— Seu pai era uma boa pessoa. Ele mudou a vida do meu filho, então só posso imaginar o que ele fez por você. Lamento profundamente pela sua perda.

Sloane estendeu a mão pela mesa com delicadeza. Mary Louise a segurou e apertou.

E ali estava. Aquele maldito sentimento sorrateiro que só levaria à decepção e à devastação. A esperança. Ela floresceu nos rostos das duas mulheres, e eu me conformei com o fato de que as coisas ficariam complicadas... e caras.

— Conheci o Allen no dia do funeral do meu pai — disse-lhe Sloane. — Você criou um ótimo rapaz.

A expressão de Mary Louise se transformou em orgulho materno.

— Sei disso. Gostaria de poder levar os créditos por isso, mas estou aqui desde os seus 16 anos.

— O que aconteceu na noite em que foi presa? — perguntou Sloane. — Não viemos aqui para julgar. Nossa intenção é ajudar, se for possível.

Mary Louise balançou a cabeça.

— Minha querida, eu agradeço, mas estou detida há onze anos. Já não acredito mais em milagres.

— Não estamos oferecendo milagre — esclareci.

— Qualquer coisa que me livre daqui um dia mais cedo seria um milagre — insistiu.

— Então nos conte o que aconteceu naquela noite — falei.

Debaixo da mesa, a mão da Sloane encontrou minha perna e apertou. Com força.

— Por favor — acrescentei prontamente.

Com os olhos fechados, Mary Louise levou a mão até a nuca e massageou.

— Meu filho estava com 15 anos. Eu e o pai dele tínhamos acabado de nos separar, e ele se juntou com as pessoas erradas. Ele tinha planos. Seria o primeiro da minha família a ir para a faculdade.

O joelho da Sloane encostou com mais força na minha perna. Mantive meu braço no encosto da cadeira dela, mas deixei meus dedos roçarem suavemente seu ombro. Sentir o toque dela aqui fez com que eu me sentisse melhor, menos ansioso.

Mary Louise fez contato visual comigo.

— Ele era um bom garoto. De verdade.

— Bons garotos podem tomar decisões estúpidas — comentei. Sloane enrijeceu.

— Naquela época, eu tinha dois empregos. Não estava tão presente como deveria. Acabei não percebendo os sinais. Ele começou a experimentar. Nada muito radical. Mas o "amigo" dele contou ao Allen que tinha um jeito de conseguirem um dinheirinho. E o Allen, sendo o Allen, sabia que estávamos passando por tempos difíceis e achou que assim poderia ajudar a família. Pegaram meu carro no estacionamento enquanto eu estava trabalhando no turno da noite para se encontrarem com um traficante.

Ela entrelaçou os dedos e os apoiou na mesa.

— Fui parada na rodovia, entre o trabalho e a minha casa. Uma das luzes do farol estava queimada. Mas acontece que os dois haviam deixado as drogas no meu carro, achando que era mais seguro. Nem passava pela minha cabeça que estava dirigindo com uns dois quilos de maconha no banco de trás do carro. Só descobri o que era "baseado" quando cheguei aqui. Aprendi muitas coisas desde então.

Não havia culpa nem maldade em sua voz. Ela estava apenas apresentando fatos.

— Mudou sua declaração quando descobriu que as drogas eram do seu filho, não foi? — supôs Sloane.

Mary Louise assentiu.

— Ele tinha um futuro brilhante pela frente. Eu não ia deixar que um erro estragasse tudo.

Senti um aperto no peito. O sacrifício que essa mulher tinha feito de coração pelo filho era inimaginável. Pelo menos na minha família.

— Tive um defensor público. A promotora me ofereceu um acordo. Se me declarasse culpada, sua proposta seria de um ano de sentença, com a possibilidade de liberdade condicional antecipada. Era pra eu ficar seis meses, no máximo. Seis meses e depois estaria em casa. Eu veria a formatura do meu filho no ensino médio. Eu o mandaria para a faculdade.

— O que aconteceu com o acordo? — perguntou Sloane, inclinando-se para frente.

Mary Louise deu de ombros.

— A promotora fez a proposta. Mas, por algum motivo, o juiz não gostou do acordo. Ele disse que as drogas vinham se infiltrando em sua comunidade há muito tempo e que era hora de mostrar o que aconteceria com criminosos como eu.

Sloane fez uma careta de desconforto.

Minha mão livre se fechou em punho no colo. Eu também sabia o que era estar à mercê de um sistema de justiça corrompido.

Mary Louise levantou as palmas das mãos.

— Então, aqui estou, no décimo primeiro ano de uma pena de vinte anos. Mas acordo todos os dias cheia de gratidão por ser eu aqui, e não meu filho.

O calor nesta sala estava insuportável. Minha gravata estava apertada demais. Eu precisava de ar.

— Lamento muito que tenha passado por isso — falou Sloane.

— Sabe dizer se as drogas ou os pacotes tinham impressões digitais? — perguntei.

Ela negou com a cabeça.

— Tenho certeza de que não. Poucos dias se passaram, da minha prisão até a mudança da minha declaração. Tenho minhas dúvidas se alguma prova foi analisada. Meu segundo defensor público recomendou recorrer. Ele acreditava que poderíamos provar minha inocência sem envolver meu filho. Ele estava examinando minuciosamente o caso, preparando-se para entrar com uma petição. Aí ele arrumou um emprego na empresa da sogra e se mudou para Nova York — disse ela com cansaço na voz. — Já estou no quarto defensor público, e ela está tão sobrecarregada que leva uma semana para me ligar de volta.

— Isso é tão injusto. Mas você não parece guardar nenhum ressentimento — disse Sloane, dirigindo-me um olhar tenso.

Ela estava prestes a prometer mundos e fundos a essa mulher. Tirei meu braço do encosto da cadeira e apertei a perna dela debaixo da mesa.

— Ressentimento é um desperdício de energia. Tudo que posso fazer é tirar o melhor dessa situação.

— Pelo visto, você andou ocupada — falei, abrindo o arquivo que levei.

Suas sobrancelhas se arquearam.

— É um dossiê sobre mim?

— Onde você... esquece — disse Sloane antes de se virar de volta para Mary Louise.

— O que você tem feito desde que foi sentenciada?

— Consegui um diploma na área de administração e outro em escrita criativa.

— Você criou um programa de escrita criativa para detentos — acrescentei.

Ela deu um sorriso irônico.

— Sim. Mas foi mais para mim do que qualquer outra coisa. Gosto de falar sobre escrita, e aqui tenho uma plateia cativada.

— Seu filho. Agora ele está cursando direito?

Um sorriso lento e orgulhoso se espalhou por seu rosto, fazendo-a parecer mais jovem, mais leve.

— É o último ano dele na Universidade de Georgetown. Ele diz que, assim que se formar, vai dar um jeito de me tirar daqui.

— PRECISAMOS AJUDÁ-LA — disse Sloane à medida que saíamos da prisão.

Senti um calafrio involuntário percorrer minha coluna quando a porta pesada fechou atrás de nós. Se não fosse pelo pai da Sloane, esse poderia ter sido o meu destino. Ajustei o colarinho do meu casaco e inspirei fundo o vento gelado do inverno.

Pude voltar a respirar. Era uma sensação milagrosa.

Sloane ficou com as bochechas coradas de empolgação.

— Quero dizer, é claro que isso vai demandar muito tempo e disposição...

— E dinheiro — acrescentei. Eu poderia oferecer isso. Mas ela não aceitaria. Não se soubesse que vinha de mim.

— E dinheiro — concordou. — Mas não podemos deixá-la presa. Não por proteger o filho. E com certeza não por mais uma década.

Seus olhos brilharam atrás dos óculos. Ela não ficava tão entusiasmada na minha presença desde que éramos adolescentes. Foi mais uma sensação aguda de perda.

— Acho que preciso conversar primeiro com a Naomi, a Lina e o Stef. Depois eu ligo para a Maeve. Vamos ter que arranjar um advogado. Um bom advogado.

Enquanto ela tagarelava, pensei no quanto a energia dela me lembrava a do Simon. Nada encantava tanto o Simon quanto um desafio em prol da justiça.

Pelo visto, filho de peixe, peixinho é.

Os Walton eram pessoas de bem. Eles não tinham a má índole que eu tinha.

— Seu pai ficaria... orgulhoso. — A palavra ficou presa na minha garganta, e tive que fazer um esforço para soltá-la. Foi o maior elogio em que consegui pensar.

Sloane interrompeu sua conversa animada e unilateral para me olhar boquiaberta.

— Obrigada — disse ela, enfim. Ela estreitou os olhos. — Você está bem?

— Estou ótimo — falei com impaciência.

— Não parece ótimo. Está com a cara pálida.

— Sempre pareço estar ótimo — insisti enquanto a conduzia pelo estacionamento.

Ela deu uma olhada rápida na direção do prédio que tínhamos acabado de deixar.

— Desculpa. Nem parei para pensar nisso, mas acho que estar em uma prisão, mesmo como visitante, pode ser difícil depois de...

— Só um advogado não vai ser suficiente — A compaixão que ouvi em sua voz me deixou desconfortável. — Vai ser preciso um time jurídico inteiro.

— Parece custar caro.

— A justiça não sai barata, Fadinha.

Ela projetou o queixo para frente.

— Vou dar um jeito — afirmou.

— Não tenho dúvida.

Quando chegamos ao Jeep, ela pegou as chaves do carro no bolso do casaco.

— Por acaso conheço alguns advogados especializados em apelações e comutações. Eu vou te passar alguns nomes. — Já contratei os serviços de um deles para tornar meu registro inacessível.

Ela franziu a testa e a ruguinha entre as sobrancelhas reapareceu.

— Valeu.

Pareceu um questionamento.

— Quê? — exigi saber.

— Você gostou dela, não foi? — instigou.

— Achei a história dela interessante.

Sloane jogou a cabeça para trás e deixou escapar um som que era uma mistura de gemido e rosnado.

— Será que pode, só desta vez, dizer o que está pensando. Não vou usar sua opinião contra você nem tentar te enganar para extorquir um milhão de dólares. Só quero saber o que você acha.

— Por quê? — Havia motivos para eu tomar cuidado com o que dizia. Os mesmos motivos pelos quais eu seguia a vida com uma expressão fechada.

Ela cruzou os braços.

— Porque você é um megalomaníaco rico que vive tramando com políticos o dia todo. Imagino que veja as coisas de uma maneira diferente de uma bibliotecária de cidade pequena.

— A história dela, se for verdadeira, é interessante. Mesmo que não seja totalmente verídica, a pena foi excessiva, e ela não fez nada para demonstrar ser uma criminosa perigosa enquanto a cumpria. Com a equipe certa, você deve conseguir reduzir bastante o tempo dela na prisão.

Sloane deu um sorrisinho de deboche.

— Olha aí. Não foi tão difícil, foi?

— Foi um tormento. — Uma dor de cabeça estava se formando na parte de trás da minha cabeça. Para mim, era difícil estar perto da prisão. Mesmo sendo livre para sair, eu não conseguia esquecer as lembranças de um adolescente fragilizado e traumatizado.

— Ela fez isso para proteger o filho quando ele era um adolescente idiota. Quer dizer, que pai ou mãe não faria isso por seu filho adolescente idiota? — Assim que as palavras saíram de sua boca, ela se encolheu. Mas não pediu desculpas. — Digo, que pai ou mãe responsável não faria de tudo para ...

Ela só estava piorando a situação, e sabia disso.

— Fecha a matraca, Sloane.

— Fechando — confirmou ela. Passaram-se quase cinco segundos inteiros antes que ela abrisse a boca de novo. — O que você faria em seguida se fosse eu? — perguntou, mexendo no botão do casaco.

— Eu falaria com o filho mais uma vez. — Isso a deixou mais animada. — *Acompanhada* dos seus parceiros de empreitada — acrescentei.

— *Claro* que acompanhada dos parceiros — disse ela, petulante.

Dei uma olhada rápida no meu relógio. Eu não tinha terminado a tempo de atender a ligação de Nova York. Eu torcia para que o Nolan não tivesse ferrado tudo. Se tudo tiver dado certo, eu tinha o resto da tarde livre.

— Está com fome? Quer tomar café? — perguntei.

Ela se empertigou.

— Merda! Que horas são?

— Quase três da tarde.

Ela destravou o carro.

— Droga! Vou me atrasar para o meu encontro.

— Seu encontro — repeti. Foi sem querer; as palavras simplesmente escaparam. Uma onda de irritação irracional as acompanhou.

— Aham — disse ela, virando-se para ver seu reflexo no espelho retrovisor. — Sabe como é. Se encontrar pra comer. Ter conversas desconfortáveis sobre o que queria ser quando crescesse e quais aperitivos mais gosta. Um encontro.

Ela tirou o elástico do cabelo e se inclinou, balançando o cabelo loiro com pontas prateadas.

— Com quem é esse encontro?

Sloane se virou, ficando de frente, parecendo menos uma bibliotecária inocente e mais uma mulher sensual com o cabelo todo bagunçado.

— Com um tal de Gary? Não, espera aí. Gary é outro dia. Com um tal de... — Ela abriu a porta do carro para pegar um batom no porta-copos. Ela tirou a tampa. — Massimo. — Ela passou o batom vermelho nos lábios com maestria.

— Massimo? — Parecia um cara com corrente de ouro no peito peludo e que usava óculos de sol dentro de casa. — Vai se encontrar sozinha com um estranho que conheceu pela internet? — A irritação estava dando lugar a um pânico crescente. Voltei a ficar com dificuldade para respirar.

— É como esses encontros meio que costumam ser — respondeu ela, apoiando-se no meu braço para tirar os tênis. As meias com estampa de gatos e livros foram as próximas.

Ela me soltou para colocar os calçados descartados no banco de trás e pegar outros. Desta vez roxos e com saltos agulha. Depois, veio o casaco, que ela jogou na minha direção. Eu o peguei, apesar da ansiedade que florescia como a porra de uma flor.

— Sério que nunca saiu com alguém que conheceu em um aplicativo de namoro? — perguntou.

— Tenho cara de alguém que usa esses aplicativos?

— Você tem cara de quem contrata acompanhantes de luxo para realizar suas fantasias lascivas.

— E *você* tem cara de quem...

Perdi o fio da meada quando ela tirou a blusa de gola alta por cima da cabeça. Ela vestia uma blusa de seda, com alças finas e rendadas, cujo decote realçava seus seios volumosos.

— Tenho cara de quê? — incitou ela, vestindo um cardigã verde-escuro de tricô grosso. Não havia botões, nada para cobrir seu decote que despertava fantasias.

— Quê? — repeti. Minha boca ficou seca, e minha dor de cabeça estava a mil agora.

— Você estava prestes a me insultar. Manda ver, grandalhão, antes que eu vá encontrar meu futuro marido.

Fechei os olhos. Os apelidos dela para mim nos últimos anos tinham sido somente Lúcifer e "Ei, seu babaca".

— Não é possível que esteja levando a sério essa busca urgente por um marido — comentei.

— Falou como um homem com todo o tempo do mundo para decidir quando quer formar uma família.

— Nunca vou formar uma família. — Culpei a fenda entre os seios dela pela minha confissão impulsiva.

Ela parou enquanto puxava a barra da regata.

— Sério?

— Essa não é a questão. Não é seguro se encontrar com um desconhecido. E se ele for um assediador?

Ela tirou os cabelos da gola do cardigã. Isso fez com que as curvas generosas dos seios quase transbordassem da gola da blusa.

O tal do Massimo ia dar uma conferida nela e fazer ou falar alguma besteira, e aí eu ia ter que acabar com a vida desse desgraçado.

— Fica tranquilo. As pessoas se encontram com desconhecidos da internet o tempo todo hoje em dia, e quase ninguém acaba sendo assassinado.

— Sloane — rosnei.

Ela sorriu para mim. Um sorriso feliz, presunçoso e completo. Jesus, com aquele sorriso e os seios, o Massimo das Muitas Correntes de Ouro ia achar que tinha ganhado na loteria.

— Vou ficar *bem*. Caramba, para alguém que não quer formar uma família, você está agindo como um pai preocupado.

— E se ele não gostar de ler?

— Então acho que vou ter que continuar procurando um marido por aí.

— Caralho! Estou falando sério, Sloane. Quais cuidados você está tendo? Onde é esse encontro? Quem sabe que vai estar lá?

Ela agarrou meu casaco pelas lapelas.

— Vê se você se acalma aí, Lúcifer! Vai ser em Lawlerville. Lina e Naomi estão rastreando meu celular por um aplicativo. Mandei prints do perfil dele e da nossa conversa. Vou mandar uma foto dele quando chegar e enviar mensagens para comprovar que está tudo bem a cada trinta minutos. Se as coisas desandarem, o Stef vai me ligar fingindo uma emergência após terem se passado quarenta e cinco minutos do encontro, porque eu consigo lidar com quase qualquer coisa por quarenta e cinco minutos, não acha? Caso tudo dê *muito* errado, eu tenho spray de pimenta e um calhamaço pesadão na minha bolsa. Será que está bom, Gostosão de Terno?

— Isso... até que está bem-planejado — admiti quando ela me soltou.

— Ótimo. Agora me diga, como eu estou? — Ela abriu bem os braços.

Ela estava linda. Divertida, cheia de energia, inteligente, fofa e engraçada. Caralho, ela estava simplesmente incrível. Eu odiava o desgraçado do Massimo.

Ela revirou os olhos.

— Deixa pra lá. Esqueci com quem estava falando.

— Gostosão de Terno? — As palavras dela finalmente penetraram minha mente confusa.

DEZESSEIS

SOPA CROCANTE E ENCONTROS RUINS

Sloane

Massimo era um impostor. Em vez do cara alto e de óculos, entusiasta da culinária gourmet e aficionado por autores de suspense famosos, eu estava sentada à mesa de frente para um homem baixinho de um metro e sessenta e quatro, que acabara de pedir macarrão na manteiga porque molho marinara era "nojento".

— Minha mãe faz o melhor macarrão na manteiga. Então, se quiser se dar bem com isso aqui — disse ele, gesticulando para seu suéter, que parecia ter sido desfiado por um aparador de grama —, melhor aprender a derreter a manteiga do jeito certo.

Meu Deus. O que eu tinha feito para merecer esse karma? Tudo que eu queria era conhecer um cara bacana e atraente, ter filhos e tirar uma mulher da prisão. Era pedir demais? Pelo menos o restaurante era bom. Era uma mistura de café, restaurante italiano e bar de vinhos, com toalhas de mesa quadriculadas e aquele cheirinho reconfortante de alho e café expresso. Se eu não tivesse que voltar dirigindo até Knockemout, teria pedido a maior taça de *pinot grigio* que tivessem.

— Hã, tá — falei. — Então, você disse que é fã do Grisham. Já leu o último lançamento dele?

— Quem?

— Grisham. John Grisham — incentivei.

Ele estava me encarando com olhos vermelhos semicerrados.

— O escritor famoso de suspense jurídico. Você disse que *Tempo de Matar* estava entre os seus favoritos.

— Ahhhh! — disse ele um pouco alto demais. — Na verdade, foi a minha mãe que disse. Eu não gosto muito de, tipo... sabe como é. Conversar? Aí ela escreve todas as minhas mensagens e e-mails. Tem vezes que até finge ser eu ao celular.

— Ainda não te conheço bem o bastante pra saber se está me zoando — comentei.

Ele acenou os braços para o garçom.

— Ei, patrão! Sei que a gente, tipo assim, acabou de pedir comida, mas estou morrendo de fome. Tem como ver pra gente, tipo assim, duas cestas de pães? Ah, e uns cogumelos fritos. E quer saber? Inclui aí uma sopinha. Mas não, tipo assim, toda pastosa. Eu prefiro sopa crocante.

O olhar do garçom se voltou para mim.

— Nos conhecemos pela internet — expliquei.

— Faz sentido — falou para mim, depois voltou a olhar para o Massimo. — Já volto com os pães, os cogumelos e a sopa crocante.

— Firmeza, parceiro. Valeu!

O garçom se afastou e eu fiquei sozinha com o bebezinho da mamãe que estava morrendo de fome e com os olhos avermelhados.

— Você tá chapado? — questionei.

— Sabe como é, né? Vinte e quatro horas por dia, princesa. Curtindo a vida sem medo. De boa com a marola. Dando uma agitada no sábado.

— É quarta-feira. — Eu queria me levantar e dar o fora, mas tinha sérias preocupações quanto ao que ele poderia fazer a si mesmo e aos outros sem a supervisão de um adulto.

— Sem estresse, princesa. Tanto faz que dia é hoje porque você é muito maneira e meu macarrão na manteiga tá vindo aí. — Ele colocou a mão na bolsa estilo carteiro e tirou um brownie pela metade. — Quer rachar o restante dessa delicinha?

— Não, não quero. Você veio de carro? Se sim, lembra de ter atingido algum objeto em formato de pessoa?

A risadinha dele foi tão fina que quase não ouvi o celular vibrando na minha bolsa. Eu me joguei na direção do aparelho, grata pelo Stef ter me ligado mais cedo com sua falsa emergência.

Mas não era uma ligação do Stef. Era uma mensagem. Do Lucian.

Lucian: Massimo é o cara certo pra casar?

Massimo apoiou o queixo nas mãos.

— Ei, escuta só. Eu, tipo assim, esqueci minha carteira, e minha mãe cortou minha mesada essa semana porque incendiei o porão sem querer. Não se importa de pagar a conta, né? Ah, e preciso que me dê carona pra casa.

Em circunstâncias normais, eu nem consideraria responder à mensagem do Lucian, quanto mais deixar o sujeito meter o bedelho na minha vida pessoal. Só que se tratava de uma emergência.

Eu: Não é o cara certo nem pra ir à esquina. Estou cogitando provocar um incêndio no banheiro das mulheres e sair correndo. Não vou aguentar até a emergência falsa do Stef.

Lucian: Onde você está?

Senti meu coração disparar.

Eu: Na Vino Italiano. Por quê?

Lucian: Fique aí.

Fique aí? Ele queria que eu ficasse aqui com o Massimo, o caloteiro?

Levantei a vista do celular.

— Seu nome é mesmo Massimo?

Ele deu outra gargalhada.

— Não, é Eugene. Pode me chamar de Euge. Tá ligada? Precisa fazer biquinho que nem "chuchu". Minha mãe achou que eu pegaria mais garotas com o nome Massimo.

— Sua sopa crocante, senhor — anunciou o garçom, colocando uma tigela de sopa com, pelo menos, nove pacotes de bolachas salgadas esfareladas.

— Brabo demais, cara. Vou garantir que essa gatinha com o decote maneiro deixe uma bela gorjeta. Qual é o seu nome mesmo? — perguntou a mim. — S Loan?

— Ai, meu Deus. Já deu, chega — falei, jogando o guardanapo na mesa.

— Se for dar um soco nele, pode tentar não sujar a toalha de mesa com sangue? — pediu o garçom. — O casal que esteve aqui antes também estava em um encontro às cegas, e ela derramou uma garrafa inteira de vinho na cabeça dele. Não tenho mais toalhas de mesa limpas.

A sineta da porta tocou e Lucian Rollins entrou, tão lindo quanto estava quando o deixei há menos de uma hora.

Todas as mulheres no local, até mesmo o casal lésbico e as convidadas do aniversário de 92 anos no canto, pararam o que estavam fazendo e o encararam.

Também fiquei hipnotizada por ele à medida que se aproximava. Seus olhos eram como fogo prateado. A boca estava comprimida naquela expressão cruel e determinada que fazia as mulheres disputarem para arrancar um sorriso seu. O paletó de hoje era cinza-carvão e esvoaçava atrás dele como uma capa de super-herói. A calça era um cinza mais claro e vestia muito bem na parte da virilha. Eu não tinha reparado *nisso* na prisão.

— Meu, esses caras fazem uma sopa crocante muito boa — elogiou Euge com a boca cheia de bolachas salgadas.

— Hã? — falei, sem me dar ao trabalho de desviar os olhos de Lucian.

— Sloane — cumprimentou-me ele com aquela voz grave e rouca.

— Oi.

Euge virou o rosto e se viu frente a frente com a virilha do Lucian.

— Suas calças parecem ser bem caras — anunciou Euge alto o bastante para todo o restaurante ouvir.

Lucian me lançou um sorrisinho debochado.

— Nem me venha com esse sorrisinho. Fiquei sabendo que a mãe dele que criou o perfil.

— Mano, estou meio ocupado aqui com a Bicudinha. A gente está se entendendo.

— Bicudinha? — repetiu Lucian.

— Ele está falando do peito dela — explicou o garçom, solícito.

Lucian revirou os olhos e cerrou os dentes. Ele estendeu a mão e agarrou Euge pela gola, tirando-o da cadeira.

— Cuidado pra não sujar a toalha de mesa com sangue — avisei.

— A gente só vai dar uma voltinha — prometeu Lucian. Ele olhou para mim. — Fique aqui.

Com as bochechas ardendo, eu o observei levar Euge para fora como se fosse um boneco. Os demais clientes acompanharam com o olhar, vidrados. Eu estava cogitando mandar uma mensagem de texto para a Lina e a Naomi quando a mulher da mesa ao lado se inclinou em minha direção.

— Menina, não faço a menor ideia do que está rolando, mas sou enfermeira e, se você não sair com o Alto, Moreno e da Calça Apertada na Virilha, vou ter que te examinar pra ver se tem algum trauma na cabeça.

O homem ao lado dela assentiu.

— Sou o marido dela, e até eu acho o Cara do Terno um gostosão.

— Registrado — falei.

Pouco depois, Lucian retornou sozinho, parecendo moderadamente alegre.

Ele arrastou a cadeira do Euge e se sentou.

Mordi meu lábio.

— Amassou ele e o jogou na sarjeta?

— Acertei com o meu motorista para levar o seu paquera pra casa com o meu carro.

Cobri o rosto com as mãos e gemi.

— Tomei a liberdade de cancelar o macarrão do senhor que estava chapado e trouxe isso para o senhor — disse o garçom.

Abaixei as mãos e o vi entregar o cardápio e uma garrafa de vinho ao Lucian.

Ele agradeceu e o homem se apressou em sair, claramente feliz por não ter rolado derramamento de sangue.

— Foi o pior primeiro encontro da história — falei.

— Você ficaria espantada — disse Lucian.

— Ah, deixa disso. Você não vai a encontros. Você pega um cardápio de garotas-troféu para caras ricos e escolhe. Isso aqui é outra história. É humilhante e uma perda de tempo total.

— E você esperava o quê? — perguntou, parecendo achar graça. — Aliás, onde consigo um cardápio de garotas-troféu para caras ricos?

— Não seja engraçado ou bonzinho. Não quero que fique com dó de mim.

— Não estou com dó de você, Fadinha. Estou me divertindo à beça com a sua desgraça.

— Pois está fazendo de forma muito boazinha. Seja mais cruel.

— Tá bem. Você devia ter ido embora trinta segundos após ter conhecido ele. Onde estava com a cabeça?

— Eu estava tentando dar o benefício da dúvida... e estava morrendo de fome.

— Olha que coincidência. Eu também estou.

— Não está pensando em almoçar comigo, né? — questionei.

Ele fechou o cardápio.

— Estou, sim. Mas pode ficar tranquila, não é a companhia que me interessa. É o frango *piccata*.

O garçom voltou com duas taças e, enquanto nos servia vinho, Lucian fez seu pedido.

Peguei minha taça e me recostei na cadeira.

— Não acredito que vou dizer isso, mas obrigada por me socorrer hoje... duas vezes.

Ele arqueou uma sobrancelha.

— Impressionante. Conseguiu dizer isso sem fazer cara feia.

— Eu estava fazendo por dentro.

Lucian Rollins estava flertando comigo? Ou só estava sendo humano e agindo de um jeito tão diferente daquela postura fria e diabólica que até mesmo o gesto mais inocente parecia carregado de tensão sexual?

— Sendo assim, não há de quê — disse ele.

Inclinei minha taça na sua direção, em um brinde. Ele fez o mesmo.

— Tá. Chega de sermos legais um com o outro. Isso me dá arrepios — falei com um estremecimento.

Lucian riu baixinho e quase derrubei a taça. Claramente eu tinha entrado em uma realidade alternativa, como no livro *Minha Querida Sputnik* de Haruki Murakami. Será que estávamos em um mundo novo em que Lucian Rollins e eu nos dávamos bem?

— Concordo — disse ele.

— Então, em relação à Mary Louise. Se eu conversar com o filho dela e a história dela bater, qual seria o próximo passo... hipoteticamente? — perguntei.

— Você teria que contratar um advogado com experiência em casos como esse. Alguém que, além de ter disponibilidade pra se dedicar, tenha também um bom relacionamento tanto com os juízes quanto com os juristas. Seria necessário montar uma equipe de associados, assistentes jurídicos e estagiários.

— Você está dizendo que tenho que ter uma equipe de unicórnios.

— E não se esqueça do dinheiro. Entrar com recurso é caro.

— Temos uma boa poupança — eu me gabei.

— Se não for uma poupança de sete dígitos, eu não teria tanta certeza.

Engasguei-me com o vinho, por pouco não cuspindo.

— Um milhão de dólares?

— Dependendo do tempo que levar o processo, pode ser mais.

— Tá de sacanagem?

Os olhos dele se fixaram nos meus.

— Nunca brinco quando o assunto é dinheiro.

— Merda. — Coloquei o vinho na mesa e peguei a água. — Merda.

— Posso considerar a possibilidade de...

— Não! — falei.

— É uma concussão, certeza — cochichou alto a mulher na mesa ao lado, falando com o marido.

— Ele é bonito e, ao mesmo tempo, charmoso— cochichou o marido em resposta.

— Por que está recusando um dinheiro dado de bom grado, Sloane?

Porque era dele. Porque ele me magoou. Porque eu o magoei. Porque, da última vez que nossas vidas se entrelaçaram, nenhum de nós conseguiu se recuperar completamente.

— Porque não é não. — Pena que o Massimo acabou revelando-se um grande impostor chapado, já que eu estava prontíssima para ser mãe.

— Continua sendo teimosa à toa, pelo visto — disse ele.

— Acredito que já provamos em várias ocasiões que não conseguimos trabalhar em conjunto.

— Isso não te impede de usar meu dinheiro para uma boa causa.

— Impede, sim — afirmei. — Não confiamos o bastante um no outro pra envolver dinheiro.

— E a culpa é de quem? — perguntou ele em voz baixa.

— Acho que nós dois tivemos nossa parcela nisso.

Nossas refeições foram servidas e ficamos encarando os pratos à nossa frente.

Lucian soltou um suspiro pesado.

— Vamos deixar essa discussão pra outra hora. É raro eu ter uma tarde de quarta-feira livre, e prefiro aproveitar.

Peguei o garfo.

— Metade da Costa Leste já não é sua? Precisa de quanto dinheiro pra poder se dar ao luxo de tirar algumas tardes de folga?

— Está sendo muito crítica para alguém que topou sair com um cara chamado Euge.

— Urgh. A Naomi e a Lina vão se divertir horrores com isso — resmunguei. Embora fosse difícil ficar de mau humor com um prato cheio de ravióli.

— Pra que servem os amigos, senão para rir da nossa cara quando estamos no fundo do poço? — filosofou.

— Não é isso. Bom, não é *só* isso. É que elas ficam se achando com seus "felizes para sempre".

— Knox e Nash também — concordou Lucian. — Isso me tira do sério.

— Quando encontrar o meu futuro marido, vou ter um pouco de dignidade. Não vou ser pega aos beijos em público. E com certeza não vou ficar esfregando as maravilhas da monogamia na cara das minhas amigas solteiras — falei, devorando a primeira garfada de ravióli macio e recheado de queijo.

Pensando bem, quase todas as minhas amigas estavam em relacionamentos sérios. Fiz careta e mastiguei. Quando diabos isso aconteceu? A interminável sequência de chás de panela, casamentos e chás de bebê tinha pontuado os últimos anos da minha carreira rumo à dominação bibliotecária.

— Fiquei de me encontrar com o Knox no Honky Tonk há duas semanas. Cheguei lá mais cedo e dei de cara com os pombinhos recém-casados saindo da caminhonete vestindo só metade das roupas — comentou Lucian enquanto partia um pedaço de pão ao meio.

Abafei minha risada com o guardanapo.

— Eu estava em uma loja e fiz uma chamada de vídeo para perguntar o que a Lina achava de uma jaqueta. Ela atendeu o celular *no chuveiro*. Acabei vendo o Nash Junior ao fundo.

Lucian balançou a cabeça.

— Pra referência futura, quando estiver em um encontro, evite falar do pênis de outros homens.

Soltei uma risada engasgada.

— Caramba! O Lucian da Quarta-Feira à Tarde quase poderia se passar por humano.

Ele abriu um sorriso leve.

— Se sair espalhando por aí, vou morrer negando.

— Seu segredo está seguro comigo — garanti.

Minha afirmação teve o efeito de um disco arranhando. Lucian ficou imóvel, seus olhos perfurando os meus, me dizendo o que eu já sabia.

Ele *tinha* depositado sua confiança em mim. Antes. Assim como eu tinha confiado nele. Nenhum de nós pretendia repetir o mesmo erro.

Pigarreei e me concentrei no meu prato.

Lucian cortou um pedaço macio de frango com precisão cirúrgica.

— Por que está tão empenhada em arranjar um marido? Por que agora?

— Será que não podemos só falar do clima ou algo do gênero? — pedi.

— Está frio — retrucou. — Por que está caçando um marido como se fosse um esporte?

— Porque passei tanto tempo focada na minha carreira que agora estou surtando com o pouco tempo que tenho pra formar uma família.

— E precisa de uma família porque...?

Normalmente, eu não veria problema em chamá-lo de monstro robô insensível com uma carteira no lugar do coração. No entanto, eu estava perfeitamente ciente de que tínhamos crescido em lares bem distintos. Ele não estava perguntando para dar uma de babaca — bom, não *só* para dar uma de babaca. O homem à minha frente realmente não entendia o propósito de uma família.

— Porque sempre quis ter uma. Sempre imaginei que teria uma. Quero o que meus pais tiveram. Quero dar netos à minha mãe, que ficarão tão empolgados para vê-la que vão colar seus rostinhos grudentos nas janelas só pra ver se o carro dela chegou. Quero ter um lar cheio.

Ele fez careta e tomou um gole de vinho.

— Que horror.

— Qual parte?

— Sobretudo a parte dos rostos grudentos. Mas também sobre ter um lar cheio. — Ele estremeceu.

Não consegui conter um sorriso.

— Não é pra todo mundo, com certeza. Mas sou do Time do Rosto Grudento. Curto demais ficar com a Chloe e a Waylay e acompanhar elas ficarem um pouco mais contidas e hormonais.

Comemos em silêncio por alguns instantes, o que me deu bastante tempo para meus pensamentos se descontrolarem. Eu não conseguia acreditar que estava almoçando com Lucian Rollins. Ele fazia comer parecer sexy. Ninguém no mundo real era capaz de fazer isso. Todo mundo fazia papel de idiota tentando enfiar comida na boca. Exceto o Lucian. O jeito como segurava o garfo e a faca. O jeito como nunca parecia ficar com comida presa entre os dentes. O jeito como seus lábios se abriam apenas o necessário para o garfo passar entre eles...

— Sabe, não é tarde demais pra você — comentei, interrompendo meu devaneio idiota. — Ainda pode formar uma família.

— Ou posso continuar fazendo as coisas do mesmo jeito de sempre.

— E que jeito é esse? — perguntei, usando a língua para tirar um pedaço de salsa dos dentes.

— Fazendo o que quero, quando quero.

— Está parecendo uma criançona — salientei.

— Pelo menos não me visto como uma adolescente que compra em brechós — provocou.

Antes que pudesse me sentir ofendida e dizer que ele me insultou, ouvi um leve zumbido.

Ele tirou o celular do paletó e franziu a testa para a tela.

— Só um instante — disse como se eu fosse alguma parceira de negócios com quem precisa ser educado. — Quê? — atendeu.

Eu não gostava quando as pessoas não se davam ao trabalho de cumprimentar. Qual a dificuldade em dizer "Oi" ou "Alô"? Ou "Celular do Lúcifer, Satanás falando"? Meu pai costumava atender todas as ligações do telefone residencial com um animado "Salve, salve?".

Lucian franziu mais o cenho.

— Entendo. Quando?

Coitada da pessoa que estava falando com ele, porque seja lá o que estivesse dizendo, não estava agradando-o. Ele tinha o semblante de alguém que acabara de vencer o Campeonato Mundial de Olhares Enfurecidos e estava chateado com isso.

— Onde? — Seu tom era ríspido. Ele olhou por cima da minha cabeça, fixando o olhar em algum ponto desconhecido, ainda franzindo a testa. — Está bem. Me mantenha informado.

Desligou, ainda com cara de poucos amigos.

— Algum problema? — perguntei.

— Pode-se dizer que sim. — Ele voltou a pegar os talheres. Desta vez, cortou o pedaço de frango com fúria controlada.

— Deixa eu adivinhar. A namorada-troféu que solicitou não está disponível?

— Quase. O sujeito que vendeu a lista de policiais ao Duncan Hugo foi achado morto.

Meu garfo caiu no prato fazendo barulho.

— O que aconteceu? Quem era?

— Um criminoso contratado de baixo escalão. O corpo dele foi jogado no rio Potomac. Levou dois tiros na cabeça.

— Por que te ligaram para informar? — questionei, sentindo o sangue gelar.

— Porque alguém mandou matar meu amigo. — Sua voz estava mais fria que as calotas polares antes do aquecimento global.

— Duncan Hugo está preso, e Tate Dilton morreu — lembrei-o.

— Anthony Hugo é o cara por trás daquela lista, e ele ainda está por aí tocando o negócio dele.

— Lucian, você não pode simplesmente decidir bater de frente com um chefão do crime, ou seja lá qual for o termo apropriado.

— Por sorte, sou perfeitamente apto a fazer isso — respondeu, pegando o vinho.

— O FBI está o investigando. Não precisa se colocar em risco.

— Está quase parecendo que se importa, Fadinha.

— Lucian, estou falando sério.

— Eu também.

— O que você pode fazer que o FBI não pode? — perguntei.

— Pra começar, posso agilizar as coisas. Minha equipe não está sobrecarregada e com falta de pessoal. Nós temos as habilidades necessárias pra encontrar a pista que levará o FBI na direção certa. — Ele me encarou com os olhos semicerrados. — Já me arrependo de ter contado isso.

— O que Anthony Hugo vai fazer quando descobrir que você está ajudando o FBI a montar um caso contra ele?

— Vai ficar irritado?

— Nem venha bancar o durão comigo. Esse cara é perigoso. Tem uma série documental em três partes sobre ele no YouTube que nunca foi finalizada porque os donos do canal *morreram em um incêndio misterioso.*

— Sou perfeitamente capaz de me proteger — insistiu.

Mas houve uma época em que isso não era verdade. Quando ele estava ocupado demais protegendo os outros para se preocupar consigo mesmo. Velhos hábitos eram difíceis de abandonar, especialmente quando a pessoa era um pentelho teimoso.

— Dizem que a organização dele está diretamente ligada a um cartel de drogas sul-americano, e o braço direito dele está cumprindo pena de prisão perpétua por assassinar brutalmente uma testemunha federal e a *família dela.* — Minha voz estava ficando mais aguda a cada sílaba.

— Parece que alguém andou pesquisando bastante — disse ele, sem demonstrar preocupação alguma.

— Lógico que sim. Nash é meu amigo, e o Anthony Hugo ainda está à solta.

— Então você entende por que estou agindo assim.

— Mas e se ele resolver vir atrás de *você*? — insisti.

Ele me encarou, com os olhos sem emoção e frios.

— Estarei preparado.

Se fôssemos amigos, eu o confrontaria. Faria com que ouvisse a razão. Mas não éramos. Não havia nada que eu pudesse fazer para ele levar minha opinião a sério. Nada que eu pudesse fazer para mudar sua opinião.

De repente, perdi o apetite.

— Imagino que não esteja disposto a falar sobre as precauções que está tomando — incitei.

— Imaginou certo.

— Ele vai atrás do Nash de novo?

Lucian suspirou e deixou os talheres de lado.

— Não vim aqui pra discutir isso.

— Ah, azar o seu. Porque você está aqui e a gente vai discutir isso, *sim*.

— Tudo indica que o Hugo está focado nos negócios como de praxe.

— Isso não é um não.

— Estou de olho nele. O FBI está de olho nele. Provavelmente os inimigos também estão de olho para ver se saem ganhando alguma coisa. Seria uma tremenda burrice decidir agir agora. E o Anthony Hugo pode ser muitas coisas, mas burro ele não é. Nash, Lina, Naomi e Waylay estão seguros.

Cruzei os braços.

— Estão seguros porque Nash e Knox estão tomando precauções que nós não sabemos? — Naomi e Lina não gostariam nadinha quando eu lhes contasse. Claro, para contar, eu teria que também confessar o pior primeiro encontro de toda a minha vida.

Lucian arqueou uma sobrancelha.

— Não sei por que insisto em pedir que confie que vou dar um jeito nisso. Você nunca fez nada que pedi antes.

Ele estava me provocando, tentando me distrair. Tentando me desviar das minhas perguntas diretas com um afago na cabeça e um "olha lá, o que é aquilo?" para tirar a atenção.

— Simplesmente não entendo o que você pode fazer que uma força policial não pode.

— Eu tenho orçamento, recursos e tecnologia que o governo adoraria ter. Estou apenas dividindo alguns dos meus brinquedos. A propósito — disse ele, passando manteiga no pão —, você vai ter que me dar carona pra casa, já que emprestei meu carro e meu motorista para o seu paquera.

— Você trouxe a carteira pelo menos, né? — questionei, voltando a pegar o garfo.

DEZESSETE
PERTO DEMAIS PARA O MEU GOSTO

Lucian

Duncan Hugo estava visivelmente mais abatido desde a última vez que o vi, quando estava sendo conduzido algemado para uma viatura policial. O cabelo que tingia de um tom castanho terroso estava com uns três dedos da raiz ruiva natural aparecendo. Ele tinha perdido peso, e a curvatura dos ombros indicava que o tempo na prisão havia diminuído sua arrogância. As olheiras escuras sob seus olhos quase fizeram valer a pena o fato de que esta era minha segunda visita à prisão em dois dias.

Notei que este presídio estava em um estado melhor que o de ontem. Ele não ganharia nenhum prêmio de design, mas os móveis não estavam se desfazendo, a tinta não continha chumbo e um perfume suave de produto de limpeza industrial pairava por todo o edifício. Ainda assim, o lugar me dava arrepios e a gravata parecia sufocar minha garganta.

Eu me concentrei no Nolan, que estava encostado na parede, com as mãos nos bolsos.

Meu negócio não tinha sido arruinado por ele ontem, então quando insistiu em se juntar a mim nesta pequena excursão, eu não rejeitei a oferta.

Fiquei de frente para o Duncan, à mesa na sala de entrevistas que o FBI tinha providenciado.

Enquanto o observava, ocorreu-me que poderia ser eu. Se não fosse pelos Walton, poderia muito bem ser eu do outro lado da mesa.

Duncan não teve um Simon, nem uma Karen ou Sloane. Ele teve um pai como o meu. Era por isso que eu estava aqui.

— Eu falei que queria conversar com agentes federais, não com um idiota esnobe de terno — disse Duncan, jogando-se na cadeira como uma criança de 6 anos prestes a fazer birra. Seu macacão laranja folgado ressaltava o ruivo de seus cabelos e a barba desgrenhada.

— Já fui agente federal. Conta? — perguntou Nolan.

— Eu não atirei em você? — perguntou Duncan.

— Você errou o alvo, imbecil. Seu comparsa Dilton deu sorte.

Duncan grunhiu.

— Não sei o que era pior. A mira ou a personalidade dele.

Pigarreei.

— Sabe com quem está falando? — perguntei ao Duncan.

Ele franziu os lábios, mas fez que sim com a cabeça.

— Sei muito bem quem você é, porra.

— Então acho que dá pra ligar os pontos a partir daí. Você já prestou depoimento várias vezes para os federais. E segue sendo completamente inútil.

— Daí mandam Lucian Rollins aqui pra quê? Arrebentar as porras dos meus joelhos? — Ele pegou um dos cigarros na mesa e o acendeu.

Ver os lábios finos do Duncan envolverem o filtro foi o suficiente para me fazer considerar não fumar o cigarro de hoje.

— Vim sondar o vão entre essas suas orelhas pra ver se acho algo que preste escondido.

— O que mais vocês querem, seus otários? Falei quais eram os locais de entrega. Entreguei nomes. A culpa não é minha se vocês não estão fazendo merda nenhuma a respeito.

— As informações que você deu foram bem superficiais. Que qualquer zé ruela saberia. Parece até que está escondendo algo ou que seu pai não confiava em você.

Duncan tirou o cigarro da boca. Notei uma contração em sua mandíbula.

— Que te importa, porra? Vou ficar preso nessa bosta por um tempão.

— Felix Metzer — falei.

— Já falei pra aquela vadia do FBI que foi dele que comprei a lista.

— Ela contou que retiraram o corpo dele do rio Potomac ontem? Os dois buracos na cabeça dele deixam claro que não foi um acidente de barco.

Ele ergueu as palmas das mãos.

— Ei, cara. Nem vem. Eu estava aqui.

Encostado na parede, Nolan revirou os olhos e balançou a cabeça.

— Foi queima de arquivo. Estou curioso pra saber quem foi o mandante — comentei.

— Felix estava metido em tudo que é vagabundagem. O que te faz achar que a morte dele tem algo a ver comigo?

— Ele foi visto pela última vez um dia antes de você ser preso por tentar matar meus amigos.

— Olha, cara. Não foi nada contra você.

— Você nem teve colhões de atirar na primeira vez.

Duncan bufou com desdém.

— Chama-se delegar. Chefes não fazem o trabalho sujo.

— Fazem, sim, se quiserem *merecer* serem chamados disso. — Eu sujei as mãos enquanto subia na carreira. Foi assim que conquistei o respeito e o medo dos outros.

Ele cruzou os braços na frente do peito.

— Esse papo foi bem legal e tal, mas já estou de saco cheio.

— O que mais você tem pra fazer? Entrar e ficar encarando quatro paredes?

— Melhor do que ter que aturar essa baboseira.

— Se eu fosse você, colocaria o tico e teco para funcionar nessa sua cabeça burra e prestaria bastante atenção — avisou Nolan.

— Seu pai não te vê como uma ameaça — falei para o Duncan. — Talvez seja hora de você fazer ele repensar. Mostrar quem você é e que ainda representa um perigo.

Duncan passou a mão pelo cabelo.

— Olha, cara, já tentei. Eu perdi. Ele ganhou. É sempre assim.

Será que todos nós carregávamos essa ferida de nossas figuras paternas? Será que todo filho precisava desafiar o pai para se tornar homem? Sempre tinha um ganhador e um perdedor, ou havia um rito de passagem diferente, um caminho diferente para alcançar o respeito?

— Ainda é possível mudar isso — falei.

— Ele não me contava merda nenhuma, tá legal? Ele me via como um incompetente. Um fracassado. — Duncan apagou o cigarro no cinzeiro.

— Então decidiu provar a ele do que era capaz — incitei.

— Sim, aí também dei bola fora nisso.

Essa ladainha de "pobre de mim, sou um criminoso derrotado" me irritou pra valer.

— Sabe que se não colaborar com os federais, eles vão te transferir pra uma penitenciária federal, né? Daquelas em que você passa 23 horas por dia na cela.

Notei o movimento inquieto dos seus olhos.

— Falaram pra onde? — perguntou, tentando e não conseguindo parecer desinteressado.

— Ouvi falar que pra Lucrum. É segurança máxima. Faz este lugar parecer uma creche. Já vi a outra unidade daquela penitenciária. Não era nada agradável.

Os pés da cadeira de Duncan bateram no chão.

— Não posso ir para lá.

— Você não terá opção — salientei.

— Não posso parar na Lucrum. Não vou durar nem um dia, porra.

— Devia ter pensado nisso antes de tentar matar um policial, sequestrar uma civil e se mostrar uma completa perda de tempo para o FBI.

— Você não entende. Ele tem pessoas infiltradas lá. Nenhum inimigo da porra do Anthony Hugo sobrevive uma semana naquele buraco infernal — insistiu ele.

Eu me inclinei para frente.

— Então me fale alguma coisa relevante. Conte o que sabe sobre o Felix. Por que seu pai o contratou pra fazer a lista?

Duncan passou a mão no buço suado.

— O Felix é igual a um esquilo, sabe? Sempre correndo de um lado para o outro, catando coisinhas aqui e ali. Guardando tudo para o inverno... ou para uma graninha extra. Ele tinha um carisma *incrível* pra um pilantra. Muito charmoso. Nas ruas, era tratado como galã de cinema. Geral conhecia ele ou alguém que o conhecia. Se precisasse de informações, ele sempre dava um jeito de conseguir.

— Com quem ele trabalhava? Quem eram os amigos dele? — questionei.

— Como falei, geral conhecia ele. E geral gostava dele.

— Então, com quem tinha mais proximidade? Talvez alguém de fora do esquema? — incentivou Nolan.

Duncan olhou para o teto.

— E eu lá sei, porra. Talvez a gata dele?

— Ele tinha uma namorada? — perguntei. Nolan e eu trocamos olhares. Isso era novidade.

— Uma que ele contratava, se é que isso conta. Vi os dois almoçando uma vez. Uma mulher de muita classe. Areia demais pro caminhãozinho dele.

— Como ela se chamava? — perguntei.

Ele deu uma tragada e soltou uma nuvem de fumaça que pairou lentamente entre nós.

— Maureen Fitzgerald.

Eu me recostei na cadeira.

O sorriso irônico do Duncan voltou.

— Hum. Vai ver você também é cliente dela? Que mundo pequeno esse em que estamos, né?

— PRISÕES ME dão um calafrio danado — anunciou Nolan quando chegamos ao estacionamento, o arame farpado e as paredes de bloco de concreto atrás de nós. — Sempre que entro, fico com medo de não me deixarem sair.

Resmunguei e segui em direção ao meu carro.

— Impressão minha ou aquele babaca ruivo deu a entender que você conhecia Maureen Fitzgerald, a cafetina mais refinada de D.C.? — questionou Nolan.

Abri a porta do meu Jaguar com força e peguei meu celular.

— Não foi impressão sua, eu conheço a Maureen — afirmei, digitando rápido na tela.

> Eu: Precisamos conversar. Me liga.

— Ah! Não imaginei que um cara como você tivesse que pagar por um encontro. Me sinto bem melhor agora.

O celular vibrou na minha mão. Mas não era a Maureen. Era a agente especial Idler.

Soltei um palavrão baixinho, ignorei a ligação e me sentei ao volante. Eu não devia ter deixado o Nolan vir junto. Eu precisava pensar, arquitetar um plano. Eu não queria que os federais falassem com a Maureen antes de mim.

— Entra — mandei.

— Ei, olha só, você é o chefe. Não precisa me contar nada desde que continue me pagando — disse Nolan enquanto se sentava no banco do passageiro.

Aguardei até que as duas portas estivessem fechadas.

— A Maureen é uma amiga. Ela me passa informações sobre os pedidos mais depravados dos clientes dela. Eu uso essas informações como achar melhor.

— E você não quer dar motivo para os federais focarem nela — supôs Nolan, colocando o cinto de segurança.

Assenti e liguei o motor.

— Meio estranho isso aí. Maureen Fitzgerald envolvida com um sujeito como o Felix Metzer? — refletiu ele. — Já a vi pessoalmente algumas vezes. Uma mulher belíssima. Elegante. Rica.

Não era só estranho. Era completamente improvável.

Meu celular vibrou outra vez e cheguei a imaginar jogá-lo pela janela e passar por cima, mas consegui me conter.

Ao dar uma olhada na tela, vi que não era a Idler.

> Karen: Para o jantar de hoje, teremos uma pizza congelada deliciosa acompanhada de uma garrafa de vinho razoavelmente bom.

Cacete. Já estava quase me esquecendo.

— Algum plano especial pra hoje à noite? — perguntou Nolan.

— Quê? — Levantei o olhar, com a intenção de encará-lo até fazê-lo se calar.

Ele indicou com a cabeça na direção da tela no painel onde a mensagem da Karen estava sendo exibida. Bluetooth maldito!

Surgiu mais uma ligação da Idler na tela.

— Está com cara de quem vai arrancar o volante da coluna de direção — observou Nolan, tranquilo.

Encarei-o com frieza de novo.

— Tá, beleza. Não *está com cara* de quem vai fazer isso, mas está dando essa impressão. Sou observador pra caralho. Não fica bravo.

— Estou bem — insisti com firmeza.

— Tive uma ideia. Dê um jeito de falar com a Maureen, sua "parceira de negócios", e continue com os planos para o jantar. Minha noiva vai trabalhar até tarde hoje, está se preparando com a equipe dela para uma reunião importante amanhã de manhã. Que tal deixar que eu me encarregue de atualizar a Idler?

Eu ia começar a listar as razões pelas quais aquilo não ia rolar, mas ele não se deu por vencido.

— Por enquanto, vou manter a cafetina de fora do assunto e me ater àquela linda empresa de fachada à qual sua equipe de hackers teve acesso quinze minutos atrás.

— Que empresa de fachada? — exigi saber. — E, por questões legais, não pode se referir a eles como hackers.

— Aquela que a especialista em segurança digital, Prairie, mencionou na mensagem que me mandou.

— Por que ela não veio falar diretamente comigo?

— Porque você mete medo nos outros, cara. A verdade é que ninguém *gosta* de conversar com você. Uma conversa simples parece um tratamento de canal sem anestesia.

— Não é verdade — discordei, me sentindo meio ranzinza.

— Karen é a mãe da Sloane, né? — perguntou.

— Sim.

— Tem certas coisas que só você pode fazer. Olhar um político nos olhos enquanto acaba com a carreira dele. Desembolsar alguns milhões quando a situação requer. Ligar para a mulher que está à frente do esquema de garotas de programa mais caro da região metropolitana. E visitar sua amiga que está de luto pelo marido. O resto, eu resolvo.

Soltei o ar.

— Você não é um funcionário totalmente incompetente.

— Valeu, chefe. Esses elogios mexem comigo bem aqui — disse ele, dando tapinhas no peito.

Recebi outra chamada no celular. Desta vez era Petula.

— Quê? — vociferei após apertar o botão de atender no painel do carro.

Nolan me lançou um olhar expressivo. Revirei os olhos.

— Oi, Petula. Como posso te ajudar? — falei com uma educação exagerada.

— Está tudo bem, senhor? Está sendo ameaçado? Posso mandar uma equipe de segurança para a sua localização em minutos.

— Estou bem — falei, seco.

— Não se preocupe, Petula. Não vou deixar nada acontecer com o patrão — anunciou Nolan.

— Fico feliz em saber disso — disse ela em um tom seco. — No entanto, temos um problema.

— O que houve? — exigi saber, ainda com o pensamento em Duncan, Felix e agora Maureen.

— Quando a Holly saiu para almoçar, dois homens em um Chevy Tahoe preto a perseguiram.

Pisei fundo e saí do estacionamento.

— Ela está bem? — perguntou Nolan.

Disfarçadamente, ele segurou a alça de segurança enquanto o carro derrapava na estrada.

— Está, sim. Só meio abalada. Mas o carro dela não teve tanta sorte — relatou Petula. — Ela conseguiu anotar parte da placa.

— Pesquise a placa — falei, direto. — Chegamos daqui a meia hora.

— TAHOE PRETO estacionado ali, sozinho — informou Nolan. Ele me passou os binóculos.

Franzi o cenho.

— Onde arrumou isso?

— Nunca saio de casa sem binóculos, canivete e alguma coisinha pra comer — disse ele com ar de sabedoria. — Tá a fim de umas tiras de carne seca?

— Estou a fim de me vingar, isso sim — murmurei, olhando pelo binóculo e avistando o SUV no estacionamento do prédio de alto padrão.

O veículo estava registrado no nome de uma das empresas do Hugo. Segundo a hipoteca do apartamento de três quartos em Alexandria, era de propriedade de um dos capangas do Hugo.

— Você comunicou à segurança para...

— Levar o Escalade da empresa na casa da Holly? — completou Nolan. — Aham. A Lina e a Petula vão junto pra ver se a garota ainda está assustada. Uma diferença e tanto comparado a um sedã de doze anos com o porta-malas prata.

Devolvi os binóculos e não falei nada. Era o mínimo que eu podia fazer.

Eu já tinha previsto que a situação com o Hugo se agravaria, mas eu estava esperando que ele viesse atrás de mim, não de uma funcionária que estava indo almoçar uma salada. Ele queria mandar um recado, dar uma lição. Fui ingênuo ao pensar que ele jogaria limpo, e um dos meus acabou pagando por isso. Isso não ia se repetir.

— Fique aqui — mandei e abri a porta da van.

Peguei emprestada uma van de carga da equipe de segurança. Agora era minha vez de mandar um recado.

— Desculpe, chefe. Não vai rolar. — Nolan saiu pelo lado do passageiro. Ele tirou um gorro preto de lã do bolso do casaco e cobriu a cabeça.

— Estou prestes a infringir umas seis leis agora — avisei antes de contornar a traseira do veículo.

— E eu aqui achando que você tinha subalternos pra cuidar dessas coisas — comentou Nolan, abrindo as portas do compartimento de carga.

Peguei a marreta.

— Às vezes é melhor meter a mão na massa. E com isso quero dizer as minhas mãos, não as suas.

Ele pegou a bobina de quase dois metros do chão da van.

— Não vou ficar de fora da diversão. Além do mais, se pegarem a gente, seus advogados intimidantes me tiram da prisão assim que eu pôr os pés lá.

Estranhamente, isso me comoveu.

Soltei um suspiro de irritação.

— Tá legal. Vamos fazer o circo pegar fogo. — Não aguardei resposta e me encaminhei para a escuridão.

— No meu emprego anterior, não rolava diversão assim — sussurrou Nolan com entusiasmo atrás de mim.

— CHEGOU TARDE — disse Karen, abrindo a porta e expressando um falso desapontamento materno.

Inclinei-me e dei um beijo na bochecha dela. Eu estava atrasado e exausto, mas a vingança tinha atenuado a raiva. Agora eu estava quase de bom humor. Já fazia um tempinho que eu não colocava a mão na massa.

— Desculpe. Precisei resolver um problema — expliquei, tirando o casaco.

— Hum, chegou tarde, está cheirando a gasolina e fumaça, e o casaco está rasgado — observou ela enquanto eu o pendurava no gancho da porta.

— E é por isso que uma taça cheia daquele vinho meia-boca que você prometeu cairia bem.

A explosão ocorrera um pouco antes do esperado. O "Puta merda!" animado do Nolan ainda ressoava em meus ouvidos.

Knox teria ficado orgulhoso. Nash teria ficado furioso. Quanto a mim, eu estava começando a ver o Nolan como mais do que um mero subalterno.

— Venha, meu bem — chamou Karen, indo na frente em direção à cozinha.

O apartamento não lembrava em nada a casa da família em Knockemout. Eu o escolhi pela proximidade com o hospital, não pelo estilo. Mas nos dois anos em que moraram aqui, Karen conseguiu transformar essas paredes off-white em um ambiente acolhedor.

A foto grande e emoldurada de Simon, Sloane e eu no dia em que ela tirou a carteira de motorista chamou minha atenção, como sempre. Só que, desta vez, além da pontada de arrependimento de sempre, senti como se tivesse levado um soco no estômago.

Simon não estava me esperando na cozinha como por tantos anos da minha vida ele tinha feito. Eu não sabia como a Karen conseguia ficar aqui, rodeada de lembranças de uma vida que ela nunca mais teria.

Ela estava descalça e vestida com uma roupa confortável: uma calça legging e um suéter folgado. Uma faixa larga com estampa *paisley* mantinha seu cabelo afastado do rosto.

Eu gostava que os Walton não eram formais. As mulheres com quem saí, ainda que por pouco tempo, nunca eram vistas sem maquiagem completa, cabelos perfeitamente arrumados e roupas apropriadas para ir a um concerto, Paris ou evento de gala.

— Pode se sentar. Deixa que eu sirvo — insistiu Karen quando entramos na cozinha pequena, mas funcional. Ela tinha pintado as paredes de um amarelo alegre e trocado as bancadas de quartzo branco por azulejos terracota com detalhes em azul-cobalto. Puxei um banquinho estofado em veludo cotelê de cor tangerina e peguei o prato de aperitivos. Sempre tinha uma lata das minhas amêndoas defumadas favoritas na despensa de Karen Walton. Ela guardava ao lado do cereal favorito da Maeve e do refrigerante da Sloane, como se eu também fizesse parte da família.

— Como está sendo estar de volta? — perguntei.

Ela me passou uma taça de vinho e pegou a dela.

— Péssimo. Tranquilo. Assustador. Reconfortante. Uma tristeza sem fim. Um alívio. Sabe como é, o de sempre.

— A gente podia ter remarcado — falei.

Karen esboçou um sorriso de pena enquanto se dirigia ao forno.

— Querido, quando é que vai entender que, às vezes, ficar sozinho é a última coisa de que se precisa?

— Nunca.

Ela riu de leve e abriu a porta do forno, espalhando o cheiro de pizza pronta de mercado pelo cômodo.

Eu me levantei do banquinho e contornei a ilha para cutucá-la e afastá-la.

— Cuida da salada, que eu corto as fatias. Você sempre deixa as fatias tortas — provoquei. Ela também nunca lembrava de limpar o queijo do cortador de pizza, então ficava tudo grudado e exigia muito esforço.

Ela entregou o utensílio.

— A união faz a força.

Nós dois ficamos imóveis. Essa frase já tinha sido dita umas centenas de milhares de vezes na cozinha dos Walton, principalmente vindo de Simon, quando ele e Karen se encarregavam de preparar as refeições juntos.

Eu não sabia para onde olhar. O lampejo de dor genuína que atravessou seu rosto foi como uma punhalada no meu coração. Eu não tinha as habilidades para lidar com emoções desse tipo. Eu resolvia problemas, apresentava soluções. Eu não sabia enfrentar o luto ao lado de outra pessoa, por mais que eu amasse esse alguém.

A Karen era mais mãe para mim do que a minha própria. E o Simon tinha sido o tipo o pai que eu desejava ter sido merecedor de ter.

Ela pigarreou e pôs uma expressão alegre no rosto bonito.

— Que tal fingirmos por um tempinho que tudo está normal? — sugeriu.

— Tá. Só não ache que vou te deixar ganhar nas cartas só porque é viúva agora — avisei.

A risada da Karen não se parecia em nada com a da Sloane. Era uma risada alta e alegre que enchia meu peito de calor e luz. A Sloane tinha um riso rouco que me acertava bem no âmago.

Eu conseguia visualizá-la do outro lado da mesa, sorrindo para mim como se não fôssemos nocivos um ao outro.

Senti meu polegar arder, trazendo-me de volta para o presente.

Mudei o jeito que segurava o pegador térmico.

Eu conseguia incendiar um veículo sem me queimar, mas me dê uma pizza congelada e tempo para pensar em uma certa bibliotecária loira e a minha defesa caía por terra.

Afastei com força a mulher provocante e irritante da minha mente e foquei na Walton diante de mim.

JÁ ESTAVA TARDE quando cheguei em casa e fui tomar banho para me livrar do cheiro de fumaça. Desabei na minha cama king-size e soltei um suspiro longo.

A luminária na minha mesinha de cabeceira lançava um brilho suave na minha edição de *A Biblioteca da Meia-Noite*. Fiquei imaginando se ela estava lendo agora. Ou se por acaso, só por acaso, estava deitada em sua cama pensando em mim.

Disso, eu duvidava. Toda vez que eu via a Sloane, ela parecia surpresa e desapontada ao perceber que eu ainda estava bem vivo.

Já que eu não ia conseguir dormir, então eu não seria o único a ficar acordado. Peguei meu celular. Levei um minuto para decidir qual seria a abordagem certa. Fiz uma busca nos meus contatos, encontrei o que queria e mandei mensagem.

Quando não foi lida de imediato, joguei o celular na colcha ao meu lado e cobri o rosto com as mãos.

Eu era um idiota. Um idiota fraco e indisciplinado. Só porque conseguimos almoçar juntos civilizadamente, não significava...

O celular vibrou na colcha macia.

Eu me atirei em direção a ele.

> Sloane: O que acaba de me enviar?
>
> Eu: O contato de uma advogada especializada em recursos. Ela vai esperar sua ligação amanhã. De nada.

Vi três pontinhos aparecerem e depois sumirem. Fiquei encarando a tela, esperando que reaparecessem. Trinta segundos depois, voltaram.

Sloane: Valeu.

Foi necessário esse esforço todo para ela me enviar uma palavra?

Que diabos eu estava fazendo? Eu podia ter pedido para uma das assistentes enviar as informações para ela. Caramba, podia ter mandado uma assistente passar as informações para a Lina, que trabalhava no meu escritório. Não tinha necessidade de ficar mandando mensagem para a Sloane a essa hora — eu me virei para olhar o relógio. Era quase meia-noite.

Aborrecido com a minha atitude, joguei o celular na mesinha de cabeceira e coloquei as mãos sob a cabeça.

O celular vibrou outra vez.

Dei um jeito no pescoço ao me lançar nele.

Sloane: Lina me contou o que aconteceu com a Holly hoje. Ela está bem?

Passando a mão no pescoço, fiquei na dúvida se deveria esperar para responder, mas decidi que estava cansado demais para ficar de joguinhos.

Eu: Está todo mundo bem.

Sloane: Você está bem?

Estava? Eu não me *sentia* bem. Parecia que as coisas estavam saindo de controle, escapando entre meus dedos. Minha carreira se baseava em prever cada possibilidade, cada jogada. Ainda assim, deixei essa passar. O que mais eu estava deixando passar? E por que estava tão descuidado atualmente?

Eu: Estou bem.

Sloane: Meu celular tem um aplicativo que detecta mentira, e o alarme de "desculpa, resposta errada" acabou de tocar. Assustou a gata.

Eu: Estou bem. Só estou cansado.

Sloane: Sabe que não é sua obrigação proteger todo mundo de tudo, né?

Mas era minha obrigação proteger minha equipe das minhas ações e das consequências delas.

Eu: Fui ver sua mãe hoje à noite.

Nenhum pontinho apareceu. Acho que forcei demais. Ou ela adormeceu.

Eu estava colocando o celular na mesinha de cabeceira de novo quando tocou.

— Quê?

— Sério, você precisa melhorar seus modos ao celular. — A voz da Sloane estava rouca no meu ouvido. Isso me fez lembrar dos momentos perfeitos e passageiros que vivemos. Adormecendo ao lado dela com um monte de almofadas ao redor no quarto bonito de uma casa segura. Eu odiava que meu corpo tivesse lembranças tão vívidas daqueles momentos. — Como ela está?

— Tentando ser forte — respondi, fazendo uma careta com a dor no pescoço enquanto ajustava as almofadas atrás de mim, do jeito que a Sloane adolescente costumava fazer.

— Maeve e eu fazemos questão de ligar todos os dias, mas é difícil saber se ela está se fazendo de forte pra gente.

— Ela colocou as cinzas em cima da geladeira — contei.

Sloane soltou uma risada fraca e triste.

— Ele acharia o máximo.

— Acharia mesmo — concordei.

Ela não disse nada por um bom tempo, e eu comecei a ficar preocupado que fosse desligar.

— E aí, já foi dar uns sopapos em quem fez a Holly perder o controle na estrada? — perguntou.

— Por que eu faria uma coisa dessas?

— Porque você é você.

— Digamos apenas que não vão incomodar ninguém na estrada tão cedo — falei.

— Nash contou que você deu uma surra no Jonah Bluth no treino de futebol porque ele estava falando besteira sobre mim no colégio.

Nash tinha uma língua solta que combinava com seu distintivo reluzente.

— Não lembro de...

— *Bzzzzzz*!

A buzina de resposta errada da Sloane *quase* me arrancou um sorriso.

— E aí, o que foi que você não fez pra esses caras?

— Nolan e eu garantimos que não tivessem carro pra colocar alguém em perigo na estrada e também nos certificamos de que a polícia local soubesse onde investigar quando a Holly relatasse o incidente.

— Olha só, você e o Nolan ficando amiguinhos! Foram tomar uma cerveja depois?

Na verdade, eu tomei uísque, já o Nolan preferiu uma cerveja light.

— Não enche.

Fiquei imaginando como ela estava vestida. Se estava na cama ou encolhida no sofá, ainda com batom e um livro no colo. Meu pau reagiu.

Pressionei a palma da mão na virilha. Eu não ficava duro do nada... a não ser quando estava perto dela. Eu era um adulto no controle dos meus instintos mais primitivos. A voz rouca ao telefone da mulher que quase me destruiu não deveria me afetar assim.

— Então você deu um jeito na situação, deu o troco no bandido. E agora?

— Como assim? — questionei.

Era só a voz da Sloane que me fazia ficar com esse tesão? Ou isso seria um indício de algo mais? De que eu estava perdendo o controle, a razão.

Mandar um recado para o Anthony Hugo não ia fazê-lo parar de agir. E eu queria que ele agisse. Porque mais cedo ou mais tarde, ele ia cometer um deslize, e eu ia tirar proveito desse erro para derrotá-lo.

— Quase dá pra ouvir a fúria impregnada na sua voz, grandalhão. Alguém mexeu com um dos seus funcionários. Você deu um jeito nisso. Mas e quando a justiça não alivia a raiva, como é que você extravasa?

Bufei com desdém.

— Não preciso extravasar.

— Eu mesma adoro um sexo intenso e safado. Parece que sempre coloca o mundo de volta nos eixos — disse Sloane com entusiasmo. — Você devia tentar fazer isso um dia.

Um som estrangulado escapou da minha garganta. Meu pau latejou e eu o cobri com a palma da mão, tentando conter o tesão. De jeito nenhum que eu ficaria conversando ao celular com uma mulher enquanto batia uma. Mesmo que essa mulher fosse a Sloane.

Ela deu uma risadinha.

— Estou só te zoando, Lúcifer.

Mas eu conseguia imaginá-la deitada embaixo de mim. Seu cabelo espalhado no travesseiro como uma auréola. Aquelas coxas branquinhas encaixadas ao redor dos meus quadris. Seus seios prestes a escapar daquela blusa inútil com as alças fininhas.

— Ah, então você não gosta de sexo intenso e safado? — rebati.

— Bem que você gostaria de saber, né? — Ela praticamente ronronou no meu ouvido.

Eu não tinha a menor ideia do que fazer, qual abordagem deveria usar. Porque eu não podia ter o que desejava. Eu não queria desejar isso.

— Por que não foi dormir ainda? — perguntei com certa rispidez.

— Tinha um chato enchendo o meu saco com mensagens — respondeu ela, descontraída.

Dava para sentir o sorriso na voz dela, eu conseguia visualizá-lo na minha mente. Aquela curva lenta e sensual dos lábios, que ela costumava mostrar para todo mundo, menos para mim.

Isso era um erro. Eu estava cometendo outro erro. Não conseguia me controlar. Sloane era o hábito ruim que eu não conseguia largar.

— Melhor você ir dormir — falei.

— Credo. Você devia fazer umas aulinhas de como se comunicar com os outros sem parecer um babaca.

— Não tenho tempo pra ficar de conversinha com você.

— Resolvido. O próximo livro do meu clube de leitura vai ser alguma coisa sobre o *Dr. Jekyll e o Mr. Hyde*. Quem sabe assim eu entenda por que você passa de quase humano pra Lúcifer entre uma frase e outra.

Era uma dança em que estávamos presos há anos. Toda vez que um de nós mostrava um lado um pouco mais humano, o outro atacava. Reerguíamos barreiras, reforçávamos a animosidade. A gente aprendia a mesma lição repetidamente, mas ela nunca se fixava na cabeça. Não fazíamos bem para o outro. Eu não fazia bem para ela. E eu nunca conseguiria confiar em uma mulher que tinha me traído de um jeito tão profundo.

— Não perca tempo pensando em mim. Eu não perco tempo pensando em você — falei.

Com o eco do seu suspiro ainda no meu ouvido, desliguei a chamada, apaguei a luz e me deitei na escuridão, me odiando.

DEZOITO

RUÍNAS DO PASSADO

Sloane

Arrastei a lata de lixo reciclável pelo caminho estreito de concreto, contornei o Range Rover do Lucian e a deixei em frente à garagem dele. Era uma noite de sábado escura e úmida.

Hoje tinha sido um dia daqueles em que uma coisa dava errado e aí o resto ia desandando. Os computadores da biblioteca tinham dado pau por mais de uma hora, minha remessa de livros de bolso para o evento de autógrafos do Dia dos Namorados tinha chegado sem as capas, *e* eu tinha conseguido encaixar um quarto encontro às cegas na esperança de que ByronBarbudo223 fosse melhor do que meus três últimos matches.

Não era. ByronBarbudo não tinha barba e também não gostava das poesias de Lord Byron. Ele tinha chegado atrasado e bêbado, e bem quando eu estava dizendo que não ia rolar, ele atendeu uma ligação da namorada e disse que estava na academia.

Ele estava tão longe de ser melhor que os últimos três que planejei me enroscar perto da lareira esta noite enquanto dava uma olhada no site do banco de esperma. Já que eu não conseguia encontrar alguém que pudesse vir a ser meu futuro marido, talvez eu desse mais sorte de encontrar um doador de esperma e ter filho.

Para piorar meu mau humor que já estava péssimo, eu tinha passado os últimos dias pensando no Lucian. Lucian jantando com a minha mãe. Lucian me mandando mensagem da cama. Lucian sendo generoso e presenteando uma funcionária com um SUV novinho em folha. Lucian ajudando o FBI a pegar um dos criminosos mais perigosos da região do Meio-Atlântico. Lucian pelado, me chamando com o dedo.

Esse último veio à minha mente ontem durante o banho, depois que avistei o Range Rover dele na garagem. E de novo antes de me deitar... e quando acordei...

Eu preferia quando só lembrava de vez em quando que ele existia.

A gente estava nesse vai e vem interminável de provocações, percepção sexual, ressentimento e flerte. E estava na hora de dar um basta nisso. Eu queria sair desse ciclo para poder dedicar minha energia ao que eu realmente queria... e *não* era o Lucian Rollins.

Segui o trajeto até a porta da frente dele, o dedo pronto para apertar a campainha, quando a porta se abriu.

— Quê? — indagou Lucian.

Ele estava sem o paletó, a gravata e os sapatos, mas ainda estava vestindo calça de alfaiataria e uma camisa Oxford com as mangas dobradas até os cotovelos. Suas meias tinham um padrão xadrez sofisticado. Ele parecia ter acabado de sair das páginas da revista *MachoStyle: Ricaço Bem de Vida.*

Ele também aparentava estar aborrecido, cansado e irritantemente sexy. Uma mulher que não tivesse noção do quanto ele era chato teria se sentido tentada a mandá-lo de volta para dentro com promessas de uma sopa quente caseira, e uma noite para esquecer as preocupações.

Mas Lucian Rollins não merecia sopa caseira.

— Aposto que está acostumado a ter um mordomo que recolhe o seu lixo lá na cidade, mas por aqui, nós mesmos recolhemos — anunciei.

— Por que eu iria querer um mordomo se tenho uma vizinha metida a besta que parece nunca se lembrar de colocar um maldito casaco? — rebateu ele.

— Não acho uma boa ideia você colaborar com o FBI — falei de repente, mencionando o primeiro item da minha lista mental de problemas que tinha com ele. Bom, o primeiro que não envolvia a atração física inconveniente que sentia.

Com um revirar de olhos, ele estendeu a mão, agarrou minha blusa de moletom pela frente e me puxou para dentro.

— Opa! Nunca te avisaram que sequestrar mulheres na porta de casa é falta de educação?

— Nunca te avisaram que ficar berrando e fazendo escândalo sobre assuntos confidenciais em lugares públicos é perigoso?

Coloquei as mãos nos bolsos do meu moletom.

— Aceito a parte do escândalo, mas eu *não* berrei.

— Que bondade a sua.

— Sigo com o que afirmei — falei, olhando em volta.

A televisão da sala passava alguma notícia sobre finanças. Uma tigela vazia e um notebook aberto estavam sob o pufe. As chamas na lareira bruxuleavam de forma aconchegante. E ainda assim, o cômodo tinha um ar triste, quase solitário. Paredes cinza, sofá cinza, almofadas de marfim com aparência áspera. Era desprovido de alma. Menos a música.

Franzi o cenho.

— É Shania Twain?

Xingando baixinho, Lucian apertou um botão no celular e a música parou.

— Não vamos falar sobre o FBI, o Anthony Hugo ou minha vida pessoal. Então a não ser que queira berrar comigo sobre outro assunto, pode se retirar.

Soltei um suspiro.

— Valeu por ter indicado aquela advogada — falei. — Conversei com ela ontem por telefone e passei todas as informações que tinha sobre a Mary Louise.

— Então veio aqui pra gritar comigo *e* me agradecer? — perguntou ele, parecendo um pouquinho menos aborrecido.

Dei de ombros.

— Sou uma mulher complicada.

— Entendi. Agora, se já parou com a *escandalozice*, quero curtir minha casa sem a sua presença.

— Acho que essa palavra não existe. E não saio daqui até que me deixe falar. Andei pensando muito nisso...

Ele abriu um sorrisinho de canto.

— Anda pensando em mim? Não era pra estar ocupada demais procurando o cara certo para sequer ter tempo de pensar em mim?

Eu o encarei com raiva.

— Meu cérebro é grande, Lúcifer. Tem espaço pra tudo.

— Já encontrou o cara certo? — perguntou.

Não consegui reprimir completamente o arrepio que percorreu minha espinha quando minhas últimas confusões amorosas ganharam destaque na minha mente.

— Ainda não — falei com uma positividade forçada. — Mas não vim aqui pra discutir minha vida amorosa.

— Então por que veio? — insistiu ele, parecendo achar aquilo divertido.

— Pra te dar uma bronca por causa das lixeiras. Não estava prestando atenção?

— Já foi a vários encontros e ainda não encontrou alguém que valha a pena? — questionou.

Estreitei os olhos.

— Escuta aqui, Rollins, não é o mesmo que contratar alguém só pra te trazer café e vitamina feitos com sangue de cachorrinhos. Achar o parceiro para a vida deve ser... — Desanimador? Doloroso? Extremamente deprimente? — Desafiador — falei em voz alta.

Ele cruzou os braços e se encostou na passagem para a sala de estar.

— Explique melhor.

— Não vou falar sobre minha vida amorosa com você.

— Não tem por que sentir vergonha. Tenho certeza de que eles não te ligarem de volta é mais um problema deles do que seu.

— Não é que como se eu tivesse levado um *ghosting*! Bom, tirando aquele cara. Mas aí naquele caso foi porque o cara "sumiu" de verdade. Vem cá, você sabe o que é levar um *ghosting*?

— Trabalho com uma jovem de 22 anos que não para de falar sobre coisas das quais não estou nem aí. Então não só sei o que é *ghosting*, como sei de cor os nomes de todas as Kardashian.

— Ela está bem? A Holly, quero dizer.

— Está bem, sim — disse ele com rispidez.

— Estava aqui refletindo. Já parou pra pensar que os caras que a perseguiram...

— Vamos voltar aos caras que te deram um perdido — insistiu ele.

Balancei a cabeça.

— Na-na-ni-na-não.

Aqueles olhos cinza frio se encheram de astúcia.

— Te dou um pretzel inteirinho da Stucky's se me contar.

Bufei com desdém.

— Não adianta tentar me subornar com comida.

Pura mentira. Os pretzels da Stucky's eram do tamanho da minha cara e crocantes demais para resistir.

— É de canela e açúcar... com calda de caramelo — acrescentou.

Droga. Meu sabor preferido. Eu o encarei. Ele também me encarou. A disputa de olhares continuou até meu estômago roncar como um traidor da pior espécie. Não tive tempo de almoçar por causa do problema no computador e ainda não tinha jantado.

— Tá legal. — Dei o braço a torcer. — Mas só vou contar porque uma hora ou outra vai ficar sabendo pelo nosso grupinho incestuoso de fofoqueiros.

Stef, Naomi e Lina já tinham se divertido horrores com a história.

— Sou todo ouvidos — disse Lucian.

— Nem vem. Deixa eu ver o pretzel.

Uma pitada de divertimento surgiu em seus lábios. Fiquei me perguntando como ele mantinha a barba tão bem aparada. Será que tinha um barbeador especial ou um barbeiro ia até a casa dele em dias intercalados?

— Venha, então — falou, indo na direção da cozinha, sem fazer nenhum barulho por causa das meias nos pés.

Eu sentia que ia acabar me arrependendo disso, mas pelo menos ia ganhar um pretzel.

Tal como a sala de estar, a cozinha e a sala de jantar estavam impecavelmente limpas. Como se tivessem acabado de ser desinfetadas ou tivessem sido arrumadas apenas para dar a impressão de que alguém morava ali. Fiquei me perguntando como era a geladeira por dentro. Será que eu ia me deparar com uma caixa de leite vencida, como em qualquer cozinha, ou ia encontrar mais limpeza rigorosa? Será que os legumes tinham a audácia de apodrecer na gaveta da geladeira do Lucian?

Ele abriu a tampa de uma caixa rosa de doces e a inclinou na minha direção. Fiquei com água na boca.

Só tinha um pretzel.

— Apesar de você ser você e eu ser eu, não posso pegar o seu último pretzel. E por que é que comprou isso, hein? Você não vive só à base de clara de ovo e casco de unicórnio? — O cara elevava a disciplina a um patamar totalmente novo e irritante.

— Estou disposto a trocar isso pela história do cara que deu um *ghosting* em Sloane Walton.

— Está fazendo parecer um livro infantil.

— Pare de enrolar — disse ele, tirando um prato do armário. Eu estava doida por aquele pretzel.

— Tá bom. Mas a gente divide o pretzel. Se tudo der certo, em breve vou estar pelada na frente de um desconhecido, então quero estar em boa forma e não parecendo um balão.

Sem dizer uma só palavra, ele pegou outro prato e cortou o pãozinho macio em duas partes iguais.

Salivei quando ele colocou os dois pratos no micro-ondas.

— Desembucha.

— Beleza, então. — Sentei-me em um dos banquinhos que ficava embaixo da ilha. — Dei match com um tal de Gary. No perfil dele, dizia que era enfermeiro pediátrico, gostava de ler, fazer trilhas e ficar com os sobrinhos e sobrinhas.

— Não tem como negar, é um babaca — provocou Lucian.

Ignorei a alfinetada e continuei.

— Pelas mensagens, ele aparentava ser normal, então topei sair pra jantar. Depois do último fiasco que você presenciou de camarote, Nash e Lina resolveram ir junto por segurança. Eles pegaram uma mesa perto da gente, e o papo começou. Ele pareceu ser gente boa, mas quando perguntei sobre o trabalho dele, pareceu que não entendia nada de hospitais, enfermagem ou crianças. Ele ficou me fazendo perguntas do tipo "Quanto ganha uma bibliotecária?", que carro eu dirigia e se tinha poupança para a aposentadoria.

Lucian fechou os olhos e apertou a ponte nasal.

O micro-ondas apitou. Ele o abriu e o aroma delicioso de canela invadiu o ar.

— A essa altura, eu já estava bem desconfiada, então fiz um sinal para o Nash e a Lina, eles vieram correndo dizer que meu tio Horácio tinha caído da escada, e me tiraram de lá.

Ele colocou um dos pratos na minha frente e tirou dois garfos da gaveta de talheres.

Sem perder tempo, abri a tampa da calda de caramelo e mergulhei a ponta do pretzel.

— Enfim, na volta pra casa, o Gary ligou. E é claro que eu deixei cair na caixa postal. Nossa, que perdição! — Deixei escapar um gemido conforme os sabores derretiam na minha boca.

Lucian deu uma mordida mais contida e elegante na sua metade.

— O que o Gary tinha para dizer?

Peguei o celular.

— Ouça você mesmo.

Fui rolando as mensagens de voz e coloquei para ouvir.

— Oi, Sloane. Aqui é o Gary. Só queria saber como tá o seu tio... ai, meu Deus! Ahhh! — A voz dele foi substituída pelo barulho de um motor acelerando, pneus cantando e, por fim, uma batida espetacular. Depois, o som de estática encheu a cozinha.

Lucian balançou a cabeça.

— Só pode ser brincadeira.

— Manda ver. Sei que está doidinho pra falar — incentivei, gesticulando com o garfo.

— Isso é golpe.

Ergui um dedo e dei play na mensagem seguinte.

— Oi, hã, Vick Verkman falando, sou amigo do Gary. Desculpa dar essa notícia assim, mas o Gary sofreu um acidente grave ontem à noite. Ele está em coma e o hospital está ameaçando desligar os aparelhos se não pagarem as despesas médicas. Ele fica sussurrando o seu nome o tempo todo.

Lucian parou de comer.

— A voz do Vick Verkman lembra muito a do Gary.

— Ah, espera só — falei e coloquei para ouvir a mensagem seguinte.

— Sloane? Aqui é a Mercedes, mãe do Gary. Lamento te dizer que o Gary nos deixou na noite passada por conta dos ferimentos de um acidente de carro que ocorreu enquanto estava preocupado com você e o seu tio. A funerária está nos ameaçando, dizendo que não vão liberar o corpo a menos que paguemos...

Parei a mensagem e dei outra beliscada no pretzel.

Lucian revirou os olhos.

— Diz que não mandou dinheiro pra ele.

Abri um sorriso.

— Mandei uma mensagem pra "mãe" dele perguntando pra onde mandava o cheque. Ela disse pra fazer o cheque para Gary Jessup e mandar pelo correio para o endereço da casa dele, assim "seria resolvido junto com a herança".

— Depois de forjar a própria morte, ele te passou o nome e o endereço dele de verdade?

— Sim. Com isso, foi moleza denunciá-lo no aplicativo e descobrir onde trabalha pra mandar uma coroa de flores com meus pêsames.

— E onde ele trabalha? — perguntou Lucian, voltando a pegar o garfo.

Passei o pretzel morno no caramelo que escorreu para o prato.

— Num daqueles lugares meio suspeitos de cobrança de dívidas. Que compram dívidas médicas ou de hipoteca por quase nada e aí ficam pegando no pé das pessoas para pagarem. Se não me engano, se chama Morganstern Credit Corporation.

Lucian não falou nada enquanto dava mais uma mordida. Ele estava comendo em pé, apoiado na pia, com a bancada entre nós.

— Como assim? Sem piadinhas do tipo "Você é tão sem graça que os caras fingem a própria morte pra se livrar de você"? — questionei.

— Podia fazer tantas tiradas que entrei em pane — disse ele. — Por que está se sujeitando a isso?

— Para passar mais tempo com você? — perguntei, piscando os olhos de um jeito provocante.

— Sei muito bem que só está aqui pelo doce.

Saboreei o último pedaço e me segurei pra não lamber a calda gostosa que tinha pingado no prato.

— Quero formar uma família. Já está na hora.

Eu me levantei e dei a volta na ilha. Sem dizer nada, Lucian se afastou para o lado, permitindo-me chegar até a pia. Lavei o prato e o garfo, e depois os deixei no escorredor.

— Está mesmo levando tudo isso a sério, não é?

Ele soou perplexo, e me virei para olhá-lo. A distância entre a gente era pequena, o que gerou uma intimidade meio estranha, com os dois de pés descalços.

— Achei que você, entre todas as pessoas, entenderia. Nunca decidiu que queria algo, foi atrás e conseguiu? Ou, no seu caso, desembolsou uns milhões e comprou o que estava a fim?

Ele me deu uma cutucada para eu sair da frente, e meu corpo aqueceu com o toque inocente. Afastei-me um pouco e subi na bancada enquanto ele lavava a louça e depois pegava o pano que estava pendurado na alça do forno para secar os pratos antes de devolvê-los para onde estavam.

Detalhista, reparei. Ele não tolerava nada fora do lugar. Provavelmente até dobrava as meias antes de transar.

— Isso é bem pé no chão da sua parte — comentou.

Fiquei irritada.

— Eu sei ser pé no chão.

Ele olhou na minha direção e senti o calor daqueles olhos cor de prata derretida.

— Em muitos aspectos, sim — reconheceu. — Mas, levando em conta o que costuma ler, achei que fosse dar mais importância ao romance.

— Do que diabos está falando? — indaguei.

— Você devora livros de romance desde que era adolescente. Deveria ter um "felizes para sempre" tatuado na sua testa.

Cruzei os braços. Eu queria encontrar alguém que me deixasse nas nuvens como a Naomi e a Lina? Claro. Eu tinha mais do que uma invejinha das vidas sexuais extravagantes e dos romances de tirar o fôlego delas? Sem dúvida.

— Tem horas que você tem que deixar de esperar que algo aconteça e começar a fazer acontecer — falei.

— Não acredito.

— Estou nem aí — retruquei.

Seu sorriso foi avassalador e fugaz.

Observei as unhas e fingi estar entediada.

— Só por curiosidade, no que você não acredita?

— Você não vai escolher um cara só porque ele cumpre o requisito de ter o "potencial de ser um bom pai". Você não é assim.

— Ah é, e como eu sou?

Ele se moveu rápido, como um animal lançando-se sobre a presa. Quando dei por mim, ele estava entre as minhas pernas, encurralando-me com as mãos na bancada.

— Você é do tipo que deseja um cara que vai corresponder a todos aqueles protagonistas sobre os quais lê. Aqueles que brigam pela mulher, que a arrastam para cantos escuros porque não conseguem ficar sem tocá-la por nem um instante a mais. Aqueles que fariam qualquer coisa por ela. É isso o que você quer.

A voz dele soou como um sussurro rouco, uma carícia invisível.

Por que era tão gostoso, tão eletrizante, ficar assim tão perto dele?

— Isso está ficando igualzinho ao seu escritório — avisei.

Ele estreitou os olhos, mas não saiu do lugar. Continuou ali, quase tocando em várias partes minhas.

— Não se case — disse ele. — Vai se arrepender pelo resto da vida.

— Sério que está me dando conselhos amorosos agora?

— Só estou alertando que você pode estar se metendo em mais confusão ao tentar forçar as coisas em vez de deixar que aconteçam naturalmente.

— Fácil pra você falar. Pode ter filhos quando estiver com 75 anos.

— Não. Não posso. Fiz vasectomia.

Minha boca ficou escancarada.

— Quê? Quando? *Por quê?*

Ele se afastou e ficou parado no meio do cômodo, parecendo extremamente desconfortável.

— Melhor você ir embora — anunciou ele.

Mas não mexi um músculo.

— Quer dizer, não precisa me contar. Mesmo que *eu* tenha acabado de me abrir completamente sobre a minha vida amorosa humilhante. Não precisa sentir que me deve nada.

— Te dei um pretzel.

— Metade de um pretzel — salientei.

Por um instante, achei que fosse se fechar de novo, como sempre fazia. Aí ele soltou um suspiro forçado.

— Eu tinha cerca de 20 anos. Achei que tinha engravidado uma garota que não tinha importância pra mim e fiquei apavorado. Eu já sabia que não tinha intenção de formar uma família, então tomei medidas pra evitar que acontecesse.

— Caramba, é uma decisão e tanto a se tomar tão jovem — comentei.

— Ainda penso o mesmo, então para de me olhar desse jeito.

— De que jeito?

— Como se sentisse pena de mim.

Bufei com desdém.

— Não sinto pena de você, seu pateta. Só estou... surpresa. Acho que sempre tive a impressão de que era mais meticuloso nas suas decisões. Isso me parece uma decisão tomada no calor do momento.

— Essa conversa está me irritando. É melhor você ir embora — anunciou ele.

— Lucian. — Toda a irritação e frustração que estavam me corroendo por dentro saiu nessas duas sílabas.

— Quê? — perguntou baixinho.

— Por que a gente insiste nesse vai e vem? — perguntei.

— Sempre enxerguei mais como uma espécie de dança — rebateu.

— Vai e vem, dança, série de erros colossais. O que estamos fazendo, Lúcifer?

Ele fixou os olhos em mim e fiquei paralisada, como se não pudesse me mexer.

— A gente está se agarrando a algo que já não existe mais — falou sem rodeios.

Absorvi o golpe e soltei um suspiro.

— Como a gente se desapega de algo que nem sequer existe? — perguntei.

— Se eu descobrir, te aviso... por uma carta... entregue pelo meu advogado.

Meus lábios se curvaram. Essa era a magia do Lucian. Eu podia até odiá-lo, mas ele ainda assim conseguia me fazer sorrir.

— Alguma vez desejou formar uma família? — perguntei.

— Uma vez. Há muito tempo — respondeu, o tom de voz baixo.

Mordi o lábio e fiz o possível para não ser bombardeada por lembranças.

— Melhor você ir, Fadinha.

— Não precisa ser como eles — falei. — Você já é melhor. Tirando a sua personalidade horrorosa, claro. Você se sairia melhor do que eles.

Ele já estava negando com a cabeça.

— Eu foco meu tempo no que realmente importa. Não sobra tempo para esposa e filhos. Só estaria colocando-os em risco.

Eu me empertiguei.

— Comentei com o Nash sobre você se envolver com o FBI...

— Claro que sim.

O vai e vem entrava lentamente em ação.

— Você disse que eu não precisava me preocupar. Mas não especificou para não falar com seu amigo.

— Você não mudou nada — vociferou ele.

Na verdade, eu usava um sutiã maior desde os 16 anos. Mas isso não parecia ser relevante nessa conversa.

— E *você* é uma pessoa completamente diferente de antes — frisei.

— Tenho coisas pra fazer, e você está me enchendo.

— Eu falei com o Nash, seu *amigo*, e ele não pareceu muito empolgado com a ideia de você ficar superamigo do FBI. — As palavras exatas do Nash foram mais ou menos assim: "Isso me dá uma puta azia".

— Estou nem aí. — O jeito como o Lucian falou foi tão debochado que me deu vontade de ir até a sala, pegar uma daquelas almofadas ásperas e jogar nele.

— A gente não pôde deixar de se questionar se foram os capangas do Anthony Hugo que perseguiram a Holly.

— Não é da sua conta. Mas se foram os capangas do Hugo, então só comprovei o que estava falando. As coisas que faço acabam machucando as pessoas próximas a mim — esbravejou, mostrando um pouquinho do que estava escondido por trás daquela bela fachada.

— Lucian — falei com delicadeza.

Ele ergueu uma das mãos.

— Não. Gostaria que você fosse embora.

Cruzei os braços.

— Só depois que me contar em que pé está a investigação. Você está correndo perigo? Seus funcionários estão se precavendo?

— Não vou conversar com você sobre isso — declarou e se retirou da cozinha.

Eu o segui até o corredor.

— Você comentou que o cara que vendeu a lista para o Hugo foi encontrado morto. Felix Metzer, né?

Lucian parou com a mão na maçaneta.

— Como sabe disso?

— Não é tão difícil encontrar notícias sobre corpos retirados do rio Potomac.

— O nome não foi revelado nas reportagens — rebateu.

— Sou bibliotecária, meu bem. Tenho minhas fontes.

— Você *não* vai se meter nisso, Sloane. — Seu tom foi frio e inflexível.

— Não estou pedindo pra me meter nisso. Só quero respostas. O FBI está perto de prender alguém? O Hugo vai retaliar de novo e, se sim, a Lina e o Nolan são alvos? Se o cara que vendeu a lista para o Duncan está morto, isso significa que é um beco sem saída? O FBI está investigando crimes financeiros porque assim a coisa fica mais séria? Não é tão sexy quanto condená-lo por matar pessoas, mas costuma ser mais fácil de provar...

— Isso não é da sua conta. *Eu* não sou da sua conta.

— Então me convença de que é mais esperto, mais ágil e mais ardiloso que um certo chefe do crime que conseguiu administrar o negócio da família por 40 anos sem ser preso nem uma vez. Aí eu largo do seu pé.

— Não tenho que te convencer de nada, a não ser a sair da minha casa, Sloane.

Dava para ver que ele estava quase ultrapassando o limite da raiva e indo direto para a fúria.

— Escuta aqui. Como não tem muitos parentes ou amigos pra colocar juízo na sua cabeça, vai ter que me aturar. Mexer com o Anthony Hugo é furada. Deixe o FBI montar o caso deles e fique de fora disso.

Eu não fazia ideia do porquê era tão crucial para mim que ele me escutasse. Mas era.

— Sua opinião foi registrada — falou com frieza.

Eu me levantei.

— Por que está agindo assim?

— Por quê? — Ele bufou com desdém. — Ele tentou tirar algo de mim.

Eu me posicionei na sua frente.

— Por isso vai passar a vida fazendo o quê? Derrubando cada pessoa que já te prejudicou?

— Não tenho que dar satisfações a você.

Soltei um suspiro e tentei uma tática diferente.

— Sei que seu pai fez com que você se sentisse impotente, mas...

— Nem mais um pio.

Ele usou aquela voz de dar medo. Mas só serviu para me deixar irritada.

— Não pode passar toda a sua vida adulta corrigindo os erros do seu pai. Ele já está atrás das grades...

— Não está mais.

— O quê? Ele saiu da *cadeia*? — Minha voz atingiu notas tão agudas que pareceu um cachorro ganindo.

— Não. Ele morreu.

Pisquei várias vezes e levei a mão à testa para fazer o corredor parar de girar.

— Ele *morreu*?

— No verão passado.

— *No verão passado*?

— Não precisa repetir tudo que falo — frisou Lucian.

Massageei minhas têmporas.

— Por que não fui informada?

Ele franziu as sobrancelhas.

— Por que seria informada?

— Porque como vítima daquele desgraçado do Ansel Rollins, eu devia ser informada toda vez que ele fosse transferido, tivesse chance de liberdade condicional ou morresse! Porque eu prestava depoimento toda vez que ele estava pra ser liberado pela junta de condicional pra garantir que aquele monstro ficasse atrás das grades. — Joguei as mãos para o alto. — Que espécie de justiça é essa em que ele simplesmente morre? Diz que pelo menos foi extremamente doloroso.

— Você prestava depoimento? — A voz dele saiu num grunhido sufocado. Suas mãos se estenderam e envolveram meus bíceps com firmeza e calor. O Lucian impassível tinha desaparecido, e em seu lugar estava um homem em chamas.

— Lógico que sim. Meu pai me acompanhou em todas as idas. Eu estava preocupada por ter que ir até lá sem ele este ano, mas teria ido.

— Ninguém te pediu que fizesse isso. Não era sua obrigação mantê-lo lá — afirmou, como se ainda fosse explodir a qualquer instante.

— Como foi que aconteceu? — perguntei.

Ele encheu os pulmões de ar e soltou.

— Teve um AVC enquanto dormia. Falaram que não sentiu dor. — As palavras soaram amargas.

— Não sentiu dor. — Deixei escapar uma risada sem humor. Meu pai tinha passado as últimas semanas de vida sofrendo, enquanto Ansel Rollins escapara em paz enquanto dormia.

— Seu pai não me contou que você prestava depoimento para a junta de liberdade condicional.

— Por que contaria? — perguntei, desvencilhando-me de suas mãos para que pudesse andar de um lado para o outro. Eu pensava com mais clareza quando me movia. — Não acredito nisso. Os dois deveriam estar aqui.

— Quem?

Parei de andar feito louca para levantar a vista e fitá-lo.

— Nossos pais. O meu deveria estar aqui porque era bom, gentil, inteligente e maravilhoso. Deveria estar aqui brincando com a neta, planejando um cruzeiro pelo Mediterrâneo com a minha mãe e nos ajudando a tirar a Mary Louise da prisão. E aquele nojento que se dizia seu pai deveria estar aqui sofrendo a cada minuto por tudo que fez a você.

— E a você — disse Lucian, baixinho.

Eu o ignorei e entrei pisando firme na sala. Lá, peguei uma das almofadas ásperas, pressionei-a contra o rosto e soltei o grito que estava preso na minha garganta.

— Que diabos está fazendo? — perguntou, tendo a ousadia de parecer estar se divertindo.

Joguei a almofada de volta no sofá.

— Sei lá. É algo que a Naomi costuma fazer. Achei que fosse ajudar.

— Ajudou?

— Não. Estou tão puta agora que é melhor você dar o fora.

— A casa é minha — salientou ele.

— Tá bem — bufei. — Vou pra casa quebrar minhas próprias coisas até melhorar meu astral. — Fui na direção da porta da frente.

Ele me alcançou no instante em que minha mão se fechou na maçaneta e apoiou sua mão na porta, mantendo-a fechada.

— Sai, Lucian — sibilei sem me virar.

— Por que está tão puta? — perguntou.

Virei-me para encará-lo.

— Tá me zoando, né?

— Sloane — falou quase com delicadeza.

— Estou *puta* porque ele machucou você e a sua mãe. Destruiu você. E simplesmente bateu as botas? *Em paz*?

Ai, que inferno. Uma lágrima quente e cheia de raiva escorreu e deixou rastro no meu rosto.

Ele me segurou pelos ombros.

— Não *ouse* derramar uma lágrima sequer por causa dele.

— Não *ouse* dizer como devo reagir.

— Ele não me destruiu — insistiu. — Não permiti que ele me impedisse de construir esta vida.

— Que vida, Lucian? — Minha voz falhou.

— Tenho mais grana e poder do que qualquer...

— Você tem *coisas*. Milhões de dólares e contatos influentes. Trabalha o dia todo. Mas nada disso te trouxe felicidade. Você preservou o nome da família para que nunca fosse associado a ele, e isso é ótimo, mas esse nome acaba com você. Você fez uma *vasectomia* porque ele te fez acreditar que estava danificado.

Seu belo rosto se transformou em pedra.

— Ser feliz não é para todos, Sloane.

— Viu só? É disso que estou falando. — Apontei com o dedo na sua cara. — Ele te destruiu. Ele nos destruiu.

Por um segundo, Lucian pareceu abalado. Como se eu tivesse lhe dado um soco. E então a máscara voltou. Ele me soltou e deu um passo para trás.

Só que agora que comecei, não conseguia parar. Aproximei-me e soltei as palavras que estavam engasgadas desde os meus 15 anos.

— Ele fez um menino doce, inteligente e bonito se sentir danificado. E eu nunca vou perdoar isso.

— Ele não me destruiu. Eu sou quem sou apesar de tudo que ele fez.

— Não. Você é quem é pra *contradizer* tudo o que ele fez — rebati. — Toda vez que faz uma escolha pensando no que ele faria ou não, ainda o deixa no poder. Ele ainda está te destruindo. Primeiro da prisão e agora do túmulo.

Lucian não demonstrou estar satisfeito com minha observação perspicaz. Ele estava visivelmente puto. Sua mandíbula se contraía sob a barba cuidadosamente aparada.

— Pense como quiser. Mas uma coisa que ele não fez foi nos destruir. Você fez isso sozinha.

Inspirei profundamente e senti o impacto de suas palavras.

— Já pedi desculpas por aquilo. Eu tinha 16 anos.

— E quantos anos você tem agora? Porque, mais uma vez, duvidou da minha capacidade de resolver meus problemas. Você não era confiável naquela época e certamente não é agora.

Minha cabeça estava latejando. O pretzel pesou no meu estômago.

— Não consegue me perdoar por aquilo? Pois então não consigo te perdoar por deixar o Ansel sair vitorioso.

— Vaza pra sua casa, Sloane.

— Com prazer.

Saí na maior tranquilidade e bati a porta com toda a força que consegui.

DEZENOVE
ERROS FORAM COMETIDOS

Lucian

Vinte e dois anos atrás

Acordei sobressaltado, um eco reverberava nos meus ouvidos. Não pude me dar ao luxo de prender a respiração e esperar para ver se eram os vestígios de um sonho ou se era o pesadelo que eu vivia. Já estava colocando uma bermuda quando ouvi novamente. O apelo estridente abafado pela acusação furiosa.

O jantar estava frio.

A casa estava uma bagunça.

Tinha marcas de pés sujos na garagem.

Muito barulhento.

Muito caladinho.

Eu tinha olhado torto pra ele.

Eu tinha nascido.

Houve um estrondo, seguido imediatamente por um grito angustiado vindo do primeiro andar assim que cheguei às escadas. O barulho estava alto demais para que isso tivesse começado agora. Eu tinha pegado no sono.

Burrice.

Eu nunca adormecia antes dele. Não era seguro. Eu não confiava nele. Mas eu estava cansado pra caralho. Com a reta final do meu último ano, um emprego de meio período e a fachada dos preparativos para a faculdade, eu me atirava na cama, seja a minha ou a da Sloane, exausto.

O Sr. Walton me dera uma grande força.

Ele tinha me ajudado a solicitar e conseguir uma bolsa de estudos e dois auxílios. Eu nem precisaria jogar futebol na faculdade. O esporte já tinha causado estragos no meu corpo. O esporte e a convivência com meu pai. Em público, nós três encenávamos a mesma farsa ridícula o tempo todo, fingindo que a escuridão não existia atrás de portas fechadas. Como se não estivéssemos vivendo o mesmo pesadelo repetidamente.

Mas ninguém conseguia esconder a verdade para sempre. Ainda mais quando era tão feia assim. Eu não ia sair dessa casa, não enquanto meus pais morassem sob o mesmo teto.

Não dava. Eu era a única coisa que o detinha.

Eu ficava de olho nele o tempo todo, sabendo que ia acontecer de novo. A contagem do tempo tinha sido reiniciada semanas atrás com a última explosão violenta dele. Eu ainda não tinha recuperado todo o movimento do ombro, e minha mãe estava com uma cicatriz nova no canto da boca. Ela estava definhando diante dos meus olhos, como se estivesse apagando-se da realidade.

Tive vontade de agredi-lo naquele momento. Não apenas detê-lo, mas realmente feri-lo. Tive vontade de mostrar a ele como era.

Mas me contive. Por pouco. Pensei no Sr. Walton e no tabuleiro de xadrez, enquanto aos poucos me sentia prestes a perder as estribeiras. Às vezes, o melhor ataque era uma boa defesa.

Então me defendi. E ele baixou a bola. Mas eu sabia que isso não ia durar muito tempo. O cara era uma bomba-relógio.

Eu tinha consciência disso, mas, ainda assim, acabei adormecendo. Porra, a culpa era minha.

Desci correndo as escadas ao som de socos, do baque amortecido de um corpo se encolhendo e dos gritos impulsionados por álcool que se espalhavam pela casa.

Eu os encontrei na sala de estar. Ele estava parado sobre ela, a mão direita cerrada em um punho raivoso. Bíceps saltado. Mandíbula cerrada pela raiva que o dominava. Ele tinha ganhado peso ao passo que minha mãe tinha perdido. Quase como se ele estivesse sugando a vida dela como em um daqueles vampiros dos livros que a Sloane estava viciada agora.

— Desculpa — falou minha mãe em um sussurro trêmulo. Ela estava encolhida contra o rodapé. Sangue do seu rosto manchava a parede e o chão, infiltrava-se na camiseta que pendia frouxamente dos ombros magros.

Ele desferia chutes brutais nas costelas dela.

— Pare! — A ordem irrompeu da minha garganta com força.

Ele se virou para me encarar com aqueles olhos vazios e vermelhos.

— Foi culpa da bebida. — Ele diria depois que estivesse sóbrio. Depois que a minha mãe tivesse enfaixado os nós dos dedos que ele machucara ao nos atingir. — Não vai se repetir mais.

Eu o odiava. Naquele instante, o tempo parou, e eu estava tão tomado de ódio que meus joelhos quase fraquejaram.

— O que você falou? — exigiu saber. As palavras estavam claras e carregadas. Ele não se embolava para falar quando bebia. Tudo ficava mais intenso, mais agressivo.

— Eu mandei parar — repeti enquanto aquela névoa vermelha de raiva começava a se formar. Meu coração batia forte na base do crânio, e eu me maravilhava com a adrenalina que invadia minha corrente sanguínea.

— Lucian, vá embora — implorou minha mãe, agora ajoelhada e com as mãos no chão.

Ele deu outro chute nela sem nem olhar. O impacto da bota a derrubou de novo no chão, onde ela se encolheu em posição fetal, choramingando.

Foi aí que eu vi. O corte longo e irregular no antebraço dela. O brilho metálico na mão esquerda dele.

— Não ouse levantar a porra da voz na merda da minha casa, moleque.

Meus olhos estavam fixos na faca que eu tinha lavado e guardado no suporte sobre a bancada da cozinha. Havia sangue na lâmina. Ele a tinha cortado. E agora estava empunhando o objeto na minha direção.

— Vá se foder! — esbravejei. Minha mente deu um estalo como se fosse um elástico arrebentando. Eu já não era mais o filho adolescente obediente. Eu já não era mais o pacificador ou o protetor. Eu era *ele*.

Uma fúria como nunca tinha sentido antes me impulsionou pelo cômodo. Minhas mãos se fecharam na sua camiseta suada. Elas pareciam as dele. Grandes, fortes, capazes de causar estragos.

Essa fúria ficou entalhada na minha cabeça, como uma pedra pontiaguda cravada.

Ele parecia levemente surpreso. Porque eu sabia o meu lugar. Eu não contra-atacava. Mas esta noite eu reagi. Isso acabaria esta noite, antes que ele acabasse com um de nós.

Usei a surpresa dele a meu favor e o lancei com força contra a parede onde nos tinha encurralado, a mim e à minha mãe, muitas vezes. Meu punho disparou e atingiu sua mandíbula de concreto. A dor explodiu ao longe. Eu podia ouvir minha mãe gritando à distância.

Agora ele estava gritando. Palavras abusivas horríveis e repugnantes. O tipo de coisas que você guardava para o inimigo que tirou tudo de você. Não para o filho que um dia só quis te encher de orgulho.

Ele me cortou com a lâmina. Mas não senti nada além de uma raiva incandescente que nunca seria saciada. Uma necessidade de destruir. Era incrivelmente satisfatório enfim descarregar tudo de volta nele.

A dor recente me deu forças. Arranquei a faca de sua mão e a joguei no chão. Seu punho me atingiu na têmpora e tudo ficou meio confuso. Mas não desabei. Não caí, não implorei nem chorei.

Eu surtei.

Não ia parar até ele cair. Até *ele* implorar, até *ele* chorar.

Tal pai, tal filho.

Essa frase se repetiu na minha cabeça como um mantra. Vez após vez. Sobre o som distante de vidro quebrando.

Tal pai, tal filho.

Sobre o choro baixo da minha mãe.

Tal pai, tal filho.

Eu continuei. Continuei golpeando, continuei desviando dos socos, continuei mesmo com a cabeça zunindo. Até quando minha visão não estava mais vermelha, tornando-se azul e branca e vermelha novamente.

Sloane

MINHAS MÃOS TREMIAM enquanto eu segurava o telefone sem fio. Eu sentia vontade de chorar ou vomitar, e estava certa de que acabaria fazendo os dois antes disso acabar.

Eu tinha feito uma promessa a Lucian. Ele tinha sido categórico. Mas se eu não fizesse algo, alguém sairia ferido. Ferido de verdade.

Eu tinha visto o Sr. Rollins chegar em casa. A tampa do tanque de combustível do caminhão dele ainda aberta. Ele tinha desviado para a faixa errada e depois voltado de novo para evitar a Sra. Clemson que passeava com os dois são-bernardos dela. Gritando palavrões para a mulher, ele tinha pisado fundo no acelerador e depois freado com força, parando a poucos centímetros da porta da garagem dele.

Tantas vezes no último ano eu quis contar aos meus pais. Mas o Lucian me fez prometer. Eu tinha que ficar de fora disso e deixar que resolvesse.

Ele nunca tocava nesse assunto. Mas eu sabia que deveria observar os sinais. Eu sempre deixava minha janela destrancada, mas, nas piores noites, eu a deixava um pouquinho aberta e me encolhia sob um cobertor no banco da janela, ouvindo.

Como não podia impedir que acontecesse, pelo menos podia passar por isso com ele.

Nós éramos tão próximos em certos aspectos e, ainda assim, praticamente estranhos em outros.

Tinha o Lucian que eu via na escola. O garoto bonito que andava com um grupo de amigos. Aquele que piscaria para mim ou puxaria meu rabo de cavalo quando ninguém mais estivesse olhando.

Também tinha o Lucian que jantava três noites por semana na casa dos meus pais. Educado, respeitoso, calado. Aquele que tinha se oferecido para me ensinar a dirigir no estacionamento da escola aos domingos, depois que minha mãe disse que sua pressão arterial não aguentaria.

E aí tinha o Lucian que entrava pela minha janela. Este era engraçado, introvertido, inteligente e demonstrava interesse em mim. Conversávamos sobre música, filmes e livros por horas. Às vezes, ele lia o que eu estava lendo só para podermos conversar sobre o assunto. Ele até me deu conselhos durante meu primeiro relacionamento sério com Trevor Whitmer, um trombonista do segundo ano com piscina em casa.

Era junho, Lucian completaria 18 anos na terça-feira. No mesmo dia da sua formatura do ensino médio. Parecia que havia um relógio contando os segundos acima das nossas cabeças. Ele estava seguindo os rituais de um formando. Fazendo planos de curtir o verão e usar camisetas da faculdade. Mas não importava quantas vezes eu tentasse fazê-lo falar sobre isso, ele não se abria. Às vezes parecia que ele queria saber tudo sobre mim sem compartilhar nada sobre si mesmo.

Ouvi outro grito fraco carregado pelo ar noturno e me encolhi, segurando o telefone contra o peito.

Lucian quase sempre aparecia depois. Depois da briga. Depois que o pai desmaiava ou saía de novo. Depois de acalmar a mãe. Não havia ninguém para cuidar dele. Então eu guardava ataduras e pomada cicatrizante na minha mesinha de cabeceira. Às vezes, eu descia silenciosamente para colocar cubos de gelo em um saco plástico ou ir atrás de uns lanchinhos.

Ele confiava em mim o bastante para contar. Talvez isso indicasse que também confiava que eu faria o que era certo, ainda que fosse algo que não quisesse, racionalizei.

Mordi o lábio com nervosismo. Eu não podia ficar simplesmente sentada aqui no meu quarto bonito, vivendo minha vida bonita e esperar que seu pai parasse de machucá-lo. Não era isso o que amigos faziam. Não era assim que se agia quando se amava alguém, e eu amava o Lucian.

De que forma, eu não tinha certeza. Só sabia que o amava e não aguentava mais vê-lo ferido.

Abri a janela com força e subi no telhado da varanda.

Era quase meia-noite. Meus pais já deviam estar dormindo há horas, e eu não podia simplesmente entrar correndo no quarto deles, desembuchar a história inteira e depois pedir que ligassem para o 190. Podia?

Para ser sincera, meus pais eram bem legais. Eles telefonariam para o 190 e meu pai correria até a casa ao lado para tentar acalmar a situação.

Eu até entendia a necessidade de acalmar as coisas de vez em quando. Mas o Sr. Rollins parecia ser do tipo de pessoa que nem te deixava terminar a primeira frase antes de desferir um soco. E eu não queria que meu pai saísse machucado. Além disso, ele ficaria arrasado se descobrisse o que vinha acontecendo na casa ao lado. Ele e a mamãe se sentiriam culpados por não terem percebido os sinais. Eles tentariam compensar de alguma forma, o que só constrangeria o Lucian e o faria começar a me evitar.

Eu sentia um ódio fervente pelo Sr. Rollins, daqueles que só grandes obras da ficção pareciam conseguir retratar. Sempre que o via, eu o encarava com ódio, torcendo para que ele sentisse. Que se virasse e me encontrasse encarando-o com raiva. Que soubesse que não tinha enganado todo mundo. Que eu sabia do segredinho podre dele.

Só que ele nunca reparava em mim. Nem uma única vez olhou na minha direção. Acho que era melhor desse jeito. Assim, quando eu pusesse meu plano em prática, nem suspeitaria que eu tinha contribuído para o karma dele.

Eu tinha muitos planos. Um caderno cheio deles. ideias de como fazer o Sr. Rollins ser preso para que o Lucian fosse para a faculdade. Eu tinha escrito o título em letras grandes e de forma com meu marca-texto roxo favorito na primeira página. Na capa do caderno, tinha rabiscado anotações de geografia para que ninguém ficasse fuçando.

O último plano traçado pulava a parte de "ser preso" e ia direto para a de "matá-lo". Notei que o Sr. Rollins trocava as pastilhas de freio da caminhonete na entrada a cada poucos meses — provavelmente porque era um bêbado e vivia pisando no freio para evitar acidentes. Eu tinha cogitado a ideia de me esgueirar até lá enquanto ele estivesse debaixo do veículo e soltar o freio de mão.

Depois, eu esperaria até ter certeza de que ele tivesse sido esmagado e só então ligaria para a emergência com a voz trêmula.

As opções mais realistas que não envolviam homicídio, não importava o quanto ele merecesse ter o rosto destroçado, concentravam-se em atrair a atenção de uma testemunha de fora.

Talvez o técnico de futebol do Lucian, que já deve ter se perguntado sobre os hematomas. Ou os vizinhos que moravam do outro lado da família Rollins. Exceto o Sr. Clemson, que raramente colocava o aparelho auditivo, e a Sra. Clemson, que ficava tão ocupada tagarelando que parecia nunca ouvir mais ninguém.

Eu ia descobrir um jeito e fazê-lo parar. Assim o Lucian poderia ir para a faculdade sem precisar se preocupar com a mãe e seria feliz. Realmente feliz.

Um grito abafado me assustou. Depois veio o som de vidro quebrando. Alto. Parecia ser o da janela da sala deles.

Meus polegares digitaram 190 antes de eu sequer ter decidido por completo.

Um soluço rompeu o silêncio arrepiante, e só então percebi que tinha saído de mim.

Eu estava tremendo tanto que meus dentes estavam batendo.

Um de nós precisava dar fim a isso esta noite. E se isso significasse que ele me odiaria pelo resto da vida, pelo menos ele teria o resto da vida.

— Polícia. Em que posso ajudar?

— Tem um homem agredindo a esposa e o filho. Parece grave. Por favor, mandem socorro antes que seja tarde demais. — Minha voz falhou.

— Certo, querida — falou o atendente em um tom mais ameno. — Vai ficar tudo bem. Qual é o endereço?

Precisei de duas tentativas para conseguir falar em meio ao choro.

— A polícia já está a caminho.

— Fale para virem logo e tomarem cuidado. O Sr. Rollins é um homem grande, bebe o tempo inteiro e dirige alcoolizado — falei, expondo todos os motivos que me faziam odiá-lo.

— Está bem. A polícia vai cuidar disso — prometeu ele.

— Obrigada — sussurrei, secando os olhos na manga da roupa.

Estava frio aqui no telhado. Frio e solitário, enquanto eu esperava que o Lucian ficasse bem.

— São seus vizinhos? — perguntou o atendente.

Ouvi sirenes soando ao longe e os instiguei com a mente a se aproximarem.

— Ele é meu amigo — sussurrei.

Lucian

AS ALGEMAS APERTAVAM meus pulsos. Cacos de vidro cortavam as solas dos meus pés enquanto Wiley Ogden me conduzia para fora. Sangue escorria de uma dúzia de cortes no meu rosto e nos braços. Meu pai havia conseguido fazer um corte raso nas minhas costelas com a faca antes de eu o desarmar. Minha cabeça doía, e eu estava tendo dificuldade em prestar atenção no que as pessoas estavam dizendo. Tudo estava embaçado e abafado.

Havia dois carros de patrulha na rua em frente à casa e uma ambulância na garagem. Os três veículos estavam com as luzes acesas, alertando a todos no bairro, para meu constrangimento.

Havia um pequeno grupo de vizinhos preocupados vestindo roupão.

— O que está fazendo? — Simon Walton se dirigiu a mim com fúria nos olhos e gatos estampados da calça de pijama.

Desviei o olhar, sem querer ver o julgamento nos olhos do homem que tinha se tornado uma figura paterna para mim. Mas sua ira não estava direcionada a mim. Ele se colocou entre mim e o chefe de polícia e enfiou o dedo no peito flácido do Ogden.

— Mas que droga você está fazendo, Wylie?

— Vou prender esse vagabundo imbecil por tentar esfaquear os pais com uma faca de cozinha — disse o chefe alto o bastante para que os vizinhos escutassem.

— Não foi isso que aconteceu! — A multidão se abriu ou minha visão clareou e vi a Sloane.

Desviei os olhos rapidamente, mas não sem antes notar seu rosto molhado de lágrimas. O pânico. A culpa. Ela ainda segurava o telefone sem fio.

Foi ela. Ela chamou a polícia. Ela era a culpada por minha vida ter acabado. A razão pela qual minha mãe estava sem proteção. Minha mãe, que permaneceu calada quando meu pai disse aos policiais que eu os ataquei sem motivo.

Uma sensação de enjoo me atingiu.

— Sloane, deixa que eu resolvo — insistiu o Sr. Walton. — Tira as algemas dele agora, Wylie, senão a coisa vai ficar feia.

— Não aceito ordens de um advogadozinho oportunista — disse Ogden, empurrando-me com força para frente. Meus joelhos se dobraram, e eu caí com força ajoelhado na calçada.

Sloane gritou, mas me recusei a olhar para cima.

— Policial Winslow, poderia ficar de olho no Lucian enquanto eu me entendendo com o chefe Ogden? — disse o Sr. Walton com os dentes cerrados.

Um outro policial e um paramédico me ajudaram a levantar.

— Aguente firme, parceiro — sussurrou o policial para mim enquanto me conduziam até a ambulância.

— Nem pensem em cuidar dos ferimentos. Deixem ele sangrar a caminho da xilindró. Vamos ver se ele gosta — gritou Ogden enquanto nos afastávamos.

Achei ter escutado o paramédico resmungar "filho da puta" para si mesmo, mas não tive certeza.

O policial me colocou com cuidado no banco de trás da viatura, onde desabei no banco.

— Pego um pouco de água pra você lá na delegacia e a gente te limpa — prometeu ele.

Assenti, mas não abri os olhos. Não havia motivo. Não havia mais nada para mim aqui. Esta vida estava encerrada.

— Lucian.

Com esforço, abri os olhos e vi o Sr. Walton apoiado na porta aberta.

— Ouça bem. Vou estar logo atrás de você, tá? Não converse com ninguém. Se tentarem te interrogar, diga que só vai falar com o advogado.

Seu tom era calmo, reconfortante.

— E... — Minha voz saiu rouca e tive que pigarrear. — E a minha mãe?

— Vão levá-la pro hospital para verificar como está — disse ele, mantendo o tom de voz baixo.

— Lucian. — O rosto assustado da Sloane apareceu ao lado do semblante sério do pai.

Virei o rosto, sem querer olhar para ela. Sem querer encarar a traição... nem as sombras que a minha família tinha colocado naqueles olhos verdes.

— Vá embora — falei.

— Quê? — perguntou o Sr. Walton, aproximando-se mais.

— Tira ela daqui! Por favor.

— Lucian, me desculpa... — começou Sloane.

— Vá ficar com a sua mãe, Sloane — disse o Sr. Walton usando o tom de advogado.

Meu pai estava na parte de trás da ambulância, de olho em mim. Eu sabia bem sua verdadeira intenção. Estava lembrando minha mãe do destino das esposas que não demonstravam lealdade aos maridos, mas sim aos filhos.

Eu não a culpava. Eu nem tinha certeza se culpava a Sloane. Só sabia que tudo pelo que lutei tanto tinha ido por água abaixo. Tinha sido tudo em vão. Eu ia para a prisão. Meu pai mataria minha mãe. Depois, ele acabaria na cadeia ou beberia até morrer. Seja como for, era o fim da família Rollins.

— Mas, pai, não pode deixar levarem ele. Não foi ele. Não foi culpa do Lucian. O Sr. Rollins...

Se ele se desse conta do que ela estava falando, se sequer suspeitasse de que ela sabia... eu não estaria presente para evitar. Senti uma onda de náusea.

— Chega! — vociferei com firmeza. Eu ainda não conseguia olhar em sua direção. Ela tinha que ficar longe de mim.

— Lucian — o sussurro da Sloane saiu entrecortado.

— Vá aguardar com a sua mãe — ordenou o Sr. Walton, incisivo. Eu a senti se afastar. Uma onda de desesperança me abateu.

— Melhor o senhor não se meter nisso, Sr. Walton. Não é seguro.

Ele estendeu a mão para dentro do carro e a apoiou no meu ombro.

— Não vamos te deixar na mão, Lucian. Você é um garoto bom que está se tornando um homem de valor. Vou dar um jeito nisso.

No trajeto até a delegacia, me vi pensando por que algumas pessoas passavam a vida toda tentando consertar coisas enquanto outras só as destruíam. Não que isso fizesse diferença agora. Eu estava entre os destruídos.

VINTE
ELA É SÓ MINHA

Lucian

Maureen Fitzgerald cruzou as pernas longas na altura do tornozelo e abriu aquele sorriso enigmático.

— O que é tão importante que insistiu em interromper minha farra de compras em Paris? — Sua entonação era bem controlada. A postura e o modo de falar serviam para lembrar seu público de internatos particulares e verões na Europa. Nem um único fio de cabelo castanho se atrevia a escapar do penteado clássico. As joias eram caras, porém de bom gosto, e seu conjunto de calça e terno sob medida exalava estilo e dinheiro.

Mas eu sabia a verdade. A verdadeira Maureen era mais impressionante do que uma herdeira mimada. Como eu, ela se fez a partir do nada que lhe fora dado. Também como eu, estabeleceu uma rede de segurança com dinheiro, poder e favores.

Aos cinquenta e poucos anos, ela conseguia atrair mais olhares ao entrar em um ambiente do que a maioria das suas funcionárias. O que era uma afirmação e tanto, dado o fato de que ela estava no comando de um grupo de belas profissionais do sexo que mantinham a elite rica de Washington, D.C. satisfeita.

Passei um expresso para ela em um pires delicado e me sentei na borda da mesa que requisitei. A gerente do hotel estava do lado de fora, provavelmente andando de um lado para o outro com nervosismo e perguntando-se por que o homem que era proprietário deste local e assinava seu contracheque estava usando seu escritório para se encontrar com a cafetina mais famosa da Costa Leste.

— Preciso de informações — anunciei.

— Não seja guloso, Lucian. Não é nada elegante.

— Não finja que me passa informações por pura bondade, Maureen. Já facilitei sua vida de várias formas.

Tínhamos uma relação simbiótica. Ela dava informações sobre clientes problemáticos que suas funcionárias encontravam, e eu usava essas informações para garantir que não surgissem mais problemas. Dependendo do indivíduo em questão, as minhas táticas variavam desde chantagem até, às vezes, métodos mais criativos.

— Uma hora ou outra alguém pode associar nós dois, e aí como ficamos? — perguntou antes de dar um gole delicado no expresso.

— Somos espertos demais pra isso.

— Hum, que otimismo o seu. Só que as pessoas se distraem. Ficam desleixadas.

— Foi assim que seu nome foi vinculado à morte prematura de Felix Metzer? — perguntei, jogando as informações como se estivesse descartando um cadáver aos seus pés.

O semblante dela permaneceu perfeitamente impassível, mas não deixei passar o chacoalhar da porcelana quando ela pousou a xícara.

— Com quem andou conversando?

— Com alguém que, para sua sorte, é tão burro que não consegue ligar os pontos. Ele supôs que o Felix fosse um cliente.

— Que imaginaçãozinha limitada tem o seu passarinho — falou Maureen, afofando o cabelo.

— Por que te flagraram almoçando com um homem que, de acordo com todos os relatos, era um intermediário criminoso amigável e habilidoso com uma boa rede de contatos, até ter o corpo encontrado no rio Potomac?

Ela soltou um suspiro.

— Primeiro me diz por que você está envolvido nisso.

— O Felix vendeu uma lista com o nome do meu amigo para Anthony Hugo. O Hugo fez questão de trazer a conhecimento geral que a missão era eliminar todos os nomes da lista.

— Você tem amigos? — Ela arqueou uma sobrancelha, seus olhos castanhos cintilando.

— Como se fossem família — falei.

— Então você já entende.

— Entendo o quê?

— Felix é... ou era da minha família. Éramos primos no que já parece ter sido outra vida. Crescemos juntos, depois cada um seguiu seu rumo. Só que mantivemos contato, nos encontrávamos de vez em quando. Claro que nunca em um lugar que alguém pudesse me reconhecer. Tenho uma reputação a zelar.

Só que alguém a reconheceu, e agora a Maureen era a única pista que eu tinha.

— Felix chegou a comentar com você sobre o trabalho?

— Achávamos melhor não abordar nossas profissões. Aquela história de se fazer de desentendido e tal.

— Mas você ficava de olho. Tinha uma ideia das companhias dele — insisti. Maureen tinha um instinto protetor e era como um cão de guarda quando necessário.

— Por que está focando no Felix e não no Hugo? Deus sabe que aquele sujeito já infringiu leis suficientes para merecer várias sentenças de prisão perpétua.

— Outra pessoa, que não o Hugo, colocou o nome do meu amigo naquela lista e quero saber o porquê. Essa pessoa precisa pagar pelo que fez.

— Parece que alguém tinha uma rixa com o seu amigo.

— Preciso saber quem é. — Mesmo que o Anthony Hugo fosse finalmente condenado por seus crimes, ainda tinha alguém por aí que considerava Nash Morgan uma ameaça. E eu não ia sossegar até descobrir quem era.

Maureen examinou suas unhas pintadas de rosa-claro.

— Como já falei, não conversávamos sobre trabalho.

— Isso nunca te impediu de conseguir informações.

Ela encheu os pulmões de ar.

— Tá legal. Nem todos os amigos do Felix estavam metidos em coisas erradas. Alguns trabalhavam do lado certo da lei.

— Um policial? — perguntei.

— Tinha um cavalheiro... e quando digo isso, é com um certo exagero. — Ela deu uma olhadinha no seu relógio Cartier discreto. — Ele deu as caras em um churrasco de família neste verão. Eu não estava presente, claro. Minha tia falou que o conhecido policial do Felix fez questão de se apresentar para todo mundo como um "velho amigo" dele. Isso deixou meu primo nervoso, algo que não é tão fácil de conseguir.

— Aí você resolveu investigá-lo?

— Se alguém se aproxima desse jeito da minha família, eu faço o que for preciso.

— Nome — exigi.

Ela ergueu os ombros esguios.

— Não vai te ajudar em nada nesse caso. Já que o homem foi baleado e morreu após um sequestro que deu errado no ano passado.

Soltei um palavrão baixinho.

— Tate Dilton.

— Isso mesmo! — elogiou Maureen, impressionada.

Passei a mão no cabelo. Será que tudo realmente levava de volta a ele? Será que todas essas pontas soltas se ligavam ao cadáver do Dilton?

O sujeito guardava rancor do Nash por assumir o cargo de chefe de polícia que pertencia ao Ogden. Mas acontece que foi o Dilton quem atirou na noite em que o Nash foi baleado. Por que ele teria colocado o Nash em uma lista de pessoas a serem eliminadas — uma atitude covarde — se ele mesmo atiraria?

— Segundo minhas descobertas, ele não era o policial corrupto mais esperto do mundo — comentou Maureen. — Falei para o Felix se afastar dele. Mas é claro que ele não me escutou.

Se isso fosse verdade, eu tinha desperdiçado as últimas semanas atrás de um maldito fantasma.

— Vejo que não gostou muito de receber essa notícia — observou ela. — Mas não tenho tempo pra esperar e descobrir o motivo. Já tenho um compromisso marcado.

— Peço desculpas por ter interrompido a sua viagem — falei, emburrado, levando-a até a porta.

Ela me deu um beijinho na bochecha.

— O tempo que passo com você não é tempo perdido, Lucian. Mas está me devendo um presentão. Quem sabe algo da Hermès.

Meus lábios se curvaram. Maureen tinha um afeto de mãe por mim.

Nós nos despedimos e a Maureen partiu pelo elevador privativo que dava para a garagem.

Agradeci à gerente por me deixar usar o escritório e então segui para o saguão de mármore.

Era o sábado que antecedia o Dia dos Namorados, e o murmúrio presunçoso dos jovens e da elite de D.C. quase se sobrepunha à música ao vivo do piano no bar. Eu já fui um deles. Agora eu era algo completamente diferente.

Todo mundo era um peão ou um rei. Os peões desejavam se tornar reis um dia, e os reis sentiam falta da inocência de serem peões.

Ele te destruiu. Ele nos destruiu.

As palavras que Sloane dissera no fim de semana passado ressoaram na minha mente.

Ela não fazia ideia do que estava falando. Ela não me conhecia. Certamente não estava em posição de me julgar. Fui sincero no que disse. A felicidade não era para todos. Eu preferia a segurança. Eu tinha criado uma vida imune a qualquer ameaça.

— E aí, chefe, como foi?

Nolan estava apoiado no balcão da recepção de um jeito descontraído, mexendo na tigela de balinhas.

— O que está fazendo aqui? — indaguei.

Uma onda de gargalhada masculina e animada veio do bar.

Nolan desencostou da mesa.

— Um passarinho chamado Petula me contou que você tinha uma reunião importante após o expediente. E depois daquela perseguição em que teve que despistar o outro carro e do que aconteceu com a Holly, achei que talvez quisesse uma ajudinha extra. Pelo menos até ver a Maureen Fitzgerald saindo daqui por um monitor de segurança um minuto atrás.

— Espionar o chefe não costuma ser uma jogada inteligente nos negócios — salientei.

— O que você vê como espionar, eu vejo como proteger. — Ele desembrulhou uma bala e colocou na boca. — A linda senhora tinha alguma informação sobre o nosso colega falecido, Felix?

Passei o olhar pelo saguão. Estava cheio de pessoas bem-vestidas e bem-sucedidas, certas da própria importância. Homens e mulheres que passavam os dias em busca de poder ou submetendo-se a ele. Indiquei na direção do bar.

— Não precisa chamar duas vezes — disse Nolan e veio atrás de mim.

Com paredes em tom verde floresta, móveis de madeira escura e quadros de caçadas em campos ingleses, o bar tinha a aura de uma biblioteca em uma mansão rural antiga.

Arranjamos um cantinho na ponta do balcão de mogno, onde ficamos resguardados de olhares e ouvidos intrometidos por uma coluna ricamente talhada.

Chamei a atenção do barman e mostrei dois dedos. Ele assentiu e pegou uma garrafa de bourbon da prateleira mais alta.

— Acho que ela acabou de resolver o mistério de quem colocou o nome do Nash naquela lista — falei, mantendo o tom de voz baixo.

— Sou todo ouvidos. — Nolan parecia à vontade encostado no balcão, mas seus olhos não paravam de examinar o lugar. Pelo visto, dava para tirá-lo do serviço de delegado, mas não dava para tirar o delegado dele.

O barman trouxe a garrafa e os copos, inclinando-se com hesitação.

— Aquele cara acabou de se curvar pra você? — perguntou Nolan.

— Acontece — falei.

Ele balançou a cabeça e suspirou.

— Ah, viver um dia na sua pele.

— Não é tão divertido quanto aparenta ser — murmurei.

— Ah, eu daria um jeito de me divertir — insistiu.

Bem provável que sim. Algumas pessoas nasciam para uma vida assim. Todo dia era uma fonte ininterrupta de entretenimento e prazer. A vida da Sloane seria assim. Ela escolheria um homem que a fizesse rir. Que estivesse em casa para os jantares. Que a acordasse em um domingo de manhã tranquilo com uma aventura planejada.

Minha mandíbula se contraiu.

Eu era importante, respeitado e temido. Contudo, na última semana, só consegui pensar na acusação da Sloane de que eu tinha desperdiçado minha vida com as coisas erradas.

— Tate Dilton — falei, mantendo o tom de voz baixo.

Nolan voltou a me olhar.

— Está de sacanagem.

Fiz que não com a cabeça.

— Ela mencionou uma festa da família do Metzer em que o Dilton deu as caras sem ser convidado. Ele fez questão de se aproximar da família, provavelmente para mostrar o quanto conseguia se inserir.

— Provocando daquele jeito "fica ligado, estou aqui comendo a salada de batata da sua mãe e jogando com o tio Joe, então é bom não tentar me sacanear" — divagou Nolan.

— É o que dá a entender. E o Metzer desapareceu enquanto o Dilton ainda estava vivo. Então talvez ele seja a resposta para as duas perguntas.

— Só sobraria o Hugo na lista de vingança. E já que você está trabalhando com "você sabe quem" nisso, parece que sua lista de tarefas acabou de ficar bem mais curta.

Soltei um resmungo.

— Mas por que ele colocaria o nome do Nash na lista e depois ele mesmo atiraria?

Nolan deu de ombros.

— O cara era um egomaníaco oportunista. Viu a chance de dar um fim no cara que botou o amigo dele pra correr do emprego. Aí teve a oportunidade de ser pago para ser quem daria cabo. Odiava o cara o bastante para querer se livrar dele, mas não o bastante para fazer acontecer até alguém tornar as coisas mais interessantes ao envolver grana.

Tinha lógica no sentido de que tinha sido uma jogada idiota e o Tate Dilton era cheio de jogadas idiotas.

Fiz careta enquanto bebia.

— Não me agrada nada essa ligação entre o Felix e a rixa entre o Hugo pai e o Hugo filho. Como um policial desonesto de uma cidadezinha cairia no radar deles?

— Os criminosos são como uma grande família entrelaçada. Dilton não virou um bandido de repente. Aquele cara estava deteriorando-se por dentro há muito tempo. Ele poderia ter feito um favor aqui para o Hugo pai, e trabalhado com o Hugo Junior ali. Caramba, você sabe como é, um monte de bandidos se reúne para uma partida amigável de pôquer quando um capanga diz que está precisando de um motorista de fuga, e outro capanga diz: "Eu conheço um cara".

— É uma possibilidade — concordei.

— Você já deu uma olhada nas finanças do Dilton. Aquele idiota estava nadando em dinheiro bem além do salário de policial. Nem tudo ali vinha do mesmo empregador.

Gargalhadas escandalosas vinham do lado oposto do balcão em formato de U, onde vários homens estavam agrupados em círculo. Deduzi que devia ser por causa de uma mulher.

Nolan cheirou o bourbon com satisfação, depois tomou um gole.

— Caramba, que delícia. Eles deixam uma garrafa aqui só pra você, caso apareça?

— Compensa ser dono do hotel — falei em um tom seco.

Claro, havia suas desvantagens, como olhares famintos voltando-se para mim. Algumas pessoas queriam fazer acordos. Outras queriam se aproximar o suficiente para tirar uma foto. Outras ainda queriam se aproximar mais, na esperança de serem escolhidas para uma diversão mais íntima.

— Já teve a sensação de estar em um zoológico? — perguntou Nolan, observador.

Dei um sorrisinho.

— Todo santo dia.

— Tenta ser menos bonito, cara. Tipo, sou hétero, mas até eu sei reconhecer um *sugar daddy* quando vejo um. Quem sabe raspar a barba, perder uns dentes — sugeriu.

Uma loira alta passou com um gingado sedutor nos quadris. Estava vestida com roupas de Alexander McQueen, e eu podia sentir o perfume enjoativo a dois metros de distância. O cabelo foi o que me atraiu, mas logo a descartei. Ela não tinha olhos verdes e nem usava óculos.

Droga!

Apoiei o copo no balcão, fazendo barulho.

Desde que apareceu no meu escritório, parecia que a Sloane havia se infiltrado nesta vida também. Não apenas naquela que eu levava de tempos em tempos em Knockemout. Eu precisava tirá-la da mente. Tinha tentado de tudo ao longo dos anos. Exceto uma coisa...

Essa única coisa me atingiu como um trem desgovernado. Para eu enjoar de uma mulher rapidinho, bastava levá-la para a cama. Toda vez que rolava sexo, uma contagem regressiva iniciava. Assim que a caça terminava, meu interesse desaparecia.

Relembrar a Sloane sentada na minha mesa, com as coxas e os lábios abertos para mim, fez o sangue correr para o meu pau.

— Se o imbecil do Dilton for o culpado, então o caso está encerrado. Pelo menos nesse aspecto — afirmou Nolan, sem fazer ideia do meu sufoco.

Cerrei os dentes e desejei que meu corpo tivesse a merda do mínimo de autorrespeito.

— Desde que Anthony Hugo não resolva voltar a dar uma conferida na lista — comentei.

— Seria muita estupidez, sem mencionar que não faria sentido. A galera que colaborou como informante depois que descobriu que estava na mira do Hugo foi mandada pra bem longe pelo programa de proteção à testemunha. Se algo acontecer a qualquer policial daquela lista, o Hugo sabe que será o primeiro suspeito — frisou ele.

— Vamos confirmar se foi o Dilton mesmo — decidi.

Nolan concordou com a cabeça.

— Vou mandar um dos nossos dar um pulinho lá na família do Metzer e ver se lembram dele. Talvez o Metzer tenha soltado alguma coisa sobre o canalha pra alguém.

— Manda ver.

Houve outra rodada de risada e tive um vislumbre de cabelo loiro. Essa, sim, tinha olhos verdes e usava óculos. Sloane Walton, com um vestido vermelho sangue, estava no centro de um grupo de homens que disputava para ver quem chamava mais sua atenção. Cada músculo do meu corpo ficou tenso. A ereção que eu quase tinha conseguido controlar voltou com força total.

— De todos os hotéis em todas as capitais possíveis — resmungou Nolan.

— Quer que eu fique aqui pra ter certeza de que você não vai precisar de ajuda pra se livrar de um monte de corpos?

— Não. Dá o fora.

— Vou pedir à Petula para providenciar o dinheiro da fiança — afirmou. Ele colocou o copo vazio no balcão e fez um gesto de saudação.

Eu já estava em ação, a força de atração da Sloane me puxava pelo bar como se fosse algo inevitável.

A cada passo que eu dava, eu ficava mais puto, mais irritado. Eu não queria sentir esse desejo todo por ela, mas também não queria que mais ninguém a desejasse. Tentar passar por entre os caras que babavam por ela me irritou. Lá estava ela, sentada em um banquinho do bar, com um vestido e um batom que prendiam a atenção de qualquer homem saudável em um raio de um metro.

— O que está fazendo aqui? — indaguei, assertivo.

Ela inclinou a cabeça para trás para me encarar, enquanto eu fiquei parado, imponente. Aquela boca vermelha formou um bico de desaprovação.

— Ah, não. Hoje, não, Satanás.

— Quer que eu compre outra bebida pra você? — perguntou o cara que estava à sua direita, tentando recuperar a atenção.

— Não, não quer. Vaza pra casa — vociferei.

Sloane mostrou os dentes pra mim antes de se virar para o palerma que estava achando que ia se dar bem.

— Não liga para o que ele fala. Ele é sempre assim, insuportável — disse ela, apoiando a mão na manga dele.

Dois caras mais novos atrás dela estavam cochichando. Deu para ouvir meu nome sendo citado.

Ótimo. Quanto mais cedo essa cambada de idiotas se tocasse de quem eu era e que não queria que chegassem nem perto dela, melhor.

— Hã, foi um prazer te conhecer, Sloane — disse o loiro com sorriso cheio de dentes, me lançando um olhar nervoso.

— É, a gente tem que... hã... — Seu colega, que vestia Hugo Boss, apontou com o polegar na direção da porta.

— Vaza — falei com um grunhido.

A maior parte da turma deu o fora rapidinho, que nem esquilos amedrontados.

— Qual é o seu problema, Lúcifer? — exigiu saber Sloane.

— A resposta sempre é você.

Ela desceu do banquinho e veio até mim, andando com determinação.

— Tive uma ideia. Que tal você ir se ferrar e me deixar em paz com o... como é mesmo o seu nome? — perguntou, olhando para o cara que não fazia a menor ideia do que estava rolando.

— Porter — falou o rapaz com um sotaque interiorano bem carregado.

Porter. Revirei os olhos. Ele era muito empolgadinho, muito "ô dona, que isso?!". E eu detestava que ele fazia a Sloane sorrir.

— Olha só, Porter, vamos fazer um trato. Eu pago a sua conta do bar, incluindo as bebidas que pagou pra minha esposa, e você se manda nos próximos dez segundos.

— S-Sua esposa? — gaguejou.

— Vou te matar com um palito de azeitona — sibilou Sloane.

Talvez eu não conseguisse fazê-la sorrir, mas aquelas bochechas macias coraram por *minha* causa. O fogo verde em seus olhos fui *eu* que acendi.

Porter levantou as duas mãos e deu um passo para atrás para se proteger.

— Desculpa aí, cara. Eu não fazia ideia. — Ele deu uma olhadinha rápida para os seios impressionantes evidenciados pelo decote quadrado do vestido da Sloane. — Hã, se as coisas não derem certo, é só me ligar.

O magnetismo dessa mulher era tão forte que ultrapassava qualquer instinto de autoconservação. Eu sabia bem como era.

Eu e a Sloane estávamos tão concentrados olhando de cara feia um para o outro que nem notamos ele indo embora.

— A Lina tinha razão. Você é um empata-foda, Rollins — afirmou ela, voltando a se sentar no banquinho. O barman apareceu todo animado na sua frente.

— Posso trazer alguma bebida pra você, Sloane? — perguntou.

— Não. A dama estava de saída — falei com frieza.

Sloane colocou os cotovelos no balcão e apoiou o queixo nas mãos.

— Ignore o cara alto, moreno e senhor das trevas. Aceito outro *dirty martini*.

O olhar do barman se voltou para mim. Eu neguei com a cabeça.

— Foi mal, Sloane. O patrão não autoriza — disse ele e se afastou.

Ela girou no banquinho.

— O patrão? Você é *dono* deste lugar?

Eu não conseguia prestar atenção nas palavras dela. Só na boca. Naqueles lábios vermelhos que me torturavam e provocavam há anos.

— Veio acompanhada? — indaguei, arrastando o banquinho ao lado do dela e me sentando.

— Eu estava começando a ter companhia quando *você* acabou com o meu esquema com esse seu jeito.

Fechei os olhos. Ela não está aqui em um encontro. Ela estava aqui para transar. Uma noite. Uma noite, e a gente poderia finalmente acabar com isso de uma vez por todas.

— Não vai ficar com um estranho no meu hotel.

Ela se empertigou e ergueu o copo. Suas unhas estavam pintadas de um roxo brilhante. Ela estava usando três pulseiras no pulso direito e brincos longos que balançavam quando ela se movimentava.

— Tá legal — falou. Ela esvaziou o martini e deixou o copo no balcão. — Vou procurar em outro lugar.

Ela se mexeu no banquinho para dar as costas para mim, mas eu fui mais rápido.

Agarrei o assento de camurça entre suas coxas abertas e a puxei para mais perto.

O suspiro leve que saiu dos seus lábios fez meu pau dar sinal de vida. Nós dois encaramos minha mão na qual ela estava sentada. A bainha do vestido fez cócegas no meu polegar. Suas coxas macias e à mostra acariciaram as laterais do meu punho. Dava para sentir o calor que irradiava de suas partes íntimas.

Aproximei ainda mais o banquinho até que as pernas dela se encaixaram entre as minhas. Uns poucos centímetros. Uns cinco, talvez. Era tudo que separava minha mão e o calor do seu sexo.

— Você enlouqueceu de vez? — sibilou.

Mas ela não me afastou, nem me deu um tapa como eu merecia. Não, a mulher que foi colocada aqui na Terra só para me irritar abriu um pouco mais as coxas.

Era uma armadilha. Eu tinha certeza.

— Talvez — admiti. Acenei para o barman trazer mais uma rodada. O pobre rapaz parecia um tanto assustado.

Senti-la confinada entre as minhas pernas era inebriante. Era uma jogada tola para provocá-la, mas no fim das contas eu que acabei com o pau duro e os batimentos cardíacos acelerados.

— Será que dá pra você simplesmente voltar para o seu covil do mal e fingir que a gente não se esbarrou? — perguntou ela.

Voltar pra casa sabendo que ela escolheria um parceiro e o levaria para o quarto do hotel? Que tiraria a roupa para ele, deixaria que ele visse coisas que eu nunca tive o direito de ver? Deixaria que ele tocasse em partes que eu só podia imaginar?

Seus seios praticamente transbordavam do vestido. O decote quadrado não deixava nada para a imaginação.

— Por que está aqui? — indaguei de novo.

— Vim para transar, e você está estragando meu esquema.

Cerrei a mandíbula.

— Manda ver. Solta alguma coisinha aí pra eu poder te dar uma lição de moral sobre criticar a vida sexual dos outros antes de te dar um chute onde dói — desafiou ela.

Era uma ameaça séria. Se ela se movesse para a frente, os joelhos ficariam na distância certa para um golpe.

— Achei que estava levando a sério... o lance de namorar — comentei.

Ela deu de ombros e o movimento chamou minha atenção de volta para o decote. Minha ereção latejou dolorosamente contra o zíper.

— Eu estava. Estou — corrigiu. — Só que até agora não conheci ninguém que valha a pena namorar, muito menos alguém que eu permitisse me dar alguns orgasmos. Por isso estou aqui. Sexo é ótimo pra aliviar o estresse.

— Aí vai pegar um completo desconhecido e deixar ele te tocar?

— Não tem o direito de me julgar, Rollins. Aposto que já teve várias aventuras de uma noite livres de complicações.

— Não estou julgando — menti.

Ela deu uma olhada sobre o meu ombro para um cara que estava pedindo cerveja, e minha mão apertou o banquinho com mais força.

— Não — falei.

— Pare já com isso, senão vou acabar desperdiçando uma noite em um quarto de hotel com meu vibrador.

Vi manchinhas dançarem na minha visão.

Ela se remexeu quase imperceptivelmente. O movimento a trouxe para a frente, fazendo com que minha mão roçasse um cetim quente ao mesmo tempo que o seu joelho se ajustou à saliência do meu pau.

Cacete.

Aqueles olhos verdes se arregalaram, os lábios cor de rubi se separaram, e não havia como não notar a aceleração de sua respiração. Pele quente e úmida me incitava do outro lado da sua calcinha provocante.

Eu estava farto de brigar. Farto de brigar com ela. Farto de lutar contra meus impulsos mais primitivos. Era autodestrutivo desejar a mulher que havia arruinado minha vida. Quebrado minha confiança. Me feito parar atrás das grades e quase arruinado minha vida antes de ela sequer começar.

No entanto, aqui estava eu, mais próximo do que já estive antes e, ainda assim, não perto o bastante.

— E se não fosse preciso escolher um estranho? — perguntei, ajustando minha mão só um pouco para pressionar com mais intensidade sua parte íntima.

As narinas dela deram uma leve dilatada, fazendo o piercing no nariz cintilar. Mas ela continuou ali, sem se afastar, sem ameaçar desfigurar minha cara.

— Qual é exatamente a sua sugestão?

— Estou te propondo ir lá pra cima agora. Comigo.

Ela piscou os longos cílios por trás dos óculos e balançou a cabeça.

— Está de sacanagem, né?

— Você está aqui. Eu estou aqui. Também já faz um tempinho pra mim. — Eu queria mexer a mão, passar o dedo na faixa de cetim que estava me atrapalhando. Queria movê-la para o lado e passar os nós dos dedos naquela pele macia e tentadora.

— Não aguentamos ficar no mesmo ambiente. O que te faz achar que eu te deixaria entrar em mim?

Entrar nela. Ela só podia estar me provocando. Fazendo com que eu imaginasse como seria a primeira vez que eu entraria nela.

O batimento na base do seu pescoço acelerou. Os seios subiram e desceram ao ritmo da respiração curta e delicada.

— É uma fome que precisa ser saciada. Não o começo de um relacionamento — falei, seco.

— Não existe barreiras quando se trata do seu romantismo.

— Qual é a única coisa que não cogitamos fazer para acabar com isso que tem entre a gente? — insisti.

— Assassinato?

— Sexo — respondi.

Ela piscou e um rubor surgiu em suas bochechas.

— Você está falando sério mesmo.

— Uma noite — propus. — E aí extravasamos essa loucura de uma vez por todas.

— A gente nem se suporta. Como é que eu vou permitir que alguém que não gosto faça coisas íntimas comigo?

Aumentei a pressão da mão.

— Porque vou fazer com que seja tão prazeroso que você não vai nem ligar.

As pupilas dela ficaram dilatadas, seus lábios vermelho-cereja entreabertos.

Nossas bebidas foram servidas no balcão, mas nenhum de nós deu bola.

— Claro, se não se sente capaz de controlar seus sentimentos... — comecei.

Ela jogou a cabeça para trás.

— Não pode me desafiar duas vezes pra ir pra cama com você, espertalhão.

Um cara vestindo Armani se aproximou sorrateiramente por trás dela e se apoiou no balcão. Sloane, sentindo uma nova presa, olhou por cima do ombro. Ela dirigiu a ele o sorriso radiante que nunca me deu. O imbecil ficou com uma cara de quem tinha tirado a sorte grande, e então olhou para mim.

— Não — falei com frieza.

Mantive o contato visual com ele e acariciei com o polegar a área úmida no meio da calcinha da Sloane.

Ela se assustou, quase derrubando a bebida. Para não cair, agarrou meus braços.

— Seu filho da mãe ardiloso — sibilou. Ela estava espremendo o joelho no meu saco.

— Ou você e eu subimos agora, ou passo o resto da noite na sua cola — avisei.

— Seu canalha cruel.

— Decida.

— Tá — concordou com um encolher de ombros indiferente. — Vou te fazer delirar sem dó por uma noite. Mas não ache que isso significa algo.

Esse triunfo me trouxe uma sensação mais prazerosa e eletrizante do que qualquer outra que eu já tenha experimentado.

— Você tem cinco segundos pra terminar a bebida — falei, sinalizando para o barman de novo.

Ela pegou o martini e estreitou os olhos.

— Cinco, quatro, três...

Ela tomou um gole revigorante e em seguida colocou o copo no balcão. O olhar que dirigiu a mim era de puro antagonismo.

Nenhum de nós ia desistir desta vez.

Com um misto de relutância e antecipação, tirei minha mão de entre suas pernas e limpei as pontas dos dedos por suas coxas.

— Vamos.

Deixei grana no balcão, peguei seu braço e a levei em direção aos elevadores. Enquanto isso, passei o polegar nos lábios e saboreei o leve sabor de Sloane Walton.

VINTE E UM

O ERRO MAIS BURRO E GOSTOSO QUE COMETI

Sloane

Aquela era a viagem de elevador mais longa da minha vida, e meu quarto ficava no quarto andar. O clima entre nós estava impregnado de eletricidade. Não nos encostamos nem fizemos contato visual. Apenas encaramos as portas banhadas de ouro à nossa frente.

Sua presença impassível e silenciosa fez com que o elevador parecesse estar fechando-se ao meu redor.

Era uma ideia completamente absurda. Era tão idiota que eu ainda não tinha certeza se eu concordaria quando chegássemos ao quarto. Duas pessoas que viviam se desentendendo saberiam agradar uma à outra por apenas uma noite? Difícil de acreditar.

Isso era um erro. Um erro tolo e significativo.

Pelo menos eu finalmente teria uma resposta, refleti quando as portas do elevador se abriram e saímos.

Talvez eu devesse isso ao meu "eu" adolescente. Eu poderia encerrar os anos de "e se" e seguir em frente. Além disso, já fazia meses desde que eu tinha sido beijada, que dirá devidamente satisfeita.

Também havia a possibilidade de que ele fosse péssimo na cama. Isso me deixou consideravelmente mais animada. Uma transa medíocre e Lucian Rollins seria esquecido de vez.

— Nunca jogue pôquer.

O pronunciamento inesperado do Lucian me fez piscar enquanto revirava a bolsa atrás do cartão-chave.

— Quê? Por quê?

Ele balançou a cabeça.

— Suas expressões expõem cada pensamento seu como se fosse um livro aberto.

Bufei com desdém.

— Não é verdade.

Ele pegou o cartão e abriu minha porta.

— Se o sexo for uma decepção, a culpa será sua.

Fiquei boquiaberta.

— *Não* era nisso que eu estava pensando — menti. — E se o sexo for ruim, será cem por cento culpa *sua*. Sou ótima na cama.

— Veremos — afirmou ele antes de me empurrar para dentro do quarto.

Foi uma boa escolha de quarto, levando em conta a praticidade para um encontro casual. Havia uma cama *king-size* confortável com os travesseiros extras que eu tinha solicitado. No banheiro, havia uma iluminação que valorizava e um chuveiro com box sem trilho revestido de azulejos. E, o melhor de tudo, tinha um cardápio de serviços de quarto extenso, disponível vinte e quatro horas, e eu só precisaria me ver livre do Lucian para fazer um pedido.

Ele fechou a porta e a trancou, depois se virou para mim.

Engoli em seco, de repente me sentindo a Chapeuzinho Vermelho diante do lobo mau. Ele era tão... grande. Tão carrancudo. E estava me olhando como se, de alguma forma, eu o tivesse deixado puto nos últimos quatro segundos.

Nervosa, passei a língua nos lábios e percebi o interesse naqueles olhos cinzentos e frios.

Ele estava parado, com as pernas separadas, os punhos cerrados ao lado do corpo, encarando-me como se eu fosse um inimigo... ou uma presa.

Iríamos mesmo fazer isso? Será que isso se tornaria apenas mais um segredinho obscuro entre nós?

— Acho que a gente devia discutir as regras básicas — anunciei.

Lucian largou o meu cartão de acesso com uma batida na mesa, seus olhos não mais tão gélidos. Agora, eles cintilavam com um calor que acariciava minha pele.

O que eu estava falando mesmo?

Isso mesmo. Regras. Era importante ter regras.

— Acho que a gente não devia se beijar...

Não tive a chance de concluir a frase, Lucian estendeu rapidamente a mão, segurou meu pulso e me puxou em sua direção. Com força. Eu me desequilibrei e caí em seu peito. Meus ossos vibraram com o choque dos nossos corpos.

E, então, ele me beijou com paixão.

Minha nossa.

Não havia nada frio no homem que me abraçava. Apenas calor e rigidez.

Abri a boca para respirar ou insultá-lo, mas ele se aproveitou e invadiu minha boca com a língua. Ela explorava à medida que avançava, transformando meus insultos em gemidos ininteligíveis e suplicantes.

Era posse em seu estado puro. Com um beijo, meu corpo ficou à mercê de Lucian.

Ele beijava como se tivesse inventado o ato. E eu o acompanhava como se não tivesse opção.

Ele afastou a boca e soltou um palavrão.

— Caralho — sussurrou, encarando-me com intensidade.

— Algum problema? — Saiu como uma provocação ofegante.

— Você é o meu problema — grunhiu.

Empurrei o peito firme sob a camisa social impecável.

— Se for pra ficar brigando, vou voltar para o bar.

Desloquei-me exatamente dois centímetros na direção da porta antes que suas mãos estivessem em mim outra vez. Uma deliciosa sensação de triunfo percorreu minha espinha. Foi a maior vitória que obtive contra ele em anos. Seu autocontrole era, na minha opinião, enervante.

Desta vez, não fui apenas puxada para perto, ele me ergueu do chão e me prendeu contra a parede mais próxima... com *seu corpo.* Meus pés penderam poucos centímetros acima do carpete enquanto sua ereção tamanho extragrande se encaixava entre minhas pernas, cravando-me na parede como uma borboleta em um quadro expositor.

Eu era uma boneca cheia de luxúria, e sua demonstração inesperada de força fez minhas partes íntimas enlouquecerem. Ele me encarava como se quisesse acabar comigo. E eu adorei. Ele já não estava mais se escondendo atrás de uma máscara fria e calculista.

Ele até podia ter uma feição inexpressiva, mas “pênis inexpressivo” não existia.

Como que para ilustrar, ele moveu os quadris, estocando com força na minha direção.

Grunhi com irritação com a boca colada na dele.

— Mas é *claro* que você tem um pau grande.

— E é *claro* que está decepcionada com isso quando estou prestes a te comer com ele — rebateu.

Ergui as coxas ao redor dos seus quadris, até onde meu vestido permitia.

— Sempre achei que essa história de mestre das marionetes sombrio e todo-poderoso era um jeito exagerado de compensar por uma salsichinha.

— Essa sua língua afiada pra caralho — grunhiu ele. Com as duas mãos, levantou a saia do meu vestido até a altura dos quadris. Arfei quando sua ereção encostou na minha lingerie especial para sexo casual.

— O que é que tem?

— É por causa dela que você fica indo de bar em bar atrás de homens desavisados. É por causa dela que não está namorando. Que ainda não se casou e nem teve quatro filhos. — A cada frase, ele dava um beijo arrebatador.

— Ah, é? Pelo menos não é por causa do meu jeitinho de ser. Você é estupidamente bonito e ridiculamente rico, e nem *assim* consegue segurar uma namorada por mais do que algumas semanas. — Mordisquei seu lábio inferior com os dentes e ele soltou um gemido.

Ele se afastou alguns centímetros, mantendo-nos unidos abaixo da cintura.

— Andou prestando atenção, né?

Ele estava me provocando de corpo, mente e alma, e, pela primeira vez, eu me dei conta de que talvez não estivesse à altura do desafio.

— Estou pouco me lixando para as coisas que te envolvem — insisti. — Detesto ficar entediada.

Ele soltou um suspiro que mais pareceu um rosnado. Com uma mão, segurou meus dois pulsos e os prendeu acima da minha cabeça.

— Por que é tão pequena, cacete? — Ele proferiu as palavras com os dentes cerrados, como se estivessem lhe causando dor física.

O beijo seguinte foi moderado, contido.

Meus olhos se abriram com tudo. Lucian Rollins estava com medo de me machucar. Esse traste, babaca e cretino estava com medo de me foder sem dó nem piedade com seu pênis gigante.

— Caramba, grandalhão. Sou pequena, não frágil. Supera.

— Não é porque quero que saia da minha vida que quero te machucar.

Apertei sua cintura com as coxas.

— Ou me come com força e vontade, ou dá o fora do meu quarto para que eu possa encontrar alguém que queira. Não quero ser tratada como um objeto frágil.

— Você sempre acha que aguenta mais do que é capaz — disse ele, depois soltou meus pulsos e segurou o decote do meu vestido.

— E você sempre subestima minha força — sibilei.

Com um único puxão firme, o tecido rasgou até meu umbigo, e meus seios ficaram expostos.

— Minha nossa.

Lucian puxou o ar pelas narinas e cravou os olhos no meu peito, fazendo meus mamilos se retesarem e meus seios parecerem cheios e pesados.

Por um momento, só se ouvia nossa respiração ofegante.

— Droga, Lúcifer. Você me deve um vestido de ficada.

— Experimenta ir lá embaixo agora. — Suas palavras pareceram o rugido suave de um trovão.

Meus mamilos enrijeceram, ficando com a coloração rosada.

— Acha mesmo que eu não trouxe um vestido reserva na bolsa? — desdenhei. Avancei até meus lábios acariciarem seu ouvido. — O outro realça ainda mais o decote. — Mordisquei o lóbulo da orelha e senti o arrepio que percorreu seu corpo.

— Você não vai sair deste quarto — jurou.

O comentário mordaz que fiz evaporou quando ele agarrou meus seios.

Minha cabeça foi para trás e bateu na parede com um baque oco. Suas mãos eram quentes e firmes no meu corpo macio e sensível. Meu corpo tinha se desenvolvido rápido e eu tinha passado a adolescência desejando que a fada da puberdade não tivesse sido tão boazinha, mas, neste instante, tudo valeu a pena.

Meu adversário estoico não conseguiu conter o gemido de prazer quando sua boca quente envolveu um mamilo necessitado e começou a chupar.

Arfei. Não foi intencional. Parecia mais prudente manter minhas reações externas sob controle. Mas a voracidade da sua boca e a pulsação da ereção bem-dotada entre as minhas pernas me deixaram tonta.

Sua boca estava fazendo mágica com a língua e a sucção. Seus olhos estavam fechados, emoldurados por cílios longos e escuros. O que ele estava fazendo comigo não parecia ser causado pelo ódio. Parecia mais uma reverência.

A sensação da barba na minha pele era uma delícia. Seu perfume me envolveu como uma névoa de êxtase. Eu me esfreguei no membro grosso e rígido, sentindo o calor do seu corpo, suplicando por mais. Implorando para ser possuída, usada e saciada.

Ele parou cedo demais, deixando meu mamilo teso e molhado.

— Temos apenas uma noite — falou.

— Então tira logo a camisa pra gente começar.

Ele aconchegou a bochecha no meu seio, olhando com calor para o meu sexo.

— Isso não é o começo de nenhum lance — avisou. Sua língua se projetou e brincou com o outro mamilo endurecido.

Puxei o ar com força.

— Você sempre conversa com as suas parceiras até elas não aguentarem mais antes de transar?

— Estou apenas garantindo que estamos de acordo.

— Não sei dizer se está falando comigo ou com meus seios, mas, francamente, estamos todos de acordo. Eu jamais sairia com um fumante. Isso é só sexo. Não me faça lamentar ter escolhido você hoje à noite.

Seus olhos acinzentados faiscaram com um fogo reluzente, o canto da sua boca se curvou em um sorriso confiante. Com uma investida habilidosa, ele agarrou meus seios, e eu perdi completamente a linha de raciocínio.

Agarrei sua gravata, quase sufocando-o ao tentar afrouxá-la, mas ele estava tão concentrado no meu peito que não notou a falta de ar. Aquela boca quente estava me deixando louquinha, e eu já estava perigosamente perto de atingir o clímax graças à forma como ele posicionou seu membro entre minhas pernas.

Com a gravata finalmente desfeita, empurrei o paletó de seus ombros.

Ele largou meus seios com um rosnado irritado que senti no meu sexo e se desfez do paletó. Reparei que estava ocupado demais me acariciando para pegar e dobrar suas roupas, como eu tinha imaginado que o Lucian da Hora Picante faria.

— Você está sorrindo — falou com acusação na voz.

— Não estou, não — falei com irritação, forçando os cantos da boca a se curvarem para baixo.

— Sua boca só vai se mexer esta noite para dizer o meu *nome*.

— Sério? *Só* pra isso? — Sorri com malícia.

Em resposta, Lucian me afastou da parede. Em menos de um piscar de olhos, eu estava deitada de costas na cama, e ele estava ajoelhado entre as minhas pernas, suas mãos orientando meus joelhos a se abrirem mais enquanto fitava o que se revelava diante dele com o olhar carregado.

— Cacete — murmurou, olhando fixamente entre as minhas pernas para o que eu só podia imaginar ser o fio dental mais molhado da história dos fios dentais. Ele tirou as mãos dos meus joelhos e as apertou ao lado do corpo. Mais uma demonstração de autocontrole. Eu já estava farta disso. Eu o queria sem restrições.

Comecei a soltar seu cinto.

— Tira a camisa.

Ele hesitou por apenas alguns segundos antes de obedecer.

Com uma das mãos, ele abriu os botões enquanto a outra envolvia de leve o meu pescoço. Uma exibição de dominância que, para ser sincera... achei excitante pra caralho.

Puxei o cinto e comecei a abrir o zíper da calça. Seu membro estava tão duro sob o tecido que era um espanto ainda não o ter rasgado. Ele devia ter contratado um alfaiate para reforçar todas as costuras da virilha.

Com o zíper finalmente aberto, o tesouro que eu procurava estava quase escapando de uma cueca boxer preta e de seda.

Lucian arrancou a camisa dos braços, expondo seu torso absurdamente incrível. Havia músculos ali. Vários.

As cicatrizes que eu sabia que ele tinha desapareceram. No lugar, havia tatuagens.

Senti um aperto no peito.

Sem hesitar, passei o dedo em uma grande cicatriz esbranquiçada em suas costelas. Ela estava parcialmente coberta por um grifo tatuado. Um símbolo de força e poder.

Lucian puxou o ar para os pulmões como se eu o tivesse machucado e, em seguida, abaixou o que sobrou do meu vestido até a cintura.

— Assim é melhor — falei, recompensando sua impaciência com sorrisinho de satisfação e uma carícia em sua ereção. Ele estava tão grosso e tão duro agora que a cabeça arredondada tinha ultrapassado o elástico da cueca.

Ele se agigantou sobre mim, com uma das mãos apoiada no colchão. A outra ele usou para acariciar minha bochecha, minha mandíbula, meu pescoço. Nossos olhares se encontraram. Não soube identificar o que via no dele, mas me deixou sem ar. Seu olhar cavou em mim, numa conexão que não podia ser quebrada.

Enquanto nossas almas se conectavam, ele soltou meu rosto e traçou os dedos por todo o meu corpo até a calcinha de cetim vermelho.

— Você está toda molhada e nem cheguei a te tocar ainda.

Ele soou irritado com a situação.

— E o que é que tem? — rebati.

— É pra mim ou pra um dos caras lá embaixo?

— Faz diferença?

Ele pressionou o polegar na mancha molhada, fazendo minhas pernas se contraírem em volta de seus quadris. Meu canal vazio pulsou com avidez, desejando mais.

— Faz — afirmou com os dentes cerrados.

Em vez de responder, enganchei os dedos no elástico da cueca e abaixei o tecido para libertar minha recompensa.

Mal pude conter o espanto. Extragrande não fazia jus. Lucian Rollins ostentava o maior pênis que eu já tinha visto em toda a minha vida.

— Minha nossa, Lúcifer. O que as mulheres com quem você sai costumam fazer? Deslocam as mandíbulas? — exigi saber.

Seus olhos tinham um brilho intenso quando ele me encarou.

— Você e essa língua afiada pra caralho.

Ele parecia querer me castigar pelos últimos vinte anos de tormento, e uma parte sombria e depravada de mim queria que tentasse.

— E o que pretende fazer? — desafiei, agarrando a base grossa do seu membro.

Ele puxou o ar com força pelo nariz e uma gota de umidade brotou da fenda da cabeça do pênis.

Toda a minha atenção se concentrou na sua ereção grossa e rígida. Eu ia gozar gostoso.

Se conseguisse convencê-lo a me penetrar por trás, poderia abafar meus gritos em um travesseiro para que ele não ouvisse. As mulheres fingiam orgasmos havia séculos. Eu poderia fingir que *não* tive um. E imagina só como isso o pegaria de surpresa? A ideia de atingir o clímax enquanto abalava sua autoconfiança me agradava.

— Seja lá o que estiver tramando, não vai funcionar — falou.

— Não faço a menor ideia do que está falando — menti e comecei a acariciar o volume grosso.

Flagrei um rápido sorriso, um estreitamento dos olhos e, em seguida, mais nada, pois em um movimento rápido, ele afastou minha calcinha e enfiou dois dedos em mim.

— Lucian!

Lá se foi minha tentativa de esconder o prazer. Eu estava tão molhada, tão excitada, que as paredes internas praticamente o sugaram ainda mais para dentro. Os músculos negligenciados do meu sexo apertando seus dedos.

Ele xingou baixinho, e seu membro reagiu na minha mão.

— Não goze. — Sua ordem foi proferida entre dentes cerrados.

— Vá se catar.

— Não me provoque, Fadinha. Quero estar dentro de você quando gozar na primeira vez. Quero sentir você se desfazendo.

Na primeira vez? Bufei. O Sr. Pênis Monstruoso tinha um ego do tamanho do... bom, do seu pênis colossal. Eu só gozava uma vez. Orgasmos múltiplos eram coisa de protagonistas de romances... e da Naomi e da Lina.

— Então é melhor se apressar, caramba — avisei. Coloquei minha outra mão entre nossos corpos e segurei seus testículos pesados, acelerando meus movimentos. Eu precisava que ele estivesse tão perto quanto eu. Que se sentisse tão descontrolado quanto eu me sentia.

Ele me fuzilou com os olhos, com a mandíbula apertada e os músculos tensos. Parecia estar à beira do limite. Intensifiquei a pegada.

Suas mãos voltaram ao meu vestido. Houve um rasgo no tecido, e a roupa se abriu por completo, deixando-me apenas de lingerie e salto alto.

— Palavra de segurança — exigiu enquanto sua mão cobria a minha no seu membro.

— Ou está superestimando sua destreza ou está mais uma vez subestimando o que eu aguento.

— Diga qual é a sua palavra de segurança, Fadinha.

Ele pronunciou a frase como se eu fosse tanto irritante quanto estúpida.

— Se é o que precisa pra andar logo, beleza. Biblioteca.

— Boa menina — grunhiu.

Não fazia ideia do que aquilo revelava sobre mim, mas aquelas duas palavras, ditas com tanta brusquidão, fizeram minhas paredes internas se contraírem e apertarem seus dedos.

— Porra — murmurou.

— Dá pra começar isso logo? — exigi. Se ele mexesse um pouquinho, só os dedos, eu gozaria, e preferia fazer isso no pauzão dele.

Ele me encarou com raiva.

— Você é linda pra caramba, mas me irrita que é uma beleza.

— É algo que escuto muito. As camisinhas estão na minha bolsa — anunciei.

A contragosto, Lucian retirou os dedos. Não consegui conter totalmente o gemido.

— Caramba. Estava planejando transar quantas vezes? — indagou, mostrando uma tira de preservativos em suas embalagens metálicas.

Dei de ombros.

— Tem mais na mesinha de cabeceira. Acho que não vou precisar de mais de uma, já que estou aqui com você.

Lucian afastou minhas mãos do seu membro e colocou uma camisinha no que deveria ser um pênis digno do *Guinness World Records*.

— Você ficaria bem mais atraente se parasse de falar.

— O seu pênis não parece se incomodar com a minha boca — frisei. Neste momento, eu estava apenas tentando mostrar bravura. Porque de repente me ocorreu que eu poderia estar sujeita a um ferimento vaginal sério por causa da grossura daquele membro.

Será que amanhã, ao me ver mancar, as pessoas perceberiam que o Lucian tinha me deixado sem conseguir andar direito? Será que minha noite de sexo comprometeria minha habilidade de ficar em pé?

Lucian segurou o membro longo e grosso com uma mão e orientou a ponta para a minha entrada lubrificada. Meus joelhos se elevaram automaticamente, fazendo um sorriso de divertimento surgir em seu rosto.

— Alguém tá morrendo de vontade.

— Vai ficar me encarando a noite toda ou vai fazer algo que preste? — indaguei.

Como resposta, ele deslizou a ponta do pênis pelas minhas dobras lubrificadas, parando para acariciar meu clitóris já inchado. A expectativa fez meu sexo se contrair. Tentei me curvar, mas ele me manteve imóvel com a mão no meu peito. Ele ficou se esfregando no meu sexo, encaixando-se entre minhas pernas abertas até que minhas coxas tremessem e minha lubrificação se espalhasse por toda parte.

Minha nossa, eu teria que pedir ao serviço de limpeza um novo jogo de lençóis quando isso acabasse, pois ele tinha transformado meu corpo em uma enorme poça de umidade.

Agora, a atração entre nós era inegável. E eu estava totalmente convencida de que ele ia me levar ao clímax. Eu só teria que fazer de conta que não.

Lucian interrompeu o movimento, e meus músculos abdominais se contraíram.

Não tinha nada impedindo-o de enfiar aquele pênis gigante em mim. Deixei meus joelhos se afastarem e me entreguei à sensação de tê-lo se esfregando em mim. Uma pressão insistente e pulsante cresceu dentro de mim.

Se um de nós se movesse um milímetro sequer, ele estaria oficialmente dentro de mim. E caramba, eu *queria*. Eu queria *ele*.

— Olhe pra mim — mandou.

Abri os olhos e fiz o possível para não mostrar emoção.

— Por quê?

— Porque quero olhar nos seus olhos quando estiver dentro de você.

Glup.

— Anda logo, então, que estou quase pegando no sono de tanto tédio.

Senti seus músculos se retesarem sob minhas mãos, colados no meu torso e nas minhas pernas. Ele me penetrou com uma única estocada forte e rápida.

O tempo parou.

Não havia mais oxigênio.

Tudo o que eu sabia ser verdadeiro evaporou da minha mente para dar lugar a uma clara constatação: Lucian Rollins estava dentro de mim.

— Respire, Sloane. — A ordem soou angustiada.

Puxei o ar com dificuldade.

— Céus. Linda, preciso que você relaxe. — A testa do Lucian encostou na minha. — Ainda não entrou tudo.

Ainda não entrou tudo? Aquilo era o máximo que cabia. Eu estava a um pequeno movimento de gozar nos vários centímetros que ele tinha conseguido enfiar em mim.

— De novo, Fadinha. Respira pra mim — mandou.

Desta vez, consegui puxar bem o ar e senti meus músculos relaxarem um pouquinho.

— Essa é a minha garota. — Senti sua voz como uma carícia rouca. — De novo.

Desta vez, ficou mais fácil respirar. Obriguei-me a relaxar, músculo por músculo, até que não estivesse mais agarrada a ele como uma craca excitada.

— Tudo bem, acho que eu...

Lucian fez o pensamento sumir da minha mente com uma estocada. Eu o tinha por inteiro. Cada centímetro pulsante dele tinha me penetrado. Eu estava presa à cama prestes a atingir o ápice do prazer sexual supremo, e não havia volta.

Soltei um grito ininteligível.

— Caralho — sussurrou ele com a voz rouca.

Ah, não. Estava acontecendo. Eu sentia se intensificar no meu corpo. Duas estocadas e Lucian Rollins estava prestes a me fazer gozar. Os primeiros tremores começaram. Dava para sentir meus músculos delicados contraindo-se no seu membro duro.

Eu precisava disfarçar. Fingir que não estava acontecendo.

Um som gutural saiu do peito do Lucian. Ele me encarava, dentro de mim, como se estivesse irritado por estar tão gostoso. Eu também não estava feliz com isso. E aí ele se moveu e eu perdi o fio da meada porque estava me desfazendo.

O orgasmo irrompeu dentro de mim, percorrendo meu corpo e destruindo tudo o que já tinha existido antes do Lucian me penetrar. Estremeci, convulsionei, me contorci, me agarrei a ele com unhas e dentes enquanto cores explodiam atrás das minhas pálpebras como um espetáculo erótico de fogos de artifício.

Cada pedacinho de mim, das unhas brilhantes dos pés às raízes do cabelo, sentiu o prazer.

Não foi o melhor orgasmo da minha vida. Porque isso não foi um orgasmo. Foi uma experiência divina que mudou minha vida. A sensação se prolongou, onda após onda de prazer.

Eu tremia por causa das ondas secundárias, cada uma mais satisfatória que qualquer orgasmo que já tive em toda a minha trajetória sexual.

— Você acabou de gozar no meu pau.

Abri um olho e vi seu rosto injustamente bonito. Ele tinha um ar de presunção, como era de se esperar. Mas havia algo mais ali. Surpresa? Encanto? Posse?

— Não gozei, não. Você está confuso — falei, ofegante. Minha garganta doía, o que achei curioso. Será que eu estava ficando doente? Será que o pênis gigante do Lucian penetrou tão fundo no meu corpo que fiquei com dor de garganta?

— Você gritou "Lucian, estou gozando" tão alto que provavelmente vou ter que ligar pra segurança e explicar que está tudo bem.

Isso explicava a dor de garganta.

— Bom, foi divertido e tudo mais. Agora acho que vou voltar lá pro bar e...

Lucian deixou claro o que achava daquela ameaça vazia ao colar sua boca na minha e penetrar fundo em mim.

O corpo comprido e forte dele pressionou o meu, me afundando mais no colchão, enquanto ele investia com maestria. Ainda assim, ele ainda estava tão contido, enquanto eu sentia como se estivesse rodopiando em direção ao espaço.

Cravei as unhas nos seus ombros.

— Pare de me tratar como se eu fosse quebrar fácil.

Ele ficou imóvel, outra irritante exibição de autocontrole.

— Quer acredite ou não, eu não quero te machucar.

— A não ser que me acerte no olho com esse cacete entre suas pernas, você não vai me machucar. Você só tem esta noite pra me foder como quiser. Não a desperdice sendo um frouxo bonzinho e...

— Sloane.

Ele incluiu um aviso bastante ameaçador no meu nome. Mas havia uma centelha, uma pergunta nos seus olhos cor de prata líquida.

— Lucian. — Segurei seu rosto com as mãos e cravei os calcanhares nas suas nádegas firmes. — Quero que me coma *sem dó nem piedade.* — Era o que eu precisava. Era o que ele precisava. Se quiséssemos realmente nos livrar disso, tínhamos que fazer do jeito certo.

Senti o espasmo involuntário do seu membro dentro de mim. Ele também queria.

— Eu te falo se não estiver aguentando — acrescentei.

— Promete? — A pergunta foi um sussurro rouco.

— Prometo. Agora mete em mim com vontade.

Foi o que ele fez.

Ele se apoiou nos joelhos, agarrou minha bunda e soltou a fera interior.

Meu corpo acolheu suas estocadas belas e brutais com uma sensação parecida com alegria, o que não tinha o menor cabimento. Havia algo nos olhos dele que contrastava com a rigidez da mandíbula. Algo mais ameno, mais radiante.

Fiz de conta que não percebi e mexi minhas pernas inquietas à medida que uma sensação de calor começava a se formar no meu sexo.

Lendo meus pensamentos, Lucian encaixou meus tornozelos nos seus ombros e me dobrou ao meio.

Eu estava imobilizada. Subjugada. Totalmente à mercê dele. E eu *adorei*.

Suor cobria nossa pele enquanto nossos olhos se encontravam e se fixavam à medida que seu corpo se movia dentro do meu.

Os tendões do seu pescoço saltaram com força, e os bíceps se destacaram enquanto ele implacavelmente me conduzia em direção ao paraíso. Ou talvez fosse ao inferno. Não importava.

Eu estava tremendo de dentro para fora.

— Lucian! — Foi um gemido baixo e angustiado.

Sua ereção pareceu inchar ainda mais, e ele cerrou os dentes.

— Droga, Fadinha — resmungou. Ele levou uma mão ao meu maxilar para manter minha cabeça parada. Aqueles olhos lindos da cor de tempestade ficaram vidrados quando eu o apertei por dentro.

— Por favor — sussurrei. Eu não sabia o que estava pedindo, o que queria dele. Mas Lucian entendeu. Ele deu uma última e feroz investida, e seu corpo ficou rígido.

Nem parei para pensar. Simplesmente segurei o rosto dele e encaramos um ao outro enquanto eu, pela primeira vez, gozava uma segunda vez.

Um urro escapou de sua garganta e o senti ejacular. Por um momento bobo e passageiro, desejei que não tivesse nada entre nós. Nenhuma proteção que me impedisse de sentir cada sensação do orgasmo do Lucian.

Ele voltou a se mover, com estocadas curtas e bruscas, aproveitando o meu orgasmo para estimular o seu. Ele usou o meu corpo para o próprio prazer, e isso me fez gozar com mais intensidade.

Nós continuávamos gozando, com os músculos tremendo e a respiração ofegante enquanto olhávamos nos olhos um do outro.

— Esse é o erro mais burro e gostoso que já cometi — gemi.

VINTE E DOIS
SLOANE AO RESGATE

Sloane

Vinte e dois anos atrás

Seis dias. Foi o tempo que Lucian passou na cadeia. Por minha culpa, ele passou o aniversário de 18 anos lá e perdeu a própria formatura do ensino médio. Bom, tecnicamente, por culpa do pai, um monstro horrível e nojento, mas também porque não lhe dei ouvidos.

Na noite da prisão do Lucian, revelei aos meus pais tudo o que sabia. Eles não gostaram de eu ter guardado um segredo daquela magnitude. A decepção que sentiram só fez com que eu me sentisse pior.

Meu pai havia deixado tudo de lado e estava lutando com unhas e dentes para tirar o Lucian da prisão preventiva. Com base no que eu havia descoberto por meio de perguntas diretas e escuta indiscreta, o chefe Ogden estava insistindo em indiciar o Lucian como adulto. O juiz devia ser ótimo camarada dele, pois definiu a quantia astronômica de US$250.000 como fiança durante a audiência de custódia, a qual não fui autorizada a participar.

De acordo com o que a minha mãe relatou para a Maeve pelo telefone, papai quase teve um aneurisma na hora.

Mais tarde naquele dia, eu estava escutando do lado de fora do escritório quando ele atendeu uma ligação do promotor do distrito, que havia recomendado que Lucian aceitasse um acordo judicial de oito anos na prisão estadual.

Meu pai, um dos seres humanos mais simpáticos e bem-educados de todo o universo, mandou o promotor à merda.

Enquanto isso, mamãe tinha ido ver a mãe do Lucian duas vezes desde que ela saíra do hospital com duas costelas fraturadas. Nas duas ocasiões, a mulher se negara a falar sobre Lucian ou o que de fato acontecera naquela noite. Ela também tinha rejeitado a oferta da mamãe de vir morar conosco até que "as coisas melhorassem".

Ansel Rollins parecia estar se comportando bem, por ora.

Eu tinha escutado meus pais conversando na varanda da frente na noite anterior. Papai mencionou a ideia de uma segunda hipoteca para a mamãe, a fim de pagar a fiança do Lucian.

— Claro que sim, amor. Não podemos deixá-lo preso.

Naquele momento, eu me dei conta do quanto era privilegiada por ter pais tão bons. Eu havia encostado meu rosto cheio de lágrimas na tela da janela e os assustado completamente ao gritar:

— Podem usar minha poupança da faculdade também!

Eu fazia parte de uma família de heróis e não ia ficar de fora. Especialmente depois do meu erro ter resultado na situação atual.

Eu tinha um plano.

Tinha pesquisado bastante sobre relacionamentos abusivos no último ano, ao ponto de a bibliotecária começar a me lançar olhares estranhos toda semana quando eu pegava mais livros emprestados.

Eu sabia que não deveria culpar a Sra. Rollins. Ela era uma vítima de abuso doméstico. Eu tinha discernimento suficiente para entender que o abuso conjugal afetava a mente de formas que outras pessoas não conseguiam compreender. No entanto, mesmo tendo isso em mente, uma parte muito grande e muito estridente de mim queria expressar o que eu achava de ela escolher o marido imprestável em vez do filho.

Eu ficava tonta toda vez que pensava no garoto que eu adorava preso por ter protegido a mãe.

Então, enquanto meus pais decidiram seguir adiante com a busca por arranjar dinheiro para a fiança, eu decidi que ia resolver todo esse caos. Eu deixaria bem claro para todos, incluindo o chefe Ogden, que era cego que nem morcego, que Lucian Rollins não era o perigoso da família.

Eu só precisava aguardar o momento certo.

Pensei em pedir ajuda aos amigos do Lucian, Knox e Nash Morgan. Mas eu não tinha certeza do que eles sabiam sobre a situação do Lucian, e eles eram garotos. Eram mais propensos a agir sem pensar e arruinar tudo. Fazia sentido guardar isso só para mim.

O que eu precisava era de uma prova irrefutável da vilania de Ansel Rollins. Para mim, com 16 anos, isso significava um vídeo. Após confirmar mais uma vez que na Virgínia bastava o consentimento de uma das partes para filmar conversas, escondi a filmadora dos meus pais debaixo da cama, junto com um minigravador de fita que peguei emprestado da minha amiga Sherry.

Todas as noites, eu ficava acordada até tarde, esparramada no banco da janela com ela bem aberta, prestando atenção.

Aguardando em uma mistura angustiante de ansiedade e apreensão que revolvia meu estômago.

Larguei o livro que acabei não lendo no assento da janela e joguei as pernas para o ar. As unhas dos meus dedos dos pés estavam pintadas de roxo, e as dos dois mindinhos já tinham descascado. Eu as havia pintado no dia anterior à prisão do Lucian, e, desde então, tudo o mais parecia tão trivial.

Não era assim que eu tinha imaginado passar o verão antes do meu penúltimo ano no ensino médio. Eu deveria estar animada com a liga de softbol de verão que começaria em uma semana. Aquele em que eu seria descoberta por uma das faculdades dos meus sonhos. Eu deveria estar aceitando convites para ir ao Sinal Verde e trocando beijos com alguém. Quem sabe até perdendo minha virgindade. Eu deveria estar convencendo o Lucian de que era seguro para ele sair pelo mundo e aproveitar a vida.

Em vez disso, arruinei qualquer perspectiva desse futuro.

Eu me sentei e olhei com tristeza pela janela. A expressão no rosto dele quando me viu, enquanto o conduziam até a viatura policial, quando se deu conta de que eu tinha feito a única coisa que ele tinha pedido que não fizesse...

Supliquei que me deixassem visitá-lo na prisão preventiva. Meu pai havia me dito de forma educada que não era uma boa ideia, mas eu sabia pelo olhar cauteloso por trás dos seus óculos que o Lucian não queria me ver. Porque, para começar, era minha culpa ele estar lá. Porque eu tinha traído a confiança dele.

Ouvi o chiado de pneus, o guincho dos freios, e me apoiei nos joelhos. A picape do Sr. Rollins parou de supetão na entrada. Ele estacionou torto e tropeçou ao sair do volante. Ele bateu a porta, mas ela voltou a se abrir sem que ele se desse conta.

Pulei do assento da janela e me atirei em direção à caixa sob a cama. Coloquei a câmera e o gravador em uma *ecobag* da NPR, calcei os tênis e fui para o corredor. Prendi a respiração enquanto caminhava na ponta dos pés em direção à escada, prestando atenção a qualquer som que pudesse vir do quarto dos meus pais no lado oposto da casa.

Eles iam ficar tão bravos. Eu ficaria de castigo até os 30 anos. Mas o fim justificava os meios. Se eu pudesse mostrar à polícia provas irrefutáveis que colocassem o Sr. Rollins atrás das grades e libertassem o Lucian, tudo teria valido a pena.

Desviei para o escritório do meu pai e peguei o telefone sem fio da escrivaninha. Eu não sabia se o sinal alcançaria a casa ao lado, mas pelo menos eu poderia correr e ligar para o 190 se fosse preciso. Com o telefone guardado na bolsa da NPR com o restante do equipamento, destranquei a porta da frente e saí em completo silêncio.

Com a afobação, tropecei duas vezes, o coração batendo mais forte quanto mais perto eu chegava.

As luzes estavam acesas, no andar de cima e no de baixo.

— Por favor, estejam no andar de baixo — sussurrei para mim mesma, fazendo careta quando me dei conta de que estava torcendo para que uma mulher fosse agredida. Uma sensação de náusea tomou conta de mim enquanto me mantinha agachada e me dirigia à janela da frente.

Isso ia dar certo. *Tinha* que dar certo.

Escutei vozes, uma calma e suplicante, e a outra exaltada. Uma silhueta passou pela janela, e eu me abaixei no canteiro de flores cheio de mato. Algo espinhoso feriu meu antebraço. Cada som de galho quebrando, cada respiração, cada batida do meu coração parecia reverberar.

Houve um som de pancada lá dentro e um resmungo furioso. Com cautela, retirei o gravador da bolsa. Eu não tinha certeza se conseguiria captar o que acontecia lá dentro, mas valia a pena tentar. Apertei o botão de gravação e apoiei o gravador na saliência estreita da janela.

Peguei a câmera, tirei a tampa da lente e a ergui.

Com um suspiro trêmulo, levantei-me do canteiro e olhei pela lente.

Estavam na cozinha, o Sr. Rollins andando de um lado para o outro.

— Já avisei que quero o jantar servido quando chego em casa — ladrou alto o suficiente para que eu ouvisse.

— Já é quase meia-noite, seu babaca — murmurei baixinho.

Avistei a Sra. Rollins de camisola quando passou apressada pela porta da cozinha, com os ombros curvados.

Ele a agarrou pelo cotovelo e derrubou o prato de sua mão, fazendo barulho.

Um cachorro latiu na casa vizinha, um dos são-bernardos do Sr. e da Sra. Clemson, me dando um baita susto.

O Sr. e a Sra. Rollins sumiram, e eu aproveitei a oportunidade para pegar o telefone sem fio. Mas não havia sinal de discagem. Eu estava muito distante da base.

Ele estava berrando outra vez, mas eu não conseguia ver nada. Merda. Eu precisava achar um ângulo melhor. Com a câmera ainda gravando, coloquei a bolsa no ombro e contornei a casa correndo. No escuro, esbarrei o quadril na grelha enferrujada. Mas essa dor não chegava aos pés da que Ansel Rollins estava infligindo agora, lembrei a mim mesma.

Fui mancando até o quintal, até aquele deque instável e apodrecido nos fundos da casa, e ali, pela porta de vidro deslizante, eu os vi. Ele a esbofeteou no rosto com tanta força que eu arfei. A Sra. Rollins só não caiu no chão porque ele estava agarrando seu braço com violência.

— Você me dá nojo, mulher — proferiu e a arremessou com força na mesa da cozinha. — Você me dá um nojo do caralho.

Decidi que isso tinha que ser evidência suficiente, embora estivesse me sentindo muito mal.

A Sra. Rollins estava encolhida em uma cadeira de jantar como uma folha de papel amassada. Soluços silenciosos sacudiam seus ombros frágeis. Que ódio que eu sentia dele. Que ódio que eu sentia de Ansel Rollins por simplesmente existir. Por tratar a esposa daquele jeito, por forçar o filho a tomar partido. Eu o odiava com todas as fibras do meu ser.

— Se continuar abrindo esse berreiro, vou te dar motivo pra chorar de verdade — disse ele com a voz arrastada.

Pare de chorar, Sra. Rollins. Por favor, pare de chorar.

De repente, ela levantou a cabeça. Vi que sua boca se movia, mas não consegui discernir as palavras.

— O que foi que disse? — resmungou ele com raiva.

— Por sua culpa, eu não tenho mais *nada* — respondeu ela, levantando-se com pernas trêmulas. Lágrimas ainda escorriam por seu rosto.

Oh, céus. Tentei o telefone mais uma vez, mas ainda não havia sinal de discagem.

— Tudo o que você tem na vida, você deve a mim. — Ele entrou no meu campo de visão, e meu corpo inteiro ficou tenso quando vi o que estava segurando. Ele estava secando uma faca comprida e serrilhada com um pano de prato.

Veio-me à cabeça o braço ensanguentado do Lucian. Agressão com arma branca.

Coloquei a câmera no deque, com a lente virada para a porta, e saí em disparada. Em questão de segundos, eu estava dentro de casa, discando o telefone e acendendo as luzes.

— Mãe! Pai! Ele está machucando ela de novo — gritei do pé da escada. Uma luz se acendeu no andar de cima. — Temos que impedir!

— Polícia. Em que posso ajudar?

— Ansel Rollins está atacando a esposa com uma faca de novo, e se Wylie Ogden não o prender desta vez, vou processar o departamento de polícia inteiro — gritei ao telefone. Eu precisava voltar. Eu tinha que fazê-lo parar ou ser uma testemunha.

Escutei as vozes abafadas dos meus pais vindo do andar de cima.

— Rápido! — gritei antes de largar o telefone no chão e sair correndo.

Os sapos ainda estavam coaxando do lado de fora, mas mal os escutei enquanto disparava até o quintal dos Rollins.

Pulei no deque com um salto impressionante. Eu os avistei pela porta de vidro. Ele a tinha imobilizado na mesa, a faca em seu pescoço. Havia sangue no piso de linóleo.

Os cachorros estavam latindo freneticamente agora, mas o restante do bairro continuava silencioso.

Não havia outra opção. Era necessário detê-lo. Eu tinha que detê-lo. Peguei um jarro de argila velho e rachado e, com um grito visceral que brotou das profundezas da minha alma, arremessei-o contra o vidro.

A porta se estilhaçou, espalhando cacos de vidro e argila por todo lado.

Alguém estava me chamando. Várias pessoas, pelo que parecia. Mas não pude responder. Estava paralisada. Fiquei imóvel enquanto o Sr. Rollins me encarava pela porta destroçada.

Nossos olhares se encontraram, e eu canalizei cada centelha de ódio que carregava naquele olhar.

— Vai pagar caro por isso, sua vadiazinha desgraçada.

Eu estava tremendo de medo, de raiva.

— Vá. Se. Ferrar. Seu inútil de merda!

Ele se lançou na minha direção e a dor se misturou à raiva. Eu me debati à medida que os gritos se aproximavam, à medida que as sirenes finalmente cortavam a noite, à medida que os sapos cessavam.

Crack!

VINTE E TRÊS
AINDA NÃO SE LIVROU DE MIM

Lucian

Calminha aí, já estou indo. — A voz irritada do outro lado da porta não contribuiu em nada para me acalmar. Ela estava aqui. Estava bem. O que significava que tinha saído de fininho como se eu fosse um encontro casual vergonhoso que ela não queria que se estendesse para o café da manhã.

Sloane Walton estava prestes a receber uma lição muito séria.

A porta da frente se abriu com tudo, e eu me deliciei com a expressão de choque em seu belo rosto. Ela estava vestida com um robe. Seu cabelo estava molhado e o rosto estava sem a maquiagem da noite passada. Ela parecia jovem, radiante... e nervosa.

Será que tinha tomado banho para tentar tirar os vestígios do que tínhamos feito e fingir que nunca aconteceu?

Porque eu não. Acordei com uma cama cheia de travesseiros e nenhuma Sloane. Passados cinco minutos, eu já estava no carro.

Bati com a mão na porta aberta para evitar que ela a fechasse na minha cara.

— O que está fazendo aqui? Deixei alguma coisa...

— Ainda não se livrou de mim. — Transamos até altas horas, até que nenhum de nós conseguisse mexer um músculo sequer. Depois, pegamos no sono de conchinha, com meu rosto em seus cabelos, e dormi feito uma pedra. Quando acordei, uma coisa ainda estava clara.

Sloane ainda estava enraizada nos meus pensamentos.

— Como é? — perguntou com um gritinho de protesto indignado e estreitou perigosamente os olhos, mostrando que ficou ofendida.

Nós dois estávamos armados para brigar. Contudo, nossos corpos pareciam ter outros planos. Num instante, eu estava em cima do seu tapete de boas-vindas que continha a frase "EU DEVO ESTAR LENDO"; no seguinte, eu estava atravessando a porta e levantando-a com a mão em sua bundinha curvilínea. Ela passou as pernas pelos meus quadris e enfiou os dedos no meu cabelo, aproximando minha cabeça da sua.

A boca dela encontrou a minha, e um alívio súbito tomou conta de mim.

Ela ainda me queria.

Era só o que importava. Mais uma vez. Era o que precisávamos. Depois desapareceríamos de nossas mentes e nossos corações.

Fechei a porta com um chute e me virei para prendê-la contra a parede. Um porta-retratos ficou torto e depois caiu no chão.

— Desculpa — sussurrei com a boca colada em seus lábios e nos afastei da parede. Eu precisava encontrar um lugar para deitá-la, fazer com que ficasse paradinha. Fazer com que não fosse embora.

Mas ela já estava desabotoando minha camisa com impaciência, aniquilando qualquer chance de subir até o quarto dela. Abri seu robe e o descartei. Por baixo, ela vestia um daqueles sutiãs de renda que não escondiam o enrijecimento dos seus mamilos do meu olhar voraz.

Eu mal reparei na pequena marca de chupão logo acima do seu mamilo quando ela enfiou uma mão entre nós e encontrou a fivela do meu cinto com um gritinho de triunfo.

Nossa, como eu a desejava. Eu ansiava por sentir suas mãos em mim, por ouvir os sussurros suplicantes de "por favor" e "mais" no meu ouvido. Eu precisava estar dentro dela outra vez.

Entrei meio desajeitado na sala de estar, esbarrando em uma mesinha lateral e derrubando um abajur com a pressa. A cúpula se soltou e caiu no chão.

— Não tem problema. Detesto esse abajur — disse Sloane, colada na minha boca enquanto começava a abrir o zíper da minha calça.

Chutei a mesa de centro para o lado, derrubando uma pilha de livros de bolso no chão. Por fim, minhas canelas esbarraram em uma superfície plana adequada. O sofá.

Caímos igual a uma árvore cortada, e, com muito esforço, consegui amortecer o impacto. Ela soltou meu zíper e agarrou minha camisa com força. Alguma coisa sibilou, e um lampejo de pelo cinza e branco disparou por cima do encosto e foi parar no aparador atrás do sofá.

Não estava nem aí se era um gato, um rato ou um gambá. Nada era mais crucial do que despir a Sloane por completo.

Minha língua se aventurou enquanto eu descia o elástico da sua calcinha pelas pernas. Seu corpo era tão pequeno e delicado, em contraste com suas curvas tentadoras. Aquela pele macia e alva suplicava para que minhas mãos a percorressem, acariciassem, apertassem.

Enfiei uma mão naqueles cabelos lindos para cacete e desci a outra para o meio das suas pernas. Deliciosamente molhada. Comecei a tocá-la há sessenta segundos, e seu sexo já estava pronto para mim. Meu pau deu mais uma contraída involuntária, e senti um jorro quente de umidade fluir da ponta.

Estávamos cometendo um erro. Eu tinha consciência disso. Mas não conseguia me deter.

Ela gemeu na minha boca e agarrou meu cabelo com uma das mãos enquanto a outra tentava passar minha camisa pelo ombro.

Eu queria ir mais devagar desta vez. Mas a raiva e a luxúria se fundiram em uma mistura impulsionada pela adrenalina em meu sangue.

— É bom você ter uma camisinha guardada em algum lugar do seu corpo — disse ela, dando uma mordidinha no meu lábio inferior.

Com um grunhido, me levantei e peguei a carteira no bolso da calça.

— Ah, ainda bem — suspirou ela quando peguei o invólucro de alumínio e joguei a carteira na direção da mesinha de centro.

Enquanto eu abria a embalagem, ela abaixou minha calça até as coxas. Eu estava ajoelhado entre suas pernas, e ela estava esparramada na minha frente como uma oferenda.

— Esta é a última vez — falei, tanto para o meu próprio bem quanto para o dela.

— É, é, é — entoou ela enquanto eu segurava meu pau latejante com uma mão. Sloane pegou a camisinha de mim e a colocou, cobrindo minha ereção.

— Que apressadinha — falei com um gemido.

Minha vista começou a escurecer quando ela me segurou pela base e deu uma apertada.

— Última vez — repetiu. — Melhor acabar logo com isso de uma vez.

Eu estava decidido a ser referência para todos os seus futuros parceiros. Esse passou a ser meu novo objetivo na vida.

Minhas mãos agarraram as alças finas do seu sutiã, e as abaixei pelos ombros, fazendo o possível para não danificar os fios frágeis. Depois, com um puxão rápido, desnudei os seios que eu sabia que atormentariam meus sonhos para sempre.

— Agora, Lucian. Agora! Por favor, lindo — exigiu ela.

Eu não conseguiria me segurar, nem se quisesse. Não quando já sabia o que me aguardava entre suas pernas.

Posicionei a ponta inchada na entrada molhada, posicionei no lugar certo e, com uma única estocada vigorosa, eu a penetrei.

Ela deu um grito e eu soltei um urro gutural.

Ela não estava preparada para isso. Eu não aquecera o clima com preliminares e provocações. Simplesmente fui com tudo. E agora ela me apertava com tanta força que estava me deixando sem ar.

— Respire, linda — falei com os dentes cerrados. — Você precisa relaxar. — Senão eu ia passar vergonha.

Suas pálpebras se abriram, e aqueles olhos verdes como jade se fixaram em mim.

— Não se segure — falou.

Beijei suavemente seu pescoço.

— Relaxe um pouco pra eu entrar, Fadinha.

— Detesto como você é gostoso.

Quase consegui sorrir apesar da dor de ficar parado.

Retirei alguns centímetros, curtindo a sensação do movimento escorregadio e molhado do contato da sua pele com a minha.

— Vai detestar ainda mais quando me tiver por completo.

Ela subiu mais as coxas ao redor da minha cintura e apertou.

Seu gemido foi um tormento delicioso para os meus ouvidos.

— E eu aqui achando que Lucian Rollins fazia o que lhe desse na telha.

— Eu não quero te machucar — lembrei-a.

— Então me *satisfaça* — exigiu. Dito isso, ela estendeu a mão e cravou as unhas nas minhas nádegas.

— Porra.

Investi nela, indo mais fundo, segurando seus quadris para evitar qualquer movimento.

— Isso, assim.

— Quase — falei, rouco.

— Mais. Tudo. Por favor — suplicou Sloane.

Tirei quase até a ponta e depois investi com força em uma estocada intensa. Por um momento angustiante, seus músculos contraídos resistiram à minha invasão, mas, logo em seguida, relaxaram o suficiente para receber os centímetros restantes.

A sensação era sublime. Com nossa transa, eu voltei ao paraíso. Ela me envolveu com força em um aperto úmido, melhor do que qualquer experiência anterior. Apesar da farra na noite anterior, meus testículos estavam tão cheios que doíam. Minhas nádegas estavam contraídas, prontas para entrar em ação. Meu corpo todo estava tenso com a vontade louca de se mover.

Com esforço, consegui abrir os olhos para contemplar tudo.

Ela estava debaixo de mim no sofá. Suas pernas tremiam sem parar, agarradas aos meus quadris. Dava para sentir os bicos macios dos seus mamilos roçando suavemente nos pelos do meu peito. Eu queria sentir o gostinho deles outra vez. Eu queria sentir o gostinho *dela* outra vez. Eu queria me enterrar dentro dela até não a desejar mais.

— Está gostoso? — perguntei com um grunhido.

— Demais. Gostoso pra cacete — gemeu ela.

Era tudo o que eu queria escutar.

— Você não devia ter me deixado — falei, deslizando para fora e rangendo os dentes ao sentir a contração suave dos seus músculos. Seu corpo resistiu à minha penetração e agora se esforçava para me manter dentro.

Reforcei a acusação com várias estocadas firmes. Os seios fartos e redondos balançavam toda vez que eu a penetrava até o fundo.

— Poderíamos estar fazendo isso em uma cama — repreendi.

— O seu desempenho no sofá é razoável — ofegou ela.

— Você me fez dirigir até aqui só pra eu te comer de novo — grunhi.

— Ninguém pediu pra você gastar o combustível à toa. — Seu sexo pulsou ao meu redor. Minha bibliotecariazinha gostava quando eu falava safadeza.

Abaixei a cabeça para lamber um mamilo e, em seguida, o outro.

Ela estremeceu debaixo de mim e arqueou as costas, expondo os seios.

Penetrei-a com vontade repetidas vezes, usando o pé para pegar impulso no chão, e assim poder usar o máximo de força possível.

— Isso! Mais. Forte — entoou.

Era como se ela estivesse suplicando para que eu a arrebentasse.

— Caramba, chega a ser irritante você ser tão bom nisso — gemeu ela.

— Fique caladinha e me deixe te comer como a boa garota que é — mandei.

Foi só o que bastou. Senti o orgasmo atingi-la. Eu já estava familiarizado a esta altura. Eu tinha certeza de que jamais esqueceria a sensação de ver Sloane Walton se desfazendo no meu pau.

Aquelas paredes internas escorregadias e apertadinhas se fecharam com força na minha ereção enquanto eu a penetrava. Minha visão escureceu enquanto seu sexo apertava várias vezes meu membro. Odiei a camisinha que nos separava. Odiei com todas as forças aquela barreira entre nós, como se ela estivesse me privando de algo pelo qual esperei a vida toda.

Parei de me movimentar, enterrado bem fundo, e escondi meu rosto em seu pescoço, com a mão agarrando seu cabelo, e fiz o possível para não gozar, embora ela estivesse se contorcendo debaixo de mim, me apertando.

Era a despedida. E eu *ainda* não estava plenamente saciado.

— Aguenta mais um pouco, por favor — choramingou ela enquanto se arqueava debaixo de mim, usando meu corpo para estimular seu clímax sem qualquer pudor.

— Por quê? — perguntei, incisivo. Meus testículos estavam tão cheios e contraídos. Eu ansiava por alívio.

— Quero mais — confessou.

— Merda — murmurei. Minha testa e minhas costas ficaram cobertas de gotas de suor enquanto eu fazia esforço para manter o controle. Enquanto reprimia minha necessidade. Mantive-me imóvel, encaixado até o fundo, enquanto seus tremores enfim se tornavam pressões delicadas.

Ela estava agarrada a mim como se eu fosse a sua tábua de salvação. Seu corpo inteiro tremia por causa do orgasmo.

— Ainda quer mais? — falei com um grunhido.

Ela piscou e abriu os olhos.

— Sim — falou sem hesitar.

— Então peça com educação.

Um sorriso feminino e perspicaz surgiu em seus lábios sem batom. Instintivamente, seus músculos se contraíram em meu membro latejante. Era isso mesmo, Sloane Walton gostava de ouvir safadeza.

— Por favor, me coma com tanta paixão e força que toda vez que eu me sentar no trabalho amanhã, vou lembrar de você e desse seu pau incrível.

Fechei os olhos e contraí a mandíbula. Eu queria isso. Queria saber que ela pensaria em mim, lembraria como a fiz se sentir.

Saí de dentro dela, sentindo meu membro doer por causa do biquinho que ela fez com o lábio inferior carnudo.

— Ei! — reclamou.

Mas ela interrompeu o protesto quando a puxei para a beirada do assento. Ansiando pelo contato pele com pele, tirei a camisa e joguei as pernas dela sobre meus ombros.

— Ai, nossa. — Foi um gemido que se transformou em um grito abafado quando passei minha língua por suas dobras molhadas. Ela tinha gosto de segredos e verdade, e eu me tornei instantaneamente viciado.

Suas coxas tremiam de um lado e do outro dos meus ouvidos.

— Abra — mandei, estimulando-a com as pontas de dois dedos.

— Lucian — suplicou.

— Linda, abra para mim. Deixa eu sentir o seu gosto.

A rápida submissão dela afetou diretamente minha cabeça e meu pau latejante. Ela relaxou as pernas, permitindo que os joelhos se separassem sobre meus ombros.

Pelo visto, o único modo de persuadir Sloane Walton a fazer o que eu queria era mantendo-a à beira do orgasmo.

— Não faça com que me arrependa disso — sibilou. Ela cobria os olhos com as mãos, então não viu o sorriso diabólico que esbocei quando a penetrei com os dedos. Seu corpo reagiu de imediato, com os calcanhares cravando minhas costas, as coxas se contraindo e a barriga lisa tensionando. Seus seios, perfeitos e volumosos, se empinaram enquanto seus lábios nus formavam um atraente O.

— Relaxe — encorajei, dobrando meus dedos em seu canal molhado.

Um gemido suave escapou dela, e a tensão aos poucos começou a abandonar suas pernas de novo.

Aproveitei a oportunidade e me aventurei entre suas pernas. Lambi seu clitóris rígido enquanto movimentava os dedos em seu lindo sexo.

Ela ficou tensa de novo, mas isso não importava, pois eu tinha acesso a tudo de que precisava. Explorei com a boca, acariciando e provocando enquanto movia os dedos para dentro e para fora. Ela se contorcia abaixo de mim, cravando as unhas em meus bíceps enquanto eu a mantinha imóvel.

Seu sabor era viciante. Eu queria prová-la enquanto gozava. Queria provar o sabor da sua rendição.

— Goza pra mim — grunhi em seu sexo.

Um gemido escapou enquanto ela se retorcia.

— Não quero que isso acabe.

Ela estava dizendo coisas sem pensar. Não estava falando sério, tentei me convencer. Eu a havia feito ultrapassar o limite onde podia me insultar à vontade enquanto eu a levava ao ápice. Eu nos havia levado além dos nossos limites.

— Como assim? — indaguei sem diminuir o ritmo dos dedos.

— E... e se eu não quiser que seja a última vez?

Uma coisa grande e radiante se alojou no meu peito.

— Então vou continuar te fazendo gozar até que nos cansemos disso. — Eu não tinha ideia se era uma promessa ou um aviso, mas estava falando sério.

— Está só falando por falar? Ou está só enchendo o meu saco?

— Não estou enchendo o *seu* saco. Você está enchendo o meu — frisei.

Ela agarrou a almofada com força.

— Caramba. Não dá pra segurar.

— Não ouse se segurar, cacete. — Por precação, inseri um terceiro dedo em sua entrada apertada e separei os lábios do seu sexo com a outra mão. Minha língua encontrou seu clitóris inchado com precisão cirúrgica.

Ela gritou meu nome à medida que seu corpo ficou tenso. Meus testículos se contraíram e meu membro deu um espasmo enquanto a pressão aumentava até atingir níveis desconfortáveis. E então ela estava gozando, seu corpo espetacular usando minha boca e meus dedos para capturar cada centelha de prazer pelo qual ansiava. Ela se desfez em mim, e eu pude saborear o esplendor do seu clímax.

Eu queria que ela dissesse meu nome mais uma vez. Eu queria escutar sua voz rouca falhar.

Mas ela ficou mole como se seu corpo fosse cera derretendo.

— Você está bem? — perguntei, ficando sobre ela.

— Não. Nunca mais vou ficar.

— Linda. — Dei-lhe uma leve sacudida.

Ela abriu um olho verde travesso e arqueou a sobrancelha.

— Minha vez.

Tive que dar o braço a torcer por ela me pegar de surpresa. Antes que eu me desse conta de que ela não estava prestes a desmaiar, ela agarrou minha ereção.

Foi tão repentino que quase gozei em sua mão.

Segurei seu pulso, e com isso pude sentir meu próprio pênis latejar.

— Não — falei.

— Já é a segunda vez que você me chupa. Agora é a minha vez — insistiu.

— Não — repeti.

— Por que não? — Com malícia, ela deu um aperto no meu membro.

Para distraí-la e satisfazer minha necessidade, girei-a para ficar de costas para mim e a coloquei de joelhos no chão diante do sofá.

— Porque você vai estar ocupada demais sendo fodida — falei enquanto empurrava sua cabeça e seus ombros para baixo, deitando-os no sofá. Ajoelhei-me atrás dela, afastei suas pernas e posicionei seus quadris, alinhando a ponta do meu membro com seu sexo molhado.

Os mais suaves roçares daquele paraíso quente e apertado que me aguardava me fizeram lutar por quaisquer resquício de autocontrole.

— Por favor, Lucian!

Lá estava. Meu nome em seus lábios. Implorando para eu lhe dar algo que só eu podia. Eu me movi para a frente com força, encaixando toda a minha extensão até o fundo em uma única estocada.

O grito dela foi abafado pelo assento do sofá. Passei minhas mãos pela sua espinha, pelos ombros e desci pelos braços enquanto esperava recuperar o controle da situação.

— Segura firme aí, linda — avisei.

Eu me retirei com todo o cuidado e então, movimentando seu quadril, penetrei-a de volta.

Seu sexo se contraiu ao meu redor quando atingi aquele ponto secreto. Minha nossa, como ela já podia estar pronta para gozar de novo? Seu corpo era um maldito milagre. Meu maldito milagre.

Deslizei minhas mãos para cima para segurar o peso generoso de seus seios e os usei como apoio enquanto começava a investir.

Apertei aqueles seios cheios e perfeitos à medida que penetrava aquele paraíso apertado e molhado.

— Caramba — entoou.

Ela estava pronta para atingir o clímax. Só precisava de um pouco de pressão no lugar certo. Eu adorava pra caralho estar no comando do seu prazer. Decidir quando e como. Isso era mais marcante para mim do que qualquer outra realização que já obtive na vida.

Eu me debrucei sobre ela, depositando meu peso sobre suas costas, e investi com mais força, indo mais fundo. Soltei um seio e levei essa mão livre entre suas pernas.

Ela ficou rígida.

— Lucian, eu...

— Que garota boazinha — elogiei. — Está molhadinha assim pro meu pau, não é?

— O que quero mesmo é esse seu pau maravilhoso na minha boca — retrucou ela, toda fofa e contrariada.

Encontrei seu clitóris no exato momento em que dei um puxão forte em seu mamilo e enterrei meu pau até o fundo, inclinando meus quadris para cima repetidas vezes. Ela não podia fazer nada além de aceitar o que eu estava lhe dando, e isso subiu à minha cabeça, aos meus testículos, ao meu maldito coração.

— Goza pra mim, Fadinha. Goza no meu pau com tanta força que cause dor.

— Isso, Lucian. Isso — choramingou ela com a voz falha.

Música para a porra dos meus ouvidos. E então ela fez exatamente o que mandei.

Desta vez, quando gozou, apertando e soltando meu pau sem parar, não resisti ao impulso avassalador de me entregar. Deixei que seu sexo pulsante provocasse meu clímax. Ejaculei com força, numa explosão abrasadora que desejei que ela pudesse sentir. Mesmo enquanto o jato quente de esperma seguinte saía, seguido pelo próximo, imaginei como seria se não houvesse barreiras entre nós.

— Lucian! — Ela se contorceu contra mim, gozando de novo, ou ainda, como se meu prazer desencadeasse o seu.

— Essa é a minha garota — falei enquanto me esvaziava nela, imaginando uma vida em que ela fosse minha e eu fosse dela.

VINTE E QUATRO

NEGOCIAÇÕES DE PAZ COM QUEIJO GRELHADO

Sloane

Não estou agarradinha com você — sussurrei para o pescoço do Lucian. — Só não estou conseguindo mexer os braços e as pernas.

Eu estava esparramada e nua sobre o seu corpo divino após uma série tão longa de orgasmos que já nem me importava mais com nada, exceto o pênis do Lucian e o prazer sem fim que me proporcionava.

Ele deu um tapa forte no meu bumbum.

— Ai.

— Os meus ainda estão em bom estado — disse ele com presunção.

Assim como seu pau sobre-humano que ainda estava semiereto e usando a última camisinha que eu tinha.

Levantei a cabeça e dei uma olhadinha ao redor.

— Ufa, que alívio. Finalmente subimos para o quarto.

Ele me puxou de volta, aninhando-me contra o peito dele, mas não antes de eu ver um sorriso genuíno em seu rosto maravilhoso. Após os sete orgasmos que ele me deu, decidi que poderia deixá-lo ter esse momento.

Lembrei-me de que o Lucian adolescente era carinhoso. Costumava ficar abraçadinho comigo nesta mesma cama, mexendo no meu cabelo, acariciando meu braço ou minhas costas. Ele aceitava todos os abraços, tapinhas nas costas e apertos de ombro dos meus pais com um sorriso melancólico. Como se ansiasse por contato físico, mas não quisesse demonstrar.

Senti uma pontada no coração pelo garoto que merecia muito mais.

Ele acariciou meu cabelo, deixando as mechas caírem nas minhas costas, e senti meus olhos se encherem de lágrimas.

O pânico estava retornando.

Foi isso que me levou a sair do meu próprio quarto de hotel após quatro orgasmos e menos de duas horas de sono. Percebi que estava misturando o presente sem compromisso com os sentimentos do passado.

Nenhum de nós era a mesma pessoa que tínhamos sido naquela época. Não podia me dar ao luxo de permitir que meus sentimentos pelo Lucian adolescente se embolassem com o que era evidentemente apenas uma atração física.

Uma atração *muito* física.

— Mais uma rodada? — perguntei com indiferença, torcendo para não transparecer que meu corpo inteiro estava exausto e dolorido demais.

Lucian suspirou.

— Por mais que me doa admitir, Fadinha, você acabou comigo. Vou precisar de uma compressa de gelo, vários ibuprofenos e uma soneca de quatro horas se quiser uma última vez de novo.

— Amador — sussurrei em seu pescoço. — Estou prontíssima pra outra rodada.

— Mentirosa.

Ele puxou de leve meu cabelo até eu olhar para ele.

— Tá bom, então. Voltei a sentir repulsa só de pensar em transar com você — provoquei.

— É isso, então, acabou entre a gente? — Sua expressão estava mais uma vez fechada. De algum modo, foi mais difícil vê-lo assim depois de tê-lo visto em tantos momentos de entrega orgásticas.

Encolhi um ombro.

— Acho que sim. Posso preparar alguma coisa pra você comer antes de te despachar.

Como que combinado, o estômago do Lucian roncou.

Fingi um arquejo de surpresa.

— Não sabia que vampiros sentiam fome.

Ele partiu para cima de mim, roçando os dentes no meu pescoço.

— Quietinha aí, lanchinho tamanho humano.

Arfei de surpresa e caí rindo contra ele de novo. O Lucian brincalhão era algo inteiramente novo para mim. Como o Edward depois que a Bella descobriu o segredo dele em *Crepúsculo*. Só que eu ainda não tinha descoberto o segredo do Lucian. Apenas tinha transado muito com ele.

Suas mãos ficaram mais carinhosas.

— Sua risada é linda.

Voltei a me sentar e franzi o cenho.

— Tá legal. Você está oficialmente delirando. Venha. Preciso almoçar e repor eletrólitos, já que você me desidratou pelas partes íntimas.

— Meu pau está dolorido, como os músculos ficam no dia seguinte após um treino de perna — reclamou à medida que saíamos da cama.

Vesti um roupão azul com estampa de margaridas enquanto Lucian vestia a cueca. Ele franziu a testa para a camisa social. Faltavam alguns botões e havia uma mancha molhada duvidosa na manga.

— Espera um pouquinho. — Manquei até o closet e encontrei o moletom que procurava. — Toma — falei, jogando-o em sua direção.

Ele o pegou e sua testa franzida se transformou num olhar carrancudo.

— De quem é? — perguntou, mantendo o moletom extragrande da Universidade Estadual da Pensilvânia no ar.

— Agora é meu — respondi.

— De quem *era*?

— De um ex-namorado. Namoramos por alguns meses depois que me formei na faculdade e estava trabalhando em Hagerstown. Ele era professor de ciências sociais.

— Blake. — Ele pronunciou o nome de modo depreciativo.

Arqueei uma sobrancelha.

— Sabe, a Sloane Não-Satisfeita pegaria no seu pé por saber o nome do meu ex de quinze anos atrás. Mas a Sloane Mais-que-Satisfeita está tão cansada e faminta que não vai criar caso.

Ele devolveu o moletom.

— Não vou usar isto.

— Você quem sabe. É confortável e vai servir direitinho.

Lucian pegou sua camisa social arruinada e, com determinação, enfiou os braços nas mangas.

— Aposto que você pensa nele toda vez que veste.

— Com muito carinho — falei, imatura o suficiente para acrescentar umas gotinhas de líquido inflamável nas chamas. — Vamos. Estou morrendo de fome.

Formávamos uma cena e tanto, mancando e andando desajeitados enquanto descíamos as escadas dos fundos até a cozinha.

Miau Miau encarou com um olhar crítico, sentada em cima de um descanso de panela no meio da ilha. A ponta da sua cauda se agitou.

— Que insalubre — comentou Lucian.

— Ainda bem que não pretende ficar nesta casa por muito tempo porque todas as superfícies planas já devem ter entrado em contato com traseiro de gato — falei, acariciando as orelhas dela antes de abrir a porta da geladeira.

— Como ele se chama?

— O nome dela é Miau Miau.

— Que nome mais sem graça.

— O nome oficial é Lady Miauington — comentei, abrindo uma das gavetas.

— Pior ainda. Estou chocado. Você é péssima pra dar nome às coisas.

— Os gatos escolhem os próprios nomes. Você começa com um nome oficial, e ele se transforma ao longo dos anos até você encontrar algo a que realmente respondam. A Lady Miauington aqui só atende quando é chamada de Miau Miau ou "Ei, Sua Cretina".

Levantei o olhar e vi Lucian encarando a gata enquanto ela se empenhava em limpar a barriga.

Miau Miau era uma bolinha peluda de desdém. O meu lance casual, por outro lado, apenas de cueca e camisa desabotoada, com o cabelo bagunçado e os olhos sonolentos, estava simplesmente irresistível. Eu já sabia que ele era bonito. Extremamente atraente, até. Mas nunca me permiti olhar de *verdade*.

Agora que tinha feito isso? Eu ia precisar de uma bebida alcoólica para acompanhar meu lanche pós-sexo.

Mostrei duas fatias de queijo.

— Que tal um sanduíche de queijo quente?

Lucian fez careta.

— Que paladar infantil.

— Vou preparar o melhor sanduíche de queijo quente que você já comeu, e depois vou deixar você massagear meus pés enquanto implora pelo meu perdão.

— CRIADO, UM pouco mais de pressão na curva — ordenei.

Os polegares fortes do Lucian pressionaram mais a sola do meu pé.

— Seus pés são tão pequenos. Como consegue caminhar com essas coisinhas?

— Você fica tão esquisito depois de uma maratona de sexo e um sanduíche de queijo quente. — Dei outra mordida grande no espetacular sanduíche de queijo quente com frango ao molho picante. Lucian não deixou nada no prato. Ele tinha devorado seu sanduíche com gosto e agora estava cobiçando a segunda metade do meu.

Revirei os olhos, dividi a metade em dois pedaços e dei um a ele.

Ele largou meu pé em seu colo e o pegou com tudo.

Tínhamos montado acampamento na sala de estar, que ficava nos fundos da casa, próximo à cozinha, para comer e assistir às reprises da série *Night Court*. Falei que era por causa da TV ser maior, mas, na verdade, era porque não queria que ninguém visse Lucian Rollins pelas janelas da frente e espalhasse isso para a cidade inteira. Deixar outra pessoa saber desse desastre não era uma opção.

Enquanto Bull soltava uma piada para o Juiz Harold T. Stone, ouvi um estrondo dramático atrás de nós. Apoiei a cabeça no encosto e observei a gigantesca bolinha de pelo que era a gata saltitar pela mesinha ao lado do sofá.

— O que essa coisa está fazendo? — indagou Lucian, virando a cabeça.

— *Ela* está tentando te deixar desconfortável.

Miau Miau se sentou atrás dele e encarou sua nuca.

— Está funcionando.

— Ela não gosta muito de pessoas — expliquei. — Só eu e minha mãe podemos fazer carinho nela. Meu pai era o único que ela permitia que a pegasse no colo, e isso só se ele ficasse parado.

— Dá pra sentir ela fuzilando a minha nuca com o olhar — reclamou, aproximando-se de mim. Sua coxa nua encostou confortavelmente no meu joelho, enquanto seu ombro colava no meu, me trazendo conforto. Isso era algo que casais faziam. Transavam em uma manhã de domingo e depois se abraçavam no sofá com besteiras para comer enquanto assistiam aos clássicos favoritos.

Não éramos um casal. Éramos um erro. Um erro ardente, sexy e avassalador.

— Faça de conta que ela não está aí. Ela é tão preguiçosa que jamais se daria ao trabalho de pular na sua cabeça só pra te morder e arrancar seu rosto com as garras — prometi com entusiasmo.

— Estou bem mais tranquilo agora — disse ele, seco.

Peguei o prato vazio de Lucian e o coloquei na mesinha atrás de mim. Miau Miau lançou um último olhar fulminante para a nuca do Lucian antes de seguir com classe para investigar as migalhas.

Convencida de que a comida que estávamos consumindo era de baixa qualidade, atirou-se no chão e foi embora.

Lucian estendeu o braço sobre o encosto do sofá atrás de mim.

Lucian Rollins estava tentando ficar *coladinho* comigo? Será que eu tinha provocado uma concussão nele quando, sem querer, bati sua cabeça na cabeceira na minha vez de ficar por cima?

A plateia do estúdio desatou a rir com o flerte de Dan Fielding com Christine Sullivan. Isso era tão *rotineiro*. Tão nada a ver *conosco*. Justamente o que eu almejava... com outro homem, é claro, e com duas crianças incluídas no pacote. Lucian sempre desejou algo diferente. Não pude deixar de me questionar se todas as coisas que ele desejava — a riqueza, o poder, a capacidade de derrotar inimigos com um simples gesto — serviam meramente de substitutos para o que ele julgava ser impossível ter.

— Seu pai adorava esse episódio — ponderou Lucian enquanto eu devorava o último pedaço do sanduíche.

— Verdade — concordei, colocando meu prato vazio em cima do dele. — Agora que seu pênis entrou na minha vagina várias vezes, acho que já está na hora de me contar por que é tão próximo dos meus pais. Meu Deus. — Eu me empertiguei. — Você não teve um rolo com a minha mãe, não, né?

— Eu não tive um rolo com a sua mãe — falou, seco.

— Que tipo de relação você tem com ela, então?

Ele suspirou e pausou o episódio.

— Seus pais me ajudaram a passar por um momento desafiador da vida. Por esse motivo, tenho uma dívida de gratidão com eles.

— Então, você tem meio que um sistema invisível de contagem e, assim que equilibrar a dívida, vai sumir da vida da minha mãe?

— Você é muito parecida com o seu pai — falou, embora não tenha parecido um elogio.

— De que jeito? — insisti, ávida por qualquer vínculo com o homem de quem eu sentia saudade.

— Você nunca desiste. Por mais que devesse.

— Ele nunca desistiu de você — falei, branda. Mas eu, sim. Não que tivesse tido outra alternativa.

— Não é comum encontrar pessoas com o otimismo desenfreado e utópico que Simon Walton trazia a este mundo.

Soltei um suspiro no ombro largo do Lucian. Minha determinação podia ter vindo do meu pai, mas o gene do otimismo utópico passou longe.

— Ele era uma peça rara — concordei.

Ficamos em silêncio por um tempo, ambos com os olhos fixos nos rostos imóveis na tela da TV.

— É difícil acreditar que o Ansel se foi — falei, por fim.

Lucian ficou tenso ao meu lado, como se eu tivesse acabado de apertar o botão que erguia todas as suas barreiras e baixava o portão que dava acesso ao seu castelo.

Coloquei minha mão em sua coxa e apertei.

— Espera um pouquinho. Antes de começarmos a próxima rodada de Lucian versus Sloane pela milionésima vez, vamos declarar uma trégua temporária e promover algumas negociações de paz.

Ele me fitou, com um semblante que misturava diversão e irritação.

— Negociações de paz? Por que as mulheres têm essa mania de querer discutir tudo até cansar?

— Se você calar a boca, eu explico. Pra deixar claro, não estou afirmando que já tinha passado um bom tempo me perguntando como seria transar com você. — Sua expressão se tornou predatória, e eu levantei um dedo. — Não! Ainda estamos nos recuperando. Se nos atacarmos agora, você pode lesionar o pênis ou eu posso perder a sensibilidade abaixo da cintura.

— Estou disposto a correr o risco.

Apoiei-me nos joelhos e o encarei.

— Segura a onda aí, Sr. Fogo no Rabo. A ideia é que, já que satisfizemos nossa curiosidade com nossas peripécias sexuais de apenas uma noite, por que não fazemos o mesmo com todas as perguntas para as quais sempre desejamos respostas?

— Não.

Fiz beicinho.

— Você nem sequer considerou a ideia. Que negociação de paz é essa?

— Pare de me olhar desse jeito.

Pressentindo a vitória que se aproximava, intensifiquei o biquinho, entristeci o olhar e me sentei em seu colo.

— Vai, grandalhão. Já abrimos o jogo no quesito sexual e saímos ilesos. Por que não podemos revelar algumas verdades sem repercussões antes de voltarmos ao normal e nunca mais nos falarmos?

Sua bela face com maçãs do rosto dignas de poesia e olhos intensos não deixaram transparecer nada, mas seu desejo estava se tornando evidente sob mim.

— Não vou pensar duas vezes antes de segurar um travesseiro no seu rosto até você parar de me irritar, Fadinha — avisou.

— Vai pensar, sim. Por favor?

Ele colocou as mãos nos meus quadris e descansou a cabeça no encosto.

— Se eu concordar... — Eu rebolei em seu colo com a sensação de vitória, e suas mãos me apertaram mais enquanto ele cerrava os dentes, aprofundando as rugas no rosto. — Comporte-se. Eu tenho exigências.

Passei minhas mãos sob sua camisa aberta e as repousei na pele quente e firme de seus ombros.

— Sou toda ouvidos.

— Você nunca é toda ouvidos. Você sempre é toda bem cheia de segundas intenções — salientou ele.

— Ah, para, vai. Não tem *nada* que tenha nem um pouquinho de curiosidade de saber? — encorajei.

Seus olhos se fixaram nos meus enquanto ele, ao que tudo indicava, tentava descobrir o meu real interesse.

— Estava aqui pensando, já que abrimos o jogo no quesito sexual, por que não fazer o mesmo pra tudo? Hoje a gente encerra o dia livres, leves e soltos. Tipo espremer espinhas.

— Que metáfora mais atraente — falou Lucian, seco.

— Vai — tentei persuadir. — Admita. Faz sentido.

Graças ao livro *Becoming Bulletproof* da ex-agente especial do Serviço Secreto, Evy Poumpouras, eu sabia como construir uma boa relação com um suspeito. Cerca de um ano atrás, comecei um clube do livro secreto e não oficial para alguns adolescentes da cidade que estavam passando por momentos difíceis, sendo excluídos no ensino médio. Líamos muitos livros de autoajuda e não ficção sobre relações interpessoais, e eu até lançava mão de uns truques psicológicos quando a situação pedia.

— Não gosto nadinha disso — falou.

Quiquei de alegria em seu colo.

— Mas você sabe que estou certa. Essa pode ser a nossa chance de recomeçar do zero, grandalhão.

— Recomeçar do zero não se encaixa na situação.

— Aff. Tá bom. Esse poderia ser o nosso "fim".

— Se eu concordar — disse ele, contendo meus movimentos com as mãos —, você tem vinte minutos e depois vai parar de falar e eu vou tirar suas roupas.

Arqueei a sobrancelha.

— Achei que a gente já tinha dado por encerrado.

— Você tem algo melhor para fazer nesta tarde?

Abri um sorriso largo.

— Não.

— Vinte minutos — repetiu.

Eu me levantei às pressas do seu colo e encostei no braço do sofá, abraçando um travesseiro ao peito.

— Eu começo. Qual é a sua rotina de cuidados com a barba? Ou isso é coisa de gente rica mesmo, que acorda, se olha no espelho e manda a barba ir para onde você quer como se fosse mágica?

A expressão que ele fez foi impagável.

— Você pode me fazer qualquer pergunta e quer saber como cuido da minha barba?

Dei de ombros.

— Estou fazendo um aquecimento antes de chegarmos às partes interessantes.

— Já estou arrependido.

— VOCÊ JÁ sentiu algo pelo Knox ou pelo Nash? — A pergunta do Lucian me pegou de surpresa. Na maior parte do tempo, só trocamos perguntas fáceis, dançando com cautela pelos campos minados do nosso passado.

— Hã, claro — falei com veemência.

— Quando? — exigiu saber, aumentando a pressão nos meus pés em seu colo.

— Acho que foi por volta dos meus 14 anos, quando eles ficaram gatos de uma hora pra outra.

— A Naomi e a Lina sabem que você baba pelos homens delas?

— Aham. Já se acostumaram. Qualquer pessoa que goste de admirar caras bonitos baba por aqueles dois. — Dei risada quando ele ficou visivelmente aborrecido. — Ah, para com isso. Você não fica pra trás. As mulheres esbarram em portas de vidro tentando te dar uma boa conferida.

Ele grunhiu.

— Minha vez. Por que não me deixa fazer um boquete?

Sua risada me surpreendeu.

— Sexo oral é engraçado pra você? — indaguei.

— Pelo contrário, levo muito a sério.

Minhas partes íntimas tinham pleno conhecimento disso. Usei o pé para dar um cutucão.

— Explique melhor, Lúcifer.

— Gosto de estar no comando — disse ele como se isso respondesse tudo.

— Mas dá pra ficar no comando durante um boquete.

Ele olhou para a minha boca.

— Não o suficiente.

— Claramente você não conheceu o tipo certo de sexo oral. Ficarei feliz em demonstrar daqui a... — verifiquei a hora no relógio sobre a lareira — ...sete minutos.

— Dispenso.

— Desmancha-prazeres. Como essa resposta deixou a desejar, tenho direito a outra pergunta. Você cobriu todas as cicatrizes com tatuagens?

Lucian me fitou por um bom tempo. Comecei a me preocupar se tinha ido longe demais.

— Sim — disse ele, por fim.

— Por quê?

— Porque prefiro ter marcas no corpo que foram da minha escolha.

Assenti. Era compreensível. Ele estava, literalmente, reescrevendo seu passado na própria pele. Para minha surpresa, ele estendeu a mão e segurou meu pulso. Ele o virou e observou as cicatrizes deixadas para trás.

— Um cirurgião plástico talvez possa resolver isso.

Esbocei um sorriso.

— Não sei, não. Acho que me deixa com um ar de durona. Ajuda a lembrar como já fui corajosa.

Ele pigarreou e soltou meu pulso.

— Já encontrou seu futuro marido? — perguntou, mudando de assunto.

Fechei os olhos.

— Posso afirmar que tive o meu melhor encontro desde que comecei essa busca.

— E? — encorajou.

— Dizer que foi o melhor não significa muito quando comparado com todas as outras catástrofes. Cara legal. Quer ter filhos. Zero química. Quase cochilei de cara na minha sopa enquanto ele falava sobre a liga de futebol virtual da temporada passada. Mas talvez casamento seja isso, né? Uma parceria sem química, baseada no que vocês podem alcançar juntos.

— É isso o que você acha que nossos amigos têm? Parcerias sem química? — perguntou Lucian, curvando os lábios de leve.

Soltei um suspiro.

— Não. Eles encontraram o unicórnio deles. — Vendo seu rosto inexpressivo, continuei: — Sabe, encontraram aquele amor ardente, aquele tipo de amor que faz dizer "eu não era a minha melhor versão até te conhecer", "quero realizar todos os seus sonhos", "esse amor é único na vida", "toda vez que você sai de um lugar, eu ainda te acompanho com o olhar".

— E você também quer encontrar? — adivinhou Lucian.

— Quem não quer? Tirando você, é claro.

— É claro.

— Pois é. Eu quero encontrar o meu unicórnio — admiti.

— Então vai encontrar.

Olhei para ele, mas não vi nenhum sinal de que estava tirando sarro de mim.

— Acha mesmo?

Ele revirou os olhos.

— Sloane, me fala, do que você já correu atrás e não conseguiu?

Era verdade. Tirando a saúde do meu pai, tudo o que me propus a alcançar acabou se concretizando. Será que eu poderia simplesmente atrair o homem ideal para a minha vida?

— Valeu — falei. — Vai, me conta uma das coisas pelas quais minha mãe estava te agradecendo no funeral.

Ele se manteve calado.

— Conforme as regras, não posso usar a informação contra você ou jogá-la na sua cara em nenhum momento — lembrei-o.

Ele ergueu meu pé e pressionou o arco de leve com o polegar.

— Tá legal. Eu os ajudei a encontrar o apartamento.

Ele estava ocultando informações, sem dúvida.

— Foi uma atitude bacana. Mas, já que estamos sendo sinceros, minha mãe mais parecia estar agradecendo por salvar a vida da filha favorita do que por mandar um anúncio de imóvel.

Ele resmungou baixinho algo que parecia muito com "babaquinha persistente".

— Vamos, grandalhão. Essa espinha não vai se estourar sozinha.

— Você é um porre — reclamou.

— Ai, meu Deus. Conta logo — incentivei, impaciente.

— Tá legal. Eu comprei pra eles.

Pisquei os olhos.

— Comprou o quê?

— Se vai me obrigar a falar, pelo menos finja que está prestando atenção. Eu comprei o apartamento para os seus pais.

Isso me calou.

— Pare — disse ele, soltando meus pés e usando meus tornozelos para me aproximar.

— Parar com o quê? — consegui falar.

— Não tente ver coisa onde não tem. Não foi um gesto heroico nem pensado. Estava apenas equilibrando a balança.

— Jesus amado, Lucian. Que equilíbrio é esse que requer uma transação imobiliária tão cara?

— Sloane, foram os seus pais que me levaram para a faculdade e mobiliaram meu primeiro apartamento meia-boca. Eles me ajudaram a arranjar um emprego. Eles me alimentaram quando eu estava com fome. Cuidaram da minha mãe até ela se mudar. Todo ano, desde que fiz 18 anos, me levaram para comemorar meu aniversário. Eles compareceram à minha formatura na faculdade e aplaudiram de pé quando subi ao palco. Quando não pude ser parte da minha própria família, eles me convidaram para fazer parte da deles.

Meus olhos estavam começando a arder e a visão a ficar embaçada. Tinha sido um grande milagre encontrar o lugar "acessível" perfeito, a apenas duas quadras do oncologista do meu pai. Lucian tinha proporcionado isso.

— Foi uma atitude muito generosa da sua parte — falei com dificuldade.

Isso não estava ajudando. Para superá-lo, eu precisava me concentrar em seu lado sombrio e teimoso, não em seu minúsculo coração de ouro escondido.

— Não deixe que isso mexa com suas emoções — avisou.

— Não estou deixando — insisti, mesmo quando minha voz falhou.

— Eu devia ter coberto seu rosto com o travesseiro, teria sido tão simples.

— Obrigada — falei.

— Pelo quê? Por não ter te asfixiado?

Neguei com a cabeça e, depois, fiz algo que nenhum de nós teria previsto vinte e quatro horas atrás.

Eu o abracei.

Meus braços o envolveram, meu rosto se encaixou em seu pescoço, e o abracei apertado.

— Agradeço o que você fez pelos meus pais.

Ele tentou se desvencilhar, mas não soltei. Por fim, ele parou de resistir e me deu um tapinha desajeitado nas costas.

— Gosto mais quando você me odeia.

— Eu também.

Ele puxou meu rabo de cavalo até que eu olhasse nos seus olhos.

— Fala a verdade. Uma parte de você não deseja ter conseguido aquela bolsa e cursado medicina esportiva? Essa vida é uma espécie de prêmio de consolação? — Ele gesticulou para a sala de estar.

Perplexa, endireitei a postura.

— É isso o que acha?

— Você tinha ambições maiores do que isso, Sloane.

— Lucian, eu era *adolescente*. Também sonhava em me casar com o jogador Jerome Bettis do Pittsburgh Steelers.

— Só porque eram sonhos de adolescente não significa que não eram genuínos — disse ele em tom suave, deixando de fitar meus olhos.

Fiquei me perguntando com o que o Lucian adolescente havia sonhado antes de ser obrigado a assumir o papel de patriarca da família.

— Essa vida supera qualquer coisa que eu poderia ter planejado aos 16 anos. Ou aos 20. Caramba, até mesmo aos 30. Eu amo essa cidade, essa casa. Amo estar perto da minha irmã e da minha sobrinha. Todo o tempo que pude passar com meu pai, que não teria sido possível se tivesse me mudado para o outro lado do país atrás de uma carreira maluca. Esse tempo vale ouro. Eu teria perdido tantas coisas. Eu não teria a biblioteca. Não conheceria a Naomi e a Lina. Então, não. Eu não lamento nem por um segundo que meus planos de adolescente tenham sido interrompidos.

— Mesmo que não tenha tudo o que deseja? — insistiu. — O marido. Os filhos.

— Ainda. Não tenho ainda. Criei uma vida com base em tudo o que eu desejava, e fui encaixando essas peças uma por uma. Isso significa que as peças que faltam, um parceiro e uma família, agora têm um quebra-cabeça quase completo no qual se encaixarem.

Ele soltou um suspiro longo, mas não era o suspiro de exasperação de sempre. Parecia que ele havia se livrado de algo pesado que carregava fazia muito tempo.

— Como foi? — perguntei.

— Como foi o quê?

— A semana em que Wylie te prendeu.

O silêncio foi esmagador. Era como se um cobertor frio e molhado tivesse descido sobre nós dois, sufocando-nos com seu peso úmido.

Eu me aproximei dele e encostei o rosto em seu peito, ouvindo o ritmo constante de seu coração.

Após um minuto, suas mãos foram para minhas costas e começaram a fazer carícias lentas.

— Foram os piores seis dias da minha vida.

Absorvi aquela dor, aceitei-a. Eu tinha feito isso com ele. Eu tinha desencadeado seus piores momentos.

— Por quê? — perguntei, num tom de voz suave.

— Ele estava a sós com ela. Não havia ninguém para garantir sua segurança. O policial Winslow tinha ciência, ou ao menos suspeitava, então passava na frente da casa algumas vezes durante o expediente. Sei que seus pais estavam de olho também. Mas muitos estragos podem ocorrer fora das vistas.

Engoli com dificuldade por causa do nó na garganta.

— Eu sabia que era apenas questão de tempo até ele acabar na cela ao lado da minha — continuou. — Não importava o quanto ele fosse simpático com os policiais. Nem mesmo Ogden teria ajudado a encobrir um assassinato. Mas eu sabia que minha vida tinha acabado. Completei 18 anos em uma cela, e tinha plena convicção de que aquelas grades e aqueles beliches seriam meu futuro. Eu teria que me tornar o tipo de pessoa que tem que se virar dentro de uma jaula.

Uma lágrima escorreu pela minha face, ardendo.

— Minha segurança, meu bem-estar estavam à mercê de todos aqueles distintivos. Para alguns deles, eu não era nem visto como um ser humano.

Desculpa. A palavra estava ali, na ponta da língua, implorando para sair. Mas eu não sabia se isso implicava que valia a pena proferi-la.

— Que zumbido insistente é esse? — indagou Lucian. Ele tinha deixado suas lembranças para trás enquanto eu ainda estava imersa nelas.

— Ai, meu Deus. É o meu celular. Não dou uma olhada nele desde que você apareceu e colocou o pau pra fora. — Saltei do sofá e corri para a cozinha, onde achei meu celular virado para baixo ao lado dos arquivos do caso da Mary Louise. — Vinte e quatro mensagens e duas chamadas perdidas?

Lucian surgiu na porta, parecendo o epítome da devassidão.

— Alguma emergência?

— Não tenho certeza ainda — falei, rolando para o início das mensagens.

> Naomi: Stefan Liao, é sério que você amarelou na hora de dizer ao Jeremiah que vê um futuro com ele e que correu de volta para Nova York hoje de manhã com uma desculpa de trabalho falsa?
>
> Stef: Primeiro que uma reunião de diretoria não é uma desculpa de trabalho falsa. E segundo, sim. Sim, amarelei.
>
> Lina: Poxa, Stef. Nunca achei que você fosse covarde.
>
> Stef: Como é, Dona Manchas de Suor no Vestido de Noiva?!
>
> Lina: Posso até ter axilas suadas, mas pelo menos AINDA ESTOU EM KNOCKEMOUT COM O CARA QUE AMO!
>
> Naomi: Normalmente fujo de confrontos e levanto as bandeiras brancas, mas, nesse caso, considero importante trazer um estudo de caso relevante: Knox Morgan.

Stef: Não estou dando um de Knox Morgan. Só precisei resolver algumas questões do trabalho, então é o que estou fazendo.

Lina: Faltou colocar aspas em "questões do trabalho", hein?

— Nenhuma emergência. Só estão zoando o Stef por estar pronto para dar um grande passo e depois entrar em pânico e fugir da cidade — relatei.

— Que tipo de grande passo? — perguntou Lucian, abrindo um armário e pegando um copo.

— Ele quer se mudar para cá e morar com o namorado bonitão, mas ficou inseguro na hora de admitir isso para o Jeremiah — informei, acompanhando o restante das mensagens enquanto Lucian colocava água no copo.

Stef: Cadê a Sloane? É mais divertido implicar com ela do que comigo.

Naomi: Sloane!

Lina: Alô, Sloane!

Stef: Será que ela não deu uma escapadinha para outro encontro sem avisar e foi assassinada?

Lina: Agora fiquei encucada.

Naomi: Ela não está atendendo o celular. Estou preocupada.

Lina: Talvez ela esteja no banho?

Stef: Talvez ela esteja no banho com alguém.

Naomi: Ela não passaria 90 minutos no banho.

Stef: Pelo menos não sozinha.

Lina: Ela deve estar trabalhando e deixou o celular no escritório.

Naomi: Lembro claramente dela dizendo que estava de folga hoje. A Chloe contou pra Waylay que a Sloane tinha alguma coisa marcada para ontem à noite, mas ninguém fazia ideia do que era.

Stef: Tomara que esteja transando.

Lina: Não temos notícias dela desde às 19h13 de ontem. Ninguém transa por tanto tempo assim.

Abri um sorrisinho lendo a mensagem da Lina. Virei a tela para que o Lucian pudesse ler.

— Bom, isso *não* é verdade — falei com um sorrisinho convencido.

— Melhor contar isso aos seus amigos, então — respondeu ele, apontando para a mensagem seguinte.

Naomi: Será que a gente deveria dar um pulo na casa dela?

— Ih, ferrou — falei.

Lina: Eu e o Nash estamos pelados, mas dá pra se vestir em uns dez minutinhos. Liga pra ela de novo enquanto a gente põe uma roupa.

— Merda — murmurei, digitando rápido na tela.

Eu: Não precisam vir conferir se estou bem. Estou vivíssima e bem. Só estou ocupada!

— Eles vão sacar o que está te ocupando tanto — frisou Lucian, passando a mão no meu rabo de cavalo.

— Droga. — Ele tinha razão. — Vou dizer que estou fazendo faxina na casa.

— A Naomi vai aparecer aqui com um caminhão lotado de produtos de limpeza em cinco minutos — antecipou ele. — Escolha algo que todos vão achar ruim.

— Vou optar pela verdade, então. Eles vão ficar horrorizados — brinquei. Ele deu um puxãozinho de leve no meu cabelo.

— Prefere passar a tarde sendo interrogada pelos seus amigos ou transando?

Eu: Estão fazendo manutenção da fossa! O cheiro está forte! Quem topa vir pra noite de jogos?

VINTE E CINCO

NÃO VOU FAZER PEELING QUÍMICO NO PAU

Lucian

Era uma segunda-feira excepcionalmente nublada. A brisa revigorante de fevereiro cortou como uma navalha ao entrar nos meus pulmões. Eu me sentia desperto, cheio de vida, pronto para dar as boas-vindas ao dia e derrotar meus inimigos.

— Bom dia, senhor — cumprimentou meu motorista.

— Bom dia, Hank — falei, entrando no banco de trás do SUV. — Como foi seu fim de semana?

Ele piscou.

— Hum, bom, senhor. Está tudo bem?

— Tudo excelente.

— Que... bom. — Ele fechou a porta com um olhar de preocupação.

Peguei meu celular e digitei uma mensagem de texto para Sloane.

> Eu: Bom dia.

Franzi a testa para as palavras. Pareciam rasas e sem graça, considerando as acrobacias sexuais que tínhamos feito durante todo o fim de semana.

> Eu: Bom dia, maravilhosa.

Não. De jeito nenhum. Essa me fez parecer um irmão Morgan apaixonado. Imediatamente apaguei a mensagem. Qual era a melhor forma de cumprimentar, em uma segunda-feira de manhã, a bibliotecária que tinha me levado ao clímax várias vezes?

Eu: O meu pau está assado.

Sloane: Bom dia para você também. Acho que você distendeu minha vagina com tantos orgasmos.

Eu: Tem alguma pomada ou tratamento de revitalização a laser que resolva essa situação?

Sloane: Repita comigo: "Eu não vou fazer peeling químico no meu pau".

Eu: Tive duas cãibras nas panturrilhas ontem à noite.

Sloane: Tadinho. Beba um pouco de suco de picles e depois me diga como eu vou fazer pra evitar pensar na gente transando que nem loucos toda vez que me sentar hoje.

Eu: Se eu tenho que sofrer por conta das nossas más decisões, você também tem.

Sloane: Que bom que caímos na real e não vamos cometer o mesmo erro. Nossas partes íntimas precisam de uma folguinha para se recuperarem.

Eu: Que bom que tiramos isso da cabeça de uma vez por todas. Não pensei em você nua nem por um instante nos últimos quatro segundos.

Sloane: Segura a onda aí, por favor. Preciso encarar uma reunião de trabalho hoje sem me distrair com o seu "equipamento".

Ela pensaria em mim o dia todo, decidi com uma satisfação viril enquanto guardava o celular. Ótimo. Não que eu fosse pensar nela de novo, claro.

— O QUE aconteceu? — indagou Petula assim que entrei no elevador.

— Com o quê?

— Está com um semblante alegre. Derrubou outro senador?

— Meu fim de semana foi bom — comentei com toda a dignidade que consegui.

Petula recitou os compromissos da manhã enquanto lançava olhares desconfiados na minha direção.

— Que carinha é essa? — perguntou Lina, saindo da copa. Dei-me conta de que, pela primeira vez, eu não fui o primeiro a chegar no escritório. Na verdade, metade dos funcionários já estavam aqui, preparando-se para o dia. Devo ter dormido mais do que imaginava, graças a Você Sabe Quem.

— Obrigado, Petula. Assumo a partir daqui — falei, dispensando-a.

— Caso ele comece a parecer febril, me informe — disse Petula à Lina. — Tenho uma equipe médica de prontidão.

— Não tem nada de errado com a minha cara — assegurei à minha mais nova funcionária.

— Sua boca está lutando contra a inclinação natural de franzir. Você está quase sorrindo — observou.

Nolan surgiu atrás dela, com uma xícara de café e uma pilha de arquivos.

— Opa! Alguém se deu bem — anunciou, dando uma olhada no meu rosto.

— Não me faça te submeter ao treinamento de seis semanas do RH sobre assédio sexual — avisei, telegrafando um recado sobre consequências graves caso ele mencionasse o nome da Sloane na frente da Lina.

— Ele nem ao menos ameaçou te demitir — sussurrou Lina, alto. — É oficial. Lucian Rollins foi abduzido por alienígenas.

— Alienígenas que transaram muito com ele. Inicie o Protocolo P, pessoal — anunciou Nolan. Os funcionários que estavam ao redor sorriram para ele.

— Os dois estão demitidos — decidi.

— Melhor adiar isso até que eu atualize você sobre aquela questão que discutimos no sábado à noite — falou Nolan, indicando com a cabeça na direção do seu escritório.

— Isso também é do seu interesse — falei para a Lina.

Juntos, entramos no escritório do Nolan. Ele fechou a porta e jogou os arquivos na mesa. Lina se sentou e cruzou uma perna longa sobre a outra. Permaneci em pé.

— Tirei o Travers da verificação de antecedentes do Rugulio e o encarreguei de investigar a família do Felix Metzer durante o fim de semana.

— E? — incentivei.

— Ele conseguiu confirmar que foi Tate Dilton quem apareceu no churrasco da família Metzer. Três membros da família o reconheceram depois que Travers mostrou algumas fotos do nosso falecido idiota de bigode.

Lina se levantou.

— Tate Dilton. O filho da mãe que tentou matar meu noivo?

— Esse mesmo — disse Nolan.

— Pelo visto ele tinha ligações com o homem que Anthony Hugo contratou para criar a lista de agentes da lei e informantes — expliquei.

— Foi ele que colocou o nome do Nash na lista? — exigiu saber Lina. A fúria dela era um vendaval controlado e gélido.

— Parece que sim — afirmou Nolan.

— Mas por que diabos ele colocaria o nome do Nash na lista e depois tentaria ele mesmo matá-lo? — perguntou ela. — Por que não apertou logo o gatilho sem lista nenhuma?

Nolan deu uma olhada rápida para mim.

— A melhor conclusão a que conseguimos chegar foi que Dilton era um imbecil.

— Bom, faz sentido — falou Lina.

— Ele queria tirar Nash da jogada, mas não o bastante para ele mesmo disparar a arma, até que Duncan ofereceu dinheiro. Ele poderia estar jogando dos dois lados, trabalhando um pouco para o Anthony aqui, trabalhando para o Duncan ali. Não existe lealdade entre bandidos idiotas — explicou Nolan.

— Parece que isso amarra tudo — falei. — Dilton botou o nome do Nash na lista. Dilton apertou o gatilho duas vezes. E Dilton acabou morto.

Os olhos da Lina se estreitaram.

— Queria que aquele idiota não estivesse morto para que eu pudesse dar um chute bem dado nas bolas dele e depilar seu bigode.

— Você, eu e o chefe — concordou Nolan.

— Vou contar ao Nash — anunciou Lina. — Contrato de sigilo ou não, ele merece saber.

— Imaginei que você faria isso. — Isso jogava a meu favor, pois então seria *ela* a escutá-lo reclamar sobre a intromissão de civis nas investigações da polícia no meu lugar.

Ela suspirou.

— Valeu por me atualizar.

— Bem-vinda ao time — disse Nolan.

— Por falar em trabalho — comentou Lina —, a Morganstern Credit Corporation acaba de receber a notícia de que está prestes a enfrentar um processo por cobrança indevida de dívidas. A advogada agradece, aliás. Ela acredita que isso pode se tornar uma ação coletiva.

— Que bom — falei, conferindo se tinha novas mensagens no celular.

— Sabe, é mesmo um mundo pequeno — disse ela com humor. — Sloane saiu com um cara da Morganstern que tentou enganá-la fingindo a própria morte.

— Poxa, não brinca! — falou Nolan, olhando enfaticamente para mim.

— Terminamos? — perguntei.

— Tenho que ligar para um chefe de polícia mal-humorado — afirmou Lina. Ela já estava tirando o telefone do bolso do blazer antes de chegar ao corredor.

— Sem querer ser chato, mas agora que sabemos quem botou o nome do Nash naquela lista, ainda estamos planejando ajudar o FBI com o caso contra o Hugo? — questionou Nolan.

Coloquei as mãos nos bolsos.

— Não foi o Duncan que mandou os capangas seguirem a Holly. O Anthony levou isso para o lado pessoal.

— Vou colocar "acabar com o desgraçado" no topo da nossa lista de tarefas — falou Nolan, cordial.

— O que vai fazer para a sua esposa no Dia dos Namorados? — perguntei de repente.

O semblante do Nolan se iluminou.

— Callie anda trabalhando bastante ultimamente, então chamei dois massagistas para irem lá em casa fazer uma massagem de casal em frente à lareira. Depois, vou pedir a pizza que ela mais gosta, e nós vamos acampar no sofá assistindo comédias românticas e bebendo coquetéis até começar a parte das saliências.

— Homens não deveriam usar termos como "saliências".

— E você? Está planejando algo especial para o grande dia?

— Por que ainda perco tempo conversando com você?

Nolan sorriu.

— Porque lá no fundo você me ama e acha que sou um encanto. E aí, você e a Sloane, hein?

Eu odiava o fato de ter desejado tanto que alguém dissesse o nome dela na minha presença.

— O que tem a Sloane?

— Você chegou aqui com cara de quem viu seu cavalo ganhar a Tríplice Coroa. E agora, veja só, você está na minha sala, batendo um papo descontraído. Alguém conseguiu ultrapassar essa carapaça espinhosa. Aposto na Loirinha.

— Como sempre, me arrependo da nossa conversa — falei, me dirigindo à porta.

— Tá legal. Mas se precisar de conselhos amorosos, já sabe onde me achar — disse ele, alto, enquanto eu me afastava.

Ao sair, mostrei meu dedo do meio.

Nash: A Lina está dizendo que o chefe do império do mal está circulando pelo escritório com cara de quem acabou de transar.

Knox: Espero que essa não tenha roubado o relógio e o roupão dele.

Lucian: Gerenciar um império do mal requer muita concentração. Não tenho tempo para fofocas de menininhas. Especialmente agora que tenho que demitir a Lina.

Knox: Sem dúvida ele transou.

Nash: Avise se precisar fazer um B.O.

Knox: Espera aí. Você não estava em Knockemout neste fim de semana? A Neecey disse que você pediu pizza no domingo.

Nash: Não me diga que você finalmente se rendeu às investidas da Sra. Tweedy.

Lucian: O que a Sra. Tweedy e eu fazemos ou deixamos de fazer não é da sua conta.

Nash: Estou implorando. Por favor, não faça alguma mulher inocente de Knockemout enlouquecer a ponto de começar a te perseguir. Não tenho equipe suficiente para resolver isso.

Sloane: Três clientes comentaram que estou com um brilho especial. Tive que começar a dizer às pessoas que descobri uma nova base para que elas não soubessem que era efeito colateral dos orgasmos. Como está o seu dia? Já causou a falência de algum país pequeno?

Eu: A Petula deixou uma equipe médica de prontidão porque dei um sorriso. Lina quer saber por que não estou carrancudo o bastante. E Nolan acha que tenho um amor secreto por ele. Estou zero paciência aqui.

Sloane: Olhando pelo lado positivo, seu pênis terá tempo para se recuperar, já que você não vai o meter em mim tão cedo.

Eu: Só para deixar claro para os documentos legais que meu advogado está redigindo, não vamos mais transar, certo?

Sloane: Acredito que isso foi discutido em algum momento entre os orgasmos e o seu ronco quando tiramos uma soneca no meu sofá.

Eu: Aquilo foi um coma, não uma soneca. Então, acabou, não é mesmo? Nunca mais falaremos disso. Você vai atrás do Sr. Perfeito para construir sua família imensa e caótica, e estou livre para seguir com minha exploração capitalista.

Sloane: Sim. Divirta-se explorando!

Eu: Divirta-se procurando um marido que não seja uma grande decepção na cama.

Sloane: Vai levar horas e horas de procura exaustiva e completa nudez da minha parte.

Eu: Tem certeza de que sua resistência está à altura da tarefa? Talvez você devesse considerar um programa de treinamento para melhorar sua capacidade cardiovascular.

Sloane: Está se oferecendo para ser meu treinador sexual?

Eu: Está cogitando a oferta?

Sloane: E quanto aos documentos oficiais que seu advogado está redigindo? Seria uma pena se você jogasse todo esse dinheiro fora ao transar comigo de novo.

Eu: Posso postergar a data do contrato. O que vai fazer na sexta-feira?

Sloane: Nesta sexta-feira, Dia dos Namorados?

Eu: Nesta sexta-feira e ponto.

Sloane: Vou sediar um evento só para adultos na biblioteca com a participação de uma autora de romance erótico.

Eu: E depois?

Sloane: Acho que depois vou treinar no seu pau imenso.

Eu: Em nome da ciência.

Emry: Sacha aceitou o convite para a sinfonia.

Eu: Parabéns. Você está um passo mais perto de dar adeus à solteirice.

Emry: Não faço ideia de como funciona o namoro nos dias de hoje. Devo levar flores ou uma garrafa de vinho? Um *corsage* é de bom tom? Caso ela me mande uma mensagem, devo responder com um emoji ou um gif? Quanto pelo corporal é aceitável que um homem tenha nos dias de hoje?

OS CONSULTORES DE imagem na tela, acima da mesa de conferência, estavam me irritando com sua dificuldade em chegar a um consenso sobre como iniciar a campanha de Sheila Chandra para a mídia nacional. Eu estava a ponto de lhes dizer isso quando Petula fez um sinal da porta.

Gesticulei para que Nolan assumisse o comando.

— Olha, pessoal. Não estamos querendo transformá-la em uma pessoa completamente diferente e afastá-la dos eleitores que já conquistou — começou ele com mais educação do que eu teria demonstrado.

— A Grace do departamento de segurança está solicitando uma reunião presencial — explicou Petula quando me juntei a ela no corredor.

Isso nunca era uma coisa boa. A única exceção foi quando Grace me disse que estava grávida de gêmeos. Ao ver a expressão no rosto da minha chefe de segurança quando entrei no escritório, eu soube que isso não tinha nada a ver com uma licença maternidade.

Grace estava vestida com um terno preto, botas táticas e tinha uma carranca em seu rosto encantador. Seu cabelo preto estava arrumado no coque elegante de sempre, que fazia parte de seu uniforme antes de a contratar do Serviço Secreto.

— Temos um problema — anunciou sem rodeios.

Petula fechou a porta e nos deixou a sós.

— O que houve?

— Encontramos um dispositivo de rastreamento em seu carro durante nossa inspeção semanal.

— Em qual deles? — perguntei, ciente de que a pergunta típica de "rico" faria Sloane revirar os olhos.

— O Escalade. Mandei a equipe verificar seus carros de uso pessoal, mas todos estavam limpos.

Alívio percorreu meu corpo. Eu tinha dirigido o Range Rover até Knockemout. Poderia ter levado Hugo até a Sloane.

— Você tirou? — perguntei, direto.

Grace esboçou um sorriso leve.

— Ainda não. Imaginei que o senhor pudesse querer tirar uma com a cara do Hugo e dos capangas dele. Neste momento, minha equipe está verificando todos os veículos dos funcionários na garagem. Após concluirmos, faremos uma varredura em busca de escutas na sua casa e nos escritórios.

— Ótimo. Reforce a segurança aqui no escritório enquanto descubro como usar isso contra o Hugo.

VINTE E SEIS
JUSTIÇA DECIMAL DE DEWEY

Sloane

Um suspiro fraco escapou da minha boca enquanto eu manobrava o carrinho na seção de referência e retirava um livro aleatório da prateleira. Meu corpo inteiro doía. Isso estava atrapalhando minha segunda-feira. E por "isso", eu me referia a Lucian Rollins. Meu inimigo declarado. O homem que me fez delirar de prazer, prometeu nunca mais ligar e depois marcou um encontro comigo para o Dia dos Namorados.

Coloquei um dólar dentro da capa e devolvi o livro à prateleira.

Estava confirmado. Eu tinha enlouquecido de vez. Foi por isso que deixei de lado minha lista de tarefas planejadas para ajudar Jamal a organizar a Caça ao Tesouro da Classificação Decimal de Dewey para Crianças. Eu precisava me afastar do celular para parar de ficar conferindo se o cara que eu detestava tinha me mandado uma mensagem.

— Te achei! — Naomi apareceu com um café em cada mão.

Levei a mão ao peito.

— Deus do céu, criatura! Não me pegue de surpresa assim.

— Foi mal. Até pensei em te ligar, mas as Gêmeas do "Xiu!" já me mandaram calar a boca duas vezes esta manhã.

As Gêmeas do "Xiu!" eram duas fofoqueiras idosas e viúvas que passavam todas as manhãs de segunda-feira no primeiro andar da biblioteca fazendo palavras-cruzadas e fiscalizando o comportamento de todos os frequentadores e funcionários.

Senti um arrepio.

— Na semana passada, elas me deram uma bronca por virar as páginas alto demais.

— Ainda bem que a reunião é em uma das salas de conferência no andar de cima, porque a advogada já chegou.

— Chegou cedo — comentei, conferindo a hora no relógio.

— Pois é. Já gostei dela — afirmou Naomi, tomando um gole do café.

— Os dois são seus? — questionei.

— A princípio, não. Mas levei um cappuccino inteiro pra te encontrar, então infelizmente você terá que pegar o próprio café agora.

FRAN VEREEN ERA uma mulher alta e robusta na casa dos sessenta e poucos anos. Seu cabelo loiro estava cortado reto nos ombros, vestia calças pretas, saltos verde neon e um blazer de couro rosa pastel com lírios-do-vale estampados. Eu também já estava gostando dela.

— Agradecemos por ter enfrentado o trânsito para nos fazer uma visita — falei, estendendo a mão.

— É bom sair da cidade de vez em quando e me sentir no filme *Corrida Mortal* na estrada do norte da Virgínia — disse ela. — Vamos dar início?

Passados dez minutos, Naomi e eu nos olhamos perplexas. Fran não era uma advogada qualquer. Ela era daquelas a quem você recorria quando acordava ao lado de um cadáver.

Lucian se assegurou de nos passar o contato da elite das elites. E da mais cara das mais caras.

— Ou seja, devemos nos preparar mentalmente para uma disputa muito longa e cara — frisei.

— É como eu disse, as coisas ficam extremamente complicadas quando uma pessoa está detida. É raro um tribunal querer reabrir um caso no qual já investiram tempo e recursos. Mas temos alternativas.

Senti-me atordoada.

— Beleza. Deixa eu tentar dar uma resumida nisso — falei, revisando minhas anotações. — Um recurso envolve levar o caso para a primeira instância e reabrir toda a discussão. A redução da pena é determinada pelo governador e pode reduzir a sentença de Mary Louise, possivelmente para o tempo já cumprido. Mas o sistema judiciário da Virgínia tem tanta confiança em si mesmo que esse caminho pode ser um desastre. O que também implica que um perdão completo, também do governador, é uma missão ainda mais difícil. Para piorar as coisas, o estado aboliu a liberdade condicional discricionária em 1995, o que significa que todos os presos são obrigados a cumprir pelo menos oitenta e cinco por cento de sua pena.

— Isso não parece... promissor — comentou Naomi.

— É um processo que pode levar anos — explicou Fran.

Anos equivaliam a custos altos. Anos significavam que Mary Louise não veria Allen se formar na faculdade de direito.

— Com todo respeito, Fran, mas eu estava bem mais confiante nisso antes de te conhecer — confessei.

O sorriso de Fran foi como um relâmpago de tão rápido.

— A negatividade faz parte do meu trabalho de garantir que você entenda os cenários mais desfavoráveis, o que neste caso significa investir uma grande quantidade de tempo, dinheiro e energia. Mas...

Empertiguei-me.

— Acredito que temos uma boa chance de vencer — continuou.

— Você é uma montanha-russa de emoções — falei.

— Dizem muito isso. Aqui está o que temos a nosso favor. A pena é extremamente desproporcional às acusações semelhantes no estado, o que é motivo suficiente para recorrer. Levando em conta que ela teve vários defensores públicos, também podemos alegar que a Srta. Upshaw não recebeu uma representação adequada.

— Parece ser uma abordagem plausível — disse Naomi.

— Além disso, temos você — falou Fran, olhando na minha direção.

Apontei para mim.

— Eu?

— É necessário interesse no caso, na Mary Louise. Quanto mais atenção pudermos direcionar para isso, melhor. Já ouviu falar de casos em que condenações foram anuladas graças a podcasts sobre crimes reais e seus seguidores fanáticos?

— Claro, mas não tenho podcast.

— Não, mas você tem um rosto e uma história. Estamos aqui hoje porque seu pai faleceu e você quis continuar o legado dele de lutar pelos mais desfavorecidos. Você, seu pai, e a ligação dele com Mary Louise por meio do filho dela, é uma narrativa, e narrativas fazem com que pessoas se envolvam.

— Entendo. Acredite, eu entendo — falei, gesticulando com o braço em direção à janela para apontar as estantes de livros. — Mas como posso contribuir nesse sentido?

— Você é o rosto — respondeu Fran. — Queremos que as pessoas conheçam Mary Louise, compreendam por que estamos empenhadas em libertá-la e o que podem fazer para contribuir. É você quem vai comunicar isso a elas.

— Hã, por que não pode ser você? — perguntei, apreensiva.

— Porque ninguém gosta de advogados. Você é uma bibliotecária de cidade pequena que defende a justiça social. Você é inteligente, é bonita, e não representa uma ameaça.

Naomi se engasgou com o segundo cappuccino.

— Ela pode ser um tanto intimidadora.

— Isso também serve — afirmou Fran.

— Tá legal. Então, o que preciso fazer? — perguntei.

Fran entrelaçou os dedos.

— Vamos começar com coisas simples. Vou marcar uma entrevista para você com a mídia local. Posso entrar em contato com alguns profissionais de relações públicas e sugerir alguns tópicos de discussão. Assim que o artigo sair e conseguirmos gerar interesse, vou avaliar a possibilidade de uma revisão em sessão fechada com o juiz que proferiu a sentença.

— O que é uma revisão em sessão fechada? — perguntou Naomi.

— Basicamente vou solicitar uma reunião privada, a portas fechadas, com o juiz e o promotor. Podemos pedir ao Juiz Atkins que reavalie a sentença.

Fiquei ereta na cadeira.

— Espere, o juiz poderia simplesmente decidir reduzir a pena?

— É uma possibilidade. Ainda não pesquisei nada sobre ele — alertou Fran. — Porém, trata-se de um veredito antigo. O juiz pode ter se tornado um pouquinho mais flexível com o tempo ou talvez ache bom aumentar a popularidade que vem com a reforma no sistema de justiça criminal.

Naomi e eu trocamos outro olhar, desta vez de vitória.

— Vou dar a melhor entrevista da história das entrevistas — prometi.

Fran assentiu.

— Eles vão adorar você.

— Como fica a questão financeira disso? — questionou Naomi, sempre pragmática.

— Minha firma aceita um número limitado de casos *pro bono* por ano — comentou Fran, olhando para nós duas. — Caso isso evolua para um caso que requer um grande compromisso de tempo, podemos pedir que você assuma custos judiciais razoáveis.

— Ou resolvemos toda a questão em uma única sessão com o juiz — frisei. — Então, como procedemos? Precisamos formalizar isso com um contrato?

— Por coincidência, tenho uma carta de compromisso aqui comigo — falou Fran, abrindo sua pasta chique. — Após a assinatura, vou visitar minha nova cliente.

Eu: Não que isso faça diferença para você, mas a advogada foi contratada! Ela vai representar o caso sem cobrar! E foi se encontrar com a Mary Louise!

Lucian: Parabéns, maníaca por pontos de exclamação. Bem-vinda ao pesadelo que é o sistema judiciário.

Eu: Alguém já te disse que você precisa dar uma maneirada nesse otimismo exagerado? Não? Que estranho.

Lucian: Alguém já te disse que você é insuportável? Eu sou a décima primeira pessoa hoje? Não me surpreende.

VINTE E SETE
ENTREGA ESPECIAL DE SEXOTÔNICOS

Sloane

No Dia dos Namorados, Knockemout foi surpreendida com dez centímetros de neve e um frio de rachar do qual era melhor nem falar. Eu e a equipe da biblioteca fizemos várias decorações nas estantes para o Dia dos Namorados, que iam desde corações cor-de-rosa e vermelhos com frases escritas à mão na seção infantil até exposições de livros de romance e uma reconstituição do Massacre do Dia de São Valentim no segundo piso, com direito a um contorno feito de fita no piso, imitando a silhueta de um corpo. Tínhamos pensado em todos os detalhes para os nossos leitores, tanto os apaixonados quanto os mal-humorados.

As coisas estavam ótimas. Estávamos preparados para o evento especial da noite. A minha entrevista sobre a Mary Louise para o jornal local tinha sido publicada e teve uma reação positiva, o que resultou imediatamente em uma segunda entrevista com a renomada e influente *Gazeta de Arlington*. E eu tinha transado com ninguém mais, ninguém menos que Lucian Rollins.

— Só... mais... um... pouquinho — gemi enquanto me esticava o máximo que meus músculos permitiam.

— Desça daí agora mesmo, Sloaninha, Cara de Fuinha — ordenou uma figura de autoridade conhecida.

Parei o que estava fazendo e encarei o chefe Nash Morgan.

— Não me faça mandar você ficar na sua. Você está no meu território, amigão. — Afastei-me rapidamente do último degrau da escada.

— Seu território vai ficar decorado com os respingos do seu rostinho bonito quando você cair — repreendeu.

Desci da escada e colei um coração roxo e brilhante no peito dele.

— Já que é tão machão, então termine *você* de pendurar a guirlanda de corações.

Nash subiu na escada respeitando as etiquetas de advertência e fez um trabalho rápido com a guirlanda. Não me envergonhei de me juntar às outras frequentadoras para admirar seu traseiro belíssimo.

— Você veio aqui só para colocar à prova minhas habilidades de decoração? — questionei quando ele desceu.

— Talvez eu tenha uma motivação por trás — falou, observando as cadeiras dobráveis que tínhamos colocado de frente para um pódio. — O que está rolando?

— Vamos receber uma autora hoje à noite. Cecelia Blatch. Ela é conhecida por escrever romances paranormais sombrios e picantes. O clube do livro está obcecado por ela desde que começamos a ler sua série. Estamos organizando um evento de *lançavinho* do livro dela.

— *Lançavinho* do livro?

Abri um sorriso.

— É tipo um lançamento de livro, só que regado a vinho.

— Bacana. Mas não era para você ter um encontro de Dia dos Namorados?

— Eu? Por quê? Do que ficou sabendo?

Ele sabia do Lucian? O Lucian tinha contado a ele? Claro que não. O Lucian nunca contava nada a ninguém.

O olhar de Nash ficou mais penetrante.

— Que reação mais estranha à minha pergunta sobre como vai sua vida amorosa. Com todos esses encontros que você tem tido, achei que teria um paquera bonitão para esta noite.

Ah, *esses* encontros. Não do tipo secreto que envolvia ter minhas partes íntimas sendo penetradas por Lucian Rollins. Maravilha. Agora eu estava pensando no pênis dele. Isso não era bom. Será que demorei muito para responder ao Nash? Ele estava me encarando de um jeito estranho. Será que eu estava agindo de forma esquisita? Será que o pênis do Lucian estava me fazendo agir de forma esquisita? Será que toda mulher que já esteve com o Lucian agia assim?

Imaginei um monte de mulheres magnetizadas por pênis, seguindo o Lucian como se fossem zumbis enquanto ele fazia suas atividades cotidianas.

— Ah, sim. É que marquei este evento faz um tempão e não queria perdê-lo, então não vou ter nenhum encontro — falei, parecendo que estava sendo estrangulada.

Nash me fitou.

— Você está bem? Está parecendo um pimentão.

— Está, hã, quente aqui. — Para demonstrar, tirei meu cardigã e, sem querer, deixei-o cair em cima de Ezra Abbott, o pequeno galanteador bochechudinho de 4 anos.

— Olha! Sou um *supelelói* — anunciou Ezra, falando com uma fofura irresistível pelo espaço onde seus dentes da frente costumavam estar. Ele partiu em disparada com minha blusa voando atrás como uma capa.

— Eu pego o cardigã depois — falei, vendo-o desaparecer na fortaleza de almofadas. — De volta a falar sobre você. Quais são seus planos para esta noite?

— Esse é um dos motivos pelo qual estou aqui — disse Nash, acanhado. — Comprei um presente para a Lina e queria pedir a opinião de alguém antes de entregá-lo. É o nosso primeiro Dia dos Namorados, e você sabe como é a Angelina.

— Ela não é do tipo que gosta de doces e flores — falei.

Ele abriu um sorriso.

— Exatamente.

Se um homem pudesse ter corações no lugar dos olhos como nos desenhos animados, Nash Morgan estaria com cara de quem tinha sido atingido em cheio pelo próprio Cupido.

— Fico honrada por ter me procurado — comentei.

Nash voltou a ficar com aquela expressão engraçada e acanhada.

Apoiei as mãos nos quadris.

— Quê?

Ele fez uma careta.

— Tentei consultar o Stef, mas o Knox chegou primeiro. Sem ofensas.

— De boa. Stef também teria sido minha primeira opção. E aí, o que você comprou para a Lina?

Nash olhou por cima do ombro. Fiz o mesmo. Em Knockemout, as fofocas se espalhavam rápido e eram desimpedidas. Se alguém com ouvidos indiscretos nos escutasse, a Lina descobriria qual era o presente antes que o Nash deixasse a biblioteca.

Ele pegou o celular do bolso e abriu a galeria de fotos.

— Isso.

Peguei o celular e ampliei a imagem de um par de botas de caubói muito sensuais.

— Sapatos. Arrasou, chefe. Vai se dar bem hoje à noite, certeza.

Nash soltou um suspiro de alívio.

— Graças a Deus.

— O que mais posso fazer por você?

— Queria reservar uma das salas de conferência para dar treinamentos nas próximas semanas.

— Claro. Que tipo de treinamentos? — perguntei.

— Conscientização sobre o autismo voltada para os socorristas. Começaremos com a polícia e depois avançaremos para os bombeiros, equipes médicas e assistentes sociais. Escolhemos a biblioteca por ser um ambiente mais acolhedor em comparação com a delegacia.

Desde o outono, Nash vinha dedicando aquele corpo musculoso completamente a essa iniciativa. A cidade inteira tinha participado do churrasco beneficente que ele organizou e que arrecadou o suficiente para todos os veículos de socorro conterem fones de ouvido com cancelamento de ruído e roupas sensoriais.

— Isso aí, chefe. Estou orgulhosa de você.

Nash pareceu feliz consigo mesmo e envergonhado.

— Valeu, Sloaninha.

— Sloane, desculpe a interrupção, mas achei algo na caixa de devolução de livros — falou Jamal, juntando-se a nós.

Soltei um gemido.

— Não me diga que é outro esquilo.

— Não, desta vez não, graças a Deus. Meu almoço ainda estava intacto. Era isto. — Ele entregou um envelope discreto e branco. — Alguém da terceira idade deve ter confundido com uma caixa de correio.

Meu nome estava escrito em letras de forma elegantes na parte de trás. Já tínhamos visto uma grande variedade de objetos interessantes na caixa de devolução. Livros didáticos com lição de casa dentro, luvas, aparelho ortodôntico, um pão todo amassado que servia para alimentar os patos no parque, até que o pequeno Boo Walkerson decidiu que a caixa de devolução de livros estava com mais fome.

— Valeu, Jamal — falei, abrindo o envelope com o polegar. — Ei, pode avisar à Belinda e às amigas dela que a Cecelia vai demorar algumas horas para chegar? Elas podem deixar para reservar os lugares mais tarde. — Indiquei com a cabeça a turma de leitoras idosas e animadas que estavam ocupando todos os assentos das duas primeiras fileiras com o que encontravam em suas bolsas enormes.

— Claro — respondeu e saiu correndo.

Desdobrei o papel e franzi a testa.

— Uma cartinha de amor? — provocou Nash, bisbilhotando por cima do meu ombro. Ficamos tensos ao mesmo tempo. — Que loucura é essa? — Ele arrancou o bilhete da minha mão.

Tentei pegar de volta.

— Com licença, chefe Mãos Ligeiras. Isso é meu.

O homem descontraído e apaixonado, preocupado em impressionar sua mulher com sapatos, tinha ido embora. Em seu lugar, havia um policial de semblante severo que, com certeza, estava levando isso muito a sério.

— Tem alguém te ameaçando? — indagou Nash, relendo o bilhete. Continha a mesma caligrafia do meu nome escrito no envelope.

Pare agora antes que alguém saia ferido.

— Tenho certeza de que não é nada — insisti. — Capaz de alguém ter se irritado com as multas por atraso.

— Teve algum atrito com alguém ultimamente? Além do Lucian — perguntou Nash.

Lucian. E se o bilhete fosse de uma das ex-amantes que estava completamente apaixonada pelo pau dele?

— Rá. Que engraçado. Nada fora do padrão. Tenho certeza de que não é nada sério — insisti.

Nash tirou o papel do meu alcance.

— Mesmo assim, muitos amigos meus se meteram em encrenca nos últimos meses. Não vou arriscar. E não vou deixar você se arriscar também.

— Nash, é apenas um bilhete. E nem é tão ameaçador assim. O que você vai fazer? Coletar impressões digitais e depois fazer uma análise de caligrafia? A polícia de Knockemout não dispunha de um orçamento de cidade grande.

— Pelo menos, vou seguir o protocolo — disse ele, teimoso. — Quando foi a última vez que esvaziaram a caixa de devolução de livros?

Coloquei as mãos nos bolsos traseiros da calça jeans.

— Costumamos fazer isso antes de fechar e pela manhã. Mas hoje estávamos ocupados com a organização, então não foi esvaziada desde ontem à noite.

— Vou checar as câmeras externas, ver se temos um bom ângulo — disse Nash. — Nesse meio tempo, pense em alguém que possa estar extremamente puto com você.

— Sim, chefe — resmunguei.

— E quero ser informado se você receber alguma outra correspondência anônima. Duncan Hugo está atrás das grades e Tate Dilton foi pra cucuia, mas isso não significa que devemos baixar a guarda.

— Tá. Mas podemos ao menos concordar em não comentar com mais ninguém? Não quero que a Naomi e a Lina fiquem preocupadas à toa.

— Não.

— Sério? — Era típico do Nash soltar verdades de forma direta.

— Você tem vinte e quatro horas para contar do seu jeito. Caso contrário, eu conto. É melhor que todos saibam. Não quero que ninguém corra riscos.

— Tá. Agora você está começando a me deixar nervosa. Faz meses desde que a Lina foi sequestrada. Você prendeu todos os bandidos.

— Não todos — disse ele, sereno.

— Por que Anthony Hugo viria até Knockemout pra terminar o que o filho começou? E por que me escolher como alvo? Eu não tive nada a ver com aquilo. Não faz o menor sentido. — Uma sensação estranha percorreu meu estômago enquanto a vida na biblioteca continuava movimentada à nossa volta.

— Até que Anthony Hugo esteja atrás das grades, não podemos nos dar ao luxo de ficar despreocupados.

— Ótimo. Vou dormir como um bebê esta noite, não tenho dúvida — falei em um tom seco.

— Só estou expressando minha preocupação, quero que você tome cuidado. Fique atenta. Se algo parecer suspeito, quero ser informado.

— Tá legal. Mas isso se aplica aos dois lados. Se algo não cheirar bem pra você, quero saber.

Ele me observou por um momento e depois assentiu.

— Alguém tem um admirador secreto — anunciou Naomi. Ela se aproximou, carregando uma caixa de bebidas esportivas com um laço vermelho enorme.

Arranquei o cartão que veio junto da mão dela, sentindo minhas bochechas esquentarem.

Para mais tarde.

— Quem mandou? — perguntou Nash, intrometido.

— Não tinha assinatura no cartão — disse Naomi.

Meu rosto ardia como a superfície do sol enquanto eu guardava o bilhete no bolso e pegava a caixa.

— Vocês dois estão começando a me deixar preocupada com o meu direito à privacidade — reclamei.

— Ela está vermelha feito um pimentão e tentando mudar de assunto — observou Nash.

Naomi me encarou com astúcia.

— Eu diria que o presente é uma piada interna sobre o encontro que ela teve na semana passada e de que, infelizmente, tem mantido o bico fechado.

— Não deveriam estar trabalhando? — questionei.

— Qual é o nome e o endereço desse sujeito? Qual o modelo do carro dele? — indagou Nash.

— Meu Deus. Você é terrível. Nós saímos. Nos divertimos. Não é nada sério. Obrigada e tenham um bom dia. — Tentei me livrar deles pegando minhas bebidas e indo embora.

Mas Naomi e Nash seguiram na minha cola.

— Vai sair com ele de novo? — perguntou Naomi enquanto passávamos pela seção de referências.

— Será que ele é o autor da ameaça que você recebeu? — acrescentou Nash.

Naomi deu um grito agudo.

— Ameaça? Que ameaça?

Virei-me e o encarei com raiva.

— Você falou que eu tinha vinte e quatro horas!

Nash abriu um sorrisinho.

— Nada como o agora. E é melhor você atualizar a Angelina o mais rápido possível, senão ela vai ficar puta.

— Você é insuportável.

— Melhor alguém me contar agora mesmo o que está acontecendo — falou Naomi, com sua voz de mãe.

— Só por isso, *você* vai levar essas coisas lá para o meu escritório — falei, empurrando a caixa na direção do Nash.

Enquanto o chefe de polícia levava meus sexotônicos para o andar de cima, contei à Naomi sobre o bilhete completamente inofensivo.

— Tenho certeza de que não é motivo para preocupação. Recebo queixas o tempo todo, e sempre aparecem coisas estranhas na caixa de devolução de livros. Mas Nash quer que a gente fique em alerta, por conta de tudo o que aconteceu nos últimos meses — expliquei.

— Se o Nash diz que devemos tomar cuidado, é exatamente isso que devemos fazer — insistiu Naomi, obediente.

Dei uma olhada rápida por cima do ombro para garantir que o Sr. Certinho não estava por perto para ouvir.

— A preocupação dele me deixa aflita — confessei. — Fico apreensiva que ele saiba algo que não está dividindo com a gente. Talvez algo relacionado ao Lucian e ao caso do FBI.

Naomi franziu os lábios.

— Vou ver o que consigo arrancar do Knox.

— Boa ideia. Vou falar com a Lina e ver se ela consegue usar um toquezinho sedutor para arrancar alguma coisa do Nash.

Naomi pigarreou de forma enfática.

— Tá! Vou falar com ela sobre persuasão sedutora *quando* contar sobre o bilhete bobo e nem tão ameaçador assim — concordei. — Mesmo que eu tenha recebido ameaças mais criativas e detalhadas da senhora do balcão de frios da Grover's.

— Não é bom quando todos nós estamos em sintonia? — perguntou Naomi com alegria.

— É, é.

— Tia Xoane! Tia Xoane! — Ezra voltou, ainda vestindo meu cardigã e agora balançando algo que parecia um pergaminho.

— Oi, amiguinho — cumprimentei.

— Olha o que *fix pá* você. — Ele me entregou o papel. Estava amarrado no meio com um cordão vermelho.

Atrás de mim, Naomi fez um "own".

— Pra mim? Uau, obrigada, Ezra! Que gentil da sua parte — falei, desamarrando com cuidado o cordão antes de desenrolar o pergaminho.

— Aqui é *vuxê* e aqui *xou* eu. A gente é *pilata*, como no *livu* que a gente leu. E aqui é a *bibiotêca* e o nosso navio de pilatas. Olha só quantos *livus*! E aqui tá o X do *tesoulo*! — Ele apontou cada detalhe do desenho de quase um metro feito de giz de cera e marcador. O boneco palitinho que representava Ezra tinha um braço e quatro pernas. Meu rabo de cavalo era verde para combinar com os corações que ele havia desenhado acima e abaixo dos livros.

— Que. Fofura. Não aguento — sussurrou Naomi em tom de gritinho.

— Gostou? — perguntou Ezra, esperançoso.

— Amei — falei, incapaz de resistir à vontade de apertar o nariz dele. — O desenho é incrível, e você não fica atrás.

Ele me deu um sorriso travesso, com alguns dentes faltando.

— Se *quisé*, pode *pendular*.

— Vou pendurar no meu escritório para que eu possa ver todos os dias — prometi.

— Oba! Feliz Dia dos *Namolados*!

— Feliz Dia dos Namorados, Ezra.

Ele se atirou em meus braços para um abraço daqueles bem apertados, grudentos e que faziam o coração derreter, que só crianças com menos de 6 anos costumam dar, e depois correu de volta para a cabana de travesseiros.

— Ai, meu coração — falou Naomi. — Ele é o novo filho adotivo do Gael e do Isaac, né?

— Sim. Cuidei dele por meia hora outro dia, quando o Gael teve que ir resolver uma emergência na loja de animais. Lemos dois livros de piratas, e ele fez desenhos para a nova irmã mais velha.

— Parece que você causou uma baita impressão — disse Naomi, dando tapinhas no desenho.

— Eu ou os piratas.

— Você vai ser uma mãe incrível — falou.

Suas palavras atingiram em cheio o meu coração.

— Obrigada — falei. — Você já é.

Ela se aproximou e me envolveu em um abraço caloroso e espontâneo, daqueles que irmãs trocavam.

— Vamos criar nossas famílias juntas — sussurrou no meu ouvido.

— Fiquei fora por três minutos. O que diabos fez vocês duas quererem chorar assim? — indagou Nash, examinando o térreo da biblioteca em busca de ameaças visíveis.

— Coisas de garotas — insisti.

— A Sloane é uma pirata — disse Naomi dando uma fungada.

— Deixa pra lá — decidiu Nash.

Naomi me soltou com um sorriso emocionado.

— Vou cuidar de algo relacionado à biblioteca. — Ela deu um beijinho na bochecha do Nash e se dirigiu às escadas.

Nash tirou o celular do bolso.

— O que está fazendo? — perguntei, intrometida.

— Avisando ao meu irmão que, seja qual for o presente que ele esteja comprando para a Naomi, é melhor ele comprar dois.

Soltei uma risadinha.

Nash guardou o celular.

— Acho melhor eu voltar ao trabalho.

— Tenha um feliz Dia dos Namorados — falei.

Ele deu um sorriso de arrancar suspiros.

— Pode deixar.

Ele conseguiu avançar pouco mais de um metro em direção à porta.

— Opa. Acho que derrubei meu colar sem querer — anunciou Belinda, uma cliente idosa e de seios fartos que adorava livros picantes. Ela apontou para o enorme crucifixo que acabara de soltar do pescoço e jogar no chão. — Faz a gentileza de pegar pra mim, chefe Morgan?

Nash soltou um suspirou pesado e olhou para mim.

Dei de ombros.

— Se você não pegar, elas vão continuar jogando coisas no chão.

— Vou encomendar uniformes com túnicas — resmungou ele.

— A população que admira a figura masculina ficaria arrasada — avisei.

Ele se curvou e pegou o colar do chão bem rápido.

— Você acabou de alegrar o dia desta senhora — disse Belinda, devolvendo o crucifixo para o seu decote generoso com um sorriso presunçoso no rosto.

— É bom verificar esse fecho, Sra. Belinda, já que ele se soltou na mercearia na semana passada e no parque na semana anterior.

— Vou fazer isso — mentiu ela, desinibida.

Balançando a cabeça, peguei meu celular.

> Eu: Você mandou um estoque de bebidas esportivas ou tenho um *stalker* preocupado com minha hidratação?
>
> Lucian: Achei que seria mais apropriado do que flores e chocolates, já que só estou te usando pelo seu corpo.
>
> Eu: É bom que esteja bem alongado e aquecido para a hora da ação. Não vou diminuir o ritmo se você tiver câibra na perna.

O EVENTO COM a autora foi um sucesso excepcional. Ou um sucesso "excitante", que era o trocadilho que eu, sem dúvidas, faria na *newsletter* da biblioteca desta semana. Os leitores estavam animados, a autora vendeu todos os livros que trouxe, e o vinho acabou antes que alguém ficasse alegrinho demais.

— Vá para casa, Sloane. Você está aqui desde que começou. A gente limpa tudo — sugeriu Blaze. Como membros do conselho, ela e a esposa, Agatha, passavam quase tanto tempo aqui quanto os funcionários.

— Tem certeza? Não me importo. — Ainda faltava uma hora para Lucian chegar e me proporcionar maravilhas com seu pênis.

— Absoluta. Tenho certeza de que tem algum bonitão à sua espera.

Ela estava pescando informações, mas eu não ia morder a isca.

— E você e a Agatha?

— Fizemos nosso brunch especial de Dia dos Namorados esta manhã, depois trocamos o óleo das motos.

— E dizem que o romantismo é coisa do passado.

— Pode ir. Vá pra casa. A gente tranca tudo — disse ela, me enxotando.

— Já que tem certeza. Vou subir rapidinho pra pegar minhas coisas.

Daria tempo de tomar um banho rápido e depilar as pernas antes do Lucian chegar. Também daria para passar um tempinho remoendo se a lingerie escolhida era uma boa ideia.

Eu estava tão imersa em pensamentos que só me dei conta de que havia alguém sentado atrás da minha mesa quando estava metade dentro do escritório.

— Meu Deus!

Lucian Rollins, usando boné e moletom preto como disfarce, estava completamente relaxado sentado atrás da minha mesa, lendo um livro.

Ele arqueou uma sobrancelha para mim.

— Que defesa é essa?

Olhei para baixo e me dei conta de que estava com as mãos levantadas em uma postura caricata de *Karate Kid*.

— O que você está fazendo aqui? Se alguém te pegar, a cidade inteira vai ficar sabendo que estamos de "tchaca tchaca na butchaca" antes mesmo de começarmos! Na semana passada, enfrentei um interrogatório típico de Knockemout, com um bando de curiosos me perguntando com quem estou dormindo — sibilei.

— Cansei de esperar. Achei que isso poderia agilizar as coisas.

Vindo de qualquer outro homem, seria um elogio, uma afirmação do quanto sentiu minha falta. Mas Lucian Rollins estava habituado a conseguir o que queria na hora que bem entendesse. E ele estava me usando para fins sexuais. Sorte dele que eu não estava com ânimo para perder tempo ensinando sobre a importância de saber esperar pelo que é bom, porque eu *também* o estava usando para fins sexuais.

— Blaze e Agatha vão trancar a biblioteca. Então podemos ir embora, desde que você fique se esgueirando pelas sombras, porque não quero lidar com perguntas sobre o que quer que seja esse lance depravado entre nós — expliquei.

— Pegue suas coisas — disse ele, levantando-se da cadeira. Ele fechou minha edição de *A Biblioteca da Meia-Noite*. Notei que meu marcador estava no mesmo lugar... e ele já estava vários capítulos à frente.

— Você estava lendo? — perguntei.

— Pra sua informação, eu sei ler, Sloane — falou ele, seco. O jeito divertido, mas ao mesmo tempo desdenhoso como sua voz pronunciou meu nome me deu vontade de estapeá-lo com o livro. Em contrapartida, *também* me fez desejar tirar suas calças e usar seu pau até eu não conseguir mais andar.

Eu ainda estava indecisa entre as opções quando ele contornou a mesa, agarrou minha blusa, puxando-a até que eu ficasse nas pontas dos pés e me deu um beijo apaixonado.

Não havia nada romântico ou doce na forma como sua língua invadiu minha boca. No jeito como me dominou, forçando-me a seguir seu ritmo. Meus mamilos ficaram rígidos e minhas partes íntimas pulsaram. Perdi a capacidade de respirar.

Foi um beijo repleto de promessas carnais que eu mal podia esperar para que ele cumprisse.

Ele me soltou de forma igualmente repentina.

— Vamos embora.

— Uhum. Vamos nessa.

LEVAMOS VINTE MINUTOS para chegar ao estacionamento. Ainda havia uma turminha considerável na biblioteca após o evento. Depois de ser abordada pela quarta vez no térreo, Lucian conseguiu se esgueirar por trás do balcão e escapar pela porta lateral sem ser notado.

— Foi mal — falei quando o encontrei encostado no meu Jeep.

— Você é irritantemente popular — disse ele.

— Cadê o seu carro? — perguntei.

— Meu motorista veio me deixar.

Contornei-o com o braço para abrir a porta do passageiro.

— Mas é muito convencido mesmo de acreditar que meu ódio inabalável por você não superou minha necessidade de te ver pelado.

— Achei que minhas chances eram boas. — Dito isso, ele pegou as chaves da minha mão, abriu a porta e jogou minha *ecobag* dentro. — Eu dirijo.

Ele teve que empurrar o banco completamente para trás para dar espaço a suas pernas compridas, mas ainda assim conseguiu manter uma aparência confortável e confiante enquanto nos levava de volta para minha casa. Ele fez perguntas sobre o evento e a autora, e me esforcei para responder da melhor forma, apesar de cada um dos meus sentidos parecerem estar concentrados nele. Aquela sensação formigante de consciência pelo meu corpo estava ainda mais intensa agora que eu sabia o que o corpo dele podia fazer com o meu. Era como se uma corrente elétrica percorresse meu sangue.

Ele estacionou na entrada da casa e eu me inclinei para pressionar o botão do controle da porta da garagem. Quando finalmente estávamos a sós e a porta se fechou atrás de nós, fomos à loucura.

Desprendi o cinto de segurança meio segundo antes de ele me puxar por baixo das axilas. Caí em seu colo.

Após um beijo ardente e um pouco de esfrega-esfrega, ele se afastou.

— Faça uma mala.

— Oi? Por quê?

— Não vamos ficar aqui.

Pensei na lata de chantili na minha geladeira. Os dois conjuntinhos de lingerie novos que comprei.

— Por que não?

— Porque, se ficarmos aqui, alguém vai bater à sua porta, olhar pelas janelas ou me ver pelado quando entregarem o jantar. Você vai estar de folga amanhã. Vamos para a minha casa, onde os vizinhos sabem o que é cuidar da própria vida.

— Sua casa? — Seis milhões de coisas poderiam e certamente dariam errado com isso. Primeiro, eu não poderia simplesmente expulsá-lo da casa dele quando, com toda certeza, ele me irritasse.

Ele não me respondeu. Pelo menos não com palavras. Em vez disso, ele puxou a gola da minha blusa para baixo e enfiou o rosto entre os meus seios.

— Um argumento muito convincente. Vou arrumar minhas coisas.

VINTE E OITO

ESCREVA NA MINHA LÁPIDE

Lucian

— Detesto admitir, mas a sua casa até que dá para o gasto — divagou Sloane enquanto comia *pad thai*.

Interrompemos nossa maratona de sexo para reabastecer as energias com comida tailandesa, pelados na cama, assistindo a reprises de *Brooklyn Nine-Nine*. Foi a coisa mais digna de comédia romântica que já fiz na vida.

Debrucei-me e peguei alguns macarrões do prato dela.

— Bom saber que você aprova.

Ela estava pelada, exceto pelos óculos. Seu cabelo tinha sido preso no alto da cabeça com alguns movimentos ágeis dos pulsos e um elástico fino. Com os meus lençóis italianos de mil fios cobrindo-a, ela estava tanto fofa quanto sexy.

As mulheres com quem saí — ou, para ser mais preciso, levei para a cama — não tinham esse jeitinho fofo. Estavam sempre bem-vestidas, bem-arrumadas e nunca eram vistas em público com roupas confortáveis. Sloane, por outro lado, havia trazido pijama com corações, sem ser irônica. Mal podia esperar para vê-la o vestindo... e tirá-lo dela.

Ela fez um movimento circular com os hashis para abranger o quarto.

— Não passa a sensação de ser o covil de um vilão. Parece mais o apartamento de solteiro de um cara rico e atraente sem personalidade.

O olhar malicioso que ela me lançou a entregou. No calor do momento, nós dois pegávamos mais leve nos insultos, o que significava que tínhamos muito a compensar quando meu pau não estava dentro dela, fazendo-a gritar meu nome.

Joguei as embalagens de comida na mesa de cabeceira e segurei seu tornozelo quando ela tentou fugir.

— Você vai pagar por isso.

Prendi seu joelho entre os meus, segurei o tornozelo com mais firmeza e fiz cócegas na sola de seu pé.

Sloane deu um grito e tentou se soltar.

— Peça desculpa — falei com tranquilidade. Era uma brincadeira que fazíamos quando éramos pessoas diferentes, e eu provavelmente deveria tê-la deixado no passado, onde pertencia.

— Tá! Tá! É o apartamento de solteiro de um cara rico e atraente cujo *designer* não tem personalidade — deu um grito estridente.

A decoração do meu quarto em tons de marrom-escuro consistia em móveis grandes e escuros que ocupavam a maior parte do espaço e eram suavizados por roupas de cama de cor-de-marfim caras e cortinas pesadas que bloqueavam o mundo lá fora.

— Tente de novo.

— Aff! Tá legal! Desculpa! Sua casa é muito legal. Não a detesto nem um pouco.

Dei um tapa sonoro em sua bunda redonda e soltei seu pé.

— Pronto. Viu como foi moleza?

— Foi o que ela disse. — Sua voz foi abafada pelo travesseiro.

— Não foi o que ela disse há vinte minutos — lembrei-a, acariciando a pele nua de seus ombros, deslizando a mão pela suavidade das costas, puxando o lençol junto para que pudesse gravar na memória cada curva de sua coluna.

O corpo dela era fascinante. Curvas generosas compactadas em um pacote pequeno e atrevido. Eu nunca sabia o que sairia da sua boca em seguida. Um insulto ou um pedido para que eu a desonrasse de um jeito diferente.

Foi um risco trazê-la aqui. Quanto menos Anthony Hugo e seus comparsas soubessem da minha vida, melhor. Mas eu tinha deixado pistas falsas o suficiente com o rastreador no carro da empresa esta semana antes de retirá-lo. Além disso, se seus homens me vissem com a Sloane aqui, ela apenas pareceria uma mulher qualquer com quem o inimigo estava transando. Em Knockemout, ficaria evidente que ela era muito, muito mais.

Inclinei-me sobre ela e finquei os dentes na curva deliciosa da sua bunda.

— Você me mordeu? — indagou Sloane enquanto eu me afastava para contemplar meu feito.

— Estou te dando algo para lembrar do nosso último fim de semana de farra — falei.

Ela ficou de joelhos em frente a mim, parecendo uma deusa de cabelos dourados. Eu a desejava. Desejava tê-la repetidas vezes. E a cada vez que a possuía, eu percebia que ainda não era suficiente.

— Nesse caso, também tenho o direito de deixar uma lembrança — anunciou. Ela se jogou sobre mim e eu a deixei me empurrar para trás, desfrutando da sensação do seu corpo quente e macio em meus braços. Suas coxas sedosas se posicionaram sobre as minhas, e quando sua mão segurou meu membro já duro, tive que cerrar os dentes para não gemer.

— Aí não — grunhi.

Ela fez beicinho.

Meu celular tocou na mesa de cabeceira.

— A sua secretária costuma ligar para você às dez da noite no Dia dos Namorados? — perguntou Sloane, dando uma olhada na tela.

— Nenhum de nós tem vida própria — expliquei antes de atender a ligação. — Petula, você está no viva-voz e não estou sozinho.

— O mundo acabou e não estou sabendo? — indagou Petula.

— Muito engraçado. O que você quer?

— A deputada Houser deseja antecipar o seu almoço em uma hora amanhã.

Lancei um olhar para Sloane, que estava soltando o cabelo do coque.

— Remarque. Estou ocupado neste fim de semana.

— Isso tem algo a ver com a sua companhia de hoje à noite? Você deveria me dar permissão para checar os antecedentes dela.

— Você já fez isso e são só negócios — menti.

Um travesseiro acertou meu rosto. Sloane apontou para os seios à mostra e sussurrou: “negócios?”.

— Preciso desligar, Petula. Surgiu um imprevisto. — Sloane olhou com um sorrisinho convencido para o meu pau que estava ficando duro.

— Espera. Aproveitando, preciso que vá até este endereço e ajude o homem que mora lá a comprar um terno novo esta semana — falei, depois informei rapidamente o endereço do Emry. — Algo que sugira “viúvo decente” e não “avô confuso”.

— Pode dar como feito — afirmou Petula. — Só mais uma coisa. Confirmei a reserva para você e sua amiga na próxima quinta à noite.

Sloane estreitou os olhos.

Merda.

— Obrigado, Petula. Tire o fim de semana para descansar — falei rápido. Encerrei a ligação no instante em que minha parceira sexual loira pulou da cama.

— Sloane — falei com firmeza.

— Melhor nem tentar — disse ela, pegando algo do chão. Era o corpete de renda que eu tinha arrancado dela. Ela o jogou por cima do ombro e se inclinou de novo.

— Sério que você está com ciúmes? — indaguei, achando graça.

— Claro que não — bufou ela. — Só não quero estar envolvida com um pênis que está envolvido com outras vaginas. Não é higiênico.

Sloane Walton era diferente de todas as outras mulheres que já levei para a cama.

— Não estou envolvido com outras vaginas — falei, seco. — Aonde está indo?

— Se acha que vou simplesmente acreditar no que disse, você é um idiota — murmurou ela, juntando suas roupas que estavam pelo chão.

— Quero salientar que, entre nós dois, é você que está na busca ativa por homens em um aplicativo de namoro.

— Eu não estou *dormindo* com nenhum deles. Ainda. — Com o cenho franzido, ela afastou a capa do edredom e começou a tatear sob os lençóis. — Viu minha calcinha? Deixa pra lá. Não preciso dela.

Estendi a mão em sua direção, mas ela se esquivou.

— Eu também não estou dormindo com a pessoa com quem vou me encontrar na quinta-feira.

— Uhum, tá. — Ela deu uma bufada pouco elegante e se inclinou para pegar a bolsa.

Isso me deu a abertura de que precisava. Segurei-a pela cintura, levantei-a no ar e a deitei na cama.

— Se não sair de cima de mim agora, Lúcifer, vou acertar você onde mais dói. E, embora seja um golpe doloroso para todas as mulheres, vou fazer o que for preciso — disse ela com determinação.

— Você *está* com ciúmes — repeti, divertindo-me à beça.

Para não correr riscos, virei-a de lado e me acomodei entre suas pernas antes de me inclinar para beijar sua boca.

Ela relaxou imediatamente sob mim, mas minha vitória foi curta, pois ela mordeu meu lábio inferior.

— Ai!

— Bem feito. Agora, me dá minha calcinha, e vamos fingir que isso nunca aconteceu.

Isso não era uma opção.

— Eu não tenho um encontro na quinta-feira — falei a ela.

Ela se contorceu sob mim, o que não contribuiu para que eu esquecesse a ereção firme pressionada contra o seu abdômen.

— Vou levar sua mãe pra jantar.

Sloane se acalmou de imediato. Mas seus olhos estavam desconfiados por trás de seus óculos agora tortos.

— Você *sabe* que posso confirmar essa história rapidinho, né?

Rocei o nariz ao longo de sua mandíbula e senti orgulho quando sua pele de marfim se arrepiou.

— A gente se encontra todas as semanas para tomar um café ou fazer uma refeição. Eu me certifico de que ela não está desmoronando e escondendo isso de você e da sua irmã. E ela se certifica de que não estou me matando de trabalhar. Normalmente, dividimos uma sobremesa. Mas não estou dormindo com ela.

Ela me observou por um bom tempo.

— Tá legal. Eu acredito em você.

— Acredita?

— Você fica um porre quando está escondendo algo. Agora, você só parece estar se divertindo, para minha irritação.

— Eu acho o seu ciúme irritante e divertido — concordei.

— *Não* estou com ciúme — insistiu.

— Eu estou — falei.

Suas sobrancelhas se arquearam.

— *Você*? Por quê?

— Você ainda está saindo com outras pessoas. Qualquer dia desses, você vai conhecer o cara certo, e aí só ele vai poder fazer isso. — Abaixei a cabeça e fechei meus lábios em um mamilo excitado.

Ela se arqueou sob mim, me levando à loucura com o aumento do atrito no meu membro.

Soltei o seio dela com um estalo audível.

— Não quero ser o cara certo para você, mas talvez eu vá sentir falta deste seu corpo quente e pronto quando ele não estiver mais à minha disposição.

Sloane estremeceu.

— Então acho que é melhor você se aproveitar de mim agora.

Sem perder tempo, coloquei uma camisinha e me posicionei entre as pernas dela.

Vê-la esparramada debaixo de mim como um banquete a ser desfrutado me fez reconhecer como sou um sortudo do caralho. Mais algumas transas e orgasmos alucinantes, e finalmente estaríamos saciados. Mas ainda não.

Cerrei os dentes e entrei nela com um único movimento feroz. Seus olhos verdes se fecharam com força enquanto todos os músculos do seu corpo se contraíam ao meu redor, sob mim. O corpo dela me provocava ao mesmo tempo em que me recebia e resistia.

Estava louco para tocá-la inteira. Gravar na memória cada pedacinho seu. As curvas voluptuosas dos seios e quadris, a pele firme da barriga. Toda aquela pele macia que suplicava pelos meus dentes.

— Me fala o que você quer — falei com a voz rouca, retirando apenas o suficiente para investir com força, penetrando os centímetros restantes.

Os pés dela se mexiam inquietos nos lençóis.

— Tão gostoso — falou, rouca. — Odeio que você seja tão bom nisso.

— Me fala o que você quer, Sloane — insisti, enfatizando cada palavra com uma investida firme.

Os olhos dela estavam abertos agora, as mãos se estendendo em minha direção, puxando-me para perto.

— Só você. Me dê você.

Eu me perdi dentro dela, na força e tração daqueles músculos suaves. No verde-esmeralda de seus olhos. No jeito como ela sussurrou meu nome enquanto eu nos levava ao clímax. Eu não conseguia parar. Não conseguia me conter. Não com a forma como ela estava me apertando.

— É melhor você se preparar pra gozar porque já estou quase lá — avisei com os dentes cerrados.

— Cala a boca e me come com mais força.

Obedeci, sabendo que meu orgasmo provocaria o seu. Ela levantou as coxas ao redor dos meus quadris e me levou ainda mais fundo. Enquanto seus seios balançavam encostados no meu peitoral, ela estendeu a mão por trás de mim e afundou os dedos nas minhas nádegas.

— Lucian — sussurrou.

Eu gozei.

A agitação nos meus testículos percorreu meu membro e irrompeu em uma explosão de tirar o fôlego. E então ela estava me apertando, pulsando e se retorcendo. Estávamos gozando. Cada onda era avassaladora, cada crista mais alta que a anterior, enquanto nossos corpos se esforçavam por extrair cada gota de êxtase.

Caramba, como ela ficava linda quando atingia o ápice.

Era perfeito. *Ela* era perfeita. O modo como ela se encaixava em mim, como implorava pelo que eu tinha a oferecer. O modo como reagia às minhas necessidades mais primitivas. Toda vez que permitíamos que isso acontecesse, eu me convencia de que seria a última vez. E toda vez que terminávamos, eu sabia que não seria.

Seus braços envolveram minha cintura e se mantiveram lá.

— Meu Deus. Será que você precisa registrar esse negócio como uma arma? Aff. Cadê minha *root-beer*? Tô morrendo. Morri transando no Dia dos Namorados. Pode escrever isso na minha lápide. — A voz abafada da Sloane veio de debaixo de mim.

Sorri encostado em seu cabelo e decidi que deixaria para me preocupar mais tarde com o que esse desejo inesgotável significava.

VINTE E NOVE
FAZENDO PAPEL DE TROUXA

Sloane

O Honky Tonk estava barulhento e cheio de gente. Uma banda estava tocando no pequeno palco ao canto, e quase todas as mesas estavam ocupadas. Avistei meus amigos no cantinho do bar e me dirigi até eles.

Naomi e Lina estavam com as cabeças unidas, rindo de algo. Knox e Nash estavam de pé atrás delas, segurando as cervejas de maneira descontraída, trocando sorrisos irônicos por algo que achavam engraçado. Stef, o Arregão, tinha voltado à cidade e estava dançando "dois pra lá, dois pra cá" com o Jeremiah na pista de dança cercados por uma multidão de motociclistas grandalhões.

Eu me senti uma verdadeira trouxa com a onda de decepção que me atingiu em cheio.

Lucian não tinha dito que viria. Foi tolice achar que ele dirigiria até aqui em uma quarta-feira à noite. Foi estúpido até mesmo desejar que sim. Mas essa era eu. Tola, estúpida e agora completamente desapontada. Eu tinha me arrumado à toa, desperdiçado o sutiã e a calcinha que faziam um par perfeito sob a saia curta e o suéter justo que achei que o deixariam animadinho.

Claro, eu não tinha sequer *pedido* que ele viesse. Era para termos acabado. Terminado. Dado um basta. Colocado um ponto-final no sexo. Ainda que estivéssemos brigando de um modo provocativo por mensagens. Mas de jeito nenhum que eu ia dar a cara a tapa desse jeito. Não com ele. E não quando deveria estar me concentrando em encontrar meu futuro marido e pai dos meus futuros filhos.

Tentei levantar meu ânimo à medida que me aproximava do bar. Era melhor assim. Lucian era apenas uma distração do que eu realmente desejava. Já era hora de esquecer o pauzão dele e focar no meu futuro.

— Está um arraso hoje, Sloane — elogiou Sherry "Fi" Fiasco de trás do balcão, onde estava ajudando Silver, a barman, a preparar bebidas. Ela usou o pirulito para fazer uma continência.

Ajeitei meu cabelo e mandei um beijo para ela. E, por dentro, desejei ter ido com roupas confortáveis.

Não, me lembrei. Não era em vão. Eu estava em busca de um possível companheiro. Qualquer cara aqui poderia ser meu futuro marido. Como aquele bem ali.

O Sr. Michaels, o professor gatinho da Chloe e da Waylay, estava tomando cerveja com outros dois professores e a mecânica Tallulah St. John. Ele era bonitão, tinha um sorriso cativante, gostava de crianças e usava óculos. E a única coisa que dominava meus pensamentos era o corpo tatuado e pelado do Lucian cobrindo o meu.

Como é que eu ia encontrar um cara bacana e me contentar com sexo normal e nem um pouco alucinante agora? Será que eu seria assombrada pelas memórias de todos os orgasmos que ele me provocou? Compararia cada pessoa com quem ficasse daqui para frente com ele, e será que alguém conseguiria estar à altura?

Eu estava me desestabilizando por causa do pau espetacular do Lucian. Eu precisava de terapia e bebida.

Fiz um lembrete mental de conferir um ou dois livros sobre hipnoterapia. Eu superaria ele... er, a destreza sexual dele, mesmo que isso me custasse a vida.

— Olha quem chegou — disse Naomi, descendo do banquinho e me abraçando apesar de termos passado metade do dia trabalhando juntas.

— Foi mal pelo atraso — falei. O que não acrescentei foi: *eu estava distraída demais imaginando meu arqui-inimigo tirando minha calcinha e me fazendo gritar o nome dele*. Eu estava decidida a passar na biblioteca a caminho de casa e pegar qualquer livro que conseguisse encontrar sobre como eliminar maus hábitos.

Knox apertou de leve o meu ombro. Sua aliança de casamento reluziu, lembrando-me de que, se foi possível alguém surgir do nada e transformar Knox

Morgan no tipo de pessoa que se casa, eu ainda tinha chance de encontrar o cara certo por aí.

Lina sorriu para mim e acenou.

Nash se inclinou.

— O que vai beber, Sloaninha?

— Acho que vou pedir uma *root-beer* — decidi.

Desilusão pedia açúcar. Eu ia tomar apenas um copo. Em seguida, inventaria uma desculpa, me dirigiria à biblioteca e voltaria para casa. *Depois*, verificaria o nível da bateria do meu vibrador.

Lina e Naomi me cercaram.

— Eu e o Nash levamos a Naomi e o Knox para conhecer a Mary Louise hoje à tarde.

Eu me animei.

— Como foi?

— A gente adorou ela — disse Lina.

O sorriso da Naomi iluminou o ambiente.

— Nem mesmo o viking teve do que reclamar.

— Isso, *sim*, é impressionante — admiti.

— Mary Louise está radiante por ter alguém demonstrando interesse e pelas entrevistas estarem tendo uma boa repercussão — falou Lina. As unhas dela, pintadas de um vermelho-escuro, reluziam no copo de bourbon.

— A biblioteca recebeu seis ligações esta semana de pessoas interessadas no caso — acrescentou Naomi.

— A Fran ligou hoje. Falou que um podcast quer entrevistar a gente. Eu, Mary Louise e o Allen. E ela conseguiu agendar uma reunião informal com o juiz pra semana que vem — falei.

— É um grande avanço — comentou Naomi, dando um empurrãozinho em mim com o ombro. — Então por que está com essa cara de que alguém tentou censurar todos os livros do mundo?

Droga de expressão facial.

— Foi um dia longo. E aí, o Stef contou ao Jeremiah que está pronto pra se mudar para Knockemout? — Dei-me os parabéns pela habilidade incrível de mudar de assunto enquanto todas nós nos virávamos para observar o casal feliz na pista de dança.

Naomi negou com a cabeça e revirou os olhos em direção ao céu.

— Ele está convencido de que o Jeremiah vai achar que ele é um *stalker*.

— Que idiota — falei com carinho.

— Falando em namoro, como vai a sua procura? — perguntou Lina.

Droga.

— Faz uma semana que não tenho encontros — confessei. Uma semana... dez dias... desde que o pênis do Lucian se tornou presença constante na minha vagina e nos meus sonhos...

— Não desista. Seu futuro marido está em algum lugar por aí — incentivou Naomi, dando um leve aperto na minha mão.

— Não desanime tão rápido. Ele não vai surgir do nada por aquela porta — falou Lina, apontando para a entrada.

A porta se abriu, e eu quase tive um treco quando o Lúcifer em pessoa entrou, com uma expressão séria no rosto, vestindo outro casaco extremamente sexy e caro que esvoaçava com a brisa. Seus olhos me encontraram, e eu senti... muitas coisas impuras.

— Caramba. Teria sido incrível se fosse outro cara alto, lindo e solteiro — provocou Naomi.

— Ih, Angel. Parece que o chefe chegou — alertou Nash em tom de brincadeira.

— Aqui. — Knox empurrou *a root-beer* na minha direção, me fazendo desviar o olhar do anjo vingador dos orgasmos enquanto ele abria caminho entre a multidão. Dava para ouvir as batidas do meu coração acima da música. Eletricidade crepitava sobre minha pele. Cada célula do meu corpo estava profundamente consciente de que o Lucian estava por perto.

— Valeu — falei com a voz fraca.

— Lucy, o que diabos você está fazendo aqui? — indagou Knox como cumprimento.

— Precisei tratar de alguns assuntos nas redondezas. Imaginei que encontraria vocês aqui.

Sua voz, aquele sussurro aveludado, foi direto para as partes mais sensíveis do meu corpo.

Enquanto os irmãos Morgan se revezavam nos apertos de mão masculinos e tapinhas nas costas, de repente, fiquei fascinada em um pano de prato amarrotado no balcão e tentei conter um orgasmo ansioso.

A banda trocou de música, iniciando *H.O.L.Y* de Florida Georgia Line, enquanto eu tentava me acalmar.

— Adoro essa música — disse Lina para Nash.

Aproveitando que seus dedos já estavam entrelaçados nos dela, ele a arrastou para fora do banquinho.

— Vamos, Angel.

— Dança comigo? — convidou Naomi, passando as palmas das mãos pelo peito do Knox. Ele se inclinou e sussurrou algo em seu ouvido que fez as bochechas dela ficarem cor-de-rosa.

— Fiquem tranquilos. Eu cuido do bar — falei para eles em voz alta, ainda fingindo que não tinha visto o Lucian.

As luzes da banda tinham diminuído, deixando o nosso cantinho na escuridão total. Silver e Fi estavam ocupadas na extremidade oposta. Lucian se aproximou, ainda sem dizer uma só palavra.

Estendi a mão para pegar a bebida, determinada a parecer desinteressada e nem um pouco excitada. Mas meus dedos traidores deixaram o copo escapulir, e a gravidade fez o resto.

— Merda! — Subi no apoio para os pés e estendi a mão por cima do balcão para pegar um monte de guardanapos.

Dedos quentes acariciaram a parte de trás da minha coxa, e eu congelei.

Lucian pegou os guardanapos da minha mão e os lançou com destreza na bagunça.

Sua mão envolveu minha cintura, e ele me ergueu do apoio para os pés. Contive um gritinho de surpresa.

Ele me abaixou lentamente até o chão, e, ao fazer isso, tive o prazer de sentir sua ereção pressionada de forma íntima contra o meu traseiro.

Encurralada entre os braços dele e o balcão, eu me virei.

— Oi — falei, ofegante. Meus mamilos endureceram a ponto de ficarem tão pontudos que poderiam perfurar o meu sutiã praticamente inútil.

Ele me conduziu até o canto escuro onde o balcão se encontrava com a parede e colocou uma mão de cada lado da minha cabeça.

— Oi — falou. Seus olhos estavam faiscando, o pau estava duro, e eu estava eufórica.

Eu estava louca para tocá-lo, mas não confiava na minha capacidade de me controlar.

— Como foi o seu dia? — perguntei.

— Não estou a fim de ficar de conversa mole, Fadinha — falou.

— Do que você está a fim?

Seus lábios formaram um sorriso malicioso. Ele enganchou o dedo indicador na gola do meu suéter. O contato da sua pele com a minha fez minhas partes íntimas comemorarem.

— Você.

Ele havia me tocado. Isso significava que eu podia devolver o gesto, não é?

Estendi a mão e envolvi o comprimento duro da sua ereção.

Ele fechou os olhos e se pressionou contra a minha mão.

Eu o agarrei com *força*, e aqueles olhos cinzentos se abriram. Ele retribuiu ao envolver meu seio e apertar.

Eu estava tonta, sem fôlego e tão excitada que tinha medo de entrar em combustão a qualquer momento.

— Achei que tínhamos parado — falei, mesmo enquanto começava a acariciá-lo por cima das calças.

— Você quer que isso acabe? — Seu joelho afastou minhas pernas.

A mão que massageava meu peito estava me distraindo.

Por que eu que tinha que falar que o queria de novo? Por que não podia ser ele a dizer?

A batida da música pulsava por mim enquanto nossos corpos se aproximavam em nosso cantinho escuro de segredos pecaminosos.

— Alguém pode flagrar a gente — falei, ignorando sua pergunta.

Seus dedos deslizaram para dentro do decote da minha blusa e se enfiaram sob a beirada provocante do sutiã para capturar o mamilo necessitado. Minhas pernas fraquejaram, mas não caí. Porque o joelho dele estava entre as minhas pernas, com sua coxa rígida fazendo contato com meu centro latejante.

Puxei o ar para os pulmões.

— Diga que me quer de novo — exigiu enquanto seus dedos beliscavam meu mamilo.

— E se eu já tiver superado? — falei, ofegante.

Seu sorriso foi pecaminoso.

— Mesmo com as camadas de roupa, consigo sentir como está molhada para mim. Você não superou.

— Você já? — perguntei.

— Se achasse por um segundo que não teria consequências, eu te possuiria curvada sobre o balcão com essa saia minúscula levantada até a cintura e meu pau dentro de você.

Meu âmago se contorceu descontroladamente com a imagem que suas palavras evocaram. Lucian poderia ministrar um curso avançado em falar sacanagem.

— Ai, nossa — soltei um gritinho fino.

— Me fala — insistiu.

Engoli com dificuldade.

— Acho que não me oporia a mais alguns orgasmos. Se tiver certeza de que consegue provocá-los. — Seu membro rígido pulsou sob o meu toque.

Ele deu um puxão mais forte no meu mamilo, desencadeando ondas de sensações que se espalharam pelo meu corpo.

— Acho que consigo te proporcionar mais alguns, desde que você dê um jeito de segurar seus insultos.

— Não prometo nada.

Era tão bom sentir o toque dele, saber que estava a minutos de ser contemplada com o seu corpo espetacular.

— Não estão brigando de novo, não, né? Porque posso colocar de volta aqueles eletrodos rapidinho — disse Knox por trás das costas largas do Lucian.

Dei um pulo e soltei o pênis do Lucian. Ele tirou a mão da minha blusa sem nenhuma pressa.

Pelo visto, nenhum de nós notou que a música tinha mudado e que nossos amigos tinham voltado. Passei por baixo do braço dele e o contornei. Senti sua mão segurando a parte de trás da minha saia e entendi o que ele queria. Eu me posicionei entre a ereção rija do Lucian e o campo de visão dos outros.

— Está na cara que estavam brigando — afirmou Lina, dando uma bela conferida no meu rosto. — Ela está com o rosto todo vermelho e ele está cerrando os dentes.

— A gente não estava brigando — falei. — A gente estava...

— No meio de uma conversa que precisa ser terminada — completou Lucian. Ele deu um beliscão no meu bumbum por baixo da barra da saia.

Dei meio passo para trás, esmagando o couro italiano requintado do sapato dele com o salto da bota.

— Podem conversar, desde que não haja derramamento de sangue — falou Knox.

— Liguem se precisarem de ajuda — informou-nos Nash.

— A gente volta já — prometi enquanto Lucian me tirava de perto dos nossos amigos. — Você perdeu o juízo? — sibilei enquanto ele nos guiava pelo corredor, passando pelos banheiros e pelo escritório da Fi. No instante em que dobramos a esquina, sua mão grande envolveu possessivamente meu braço, e ele me puxou contra ele.

O pau dele estava duro como pedra contra minha barriga, e, em seguida, sua boca encostou na minha parecendo lava escaldante. Ele me beijou, roubando o ar dos meus pulmões, os pensamentos da minha mente e os sinais de alerta dos meus ouvidos.

Uma de suas mãos agarrou meu cabelo, enquanto a outra deslizou para baixo a fim de apertar minha bunda com algo que se assemelhava muito a posse.

— Por que está com essa cara amarrada?

— Porque não estou dentro de você. Porque fiz toda essa viagem até aqui e você não foi colaborativa o bastante para estar em casa sozinha.

— Perdão. Não percebi que eu tinha que estar sempre à sua disposição — falei, colocando uma mão entre nós e segurando seu comprimento rígido.

Ele me superou ao abaixar a gola da minha blusa, expondo o sutiã de renda extremamente ousado que realçava meus seios e que eu agora não me arrependia nem um pouco por ter vestido. Sua outra mão se moveu sob minha saia até a parte mais alta das minhas coxas.

— Minha sedutorazinha.

Minha mente se fixou no "minha". Mas todas as divagações acabaram quando a barba do Lucian roçou meu pescoço enquanto seus dedos traçavam o tecido que cobria meu sexo.

— Alguém pode nos ver — falei, puxando o ar para os pulmões. Qualquer pessoa poderia virar na direção errada ao sair do banheiro e acabar se deparando com dois inimigos em pleno cio.

— Diga a eles que precisa ir embora — grunhiu no meu ouvido. A mão no meu seio deslizou sob a renda para me acariciar, para massagear ali.

— Acabamos de chegar aqui — falei, sem fôlego.

— Então pare de acariciar meu pau. — Contudo, conforme falava as palavras, ele pressionou sua ereção com mais vigor contra minha mão.

Seus dedos exploraram sob a borda da minha calcinha até minha região íntima.

— Tão molhada pra mim. Nunca falha, caralho — sussurrou antes de investir contra minha mão.

Eu estava perdendo completamente o controle e queria que ele se perdesse comigo. Eu queria levá-lo ao limite.

— Por favor — sussurrei, ciente de que minhas súplicas o deixavam excitado.

Ele ficou tenso. Cada músculo em seu corpo espetacular estava aguardando para ouvir o que eu queria.

— Por favor o quê?

— Deixa eu te sentir na boca.

Ele xingou com força, mas sua ereção o entregou ao inchar na minha mão.

— Deixa eu te sentir na boca, depois voltamos, terminamos nossas bebidas e damos o fora daqui — negociei.

Ele titubeou. Mas senti a urgência dentro dele. Sua concessão era uma necessidade.

— Se demorarmos muito, alguém vai vir nos procurar — falou, enfiando um único dedo no meu sexo latejante.

— Se não me deixar colocar o seu pau na minha boca neste instante, não sei se vou conseguir voltar pra lá. Eu preciso desse alívio.

— Falta tão pouco pra você gozar — disse ele à medida que meus músculos se contraíam em volta dos seus dedos.

— Por favor, Lucian — choraminguei. Eu gozaria depois. Ele se certificaria disso. Mas, neste instante, eu *precisava* senti-lo no fundo da minha garganta. Precisava lhe proporcionar o mesmo que ele tinha me proporcionado.

Ele xingou, soturno, e deu outro aperto firme no meu peito. Em seguida, me soltou.

Não dava para acreditar. Ele estava me concedendo a única coisa que eu desejava, ainda que fosse a *última* coisa que ele queria. Enquanto eu abria o zíper de sua calça, ele levou dois dedos à boca e os lambeu.

Meus joelhos cederam, o que foi bom, já que o chão era onde eu deveria estar mesmo.

Ajoelhei-me no concreto frio, sentindo o calor da atenção do Lucian conforme eu liberava seu pau. Desta perspectiva, era assustadoramente grande. A ponta grossa já estava úmida do líquido que escorria da abertura.

— Obrigada — sussurrei. Eu o fitei enquanto separava os lábios e o colocava na boca. Um tremor percorreu seu corpo, e ele rebolou os quadris para frente sem parar.

— Puta merda — sibilou enquanto eu o levava ao fundo da garganta e o mantinha lá.

Ao erguer os olhos, vi sua cabeça inclinada para trás, as mãos cerradas contra a parede.

Entoei um murmúrio de prazer e ele olhou para mim. Aqueles olhos cinzentos estavam cheios de paixão. Ele estendeu a mão e percorreu um dedo na minha bochecha.

Encarei como uma permissão para prosseguir. Envolvi a mão na base do seu membro e comecei a movê-la. Agarrando, chupando até o fundo da minha garganta, depois deslizando lábios, língua e dedos até a ponta.

Ele estava proferindo uma série de palavrões agora, como se eu tivesse afrouxado quase todas as rédeas do seu controle.

Eu adorava isso. A intimidade. O controle. Eu estava de joelhos, mas estava no comando. Ele tinha me concedido isso.

— Pare.

No mesmo instante, fiquei imóvel diante da ordem firme. Ele segurou meu cabelo, enrolando-o em volta do punho, e me puxou para trás até seu membro deslizar para fora. Nós nos fitamos, ambos ofegando no silêncio relativo do corredor.

Seus olhos estavam quase fechados, os lábios entreabertos. Ele parecia ansiar por mais, e eu queria satisfazê-lo.

Mais uma vez, ele acariciou minha bochecha com os nós dos dedos.

O momento foi interrompido por risadinhas estridentes e pela abertura da porta do banheiro.

Lucian me pegou pelos braços e me pôs de pé.

— Temos que voltar antes que mandem uma equipe de resgate — disse ele, enfiando seu pau monstruoso de volta na calça.

Eu estava tendo dificuldade para me recompor. A névoa da luxúria tinha turvado todos os meus sentidos, exceto por aqueles que, no momento, estavam dominados pelo Lucian. Desabei contra a parede.

— Pare de me olhar assim — mandou enquanto ajustava a ereção pulsante.

— Assim como? — perguntei.

— Como se estivesse precisando que eu te comesse.

— Pra ser sincera, é exatamente do que estou precisando.

Ele cerrou os dentes e se virou de lado, evitando o contato visual. Será que eu o estava deixando mexido tanto quanto ele mexia comigo?

Enquanto arrumava os seios no suéter, eu o observei. A gravata estava torta. O cabelo, geralmente impecável, estava desgrenhado de um lado. As calças pareciam correr o perigo de serem rasgadas pela ereção muito insistente.

— Como é que consegue andar e falar com essa coisa? — perguntei, gesticulando em direção à sua região genital.

— *Não* fale do meu pênis no momento — grunhiu Lucian. Ele estava praticando uma técnica de respiração profunda e evitando me olhar.

— Parece que está ficando cada vez mais duro. É assim mesmo? Quer dizer, meus seios parecem estar pesando uma tonelada agora. Acho que o sutiã está prendendo a circulação sanguínea.

Lucian fechou os olhos.

— Fadinha, é impossível deixar de ficar duro com você falando sobre os seus peitos.

Sorri com crueldade. A vantagem de ser mulher é que você pode ficar excitada sem precisar esconder o volume nas calças.

— É que eles parecem estar tão inchados. E meus mamilos estão *tão* sensíveis.

Ele soltou um palavrão e se curvou.

O Lucian Tentando Recuperar o Controle era simplesmente encantador.

— Trinta minutos.

— Quê? — perguntei.

— Vamos embora em trinta minutos. Invente uma desculpa e eu saio em seguida. Nos vemos no estacionamento.

Um arrepio percorreu todo o meu corpo. Ele queria me comer. Precisava me comer. Eu teria feito uma dança da vitória se não estivesse tão consciente da umidade entre as minhas coxas.

— Combinado — concordei. — Eu volto pra lá primeiro, e você tira um minutinho para ver se para de pensar em tirar meu sutiã e enfiar a cara nos meus peitos.

Seu rosnado ressoou atrás de mim à medida que eu passava por ele rebolando e rindo.

AGUENTAMOS VINTE E dois minutos. Vinte e dois minutos de pura tortura.

Ele ficou atrás de mim enquanto eu tentava me concentrar na conversa com a Naomi e a Lina. Porém, toda vez que ele me tocava, pressionando a coxa na minha quando se inclinava para pedir uma bebida, deslizando o dedo pela pele nua entre a minha saia e o suéter, eu perdia completamente o rumo da conversa.

Por fim, Naomi me deu a desculpa perfeita e perguntou se eu estava cansada.

— Estou morta de cansaço — distorci de leve a verdade. — As duas últimas semanas foram bem puxadas, só consigo pensar na cama.

Nenhuma das duas coisas era mentira.

— Você passou por muita coisa — comentou com empatia. — Vá pra casa. Descanse um pouco.

— Têm certeza de que não vão ficar chateados? — perguntei, contendo um bocejo falso.

— Acho que vamos ter que nos contentar com o trio da testosterona — falou Lina. — Mande uma mensagem amanhã.

— Pode deixar — prometi. — Boa noite, pessoal.

Knox e Nash se despediram. Lucian fingiu me ignorar.

Saí do bar sem pressa, acrescentando um toque a mais de rebolado nos quadris, e senti que ele me acompanhava até a porta com o olhar.

Estava prestes a destrancar meu Jeep quando tive a sensação de algo estranho acontecendo.

— Céus! Como chegou aqui tão rápido?

— Pernas compridas — afirmou ele, pegando meu braço e me levando em direção ao seu Jaguar. — Entre.

— E o meu Jeep?

— Se acha mesmo que vou te perder de vista depois daquela gracinha no corredor, está muito enganada. Entre. Agora.

Eu entrei.

TRINTA

PRECISO CONTRATAR ALGUÉM PARA DAR UM JEITO NOS RATOS

Sloane

Nada de contato — disse ele enquanto engatava a marcha do carro.

— Puxa. Que mandão — falei, fazendo beicinho.

— Se ousar encostar sequer o dedo mindinho no meu pau, vou estacionar em uma via pública, arrastar você para o lado de cá e te comer até não aguentar mais.

— Esse argumento não me convenceu nadinha a não te tocar.

— Se você se comportar direitinho e aguentar os quatro minutos que levam até chegar em casa, vou tirar toda a sua roupa e reverenciar cada pedacinho do seu corpo magnífico com meu pau, minha boca e minhas mãos.

Minhas mãos se fecharam no colo. Estava de bom tamanho para mim.

— Acelera — pedi.

Meus seios estavam pesados e inchados. Meu clitóris latejava. E eu estava tão molhada que passou pela minha cabeça dar um novo nome às minhas partes íntimas: chafariz. Ele me deixara prová-lo. Ele me deixara senti-lo na boca. Meu coração acelerou diante da vitória iminente.

Os pneus cantaram quando ele passou voando pela minha casa e entrou na entrada da casa dele. Nenhum de nós dois falou uma só palavra enquanto a porta da garagem subia à nossa frente. Não perguntei por que me trouxe para ali e não para a minha casa. Eu não estava nem aí. Contanto que ele me tocasse o mais em breve possível.

Ele entrou na garagem, e, num piscar de olhos, já estávamos fora do carro. Nos encontramos na frente do capô, e ele me pegou pela mão e me puxou até a porta. Ele digitou o código que abria a garagem e me empurrou para dentro.

Eu não estava, de forma alguma, lamentando o fim da proibição de toques.

Dentro da lavanderia incrivelmente organizada, tirei a jaqueta dos ombros dele. Caiu no piso de cerâmica, seguido pelo casaco que ele praticamente arrancou de mim.

— Você me faz perder a porra do juízo — disse ele entre beijos enquanto saíamos da lavanderia e adentrávamos a área da cozinha.

— Ótimo — murmurei, tirando as botas. Uma delas acabou embaixo da mesa de jantar; a outra foi parar na cozinha.

Ele me segurou e me beijou até eu não conseguir mais raciocinar. A ardente e vigorosa pressão de seus lábios, os movimentos dominadores de sua língua. Senti o ar fresco e percebi que ele havia tirado minha saia. O suéter veio em seguida, deixando-me apenas com as meias que iam até as coxas, o sutiã e a calcinha encharcada.

Lucian me lançou um olhar abrasador ao parar por um instante para apreciar meu corpo.

— Como é que posso resistir a tocar em você quando te vejo assim?

— Não precisa resistir mais — falei.

Ele abriu o cinto e eu enlouqueci. O som do couro ao ser retirado me deixou arrepiada da cabeça aos pés.

Ele enganchou os polegares na calça. Não prestei atenção enquanto a roupa se amontoava aos seus pés. Mas não consegui tirar os olhos da cueca preta que não estava conseguindo conter seu membro.

Eu definitivamente enlouqueci, porque em vez de desabotoar a camisa dele com toda uma sensualidade, eu a arranquei com as duas mãos e fiz os botões voarem para todo lado.

O sorriso que ele abriu foi cruel. Diabólico. Como se eu tivesse acabado de fazer algo que merecia uma punição. Mal podia esperar para descobrir qual seria.

— Espero que não esteja achando que vou pagar por ela — avisei.

— Tenho em mente algumas coisas que quero, e não é dinheiro.

Ele me puxou contra ele e me ergueu com uma mão no traseiro. Envolvi as pernas na sua cintura e colei nele. Boca a boca, peito a peito.

Estávamos nos deslocando. Ele estava me carregando para algum lugar. Eu não estava nem aí para o destino, desde que ele parasse por tempo suficiente para encaixar aquele pênis monumental em mim.

Minhas costas encontraram a parede. Ele me prendeu contra ela com os quadris e abriu o fecho frontal do meu sutiã com um movimento ágil. Seu grunhido fez meu sangue borbulhar. Eu vivia por aquele som de aprovação. Meus mamilos estavam rijos, apontando em direção a ele como flores seguindo o sol.

Ele abaixou a cabeça e colou a boca em um mamilo sortudo.

— Ah! — gemi enquanto ele aplicava a sucção perfeita, levando o mamilo rosado mais ao fundo da boca.

Rebolei contra ele, perigosamente próxima de já chegar ao clímax.

Senti a cabeça exposta e molhada de seu pênis que roçava minha coxa.

Ele encheu meu seio de atenção até que o êxtase fez minha cabeça bater contra a parede.

— Você está bem? — perguntou, com a voz áspera e rouca.

— Sim — falei, ofegante.

Ele passou para o outro seio, para outro mamilo invejoso.

Eles estavam tão cheios e pesados. Cada sugada desencadeava uma descarga de puro prazer.

— Que droga — murmurou, com a boca encostada no meu peito.

— O que foi? — perguntei, sussurrando enquanto os pelos do peito dele faziam cócegas em meus mamilos úmidos.

— Toda vez, planejo ir com calma. Planejo dedicar uma hora inteirinha a esses seus seios perfeitos pra caralho. Mas perco a porra do controle.

— O que...

Não fui além disso. Porque ele me afastou da parede e nos virou.

Vi-me de joelhos, debruçada sobre o pufe otomano na sala de estar dele. Minha bunda estava para cima, meu rosto pressionado contra o linho azul.

Lucian se encontrava atrás de mim, a ereção encaixada entre minhas pernas. Eu o desejava tanto que estava disposta a implorar.

— Você me provocou no bar — acusou, passando suavemente a mão sobre a seda florida da minha calcinha.

— Como? — perguntei, pronta para mentir.

— Aquele suéter e a saiazinha maldita. Seus dedos roçando meu pau quando ele já estava duro feito pedra pra você. Os olhares sedutores enquanto brincava com o canudo. Eu devia te dar uma lição.

Seus dedos enganchando na minha calcinha e o roçar da seda molhada nas minhas coxas eram uma tortura deliciosamente requintada.

— Se a lição envolver você me comendo, sou completamente a favor — falei, ofegante.

Ele continuou a fazer carícias suaves nas curvas do meu traseiro. Dei uma olhada entre as minhas pernas e vi o pênis dele se mover para frente e para trás entre as minhas dobras.

— Detesto não poder sentir o que é meu — confessou.

Eu estava prestes a frisar que nosso acordo não incluía conversas sobre "o que é meu" fora da cama, mas a cabeça quente de sua ereção me marcava como sua a cada fricção no meu sexo. Esfreguei-me nele, abrindo mais as pernas, suplicando com meu corpo.

— Por favor, Lucian — sussurrei.

— Ainda falta colocar a camisinha.

Seu tom de voz pareceu... diferente. Como se quisesse pedir por algo. Será que era algo que eu também desejava?

— Fui ao ginecologista mês passado. Todos os meus exames estão normais — falei, depois fiz careta. — Mas não estou tomando anticoncepcional.

— Vasectomia — lembrou. — E fiz meus exames há seis meses.

Suas mãos ainda faziam carícias em meus quadris, a cabeça de seu pênis ainda estava encaixada na abertura do meu sexo, como se aguardasse um convite. Meu coração batia com força no peito.

Ele provavelmente havia transado com uma equipe inteira de líderes de torcida profissionais desde então.

— Não me envolvi com mais ninguém de lá pra cá — acrescentou.

— Sério? — Não era à toa que ele estava... tão explosivo.

— Caladinha.

— Tá — falei.

— Tá? — repetiu, incentivando-me a continuar.

— Enfie esse pau em mim e me faz gozar, Lucian. — Impossível ser mais direta do que isso.

Ele ficou tenso, e desejei poder ver seu rosto.

Mas tudo isso foi esquecido quando a cabeça larga se encaixou. Isso! Bem aí! Movi os quadris em sua direção, na expectativa de que ele me permitisse tomar a iniciativa. Mas ele parou meus quadris com as mãos.

— É a minha vez de me divertir, Fadinha.

Uma ameaça nunca me deixou tão empolgada antes.

— Então comece logo de uma vez — gemi. — Por favor.

— Boa menina — ronronou. Depois segurou meus quadris e enfiou por completo.

Eu o sentia quente, rijo e macio dentro de mim.

Meu corpo ficou tenso com a penetração. Eu estava mais do que lubrificada, mais do que pronta, mas ele era tão grande e o ângulo o levava tão fundo que ainda foi um choque. Levantei a cabeça.

A mão do Lucian acertou meu traseiro com um tapa ardente.

Soltei metade grito metade gemido quando um calor gostoso se espalhou pela minha nádega.

— Fica paradinha — mandou com os dentes cerrados.

Deixei que ele me debruçasse de volta, sentindo-o pulsar dentro de mim. Ele acariciou minha pele para aliviar o ardor.

— Você precisa relaxar para mim, linda. Relaxe para que eu possa entrar até o fundo.

Minhas paredes internas pulsaram, antecipando um orgasmo que faria os músculos se distenderem.

— Vamos, Fadinha. Respire fundo pra mim.

Eu queria fazer o que ele pedia. Queria satisfazê-lo. Porque aí ele me proporcionaria um prazer incrível. Puxei um fôlego fraco e depois soltei parecendo uma chaleira.

Ele deslizou uma mão do meu pescoço até o final da minha coluna.

— Boa menina. Agora repita.

Desta vez, fiz direito, e senti meus músculos relaxarem um milímetro. Pelo visto, ele também, porque Lucian retirou devagar e, em seguida, penetrou. Com força.

Eu o acolhi por inteiro. Eu sabia disso antes mesmo do seu urro de triunfo.

Eu estava completamente entregue a Lucian Rollins.

— Consigo senti-lo nos meus órgãos — gemi.

Ele reagiu com uma estocada rápida e enérgica que me fez gemer.

Estava tão preenchida. Estava tão maravilhosamente preenchida que eu não lembrava como era estar vazia.

— Você fica tão gostosa com meu pau em você, Fadinha — falou baixinho, deslizando as mãos pelas minhas costas e depois indo massagear meus seios que pendiam pesados sobre o pufe.

— E é tão gostoso senti-lo dentro de mim — falei com um gritinho.

Ele deu um beliscão forte nos meus mamilos, fazendo com que meus músculos internos o apertassem. Eu conseguia *sentir* a pulsação vertiginosa do sangue em seu membro. Enfim sem barreiras entre nós, me entreguei ao calor ardente do seu corpo à medida que ele me penetrava.

Eu estava à sua mercê e nós dois sabíamos disso.

Foi essa constatação que me fez atingir o clímax. Ele estava completamente dentro de mim, preenchendo-me de um jeito que eu nunca havia sentido. A tensão aumentou cada vez mais. Bastou afastar levemente os joelhos, e gozei. Gritei enquanto o prazer atingia meu corpo como uma tempestade. Lucian interrompeu o movimento, completamente dentro de mim, enquanto a sensação se rompia no meu interior em uma explosão espetacular como um estrondo de trovão.

Ele soltou um grunhido feroz enquanto eu estimulava seu membro por dentro.

Ele me deixou curtir o momento e depois começou a se movimentar. Investidas rápidas e habilidosas que penetravam fundo em meu núcleo pulsante.

— Mais — falou, apertando meus quadris com força.

Suor cobria nossas peles onde elas se tocavam. Ele investia em mim, em meio ao meu clímax, prolongando-o até eu não saber se ainda estava tendo um orgasmo ou se ele tinha desencadeado um novo.

— Cacete, Sloane. — Havia uma súplica em seu tom. Ele me segurou com mais firmeza e depois me levantou, encostando minhas costas em seu peito, segurando meu queixo com a mão para que pudesse selar a boca na minha.

Senti o prazer se intensificar nele e entendi o que ele desejava, ainda que não estivesse pedindo abertamente.

Interrompi o beijo.

— Sim, lindo. Por favor, goze dentro de mim — implorei.

Ele aumentou a pressão da mão e sua boca voltou à minha. Um segundo depois, ficou completamente rígido, e senti o primeiro jorro quente do seu clímax nas profundezas da minha alma. Era tão bom. Tão obsceno. Tão certo. Lucian Rollins estava gozando dentro de mim.

Seu urro ressoou nos meus ouvidos quando outro jorro de prazer se desencadeou dentro de mim.

— Sloane!

Eu estava tendo outro orgasmo ou ainda estava no mesmo, desencadeado pelo dele. Ele continuou, com movimentos lentos e superficiais, enquanto meu corpo extraía cada gota do seu gozo.

Foi maravilhoso. Um espetáculo de fogos de artifício se desencadeou em minha vagina, acionado pelo pênis solícito deste homem teimoso.

Lucian desabou em cima de mim, me esmagando no pufe. Ele ainda estava dentro de mim, ainda deitado em mim, ainda gozando. Eu ficaria feliz se isso nunca acabasse.

— Com você, é como se eu não tivesse controle algum — grunhiu, ainda se movendo. Pareceu uma acusação.

Encarei como um elogio.

— QUE COISA mais absurda — disse Lucian quando cobri melhor o seu rosto com o boné. — Somos adultos, não adolescentes. Não devíamos ter que ficar nos escondendo.

Fechei o casaco até o queixo e cobri o cabelo com o capuz.

— Estou com fome e na sua casa só tem comida congelada e saudável preparada por chef de cozinha. Além do mais, quer mesmo que a cidade fique espalhando fofocas sobre a gente, como se estivéssemos em algum tipo de história de amor entre um mal-humorado e uma pessoa que é só alegria?

— Eu sou a pessoa alegre nesse cenário — falou, confiante.

— Você é o mal-humorado que tem zero interesse em compromisso, ainda mais com a vizinha gata, encantadora e apaixonada por livros. Eu sou a mocinha alegre e otimista que acredita no amor verdadeiro. Só que não com você, porque estou com você só pelo sexo.

Ele balançou a cabeça.

— Você vai sentir falta dos orgasmos quando conhecer o cara certo. Certas coisas só o cara errado pode proporcionar.

— É o que vamos ver.

Nós nos dirigimos para fora, passando pela garagem dele e pela grama coberta de neve que separava nossas casas.

As luzes estavam acesas do outro lado da rua, mas não havia ninguém passeando com cães ou casais em um passeio romântico no frio ártico.

Soltei um suspiro de alívio e dei uma corridinha pelo trajeto que levava até a varanda da minha casa, arrastando Lucian comigo.

— Acho que tem gotinhas de chocolate na minha despensa — comentei.

De repente, Lucian me segurou pela cintura e me puxou para trás.

— Olha só! Quem diria que gotinhas de chocolate te dão tesão.

No entanto, ele se colocou entre mim e a porta da frente.

— Volte para a minha casa — falou, com a voz gélida.

— Quê? Por quê? O que foi?

Tentei olhar por trás de suas costas largas, mas ele se virou e me segurou pelos ombros.

— Faça o que estou mandando.

Foi então que avistei, a mórbida e nauseante pilha de pelos emaranhados e caudas longas.

— Ai, meu Deus.

Xingando baixinho, Lucian me ergueu e me tirou da varanda. Ele me colocou na calçada, onde já não conseguia ver claramente a porta.

— Não me parece que esse seja um comportamento típico de ratos — falei, tentando conter a náusea que crescia.

— Não, não é — disse ele com seriedade.

— Droga. Melhor você voltar. Preciso arranjar alguém pra cuidar da pilha de ratos congelados.

— Não, você vai voltar pra minha casa e eu vou ligar para o Nash.

— Se você ligar para o Nash, o chefe de polícia vai ficar sabendo que a gente estava junto hoje à noite. O que significa que, pela manhã, o resto da cidade já vai estar sabendo. E vão começar a especular sobre as ameaças. Você pode não morar mais aqui, mas eu, sim. Eu que vou ter que lidar com toda a atenção.

— Ameaças? — questionou Lucian com uma calma letal.

— Ainda acho que a primeira foi uma brincadeirinha. Está na cara que isso está tomando proporções absurdas muito além de um bilhete vago. — Eu estava tagarelando. Ao que parecia, esse era o efeito que uma pilha de ratos mortos causava em mim.

Ele não proferiu nenhuma outra palavra. Não, Lucian Rollins apenas me atirou sobre o ombro e me levou de volta para sua casa enquanto fazia uma ligação.

— Por que só agora estou sabendo que ela está sendo ameaçada? — vociferou ao telefone.

— Me ponha no chão, seu grande e belo cabeça de vento!

Ele me ignorou.

— Seria bom você conferir o que deixaram para ela na porta da frente. Traga os maiores sacos para coletas de evidência que tiver.

— Ei! Isso é sequestro! — reclamei, batendo em suas costas com as mãos cobertas por luvas.

— Se não parar com os berros, a vizinhança toda vai aparecer e presenciar esse espetáculo — avisou Lucian.

Eu tinha quase certeza de que ele estava falando comigo.

— Isso não tem relevância nenhuma e não é da conta de mais ninguém além da minha — continuou.

Definitivamente estava se dirigindo ao Nash agora.

— A gente se vê na minha casa. Preciso amarrá-la a uma cadeira — afirmou Lucian.

— Belo trabalho, Lúcifer. Agora o Nash vai contar pra Lina, que vai contar pra Naomi, e a Waylay vai escutar e contar pra Chloe, e minha sobrinha não consegue manter o bico fechado nem se estiver debaixo d'água tentando nadar.

— Alguém deixou uma pilha de ratos mortos na sua varanda e a sua maior preocupação é a sua sobrinha sair espalhando pra todo mundo que estamos saindo?

Ele destrancou a porta e entrou me carregando.

— Não estamos saindo. Estamos ficando pelados juntos.

— POSSO EXPLICAR — avisei ao grupo antes que mais alguém começasse a falar. — É apenas sexo.

Lucian tapou minha boca com a mão coberta por luva.

— Cala a boquinha antes que me deixe ainda mais puto.

— Desembolsem a grana — disse Lina, estendendo a mão para o Nash. O chefe de polícia trouxera consigo a noiva, o irmão *e* a cunhada.

Estávamos os seis na entrada de minha casa, aguardando o sargento Grave Hopper aparecer com um saco de evidências que coubesse uma pilha de roedores.

Nash e Knox trocaram olhares irritados e ambos pegaram suas carteiras. Naomi e Lina sorriram ao ver notas de vinte dólares sendo passadas de mão em mão.

— Foi um prazer fazer negócio com vocês — falou Lina. — Nunca mais duvidem da gente.

— E não esqueça que tem que pagar ao Stef também — lembrou Naomi ao Knox.

— O que está acontecendo? — questionei depois de me livrar da mão do Lucian.

— A gente sabia — explicou Lina. — Nolan me contou que viu você no bar do hotel no fim de semana passado e que o chefinho aqui foi até você pra "resolver a situação". Depois, os dois apareceram no trabalho com carinha de satisfação.

— Eu e o Knox estávamos céticos até o Honky Tonk — admitiu Nash.

Bati de leve no ombro da Lina.

— Por que não disse nada?

— Por que *você* não disse nada? — rebateu.

— *Eu* não disse nada porque não imaginei que os dois seriam burros ao ponto de fazerem essa merda — intrometeu-se Knox.

— Lina disse que era como se aproximar de um cão arredio. Não se deve fazer movimentos bruscos, senão ele foge — interveio Naomi.

— Que coisa mais ridícula. Será que posso voltar pra minha casa, por favor? — perguntei.

— Não até termos certeza de que não tem outras surpresas aguardando você lá dentro — disse Nash.

Meu corpo estremeceu.

— Ela vai passar a noite na minha casa — anunciou Lucian.

— Olha aqui, Lúcifer. O fato de termos transado algumas vezes não lhe dá o direito de mandar em mim.

Naquele exato instante, uma viatura da polícia parou na entrada, logo atrás da caminhonete do Nash. O sargento Grave e o policial Bertle saíram do veículo.

— Vou deixar os dois com as briguinhas de vocês — declarou Nash e foi até seus colegas policiais.

Aproveitando a distração, Lucian me arrastou alguns metros para longe. Lina e Naomi se entreolharam com sorrisos de satisfação.

— O que está fazendo? — sibilei.

— Você devia ter me contado — disse ele com frieza.

— Contado o quê? Que alguém deixou um bilhete anônimo bobo na caixa de devolução pra mim? Sabe quantas coisas estranhas encontramos ali toda semana?

— Alguém está te ameaçando, e você *vai* levar isso a sério — declarou.

— Urgh. Nem depois de transar você deixa de me irritar.

— E você continua sendo uma pedra que não sai de jeito nenhum do meu sapato — devolveu.

Trocamos olhares inflamados, mas me rendi primeiro.

— Veja só. Nosso amigo parece preferir empacotar ratos mortos a ficar perto da gente.

— Preste bastante atenção, Fadinha. Enquanto estivermos trepando, ou seja lá como queira chamar, você é minha. E enquanto você for minha, tem que me contar quando alguém estiver te aterrorizando.

— Não estou aterrorizada. Estou irritada. Eu gostava tanto daquele tapete de boas-vindas.

— Você não está levando isso a sério. Aí está outro motivo pelo qual eu vou.

— Isso aqui fica pau a pau com as cobras na casa da prefeita — reclamou o policial Bertle, contendo uma ânsia de vômito ao mesmo tempo que colocava um rato na sacola usando pinças.

— Luce — chamou Nash.

— Acompanhe ela pra dentro — mandou Lucian, levando-me até Knox.

TRINTA E UM

A FARRA ACABOU

Lucian

E aí? O que você descobriu? — indaguei, levantando-me quando Nash entrou descontraído em seu escritório.

— Meu Deus, Luce — disse ele, acendendo as luzes. — São sete da manhã de uma quinta-feira. Antes de me assustar com esse seu jeito de vilão, pelo menos me deixe tomar um cafezinho.

— Alguém está ameaçando uma das pessoas que está encarregado de proteger e servir, e *você* quer ter uma noite tranquila de sono?

Eu mal tinha conseguido dormir. Passamos a noite na minha casa e, enquanto Sloane se aconchegou ao meu lado e apagou em questão de segundos, eu repassei mentalmente todas as probabilidades e possíveis desfechos. Quando me decidi pela resposta mais óbvia, saí da cama em silêncio, verifiquei o alarme três vezes e tentei aliviar a raiva na academia com Shania Twain tocando nos ouvidos.

Eu ainda suava frio e minha raiva persistia.

Ela estava se comportando como se fosse apenas uma pegadinha de mau gosto. Pelo visto sua capacidade de encarar situações perigosas com seriedade não havia melhorado desde a adolescência.

Coisas ruins aconteciam. Pessoas boas sofriam. Ela sabia disso em primeira mão, porra. No entanto, eu parecia ser o único a estar dando a devida importância a isso.

Nash soltou um suspiro enquanto tirava o casaco.

— Não vou perder meu tempo com o discurso clichê de que isso se trata de "questões policiais", já que você nunca dá ouvidos mesmo. Além disso, se algum imbecil estivesse ameaçando a Lina, eu também não estaria a fim de cuidar da minha própria vida.

Ignorei a comparação. Sloane e eu estávamos apenas transando. Nossa relação se resumia apenas a isso.

— Conte o que descobriu até agora.

Nash enfiou uma caneca no compartimento da cafeteira e apertou os botões com irritação.

— Eram ratos destinados à alimentação. Dá pra comprar em lojas de animais para dar de comida a cobras. Até agora, não temos pistas de onde foram comprados. Bannerjee vai dar uma passada nas casas do bairro hoje para perguntar se alguém viu algo suspeito. Quer café? — perguntou, olhando-me de cima a baixo.

Já tinha adrenalina demais no meu organismo. Não carecia de reforço.

— Quero respostas.

Um sorriso suave apareceu no canto da boca do meu amigo.

— Se quiser tomar alguma providência, convença a Sloane a comprar um daqueles interfones com câmera. Quem sabe algumas câmeras de segurança também. Isso vai evitar que alguém se aventure a fazer algo assim outra vez.

— Ela vai instalar um sistema de segurança completo, e não vou perder tempo discutindo isso. O que mais descobriu?

Uma pitada de diversão surgiu em seus olhos à medida que se acomodava sem pressa atrás da mesa.

— A julgar pelo que está acontecendo, há duas teorias. Uma delas é que a nossa bibliotecária se desentendeu com alguém disposto a dar o troco. Primeiro o bilhete, agora isso. São avisos. Avisos vagos. Não é como se alguém a tivesse forçado a entrar no porta-malas de um carro ou atirado nela.

Eu conhecia Nash o suficiente para saber que não estava insinuando que não havia uma ameaça real. Ele sabia como ninguém quais trevas podiam se proliferar nas profundezas ocultas.

— E a outra teoria? — perguntei.

Nash me fitou com um olhar sereno.

— Vocês começaram a passar mais tempo juntos, e do nada alguém começa a implicar com a Sloane. Pode ter alguma relação.

Cheguei à mesma conclusão por volta das cinco da manhã.

— Você faz inimigos mais rápido do que faz amigos. Talvez alguém tenha andado de olho e percebeu vocês dois juntos. Alguma ex, um antigo parceiro de negócios, um chefão do crime com quem você está em conflito direto. E, a julgar pela sua expressão, você já cogitou isso.

Havia a possibilidade de eu ter me descuidado e colocado a Sloane na mira do Anthony Hugo.

Fiquei completamente imóvel, ignorando minha mente que gritava para que eu me levantasse e tomasse alguma atitude. Em algum momento, eu havia aprendido que ficar imóvel me mantinha invisível. Agora eu fazia o mesmo porque a ausência de movimento não dava bandeira para os adversários.

Eu tinha subestimado Hugo. Enquanto brincava com o rastreador e os espiões dele, eu tinha caído direto na sua armadilha, dando a ele a isca ideal para me atacar.

— Você está fazendo aquela cara de poucos amigos — observou Nash.

— Que cara de poucos amigos? — vociferei.

— Aquela que faz parecer que você está constipado e muito puto por causa disso. Você fica todo sério quando as emoções tomam conta.

— Não estou deixando as emoções tomarem conta — insisti um pouco alto demais.

Ele repousou a caneca na mesa.

— Olha, cara. Só pra constar, não imagino o Anthony Hugo dando as caras aqui e jogando um monte de ratos mortos na porta da Sloane. Ele não é do tipo que age com sutileza.

— Tanto eu quanto você sabemos que ele conta com uma equipe de criminosos prontos para obedecer aos seus comandos.

— Não sabemos se o Hugo está envolvido nisso. Pode muito bem ter sido a Marjorie Ronsanto, que toda semana arruma confusão com a biblioteca. Ou algum adolescente idiota e cheio de hormônios que não quis pagar as multas atrasadas.

— Ou pode ter sido a porra do Anthony Hugo. De todas as pessoas, você era quem eu menos esperava que não levasse isso a sério.

Ninguém parecia estar devidamente aflito com isso. Quando saí da cama, Sloane tinha rolado para o lado, enterrado o rosto no meu travesseiro e pedido que eu trouxesse rosquinha para ela. Agora Nash estava me acalmando como se eu fosse um cidadão excessivamente preocupado.

— Olha, Luce, eu entendo. Você se importa e está preocupado. Vamos garantir a segurança dela. Com você, eu e o restante do departamento unindo forças, ninguém vai chegar perto dela.

Fiz que não com a cabeça.

— Vou voltar para a cidade — decidi.

Se fui o responsável por fazer Anthony Hugo notar Sloane, cabe a mim desviar essa atenção.

— Tem certeza? — perguntou o meu amigo.

— Eu não deveria estar aqui interferindo na sua investigação — falei sem emoção.

— Como se isso já tivesse impedido você antes.

— Talvez eu tenha optado por seguir o bom senso desta vez.

Ele estreitou os olhos.

— Ou talvez você esteja se borrando de medo.

— Não estamos namorando. Estamos transando. — Só de pronunciar essas palavras em voz alta, meus músculos enrijeceram.

— Te amo como um irmão, então escute bem o que estou dizendo: não sacaneie a Sloane — alertou Nash.

— Ela sabe em que pé estamos — afirmei.

Ele balançou a cabeça.

— Você é um idiota.

— Por que as pessoas não param de me dizer isso?

— Porque até eu, um Morgan emocionalmente reprimido, consigo ver que você sente algo por ela. E não é de hoje. E agora que está perto de ter algo verdadeiro com ela, vai correr de volta para a cidade com o rabo entre as pernas e fingir que não está morrendo de medo de que ela esteja em perigo. Se a Lina estivesse em apuros, não haveria *nada* que me impedisse de ficar entre ela e o perigo.

— Se a Lina se visse em apuros, não hesitaria em partir para o ataque e tomar medidas drásticas.

— A Sloane não tem o temperamento da Lina. Ela fica irritada e age sem pensar — lembrou-me, sem necessidade.

— Não é problema meu. — Ácido subiu corroendo pelo meu esôfago.

— Um dia já foi. Depois do jantar que tivemos algumas noites atrás, dei uma olhada nos registros antigos do caso do Ogden. A Sloane era a menor não identificada que o Ansel Rollins atacou, não era? Foi assim que ela fraturou o pulso.

— Não foi ela que fraturou, caralho. Foi ele — falei, pondo-me de pé. — E se quiser detalhes, terá que perguntar a outra pessoa, porque eu não estava lá. Eu estava na prisão.

— E você foi liberado bem na manhã seguinte, não foi? — insistiu. — Que coincidência interessante, não acha? Ela estar defendendo a causa dos que foram presos injustamente?

— Garanta a segurança dela — falei com frieza e me dirigi para a porta.

— Eu estava falando sério — afirmou Nash enquanto eu saía. — Não a sacaneie.

— Não vou — falei baixinho enquanto saía furioso da delegacia, começando a discar no celular.

— CADÊ MINHA rosquinha? — Sloane fez um biquinho.

Com um aspecto encantadoramente desarrumado, ela estava com a minha camiseta e fazendo café na minha cozinha. Senti uma contração incômoda no peito. Uma onda avassaladora de possessão me desorientou. Eu queria isso. Queria ela. E não podia tê-la. Não quando estar próximo de mim a tornava alvo.

— Não trouxe — falei sem emoção.

— Que maldade. O que o Nash falou? Alguém deu parte do roubo de ratos?

Tirei a caneca de sua mão.

— Acho melhor você ir embora.

— Por quê? O que houve? Você está fazendo uma cara esquisita. Meu Deus. Aconteceu alguma coisa com a Miau Miau?

Só tinha um jeito de fazer a Sloane se afastar, e eu sabia qual era.

— Sua gata está bem. Só não quero você aqui.

— Não foi o que você disse ontem à noite — disse ela, com um sorriso presunçoso.

— Pode ficar com a camisa — falei, observando-a de cima a baixo, tendo o cuidado de manter uma expressão impassível.

— Ah, não, Lúcifer, não vou embora até você me contar por que, poucas horas atrás, estava implorando para eu te fazer gozar, e agora está todo frio.

— Voltei a lembrar dos motivos que me fazem não gostar de você.

Ela bufou com desdém.

— Valeu a tentativa, mas não colou. Você nunca se esqueceu.

— Falei com o Nash. Ele fuçou o registro de prisão do meu pai e ligou alguns pontos.

Ela ficou calada.

— Você se jogou de cabeça em uma situação perigosa.

— Assim como você, sempre que seus pais brigavam — salientou.

— Isso é outra história. Era minha responsabilidade. Você não deveria nem ter ido lá. Foi um erro te contar o que estava acontecendo. Já foi ruim o bastante ele ter arruinado seus planos. Ele poderia ter tirado sua vida. E você foi até lá de bom grado.

Sloane cruzou os braços sobre o peito.

— Porque você amava sua mãe. Porque desejava protegê-la. E porque eu não aguentava mais ver você atrás das grades por um crime que ele cometeu. — Ela proferiu suas palavras com calma e convicção.

— Ele fraturou seu pulso em três lugares. Você teve que passar por cirurgia. Todos os seus planos, os seus sonhos, foram todos por água abaixo porque você não me deu ouvidos e nem fez o que era certo.

Snap.

Minha liberdade não era tão importante assim. Minha *vida* não era tão importante assim.

Snap.

— Lucian — disse ela com cuidado.

— Quê? — Dei-me conta de que estava gritando. Eu não elevava a voz como ele. Não era preciso. — Quê? — repeti em voz baixa.

— Peço desculpas por não ter dado ouvidos quando pediu que eu não chamasse a polícia. Eu não imaginava que algo parecido fosse acontecer. Mas não me arrependo do que fiz pra te libertar.

Virei as costas para não ceder à tentação de sacudi-la e tentar fazê-la entender, enquanto décadas de pânico e raiva ressurgiam.

— Até hoje sinto um mal-estar quando penso no que aconteceu naquela noite, no que vi, no que você deve ter suportado por tanto tempo — continuou. — Sei bem como sou sortuda pelas coisas não terem tido um desfecho diferente. Passei tanto tempo nos últimos anos pensando nos "e se". E se eu tivesse chegado tarde demais? E se ele tivesse machucado meu pai? E se ele tivesse conseguido se safar? Mas nunca, nem uma vez sequer, me arrependi de como tudo se desenrolou. Ele foi preso, e você foi solto. A justiça foi feita.

Virei-me para encará-la, embora não quisesse.

— A justiça é uma ilusão — exclamei.

— Essa é uma conversa que nenhum de nós tem tempo para ter.

— Você está sendo alvo de ameaças. E não só você não pensou em me contar, como também não está levando a sério. Você está agindo com egoísmo de novo, porra.

Ela soltou um suspiro e a determinação em seus olhos se avivou.

— Egoísmo? Acha que eu ter colocado seu pai na prisão para que todos descobrissem quem era o verdadeiro monstro foi egoísmo da minha parte?

— Decidir que sabe o que é melhor para todos é egoísmo. Recusar-se a tomar precauções básicas de segurança, mais uma vez, é egoísmo. Colocar-se em risco é egoísmo.

Ela avançou um passo e colocou as palmas das mãos no meu peito.

— Você está começando a me tirar do sério, e eu não quero ficar irritada hoje porque é a Quinta do Almoço Coletivo, e eu adoro quando esse dia chega. Então, preste atenção. Peço desculpas pelo meu papel nisso tudo. Peço desculpas por não ter feito o que você precisava que eu fizesse ou por não ter sido o que você precisava que eu fosse. Peço desculpas por dar a impressão de que não estou levando a sério essas ameaças, porque estou, sim. Estou pirando porque alguém teve a ideia de jogar um monte de ratos mortos na varanda da minha casa! *Agora* será que podemos conversar sobre isso como adultos, ou vai continuar se fazendo de besta?

Ao fim do desabafo, ela já estava aos berros. Projetava o queixo enquanto me encarava com raiva. Eu queria beijá-la. Queria trancá-la em um quarto e mantê-la a salvo. Minha vontade era de lhe dar uma sacudida até que seus dentes batessem e ela entendesse. Que nunca deveria ter se envolvido. Que, mais uma vez, estar perto de mim a tinha colocado em perigo.

Mas, desta vez, eu poderia fazer algo a respeito.

— Preciso voltar pra cidade e você precisa ir pra casa — anunciei. — Essa farrinha acabou.

— Vai insistir nisso, entendi — replicou com sarcasmo. — Beleza.

Ela segurou a bainha da camiseta que vestia e a tirou. Sloane Walton estava nua na minha cozinha. Eu não sabia quantas fantasias tinham começado desse jeito, mas eram pelo menos mil.

— Pode ficar com a camisa — insisti.

— Prefiro ir pra casa pelada — vociferou.

Tínhamos passado tempo demais fazendo isso. Brigando e depois nos reconciliando, só para depois nos desentendermos de novo. Éramos como ímãs, atraindo-nos em um momento e nos repelindo no seguinte. Mas, desta vez, precisava ser permanente. Desta vez, eu precisava pôr um ponto-final nisso para sempre.

Segui-a até onde estavam os casacos. Ela arrancou a jaqueta *parka* do cabide e enfiou os braços nas mangas em movimentos rápidos e bruscos.

— Tadinho do menino tristonho com o seu pauzão e toda essa carga emocional.

Ela se apoiou em um pé e, aos pulos, calçou a bota no outro.

— Você poderia pelo menos se vestir — falei, seco.

— Valeu, mas prefiro queimar tudo a ter que olhar para as roupas de novo e me lembrar de você.

Ela estava brincando com fogo. Eu estava bravo, e ela estava cutucando onça com vara curta. Ou ela estava completamente alheia à minha raiva ou excessivamente confiante das suas habilidades inexistentes de se proteger.

— Passei anos com uma mulher que não tinha o menor instinto de autopreservação. Me recuso a passar por isso de novo. Não quando tenho o poder de escolha desta vez.

Ela parou no meio do pulo e me lançou um olhar furioso. Raiva irradiava dela como faíscas de uma fogueira.

— Nunca, *jamais* me compare com a sua mãe. E, aproveitando o embalo, divirta-se passando o resto da sua vida sozinho porque é teimoso pra caralho para aprender a evoluir.

— Desde que eu não tenha que conviver com você todos os dias, mal posso esperar. Tenho pena do seu futuro marido.

O riso da Sloane foi cortante e desprovido de humor.

— Se eu fosse você, não perderia tempo pensando em mim ou no meu futuro marido. Porque vou fazer de conta que você nunca existiu.

— Boa sorte.

Mas ela não ouviu porque já havia fechado a porta da frente com força.

Eu a escancarei e saí.

— Uma empresa de segurança virá hoje à tarde para instalar câmeras na sua casa — falei enquanto ela se dirigia com raiva para casa.

— Se tiverem algo a ver com você, não vão pisar na minha propriedade.

— Não seja cabeça-dura.

— Esse título já é exclusivo seu!

Ela chegou à entrada da garagem e estava prestes a seguir em direção à varanda da frente quando pensou melhor e avançou em direção à porta da garagem.

— Se notar algo fora do comum, ligue para o Nash. Na mesma hora.

— Venda a droga dessa casa, imbecil!

Emry: Esse terno dá a impressão de que eu deveria ter parado de comer biscoito há algumas décadas?

TRINTA E DOIS
PÁGINA VIRADA

Sloane

Imbecil: Só pra confirmar, a equipe de segurança vai chegar daqui a uma hora na sua casa.

Imbecil: Pelo menos confirme que vai estar lá para recebê-los.

Imbecil: Vai ignorar, né? Quanta maturidade.

Imbecil: Vou recorrer às autoridades, se for preciso.

Imbecil: Não sei qual é o seu objetivo ao chamar a polícia, quando a minha equipe só está tentando garantir a sua segurança.

Imbecil: Não é porque não estamos mais transando escondido que não me importo com você.

Imbecil: Achei sua calcinha atrás da mesinha de cabeceira. Quer que eu devolva?

O tribunal de Lawlerville parecia ter tido seu auge nos anos 1970, com seus azulejos salpicados, revestimentos de madeira cheirando a mofo e forro amarelado por décadas de fumaça de cigarro.

Mudei de posição no banco baixo e duro demais e encarei a porta à minha frente.

Na parede, havia uma placa de metal com a inscrição *Juiz Dirk Atkins*. Atrás daquela porta havia três pessoas que, tomara, estavam tornando os sonhos de Mary Louise realidade. Enquanto isso, eu estava aqui fora, tentando não roer as unhas até o talo.

E fazendo o possível para não pensar em Você Sabe Quem.

Bem na hora, o celular vibrou ao meu lado no banco.

> Imbecil: Lina comentou que você está no tribunal. Boa sorte.

Encarei a mensagem com raiva. Já fazia uma semana e meia desde que Lucian me expulsara de sua casa. Ele não voltara a Knockemout desde então. Juntando a biblioteca, minha família, o caso da Mary Louise e meus amigos tentando de forma nada discreta obter informações sobre o Lucian, eu estava ocupada. Mas não o suficiente para esquecer a existência do imbecil.

Era a segunda vez que eu caía em sua armadilha. Se caísse uma terceira, mereceria ser dilacerada pelos caprichos perversos do Lucian. Ele se importava comigo. Ele me odiava. Ele me desejava. Ele não queria nada comigo.

Eu já estava cansada desse vaivém. Eu queria estabilidade, não turbulência. Um relacionamento, não uma amizade colorida. Um futuro, não um passado.

Abri o aplicativo de namoro e, dando uma respirada funda, comecei a curtir os perfis.

A porta da câmara se abriu e eu saltei do banco. Meu celular saiu voando.

Fran avançou pelo corredor, lançando um olhar furioso ao promotor, um homem de cabelos grisalhos e óculos espessos. Ele parecia ter mais do que os 47 anos que a internet dizia que ele tinha. Ao que tudo indicava, era isso o que o sistema de justiça criminal infligia a uma pessoa ao longo do tempo.

— Belo apoio que você me deu lá dentro, Lloyd — vociferou Fran.

O promotor encolheu os ombros.

— Não pega bem um juiz reduzir as próprias penas.

— Essa pena é exagerada, e você sabe bem disso — declarou ela, o salto fino cor-de-rosa ao lado do mocassim surrado do homem.

— Algum problema com as damas? — Um sarcasmo sulista e afável veio da direção da porta.

Em seus quase 60 anos, o Juiz Dirk Atkins era um homem charmoso. Tinha fios de cabelo grisalhos e densos e ostentava uma postura elegante. A gravata sob suas vestes pretas parecia ser de uma marca cara que Lucian Rollins usaria.

Fran passou de enfurecida para impassível em meio segundo. O promotor, por outro lado, parecia querer que o chão o engolisse.

— Nenhum problema, Excelência — disse Fran com desenvoltura.

O Juiz Atkins se abaixou e pegou meu celular do chão. Ele deu uma olhada na tela.

— É, hã, meu. Senhor. Digo, Excelência — falei, estendendo a mão.

Ele me fitou com seus olhos azuis claros e me entregou o celular.

— E quem é você?

— Essa é a colega da minha cliente, a Srta. Walton — apresentou Fran.

— Bem, Srta. Walton, eu não curtiria esse — declarou o juiz, indicando com a cabeça a minha tela. — Ele parece meio suspeito. Uma moça jovem como você precisa ser precavida nos dias de hoje.

— Hã, obrigada?

— Não vamos mais ocupar seu tempo — anunciou Fran, enganchando o braço no meu.

— Pelo visto as coisas não correram bem — falei pelo canto da boca enquanto ela nos levava em direção aos elevadores.

— O juiz não viu nenhum problema na pena original. Ao que parece, a carreira dele se baseia em fazer os réus que passam por sua sala de audiências "servirem de exemplo".

— Então ele apenas bateu na mesma tecla?

Fran apertou o botão de chamar o elevador.

— Ele desgastou a tecla, isso sim. Ele viu suas entrevistas e não aprova a "narrativa tendenciosa" — disse, fazendo aspas com os dedos. — Ele sugeriu que encontremos algo melhor para fazer com o nosso tempo, em vez de questionar a opinião dele.

As portas do elevador se abriram e entramos. Desabei contra a parede do fundo.

— E agora, o que a gente faz?

— Agora damos início ao processo de apelação. Se Mary Louise tiver uma chance de ser solta, não será com este tribunal.

Tamborilei os dedos no corrimão.

— Sabe, isso me dá vontade de dar mais entrevistas só pra provocá-lo.

Fran abriu um sorriso um tanto assustador.

— Era o que eu esperava que você dissesse.

— QUERIA TER notícias mais positivas, Mary Louise — falei para a tela do meu computador, sentindo uma mistura desconfortável de decepção e raiva.

— Querida, você já fez muito por mim, mais do que qualquer outra pessoa. Não precisa se desculpar — disse. Seu macacão bege se camuflava melancolicamente com o cinza do bloco de concreto industrial ao fundo.

— Não perca a esperança — disse Fran ao meu lado. — Desde o começo, foi uma aposta arriscada. Agora podemos concentrar nossos recursos nas etapas seguintes.

— Só quero que saibam o quanto estou grata por sequer estarem mostrando interesse. O apoio que estão dando significa tudo para mim e para o Allen — afirmou Mary Louise, com lágrimas brilhando nos olhos.

— Em breve entraremos em contato — prometeu Fran.

— Mantenha-se otimista, Mary Louise — incentivei, lamentando não termos dado a ela motivo para tal.

A videochamada foi encerrada e eu soltei o peso do corpo na cadeira.

— Estou me sentindo um lixo — anunciei.

— Não deixe que isso te desanime — aconselhou Fran, levantando-se. — Caso contrário, você ficará encolhida no chão em posição fetal e perderá a chance de celebrar os milímetros de progresso.

Juntando a perda do meu pai, o mais recente desastre envolvendo o Lucian e agora a decepção que Mary Louise tentou esconder, a posição fetal parecia bem tentadora.

EU ESTAVA ME afogando na tristeza, mas pelo menos não estava encolhida em posição fetal quando a Naomi entrou no meu escritório como um golden retriever cheio de energia.

— E aíííí. Como vão as coisas? — perguntou, sentando-se na cadeira de visitantes. Ela vinha conferir como eu estava de hora em hora desde que a atualizei sobre a reunião desastrosa com o juiz.

Deixei de lado o boletim informativo que estava elaborando e encostei a cabeça na mesa.

— Tão bem assim?

— Está tudo um desastre.

— Então você viu, né? — comentou com solidariedade.

— Vi o quê? — perguntei fitando o teclado.

— Aquele negócio sobre o Lucian.

Endireitei-me.

— Que negócio sobre o Lucian? — indaguei. Naomi fez careta e olhou para a porta. — Que negócio sobre o Lucian? — repeti, séria.

Ela levou as mãos às bochechas.

— Tenho certeza de que não foi nada sério. Foi só um negócio que vi em um blog de fofocas do Capitólio.

Meus dedos dispararam pelo teclado enquanto eu digitava "blog de fofocas sobre Lucian Rollins" no mecanismo de busca.

Vi as fotos primeiro. Lucian de smoking, de mãos dadas com uma mulher deslumbrante e altiva, conduzindo-a até um hotel. Não era apenas um hotel qualquer. Era o *nosso* hotel. Bom, tecnicamente, dele. Ela tinha uma beleza do tipo "sou de família rica e tenho uma genética ótima". O cabelo escuro e sedoso estava preso em um coque clássico. O vestido de seda marfim contrastava de forma deslumbrante com sua pele negra e radiante. O casaco feito sob medida parecia custar mais do que aquele que o Lucian me deu.

Havia mais uma foto. Outra mulher em uma noite diferente. Lucian descansava uma das mãos de forma íntima nas costas de uma ruiva baixinha enquanto saíam de um restaurante da moda. Ela era mais rechonchuda e também estava terrivelmente linda em um vestido de gala sedutor e feito para atrair olhares.

Desviei o olhar da tela e me concentrei em esquecer a existência de Lucian Rollins e seu pênis.

Eu já não era mais a mulher que o fazia perder a cabeça, ou talvez, como imaginei nos meus momentos mais sombrios e embriagados ao longo dos anos, a que ele deixou escapar. Agora eu era apenas uma entre as inúmeras mulheres que ele havia deixado para trás.

Minha cabeça parecia congestionada e cheia. Eu conseguia sentir as batidas do meu coração na base do meu rabo de cavalo. Ouvi um estalo e olhei para baixo, percebendo que havia quebrado a tampa da caneta.

— Tá legal. Deixa que dou um jeito nisso — disse Naomi, pegando o celular.

— O que está fazendo?

— Ligando pra Lina. Precisamos de bebida e do Joel, o Motoqueiro Grisalho.

— Que exagero. A gente nem estava namorando. Só estávamos transando — falei parecendo um robô. — Ah, escuta só isso. A primeira mulher faz parte da diretoria do maior banco de alimentos de D.C., e a segunda é nada mais nada menos que uma astrofísica.

Minha vontade era atravessar a tela e jogar um coquetel supercaro no rosto belíssimo do Lucian. Além disso, queria perguntar para a acompanhante dele onde ela havia comprado os sapatos, porque eram fenomenais. Não que uma bibliotecária de cidade pequena como eu pudesse usar ou bancar um visual daquele.

Ele formava um belo par com as duas mulheres. Mais do que belo. Elas pareciam feitas para estar ao lado dele. Como se conseguissem suportar sua presença por mais do que cinco minutos sem brigar.

— Você e o Lucian têm um passado. Infelizmente, pra você, uma mulher com opiniões fortes em relação a tudo, isso significa que não *consegue* apenas transar com ele.

— Não só consigo, como foi o que fiz — insisti.

— Você acabou de quebrar a caneta e amassar o copo de papel. Olha só o café gelado escorrendo pelo seu braço — frisou ela.

— Merda.

— COMO É bom estar desse lado pra variar — disse Knox, acomodando-se com satisfação no banquinho pegajoso do Hellhound, um bar sujo e decadente que ficava nos arredores de Knockemout.

— Desse lado do balcão? — perguntou Lina, inclinada na direção de Nash, que estava ao lado dela, de costas para o balcão, de olho nos motociclistas reunidos em mesas instáveis e discutindo partidas de sinuca.

— Não, deste lado do "Os Homens são uns Escrotos, Vamos Beber" — disse Knox.

— Viemos só pra socializar — insisti. — Não faz sentido fazer parte do "Os Homens são uns Escrotos, Vamos Beber" porque isso implicaria que me importo com o que o Lucian está fazendo, o que não é verdade, pois ele não significa nada para mim. A gente estava transando. Depois, paramos. Fim de papo. Cadê o Joel? Preciso de uma bebida.

— Sou mil vezes o meu bar — disse Knox, sem dar nenhum indício de que prestara atenção ao meu discurso convincente.

Naomi sorriu radiante para ele.

— É verdade. Mas espere só até conhecer o Joel, o Motoqueiro Grisalho. — Ela apontou para a outra extremidade do balcão, onde o nosso barman favorito estava servindo uísque barato para três mulheres com expressões tristes que vestiam calças jeans rasgadas e jaquetas de couro surradas.

Lina acenou para ele e Joel assentiu de um jeito descolado.

— Beleza, coloquei um monte de música que detona os homens no jukebox e disse aos motoqueiros com tatuagens idênticas que você faz parte de uma seita e está em busca de membros novos. Isso deve te dar uma folga antes que alguém comece a dar em cima de você — falou Stef, pegando o banco ao meu lado.

Dei um tapinha no joelho dele.

— Valeu, Stef. Você é um bom amigo.

Knox e Nash chegaram mais perto de suas mulheres à medida que o barman galã se aproximava. Ele parou na minha frente.

— E aí, loirinha. O que vai querer hoje? Shots? Um bloody mary apimentado?

— Oi, Joel. Um bloody mary seria ótimo, mas só porque você prepara como ninguém. Não estou bebendo para afogar as mágoas nem nada do gênero — falei.

— Fico feliz que tenha esclarecido — afirmou com um sorriso de canto.

Ele pegou os pedidos de todos e começou a trabalhar sob o olhar atento do Knox.

Naomi deu uma cotovelada nas costelas dele.

— Pare de encarar.

— Não estou encarando, estou fazendo uma análise profissional — insistiu o marido dela.

— Na minha opinião, agora que os dois finalmente se desintoxicaram um do outro, está na hora de nos contar sobre o passado misterioso de vocês — anunciou Lina.

— Concordo. Somos todos amigos aqui — falou Naomi, fazendo um gesto de agradecimento com a cabeça quando o Joel lhe entregou uma taça de vinho bem generosa.

— Na minha opinião, você deveria contar a elas — comentou Nash.

— Como... — Fechei os olhos. — Você tem acesso aos documentos sigilosos.

Naomi e Lina trocaram um olhar surpreso.

— Que documentos sigilosos? — indagaram ao mesmo tempo.

— Vai me forçar a contar e incomodar todo mundo, como fez com as ameaças anônimas?

Nash negou com a cabeça.

— Não, Sloaninha, Cara de Fuinha. Sua segurança pessoal é uma questão à parte. Não pode esconder coisas perigosas das pessoas que se preocupam com você. Já escolher as histórias que compartilha com seus amigos são outros quinhentos, isso é um direito seu.

Joel colocou um bloody mary na minha frente.

— Só pra constar, se não contar pra gente, vou fazer o que for preciso para arrancar as informações do convencido. E sei ser *bem* persuasiva — prometeu Lina, com um brilho nos olhos castanhos.

Nash deu um beijo apaixonado em seus lábios.

— Sabe mesmo, Angel.

Eu devia ter vindo sozinha. Não que eu precisasse afogar as mágoas nem nada. Só não queria ser a vela no bonde do “felizes para sempre”. Especialmente quando tudo que eu queria era o meu próprio “felizes para sempre”. *Ainda mais* depois de desperdiçar semanas com o imbecil do Lucian Rollins.

Tomei um gole da bebida. Minhas sobrancelhas se arquearam com a ardência.

— Caprichou, hein, Joel! — falei em meio às tosses.

Nash tirou sua cerveja do balcão.

— Respeitando o código masculino, vamos deixar vocês conversarem enquanto a gente convence alguns motociclistas a jogar sinuca.

— E se eu quiser saber qual foi a parada? — questionou Knox.

— Te dou a versão resumida — ofereceu o irmão.

— Adoro versões resumidas pra caralho — decidiu Knox. Seus olhos se voltaram para Joel. — Cuida delas?

— Cuido, sim — concordou Joel.

— Não precisamos de babás — insisti. — E não preciso desabafar nada.

Mas já era tarde. Nash e Knox já se afastavam, com as bebidas nas mãos.

— Eu te ajudo a desabafar.

Virei-me e dei de cara com um sujeito suado, com dentes amarelados e cheio de correntes de ouro. Ele encarou meu decote com malícia.

— Não ficou sabendo da seita? — perguntou-lhe Stef.

— Garotas com os parafusos soltos não me incomodam.

— Vaza antes que eu te faça precisar de um tapa-olho — declarou Lina.

— Esquentadinha — disse ele, passando a língua nos lábios finos.

Joel se esticou pelo balcão no momento em que Nash e Knox começaram a voltar na nossa direção, mas gesticulei para que parassem.

— Olha aqui, seu tosco que não toma banho e cheira a inhaca. Estou em busca de um marido e filhos. A menos que esteja disposto a começar a tomar banho, procurar um dentista e aprender a montar móveis para quartinho de bebê, sugiro que siga o seu rumo.

— Ninguém mais quer só curtir — resmungou e se afastou.

— Como descobri esses dias, toda curtição um dia acaba — vociferei.

— Beleza. Desembucha — insistiu Lina, mexendo seu uísque meia-boca.

— Está na hora. — Naomi apertou minha mão com carinho.

— Ou então vamos fazer um monte de suposições malucas — acrescentou Stef.

— A história não é só minha — falei. Por mais que o Lucian fosse um grande e bem-dotado idiota, eu não podia compartilhar a parte dele da história.

— Então nos conte a sua parte.

Tomei um gole revigorante da vodca com suco de tomate.

— PRENDERAM O Lucian? — Naomi arfou.

Eu havia contado uma versão bem resumida que não incluía os detalhes do que o pai do Lucian havia feito a ele. Ainda assim, a versão editada despertou indignação.

Lina deu um tapa no balcão.

— Desculpe o linguajar, mas que porra do caralho!

— Nunca fui com a cara desse tal do Wylie — comentou Stef com a fala arrastada.

Meus amigos estavam levemente embriagados, o que os tornava uma plateia ainda mais animada.

— Wylie Ogden era amigo do pai do Lucian. Ansel afirmou que o Lucian atacou os dois, e a mãe do Lucian confirmou a versão dele da história.

Encarei meu segundo bloody mary, praticamente intocado, e decidi que não o queria mais.

— Que horror — comentou Naomi.

— Ele disse que a culpa era minha. Eu prometi não chamar a polícia e acabei chamando.

— Às vezes a coisa certa a fazer é também a errada — afirmou Stef, adotando um tom filosófico.

— Você teve seus motivos — disse Lina, segurando a minha mão. A bebida a deixava mais carinhosa.

— Joel, poderia me trazer alguns guardanapos, por favor? — pediu Naomi, com uma lágrima escorrendo pelo rosto.

Knox ergueu os olhos da mesa de sinuca e lançou um olhar penetrante. Seu radar de marido estava a todo vapor. Naomi esboçou um sorriso triste e acenou antes de assoar o nariz em um guardanapo descartável.

— E aí, qual foi o desenrolar da história? — indagou Lina.

— Meu pai foi até a delegacia para tentar soltá-lo, mas o pai do Lucian insistiu em registrar a queixa. Ele seria indiciado como adulto. Meu pai não desistiu, mas eu me sentia tão culpada. Pra começar, era culpa minha ele estar lá. E eu sabia que ele devia estar morrendo de medo de que algo acontecesse com a mãe. Foi aí que resolvi dar um jeito na situação.

— Ihhh — falou Stef.

Lina tapou os olhos com a mão.

— Ai, meu Deus. O que você fez?

— Decidi que precisava de provas incontestáveis.

Naomi soltou um gemido.

— Vai ser um desastre total, já estou vendo.

— Digamos apenas que consegui atingir meus objetivos.

— A que preço? — perguntou Lina.

Olhei para a minha mão direita e movimentei os dedos.

— Ansel Rollins me flagrou filmando pela janela e fraturou meu pulso em três lugares.

Stef ergueu a mão.

— Acho que uns shots serão bem-vindos aqui, Joel.

— Não foi nada grave — tranquilizei-os, mesmo sentindo um gosto amargo subir pela garganta. — Não apenas o filmei, como um vizinho o viu vindo atrás de mim. Com essa evidência, amizade nenhuma poderia livrá-lo da prisão. Lucian foi solto na manhã seguinte. Mas não a tempo de participar da própria cerimônia de formatura do ensino médio. — Olhei para a Lina. — Creio que foi nesse momento que Nash decidiu seguir carreira policial. Ele viu a facilidade com que os maus policiais podiam prejudicar as pessoas boas e resolveu corrigir isso de dentro do sistema.

Ela suspirou e lançou um olhar sonhador para o Nash, que estava curvado sobre a mesa de sinuca, exibindo a bunda espetacular.

— O meu noivo é um homem incrível.

— E tem uma bunda fenomenal — acrescentei, admirando a vista.

Ela deu uma risadinha.

— É verdade. Se eu fosse outra pessoa, teria inveja de mim.

— Como o Lucian se sentiu em relação a... tudo? — perguntou Naomi.

— Só ele pode dizer. Ele saiu da prisão, brigamos, e tem sido assim desde então.

— E qual foi o motivo da briga? Ele devia estar venerando o chão que você pisa — salientou Lina.

— Além de linda, é incrivelmente perspicaz — falei.

— Eu sei — disse com uma piscadela.

— E você está enrolando — frisou Naomi.

— A essa altura, vocês deveriam estar tão bêbados que não conseguiriam mais acompanhar a história — reclamei.

— Cada um de nós bebeu só dois drinques — afirmou Lina com presunção.

— A gente só queria que você ficasse à vontade pra se abrir — acrescentou Naomi.

— Trouxa — debochou Stef.

— Seu sóbrio dissimulado, traiçoeiro...

— Deixe os elogios pra depois. Qual foi o motivo da briga quando o Lucian foi solto? — perguntou Lina.

— Ele me acusou de ter arruinado a vida dele e de ser egoísta e estúpida. Eu o acusei de ser ingrato e teimoso. Daí pra frente foi só ladeira abaixo.

— Bom, pode ter certeza de que não arruinou a vida dele. Você é uma verdadeira heroína — afirmou Lina, erguendo o copo na minha direção.

— A linha que separa a coragem da estupidez é tênue — admiti.

— Aí ele passou a agir como um babaca completo pelo resto da vida? — perguntou Stef.

— Sem querer tomar partido do inimigo, mas consigo ver um pouco do ponto de vista dele. Por mais que ele esteja muito, muito errado — emendou Naomi quando Lina e eu nos viramos para lançar olhares reprovadores.

— Qual é o ponto de vista dele? — perguntei, tentando parecer despreocupada.

Ela deu de ombros com delicadeza.

— Ele era um adolescente de 17 anos que se via como responsável pela segurança da mãe. Uma carga dessa já é pesada pra um adulto, imagina pra um adolescente. Eu arriscaria dizer que a situação só agravou o que ele encarou sozinho por um bom tempo, e uma exposição longa a algo tão traumático pode deixar sequelas. Talvez ele até visse você e seus pais como o modelo ideal de uma família que ele nunca poderia ter.

Dei uma risadinha irônica.

— Que absurdo.

— Tão absurdo quanto se colocar como alvo de um alcoólatra com histórico de agressão? — frisou Lina.

— Ei!

Ela ergueu as mãos.

— Não me leve a mal. Sou e sempre serei 100% Time Sloane. Mas a Witty sabe como fazer a gente ver as coisas com outros olhos.

Balancei a cabeça.

— Não importa. Não somos mais adolescentes. Somos adultos. Cabe a nós procurarmos sempre evoluir. Mas ele continua igualzinho. Ficou todo autoritário por causa de um monte de ratos mortos. Você sabe como é: "você não vai ficar aqui sozinha" e blá-blá-blá. E aí, na manhã seguinte, disse que jogou fora anos de sua vida com uma mulher que não se preocupava com a própria segurança e que não repetiria o erro.

— Essa doeu. — Naomi fez uma careta.

— O que foi que ele disse?! — perguntou Knox, parecendo zangado e confuso ao mesmo tempo.

Eu não tinha notado que ele e Nash tinham voltado.

— Idiota do caralho — murmurou Nash.

— Aonde ele foi naquela manhã? — perguntou Lina, com os olhos fixos no noivo.

— Ele veio me ver — disse Nash, com calma.

Knox deu um tapa no peito do irmão.

— Você o induziu a terminar com ela?

— Ai! — Nash massageou o peitoral. — Cuidado com a ferida da bala.

— Ninguém terminou com ninguém porque não estávamos juntos — falei, embora o grupo não parecesse estar prestando atenção.

— Convencido, é melhor começar a se explicar — falou Lina.

Nash soltou um suspiro.

— Ele queria saber o que tínhamos descoberto sobre as ameaças. E eu contei. Depois, ele quis saber minhas teorias. Então falei.

— E quais eram as teorias? — exigi saber.

— Que você podia ter aborrecido alguém por causa de multas atrasadas ou merdas do tipo, ou que o momento batia com a possibilidade de você ter virado alvo por causa do seu relacionamento com o Lucian.

— Repetindo, não estou em um relacionamento com o Lúcifer. E outra, estávamos nos encontrando às escondidas. Ninguém sabia que tínhamos um casinho. E, por último, não significo nada pra ele. Ninguém recorreria a ameaças contra mim para manipulá-lo porque ele não está nem aí.

— Isso é conversa pra boi dormir — disse Knox, aconchegando a esposa sob o braço.

Nash concordou com a cabeça.

— Assino embaixo.

— Vou ter que concordar com os gêmeos da testosterona — disse Stef, apontando com o polegar na direção deles.

— Eles sabem de alguma coisa — disse Lina, estreitando os olhos.

Cruzei os braços.

— Então é melhor que falem logo.

Os irmãos se entreolharam.

— Na-na-ni-na não. Nada desse código telepático entre homens — insisti.

Nash pigarreou.

— As evidências sugerem o oposto.

— Que evidências? — indagou Naomi.

— Quando você chegou à cidade precisando de dinheiro, Lucy contribuiu com metade da doação que garantiu seu emprego — declarou Knox.

— Como sabe disso? — perguntou Naomi.

— Porque eu contribuí com a outra metade — afirmou ele.

Naomi soltou um suspiro.

— Justo quando acho que não é possível te amar mais.

Dei um tapa no balcão.

— Calminha aí. Você está dizendo que aquela doação não foi *merecida*? Que os dois palhaços simplesmente *decidiram* doar dinheiro para a biblioteca?

Knox deu de ombros.

— A gente ficou sabendo que o financiamento que você pediu não seria aprovado. Então encontramos outra maneira de fazer acontecer.

— Quanta generosidade — falei com os dentes cerrados.

— Xiii, a Sloane vai explodir — observou Stef.

— Não vou, não. — O esforço para não gritar fez minha garganta doer. — Por que ele faria isso? Ele sempre me detestou.

— Não é verdade — insistiram Lina e Naomi ao mesmo tempo.

— Arriscando violar o código masculino, vou contar uma historinha sobre a bicicleta do Lucian — disse Nash.

— Não estou nem aí para a bicicleta do Lucian — vociferei. — O que eu quero saber é por que o cara que alegou que eu não valia o tempo dele por conta do estrago que fiz em sua vida doaria dinheiro para uma causa importante para mim.

— É uma metáfora — prometeu Nash. — Os tios do Luce que moravam na Califórnia deram uma bicicleta incrível quando ele fez 13 anos. Ele adorava o presente. Andava com ela pra cima e pra baixo. Lavava dia sim, dia não. Duas semanas depois de ganhar a bicicleta, o Ansel ficou puto com ele por não ter tirado o lixo ou por ter cortado a grama toda irregular, algo assim. Ele tirou a bicicleta da garagem, tacou na entrada da casa e depois passou por cima dela com a caminhonete.

Movimentei o pulso. Pelo visto, o tempo não curava todas as feridas.

— Que horror — comentou Naomi.

Knox ofereceu a ela um guardanapo limpo.

— Caralho. *Não* chore, Daze.

— Os tios devem ter ficado sabendo, porque mandaram outra bicicleta para o Lucian. Ele a escondeu no galpão da nossa casa. Ele só a usava quando ia pra lá. Nunca a levou pra cidade ou qualquer lugar onde o pai pudesse flagrá-lo com ela — explicou Nash.

Knox franziu o cenho.

— Eu me lembro disso.

Eu não queria sentir pena do Lucian. Não agora, pelo menos.

— Então ele a escondeu para proteger do pai — disse Lina. — Que metáfora certeira, convencido.

— Eu faço o que posso — disse ele com uma piscadela provocante.

Balancei a cabeça.

— Tá, beleza. Ele tinha 13 anos e estava à mercê de um monstro terrível. Mas qual é a desculpa agora?

— E a gente vai lá saber? — falou Knox.

— Parece que o cara para o qual você *não* está nem aí não teve nenhum apoio emocional durante a infância para aprender como é ser um homem de verdade em um relacionamento genuíno — comentou Joel, aparecendo magicamente atrás do balcão. — Um cara assim pode achar que a única maneira de proteger algo é se mantendo distante.

Eu não queria motivo para me compadecer do homem que estava atualmente se envolvendo com as incríveis gênias filantrópicas no Distrito de Columbia. Eu queria esquecer que Lucian Rollins existia.

Ergui um dedo diante do rosto do Nash.

— Primeiro, você está terminantemente proibido de mencionar qualquer coisa relacionada a mim, incluindo ameaças passadas, presentes ou futuras.

— Registrado.

— Segundo, quem diabos estaria mirando em mim para atingir o Lucian? Alguma ex que ele dispensou? Algum político que ajudou a eleger?

Ele deu de ombros.

— Talvez. Ou quem sabe alguém como Anthony Hugo. Um inimigo com meios para investigar minuciosamente com quem o Lucian está e o que está fazendo.

— Bom, isso dá um puta banho de água fria nas coisas — afirmou Stef, quebrando o silêncio que se seguiu.

— Olha, no momento, nós não sabemos quem é. Então o sensato a fazer é ficar atento — explicou Nash.

— Então por que diabos o Lucian não está fazendo isso? — indagou Knox.

Nash deu de ombros.

— Porque é um imbecil? Pelo menos instalou as câmeras que você disse que ia comprar? — perguntou a mim.

— A Waylay passou lá em casa no fim de semana e me ajudou a fazer o pedido online — respondi. — Agora será que dá pra gente mudar de assunto e começar a pegar no pé do Stef por ainda não ter contado ao Jeremiah que está pronto para morarem juntos?

Imbecil: Como foi com o juiz?

Imbecil: A Holly trouxe sushi de beira de estrada pra todo mundo. O escritório inteiro está cheirando a listeriose.

Imbecil: Estou me esforçando. Você poderia pelo menos fingir ter a maturidade de uma adulta e responder.

TRINTA E TRÊS

RANZINZA

Lucian

— Como é que eu ia saber que a avó do sujeito morreu? — vociferei exasperado para a Lina, que não largava do meu pé como um cachorro irritante e barulhento que queria algo.

Eu estava seguindo pelo corredor quando minha funcionária perdeu a linha e cometeu uma infração que poderia resultar em demissão ao me agarrar pela parte de trás do paletó e me puxar para um escritório.

— Carl, peço desculpas por ter que agir assim, mas é para o bem de todos. Saia — pediu Lina.

Os olhos de Carl se arregalaram por trás dos óculos de tartaruga grossos. Rapidamente, pegou sua caneca com a inscrição “MELHOR PAI DO MUNDO”, o celular e — sabe-se lá por quê — a foto dos três filhos de dentes separados.

Petula precisava reforçar com o Carl que os benefícios incluíam seguro odontológico.

— Você está, sem sombra de dúvida, demitida — falei para a Lina quando ela fechou e se apoiou na porta após a saída apressada do Carl.

— Ótimo, porque não concordei em trabalhar pra alguém ranzinza. Introspectivo, sim. Ranzinza, não. Você está sendo um imbecil com todo mundo.

— Já passou pela sua cabeça que todo mundo é sensível pra caralho?

— Malik serviu em duas missões no Afeganistão e tinha uma relação muito próxima com a avó.

— Eu não soube do falecimento dela.

— Você fez a Holly chorar na segunda-feira.

Bufei com desdém.

— A Holly chora até em inauguração de supermercado. E ela bateu na traseira do veículo dos meus seguranças no estacionamento com o SUV que dei a ela — lembrei-a.

— A Holly é uma péssima motorista. Ela bateu na traseira do carro de quatro pessoas no mês passado, mas você foi o único que a fez chorar — frisou Lina.

— Então arrume alguém que lhe dê aulas de direção ou faça os seguranças a levarem e buscarem do trabalho. Ou, melhor ainda, demita ela — falei, cruzando os braços.

— Ontem mesmo você falou para o Nolan só voltar para a sua sala quando deixasse de ser um desocupado.

Em minha defesa, Nolan tinha tomado a iniciativa de questionar se meu humor tinha algo a ver com a Sloane.

— Vale para todos os funcionários — afirmei.

Lina ficou de frente para mim e colocou as mãos nos quadris.

— Deixa eu explicar de uma forma que entenda. Você está sendo um babaca. As pessoas não gostam de trabalhar para babacas. Então, a menos que tenha tempo para lidar com demissão em massa, solicitações de seguro-desemprego, contratação de equipe nova e treinamentos, sugiro que cale a boca e escute.

Sentei-me na beirada da mesa do Carl.

— Vou ouvir por um minuto, e depois está demitida.

— A forma como uma pessoa trata os outros quando as coisas não vão bem diz muito sobre ela.

Lina deixou isso no ar, olhando nos meus olhos.

— Você está passando por um momento difícil, e isso faz você sentir que está perdendo o controle. Mas você não pode descontar nos outros.

Suas palavras atingiram minha cabeça como uma martelada.

— Saia. Agora.

— Ah, já vou. Mas só pra você saber, o Nolan e a Petula disseram a todos para passarem o restante do dia trabalhando de casa. — Ela se encaminhou para a porta. — Resolva os seus pepinos, Lucian.

— Não me lembro de pedir a sua opinião.

Ela parou na porta e piscou os cílios condescendentemente.

— É pra isso que servem os amigos. Aliás, se está tão perturbado assim por causa dela, talvez não a tenha superado como pensa.

E, dito isso, Lina saiu pela porta, toda altiva.

Observando-a se afastar, presenciei o escritório em um frenesi de atividade, com os funcionários vestindo os casacos e guardando suas coisas enquanto lançavam olhares nervosos na minha direção.

Ignorei-os e avancei decidido até a minha sala. Já geri essa empresa sozinho no passado. Poderia fazer isso de novo, se preciso.

Decidi que seria mais produtivo sem a distração de funcionários carentes por perto, então fechei a porta com força e depois xinguei o amortecedor. Eu não estava aborrecido por causa da Sloane, aquela mulher chata e teimosa. Não era como se eu visse o rosto dela toda vez que fechava os olhos.

Eu estava atrás da minha mesa, com uma expressão carrancuda enquanto lia o mais recente relatório vago do FBI, quando fui interrompido por uma batida à porta.

— A menos que o prédio esteja pegando fogo, aconselho que vá embora — ladrei.

Petula escancarou a porta.

— Se não relaxar, o pessoal de TI vai ter que trocar a tecla de seta pra baixo do seu teclado de novo.

Com petulância, pressionei a tecla com força exagerada de novo.

— Está me aborrecendo por algum motivo ou está querendo ser demitida também?

— Duvido que encontre alguém menos irritante para lidar com seus chiliques. Agora, se parou de birra, sua mãe está aqui, *senhor.*

Minha mãe estava na entrada, logo atrás dela, com um olhar que revelava seu desespero por uma rota de fuga. *Merda.*

Kayla Rollins era uma mulher encantadora, qualquer pessoa poderia atestar isso. Ela era alta e delicada. Tudo nela parecia etéreo, frágil. Seu cabelo escuro e encorpado estava preso em um coque elegante. Brincos simples de ouro adornavam suas orelhas. O vestido era de cor marfim, e o casaco, cujo comprimento ia até o joelho, era cáqui. Ela parecia mais jovem, mais revigorada, e supus que ela tinha feito outra visita ao Dr. Reynolds. Algo que eu teria notado se andasse prestando atenção às suas contas bancárias.

Depois do meu pai, ela nunca voltou a se casar. E, com exceção de um breve período na mercearia Grover's durante o verão após a prisão dele, ela nunca se manteve em um emprego por muito tempo. Na faculdade, me permiti ser "criativo", sustentando a mim e minha mãe com empregos dentro das margens da lei e outros que não ficavam tão nas margens assim, vendendo gabaritos de provas e identidades falsas.

— Posso voltar depois — afirmou minha mãe, procurando uma saída com seus olhos castanhos.

Levantei-me e aproveitei o percurso da mesa até a porta para controlar minha grosseria.

— Vá pra casa, Petula. Assim que tiver transmitido as orientações de segurança — falei, indicando com a cabeça na direção da minha mãe. Não queria que Anthony Hugo a visasse como alvo também.

— Com prazer — retrucou.

— Em que posso ajudar, mãe? — perguntei, mais brando.

— Não é nada de mais — respondeu, encarando suas sandálias Jimmy Choo com salto anabela enquanto se movia lentamente em direção à porta.

— Pode falar — insisti com toda a gentileza possível. — Do que precisa?

Eu parecia com ele. Supunha que era essa lembrança de fantasmas passados que sempre a fazia agir de forma tão cautelosa comigo.

— É que acabei de sair de uma reunião com o coordenador de eventos no hotel. Tivemos dificuldade em encontrar alguns itens do cardápio e o orçamento não é mais... suficiente — concluiu rapidamente, como se estivesse arrancando um curativo invisível. Recorri às últimas reservas da minha paciência.

— Não tem problema. Se acha que as alterações são necessárias, vou liberar mais verba.

— Acho que é uma boa ideia?

A maioria das suas afirmações pareciam perguntas, como se estivesse pedindo constantemente a alguém que lhe dissesse o que pensar e querer.

— Por mim, tranquilo.

Ela pigarreou.

— E aí, como vão as coisas?

— Bem — falei, ríspido. — Resolvi vender a casa em Knockemout.

— Ah. Que... legal.

Nunca mencionávamos o que acontecera naquela casa. Nunca falávamos o nome dele. Nunca nem havíamos conversado sobre o fato de que ele estava morto. Ambos estavam satisfeitos em varrer isso para debaixo do tapete e depois evitar o enorme monte no meio.

— Como você está? — perguntei.

— Bem. — Ela hesitou, depois deu outra olhada para baixo. — Na verdade, estou saindo com alguém.

— Está? — Isso também me passou batido. A culpa era da Sloane por me distrair e me impedir de acompanhar minha mãe de perto. Mais um item na extensa lista de coisas que eram culpa dela. Mais uma vez, minha raiva aflorou como lava. Raiva e uma saudade estúpida que mais parecia uma facada.

— Não é nada sério — disse ela, depressa. — Acabamos de nos conhecer.

— Fico feliz por você, mãe. — O sentimento era sincero. Não havia motivo para nós dois pagarmos pelos atos do meu pai.

— Bom, vou deixar você voltar ao que estava fazendo — falou, gesticulando com a mão delicada na direção da mesa.

— Vamos sair pra jantar qualquer dia desses — decidi.

— Vamos, sim — afirmou.

— Os seguranças vão acompanhá-la até em casa.

Ela arregalou os olhos.

— Tem algo errado?

— Claro que não — menti.

— Ah, tudo bem, então. Sendo assim, tchau, Lucian.

— Tchau, mãe.

Nós nos abraçamos desajeitadamente, e então ela partiu.

Meu celular vibrou no bolso.

> Nash: Ei, palhaço. Que história é essa de que demitiu minha mulher?

Oh, céus.

— QUAL É o seu problema? — indaguei.

Meu amigo Emry estava sentado, todo esparramado na cadeira, esfregando os olhos com o dorso das mãos.

— Está tudo bem com a Sacha? Com a família?

Vim aqui para que o Emry confirmasse que eu estava certo e eu enfim pudesse parar de pensar na Sloane.

— O concerto foi mil maravilhas. A Sacha está às mil maravilhas. A minha família está às mil maravilhas. Já você, meu amigo que sempre me deixa com uma dor de cabeça infernal, é o meu problema — respondeu, pegando seus óculos e limpando-os energicamente.

— Acho que um terapeuta não deveria falar com os pacientes desse jeito. Ainda mais com aqueles que, com suas contribuições financeiras, ajudaram na compra daquela casa de praia de que tanto gosta — lembrei-o.

— Água mole em pedra dura, tanto bate até que ricocheteia e te atinge na cara.

— O ditado não é bem assim. Quem é a pedra, eu ou você?

— Você, que não enfia nessa sua cabeça que sabota as oportunidades de ser feliz porque ligou a própria identidade ao pai. Ele não merecia ser feliz, então, por tabela, você também não merece.

— Não tenho tempo pra ser feliz. — *Ou aptidão*, acrescentei para mim mesmo.

— Lucian, você a ama — disse ele sem rodeios.

— Não fale absurdos — desdenhei, mesmo sentindo um frio intenso na barriga.

— Você ama essa garota que cresceu e se colocou entre você e seu agressor. Que combateu a injustiça que você sofreu por causa dessa ação. Mesmo assim, você insiste em afastá-la, agindo como se fosse uma inteligência artificial sem emoções, ocupada em erradicar o mundo daqueles que abusam do poder, e ela fosse mais um inimigo, quando a verdade é que você não se sente merecedor dela. Só que nunca vai se *sentir* merecedor enquanto continuar repelindo o amor. No instante em que algo bom surge na sua vida, você faz de tudo pra se livrar daquilo. E assim você persiste nesse ciclo de autodestruição incrivelmente irritante.

Não falei nada por um tempinho.

— Há quanto tempo você vem guardando isso?

Emry se levantou de repente e contornou a escrivaninha. Ele abriu a gaveta de baixo com um puxão e tirou uma garrafa de uísque.

— Há tempo demais. — Ele serviu dois copos e me entregou um antes de se jogar de volta na cadeira.

— Isso não tem nada a ver com me sentir merecedor.

Ele deu um sorriso leve e depois balançou a cabeça.

— A parte irritante é que você *sabe* disso. E mesmo assim continua fazendo as mesmas escolhas. Mas tenho uma novidade pra você, Lucian. *Ninguém* se sente merecedor. Todo mundo se sente um impostor. Não importa a origem familiar, o patrimônio líquido ou quantos amigos influentes estão em dívida com você. Nada disso vai fazer você se sentir merecedor de estar aqui.

— Todo mundo? Difícil de acreditar, hein?!

— Os que não se sentem assim? Os que acreditam que merecem tudo? São nesses que você deve ficar de olho. São esses que realmente causam estrago. Esse é o grupo dos que não passam anos na terapia tentando se tornar pessoas melhores. São os que nem se dão ao trabalho de se perguntar se são o mocinho ou o vilão.

Eu não era um mocinho preocupado em ser vilão. Eu era um vilão que reconhecia a própria maldade. Havia uma diferença clara.

— Vamos falar de outra coisa — sugeriu Emry. — Parece que você está curtindo à beça a vida de solteiro.

Suspirei. Sinceramente, eu estava exausto. Além de redobrar meus esforços para encurralar Hugo, agora também tinha que achar tempo na agenda apertada para sair para jantares e festas aos quais não queria ir com mulheres que não me interessavam.

Se o Hugo tiver se voltado contra a Sloane por minha causa, ele ia receber o recado em alto e bom som. Sloane Walton não significava nada para mim. Ela era apenas uma entre tantas em uma longa série de conquistas vazias.

— Não é o que parece — admiti. — O Hugo está me espiando de uma forma um tanto minuciosa. Estou fazendo o possível para deixá-lo confuso.

Sem pensar, virei o celular e conferi se havia mensagens novas. Não havia nenhuma *dela*. Não que eu estivesse esperando. Tive que romper aqueles laços para garantir a nossa segurança.

Mas agora que a tivera, agora que sabia como era ouvir meu nome saindo daqueles lábios quando ela gozava, eu estava enlouquecendo com essa minha remoção cirúrgica de sua vida.

Ela não podia simplesmente me excluir por completo. Não quando tínhamos nosso pequeno grupo de amigos em comum e quando nossas propriedades eram vizinhas. Não que eu fizesse questão de ter algum tipo de envolvimento com ela, lembrei-me.

— Fico preocupado com você, Lucian — anunciou Emry.

Levantei a vista, intrigado.

— Por quê?

— Me preocupa você colocar a busca pela vitória acima da busca pela felicidade. Tenho minhas dúvidas de que você se sentirá realizado vencendo à custa do resto.

TRINTA E QUATRO

UMA BOA E VELHA SOVA

Lucian

A vida é engraçada pra caralho às vezes — refletiu Knox.

Estávamos ocupando o cantinho do bar Honky Tonk em uma noite de março mais quente do que o normal. Fui convocado por Nash e Knox, que pareciam estar excessivamente preocupados que eu estivesse passando por uma crise de meia-idade. Stef e Jeremiah entraram na onda e vieram degustar vinho Shiraz.

A demissão de Lina havia sido anulada — assim que percebi que, na verdade, não conseguiria lidar com o volume de trabalho sozinho — e fui até que simpático com todos no trabalho hoje. Eles não tinham motivo para se preocupar.

— Como assim? — perguntei, sem grande interesse.

A primavera estava no ar. Isso me dava vontade de beber até ficar fora de órbita. Era a primeira vez que eu voltava à cidade desde a última vez em que estive com a Sloane, e cada coisinha neste lugar me trazia lembranças dela.

— Enquanto crescíamos, nós três aprontávamos todas. Nos metíamos em encrenca. Agora, olhe só pra nós.

— Três homens adultos ainda aprontando todas? — sugeriu Stef.

— Devia ter visto eles na época do ensino médio — provocou Jeremiah. — É um milagre esta cidade ainda estar de pé.

Um sorriso sutil surgiu nos lábios do Nash.

— Agora somos quase dignos de respeito.

— E temos mulheres boas demais para nós. — Knox me dirigiu um olhar incisivo. — Bom, dois de nós três.

— Boas demais — concordou Nash.

Knox ergueu o copo.

— Que elas nunca recuperem o juízo.

Não dei bola para o brinde. Contudo, não consegui evitar os pensamentos que desencadeou.

Minha vida agora estava dividida de forma clara. Antes da Sloane e Depois da Sloane. Eu deveria estar me sentindo melhor a essa altura. Afinal, estava mantendo-a segura com a distância. Algo que deveria ter feito desde o princípio. Algo que, aparentemente, eu nunca conseguia fazer. Eu tinha feito a porra da coisa certa. Então, por que diabos eu me sentia tão confuso por dentro?

Agora, por exemplo, eu estava observando a porta, torcendo para que ela aparecesse. Mas e depois? Ela continuaria a me ignorar? Ou direcionaria seu temperamento explosivo para mim?

— Cadê essas mulheres boas demais pra vocês essa noite? — perguntei.

— Se está tentando saber onde a Sloane está, não vai arrancar a informação da gente — afirmou Nash.

O Morgan barbudo deu de ombros.

— Você ferrou as coisas, então você as conserta. E como não nos procurou antes de ferrar tudo, não vamos dar uma mãozinha nessa, vai ter que se virar.

— Não há nada pra consertar — insisti. — A gente se divertiu. E agora demos fim à diversão.

Stef deu uma risadinha enquanto bebia o vinho e trocou olhares de "como ele é burro" com o Jeremiah.

Nash descansou a garrafa no balcão.

— Antes que um de nós diga ou cometa uma burrada maior, vou falar de uma vez. *Não* fale da Sloane como se ela fosse uma das cientistas-modelo que você tem levado pra cama.

— Agora as coisas estão ficando interessantes — cantarolou Stef e apontou com a cabeça na direção da porta.

Lá estava ela. Em um vestido preto e justo de gola alta que realçava as curvas que eu explorara tão bem. Seu cabelo pendia em uma cascata lisa e elegante nas costas. Cada músculo do meu corpo se contraiu. Meu pau ficou completamente ereto. Era cedo demais. Eu não deveria ter vindo aqui. Eu não estava preparado para vê-la e não sentir nada.

— Parece que uma certa pessoa não está disposta a ficar esperando sua ligação — observou Nash.

Foi então que percebi que ela não estava sozinha. Ela estava em um encontro com Kurt Michaels, o professor que as crianças adoravam. Parecia ser exatamente o tipo de cara que gostaria de ter filhos. Ele compraria uma minivan e treinaria um time de beisebol e, toda véspera de Natal, ficaria acordado até tarde montando brinquedos.

Caralho.

— Putz, essa doeu, hein?! — disse Knox com deboche.

— Não tem como não admirar o nosso amigo Luce aqui — comentou Nash. — Se a Angelina tivesse aparecido em um encontro, eu teria chegado com tudo e só teria arredado o pé quando estivesse carregando-a sobre o ombro. Mas o Rollins aqui não é dessas coisas.

— Luce não está nem aí se a garota que ele dispensou porque estava com medo de confessar seus sentimentos acaba de aparecer em um encontro — disse Knox, pegando o fio da meada.

— Vão pra casa do caralho — falei encarando meu copo de bourbon.

— Você poderia pelo menos parar de encará-los como se quisesse arrancar os braços dele antes de carregá-la como um homem das cavernas — sugeriu Stef.

— Vá você também — retruquei.

Jeremiah ergueu as mãos e abriu um sorriso largo.

— Nem olhe pra mim, cara. A vida é sua, faça o que quiser.

O que eu queria mesmo era virar para o lado, ou pelo menos olhar em outra direção. Mas eu estava hipnotizado. As pontas prateadas de seu cabelo haviam sumido. Em seu lugar, havia apenas uma única mecha lavanda.

— Olha, sou um cara hétero — divagou Knox ao meu lado. — Dito isso, não sou o melhor para julgar a beleza masculina, mas aquele cara é bonitão.

— Assino embaixo — disseram Stef, Jeremiah e Silver, a barman, ao mesmo tempo.

— Odeio vocês — declarei.

Knox abriu um sorriso largo. Silver deu um sorrisinho e me entregou outro bourbon.

O assunto mudou para casamentos, família e fofocas de cidade pequena, e eu não tinha nada a contribuir. Não que eu estivesse prestando atenção, já que Sloane se inclinara e pusera a mão no braço do professor enquanto riam de algo.

Meu interior se contorceu em um nó glacial à medida que minha mente foi inundada por um turbilhão de pensamentos delirantes.

Ela deveria estar com a mão no *meu* braço. Deveria ser eu sentado do outro lado da mesa em frente a ela. Deveria ser eu a levá-la para casa, acordar ao seu lado. A ler o que ela lia. A brigar com a gata maligna. Era para ser *eu* na vida dela.

Sloane soltou o braço do professor e se levantou. Sem sequer dar uma olhada na minha direção, foi direto para o banheiro. Tomei o bourbon em um gole só, coloquei o copo no balcão e a segui.

— Ah, não. Hoje não, Satanás — murmurou Sloane, balançando a cabeça ao sair do banheiro três minutos depois e me flagrar rondando como um criminoso.

— Só quero conversar — garanti.

— Não há nada para ser dito.

Ela me ignorara por quase duas semanas e agora estava cheia de desdém para mim como se eu fosse algum pequeno aborrecimento.

— Como vai o encontro? — perguntei, mordaz.

— Maravilhoso. Obrigada por perguntar — respondeu com irritação.

— De nada. Estou feliz pra caralho por você — retruquei.

— Estou surpresa que não trouxe sua comitiva de mulheres.

— Com ciúme? — perguntei, esperançoso.

— Foi você que me encurralou do lado de fora do banheiro enquanto estou em um encontro com um cara maravilhoso, inteligente e *atraente* que mal pode esperar pra formar uma família, Lúcifer.

— Venha me ver hoje à noite — convidei, odiando-me internamente enquanto proferia as palavras.

— Puxa, não dá. Estou ocupada tratando do torcicolo ocasionado pela sua mudança súbita de atitude — vociferou.

— Olha o drama.

Se uma mulher pudesse lançar fogo pelos olhos e incinerar um homem, eu teria sido reduzido a uma pilha de cinzas.

— Está difícil de entender? A gente estava transando. Você decidiu parar. Fim da história.

Nunca haveria um fim para a nossa história.

— Foi mais do que sexo, Sloane. Sempre fomos mais.

— É mesmo? Ainda que já *tenhamos* sido mais em algum momento, você não só deu as costas, como também me afastou, destruiu a relação e fugiu como se não houvesse amanhã. Mas isso não importa.

— Discordo.

— Urgh. Vejo que continua um saco. Ponha isto nessa sua cabecinha volátil, Lúcifer. Eu quero um marido, uma família, um homem com quem eu possa contar, especialmente quando as coisas ficarem difíceis. Jamais vou me contentar com alguém que foge bem quando as coisas estão ficando boas.

— Então admite que eram boas. — Apeguei-me a isso com todas as forças, como se fosse minha tábua de salvação.

— Você é um idiota.

— Você me tira do sério. Eu não quero estar com você, mas é só você chegar e não consigo me conter. Eu não queria conversar com você. Eu não queria ir atrás de você e te obrigar a olhar para mim só para poder chegar perto o suficiente para ver a mancha verde no seu olho esquerdo. Eu com certeza não queria ter que implorar para você largar o cara e vir pra casa comigo esta noite.

Fogo crepitava nos olhos da Sloane agora. Eu só queria tocá-la, deixar as chamas me consumirem.

— Você é um babaca metido a besta mesmo — sibilou. — Ele é um *cara legal*. Tenho certeza de que a sua astronauta pra lá de bonitona também é. Você queria que nossas aventuras sexuais terminassem, então deu um jeito nisso. Não tem direito de ficar chiando no pé do meu ouvido por causa das decisões que toma.

Foi mais forte do que eu. Minhas mãos foram parar em seus quadris e enterrei o rosto em seu cabelo, sentindo o cheiro familiar de seu xampu. Ela soltou um gemido ofegante, enlouquecendo-me, enquanto aos poucos relaxava em meus braços. Eu podia sentir sua determinação desvanecendo. A atração física que sentíamos era forte demais, e eu não me envergonhava de usá-la a meu favor.

Desde o momento em que ela cruzou a porta, fiquei excitado, mas agora meu membro estava duro como pedra. Testando a sorte, me aproximei, permitindo que ela sentisse a ereção.

— Não foi um erro. Não fazemos bem para o outro.

Sua respiração estava ficando acelerada, e os contornos firmes dos mamilos sob o vestido me deixaram com água na boca.

— Concordo — falou, ofegante.

— Estava com saudade de te tocar — falei, colando a boca em seu pescoço. Se ela realmente voltasse para o encontro, que fosse com a marca do chupão que dei. Era um desejo tolo, como o de um homem das cavernas. Deixei uma mão deslizar do seu ombro até o seio. Ela gemeu quando o apertei, sentindo o mamilo rijo.

— Lucian.

O som do meu nome saindo daqueles lábios vermelhos me levou à beira da loucura. Quando se tratava de Sloane Walton, este foi só mais um erro entre uma longa série deles. Não deveria ter me aproximado tanto. Era impossível me controlar quando estava tão perto dela.

— Me deixa te tocar. Me deixa provar o seu sabor — falei baixinho, rebolando em direção a ela.

— Urgh! Não — grunhiu mesmo enquanto movia a mão para envolver minha ereção.

Eu estava tão perto de atingir o clímax que não me atrevi a sequer respirar.

— Ai, que ódio, Lucian — murmurou ela. — Não acredito que quase deixei você fazer isso de novo. Você tem feromônios superpotentes ou algo do tipo? Meu Deus. Eu te odeio com todas as forças. Você é terrível.

— Não queria ter que trazer isso à tona, dada a situação, mas é a *sua* mão que está no *meu* pau, Fadinha. E se você se mover um centímetro sequer ou fizer contato visual comigo, vou gozar.

Eu me dei conta do erro tarde demais.

Porque ela não soltou meu membro. Não, ela lambeu o lábio inferior de propósito, levou minha mão para dentro do vestido e acariciou meu pau com vontade.

— Caralho — gemi quando ela apertou minha ereção latejante com força.

— Não era disso que estava atrás? — sussurrou em meu ouvido enquanto seu mamilo provocava minha mão. — Agora que conseguiu, dê o fora daqui e vê se me esquece.

Como se isso fosse fisicamente possível.

— Não estava atrás disso — falei com os dentes cerrados. Ela arqueou uma sobrancelha e apertou meu membro de novo. Ela ficava linda pra caralho quando se mostrava diabólica.

— Mentira.

— Merda. Tá legal. Beleza. *Claro* que eu estava atrás disso. Você sabe como era gostoso entre a gente — lembrei-a.

— Sei perfeitamente bem como o sexo era incrível. Foi o resto que deixou a desejar. Não vou mais me contentar em ser só um casinho de fim de semana de alguém. E não vou, de jeito nenhum, permitir que um marmanjo imaturo me descarte como se eu fosse nada só porque ele não sabe lidar com os próprios sentimentos. Sou areia demais pra você, Lúcifer. Esse foi o último agrado.

Eu queria muito beijá-la. E, pela expressão naqueles olhos verdes quase fechados, Sloane parecia estar pensando o mesmo. Eu não recusaria a oportunidade.

— Algum problema aí? — Não precisei olhar para saber que os irmãos Morgan estavam no corredor.

— Amo vocês como se fossem meus irmãos, mas se não derem o fora agora, vou descer o sarrafo em você — ameacei.

Sloane revirou os olhos e tirou a mão do meu membro ainda latejante.

— Marmanjo imaturo.

— Sloaninha, quem você prefere que saia? Eu e o Knox ou o Rollins? — perguntou Nash.

Ela fez contato visual comigo, e notei a mancha escura naquele mar de verde.

— Quero que o Lucian saia — falou com firmeza.

— Fadinha — sussurrei.

Mas ela balançou a cabeça.

— Já chega, Lucian. Está na hora de você se mandar.

Se eu tivesse um coração, ele teria saltado do peito e sido esmagado pela bota dela quando ela virou as costas e se afastou de mim.

— Vamos dar um pulinho lá fora, Luce — disse Nash com tom policial. — Parece que você está precisando de uma pausa para fumar.

Cada irmão pegou um de meus braços e me arrastou pela cozinha, conduzindo-me para fora pela porta lateral até o estacionamento. Pela primeira vez, eles estavam unidos, e talvez, pela primeira vez na vida, era contra mim.

— Você não pode tratá-la daquele jeito, Luce — anunciou Nash logo após a porta se fechar atrás de nós.

— Estou com uma vontade tão grande de dar um soco no rosto dele — falou Knox com os dentes cerrados, resvalando os sapatos na brita.

— Entendo, pode acreditar. Mas não dá — insistiu Nash.

— Detesto quando não posso dar uns sopapos nas pessoas.

— Nada te impede — declarei, provocando-o de propósito. Um soco no meu rosto seria melhor do que a ferida aberta e dilacerante em meu peito.

Knox relaxou o punho e, em seguida, me cutucou com um dedo no ombro.

— Sorte sua que seu pai era um imbecil abusivo. Caso contrário, eu estaria esfregando sua cara no chão.

A gente se engalfinhava quando éramos crianças, como todo moleque. Atirávamos pedras uns nos outros. Brigávamos no riacho. Mas ao longo do percurso, Knox e Nash continuaram na pancadaria, e eu fui deixado para trás. Eles brigaram por brinquedos, depois por bicicletas e, em seguida, por mulheres.

— O que meu pai tem a ver com isso?

Knox olhou para o irmão em busca de ajuda.

Nash encarou os pés.

— Vamos pedir outra rodada? Assim a gente evita confusão — sugeriu.

— Só depois que me disserem por que saem no soco toda semana, mas me tratam como se eu fosse uma flor delicada. — Repetir as palavras da Sloane me deu ainda mais saudade do seu sabor.

— Pra gente, levar um soco não tem o mesmo peso que tem para você — afirmou Knox, por fim. — Quando dou um murro na boca do meu irmão insuportável, é porque o amo e ele me deixou puto.

— Discorra — exigi.

— Porra — murmurou Nash.

— Termine — mandei, começando a perder a paciência.

— Não te enchemos de porrada porque você apanhava em casa. Seu pai foi um escroto por viver descendo a porrada em você. A gente até podia não saber em detalhes o que estava rolando, mas não éramos *tão* burros assim — explicou Knox.

— Vocês não brigam comigo porque acham que não sei diferenciar? Que não vou saber lidar bem?

Eles se entreolharam e depois deram de ombros.

— Resumindo, sim — afirmou Nash.

— Aham — concordou Knox. — Além disso, é mais capaz de você chamar um advogado metidinho do que partir para o soco.

Tirei meu casaco e joguei na caçamba da caminhonete mais próxima.

Knox deu uma gargalhada. A porta lateral do bar se abriu, e Stef e Jeremiah saíram, segurando suas taças.

— Não falei que não podíamos perder essa?! — comentou Jeremiah.

— Será que dá pra curtirmos uma noite que não termine com alguém levando soco na cara? — resmungou Nash.

— Hoje não — falei, decidido.

— Tem certeza? — perguntou-me Stef. — São dois contra um.

— Bem que você podia ajudar, né? — frisei enquanto dobrava uma manga.

— Verdade. Só que, neste caso, sou Time Sloane. Você sacaneou uma garota incrível, por motivos que até tinham lógica pra você na época, mas que, na verdade, são um lixo total. Vou ter que torcer pelos Morgan nessa.

Os valores morais dele me irritavam.

— Idem — concordou Jeremiah.

Concentrei-me na outra manga, desabotoando o punho e começando a dobrá-la.

— Não suporto mais vocês. O que diabos estão fazendo?

Knox se deslocava de um lado para o outro, alongando o pescoço e alternando o alongamento dos braços.

— Está na cara que ele não se envolveu em brigas depois dos trinta — comentou Knox com o irmão, descontraído.

— Tem que se aquecer — instruiu Nash, abaixando-se em um agachamento.

Knox alongou o pescoço mais uma vez e começou a fazer movimentos circulares com os ombros.

— Cadê a época em que se dava um murro surpresa em um babaca no bar? — perguntei.

— Dê um murro que faça as costas doerem tanto que não consegue limpar a própria bunda e aí a gente conversa — aconselhou Nash, fazendo movimentos circulares com os braços para trás e, em seguida, para a frente.

— Que balde de água fria — reclamei.

Um punho voou em direção à minha mandíbula, jogando minha cabeça para trás.

— É *isso* que acontece quando um babaca dá um murro surpresa em alguém — disse Knox com entusiasmo enquanto minha cabeça retinia como o interior de um sino de igreja. — Vê se cresce. Trate as mulheres com respeito. Especialmente a Sloane.

— Fala sério. — Curvei-me, massageando o queixo e aguardando o momento certo. — Eu não a tratei mal. Concordamos que não tínhamos nada, e aí demos fim a isso.

— Isso é conversa pra boi dormir e você sabe. Além do mais, não é possível que já tenha parado. O Nash ainda nem teve a vez dele — insistiu Knox, dando um tapa no meu ombro.

— Vamos voltar lá pra dentro e beber mais um pouco — sugeriu Nash, com um tom de desânimo.

— Você nem deu um soco nele ainda. É satisfatório pra caralho, sério — afirmou Knox.

— Acho que vou só esfregar na cara dele que ele é um covarde com medo de uma bibliotecária baixinha e loira — falou Nash.

A bibliotecária baixinha e loira era mais aterrorizante que qualquer um de nós, e esse era um fato conhecido por todos.

Knox estava de costas para mim, virado para o irmão e não viu eu me aproximar. Desferi um soco no rosto dele com força, o que me satisfez. Ele cambaleou antes de se recuperar com um sorriso.

— Era *disso* que eu estava falando.

— Minha vez — disse Nash, posicionando-se. — Você não pode tratar a Sloane como se ela fosse uma foda casual. Não importa o que rolou entre vocês dois ou como as coisas terminaram, você tem que tratá-la com respeito.

— São irmãos mais velhos dela por acaso?

Fiz de conta que ia dar um soco, e Nash se esquivou. Fui pego de surpresa com um soco forte de baixo para cima no centro da minha barriga, deixando-me sem ar. Tentei dar mais um golpe, acertando de raspão em seu maxilar.

Meu amigo, o maldito chefe de polícia, sorriu diabolicamente e recuou o braço. Tentei bloquear, mas não obtive sucesso. O soco do homem de classe trabalhadora, cumpridor da lei, me acertou no dorso do nariz.

— Não ouvi o barulho de osso quebrando — comentou Knox.

— Estou me contendo, tá legal? — murmurou Nash. Ele grunhiu quando meu punho esquerdo acertou seu ombro ferido. — Olha só, parece que alguém está disposto a jogar sujo — provocou.

— Estou disposto a colocar juízo na cabeça dos dois, isso sim. A Sloane não significa nada pra mim.

— Pura. Lorota. — Nash enfatizou cada palavra com um golpe rápido. — Vi você saindo pela janela do quarto dela na época do ensino médio. Vejo como você a olha, como se ela fosse o maldito sol, e, por mais que não devesse, não conseguisse resistir ao impulso de fitá-la.

— Ninguém consegue fitar o sol, seu imbecil do caralho — acrescentou Knox, afastando o irmão com um empurrão e desferindo um soco no meu olho.

— Não sou como vocês. Não sirvo para relacionamentos. Ainda mais um que, pra começo dessa porra de conversa, nenhum de nós dois quis — contestei.

— Só porque você diz que não quer, não significa que não queira — retrucou Knox, desviando do meu soco.

Nash tomou um gole de uma garrafa d'água.

— Disse o imbecil que fingiu namorar a Naomi e depois quis terminar de verdade.

— Como diabos você arranjou uma garrafa de água? — falei ofegante e dei um tapa no rosto do Knox para dar uma variada.

Ele não se deixou abalar.

— Não estou apaixonado por ela, seus babacas. — As palavras pareceram estranhas na minha boca. Culpei o sangue.

— Esse aí é pirado na batatinha — opinou Stef.

— Assino embaixo — concordou Nash, retomando a posição anterior.

— Tenho dó dele — comentou Jeremiah.

— Está se divertindo? — perguntei ao Stef quando ele pegou o celular e começou a tirar fotos.

— Nossa, demais.

Nash e eu continuamos com nossa troca de socos respeitosa e bem ritmada. Tão respeitosa que nem os clientes recém-chegados ao estacionamento se deram ao trabalho de parar e ficar olhando.

— Boa noite, pessoal — cumprimentou Harvey Lithgow, um cara enorme que vestia calça de couro, enquanto se dirigia para a entrada.

— Boa noite, Harvey — falamos ao mesmo tempo.

— Você continua se contendo — reclamei quando o Knox se lançou para acertar um soco na minha barriga. A parte de cima do meu corpo já estava doendo como se tivesse sido atropelada por um caminhão.

— Aham — disse ele, simplesmente.

— Se continuar assim, vou tirar proveito — avisei, acertando-o em cheio no queixo com o cotovelo, seguido por um soco no abdômen.

Ele cuspiu sangue na brita e sorriu.

— Fique de gracinha e veja o que acontece.

Pancadaria não descrevia bem o que se seguiu. Sem a motivação de um ódio genuíno, no geral, usamos nossas experiências passadas para driblar as defesas um do outro e desferir golpes baixos.

— Já se rendeu? — grunhiu Nash.

Estávamos todos no chão. Eu estava segurando Nash, mantendo-o de joelhos com um mata-leão. Ele estava fazendo um esforço admirável para deslocar o meu dedo mindinho. E Knox estava torcendo meu braço esquerdo para trás, enquanto eu pressionava o pé em sua virilha.

— Sorriam e digam "manés" — falou Stef, posicionando-se para tirar uma foto nossa. Jeremiah se colocou à nossa frente e exibiu um sorriso bobo, fazendo sinal de positivo enquanto o namorado tirava outra foto.

— Não nos faça te dar uma sova — avisei.

Soltei Nash, que, graças a Deus, soltou meu mindinho, e dei um chute fraco na coxa do Knox. Nós três caímos na brita, machucados e ensanguentados.

— Sloane vai acabar com vocês por darem uma surra em mim — falei, estalando os dedos para o Stef me passar o casaco. Ele o atirou no meu rosto.

— Nem fodendo — declarou Knox, surrupiando a água do Nash. — Ela te odeia. É capaz de ela nos recompensar com troféus.

Balancei a cabeça e peguei meu cigarro e o isqueiro.

— Ela vai ficar puta por vocês não a terem incluído na diversão.

— Por que não dá uma chance pra ela? — questionou Nash.

Deliciei-me com a sensação doce inicial do tabaco, depois soltei a fumaça em direção ao céu noturno.

— Porque ela é boa demais pra mim.

Os irmãos caíram na risada.

— Quê? — indaguei.

— Acha que eu era bom o bastante para a Angelina? — perguntou Nash com um sorriso irônico.

Knox abriu um sorriso zombeteiro.

— Sei *bem* que nenhum de vocês achava que eu estava à altura da Daisy.

— Fato — concordou Stef. — As duas são boas demais pra vocês.

— Os relacionamentos não deveriam fazer você sentir que tem valor? — perguntei. Parecia algo que meu terapeuta diria.

— Tenho certeza de que o único idiota que pode fazer você se sentir assim é você mesmo — comentou Nash.

— No instante em que você começa a se achar tão bom ou superior à sua mulher, é quando tudo começa a desandar — afirmou Knox.

Limpei minha boca ensanguentada na manga e dei outra tragada.

— Então, o que se faz? Coloca ela no seu nível?

Knox atirou uma brita do tamanho de uma ervilha em mim.

— Não, seu imbecil do caralho. Você tem que passar o resto da sua vida felizarda procurando estar à altura dela.

— Parece desgastante.

— Sem dúvida não é para os fracos — disse Jeremiah.

Esfreguei a mandíbula. Meu rosto e meus punhos doíam pra caramba. Mas o aperto no meu peito parecia um pouco mais brando.

— Vai voltar para dentro? — perguntou Knox, apontando para o Honky Tonk.

Fiz que não com a cabeça. Eu precisava de um momento sozinho.

Stef e Jeremiah ajudaram os irmãos Morgan a se levantarem.

Nash agarrou meu ombro de leve.

— Você não é um cara mau, Luce. Só é um imbecil.

— Valeu — falei com um toque de ironia e observei os irmãos voltarem juntos e mancando para o bar. Com uma piscadela para o Stef, Jeremiah os seguiu.

Stef me ofereceu a mão, e eu aceitei.

— Sabe, tenho passado as últimas semanas duvidando de mim mesmo de todas as formas possíveis — comentou.

— Em relação a quê? — Meu olho esquerdo estava inchando, dificultando enxergá-lo.

— Em relação a tudo. Me mudar pra cá. Formalizar as coisas com o Jeremiah. Tornar o relacionamento sério.

— Ser cauteloso com um relacionamento sério é completamente compreensível — frisei, movimentando minha mandíbula dolorida.

— Existe o ser cauteloso e existe o ser um frouxo.

— Ah, vá catar coquinho — murmurei.

— Olha, sou a última pessoa em posição de dar conselhos sobre relacionamentos — admitiu Stef. — Mas do jeito que você olha pra ela, não foi apenas diversão.

— Todo mundo nessa cidade do caralho acha que existe a porra de um final digno de conto de fadas para todos. Você não sabe nada sobre a nossa situação — lembrei-o.

— Não, mas você está me fazendo pensar se não é melhor pelo menos arriscar. Talvez ter meu coração arrancado e destroçado seja melhor do que ter medo demais de tentar.

— O amor faz os homens agirem feito tolos — comentei em tom de brincadeira.

— É verdade. Mas será que negá-lo não nos torna ainda mais tolos?

TRINTA E CINCO
VOCÊ ME AMA, SEU IDIOTA

Sloane

O que combina mais com acessos de choro intermitentes? Salada de frango grelhado ou sanduíche de queijo e carne? — perguntou minha mãe, mostrando dois cardápios de delivery.

Era segunda-feira, e minha mãe e eu tiramos o dia para organizar as coisas do meu pai. Estávamos no quarto deles, organizando a coleção de livros do meu pai e decidindo o que guardar, doar ou vender.

— As lágrimas vão deixar o sanduíche de queijo e carne muito molenga. Que tal sanduíche de queijo quente?

— Tem um restaurante que faz sanduíche de queijo quente gourmet bem ali na esquina. Vou fazer o pedido — falou minha mãe.

Para ser sincera, eu não estava com fome. Uma afirmação rara, pois geralmente sinalizava o começo de uma virose estomacal. Mas não era o caso. A causa era a vergonha. Depois daquele incidente com o Lucian — e seu pau — na noite de sexta no Honky Tonk, eu estava com uma raiva tremenda de mim mesma e até um tantinho culpada.

Eu estava acompanhada de outro cara, alguém que em tese era perfeito, mas mesmo assim não consegui me conter. Aceitei prontamente o avanço no meio do corredor e ainda participei. Depois fiz com que os amigos do Lucian o mantivessem na linha, quando eu tinha tanta culpa quanto ele. E, pelo estado de seus rostos machucados e ensanguentados quando Knox e Nash voltaram ao bar, se empolgaram *bastante* ao fazê-lo.

Eu me sentia envergonhada e decepcionada comigo mesma.

Mamãe voltou e se sentou com elegância no chão.

— Que saco — falei conforme lágrimas escapavam dos meus olhos que ardiam. — Estou morrendo de saudades do papai.

— Sei que sim, amorzinho. Eu também. Estou com muita saudade.

— Droga! — Solucei. — Achei que a essa altura já teria chorado o bastante.

— Ah, que bobinha e inocente — brincou mamãe, segurando meu rosto molhado com carinho. — Vamos adiantar mais algumas pilhas antes que a comida chegue.

Nós duas fizemos uma pausa para assoar o nariz e nos recompor.

— O que acha deste? — perguntei, mostrando um calhamaço sobre a legislação tributária da Virgínia.

— Doação. Ah! Lembra deste? — Ela mostrou um livro sobre legislação surrado. — Quando Maeve tinha 10 anos e disse ao seu pai que queria ser advogada, ele começou a fazer perguntas sobre os precedentes legais no direito da família.

A lembrança me envolveu como um cobertor macio. Papai e Maeve juntinhos no canto-alemão com blocos de notas e livros de direito, enquanto mamãe me ajudava com as lições de casa na ilha da cozinha.

Meu pai, orgulhoso e animado com o desejo da filha mais velha de seguir os mesmos passos que ele. A Maeve adolescente, feroz e determinada a ser a melhor.

— Esse vamos guardar, sem dúvida. Põe na caixa da Maeve.

— Então, preciso te perguntar uma coisa que pode te deixar chateada — comunicou minha mãe, colocando o livro na caixa.

— Essa é a sensação de ser mãe? — brinquei.

— Lucian — falou.

Fiquei imóvel.

— O que tem ele? — Impossível ela saber sobre o nosso breve e insensato envolvimento. Não é? Ela teria comentado. A não ser que estivesse comentando agora.

Mamãe empurrou com os pés uma pilha alta de periódicos da universidade para o monte de reciclagem.

— Sei que vocês não se falam muito, mas queria saber se você teve notícias dele esses dias. Ele desmarcou o nosso jantar por duas semanas seguidas e não atende minhas ligações desde então. Ele não costuma fazer isso, e estou preocupada.

Ao que parecia, Lucian tinha dado um pé na bunda em duas das três mulheres Walton.

— Vocês dois passam bastante tempo juntos, né? — arrisquei.

— Pare com isso. Seu pai e eu temos um carinho especial pelo Lucian. Ele faz parte das nossas vidas desde que deu um jeitinho de entrar no seu quarto pela primeira vez. Nossa maior tristeza foi vocês dois não terem se apaixonado e dado um monte de netinhos lindos pra nós.

Minha mãe estava brincando, mas dados os meus objetivos de vida atuais e a recente presença do Lucian na minha cama, pareceu um ataque pessoal.

— Você tem mais chances de ter Michael B. Jordan como genro do que Lucian Rollins — falei em um tom seco.

— Bonito e talentoso. Eu não acharia ruim ter que ficar encarando aquele rostinho lindo todo Dia de Ação de Graças — provocou mamãe. — Então, não tem notícias? Estou preocupada. Não é do feitio dele me dar um perdido, como dizem os jovens. Ele fez muitas coisas pelo seu pai e por mim, principalmente desde que nos mudamos para cá, e estou com saudades.

Eu queria fazer perguntas sobre como o bonitão emocionalmente reprimido apoiara meus pais, mas notei a tristeza em seu tom e me senti uma completa imbecil. Uma imbecil culpada. Se o meu não término com o Lucian tiver custado o relacionamento dele com minha mãe, isso significava que agora ela se via sem a presença de dois homens, quando deveria estar recebendo todo o apoio que merecia. E, assim que possível, eu ia falar na cara do Lucian que isso era inaceitável.

— Tenho certeza de que ele só está ocupado — contei a mentirinha. — Aposto que ele vai te chamar pra almoçar na semana que vem.

Eu não mediria esforços para garantir isso.

— Espero que sim — disse minha mãe. Ela largou os livros de direito que restavam no carpete e borrifou uma camada generosa de lustra-móveis com aroma de limão na estante.

— Chega de falar sobre mim. Como vai a busca por um marido?

— Vai... indo. Saí com Kurt Michaels pela primeira vez na sexta à noite. — Guardei para mim que praticamente bati uma para o Lucian no corredor durante o encontro. Minha mãe não precisava saber que tinha criado uma mulher de conduta duvidosa.

Minha mãe deixou a limpeza de lado.

— E? — incentivou.

— E ele é gente boa. Inteligente. Atraente. Se dá bem com crianças, óbvio. Está em busca de um relacionamento estável. E, ao contrário de todos os outros com quem saí, ele não é casado, não é mentiroso, nem está fugindo da polícia.

Com uma expressão maternal, ela arqueou a sobrancelha.

— Mas?

— Como sabe que tem um "mas"? — indaguei.

— Intuição de mãe. Foi assim que eu soube que você estava planejando sair escondido para a festa de 16 anos da Sherry Salama quando estava de castigo.

Soltei um suspiro.

— Em tese, ele é perfeito. Caramba, ele é perfeito até na prática. Mas falta...

Um desejo avassalador? Uma necessidade incontrolável de tirar suas calças? Uma conexão fora de série?

— Química? — sugeriu mamãe.

A química era muito fraca em comparação com o que eu havia sentido com o Lucian.

Dei de ombros.

— Talvez eu esteja sendo exigente demais. Talvez seja impossível encontrar tudo isso em um parceiro. Afinal, quem tem um marido que troca fraldas, valoriza o seu trabalho e age como um protagonista de romance na cama?

Mamãe jogou o braço sobre meu ombro.

— Você ficaria de queixo caído.

— Se está pensando em aproveitar o pretexto para me contar detalhes da sua vida sexual com o papai, fique sabendo que vou te enviar a fatura da terapia.

— Vou pegar meu talão de cheques.

Soltei um resmungo e me apoiei nela.

— Por que tem que ser um processo tão chato?

— Nada que valha a pena é fácil. Encontrar um parceiro não se resume a cumprir todos os requisitos. Ninguém é perfeito, nem mesmo você, Sloaninha. Apaixonar-se é descobrir alguém que te faz ser melhor do que você é sozinho, e vice-versa.

Arrastei o pé no carpete.

— E se me magoarem?

— As pessoas cometem erros. E não são poucos. Cabe a você decidir quais merecem seu perdão.

— Que erros o papai cometia?

— Ele sempre chegava tarde. Trazia trabalho para casa. Quando estava envolvido em um caso que era particularmente importante pra ele, vivia mais na própria cabeça do que presente conosco. Tinha péssimo gosto pra moda. Sempre colocava besteiras no carrinho de compras.

Ri baixinho.

— Mas as coisas boas sempre superaram as ruins. Seu pai e eu tínhamos uma vida sexual bem ativa, sabia? — acrescentou minha mãe com um olhar travesso.

— Mãe!

Ela riu tanto que desabou no chão.

— Ah, nunca perde a graça.

— Você é o motivo de eu beber — falei, juntando-me a ela no chão e encarando o teto.

— Estou só retribuindo o favor.

— Mãe? Não sei se já deixei isso claro, mas obrigada por ser uma mãe maravilhosa. Você e o papai nunca fizeram com que eu sentisse como se não eu pudesse...

Minha mãe se sentou e pegou um lenço da caixa entre nós, levando-o aos olhos.

— Sloane, agradeço pelas palavras sinceras, mas se quiser que eu pare de chorar, é melhor me ofender nos próximos dez segundos.

— Sua carne de panela sempre fica seca, e essa obsessão por dentes é um tanto bizarra.

Ainda chorávamos e ríamos ao mesmo tempo quando a campainha tocou.

Ela se levantou.

— Vou pegar a comida. — Ouvi-a atravessar o apartamento assoando o nariz com força.

Levantei a caixa de livros de jardinagem extremamente pesada e a levei até a escrivaninha. Deslizei-a na superfície e sem querer fiz uma pilha de papel voar.

— Droga — murmurei. Ajoelhei-me e comecei a juntar os papéis, formando uma pilha bagunçada de cópias de certidões de óbito, cartões de felicitações e contas médicas.

— Piquenique no chão ou comer à mesa como gente civilizada? — perguntou mamãe de longe.

— Piquenique — respondi em tom alto, avistando um papel que caiu entre a parede e a perna da escrivaninha. Rastejei até lá para resgatá-lo.

Um nome chamou minha atenção quando o coloquei no topo da pilha.

Franzindo a testa, dei uma olhada rápida no documento.

Laboratórios Lichtfield.

Quitado.

Lucian Rollins.

Um arrepio gélido de choque me percorreu.

Mamãe espiou pela porta.

— Mais vinho, água com gás ou passamos para os bloody marys, já que esqueci de pedir a sopa de tomate?

— O que é isto? — perguntei, mostrando o comprovante.

Ela deu uma olhada e vi o lampejo de culpa seguido por uma expressão mais branda e involuntária.

— Isso é o que eu não podia te contar.

— QUAL É o seu *problema*? — indaguei, invadindo o escritório do Lucian e balançando o comprovante como se estivesse liderando uma banda marcial.

Atrás da mesa, ele me fitou com aquela expressão fria e impassível, mas seus olhos denunciavam intensidade. Havia hematomas em seu rosto. Ele parecia um boxeador heroico, digno de suspiros, que havia perdido uma luta pelo título.

— Perdão, senhor — resfolegou Petula, fazendo uma parada brusca na entrada atrás de mim. — Ela é mais rápida do que eu imaginava.

— Tudo bem — afirmou Lucian, fazendo parecer que estava tudo, menos bem.

— Acaba com ele — cochichou Petula para mim e se foi.

— Pode ir, Nallana — informou Lucian à mulher na cadeira em frente a ele.

As mãos dela estavam nos bolsos de um moletom do Nine Inch Nails. Ela parecia achar graça da situação.

— Mas quero ficar para ver o espetáculo — falou.

— Vá embora — disse o Lucian, ainda me fitando.

Com um suspiro, ela se levantou da cadeira em um pulo, deu uma piscadela para mim e saiu.

Bati o papel na mesa com força. E, só para provocar, arrastei os dedos pelo vidro imaculado.

— Explique.

— Não te devo satisfações. Dê o fora.

— Só depois que me explicar o que isto significa — falei, pressionando o dedo no papel.

Ele olhou para o papel, depois abriu a gaveta da mesa e fez algo que eu não esperava. O safado colocou um par de óculos de leitura sexy.

Era como se o universo estivesse debochando da minha cara. O cara gostoso que me fazia delirar na cama e usava óculos de leitura era justamente o que eu não queria.

— Parece uma fatura que foi quitada — comentou como se eu fosse o ser humano mais burro do planeta. — Agora, se não se importa, não quero você aqui.

— Eu *sei* disso, seu brucutu insuportável. É uma fatura médica para um tratamento experimental contra o câncer que não é coberto pelo plano de saúde. Por que tem o *seu* nome nela?

— Vários documentos têm o meu nome — afirmou. Ele tirou os óculos de leitura e então inseriu o papel na trituradora aos seus pés. — Se era só isso, vou pedir que os seguranças acompanhem você até a saída.

Ele estava tenso, demonstrando um nervosismo que eu nunca vira.

— Não vou embora sem obter respostas. Quanto mais rápido você as der, mais cedo sairei daqui.

Ele pegou o telefone da mesa e digitou um número.

— A Srta. Walton vai precisar que a acompanhem até a casa da mãe em cinco minutos.

Cruzei os braços e o encarei com raiva enquanto ele ouvia quem estava do outro lado da linha.

— Sim. Faça uma vistoria no carro dela e deixe um guarda de vigia. — Ele desligou de repente e me encarou com um olhar gélido. — Pergunte o que quer saber e depois precisa se retirar.

Eu estava me segurando por pura força de vontade. Fechei os olhos e respirei fundo para me acalmar.

— Lucian, por que o seu nome está vinculado a um tratamento contra o câncer astronomicamente caro para o meu pai? Um tratamento que me disseram ser um ensaio clínico? Um tratamento que lhe concedeu mais seis semanas com a gente? — Minha voz falhou pateticamente.

A tensão entre nós atingiu níveis insuportáveis. Mantivemos o olhar fixo um no outro enquanto meus olhos começavam a se encher de lágrimas.

— Não me faça essa pergunta, Sloane — disse ele, baixinho. — Por favor.

— Pela primeira vez na vida, seja sincero comigo — implorei.

— É melhor conversar sobre isso com a sua mãe.

— Ela me disse pra falar com você.

Ele permaneceu calado por um bom tempo.

— Ele queria mais um Natal com vocês.

Recuei um passo e cobri o rosto com as mãos.

— Não vai chorar, não, né? — indagou ele com rispidez.

— Estou passando por um turbilhão de sentimentos no momento, e não sei qual deles vai prevalecer — falei com as mãos cobrindo o rosto.

— Você está brava comigo — concluiu ele.

— Não estou brava com você por gastar uma quantia de sete dígitos para me dar algumas semanas a mais com meu pai, seu imbecil. Estou incrivelmente grata, e não sei como lidar com isso. Mas por que você faria algo assim sem me contar? Por que esconder?

— Por que não vai respirar fundo? Lá fora. Bem longe do meu escritório.

— O que mais? — indaguei.

— Não entendi — afirmou, o olhar se voltando para a porta.

Reduzi a distância entre nós, agarrei sua maldita gravata e o encarei.

— Estou te dando a última chance de ser franco comigo. O que mais você pagou, doou ou criou para o meu benefício sem nunca me contar, enquanto ainda me tratava como se eu tivesse arruinado sua vida?

— Não faço ideia do que você está falando.

Puxei o ar para os pulmões com força.

— Então Yoshino Holdings, Stella Partnership e Bing Group não te lembram de nada?

A expressão dele ficou mais rígida.

— Estou no meio de um dia muito cheio...

Puxei a gravata dele.

— Estou nem aí se você está no meio de uma cirurgia de apendicectomia de emergência, Lúcifer. Vamos ter essa conversa.

Seu silêncio era impiedoso, e o condenou.

— A Yoshino Holdings Foundation financiou um subsídio de 100 mil dólares que possibilitou a atualização do sistema de computadores da biblioteca e o início dos programas de empréstimo de tablets e notebooks. A Stella Partnership concedeu à biblioteca um subsídio de 75 mil dólares para expandir nossos programas comunitários, incluindo a criação de um cargo para a Naomi. E o Bing Group fez uma doação generosa para cobrir os custos restantes da construção do Prédio Municipal Knox Morgan, que, coincidentemente, abriga minha biblioteca.

— Se já terminou...

— Lucian, o nome dessas organizações faz referência a variedades de cerejeiras. E elas estão registradas no *seu* nome. — Tudo estava se encaixando e formando uma imagem inimaginável na minha cabeça.

Ele bufou com desdém.

— Não sei de onde você tira suas informações, mas posso garantir a você...

— Sou *bibliotecária*, seu grandalhão insuportável. É minha função saber das coisas! O que eu não sei é por que você está financiando os *meus* sonhos com o *seu* dinheiro quando, como disse tão eloquentemente, você mal suporta me ver.

— Não te devo explicações sobre as minhas isenções fiscais.

— Não sei se estou com vontade de tacar o grampeador pela janela ou na sua cabeça — murmurei, afastando-me dele e começando a andar de um lado para o outro.

— Eu escolheria a janela — declarou ele atrás de mim.

Dei uma olhada rápida enquanto passava pela mesa dele e vi algo familiar na gaveta superior ainda aberta.

— Ai, meu Deus — falei, pegando um par de óculos quebrados. Meus óculos quebrados. Eles caíram durante uma briga em uma festa de Halloween em Knockemout, e nunca consegui encontrá-los.

— Não mexa nas minhas coisas — disse Lucian, aproximando-se.

Mostrei os óculos.

— Se eu não significo nada para você, por que me deu mais tempo com meu pai? Por que doou tanto dinheiro para minhas causas? E por que diabos está guardando os *meus* óculos, que perdi no Livro ou Travessura no outono passado, na gaveta superior da *sua* mesa?

— Abaixe o tom, ou os seguranças vão te tirar daqui — grunhiu ele.

— Admita, Lucian.

— Se vai desperdiçar meu tempo com charadas, é melhor se sentar e tomar uma água — disse com rispidez, indo na direção do decantador de cristal na mesa de conferência.

— Você me ama, seu idiota. Você me ama desde que éramos crianças. Você me amava quando traí a sua confiança. Continuou me amando quando consertei o estrago. Você *ainda* me ama.

Ele parou no meio do caminho e se virou para me fulminar com o olhar.

— Você nunca consertou nada. Você quase se matou. E se ele tivesse sido solto, nem que fosse por uma hora, ele teria se certificado de dar cabo de você. Ordem judicial nenhuma teria te protegido dele.

— Então manteve nossa amizade em segredo para me proteger. E me afastou para continuar me protegendo. Me fez parecer apenas uma vizinha maluca e intrometida.

— Ele teria descoberto um jeito de te ferir. E *acabou* descobrindo um jeito.

— Agora ele se foi, Lucian. Ele morreu. Qual é a sua desculpa agora?

— Não sei de onde surgiu essa ideia, mas está passando vergonha. Eu não te amo — insistiu.

Seu tom permaneceu firme e gélido, seu semblante impassível. Mas eu podia ver a verdade, o anseio em seus olhos.

— Tem certeza de que deseja manter essa resposta? — sussurrei.

— Eu não te amo — insistiu com teimosia.

Soltei um suspiro trêmulo.

— Depois de tantos anos, de todas as coisas que vivemos juntos, você ainda não consegue ser sincero comigo.

— Estou sendo sincero — disse ele, evitando meu olhar.

— Você me ama — repeti. Duas lágrimas escaparam, escorrendo quentes pelo meu rosto. — Você me ama, e ainda assim está disposto a nunca tentar. Isso não é triste. É patético.

— Vá embora, Sloane — disse, incisivo.

Parecia que meu coração tinha sido atirado em um triturador de madeira. Tudo doía.

— Pode deixar. — Fui em direção à porta e depois parei. — Jamais conseguirei retribuir pelos últimos meses com meu pai.

— Não quero que retribua — murmurou, passando uma mão pelos cabelos. — Você não pode voltar aqui. Não é seguro.

— Tá legal. Mas você não pode me dar mais nada. Chega de doações secretas. Chega de toda essa proteção. Agradeço a sua generosidade que me confunde, mas entenda. Não posso aceitar mais nada de você. Nunca mais.

— Por quê?

— Porque, depois de tudo o que aconteceu, acredito que merecemos um ponto-final.

Ele ficou imóvel por um bom tempo enquanto seus olhos percorriam meu rosto, em busca de algo que não encontraria.

— Nunca haveria um "nós", Sloane. Ele se certificou de que fosse assim.

Fiz que não com a cabeça.

— Lucian, seu pai morreu. Foi você quem se certificou de que nunca haveria um "nós".

Dirigi-me à porta mais uma vez, na esperança de manter a compostura até sair do escritório. Dois seguranças corpulentos estavam me esperando no corredor. Parei na entrada e me virei uma última vez.

— Eu te amava. Sabia? Quando éramos mais novos, eu te amava. E acredito que poderia amar de novo.

Uma tempestade se formou em seus olhos, mas ele se manteve inexpressivo e não disse absolutamente nada.

— Por falar nisso — continuei. — Não é porque você não quer mais nada comigo que pode abandonar minha mãe também. Ela está com saudades, então pegue o maldito celular e ligue pra ela.

— Não é uma boa ideia no momento — respondeu, vago.

— Chame ela pra almoçar ou jantar, ou para o que quer que costumem fazer, e faça isso agora, ou vou inventar formas criativas de te atormentar por machucá-la quando ela já está de luto. Não abandone a minha mãe.

— Está podendo falar, chefe? — perguntou Nolan, passando por entre os dois guardas. Ele levantou a vista do arquivo robusto em suas mãos. — Opa, deixa pra lá. Está ocupadíssimo. É bom te ver, loirinha.

TRINTA E SEIS

ENXURRADA DE DESGRAÇAS

Sloane

A entrevista sobre a Mary Louise que você deu no podcast está bombando — afirmou ele.

— Sério? — perguntei, mexendo meu sorvete no sentido horário.

Kurt Michaels era inteligente, charmoso e bonito. Contava piadas de tiozão e vestia cardigãs sexy e óculos sensuais. Ele levava jeito para ser um ótimo pai. Diferente de *certas pessoas* que só levavam jeito para ser *daddy*.

Ele segurava a minha mão. Abria portas para mim. Ouvia com atenção. Demonstrava interesse nas coisas que eram importantes para mim, como o caso da Mary Louise. E nas duas últimas vezes em que saímos, não senti a necessidade de inventar uma emergência ou fugir pela janela do banheiro. Além disso, ele era surpreendentemente parecido com Michael B. Jordan.

Mas este era o nosso terceiro encontro, e, só de pensar em sexo, o meu coração estava tendo palpitações. Mas não era de empolgação. Não era que eu achava que o Kurt seria ruim de cama. Vi suas habilidades de dança no vídeo do show de Natal na página do Facebook da escola. O cara sabia muito bem rebolar. Além disso, tínhamos trocado dois beijos perfeitamente agradáveis no fim de cada encontro.

Mas eu sabia, lá no fundo — na minha vagina — que Lucian Rollins havia me estragado. E eu não estava psicologicamente pronta para aceitar quanto estrago havia sido feito.

Kurt estendeu a mão negra e macia pela mesa e apertou a minha. Eu me sobressaltei.

— Sloane — disse ele com expectativa.

— Oi? — Tentei lembrar se ele tinha feito alguma pergunta.

— Sinto que você está com a cabeça longe. Talvez pensando em outra pessoa?

Fiz uma careta, minha "pose de solteira em um encontro picante" desmoronou como uma torre de blocos de brinquedo.

— Não é bem assim. Gosto muito de você — insisti.

— Tenho o meu charme — concordou, amigável.

— Você daria um marido e pai excelente. Além disso, não apresenta nenhum sinal de alerta óbvio ou indicativo de problemas emocionais "impossíveis de superar".

Ele me agraciou com um daqueles sorrisos sensuais.

— O que posso dizer? Sou um partidão. Que tal irmos direto para a parte do "não é você, sou eu"?

Gemi e encarei a taça de sorvete de marshmallow com chocolate pela metade.

— Sei que é algo que todo mundo repete, mas neste caso é a pura verdade. Não é você. O problema sou só eu.

Ele inclinou a cabeça como o excelente ouvinte que era.

— Você sente algo por outra pessoa — declarou.

— Como você... deixa pra lá. Não é algo *romântico*. É mais como se eu estivesse transbordando de raiva, irritação e frustração em relação a outra pessoa. Mas falando nisso, sério, como você sabia?

Ele exalou com força.

— Eu também estou tentando superar uma pessoa. Ela não estava pronta para um relacionamento. Então estou tentando seguir em frente.

— Estou no mesmo barco — admiti, relaxando na cadeira com alívio. — Só que eu não quero superá-lo. Quero exorcizá-lo. Se nunca mais o ver não for uma opção, então eu quero encontrar um jeito de não sentir nada.

— Isso dá a entender que ainda há sentimentos fortes envolvidos — observou Kurt.

— Sentimentos homicidas — insisti. — Ele não é nem de longe a pessoa certa pra mim. Ele não quer as mesmas coisas que eu quero. Poxa, ele nem me quer. E nem eu o quero. Temos apenas essa conexão física que... E eu nem deveria estar falando sobre isso em um encontro com outro cara.

Ele deu de ombros.

— Talvez você só precise de algum tipo de desfecho antes de poder seguir em frente.

— Acredite. Tive mais desfechos que qualquer pessoa normal e sensata precisaria. Mas há essa pequena parte idiota e romântica em mim que se pergunta como uma atração física pode ser tão poderosa, tão incrível, quando o resto é simplesmente uma porcaria. — Fiz uma careta. — Foi mal. Me fala sobre a sua situação antes que eu me constranja ainda mais.

Kurt fez uma expressão de desconforto.

— Se eu contar, você pode ficar com aqueles sentimentos homicidas em relação a *mim*.

Fiquei mais animada.

— Acredite, você não pode ser pior do que eu.

— Vai se arrepender de ter dito isso — antecipou.

Ele estava visivelmente sério e preocupado.

— Esse lance entre nós não vai dar em nada, não é? — confirmei.

— Triste dizer, mas é o que parece — concordou.

— Então, beleza. Vou contar uma coisa que pode te deixar mais tranquilo. Topei com o cara com quem estava saindo no nosso primeiro encontro no Honky Tonk. Ele fez a idiotice de me convidar pra ir à casa dele, embora tivesse deixado claro que só queria sexo. Como uma idiota no cio, fiz a besteira de deixar que ele se aproximasse demais, fui além da conta com ele no corredor durante o nosso encontro, e depois disse a ele pra nunca mais me procurar.

Ele se recostou na cadeira.

— Ufa, isso me deixa mais tranquilo.

Arqueei as sobrancelhas.

— Sério? Manda brasa. Não pode ser pior do que a minha confissão. — Com uma sensação de alívio e um fardo retirado, coloquei uma colherada generosa de sorvete na boca.

— Estou apaixonado pela sua irmã.

Pega de surpresa, eu me engasguei com o sorvete.

— Como é? — falei com rouquidão.

— Toma — disse ele, empurrando um copo de água na minha direção. — Fique à vontade pra beber ou jogar na minha cara.

— Maeve? — falei, ainda rouca.

Ele confirmou com a cabeça e depois passou a mão no rosto.

— Tudo começou no verão passado. Nos conhecemos no encerramento da assembleia escolar, nos demos bem e tivemos um caso de verão. Era para ser apenas curtição. Ela estava ocupada. Eu tinha acabado de arrumar um emprego aqui. Claro, foi uma ideia terrível. Ela é a mãe de um dos meus alunos.

— Inacreditável — comentei.

— Eu sei. Sou um monstro.

— Não! Que vocês conseguiram manter um segredo desses em Knockemout.

— Não está brava?

Neguei com a cabeça.

— Estou impressionada. Guardar segredos em Knockemout é como tentar ensinar um exército de gatos a fazer o que você quer. É impossível. Então, por que deixou que meus amigos nos apresentassem?

Ele pareceu envergonhado.

— Parte de mim, uma parte patética, achou que, já que a Maeve não queria ficar comigo, pelo menos eu poderia continuar fazendo parte da vida dela. A parte incrivelmente estúpida de mim achou que talvez não seria a pior coisa do mundo se a Maeve sentisse um pouco de... ciúmes.

— Uau.

— Não é algo que me encha de orgulho. E eu ia te contar esta noite que não tinha superado a Maeve, logo depois de explicar que não conseguiria transar com você.

— Vesti calcinha de vovó e não depilei as pernas — confessei.

Ele esboçou um sorriso radiante.

AINDA ESTÁVAMOS RINDO quando chegamos ao estacionamento dez minutos depois. Estava escuro e eu escolhera a cafeteria em Lawlerville para evitar esbarrar de novo com o Lucian em Knockemout.

— E agora, o que a gente faz? — perguntei.

— A opção óbvia seria fingirmos que estamos em um relacionamento até nossos ex ficarem cheios de ciúmes. Mas, como somos adultos e eu não gostaria de prejudicar seu relacionamento com sua irmã, talvez seja melhor seguirmos com a opção B.

— Amigos?

— Amigos — concordou. — Sabe, desejei tanto poder estar ao lado da Maeve quando o seu pai faleceu. Tentei entrar em contato algumas vezes. Mas ela deixou bem claro que preferia lidar com isso sozinha.

— Ela te afastou. Conheço bem a sensação — comentei.

Kurt deu um empurrãozinho no meu ombro à medida que nos aproximávamos do meu Jeep.

— Se serve de consolo, o Lucian é um tapado por não enxergar o que sente por você.

Meus pés derraparam até parar no asfalto.

— Como descobriu...

— Knockemout não é conhecida por guardar segredos. Vi o jeito como ele te olhou quando entramos no Honky Tonk. Aquilo não era "nada". E com certeza não é ódio.

A lua estava ascendendo atrás dele. As árvores estavam desabrochando com milhares de brotos. A primavera se aproximava. Novos começos. Mas tudo em que conseguia pensar era no término mais recente.

— Eu me diverti muito esta noite — falei para o Kurt.

— Eu também.

Subi na ponta dos pés e dei um beijo em sua bochecha.

Ele me abraçou com carinho. Cheguei à conclusão de que ele seria um excelente cunhado um dia.

— Que tal a gente fazer um daqueles acordos de que, se não estivermos casados até os cinquenta anos, a gente mete a cara.

Um sorriso largo surgiu em meu rosto.

— Tô dentro.

Entrei no Jeep e o observei atravessar o estacionamento até seu carro. Esperei ele sair antes de pegar meu celular e abrir as mensagens de texto. Maeve e eu teríamos uma conversa bem interessante.

Berrei quando a porta foi aberta com força. Um punho grande com luva agarrou meu suéter e me prendeu ao assento. Outro punho cobriu minha boca, abafando o grito.

Fiquei sem ar. O agressor tapava minha boca com a mão, e um de seus dedos cobria minhas narinas. O pânico tomou imediatamente conta de mim enquanto eu encarava a máscara de esqui preta onde um rosto deveria estar. O que ele queria? Dinheiro? Meu Jeep? Só esperava que não fosse eu.

Eu me debati e abri a boca.

— Pare de tentar me morder — reclamou meu agressor. — Tenho um recado pra você.

Adrenalina disparou dentro de mim. Minha mão livre foi direto para dentro da minha bolsa, tateando em busca do spray de pimenta enquanto eu tentava memorizar detalhes importantes. Altura? Mais alto do que eu. Peso? Como diabos eu ia saber? Ele estava vestido todo de preto, e a luz do painel não iluminava nada direito. Ele me era familiar? Eu reconhecia sua voz? Seu cheiro?

Era canela? Meu agressor estava mascando chiclete?

— Deixe Upshaw no seu devido lugar — afirmou o homem.

— Mary Louise? — Minhas palavras foram abafadas pela luva grossa. Não era um assalto aleatório ou um roubo de carro comum. Alguém tinha me seguido até aqui e esperado por mim.

— Não mexa no que está quieto ou *sofrerá* as consequências — avisou.

Logo em seguida, a mão no meu peito sumiu por um instante antes de retornar e bater com algo que pareceu papel na altura do meu coração.

— É o último aviso. Leve a sério. Por favor.

Pareceu um pedido sincero. Seria possível que meu agressor não *quisesse* de fato me ferir? Ou talvez eu estivesse alucinando. A falta de oxigênio e o sangue retumbando em meus ouvidos poderiam estar distorcendo tudo.

Em seguida, ele se afastou tão rapidamente quanto tinha aparecido.

Foi uma enxurrada muito grande de desgraças para uma só noite.

Com as mãos trêmulas, alcancei a maçaneta da porta e a fechei com força. Levei quatro tentativas para encontrar e pressionar a trava. Quando finalmente consegui, meu agressor não estava mais à vista.

Com as mãos trêmulas, encontrei o celular no chão e fiz uma ligação.

— N-Nash?

EU NÃO TINHA o hábito de roer unhas, mas as da mão esquerda estavam todas roídas e eu estava prestes a fazer o mesmo com as da direita.

À primeira vista, Nash parecia calmo, mas sua perna tremia sob a mesa. Após prestar meu depoimento à polícia de Lawlerville, implorei ao Nash que me levasse para ver Mary Louise. Tinha um pressentimento terrível na boca do estômago.

Ele não concordou a princípio, considerando que eu desobedeceria às ordens diretas de um sujeito mal-intencionado anônimo. Mas eu precisava ver com meus próprios olhos que ela estava bem, e Nash não queria me deixar longe de vista.

— Todos os presídios são horríveis assim? — perguntei ao Nash.

Seus olhos percorreram o forro rachado do teto, as luzes fluorescentes piscando e o piso vinílico se soltando.

— Não. O lugar onde Tina Witt está parece um clube campestre em comparação.

Franzi o cenho.

— Qual é a diferença?

— Este local é de propriedade privada. O que quer dizer que os proprietários podem direcionar os lucros para suas contas bancárias. Não há uma motivação genuína para melhorar as instalações se você pode embolsar o que sobra após as despesas.

A porta se abriu e eu saltei da cadeira. Mary Louise entrou.

— Ai, meu Deus. Você está bem?

O rosto dela estava cheio de hematomas e inchado, o braço esquerdo estava envolto por uma tipoia. Mas o que piorou tudo foi o medo estampado em seus olhos.

Tive vontade de abraçá-la, mas parecia que isso só a faria se encolher toda.

— Precisa ver um médico?

— Estou bem — garantiu-me.

— O que aconteceu? — perguntou Nash.

— Um pequeno desentendimento na cantina — respondeu ela, apática. — Acontece.

— A gente tem que te tirar daqui. Vou ligar pra Fran — decidi.

— Não — disse Mary Louise, o tom de repente cortante. Ela balançou a cabeça. — Chega de ligações. Chega de petições. Chega de reuniões. Eu desisto.

— Como assim? — sussurrei, recostando-me na cadeira.

— Alguém ameaçou você, Mary Louise? — perguntou Nash.

Ela voltou o olhar para a porta.

— É melhor pra todo mundo se eu cumprir o restante da pena.

— Não — falei com firmeza. — Estamos tão perto, Mary Louise. Não quer ver a formatura do Allen?

Ela balançou a cabeça de novo, com lágrimas brotando nos olhos.

— Foi ingênuo da minha parte ter esperança. Há formas mais proveitosas de você usar o seu dinheiro. Outras pessoas que você pode ajudar. Posso aguentar mais nove anos.

Ela falou como se estivesse tentando se convencer. Olhei para o Nash com desespero.

Mas ele balançou a cabeça para mim, com um ar policial no olhar.

— Preste atenção, Mary Louise — tentei de novo. — Nós encontraremos uma solução. Farei o possível para garantir a sua segurança. Por favor, não tome nenhuma decisão até que eu veja o que posso fazer.

— Você não entende. *Preciso* ficar aqui. *Preciso* que pare de me ajudar.

— NÃO PODEMOS simplesmente deixá-la lá dentro — falei, apertando o passo para alcançar o Nash enquanto seguíamos em direção ao SUV dele.

— Deixa eu pensar, Sloaninha.

— Está na cara que ela está sendo ameaçada. Alguém a agrediu e, do nada, ela não quer que a gente a ajude?

— Eu sei. Agora relaxa e fecha a matraca, preciso pensar.

— Não temos tempo pra pensar!

Nash parou, e eu dei de cara com suas costas largas. Ele se virou para me encarar.

— Querida, eu sei. Mas você precisa entender que você ser atacada no mesmo dia em que a Mary Louise é agredida não foi coincidência. Eles podem estar direcionando as ameaças para as duas, mas isso não significa que sejam os únicos alvos.

— Allen — falei, caindo a ficha.

Ele assentiu.

— E a Lina. E a Naomi. E a Maeve. E qualquer outra pessoa envolvida no caso.

Fechei os olhos.

— Droga. Ela jamais colocaria o Allen em perigo, quem dirá outra pessoa.

— Ligue pra Fran — disse Nash, destrancando as portas e pegando o celular.

— Pra quem está ligando? — indaguei.

Ele encarou firmemente nos olhos.

— Pra quem você acha?

— O que diabos o Lucian vai fazer?

— Ele é o único que me vem à mente que tem os recursos necessários para garantir a proteção imediata de que ela e o Allen precisam.

Ele tinha razão.

Toquei em seu braço.

— Não conte a ele o que aconteceu comigo. Por favor.

— Sloane, você está correndo perigo, porra. Você foi ameaçada esta noite.

— Estou a par da situação, *chefe*. Mas não é da conta dele, caramba. Além disso, tenho você. O Lucian precisa direcionar os poderes malignos pra garantir a segurança da Mary Louise e do Allen.

TRINTA E SETE
ESTÁ FICANDO QUENTE

Sloane

A única coisa de que eu gostava mais do que uma biblioteca fechada era uma aberta. Cercada por tantos livros, tantos mundos esperando para serem desbravados nas páginas. O som relaxante de sussurros, teclados e páginas sendo viradas. Mas eu gostava do silêncio após o expediente também.

Exceto que agora isso me dava tempo demais para refletir.

Passei o dia inteiro trabalhando sem parar. Não por necessidade, mas porque não sabia o que mais fazer.

Duas semanas tinham se passado desde as ameaças contra mim e a Mary Louise. Lucian fez uso de seus feitiços sombrios e conseguiu a transferência de Mary Louise para uma prisão nova — a que a irmã da Naomi, Tina, estava detida — na manhã seguinte. Mas, mesmo com o Allen agora sob proteção de seguranças em período integral, ela ainda se negava a dar seguimento ao próprio caso.

Naomi e Lina aos poucos deixaram de lado a necessidade obsessiva de ver como eu estava. Depois de cinco noites do pijama consecutivas, chegamos à conclusão de que eu provavelmente estava segura o bastante em casa com as fechaduras, as novas câmeras de segurança básicas que a Waylay me ajudou a instalar e as rondas policiais de hora em hora.

E, por serem amigas excelentes, elas concordaram em não comentar com o Lucian o incidente que desencadeou tudo isso.

Minha vida amorosa era inexistente devido à presença quase constante da polícia de Knockemout, que estava "de olho em mim" e investigando quem teria interesse em manter Mary Louise na prisão. Mesmo que eu quisesse sair para algum encontro, seria muito constrangedor com um babá uniformizado e armado na minha cola.

Para piorar as coisas, Nash me deu ordens estritas de deixar as investigações a cargo dos profissionais. Uma investigaçãozinha teria sido uma distração bem-vinda. Mas Nash usou seu tom amedrontador de policial e ameaçou contar ao Lucian que eu tinha sido alvo de intimidação se eu não concordasse. Então, no geral, acatei.

Claro. Talvez eu tenha dado uma olhada nos arquivos do processo da Mary Louise todas as noites, até meus olhos ficarem tão cansados que eu não conseguisse enxergar direito. Eu não estava fazendo mal a ninguém. E se eu descobrisse algo, seria vantajoso para todos a longo prazo, dada a falta de progresso na investigação policial. Além de não haver impressões digitais ou outras evidências identificáveis deixadas pelo meu agressor, tudo indicava que o ataque à Mary Louise fora aparentemente aleatório e sem motivo.

Um leve baque vindo da seção infantil me fez derrubar dois livros de John Sandford.

Soltei um suspiro frustrado, afastando os cabelos do rosto e embaçando os óculos. Desde que o cara com hálito de canela me deu um baita susto, eu estava uma pilha de nervos e cheia de ansiedade.

— Controle-se — sussurrei para mim mesma.

Eu estava decepcionada comigo mesma. Sempre achei que reagiria a uma situação perigosa com a perspicácia e a coragem de uma heroína destemida. Ou, no mínimo, como a Stephanie Plum, uma personagem conhecida por suas trapalhadas. Em vez disso, eu estava aguardando que um herói viesse me socorrer. E não era nem o meu próprio herói. Não. Eu estava contando com o noivo da minha amiga, o chefe de polícia, para vir me salvar.

Foi um pensamento humilhante.

Terminei de escanear as devoluções de livros da noite e, em seguida, apaguei as luzes no térreo antes de subir para o meu escritório. Eu queria resolver mais algumas tarefas administrativas. Não que fosse urgente terminá-las esta noite. Mas o que mais eu tinha para fazer?

Além disso, a biblioteca era o único lugar onde os policiais me davam uma folga, já que ficava ao lado da delegacia e tudo o mais. Ninguém em sã consciência tentaria fazer algo bem ao lado de uma delegacia.

No andar de cima, me acomodei atrás da mesa com uma *root-beer* gelada e coloquei para tocar a minha playlist "Mãos à Obra". Quando Joan Jett começou a cantar *I Hate Myself for Loving You*, eu já tinha planejado três semanas de postagens nas páginas do Facebook e do Instagram da biblioteca, elaborado as próximas duas semanas de newsletters e encomendado vários livros novos.

Minha lista de tarefas nunca esteve tão adiantada em toda a minha vida.

E a culpa era só de uma certa pessoa.

Peguei meu celular e fui passando as mensagens. Apesar de eu não ter respondido, Lucian continuou me enviando mensagens todos os dias.

> Imbecil: Jantei com a sua mãe.
>
> Imbecil: Acho que seria bom um animal de estimação para fazer companhia a ela.
>
> Imbecil: Gato ou cachorro?
>
> Imbecil: Um pônei pequeno que caiba em um apartamento?
>
> Imbecil: As coisas não precisam ser desse jeito, Fadinha. Poderíamos dar um jeito de sermos amigos.

Amigos? Rá. Amigos confiam um no outro. Amigos são honestos um com o outro. Eu tinha perdido tempo demais da minha vida com um cara que jamais confessaria seus sentimentos por mim. Eu não precisava de mais nada que viesse de Lucian Rollins.

Eu tinha coisas mais importantes para fazer. Provavelmente.

Como eu ia conseguir encontrar alguém, dar a ele espaço e tempo para provar que era digno de confiança, e depois convencê-lo a se casar enquanto meus óvulos ainda eram férteis? Parecia ser um projeto que levaria décadas.

E se meus óvulos não forem férteis?

E se eu não encontrar um Simon Walton?

E se isso não fizer parte da minha história de vida?

— Meu Deus, estou me dando nos nervos — reclamei, sobrepondo a música ao fundo. — Deixa de choradeira e parte pra ação, caramba.

Mas fazer o quê? O meu coração e a minha vagina simplesmente não estavam animados com a ideia de sair com outras pessoas. Mas isso não queria dizer que eu não tinha outras opções. Pensei em Knox, Naomi e Waylay e, depois, mordiscando o lábio inferior, acessei a página do sistema de acolhimento de menores do condado e comecei a descer a tela.

Icona Pop estava no meio do refrão de *I Love It* quando um som distante me fez sair do modo de pesquisa. Baixei o volume da música para ouvir e acabei me assustando quando a impressora antiga imprimiu os folhetos sobre acolhimento e adoção.

Peguei os papéis da bandeja e agucei os ouvidos. Nada. Talvez tenha sido um livro que caiu de uma prateleira ou um dos cartazes pesados na seção infantil que finalmente conseguiu vencer a batalha contra a fita.

Ajustei o volume da música de volta ao normal e abri a caixa de entrada dos e-mails para finalizar algumas tarefas pendentes.

Desta vez, não foi um barulho que chamou minha atenção. Foi um cheiro. Um odor fraco, acre e químico. Parecia muito com plástico derretido ou café velho e amargo que havia queimado no fundo da cafeteira.

Eu tinha desligado as máquinas de café, não tinha?

Sim, eu sempre lembrava de fazer isso desde que vi uma reportagem especial sobre a casa de uma família que pegou fogo na véspera de Natal por causa de uma fritadeira elétrica com defeito.

Afastei-me da mesa com as sobrancelhas franzidas. O odor estava ficando mais forte agora. As luzes na biblioteca ainda estavam apagadas, mas parecia haver um brilho estranho vindo do outro lado da janela do escritório. Estava ficando mais quente aqui ou era impressão minha? Talvez o aquecedor estivesse desregulado.

Abri a porta do escritório, e o cheiro forte de fumaça me acertou em cheio.

— Mas o que...

Era impossível ser um incêndio. O prédio todo era equipado com um sistema de sprinklers de última geração.

Mas não havia como confundir aquele brilho alaranjado e ondulante vindo do térreo ou a súbita onda de calor que envolveu meu corpo.

Corri de volta para a mesa e peguei o telefone para pedir ajuda. Mas não havia sinal. A linha estava desligada.

— Droga! Tá. Concentre-se, Sloane. Não entre em pânico, cacete.

Com as mãos trêmulas, peguei o celular e consegui ligar para o 190. Enquanto a chamada não era atendida, peguei minha bolsa, enfiando livros e itens pessoais de qualquer jeito. Retirei da janela o desenho de pirata que ganhei do Ezra Abbott no Dia dos Namorados e o enrolei.

— 190. Como posso ajudar?

— Aqui é a Sloane Walton da Biblioteca Pública de Knockemout — falei enquanto corria de volta para a porta. — Tem um incêndio. Na biblioteca. Pelo menos acho que é um incêndio. — O ar estava sufocante e quente, fazendo minha garganta arder.

Uma crise de tosse me pegou de jeito, e me curvei, tentando recuperar o ar.

— Mantenha a calma, senhora. Por favor, me informe a sua localização.

— Não ouse me dizer para ficar calma, Sharice. E não me chame de senhora. A biblioteca está pegando fogo — falei com a voz rouca enquanto saía do escritório. Sharice se formara recentemente na Knockemout High School e exercera o cargo de conselheira de acampamento de verão na biblioteca pelos últimos três anos.

A temperatura aumentava rapidamente, como se eu tivesse deixado a Barbara, que sempre ficava morrendo de frio durante o clube do livro, no controle do termostato.

Para resolver um incêndio, era preciso de um extintor. O pensamento me encheu de alívio. Veio-me à mente o extintor grande e vermelho pendurado na parede da cozinha.

Abaixando-me para poder enxergar através da densa fumaça escura e fétida, eu me dirigi à cozinha, afastando-me das escadas. O suor escorria sem parar.

— Desculpa, Sloane. Sabe informar onde está o foco do incêndio?

— Acredito que seja no térreo. Eu estou no andar de cima. — Apoiei o celular no ombro e, às cegas, tateei a parede, curvando-me o máximo possível em busca de ar fresco.

Encontrei a saliência da moldura da porta e rapidamente estendi a mão para a maçaneta. Estava mais quente do que o normal.

— Já estou entrando em contato com o corpo de bombeiros. Consegue evacuar o local em segurança?

— Estou indo pegar um extintor na cozinha.

— Senhora... quer dizer, Sloane, preciso que me informe se há alguma saída — solicitou ela, incisiva.

— Eu te falo depois que achar o maldito extintor. — Eu não ia encarar uma batalha desarmada. Tateei à procura do interruptor de luz, mas nada aconteceu quando o liguei.

Merda. Sem luz.

Entrei na cozinha aos tropeços, ignorando a conversa abafada do outro lado da linha.

— Acionei a polícia, está a caminho.

— Era de esperar, já que ela fica no mesmo prédio.

— Precisa evacuar com eles imediatamente. O corpo de bombeiros está a caminho.

Minha canela topou em algo duro e eu caí dando um grito de dor.

Meu celular e a bolsa foram parar longe.

A maldita lixeira. A escuridão e a fumaça transformaram um lugar conhecido em um labirinto desorientador e perigoso.

— Maldita seja, Marjorie Ronsanto! — murmurei ficando de quatro. Aqui embaixo estava um pouco mais fresco e tinha bem menos fumaça. Rastejei para frente, procurando o celular com as mãos. — Sharice, se ainda estiver aí, poderia gritar bem alto ou buzinar? — perguntei na escuridão.

Mas percebi que a crepitação não estava apenas nos meus ouvidos. Vinha de debaixo de mim.

— Por que diabos os sprinklers não estão funcionando, e onde está a porra do extintor? — indaguei.

Por incrível que pareça, consegui chegar aos armários e os segui até a parede distante. Elaborei mentalmente um comunicado para toda a equipe enquanto rastejava no chão. Os extintores de incêndio agora serão instalados ao lado da porta, e não do outro lado da maldita sala. E a lixeira da Marjorie foi oficialmente aposentada e será jogada fora.

A minha garganta e os meus pulmões ardiam. Eu estava suando tanto que me perguntei se era possível me transformar em uma uva-passa humana.

Por fim, bati com a testa na parede mais distante.

— Ai!

Com pressa para ficar de pé, deslizei as mãos em movimentos amplos pela parede de gesso. Meu dedo mindinho bateu no cilindro de metal, e eu gritei de dor e vitória.

Às cegas, tirei o extintor da parede.

— Peguei o extintor na cozinha — gritei, no caso de a chamada ainda estar conectada. Recuei em direção à porta o mais rápido que me ousei. — Vou tentar descer pelas escadas. Se eu não conseguir, vou até uma das janelas laterais...

Meu pé esbarrou em algo inesperado, e eu me esborrachei no chão. Minhas costelas bateram em algo duro e inamovível, deixando-me sem ar. A droga da mesa à qual eu me sentava todo santo dia.

— Neste ritmo, não vou nem morrer por inalação de fumaça — falei, ofegante. — Vou me estatelar nas coisas até ir para o beleléu.

O objeto inamovível no chão era, na verdade, minha bolsa. Eu a pendurei no ombro, encaixei o extintor debaixo do braço e rastejei porta afora.

— Sloane!

O sargento Grave Hopper estava me chamando de algum lugar, e ele parecia muito *puto*.

Inspirei fundo para responder, mas fui acometida por mais uma crise de tosse.

Concluí que eu era a pior bombeira de todas, enquanto lágrimas escorriam pelo meu rosto. Mantive-me o mais rente possível ao chão, rastejando com apenas um braço, e avancei em direção às escadas.

— Sloane! — chamou outra voz.

— Aqui. — Saiu mais como um grunhido do que um grito, mas foi o suficiente.

— Ela está no primeiro andar.

— Não tem saída aí em cima.

— Estou descendo — grunhi. — Estou com um extintor de incêndio.

— Deixe a porra desse extintor aí e desça logo as escadas — mandou Grave.

Deixar o extintor? Eu precisava salvar os livros. Mas então eu ouvi. As sirenes. Eles iriam salvar os livros.

Eu estava tão cansada. Meus pulmões doíam. Minha cabeça latejava. Estava tão escuro. Eu só precisava de um minutinho de descanso.

TRINTA E OITO

REMÉDIO PARA BURRICE

Lucian

Quando o helicóptero fez uma curva para o leste enquanto sobrevoava Knockemout, a visão das luzes dos veículos de emergência cortando a escuridão despertou uma raiva que eu tinha sérias dúvidas se conseguiria controlar.

Sloane estava sozinha dentro da biblioteca quando o incêndio começou. E eu estava a quilômetros de distância em uma teleconferência com a Costa Oeste.

Enquanto ela rastejava às cegas pelas escadas, em meio à fumaça e ao fogo, eu estava resolvendo uma pequena crise de relações públicas para um representante do estado da Califórnia. Crise essa que eu poderia facilmente ter passado para outra pessoa.

Enquanto a Sloane era retirada do prédio com a ajuda de um policial e do bombeiro que a levou ao baile de formatura, enquanto era examinada por um paramédico que por acaso fazia parte do clube do livro da biblioteca, eu estava mexendo os pauzinhos e acalmando os ânimos de pessoas que eu mal conhecia.

— Preparando para o pouso, senhor. — A voz do piloto soou monótona e distante no fone de ouvido.

Eu já estava saindo pela porta quando os esquis tocaram o chão do aeródromo particular, a leste de Knockemout. Em menos de um minuto, eu estava ao volante do SUV à espera e acelerando em direção à cidade. Desliguei a mente e foquei na estrada e na paisagem familiar pela qual passava em alta velocidade.

Não me permiti pensar na Sloane. Sozinha. Desprotegida. Não me permiti considerar o fato de que eu a deixei assim, acreditando que estaria mais segura.

A voz do Knox persistia em minha mente.

"Que bonito, finalmente atendeu, imbecil. A porra da biblioteca está pegando fogo, e a Sloane estava dentro."

Pareceu que uma eternidade tinha se passado até que as luzes piscantes iluminaram o para-brisa enquanto eu me dirigia para o coração de Knockemout.

Desci do carro e fui em direção ao tumulto. A fumaça pungente fez minha garganta arder enquanto eu avançava pela multidão. O edifício de dois andares feito de tijolo vermelho ainda estava de pé. As letras douradas que indicavam o Prédio Municipal Knox Morgan estavam um pouco desgastadas, mas ainda visíveis. As portas da frente estavam com apoios para se manterem abertas. As janelas laterais da biblioteca estavam estilhaçadas, deixando escapar fumaça preta e densa, poluindo o ar noturno.

Fui até a socorrista mais próxima, uma mulher alta e grisalha com manchas de fuligem no uniforme e um machado sobre o ombro.

— Chefe Morgan? — vociferei.

— Ali. — Ela apontou para o estacionamento da delegacia, onde uma tenda havia sido montada e um grupo de doze socorristas estava reunido.

Ninguém tentou me barrar enquanto eu seguia em frente. Era um dos inúmeros privilégios de ser a porra do Lucian Rollins. A maioria das normas não se aplicava a mim, porque não havia ninguém disposto a fazê-las valer.

— Nash! — Minha voz soou alta e nítida acima de tudo.

Meu amigo desviou o olhar de sua conversa com o sargento Grave Hopper, que estava coberto dos pés à cabeça com fuligem, o chefe dos bombeiros e a prefeita Hilly Swanson. Nash estava com uma expressão severa, e percebi que a raiva dentro de mim crescia exponencialmente.

Ele pediu licença aos outros e colocou a mão no meu peito.

— Ela está bem.

Fechei os olhos e deixei a informação transpassar o pânico.

— Onde ela está? — falei com rouquidão.

— Pedi à Bannerjee que a levasse para casa faz uns dez minutos.

Eu queria ir até ela. Eu precisava vê-la. Ver com meus próprios olhos que estava bem. Mas, antes de tudo, eu precisava de respostas.

— Você a deixou ir pra casa sozinha? Qual é o seu problema, caralho? Por que o Knox não está com ela? Cadê a Naomi e a Lina?

— São quase duas da manhã em plena madrugada de um dia letivo. A Sloane enxotou todos pra casa faz mais ou menos uma hora. Antes de sair, a Banerjee inspecionou a casa, incluindo todas as portas e janelas.

— O que diabos aconteceu aqui?

Nash ficou sério.

— Ainda não temos informações. O corpo de bombeiros acredita que o incêndio tenha começado no térreo. A Sloane estava no escritório no andar de cima, trabalhando até tarde. Ela estava sozinha naquela ala do prédio. O sistema de alarmes e de sprinklers não foi acionado como deveria, mas ela sentiu o cheiro da fumaça, abriu a porta e imediatamente ligou para a emergência. Grave evacuou o nosso lado do prédio e foi correndo para a biblioteca como um tolo sem treinamento. Ele encontrou a Sloane nas escadas, e eles estavam saindo quando o corpo de bombeiros chegou.

Eu queria os nomes de todos os envolvidos na instalação do sistema de alarme e de sprinklers, porque eu ia destruir suas vidas minuciosamente. Depois, compraria para o Grave uma cobertura em um apartamento de luxo na cidade turística que ele quisesse.

— Qual é a dimensão do estrago? — perguntei. Eu reconstruiria tudo, pedra por pedra, do jeitinho que ela quisesse. Ela não podia me impedir.

— Teremos mais informações pela manhã. A estrutura parece estável, mas... — Nash esfregou o rosto. — Aqueles livros pegaram fogo como se fossem a porra de uma lenha.

A notícia me atingiu como um soco no abdômen. Sloane ficaria arrasada.

— Vou ver como ela está — anunciei.

Ele balançou a cabeça.

— Cara, não é uma ideia muito boa. Ela não vai querer te ver. Não depois da palhaçada que você aprontou.

— Vou reverter a situação.

— Ou você está superestimando o seu charme ou está subestimando a teimosia dela. Seja o que for, é provável que não queira te ver nem pintado de ouro.

Ele não entendia. Ninguém entendia. Quando tudo ia por água abaixo, Sloane e eu estávamos lá para o outro. Sempre. Era hora de nós dois nos lembrarmos disso. Porque eu não ia embora. Não desta vez. Nunca mais.

— Ela não vai ter opção. Ela vai dar ouvidos à voz da razão.

Nash me encarou como se eu o tivesse convidado para uma partida de pôquer com o Pé Grande e o finado Sammy Davis Jr.

— Tomou o remédio pra burrice hoje de manhã?

Eu o encarei com raiva.

— Vou consertar as coisas.

— Olha, Luce. Sei que o que você sente pela Sloane é complexo. Mas eu amo aquela garota como se fosse uma irmã mais nova. Sempre amei. O Knox também. Se você mexer com ela, se a deixar mais chateada do que já está, não vou pegar leve com você. E nós dois sabemos que o Knox não vai querer ficar de fora da surra.

Fiquei cara a cara com o Nash e olhei diretamente em seus olhos.

— Se você, o Knox ou qualquer outra pessoa na porra desta cidade tentar me afastar da Sloane, eu acabo com vocês.

Um sorriso se formou nos cantos da sua boca.

— Mal posso esperar, irmão. Boa sorte.

— ABRE LOGO esta porta, Sloane! — vociferei, batendo com força na porta.

Ela não havia atendido nenhuma das minhas ligações nem respondido nenhuma das mensagens desde que eu a expulsara da minha casa, e continuava ignorando as minhas dezenas de tentativas desde que apareci à sua porta. Mas ela *cometeu* o erro fatal de apagar a luz da varanda cinco minutos atrás comigo aqui.

As luzes do térreo estavam apagadas. E eu apostava que ela estava ou sentada no escuro, deleitando-se com minha birra, ou tinha subido para me ignorar.

— Eu não vou embora daqui, então é melhor me deixar entrar — falei alto.

A cortina na janela da frente, a mais próxima de mim, balançou, e eu me atirei na direção da janela, mas tudo o que vi foi a gata me observando com indiferença, como se fosse uma gárgula guardiã. Gatos sabiam fazer cara de deboche? Porque era exatamente o que essa gata listrada e rechonchuda parecia estar fazendo.

— Você se chama Miau Miau. Não tem moral pra me julgar — falei para a gata através da janela.

A bolinha de pelos me ignorou e concentrou sua atenção na pata que estava lambendo.

Deixei para lá a ideia de bater e comecei a pensar em uma nova estratégia.

A chave.

Lembrei que Simon e Karen costumavam deixar a chave reserva embaixo do vaso vermelho no qual plantavam samambaias toda primavera e enchiam de galhos de abeto todo inverno. Ansioso, inclinei-o para trás e tateei o piso, procurando. Nada.

Droga. Afastei o vaso de plantas uns trinta centímetros para a direita e olhei embaixo do tapete de boas-vindas pitoresco da Sloane. Revirei cada canto da varanda perto da porta, depois ampliei minha busca minuciosa, parando a cada minuto ou dois para enviar uma mensagem para ela.

> Eu: Não vou sair daqui. Abra a porta para mim.
>
> Eu: Você está bem?
>
> Eu: Se não responder, vou ter que ligar para o Nash e pedir que venha conferir se você está bem.
>
> Sloane: Estou bem.

A sensação de alívio logo deu lugar à suspeita. Sem insultos. Sem acusações de que eu deveria estar bebendo o sangue de unicórnios e deixando-a em paz. Sem esfregar minhas ações passadas na cara.

O pânico voltou.

Verifiquei toda a parte de baixo do guarda-corpo. Nenhuma chave. Quando entrasse, eu a convenceria a me dar uma chave reserva. Depois, minha equipe de segurança instalaria um sistema de segurança de última geração para protegê-la. Fui até os fundos da casa pela varanda que contornava a lateral. Iluminei a casca grossa e escamosa do tronco da árvore com a lanterna do celular.

Pela primeira vez em semanas, sorri.

Saltei sobre o guarda-corpo e aterrissei no canteiro de flores, entre um rododendro prestes a florescer e uma azaleia. Guardei o celular no bolso e abracei o tronco. Com um salto determinado, sacrifiquei meus sofisticados mocassins de couro da marca Brioni na casca áspera da árvore.

O segredo para escalar uma cerejeira era aplicar toda a força na direção descendente, evitando que a casca se desprendesse da árvore. Dei um impulso desajeitado e fui subindo pelo tronco até chegar ao primeiro galho. As primeiras flores da cerejeira já estavam desabrochando, invadindo os meus sentidos com seu perfume característico. Isso me motivou, me deu forças, e eu subi mais depressa.

Decidi ser mais ousado e, ao estender meu pé para um galho mais alto, ouvi o som característico de tecido rasgando. O rasgo foi imediatamente seguido por uma lufada de ar fresco nos meus testículos. A árvore tinha envelhecido algumas décadas desde a primeira vez que a escalei, e eu estava enferrujado, mas consegui aterrissar no telhado da varanda com só alguns arranhões e rasgos a mais.

O abajur na mesinha de cabeceira da Sloane estava aceso, notei enquanto escalava rapidamente a suave inclinação das telhas até a janela.

Meu coração parou.

A luz estava acesa, mas ela não estava deitada na cama. Sloane. *Minha* Sloane estava no chão, abraçando os joelhos, balançando-se para frente e para trás. Lágrimas abriam caminhos em meio à fuligem em seu belo rosto. Suas roupas estavam sujas. Até mesmo o cabelo havia perdido o brilho radiante. Seu rabo de cavalo pendia com o peso dos resíduos da fumaça.

A janela do meio estava ligeiramente aberta. Como sempre. Então, fiz o que costumava fazer. Deslizei-a para cima e entrei.

Só conseguia imaginar a cena que eu estava criando, jogando uma perna sobre o peitoril e me estatelando no assento da janela. Mas a Sloane não riu. Nem gritou. Nem me mandou ir me ferrar nem me pediu que a deixasse em paz.

Ela me fitou, depois cobriu o rosto com as mãos e chorou ainda mais.

— Porra — sussurrei, adentrando o cômodo e correndo até ela. — Sloane. Amor. — Minhas mãos inspecionaram seus braços e torso em busca de ferimentos. Pois apenas os ferimentos mais graves poderiam fazê-la sucumbir dessa forma. Os piores ferimentos e as tristezas mais amargas.

Não encontrando nada, eu a tomei em meus braços. Meu peito se encheu de pânico vívido quando ela não resistiu. Era para ela estar me dizendo como fui babaca. Era para ela estar me expulsando. Não desmoronando no meu abraço.

Levantei-a, mantendo-a próxima ao meu peito, e, quando ela não começou a me atacar com socos e xingamentos, levei-a até a cabeceira da cama. Afastei as cobertas, me livrei dos meus sapatos estragados, e me sentei encostado no amontoado de travesseiros, ainda segurando-a.

Soluços silenciosos tomaram conta dela, deixando cicatrizes em meu coração frio e sombrio. Uma torrente infindável de lágrimas molhou minha camisa enquanto eu a abraçava mais apertado e acariciava seu rabo de cavalo. Repetidas vezes. Ela cheirava à um tipo de fumaça que destroçava sonhos, e foi quase impossível me conter.

Mas por mais que ver a dor dela me dilacerasse, eu me dei conta de como era abençoado. Por estar aqui quando ela mais precisou. Por poder reunir os caquinhos e estar ao seu lado para juntá-los.

Eu não disse a ela que tudo ficaria bem. Não implorei para que parasse de chorar. Apenas a abracei forte enquanto meu coração patético e covarde se partia.

Eu achava que estava fazendo o certo ao mantê-la afastada. A intenção era que ela ficasse mais protegida assim. Contudo, ao afastá-la, eu a expus a um perigo que não havia previsto. Eu queria protegê-la de mim mesmo, da escuridão que constituía meu passado e do perigo que era o meu presente. Mas no fim só a deixei desprotegida e vulnerável a outra ameaça. Uma que quase a tirou de mim.

Se o meu distanciamento não conseguiu protegê-la, minha proximidade o faria. De agora em diante, eu seria a sombra da Sloane.

AS LÁGRIMAS CESSARAM algum tempo depois. Foram substituídas por tremores que percorriam todo o seu corpo. Ela ainda não havia proferido uma palavra. E eu estava determinado a fazer o que fosse necessário antes que ela recobrasse a voz e tentasse me expulsar. Sem dizer nada, eu a peguei no colo e carreguei para o banheiro.

— O que está fazendo? — O habitual timbre rouco de sua voz se tornara um sussurro doloroso.

— Você está tremendo — falei, abaixando-me para abrir a torneira da banheira. Era uma banheira funda e embutida, revestida de azulejos, sob um vitral.

— N-não e-estou, n-não — sussurrou, com os dentes batendo.

Depois de duas tentativas, consegui colocá-la no chão. Com medo de que ela fugisse, não desviei o olhar dela enquanto fechava o ralo da banheira. Ela colocara velas ao redor da banheira. Tirei o isqueiro do bolso e as acendi. Sem confiar plenamente que ela ficaria, segurei seu pulso com delicadeza e a levei comigo enquanto pegava toalhas macias verde-sálvia e as empilhava ao lado da banheira. Ela me acompanhou de bom grado enquanto eu a conduzia em direção ao chuveiro, onde peguei o xampu, o condicionador e o sabonete.

Organizei tudo e regulei a temperatura da água, sem soltá-la por um segundo sequer.

Quando por fim me virei para fitá-la, ela encarava a água que fluía com uma expressão vazia. As lágrimas tinham deixado rastros em meio à sujeira que manchava seu belo rosto. Faltava luz e vigor naqueles olhos verdes tão bonitos. Faltavam as chamas esmeralda que me alertavam da evisceração verbal que estava por vir.

— Vamos ter que retirar suas roupas, Fadinha.

Ela não deu nenhum sinal de ter me ouvido, então eu mesmo tomei as providências. Estiquei o braço e tirei seu suéter arruinado. Arfei com força quando vi as contusões que já se formavam em seus braços e costelas. Mesmo assim, ela não fez nada para me deter ou ajudar. Então, continuei.

Ela demonstrou uma vulnerabilidade tocante na forma como se deixou despir, como se fosse uma boneca. Conforme a banheira enchia, fui sem pressa, tirando peça por peça até que ela ficou ali de pé, trêmula e nua. Sujeira e fuligem manchavam seu rosto, as mãos e o cabelo. Hematomas coloriam sua pele alva como se fosse uma tela.

Uma raiva intensa ardeu dentro de mim. Eu não descansaria até descobrir quem era o culpado por aqueles hematomas e o fazer pagar.

Tamanha era a fragilidade de sua beleza que me faltava o ar.

Por pouco não a tinha perdido. Realmente perdido. Não a afastado, mas perdido. Sem nem saber, eu poderia já tê-la visto pela última vez. Foi nesse momento de lucidez que a ficha caiu.

A noite de hoje poderia ter acabado diferente, eu poderia estar em um necrotério em vez de no banheiro da Sloane, por ser um tolo, egoísta e covarde. Antes, eu duvidava de minha capacidade de protegê-la. Mas agora não me restava outra opção.

Com cuidado, inclinei o queixo dela até que aqueles olhos verdes encontrassem com os meus, e tive a certeza. Eu nunca mais a deixaria. Tínhamos nos despedido pela última vez. Ela só não sabia disso ainda.

— Pronta? — perguntei.

O silêncio foi a sua única resposta enquanto seus olhos vazios me fitavam. Meu peito se contraiu ainda mais. Sua dor era a minha dor. E, pela primeira vez na vida, compreendi o que ela deve ter sentido aos dezesseis, com a janela aberta, ouvindo os sussurros da minha própria dor sendo transportados até ela pela brisa da noite.

Caralho.

Fechei a torneira e a ajudei a se sentar na beirada da banheira. Quando me certifiquei de que ela estava segura, eu me despi, tirando a camisa e a calça.

— O q-que está fazendo? — perguntou, pronunciando cada palavra com hesitação, como se tivesse se esquecido de como proferi-las.

— Vamos tomar banho — falei, tirando a cueca e as meias, acrescentando--as à pilha de roupas que eu pretendia jogar fora o quanto antes. Eu não queria ver aquele suéter cor-de-rosa destruído nunca mais. Eu compraria um novo. Dezenas de suéteres novos. Eu reconstruiria sua biblioteca, pedra por pedra, livro por livro. E não a deixaria enfrentar o perigo sozinha nunca mais.

Algo se aliviou em meu peito. Algo antigo e desgastado pelo tempo. Como uma fechadura antiga se abrindo após muita resistência. Uma lufada de ar fresco entrou, dissipando as teias de aranha e acendendo a chama na lareira. Ela sempre foi minha. Só agora eu estava internalizando o fato. Uma vez que algo era meu, nunca mais deixava de ser.

Com uma sensação de leveza que há anos não sentia, coloquei uma perna e depois a outra na banheira.

— Venha, Fadinha. Não vou te deixar só. — Eu a segurei sob os braços e a coloquei na água. Abaixei-nos e estiquei as pernas à minha frente antes de acomodá-la encostada em meu peito, com a cabeça encaixada sob o meu queixo. Abraçando-a, inclinei-me para trás.

Era a primeira vez que eu tomava banho com uma mulher. E não era qualquer mulher. Era a Sloane.

A sensação de alívio no meu peito aqueceu meu coração. Eu teria tantas primeiras experiências com essa mulher.

Ficamos naquela posição por vários minutos, envoltos pelo vapor e pela luz das velas que bruxuleavam enquanto a água nos aquecia. Quando ela soltou um suspiro breve e entrecortado, peguei uma esponja e o sabonete líquido e comecei a limpar com delicadeza a sujeira e a fuligem de sua pele. Minha garota linda e em frangalhos não me ajudou nem se opôs a mim. Mas ela *relaxou* contra mim. Ela *encostou* o rosto úmido em meu pescoço. E, pela primeira vez na vida, eu me senti o herói em vez de o vilão.

Eu estava duro. Era impossível não ficar excitado perto dela, do ponto de vista biológico, ainda mais quando ela estava encostada em mim, nua e molhada. Mas o que estava acontecendo entre nós era tão mais profundo do que sexo que mal dei atenção à minha excitação.

— Aqui, linda — falei enquanto deslocava minhas mãos para debaixo da água a fim de segurar seus quadris. Inclinei-a para frente e dobrei os joelhos antes de encostá-la nas minhas canelas. — Deixa que eu lavo o seu cabelo.

Sloane permaneceu em silêncio enquanto eu tirava o prendedor. Seu cabelo caiu em cascata, uma cortina de fios densos e sedosos que se estendia sobre as minhas coxas, as pontas tocando na água.

Peguei uma taça de vinho vazia ao lado da banheira e a enchi com água.

— Incline o corpo para trás — encorajei, juntando seus cabelos com a mão livre e conduzindo sua cabeça até que repousasse em meus joelhos. — Boa menina.

Despejei água nas madeixas loiras e enchi o copo de novo, repetindo o processo até ter certeza de que seu cabelo estava bem molhado. Depois, iniciei a tarefa, massageando o xampu no couro cabeludo e ao longo dos fios sedosos. Fui devagar, movendo os dedos em movimentos circulares delicados no couro cabeludo.

Ela soltou outro suspiro e seu corpo relaxou, derretendo-se de encontro ao meu. Procedi com calma, lavando e enxaguando, e depois repeti o processo com o condicionador até que toda a sujeira fosse completamente retirada.

Quando enfim estávamos limpos, eu a tirei da água que estava esfriando, a envolvi em várias toalhas e a levei para o quarto.

— Fique aqui — instruí, colocando-a no assento da janela.

— O que vai fazer? — perguntou, com voz sonolenta.

— Vou trocar os lençóis. Não saia daí.

Encontrei lençóis limpos no armário e fiz um novo lembrete mental de entrar em contato com o meu organizador pela manhã. Eu garantiria que houvesse espaço para nós dois aqui e na minha casa.

Troquei as roupas de cama rapidamente, lançando olhares nervosos na direção da Sloane. Ela não observava meus movimentos. Ela encarava os próprios pés no carpete com um olhar apático.

Enquanto organizava a montanha de travesseiros na formação correta, jurei que quem quer que fosse responsável por isso pagaria. Eu me certificaria disso.

Quando terminei de arrumar a cama, voltei para junto da Sloane e a ajudei a se levantar.

— Hora de dormir — falei.

Ela seguiu sem questionar, fazendo-me desejar que tivesse mostrado alguma resistência. Que tivesse dado um vislumbre da verdadeira Sloane Walton.

Ela se deteve por um instante, observando as almofadas que eu havia organizado em formato de "U".

— Você lembrou — disse ela, baixinho.

— Lembro de cada segundo que passamos juntos.

TRINTA E NOVE

QUEM LEVOU A PANCADA NA CABEÇA

Lucian

Acordei com uma sensação de calor e um peso vibrante sobre o peito. Era reconfortante. Até que o peso mudou de posição e algo afiado espetou meu rosto.

Abri os olhos e me deparei com olhos amarelos me encarando. A gata, pelo visto, tinha algo a dizer sobre eu dormir na mesma cama que a Sloane. A mulher em questão estava em um sono profundo, com as costas coladas à minha lateral e a cabeça apoiada no encaixe do meu braço.

Tudo pareceu perfeito pra caralho naquele momento. Como ganhar meu primeiro milhão. Só que era assustadoramente melhor. Dinheiro a gente ganha e perde. Recupera, se necessário. A Sloane, não.

Eu aproveitei o momento... até que foi arruinado por mais uma investida de garras. Sem dizer nada, encarei a felina com nome ridículo. Ela retribuiu o olhar, batendo a cauda no meu peito nu. Depois, voltando o olhar para a Sloane, ela abriu a boca e soltou um miado feral.

— Cala. A. Boca — sibilei para a gata.

Sloane resmungou enquanto dormia e se remexeu.

Notei o brilho nos olhos da gata, a mudança de postura, e a segurei no último segundo, antes que ela saltasse sobre o corpo adormecido da Sloane.

— De jeito nenhum, sua bolinha de pelo demoníaca do inferno.

Soltei a gata no chão e com cuidado retirei o braço de debaixo da minha bibliotecária exausta. Miau Miau deve ter achado que eu estava demorando muito para arrumar os travesseiros atrás da Sloane, pois me atacou com as garras de novo, agora na panturrilha.

— Caramba. Vou colocar comida pra você. Dá só um minuto pra eu achar algo pra vestir.

Eu estava sem roupas, e o terno de ontem estava fora de cogitação. Entre subir na árvore e abraçar a Sloane coberta de fuligem, meu terno tinha ido ao encontro de seu criador.

Enquanto a gata persistente se enroscava entre meus pés, revirei o guarda-roupa da Sloane até encontrar uma calça de moletom rosa pastel que teria de servir. Passei a calça pelas coxas, quase arrebentando as costuras, e depois encontrei o moletom que ela me oferecera quando a segui até em casa.

O moletom do ex-namorado. Eu ia levá-lo comigo e convenientemente deixá-lo ir parar em uma lixeira.

— Porra — murmurei, olhando meu reflexo no espelho de corpo inteiro.

As calças mal cobriam a parte de cima do meu cofrinho. Na frente, o tecido fino e apertado não disfarçava em nada o contorno do meu pau.

— Miau — disse a gata, com um ar de satisfação e diversão.

— Vamos fazer de conta que isso nunca aconteceu.

Descemos juntos, em silêncio, e no andar de baixo a gata endoidou, miando para mim como se fosse uma herdeira mimada e eu um garçom incompetente.

— Quero fazer o café da manhã da Sloane, não o seu.

Miau Miau não se deixou impressionar e semicerrou os olhos amarelos.

— Tá legal. Vou colocar comida pra você. Depois, você me deixa em paz, e eu te deixo em paz. Combinado?

Encarei o piscar lento como um acordo firmado e fui em busca de ração. Enchi a tigela em formato de rosto de gato no chão com uma quantidade média de ração seca e depois fui para a cafeteira.

Com o café em andamento, eu já estava há uns dez minutos metido em uma receita de panquecas e mandando uma mensagem para a Petula com uma lista das coisas que eu precisaria, já que ficaria aqui por um tempo indeterminado, quando a campainha tocou.

Soltando um palavrão, tirei a frigideira do fogão e fiz a corrida mais silenciosa e rápida possível até a porta da frente. Por pouco não me esborrachei na porta quando a gata apareceu do nada e passou na minha frente correndo a toda velocidade.

— Sua peludinha filha da puta — grunhi ao abrir a porta.

Nash e Lina estavam à porta, perplexos.

— Se acordar ela, vai se ver comigo — avisei ao Nash.

— Hãããããã. — Lina estava boquiaberta, com os olhos arregalados e fixos em uma região abaixo do meu quadril.

Nash tapou os olhos da noiva e soltou uma risada abafada.

— Que porra é essa que está vestindo?

— A única coisa que serviu, caralho.

— Não serviu, não — comentou Lina, segurando-se para não cair na risada.

— Deixando de lado as opiniões sobre roupas, o que diabos vocês estão fazendo aqui? — exigi saber.

Nash imediatamente adotou uma expressão impassível.

— Tem a ver com o incêndio.

Senti um frio na barriga.

— Sabe o que causou?

— Podemos conversar sobre isso aí dentro? — retorquiu, evasivo.

— Tá bem. Mas se acordarem ela, você está demitida e você vai levar uma surra — afirmei, apontando primeiro para Lina e depois para Nash.

— Justo — concordou Nash.

Eles me acompanharam e entraram na cozinha.

— A visão de costas não perde em nada — sussurrou Lina.

Tentei ajustar as calças mais para cima, mas acabei quase esmagando meu saco.

Ela soltou uma risada abafada.

— Meu Deus, cara. Não se rebaixe desse jeito — comentou Nash, atirando um pano de prato em mim.

— Estou aguardando as minhas roupas chegarem — retruquei, impaciente. — Conte o que sabe do incêndio.

— Espera aí. Por que você está atendendo a porta da Sloane vestido assim? — indagou Lina, recuperando-se da crise de riso.

— Passei a noite aqui.

Ela lançou um olhar demorado e significativo para Nash. Ele revirou os olhos.

— Cara, quantas vezes vou ter que falar para você não ferrar as coisas? — perguntou ele. — A gente não deu um corretivo em você da última vez?

Cruzei os braços.

— Pelo visto não adiantou de nada. Desembucha.

— Vou ser franco. Preciso falar com a Sloane. Se ela concordar, você pode ouvir, mas não vou discutir isso diretamente com você.

— Foi incêndio criminoso, não foi? — indaguei. Passei a noite em claro pensando nessa possibilidade. Era a única coisa que fazia sentido.

— Criminoso? — Todos nós nos viramos e vimos a Sloane parada no pé da escada dos fundos. Ela estava vestindo meias até os joelhos e uma camiseta larga de mangas compridas que eu gostaria de ter visto quando estava fuçando o guarda-roupa dela. Seu cabelo estava se soltando de um coque no alto da cabeça. O hematoma na testa parecia pior, hoje. Ela tinha um ar tão frágil e tão belo que eu perdi a capacidade de respirar.

— Oi, Sloaninha — cumprimentou Nash com ternura. — Como está se sentindo hoje?

— Dolorida. Você disse incêndio criminoso — repetiu ela.

— Quem falou foi o fashionista aqui — declarou ele, apontando com o polegar na minha direção. — Mas, sim. Os investigadores encontraram evidências de que alguém provocou o incêndio nos fundos do térreo, perto da seção infantil.

Sloane manteve uma expressão impassível enquanto atravessava a cozinha e se dirigia em linha reta para a cafeteira.

— Querem café? Eu quero café.

Lina, Nash e eu trocamos olhares.

— Claro, amiga. Aceito um cafezinho — disse Lina e foi na direção dela.

Enquanto as mulheres estavam distraídas com o café, dei um soco no Nash e o empurrei para a sala de jantar.

— Que. Porra. É. Essa? — exigi saber.

— Quê? — quis saber ele, massageando o bíceps.

— Por pouco ela não morreu ontem à noite. Não podia ter dado a notícia de uma forma menos brusca, seu babaca?

Ele arqueou as sobrancelhas.

— Foi você o babaca que trouxe "incêndio criminoso" à tona, não eu.

— Quem está por trás disso? Quero nomes.

— Não temos suspeitos por enquanto — disse Nash com arrogância.

— Que mentira do caralho.

— Eu tenho.

Virei-me e vi a Sloane parada na entrada, segurando uma xícara de café. Lina estava logo atrás.

— Quem? — exigi saber.

Ela balançou a cabeça, quase desfazendo o coque.

— Não. Primeiro, me diga qual é a dimensão dos estragos e quanto tempo vai levar para reabrir.

Fiz uma expressão de raiva e Nash me deu uma cotovelada.

— Vai na onda — sibilou ele entre os dentes.

— Por que não conversamos enquanto o Lucian termina de fazer as panquecas? — sugeriu Lina.

Respirei fundo com irritação.

— Tá — grunhi.

— Melhor não contrair tanto as nádegas, Lucy. Vai acabar tendo que comprar uma calça nova pra Sloane — comentou Nash, me dando um tapinha nas costas.

Sloane piscou os olhos, depois os arregalou por trás dos óculos, como se só agora tivesse reparado no que eu estava vestindo.

— Essa calça é minha.

— Melhor dar de presente pra ele. Ele está sem cueca por baixo — advertiu Lina, achando graça, enquanto todos nós íamos para a cozinha.

Peguei a mão da Sloane e a virei para me encarar. Ela estava encarando a minha virilha, então levantei seu queixo.

— Como está se sentindo?

— Cansada. Dolorida. E muito, muito brava.

Estar brava era bom. Era melhor do que estar arrasada.

— Vou achar quem fez isso e vou fazer quem quer que seja pagar pelo que fez — garanti.

— Não se eu achar primeiro — falou.

Ela não entendia. Ainda não. Mas logo entenderia. Eu me certificaria disso. Estendi a mão e coloquei uma mecha de cabelo atrás da sua orelha. Ela parecia vulnerável, mas ao mesmo tempo tão feroz. Uma fadinha pronta para a batalha.

Eu me inclinei, com a intenção de beijá-la, mas ela se afastou.

— Por que não foi na sua casa aqui ao lado pra trocar de roupa? — perguntou.

— Porque não vou te deixar sozinha.

Nem agora, nem nunca mais.

Ela revirou aqueles olhos verdes para mim.

— Você é meio maluco das ideias. E não se iluda nem por um segundo achando que a gente reatou só porque tomamos banho juntos e você fez panquecas, meu chapa.

— Meu chapa? — repeti, fazendo o possível para não sorrir. Sloane Walton estava de volta e pronta para causar estragos.

— Ah, nem vem, grandalhão. Pode ir tirando o cavalinho da chuva. A gente já era. A noite passada não significou nada.

— Está enganada, Fadinha. Ontem teve um significado imenso pra nós. E eu vou provar.

Ela me encarou com raiva.

— Vá embora.

— Vão nos deixar comendo as panquecas sozinhos enquanto discutem ou podemos ter uma conversa madura? — perguntou Nash, gesticulando com uma espátula.

— Vamos ser breves. Tenho que ir pra biblioteca. Ver o que é possível salvar e entrar em contato com a seguradora — disse a Sloane quando já estávamos todos a postos na mesa de jantar, com nossos pratos de panqueca.

A gata se acomodou aos pés da mesa, limpando o fiofó com elegância.

— Sloane, a biblioteca agora é uma cena de crime. Não é hora pra você sair bancando a detetive Nancy Drew. Ainda mais sem termos o aval dos engenheiros estruturais — insistiu Nash.

Ela contraiu a mandíbula.

— Você disse que sabe quem foi o responsável — falei, atraindo o foco dela. — Vamos começar por aí.

— Está na cara que foi quem me atacou no estacionamento ou quem deu as ordens para que agredissem a Mary Louise — declarou ela, derramando boa parte do frasco de xarope na sua pilha de panquecas.

O garfo e a faca caíram no meu prato, assustando a gata, que se atirou no chão como uma bola de boliche antes de sair em disparada.

— O que disse?

— Ai, não. Ele está falando com aquela voz assustadora — observou Lina.

— Não é da sua conta — disse Sloane, incisiva.

— Vamos trocar umas ideias lá fora, Morgan — falei para o Nash, ignorando-a.

Meu amigo fez que não.

— Ah, não. Só pode me dar um soco *depois* do café da manhã.

— Então, desembuche. Agora — mandei.

— Eu estava saindo de um encontro e um cara com uma máscara de esqui abriu a porta do meu carro, me prendeu ao banco e me mandou deixar a Mary Louise em paz. Alguém quer mais café? — perguntou Sloane.

— Como é? — falei entredentes. Este tempo todo eu achava que era o responsável por colocá-la em perigo. Mas, na verdade, o motivo tinha sido outro totalmente diferente, e eu poderia ter estado lá para impedir. Eu deveria ter estado lá para impedir.

— Ele vai virar o Hulk e rasgar as calças — avisou Lina.

— Até parece — debochou Sloane. — Nos poupe e largue essa pose de superprotetor.

— Te atacaram? — perguntei, encarando-a.

— Foi só um susto — disse ela, dando de ombros. — Foi mais um aviso que qualquer outra coisa.

— E você não me contou? — questionei, apontando para o Nash.

— Como eu disse, nada de socos no rosto até terminar o café da manhã — lembrou-me.

— Deixe a cara dele em paz — falou Sloane. — Eu pedi que não contasse.

— Tecnicamente, ela me chantageou. Disse que, se eu contasse a você, ela iria se intrometer na investigação e atrair ainda mais atenção pra ela — contou Nash.

— Não se esqueça de que não é da sua conta — frisou Sloane, irritada.

— Você sempre é da minha conta. Sempre foi e sempre será. A única diferença é que agora você sabe — declarei com frieza.

Sloane bufou com desdém e olhou para Lina.

— Eu que levo pancada na cabeça em um prédio em chamas, e ele que fica lelé da cuca.

— Vamos falar sobre isso em outra hora — garanti ao Nash.

— Ah, não tenho a menor dúvida.

— Vamos voltar à questão do incêndio criminoso — sugeriu Lina com entusiasmo fingido.

— Certo. A porta dos fundos foi arrombada e o inspetor encontrou duas latas de gasolina embaixo do que costumava ser a fortaleza de almofadas na seção infantil. Grave confirmou que o térreo cheirava a gasolina quando ele entrou pra procurar você. O sistema de alarme e de sprinklers e as linhas telefônicas foram desativados.

— O criminoso sabia que ela estava lá dentro? — indaguei.

Nash me encarou com um olhar sério.

— Ainda não sabemos. Mas o Jeep dela estava no estacionamento.

Eu descobriria quem era o responsável, e daria cabo dele com minhas próprias mãos.

— Ainda não identificamos nenhum suspeito, mas a investigação está só começando — continuou ele, cortando mais um pedaço de panqueca no prato.

A campainha tocou de novo.

— Fique aqui — pedi quando a Sloane fez menção de se levantar.

Saí a passos furiosos em direção à sala de estar e abri a porta com tudo. Knox e Naomi estavam na varanda da frente, com uma bandeja de copos para viagem e um saco de bagels.

— Que porra é essa que você está vestindo, cara? — perguntou Knox, encarando minha calça.

Naomi deu uma cotovelada nele.

— Oi. Imaginamos que a Sloane fosse querer algo pra comer no café da manhã.

— Já que estão aqui, juntem-se à farra — convidei, indicando com o polegar para a sala de jantar.

Houve abraços, palavras de conforto e mais de um olhar incrédulo direcionado a mim.

— Podemos voltar ao assunto principal? — sugeri.

Knox abriu um sorriso zombeteiro.

— Agora quem é o resmungão de moletom?

— A reconstrução vai levar quanto tempo? — perguntou Sloane.

— O Levi da Benderson Builders já deu uma passada lá hoje pela manhã — explicou Nash.

— Falei com ele também. Levi acredita que consegue terminar o trabalho em três ou quatro meses. Ele está disposto a começar agora para que você não tenha que aguardar as enrolações inevitáveis da seguradora — afirmou Knox.

— Conversou com ele? — repetiu Nash.

Knox deu de ombros.

— O prédio leva a porra do meu nome. Tenho que zelar por ele.

— Três ou quatro *meses*? — Sloane ficou pálida. Estendi a mão e segurei a dela. Aqueles olhos verdes se voltaram para mim. — O que eu vou fazer?

— Nós vamos dar um jeito, amor — garanti a ela. — Nós vamos achar um local provisório. Nós vamos salvar o que puder ser salvo e substituir tudo que não deu pra recuperar.

— Amor? — murmurou Knox.

— Quanto "nós" em uma frase — frisou Lina.

— Vocês ainda vão ouvir muito essas duas palavras, então sugiro que se acostumem — avisei.

— Não liguem para o Lucian. Ele está passando por algum tipo de dissociação — falou Sloane, espalhando cream cheese em um bagel.

— Chega — falei. Afastei a cadeira e me levantei. — Se nos derem licença por um minutinho, preciso trocar umas palavras com a Sloane.

— Daqui eu não saio — declarou ela com desprezo e enfiou um pedaço de bagel na boca.

Arrastei a cadeira dela para trás e a joguei sobre o ombro.

— Isso não vai acabar bem — previu Knox enquanto eu carregava Sloane, que gritava, para fora do cômodo, passando pela cozinha e saindo pela porta dos fundos.

Na varanda, fomos recebidos por uma manhã de primavera perfeita. O sol quente, os pássaros cantando e as inúmeras flores brotando deram vida ao quintal.

Primavera. Um novo começo. Um recomeço.

Era exatamente o que nós dois precisávamos.

— Me larga, seu grande imbecil! — berrou Sloane.

Eu a coloquei de volta no chão, notando que ela conseguiu ficar com o bagel na mão.

— Coloque uma coisa nessa sua cabecinha — disse a ela com calma. — Não vou a lugar nenhum, e você é da minha conta porque estamos juntos.

Ela soltou um suspiro indignado.

— Você não pode simplesmente me *informar* que estamos juntos. — Sua vivacidade estava de volta a todo vapor. Eu me dei o crédito por isso.

— Estou apenas constatando um fato.

Ela balançou a cabeça de um lado para o outro de forma enérgica.

— Não. Está nítido que você sofreu algum tipo de lesão na cabeça e está em uma realidade alternativa.

— Sloane, nós estamos juntos. Fim de papo. Quanto mais rápido você aceitar...

— Acha que vou ficar simplesmente "de boa na lagoa" depois de você ter me dispensado duas vezes?

— Eu estava tentando te proteger. Achei que o Anthony Hugo tinha associado você a mim e poderia te machucar! Quando você apareceu no meu escritório, eu estava apavorado com a ideia de que ele te visse lá.

— E, em vez de me contar e buscarmos uma solução juntos, você me expulsou da sua casa, mandou alguém me escoltar pra fora do escritório e, em seguida, passou a sair com uma comitiva das mulheres mais bonitas e talentosas da área de Washington, D.C.?

— Eu não queria que o Hugo associasse você a mim. Se você fosse apenas mais uma, ele te deixaria em paz. Mas foi outra pessoa que quis te ferir, e eu não vou permitir que isso aconteça.

Ela estava balançando a cabeça.

— Eu quero ter *filhos*, Lucian. Filhos de carne e osso. Eu quero uma família grande, barulhenta e caótica.

— Então teremos uma. — Eu estava sendo sincero. Agora era minha missão de vida providenciar o que quer que a Sloane desejasse.

Ela deu várias piscadas rápidas.

— Perdão. Você acabou de dizer que... — Ela levou uma mão à cabeça e começou a cutucar o hematoma na testa. — Acho que acabei dando uma pancada forte na cabeça. Eu poderia jurar que você disse...

— Se você quer ter filhos, a gente começa hoje a tentar — falei, encostando-me na coluna da varanda.

Ela voltou a balançar a cabeça.

— Você não entende. Eu quero morar aqui. Quero criar uma família aqui.

— Não, Fadinha, é você que não entende. Eu poderia ter te perdido ontem à noite. Não vou deixar que isso aconteça de novo. Nunca mais. Se você quiser ter dez filhos, nós os teremos. Se você quiser uma biblioteca de seis andares cheia de primeiras edições medievais, comprarei cada um desses livros pra você. Se quiser criar uma família aqui, me mudarei de volta e alimento sua gata todas as manhãs. Se decidir jogar tudo para o alto e se mudar para uma cabana aconchegante em uma praia tropical, eu construirei a porra da cabana.

— Você enlouqueceu. Somos incompatíveis. Não temos nada em comum. Temos uma péssima convivência. A gente só sabe se xingar, seu maluco que rouba calças de moletom — acrescentou.

— Vamos nos esforçar pra melhorar. Eu, por acaso, conheço um terapeuta excelente.

— Não é assim que funciona. Lamento que você tenha surtado por conta do incêndio. Mas não vou voltar a ter um relacionamento com você. Já aprendi a lição vezes demais.

— Sloane, acho que você não está me entendendo. Não tem o que discutir. Estamos em um relacionamento sério. Você é importante pra mim, e não vou abrir mão de você de novo. Nem agora, nem nunca. Todo o resto é mero detalhe.

— Construir uma família *não* é um mero detalhe. Eu quero um marido e um parceiro, não alguém que vá contratar um batalhão de babás.

— Acho que esse não é o termo certo. E se você não quiser um batalhão, eu contrato uma pequena infantaria.

Ela atirou o bagel em mim e eu o peguei com a mão.

— Tá legal. Nada de babás. Basta me dizer o que deseja, e eu farei com que aconteça.

— Quero que você desapareça. Agora e de uma vez por todas.

— Não quer, não — falei com um sorrisinho presunçoso, relembrando como ela tinha se aconchegado em mim na cama.

Sloane soltou um gemido de frustração.

— Não é *possível* que isso esteja acontecendo — decidiu, voltando a balançar a cabeça. — Eu devo estar em uma cama de hospital agora, meio grogue por ter inalado fumaça.

Diminuí a distância entre nós e envolvi seus pulsos com as mãos.

— Se você estivesse, eu estaria ao lado.

— Parece uma ameaça.

— Ameaça, promessa, o que preferir. — Eu podia sentir as batidas rápidas do pulso sob meus dedos.

— Por que esse sorriso? Você não sorri. Você fica carrancudo. Você... faz cara feia! — disse ela.

— Nunca na minha vida fiz cara feia — discordei.

— Ah, pare de encher o saco.

Eu a segurei com carinho pelos ombros.

— Sloane, preste atenção. Chega de esconder. Chega de fingir que não nos suportamos.

— Acho que vou vomitar — murmurou ela.

— Você é minha e eu sou seu. Para o que der e vier.

Ela se apoiou em mim por um instante.

— Só Lucian Rollins mesmo pra ter a audácia de achar que pode simplesmente declarar que uma mulher está em um relacionamento sério.

— Estou apenas indo direto ao ponto.

Ela se afastou de mim e começou a andar de um lado para o outro enquanto continuava a gritar todos os motivos pelos quais não daríamos certo. Eu achei encantador. Essa foi a decisão mais acertada que já tomei na vida.

QUARENTA

ROSTO LAMBUZADO DE CHARDONNAY

Sloane

— Obrigada por sua atenção — falei e encerrei a ligação com a atendente da seguradora cuja voz me irritou. — Que não serviu pra nada, sua "burrocracia" em forma de gente. Como se eu fosse tacar fogo na minha própria biblioteca.

Naomi sorriu para mim de trás da escrivaninha do meu pai. Estávamos na salinha de estudos, que se convertera no centro de operações da biblioteca. Já haviam se passado dois dias desde o incêndio, e eu estava atolada em trâmites burocráticos.

— Ao que parece, a seguradora não quer liberar o pagamento até terem certeza de que não fui eu quem causou o incêndio — reclamei alto o suficiente para me ouvirem apesar do barulho penetrante das furadeiras do lado de fora.

Naomi me dirigiu um olhar de pena enquanto terminava de escrever um e-mail com eficiência no notebook.

— Por sorte, conheço bem o chefe de polícia. Tenho certeza de que o Nash consegue convencer a seguradora de que você não teve nada a ver com o incêndio — afirmou.

Saí da cadeira e me dirigi à janela com vista para a varanda da frente. Tirando a equipe de peritos em segurança em cima de escadas, parecia que estava tendo liquidação de uma livraria que estava fechando as portas. O corpo de bombeiros tinha vasculhado o prédio e trazido todos os livros que pareciam recuperáveis para o único local que me veio à mente: minha casa.

Agora alguns milhares de livros estavam arejando na brisa da primavera na varanda que rodeava a casa.

Nossos e-books e audiolivros ainda estavam disponíveis para os leitores baixarem, graças aos servidores com cópias de segurança. Mas, como uma biblioteca comunitária, oferecíamos muito mais do que livros.

Nossa comunidade contava conosco. Fazíamos parte da vida cotidiana de Knockemout. Eu não ia deixar que um incendiozinho mudasse isso.

A perfuração recomeçou, e eu encarei com raiva a equipe que estava instalando o sistema de segurança a nível de James Bond lá fora. Lucian, minha sombra de um metro e noventa, julgou minhas câmeras Wi-Fi "insatisfatórias" e insistiu em modernizar a tecnologia. Eu ainda não fazia ideia de como tinha perdido a discussão. Também não fazia ideia de como ele ainda estava por aqui. Ou como conseguiu trazer um *personal organizer* chamado Miguel sem que eu notasse.

Jamal apareceu à porta, acenando com o celular.

— Boas notícias. A campanha de arrecadação para substituir os livros infantis acaba de atingir trinta mil dólares.

— Sério? — perguntei, por um instante esquecendo minha frustração. *Era* uma boa notícia mesmo.

— Pra alegrar ainda mais o dia, a sinagoga e a igreja unitária se ofereceram para juntar esforços e custear todos os cafés da manhã gratuitos de junho para as crianças. Estão dispostos a cobrir os custos de julho também, caso não estejamos abertos até lá — disse Naomi animada.

— Adoro esta cidade — cantarolou Jamal enquanto retornava à sua estação de trabalho na minha sala de jantar.

O barulho de cadeiras sendo movidas veio do andar de cima.

— Eles continuam lá em cima? — perguntou Naomi.

— Sim — falei, séria. "Eles" eram Lucian e alguns de seus funcionários. Ele não saíra do meu lado desde que entrou pela janela do meu quarto na noite do incêndio. Também continuava mantendo a fachada de estar em um relacionamento comigo. Minha paciência estava se esgotando.

A campainha tocou, e ignorei o "eu atendo" distante do Lucian.

Abri a porta e me deparei com o motorista do Lucian segurando vários sacos de lavanderia a seco.

— Bom dia, Srta. Sloane. Onde eu coloco? — perguntou Hank.

— Se você fosse o seu chefe, eu ficaria feliz em te dizer onde pode enfiá-los, Hank. Mas não estou brava com você.

— Pode colocar lá em cima no último quarto à direita — disse Lucian, aparecendo atrás de mim. Eu me virei para lançar um olhar irritado. Ele estava do mesmo jeito de sempre, injustamente lindo. Estava mantendo um visual despojado por aqui, optando por calças sob medida e camisas sociais com bom caimento em vez de um terno completo. Enquanto isso, eu ainda estava vestindo meu pijama de gatinhos.

— Não tem espaço pra você no meu quarto — insisti, cruzando os braços enquanto o Hank entrava na casa.

— Foi por isso que contratei o Miguel. Ah, aí vêm as compras — observou Lucian quando mais um carro estacionou na garagem.

— Compras?

— Chamei sua família pra jantar esta noite. A gente vai fazer a comida.

— Você pirou de vez? — indaguei.

— Pelo contrário, finalmente acordei pra vida — disse ele antes de me dar um beijo na parte de cima da cabeça.

— Acho que quem está pirando sou eu — murmurei para mim mesma enquanto ele encontrava o entregador na calçada.

— Ou talvez ele esteja, pela primeira vez, demonstrando como realmente se sente — comentou Naomi, juntando-se a mim na porta. — Por falar nisso, ele convidou o Knox, a Waylay e eu pra jantar na próxima semana.

— NÃO FAÇO ideia de qual é a sua jogada, mas não vou mentir pra minha família e dizer que estamos juntos — falei enquanto esfregava com força a couve. Estávamos na cozinha, trabalhando enquanto desviávamos da Miau Miau, que decidiu que a ilha era o lugar perfeito para se esparramar e tirar uma soneca. As velas estavam acesas, tinha música tocando, e o que quer que estivéssemos preparando tinha um cheiro tão bom que meu estômago roncou.

Lucian abafou minhas demais preocupações ao ligar o liquidificador e me olhar intensamente até eu parar de falar.

— Não tem nenhuma jogada, Fadinha — disse ele, parando o liquidificador para abrir uma garrafa de vinho.

Ainda resmungando, entreguei a ele duas taças.

— Não pode simplesmente fingir que está em um relacionamento até ele passar a existir.

— Quem está fingindo é você — declarou ele, colocando uma taça de vinho em frente à tigela de couve. — Aliás, a receita diz para "massagear", não "assassinar".

— Estou fazendo de conta que é a sua cara.

— Mais cedo ou mais tarde, você vai se acostumar com a ideia — afirmou, confiante.

Larguei a couve de vez.

— Chega. Passe o cigarro pra cá. Eu sei que você ainda não fumou hoje, então passe.

Ele levantou a vista do frango desfiado que estava colocando no prato.

— Eu larguei.

— Largou? — repeti.

— Você não namora fumantes — lembrou-me.

— Você largou o seu único vício por minha causa?

Ele colocou o prato de frango na ilha ao lado da bolinha de pelos que era a gata. Ela levantou a cabeça e cheirou, desconfiada.

— Por que acha tão difícil de acreditar? — perguntou, arqueando a sobrancelha.

— Pare de tentar subornar minha gata para que ela goste de você. Ela não vai se deixar levar pela sua bajulação. E pare de tentar me convencer de que mudou de ideia. Há alguns dias, você estava saindo com qualquer coisa que tivesse pernas.

A gata se esparramou de novo, fingindo não estar interessada no frango suculento.

— Elas eram disfarces — confessou.

— Disfarces? — ecoei.

— Se o Anthony Hugo decidisse atacar algo que fosse importante pra mim, achei melhor não correr o risco de que esse algo fosse você.

Ri com desdém, embora, secretamente, a resposta dele tivesse me agradado.

— Você poderia tê-las colocado em perigo.

— Não se eu só as visse uma vez. Se ficasse evidente que não havia vínculo algum.

Lucian Rollins estava na minha cozinha, preparando o jantar para a minha família e respondendo a perguntas de bom grado. Esta era uma oportunidade que eu não queria deixar passar, por mais puta que estivesse com ele.

— Então por que resolveu acabar tudo entre nós? — perguntei, saboreando o vinho como quem não quer nada.

Ele desviou o olhar.

— Arrá! Tá vendo? — Dei um tapa na bancada, me sentindo vitoriosa. — Não posso me relacionar com alguém que se recusa a ser honesto comigo.

Lucian contornou a ilha e me encurralou.

— Estamos juntos, quer você goste ou não. E se você espera que eu seja honesto, vai ter que ter um pouco de paciência.

— Do que está falando? — questionei enquanto ele se inclinava na minha direção. Sem pensar, minhas mãos foram parar em seu peito. Cada detalhe seu era tão firme, tão bom, tão certo. Exceto que eu sabia que não podia confiar nesse sentimento.

— Você está fazendo perguntas que envolvem respostas que nunca verbalizei antes. Não sei como explicar por que sou como sou ou por que estou tentando mudar isso agora. Ainda não. Mas vou descobrir um jeito.

— Você tem alguma ideia de quando isso vai acontecer? — Sua boca estava a centímetros da minha. Eu não o beijava há tanto tempo. Cada fibra do meu corpo desejava relembrar a sensação dos lábios dele nos meus. Cada fibra do meu corpo, exceto meu cérebro, que me mandava pedidos de socorro.

— Eu te dou uma resposta depois da minha próxima sessão de terapia — respondeu ele, com a voz rouca.

— Não sei se você está falando sério — sussurrei.

A campainha tocou, fazendo-me sair do estado de torpor. Lucian sorriu para mim e beijou a ponta do meu nariz.

— Eu atendo.

Soltei o peso do corpo, recostando-me na bancada, e o observei se afastar. Miau Miau fez o mesmo. No instante em que ele saiu do cômodo, ela ergueu sua corpulenta pelagem e devorou o frango do suborno como se ele estivesse impregnado com erva-de-gato.

— Traidora.

— MAIS UMA vez, agradecemos por se juntarem a nós — disse Lucian, enchendo a taça de vinho da minha mãe.

Eu havia liberado a mesa de jantar e massageado a couve, mas Lucian Rollins havia feito arranjos com as flores da cerejeira, escolhido a música, acendido velas e preparado uma refeição incrivelmente deliciosa para a minha família.

Minha mãe estava tão radiante que parecia que sairiam arco-íris pelos olhos *e* pelo bumbum. Maeve estava visivelmente desconfiada. Enquanto isso, Chloe bebericava seu achocolatado e encarava o Lucian como se estivesse bolando um jeito de ganhar uma nova coleção de roupas dele.

— O prazer é nosso. E tenho que admitir que é maravilhoso ver os dois juntos — exclamou mamãe, com um sorriso alegre estampado no rosto, do outro lado da mesa. Eu não sabia se era intencional ou inconsciente, mas havíamos deixado o lugar do meu pai, na ponta da mesa, vazio.

— Não estamos juntos. Ele simplesmente não se toca e se recusa a sair da minha casa — afirmei.

— E enche o coração de uma mãe de alegria saber que você está zelando pela segurança da minha filha — prosseguiu mamãe, sem me dar atenção.

— Como a Sloane é claramente um alvo, achei que não faria mal demonstrar a quem estiver observando que ela está sendo protegida. — Lucian voltou o olhar para mim. — Por mim — enfatizou com convicção.

Maeve me deu um pontapé sob a mesa.

— Ai! — Eu me inclinei e acariciei a canela.

— Está tudo bem? — perguntou Lucian.

Minha irmã me encarou, incisiva.

— Sim. Tudo em ordem. A gata acabou de arranhar minha perna — menti.

Naquele exato momento, Miau Miau resolveu dar as caras na sala de jantar vindo da direção da cozinha.

— Então, Sr. Lucian, você parece ser alguém de bom gosto. Sabe dizer onde uma pré-adolescente poderia comprar *cashmere* a um preço acessível? — perguntou Chloe.

— Maeve, me ajuda a pegar mais... hã... couve na cozinha? — perguntei.

Minha irmã pulou da cadeira e pegou sua taça de vinho. Aproveitando a deixa, peguei minha taça de vinho, seguindo-a até a cozinha.

— Então, vocês dois estão brincando de casinha agora? — quis saber Maeve, virando-se para me encarar.

Dando um "xiu!" enérgico, puxei-a pela cozinha e a levei para a sala de estar.

— Não estou brincando de nada. Ele se recusa a ir embora.

— Aham, e eu nasci ontem — ironizou ela.

— Já tentou convencer Lucian Rollins a fazer algo que ele não queira?

— Não, mas sei que você deve ser a única pessoa na face da Terra que conseguiria — rebateu.

— O que quis dizer com isso?

— Quis dizer que vocês dois têm uma conexão especial desde o início dos tempos. E se você realmente quisesse que ele fosse embora, ele teria ido. Então talvez você ache que ele mereça uma segunda chance.

— Ele já teve uma — lembrei-a.

— Tá legal. A última chance.

Inclinei a cabeça.

— Quem é você e o que fez com a minha irmã?

— Que foi? Não estou insinuando que você *deveria* dar outra chance. Só estou frisando que vocês criaram laços por causa de um evento traumático e agora parecem estar morando juntos.

Levantei as mãos em sinal de defesa.

— Olha, estou tão ocupada que nem passa pela minha cabeça entrar em um relacionamento com ele. Na real, estou tão ocupada que não tenho tempo nem pra botar ele pra correr direito.

— Acredite, eu entendo. Mas, em certo momento, pode acontecer de você começar a se perguntar se a correria está te privando de viver de verdade — comentou Maeve.

— Tá, agora é oficial, estou preocupada com você — decidi. Desde que fui encurralada no Jeep e a Mary Louise me aconselhou a desistir de tentar entrar com recurso, a intenção que eu tinha de confrontar minha irmã sobre seu relacionamento secreto e o subsequente término com Kurt Michaels passou para segundo plano.

Mais uma vez, deixei que as circunstâncias tirassem o meu foco do que era uma prioridade: a família.

— Lucian disse que formaria uma família comigo. — Não calculei bem o momento do anúncio e acabei com o rosto todo lambuzado de Chardonnay.

— Putz, foi mal — disse Maeve, ofegando e se engasgando.

Ela me entregou uma caixa de lenços que estava na mesinha lateral, e eu enxuguei o vinho cuspido.

— Tive basicamente a mesma reação, só um pouco menos molhada — garanti.

As risadinhas agudas da Chloe nos alcançaram, juntamente com o riso grave e barítono do Lucian.

Maeve tomou mais um gole de vinho.

— Merda. Melhor se preparar porque vou te dar um conselho que eu não daria.

Com todo um drama, eu me agarrei a uma luminária de piso.

— Pelo menos ouça o que ele tem a dizer — aconselhou. — Se um cara está oferecendo tudo com o que você sempre sonhou, talvez você deva dar a si mesma a oportunidade de saber se ele está sendo sincero.

— Está morrendo de saudade dele, né? — perguntei.

— De quem?

— O cara com quem você estava tendo um relacionamento às escondidas, mas terminou porque estava ocupada demais pra se entregar ao amor.

— Irmãs mais novas são tão insuportáveis — reclamou Maeve. Outra rodada de risos ressoou da sala de jantar. — Parece que a mamãe e a Chloe gostam muito dele.

— Assim é fácil, elas ainda não foram sujeitas aos caprichos dele. Hoje à noite, ele está sendo o Lucian encantador. Amanhã ele pode voltar a ser o Lucian mal-humorado e solitário.

A campainha interrompeu o resto da conversa.

— Eu atendo — gritei, apesar de ouvir o arrastar de uma cadeira na sala de jantar.

Lucian e eu chegamos à porta ao mesmo tempo.

— Já falei que não quero que você atenda a porta — grunhiu.

— E eu já falei que quem mora aqui sou *eu* — rebati.

Brigamos pela maçaneta e abrimos a porta, revelando um Kurt Michaels determinado segurando um enorme buquê de lírios.

— Ai, não — falei.

— A Sloane está ocupada. Comigo. E, pra registro futuro, ela é alérgica a lírios — afirmou Lucian.

— Ele não veio me procurar, Lúcifer — expliquei, impedindo-o de bater a porta na cara do Kurt.

— Vou com tudo — afirmou Kurt, acenando com a cabeça para mim.

— Boa sorte — sussurrei. — Ela está na sala de jantar.

Ele endireitou os ombros e seguiu adiante, entrando na casa.

— O que diabos está acontecendo? — indagou Lucian.

Espirrei duas vezes.

— Ele está apaixonado pela minha irmã.

— Então por que diabos ele estava saindo com você?

Dei de ombros e funguei enquanto fechava a porta.

— O amor leva as pessoas a cometerem tolices. — Dei mais um espirro e, em seguida, assoei o nariz nos lenços molhados de Chardonnay.

— Não tenho a menor dúvida — murmurou ele.

— Xiu! — sibilei.

— Professor Michaels, por que o senhor está aqui? É por causa dos quatro avisos que levei hoje por ficar falando durante a prova de matemática? Já falei que é porque tenho o hábito de falar os números em voz alta — disse Chloe.

— Mãe, com licença. Preciso resolver uma coisinha — anunciou Maeve. Em questão de segundos, ela apareceu no corredor, arrastando o Kurt e as flores.

Abri a porta e sorri.

— Que tal vocês dois conversarem na varanda? E não se esqueça de ouvir o que ele tem a dizer. Se um cara está te oferecendo tudo com o que você sempre sonhou, talvez você deva dar a si mesma a oportunidade de saber se ele está sendo sincero.

— Vá catar coquinho, Sloane — vociferou minha irmã.

QUARENTA E UM

TÁTICA DE DEFESA COM FACA DE MANTEIGA

Lucian

Como isso foi aparecer, dobrado, debaixo de uma sacola de decorações de Natal no segundo quarto de visitas? — indagou Sloane, irrompendo no quarto de visitas com papel de parede de guarda-chuvas que eu havia transformado no meu escritório, balançando a camisa do ex como se fosse uma bandeira.

Virei as costas para o centro de telas montado pela minha equipe de TI e concentrei toda a minha atenção nela.

— Porque fui inteligente o bastante para não jogar fora de verdade — respondi sem me abalar.

Já fazia cinco dias desde que começamos a dividir uma casa e uma cama, como um casal de verdade, e a Sloane não demonstrava sinais de ceder. Ela só me deixava dormir com ela na cama porque estava tão esgotada no fim de cada dia que pegava no sono no meio da discussão.

Essas noites longas eram ao mesmo tempo a recompensa mais doce e uma tortura recém-descoberta, pois ela deixara claro que o sexo estava fora de cogitação. Mas eu tinha passado a maior parte da vida sem saber como era a sensação de ter o corpo dela sob o meu. Dava para aguentar até fazê-la mudar de ideia.

Mais cedo ou mais tarde, ela teria que admitir que os sentimentos que nutria por mim não haviam simplesmente desaparecido no ar.

Infelizmente, o dia não era hoje. Esta manhã, ela atirou metade de um bagel torrado na minha cabeça quando estávamos na cozinha.

Não importava. Eu tinha uma paciência sem fim. Simplesmente esperaria até ela admitir que estávamos juntos.

— Você não tem o direito de ficar chateado comigo por guardar a camisa de um ex-namorado, Lúcifer — disse Sloane, entrando no quarto com passos firmes. Ela estava descalça e vestindo uma calça jeans *destroyed*, além de uma camiseta de manga comprida e justa na cor framboesa. Ela tinha prendido a cabeleira loira em um coque desalinhado. Hoje, optara pelos óculos com armação roxa e um batom vermelho marcante. Toda manhã, eu mal podia esperar para ver qual batom ela escolheria. Quanto mais vibrante a cor, mais atrevida era a atitude.

Eu amava pra caralho estar assim tão perto dela. Ao mesmo tempo, odiava a distância que ela conseguia criar entre nós. Eu queria tudo. Eu queria tê-la por completo, e não ia desistir até que ela me julgasse merecedor.

— Não gosto da ideia de a minha namorada, a mulher com quem vou me casar e formar uma família, vestir o trapo velho e suado de um ex-namorado pra relembrar os bons tempos.

— Você não quer se casar com ninguém, e deixou bem claro *com uma vasectomia* que não tem interesse em ter filhos. Então, por que não nos poupa tempo e *dá o fora da minha casa*!

Ela concluiu com um grito estridente que fez a Miau Miau sair da caminha suspensa e aquecida que eu havia colocado na janela.

— E tem mais — falou, apontando para a felina que se afastava. — Pare de fazer amizade com a minha gata!

— Imagino que a reunião com o conselho não tenha sido boa — adivinhei.

Ela tinha passado uma hora e meia trancada na sala de jantar com todo o conselho da biblioteca para uma reunião de planejamento emergencial.

Sloane foi até a poltrona azul-lavanda ao lado da escrivaninha e se sentou, abraçando uma almofada.

— Eles votaram contra abrir em uma localização temporária e optaram por se concentrar em fazer com que o edifício volte a ficar em condições de uso. Dá pra acreditar numa coisa dessa?

— Acho que você não quer que eu responda — falei, diplomático.

— Não posso apenas ficar de braços cruzados sem fazer nada por três a quatro *meses*.

— Tá legal. Arrume suas coisas.

— Hã. Como é que é?

Fiquei de pé e comecei a colocar acessórios em uma bolsa de couro.

— Preciso resolver algumas coisas no Distrito. Não vou te deixar sozinha aqui. Então você vai comigo.

Ela respirou fundo e se preparou para começar mais uma discussão.

— Não posso ir assim, sem mais nem menos...

— O conselho decidiu. Eles não vão permitir que você prossiga com nada agora, e não sei você, mas eu já não aguento mais ficar olhando para os mesmos papéis de parede. Vamos para Washington, D.C. Vou arranjar um espaço no meu escritório pra você trabalhar. Determine quais serviços são prioritários, e depois pensamos em como continuar a oferecê-los nesse meio tempo. Quando a gente voltar, você pode apresentar as soluções ao conselho.

Aqueles olhos verdes por trás das lentes dos óculos deram uma piscada surpresa.

— Faria isso por mim?

Fui até ela e apoiei as mãos nos braços da cadeira.

— Faria qualquer coisa por você.

Ela revirou os olhos em direção ao teto.

— Aham, tá bom — murmurou.

— Principalmente se for pra você parar de reclamar — acrescentei, dando um beijo rápido na ponta do nariz dela.

Os cantos de seus lábios vermelhos formaram um sorriso.

— VAMOS SAIR pra jantar — falei ao entrarmos no meu apartamento após uma tarde longa. — Consegue ficar pronta em uma hora?

Sloane passou a maior parte do dia reclamando, primeiro sobre o seu local de trabalho ficar no meu escritório e depois sobre minha recusa em deixá-la longe de vista em uma cidade onde "provavelmente ninguém" queria matá-la. Mas não arredei o pé. Até que os meus investigadores ou os do Nash encontrassem a pessoa responsável, eu não a deixaria sozinha.

Depois de uma conversa em voz alta e desnecessária com Lina, Petula e Holly no meu escritório durante um cafezinho, enquanto eu tentava trabalhar de verdade que nem bobo, ela enfim se aquietou e começou a trabalhar na criação de uma lista de serviços prioritários que a biblioteca poderia continuar a oferecer, mesmo sem um local físico. Para nossa surpresa, conseguimos trabalhar bem juntos no espaço compartilhado. A energia dela era contagiante, e acabei encarando minha própria lista de tarefas com um entusiasmo maior do que o de praxe.

— Melhor ser algum lugar com drive-thru, porque eu só trouxe calça jeans e moletom — disse ela, tirando os tênis e a camiseta, deixando à mostra um top de renda sexy que estava tendo dificuldade para conter seus seios impressionantes.

— O que está fazendo? — indaguei enquanto minha boca secava. A necessidade que eu sentia de tocá-la estava me deixando louco.

— Isso é o que seres humanos normais fazem quando chegam em casa do trabalho.

Peguei a camiseta que ela jogara de qualquer jeito e a dobrei.

— Ficam pelados no hall de entrada?

— Vestem roupas confortáveis — explicou, olhando para o meu terno com o que parecia ser julgamento.

— Estou perfeitamente confortável assim. Além disso, seria inútil trocar de roupa agora quando terei que voltar a vestir um terno para o jantar.

Ela balançou a cabeça, fazendo o cabelo dançar sobre o ombro.

— Lamentável. Simplesmente lamentável.

Fiquei observando enquanto ela sumia na cozinha, perguntando-me o que estava acontecendo com o meu rosto. Quando percebi que era um sorriso, eu o desfiz, afrouxei a gravata e direcionei minha atenção para a correspondência no aparador.

Sloane voltou com um olhar desconfiado.

— Por que tem *root-beer* e um monte de besteira pra comer aqui? — Ela segurava uma garrafa de refrigerante em uma das mãos e um pacote de batata chips já aberto na outra.

— Acabei de dizer que vamos sair pra jantar e você está lanchando?

Ela deu uma mordida animada em uma batatinha.

— O jantar é só daqui a uma hora. E se o restaurante estiver lotado ou não pedirmos entrada? Isso beira a um ataque de fome e mau-humor. Estou te fazendo um favor.

Ela era fofa ao extremo. Linda pra caralho. E dolorosamente intocável. Eu estava à beira de um colapso nervoso agora que a tinha só para mim.

A campainha tocou e eu me apressei para atender.

— Está esperando alguém? — perguntou Sloane, cautelosa.

— Na verdade, estou.

Ela murmurou algo que pareceu muito com "Melhor não ser a astrofísica".

Eu ainda estava com um sorriso bobo no rosto quando abri a porta.

Grace, minha chefe de segurança, entrou despreocupada, puxando uma arara de vestidos atrás dela.

— Acabaram de chegar. Só pra constar, adorei o vermelho — afirmou.

Sloane olhou para mim e franziu a testa.

— Pelo visto não vai ser em um drive-thru?

— Nada de drive-thru. Mas minha mãe vai estar lá.

Ela arregalou os olhos.

— Interessante. Grace, seu gosto é impecável. Tem algum sapato nessa arara de roupas mágica?

— SE A comida daqui for cheia de frescura, vai ter que me levar pra comer um hambúrguer depois — disse Sloane enquanto eu a conduzia pelo restaurante. Era um daqueles restaurantes requintados em tons neutros discretos, que serviam porções pequenas de especialidades gourmet, dispostas artisticamente.

Não foram poucos os olhares que nos seguiram até a mesa, embora eu tivesse certeza de que a atenção estava igualmente dividida entre a minha expressão carrancuda e a Sloane, que parecia uma deusa deslumbrante e curvilínea no vestido vermelho.

Não me agradava exibi-la em público quando a ameaça ainda persistia, mas esse era o método mais eficaz de espalhar a notícia. Sloane Walton estava sob a minha proteção.

Para garantir a defesa dela, deixei seguranças a postos no restaurante e um segundo carro estacionado na viela. Eu não estava disposto a correr nenhum risco.

Avistei minha mãe já sentada à mesa, elegante e encantadora em um vestido social cor de marfim.

— Mãe — cumprimentei quando nos aproximamos. Eu me curvei para beijar a bochecha que ela ofereceu. — A senhora se lembra da Sloane.

— Oi, Sra. Rollins — cumprimentou Sloane, esboçando seu melhor sorriso de "não precisamos trazer o passado à tona".

Por apenas um segundo, vislumbrei algo no rosto da minha mãe. Receio? Vergonha? Constrangimento? Mas desapareceu em um piscar de olhos.

— Como é bom te ver de novo — expressou ela, abrindo um sorriso cauteloso para a Sloane.

Não senti que estava sendo sincera. E não podia culpá-la. Era uma ocasião rara ser convidada para jantar com a mulher que testemunhara a agressão que ela sofreu e colocara seu marido na prisão.

— Por favor, me chame de Kayla — falou minha mãe, recobrando sua etiqueta social.

Puxei uma cadeira para a Sloane e observei o restaurante enquanto ela se sentava. Era a típica mistura de ricos novos e tradicionais, cada um tentando competir sutilmente com o outro. De repente, desejei que tivéssemos ido a uma lanchonete.

— Sloane e eu estamos namorando — falei, ocupando minha cadeira.

Os olhos da minha mãe se arregalaram. Sloane se engasgou com a água. Alto.

— E namorando firme — continuei sem rodeios enquanto dava tapinhas nas costas da Sloane

— Na verdade... — começou a Sloane, mas apertei seu ombro de forma não tão delicada, e isso a fez pensar duas vezes.

— Que maravilha — expressou minha mãe, recuperando-se rápido. — Lucian nunca apresentou uma namorada pra mim. E parece que eu trouxe uma surpresa também. — Ela apontou com a cabeça para um homem que se aproximava de nós.

Ele se deslocava como um tubarão, vestindo um terno excessivamente cintilante. Havia um brilho predatório em seus olhos enquanto observava cada mesa pela qual passava. Ele tinha uns pneuzinhos na cintura, e seu cabelo grisalho era distinto, mas escasso. Ele usava um anel no dedo mindinho da mão esquerda. Não era preciso examinar de perto para identificar as iniciais AH compostas de diamantes requintados.

Anthony Hugo se sentou ao lado da minha mãe, com um olhar de vitória.

— Enfim nos encontramos cara a cara — disse ele para mim enquanto pegava a mão da minha mãe, como se fosse seu dono.

Minhas mãos se fecharam em punhos sob a mesa.

— Lucian, este é o cavalheiro com quem estou saindo, Anthony — anunciou minha mãe, ofegante.

— Puta merda — murmurou Sloane. Rapidamente, ela pegou a faca de manteiga.

Minha mão apertou a coxa dela.

— Já ouvi muitas coisas ao seu respeito, Sr. Hugo — falei.

Anthony Hugo, chefe do crime com péssimo gosto para roupas, estava sentado à minha frente com o braço em volta da minha mãe.

— Não tanto quanto já ouvi ao seu respeito — afirmou, exagerando no sorriso.

— Conheci o Anthony em um leilão beneficente há pouco tempo — disse minha mãe, corando como uma adolescente obcecada por garotos. — Ele pediu o meu número, e de lá pra cá tem sido uma aventura e tanto.

— E quem é a moça de vermelho? — perguntou Anthony, direcionando aquele sorriso perverso e exagerado para a Sloane.

Foi a vez da Sloane apertar minha perna, e essa foi a única coisa que me impediu de saltar da cadeira e matar Anthony Hugo com uma cauda de lagosta no meio de um restaurante lotado.

— Não é da sua conta — afirmou Lucian.

Minha mãe deu uma risadinha constrangida.

— Essa é a Sloane. A namorada do meu filho. Ao que parece, são apaixonados pelo outro desde a infância.

— Acho que ainda não tive o prazer de conhecê-la — comentou Anthony, deixando o olhar percorrer o decote da Sloane.

— E nunca vai — disse ela em tom amigável.

Minha mãe arfou, aborrecida.

— Lucian, a sua namorada está sendo muito grosseira.

— E o seu acompanhante é um traficante de drogas assassino — rebati.

— Corta essa — disse Anthony. Seu tom era amigável, mas o olhar era de sociopata. — A amizade ainda pode prevalecer, afinal, somos quase família. Acredito que você conhece meu filho, não é, Lucian?

— Não estou entendendo o que está acontecendo — comentou minha mãe.

— Que tal nós duas irmos ao banheiro? — sugeriu Sloane, tocando minha mãe.

Apertei a coxa da Sloane com mais força para impedi-la de sair. Era altamente improvável que o chefão do crime mais poderoso das áreas de Washington e Baltimore tenha vindo sozinho.

— Ninguém sai da porra dessa mesa — comunicou Anthony, deixando de lado qualquer fachada de civilidade social. — Não até que o Rollins e eu tivermos tido uma conversinha.

— Alguém gostaria de começar com uma entrada? — O garçom azarado escolheu o pior momento para voltar.

— Vou ser bem claro: não volte aqui, caralho, a menos que queira recolher seus dentes da porra do chão — vociferou Anthony.

Minha mãe arfou e se encolheu quando ele a apertou com o braço em volta dela, uma reação tão dolorosamente familiar para nós dois.

— Não precisamos partir pra violência — falei, tentando parecer desinteressado, ainda que eu e a Sloane estivéssemos quase nos deixando roxos de tanto que nos apertávamos sob a mesa.

— Ah, mas eu discordo. Você e seus amiguinhos federais já se divertiram à beça. Agora é hora de dar um basta nisso, ou vou fazer com que todos os que você ama acabem a sete palmos abaixo da terra. Começando por essas duas belas damas.

— Vá. À. Merda — disse Sloane, apontando a faca de manteiga para ele.

O lábio inferior da minha mãe começou a tremer, e parecia que ela estava tentando se fundir com o encosto da cadeira.

Anthony abriu um sorriso sardônico.

— A princesinha tem uma língua afiada, né? Fiquei sabendo do incêndio. Achei que aquela porra teria te ensinado a não se meter onde não foi chamada.

Eu me levantei, mas a Sloane foi mais rápida. Ela se levantou em um salto e brandiu a faca inútil na direção dele, provocando suspiros audíveis nas mesas próximas.

— Sou bibliotecária, imbecil — disse ela. — Eu me meto em tudo, não preciso ser chamada pra porra nenhuma. Graças a você e ao relacionamento problemático que tem com seu filho, quase perdi meus amigos. Agora, se acha que vou deixar você ficar aí nos ameaçando, então você é ainda mais idiota do que seu filho.

— Obrigado pela sua contribuição, Sloane — falei, tirando a faca de sua mão e colocando-a sobre a toalha de mesa. — Minha mulher já te deu o aviso. Agora, você vai me ouvir. Tire as mãos da minha mãe e dê o fora daqui, cacete. Se eu te pegar perto de mim ou de alguém que seja importante pra mim, vou te mostrar com quantos paus se faz uma canoa.

Anthony se levantou e alisou o paletó.

— Você pode até ter dinheiro e classe, mas eu tenho algo que você nunca terá.

— Gosto duvidoso para moda? — adivinhou Sloane.

— Instinto assassino. Sei quando alguém já não serve mais para nada e nunca hesitei em dar fim às suas caminhadas. Você tem quarenta e oito horas para me entregar tudo o que o governo tem contra mim, junto com alguns milhões em reparação, senão começarei a dar fim a algumas caminhadas — disse ele, em tom de ameaça.

Minha mãe chorava baixinho. Sloane fervilhava de raiva ao meu lado.

— Você tem esse mesmo prazo pra colocar sua vida em ordem porque, quando eu acabar com você, não haverá mais caminhada a ser percorrida. Vou desmantelar o seu negócio, a sua vida, a sua família e a porra da sua cara. E vou me divertir horrores fazendo isso — falei.

Minha mãe pegou seu copo de água com mãos trêmulas. Por outro lado, Sloane olhava para mim como se eu tivesse acabado de resgatar uma ninhada de filhotes de uma enchente, sem camisa.

— Não sei. Do meu ponto de vista, é você quem tem mais a perder — disse ele com um sorriso insosso.

— Quando você tem tudo a perder, você faz o que for preciso para manter isso protegido — falei, sombrio.

Anthony bufou e, em seguida, bateu na mesa como se fosse um bongô.

— Quarenta e oito horas. Mal posso esperar, porra. — Ele se virou para a minha mãe. — Te vejo em breve, bonequinha. — Em seguida, focou o olhar na Sloane. — Mas acho que vou te ver antes.

— Puxa, vai ser difícil depois que eu arrancar seus olhos fora — falou ela com um sorriso agressivo.

Anthony apontou os dedos para mim como se fossem uma arma e fingiu disparar.

Sloane se lançou para frente, derrubando um copo de água e fazendo vários talheres caírem no chão.

Eu a puxei de volta para o meu lado.

— Calma, Fadinha.

Juntos, observamos Anthony Hugo se esgueirar para fora do restaurante. Com um estalo de dedos, quatro homens de terno o seguiram.

Sloane soltou um suspiro de alívio. Enquanto isso, minha mãe estava encolhida na cadeira, com uma mão cobrindo o rosto. Todo mundo no restaurante estava encarando.

— Não fazia ideia de que o jantar ia ser assim tão espetaculoso. — O comentário bem-humorado veio de ninguém mais, ninguém menos que Maureen Fitzgerald, que parecia ao mesmo tempo angelical e pecaminosa em um deslumbrante vestido social na cor champanhe.

— Uau. Que arraso de vestido — disse Sloane.

— Não é um bom momento, Maureen — falei.

— Ai, meu Deus! Você é a Maureen Fitzgerald? — sussurrou Sloane.

— Eu mesma — disse ela, dando uma piscadela para a Sloane. — Depois de testemunhar a crise de birra do Anthony, pensei em dar uma passada na sua mesa e oferecer meus serviços.

— Que serviços seriam esses? — perguntei, segurando o pulso da Sloane com uma mão e mandando uma mensagem para a minha equipe de segurança com a outra.

— Talvez eu tenha informações que podem ajudar a resolver o seu problema.

Ela indicou com a cabeça na direção da porta pela qual Anthony tinha saído.

— Aqui não — falei.

— Claro que não. Hoje à noite. Na sua casa.

— Tenha cuidado — adverti.

— Sou mulher. Sempre tenho cuidado. — Seu olhar passou direto pela minha mãe e parou na Sloane. Seu sorriso ficou mais amigável. — Parece que o gosto do Lucian deu uma melhorada significativa.

— A sua pele não tem um defeitozinho — sussurrou Sloane.

Revirei os olhos. Já Maureen deu um tapinha em uma de suas bochechas com orgulho.

— Obrigada. Ela é um achado, Lucian. Tente não estragar tudo.

Resmunguei e acenei com a cabeça para a Grace quando ela entrou no restaurante.

— Vamos.

Grace nos guiou pela cozinha até um elevador de serviço nos fundos. Os funcionários não demonstraram surpresa quando passamos pelas estações de preparo e grelhas acesas.

Minha mãe se recostou na parede do elevador quando as portas se fecharam.

— Não faço ideia do que aconteceu — falou, levando as mãos até a bochecha. — Só sei que fui humilhada.

— Peço desculpas por constrangê-la ao impedir que fosse feita de peão por um maluco. Anthony Hugo é um criminoso que não hesitaria em fazê-la sumir do mapa só pra me atingir.

— Tudo sempre gira em torno de você. Todo homem que se interessa por mim só está tentando tirar proveito de você — sussurrou minha mãe com amargura.

— Aquele homem é um bandido. Ele mandou matar pessoas por muito menos do que o que estou fazendo e a senhora acha isso aceitável porque ele a trata como se fosse um troféu?

— Seu pai só queria saber de me manter escondida. Ele nunca quis que soubessem que eu existo.

— Não se trata do passado. Trata-se da sua segurança no presente momento.

Ela balançou as mãos delicadas como as de um pássaro diante do rosto.

— Não estou em condições de tocar nesse assunto agora.

— Vamos tocar nesse assunto agora, sim. Não atenda as ligações dele. Não saia com ele pra lugar nenhum. Caso o veja em algum lugar, vá embora na mesma hora. Grace, preciso que você...

— Reforce a segurança da sua mãe. Entendido — completou ela, séria.

— E agora você está me dizendo onde devo estar e quem devo ver. Controlando tudo. O que faço, aonde vou, o que gasto. Você é igualzinho a ele — choramingou minha mãe.

— No momento, estou pouco me lixando, mãe. — Vi o lampejo de dor e o borrão do movimento. O estalo do tapa em meu rosto ressoou.

Grace tentou agir, mas a Sloane foi mais rápida e se interpôs entre nós.

— O que é isso, *Kayla*?! — A fúria a consumia como uma chama interna. Ela apontou o dedo para o rosto pálido e distinto da minha mãe. — Em hipótese *alguma* encoste a mão nele assim de novo. Depois de tudo pelo que passaram, você bateu no seu filho por protegê-la de um sociopata? Que absurdo.

— Já chega, Sloane — falei, repousando a mão em seu ombro.

Ela estava tremendo.

— "Já chega" nada. Seu gosto pra homens é péssimo. Anthony Hugo é um alerta vermelho ambulante, e você o *convidou para o jantar.* Ah, e se quiser gastar dinheiro como bem entender, então arrume a porra de um emprego, minha senhora. Você só pode se tratar como vítima até certo ponto, depois disso precisa aprender a agir como uma sobrevivente — continuou Sloane.

— Você não sabe como é estar no meu lugar — disse minha mãe com um sussurro emocionado.

— Eu queria ser gentil com você, ter empatia pela Kayla, a pobre vítima. Mas isso foi há vinte anos. Você teve mais de duas décadas pra amadurecer. Mas olha só você aqui, tantos anos depois, ainda confortável em se colocar na posição de vítima. Ainda aceitando os cheques do filho porque é frágil demais pra se sustentar. Ele não te deve nada, minha senhora. É *você* que deve a *ele*. Por todas as vezes em que ele se colocou entre você e o homem que você escolheu em vez dele. Por todas as vezes em que você o responsabilizou por suas escolhas. Estou tentando não a culpar por isso, mas você está dificultando pra caralho.

Sloane estava aos berros agora. Minha chefe de segurança concordava com a cabeça.

— Não faça nenhum contato com o Lucian até estar pronta para pedir desculpas por tudo de ruim que causou a ele — anunciou Sloane.

As portas do elevador se abriram para um estacionamento. Meus dois carros estavam esperando, com os motores ligados, e uma boa parte da minha equipe de segurança estava de prontidão do lado de fora.

Minha mãe arfou e saiu apressada do elevador.

— Chega — falei, baixinho.

Mas a Sloane ainda não havia concluído.

— E tem mais. Vá fazer terapia! — falou alto.

Agarrei a Sloane pela cintura.

— Leve a minha mãe pra casa — instruí à Grace, apontando com a cabeça para o primeiro SUV.

Praticamente carreguei a Sloane até o segundo carro e a coloquei no banco de trás antes de me sentar ao seu lado. A porta bateu com força, mergulhando-nos na escuridão.

— Ei! Você prometeu que íamos jan...

Silenciei sua acusação beijando-a com fervor.

QUARENTA E DOIS
VULCÃO DE LUXÚRIA

Sloane

Mal conseguimos chegar em casa.

Eu sabia que o Lucian tinha questões importantes e essenciais para resolver. Como acabar com um chefão do crime que havia acabado de ameaçar nossas vidas. Eu me dei conta de que confiava nele para dar um jeito nisso.

Eu tinha sérias dúvidas de que ele não esmagaria meu coração como uma panqueca, mas confiava minha vida a ele.

Tudo aquilo tinha sua importância. Mas havia uma coisa que se sobrepunha a todas as outras. Semanas haviam se passado desde que estivemos juntos — de forma arrebatadora e prazerosa —, e com ou sem chefão do crime em jogo, eu era um vulcão de luxúria.

— Aquilo foi um puta tesão — murmurei na boca dele enquanto ele me carregava para dentro de casa e fechava a porta. Minhas pernas estavam entrelaçadas em sua cintura, com minhas mãos agarrando seu cabelo, mantendo-o colado em mim.

Eu sabia por que eu tinha ficado desse jeito, o que eu não sabia era o que transformara o Lucian em uma fera insaciável assim que me jogara no banco de trás depois de eu ter sido uma "megera" com a mãe dele. No momento, a resposta não me interessava muito.

— O quê? — indagou, abaixando as alças do meu vestido.

— Você, todo "aham, essas suas ameaças ridículas estão me dando é sono" — falei, beijando e dando mordidinhas em seu pescoço.

Ele grunhiu, e as vibrações percorreram meus mamilos, que estavam colados nele.

— Você tem dois segundos pra me ajudar a tirar esse vestido, ou eu vou destruí-lo.

Não fui tão rápida quanto ele queria e acabei sentada no aparador de mármore frio. Em questão de segundos, ele puxou a parte de cima do vestido até a minha cintura, provocando apenas um ou dois sons terríveis de rasgo.

— Isso não significa nada — lembrei-o enquanto meu coração batia forte.

— Tem razão. Significa tudo — rebateu.

— Concordamos em discordar — decidi. Não valia a pena debater isso agora.

Com destreza, abriu meu sutiã sem alças com apenas uma mão e grunhiu de novo antes de abaixar a cabeça na minha direção.

Deixei escapar uma risadinha abafada.

— Por que você é tão obcecado pelos meus peitos?

— Pelo mesmo motivo pelo qual você é obcecada pelo meu pau. Porque são perfeitos pra caralho — disse ele enquanto encontrava o primeiro bico sensível com a boca.

Ele não era o único disposto a entrar na brincadeira. Era bom demais, ficar tão exposta assim diante dele, com sua boca fazendo maravilhas no meu bico sensível.

Coloquei a mão entre nós e agarrei sua ereção pulsante sob o tecido da calça. Apertei com força.

— Puta que pariu — sibilou colado na minha boca.

Um arrepio percorreu meu corpo. Eu podia sentir as vibrações da boca dele reverberando dentro de mim.

Mantendo o contato com meu seio, Lucian colocou a mão entre minhas pernas e afastou o tecido rosa e transparente da minha calcinha para o lado.

— Preciso sentir você.

Por mim, tudo bem. Tão bem que mal me mexi quando ele me segurou pelos quadris e me moveu para a ponta da mesa.

— Não se mexa, Fadinha — mandou, afastando minha mão da sua virilha. Eu estava prestes a discutir, até que ouvi o som do zíper.

— Ai, nossa — gemi quando ele posicionou a cabeça macia do seu pênis contra o meu clitóris, separando os lábios do meu sexo.

Lucian soltou meu mamilo sensível fazendo um estalido. A brisa fresca deixou meu mamilo molhado ainda mais excitado.

— Continue acariciando meu pau, amor — mandou, antes de passar a dar atenção ao outro mamilo.

Obedeci e agarrei o membro aveludado.

Ele gemeu e sussurrou com a boca encostada no meu seio:

— Tão obediente.

Soltei um gemido fraco e ofegante quando ele acariciou meu mamilo negligenciado com sua língua mágica. Eu estava tão molhada, que cada chupada, cada roçar da cabeça de seu pau fazia meu interior pulsar de desejo.

Eu devia estar apertando-o com força, mas os gemidos que ele dava contra meu seio eram de puro prazer. Agarrei a nuca dele com a mão livre, mantendo-o grudado em mim. Meus seios estavam pesados e inchados devido à sua atenção.

Sem qualquer aviso, ele colocou a mão entre nós e enfiou dois dedos na minha entrada. Gememos juntos, como se sentíssemos o mesmo prazer.

Os dedos dele me estimulavam sem dó enquanto eu rebolava em sua mão e acariciava seu pênis com uma intensidade quase violenta.

Parecia mágica. Nós éramos pura mágica.

Ele agarrou meu traseiro e me inclinou até que minhas costas tocassem a mesa. E então senti o dedo explorador. Primeiro, ele penetrou entre as minhas pernas, onde eu me transformara na *Aquawoman*. Depois, foi mais além, deslizando pela fenda entre as minhas nádegas. Ele parou e explorou com delicadeza a entrada contraída.

Ele se afastou do meu seio, deixando o mamilo úmido e enrijecido. Havia uma pergunta em seus olhos. Ele estava pedindo permissão.

Eu não achava que era capaz de falar. Então, respondi da melhor maneira que pude, movendo os quadris em direção ao dedo.

Com um grunhido possessivo, Lucian enfiou um dedo no meu traseiro, ao mesmo tempo em que os outros dedos se curvavam dentro de mim. Seu pênis soltou líquido pré-gozo nos meus dedos. Ele gostava de possuir meu corpo, eu diria até que ansiava por isso.

Eu estava a um fiozinho minúsculo de perder o controle. Eu estava aberta e preenchida. Meu corpo todo estava tenso com a vontade de gozar.

Quando a boca dele encontrou meu seio mais uma vez e deu uma chupada forte, eu me desfiz.

O orgasmo veio com força total, me devastando. Contraí as paredes internas do meu sexo enquanto ele movia os dedos.

Continuei acariciando seu pau com a mão, continuei rebolando em seus dedos, continuei indo em direção àquele único dedo que me preenchia de uma maneira totalmente nova.

— Essa é a minha garota — murmurou. — Você fica linda pra cacete quando goza.

Agarrei-me ao seu pau como se fosse uma âncora na tempestade enquanto o orgasmo nos dominava.

— Me deixa gozar dentro em você — exigiu com brusquidão. Mas eu tinha outras ideias.

Soltei a ereção e dei um empurrão leve em seu peito. Ele se afastou na mesma hora.

— Me fala do que você precisa — pediu com a voz rouca.

Desci da beirada do aparador e me ajoelhei.

— Disso — declarei, levando a mão até a base do seu membro. — Por favor.

As chamas se avivaram nos seus olhos acinzentados quando ele se deu conta do que eu estava pedindo.

Seu membro reagiu em minha mão, desejando o que eu estava pedindo. Necessitando.

— Confio que você vai cuidar de mim e me proteger do Hugo. Agora quero que confie em mim pra cuidar de você — falei.

Lucian engoliu em seco, contraindo as maçãs do rosto acima da barba bem-aparada. Em seguida, assentiu. Senti o coração na boca. A sua concordância foi o suficiente para mim. Ele estava disposto a me deixar lhe proporcionar isso.

Eu me inclinei para frente e passei a língua, da base à ponta. Seu estremecimento convulsivo e os xingamentos sussurrados fizeram com que eu me sentisse uma super-heroína do sexo oral.

Separei meus lábios e, sem avisar, o levei até o fundo da garganta.

O punho do Lucian atingiu a mesa atrás de mim.

— Caralho! — grunhiu ele enquanto eu o satisfazia com a boca e a mão. Engoli o máximo que pude dele, desejando seduzi-lo meticulosamente e fazê-lo chegar ao ponto de sentir a necessidade de gozar.

Com carinho, segurei o saco macio e apertei.

Um dedo acariciou minha bochecha. Olhei para cima, ajoelhada diante dele. Ele era um rei, um titã, mas quem estava no comando era eu. Em seguida, aquele dedo se foi, e ele entrelaçou a mão no meu cabelo com brusquidão.

— Caramba, Sloane. Só você — murmurou.

Deixei que ele guiasse minha cabeça com a mão, impondo um ritmo mais agressivo e rápido. Ele havia perdido os últimos resquícios de autocontrole. Por minha causa.

Ele repetiu isso várias vezes enquanto entrava e saía da minha boca sem parar.

— Só você.

Apertei o saco pesado, e o Lucian parou de se mexer no fundo da minha garganta. Houve um repentino jorro quente de pré-gozo.

— Caralho. Caralho. Caralho — disse ele. Tirando minha boca do pau, ele me levou ao piso frio. — Diga que sim — pediu, encaixando a cabeça do pau entre minhas pernas com movimentos bruscos.

— Sim!

Com uma mão em meu ombro, ele me segurou e, numa única investida, me penetrou.

— Me aceite. Por inteiro — ordenou, roçando a barba no meu pescoço.

Eu estava completamente preenchida. Era tão gostoso. Ultrapassava todos os meus limites, e ainda assim, de alguma forma, era exatamente do que eu precisava. Não havia barreiras entre nós. Eu estava entregue por inteira a ele.

Era visceral e genuíno, e, caramba, eu queria mais. E foi o que o Lucian me proporcionou. Quando liberou o primeiro jorro quente de esperma dentro de mim, obedientemente o segui, despencando no abismo. Eu não tinha outra opção.

— Nossa. Isso, Sloane. Minha Sloane. — Ele gemeu de prazer enquanto gozava dentro de mim, desencadeando um orgasmo sem igual.

Maeve: Conversei com o penetra do Kurt e vamos tentar de novo.

Eu: Aleluia! Mal posso esperar para contar aos filhos de vocês que a tia Sloane deu uns pegas no papai Kurt quando a mamãe Maeve estava dando uma de idiota.

Maeve: Talvez seja melhor deixar esse assunto de fora das conversas.

Eu: Ah rá! Você não descartou de cara a ideia de ter filhos com o Kurt! Sabia que GOSTAVA dele de verdade!

Maeve: Sua personalidade de irmã mais nova está se manifestando.

Eu: Não consigo evitar. Sua felicidade me contagia. Além disso, acabei de ter vários orgasmos... então...

Maeve: Idem, maninha. Idem.

Eu: Toca aqui!

QUARENTA E TRÊS
O CONTRA-ATAQUE

Lucian

— Ninguém sai daqui até a gente ter uma estratégia definida — anunciei.

A Sloane estava plenamente à vontade no meu escritório de casa, vestida de pijama, deliciando-se com o hambúrguer e as batatas fritas que pedi. Ela havia domado o "cabelo pós-sexo" ao colocá-lo em uma trança longa e solta que pendia sobre um ombro. Com as pernas jogadas sobre o braço da cadeira e os pés descalços balançando, ela era o epítome da despreocupação.

Enquanto isso, atrás da escrivaninha, eu era um caldeirão efervescente de raiva.

A equipe que eu tinha montado não estava contribuindo para o meu estado de espírito.

— Vai ser divertido — disse Nolan, devorando um prato de tirinhas de frango empanado.

— Fale por você — reclamou Lina. — O meu noivo tinha acabado de me chamar pra entrar com ele no banho quando fui convocada.

— Que tipo de informação comprometedora estamos procurando? — indagou Nallana, a detetive particular, colocando duas fatias de pizza no prato. Ela estava usando um vestido e uma jaqueta de couro. Eu me dei conta de que não fazia ideia se esse era seu estilo casual ou mais um disfarce.

— Sim, seria mão na roda saber o que estamos procurando — disse, com a boca cheia de docinho de alcaçuz, a única integrante da equipe de segurança cibernética que fez a gentileza de atender o celular. Seus cabelos eram platinados, compridos no meio e raspados nas laterais. O nome dela era Prainha ou Planície, algo assim.

— Qualquer coisa que force o FBI a agir contra o Hugo agora. Não daqui a um mês, nem daqui a uma semana, nem mesmo daqui a quarenta e oito horas. Quero ele detido até o meio-dia de amanhã.

Nallana soltou um assobio baixo.

— É um desafio e tanto. A Prairie tem razão. Precisamos de algum tipo de orientação.

Prairie. Foi por pouco.

— A "orientação" é fazer tudo o que for preciso pra encontrar algo que possamos usar. Não estou nem aí se forem presos no processo. Encontrem algo que sirva — falei, quase rosnando.

A campainha tocou.

— Quer que eu atenda? — perguntou a Sloane, hesitante.

Fiz que não com a cabeça.

— A Grace vai atender.

Eu não a perderia de vista até que Anthony Hugo e sua organização fossem completamente eliminados. E então a levaria à força ao altar. Ela não apenas tinha me defendido de um chefão do crime que ameaçou nossas vidas, como também da minha própria mãe. E quando tudo isso acabasse, eu ia lhe mostrar o quanto isso tinha sido significativo para mim.

A porta do escritório se abriu e Maureen Fitzgerald entrou, ainda com o mesmo vestido de antes.

— Essa turminha promete, hein?! — observou ela.

— Essa é a... — começou Prairie.

— A cafetina mais renomada e bem-sucedida de Washington, D.C? — completou Lina. — Aham. Gostei dos seus sapatos.

— Obrigada — disse Maureen com um sorriso matreiro. — Trouxe um mimo pra sua equipe. — Ela largou uma pasta de cinco centímetros de espessura em cima da caixa de pizza. Nolan tentou pegar, mas Maureen colocou uma mão com unhas benfeitas em cima da pasta. — Acredito que posso confiar na sua discrição.

— Com certeza, senhora. Aqui é só discrição — prometeu Nolan.

— Ótimo — disse ela, afastando a mão e tirando o casaco de lã. — Sobrou alguma tirinha de frango empanado aí?

— DESCOBRIMOS MAIS três empresas de fachada graças às informações das garotas da Maureen — resumiu Nolan, contendo um bocejo. — As duas primeiras têm cerca de dois milhões de dólares espalhadas em contas no exterior. A Prairie está investigando a terceira no momento.

— Continue investigando. — Alguns milhões de dólares não seriam suficientes para fazer o FBI bater à porta do Hugo pela manhã.

Lina se juntou a nós.

— Hora da atualização?

— O que descobriu? — perguntei a ela.

— A equipe de segurança comunicou a todos que os escritórios ficarão fechados pelos próximos dois dias. A Petula está reagendando todas as reuniões presenciais e transferindo o que for possível para o formato online. A Grace reforçou a segurança em todos os lugares, incluindo a casa da sua mãe e a da mãe da Sloane. O Nash e a polícia de Knockemout estão em alerta máximo e monitorando a situação lá em casa. Nallana ligou. Ela está pressionando alguns informantes, tentando descobrir algo. Dizem por aí que ele está pra receber uma grande remessa vinda da América do Sul até o fim de semana.

— O fim de semana está muito distante — lembrei-a.

— Talvez o Hugo estivesse apenas blefado sobre as quarenta e oito horas? — sugeriu Nolan, bocejando de novo.

— Essa crise está afetando o seu sono de beleza? — perguntei, seco.

— Primeiro, são quatro da manhã. E segundo, minha esposa me acordou às seis da manhã de hoje... ontem pra fazer aula de ioga. Nem todos nós somos movidos a insônia e lágrimas de crianças assustadas — salientou.

— Você acordou antes de o dia clarear porque sua esposa pediu. Hugo disse que eu tinha quarenta e oito horas pra entregar tudo que os federais tinham contra ele, senão começaria pela Sloane.

— No sentido de... — Lina parou de falar, e todos nós nos viramos para encarar a bibliotecária baixinha que estava sentada no chão com uma expressão preocupada enquanto examinava papéis espalhados.

— Não vou permitir que isso aconteça — afirmei.

— A loirinha já está acreditando que você está nessa pra valer? — perguntou Nolan enquanto a Sloane ajustava os óculos no nariz.

— Ainda não. Mas se for preciso matar um homem a sangue-frio pra provar, não vou pensar duas vezes.

— Vamos deixar pra usar essa ideia como plano B — disse Lina. — Pelo que fiquei sabendo, as visitas conjugais não são mais tão flexíveis, e, a julgar pelo cabelo bagunçado da Sloane, vocês têm muito tempo pra recuperar ainda.

Saí de perto deles e atravessei o cômodo até ela.

Ela levantou a vista enquanto eu me agachava.

— Você está com aquela ruga entre as sobrancelhas que aparece quando está concentrada — observei, acariciando o local em questão. — Devia descansar um pouco.

— E perder toda a diversão?

— Quando tudo isso acabar, vou te levar a uma ilha particular onde poderemos beber *piña coladas* pelados na praia pra eu te mostrar o que é diversão — falei, decidido.

Sloane abriu um sorriso caloroso.

— Desde quando Lucian Rollins virou especialista em diversão?

— Desde que ele quase gozou na sua boca enquanto você estava de joelhos.

— Muito lisonjeiro. Mas preciso que deixe seu espírito festeiro de lado por um instante e incorpore seu espírito "mestre taciturno dos negócios e do universo político" por um momento, Lúcifer.

— Do que precisa?

Ela umedeceu os lábios e olhou para os papéis a frente.

— Uma coisa que o Hugo falou hoje à noite me deixou inquieta.

— Tudo o que o idiota disse deveria ter deixado você inquieta.

Ela balançou a cabeça.

— A história sobre o incêndio. Sobre eu não ter aprendido a lição. No começo, achei que ele estava apenas deixando claro que estava observando meus passos. Mas daí comecei a pensar: e se ele tiver alguma ligação?

Sentei-me ao seu lado e tomei um gole da sua *root-beer* à temperatura ambiente.

— Em que sentido?

— A gente acha que o incêndio foi retaliação por eu estar trabalhando no caso da Mary Louise, né? Fui ameaçada pelo Homem com Cheiro de Canela, que mencionou especificamente o nome dela no mesmo dia em que a Mary

Louise foi atacada. Mary Louise desistiu, mas eu não. Você a transferiu pra outro presídio onde estaria mais segura e garantiu a proteção do Allen. Continuei investigando. Aí alguém resolveu deixar claro que não estava satisfeito incendiando a biblioteca enquanto eu estava lá dentro.

A recapitulação da situação estava fazendo minha pressão, que já estava perigosamente alta, subir.

— Qual é a ligação? Por que um chefe de crime sociopata de Washington, D.C. teria interesse em uma detenta condenada injustamente?

Sloane mordiscou o lábio.

— E se for a prisão? — Ela me entregou uma folha de papel. — A Fraus Correctional Center é uma prisão privada de propriedade de uma empresa chamada Civic Group, que pertence a outras duas empresas. Isso me fez pensar em todas as suas malandragens sorrateiras pra esconder doações e subsídios em entidades com nomes relacionados a cerejeiras. E enquanto eu pensava nas suas malandragens, esta empresa chamou minha atenção. — Ela indicou as palavras "Rex Management". — "Rex" é "rei" em latim — explicou.

—O que o Hugo acha que é — refleti, acompanhando o raciocínio.

— Exatamente — disse Sloane, sorrindo para mim. — Pesquisei outras penitenciárias privadas na Virgínia, Maryland e Carolina do Norte e descobri mais três unidades de propriedade da Civic Group. Todas em péssimas condições. Todas com queixas de superlotação e escassez de funcionários. Embora todas gerem lucro para a Civic Group e seus proprietários. Não consigo precisar o valor do lucro, mas cada unidade tem contrato com o governo que lhes fornece dinheiro por cada detento abrigado. Quanto mais pessoas na unidade, maiores os lucros.

— Quando ameacei transferir o Duncan Hugo para outra unidade, ele entrou em pânico — recordei, dando uma olhada na pesquisa da Sloane. — Ele disse que não estaria seguro.

— Foi para uma dessas três? — perguntou, enquanto se levantava e ficava de joelhos empolgada.

Apontei para a Lucrum.

— Para essa.

Sloane envolveu meu pescoço com os braços.

— Sabia! Mandei bem, não foi? Anthony Hugo, o criminoso reincidente, é um dos proprietários de quatro penitenciárias privadas. Isso deve ser extremamente ilegal.

— Sem falar que ele pode se livrar de qualquer um nessas prisões, se achar necessário — frisei.

Sloane afastou o corpo um pouco para trás, com um olhar horrorizado.

— Puta merda.

— Bom trabalho, Fadinha. Muito bom mesmo — falei, dando um abraço apertado.

Ela segurou o meu rosto com ternura.

— Acaba com ele, grandalhão.

Beijei-a com intensidade nos lábios e depois me afastei.

— Prainha! — chamei a hacker aos berros.

Ela olhou para mim e apontou para si mesma.

— Eu?

A Sloane se inclinou para perto.

— Acho que você quis dizer "Prairie".

— Isso. Prairie. Foi o que eu disse. Pare o que está fazendo e encontre tudo o que conseguir sobre a Rex Management e a Civic Group.

Dei um aperto leve no ombro da Sloane enquanto ligava para a agente especial Idler.

— São quatro da manhã. Espero que tenha conseguido algo bom pra caralho — disse ela, rouca.

— Em quanto tempo consegue montar uma equipe pra levar o Hugo pra cela mais próxima?

EU ESTAVA HÁ trinta e seis horas sem dormir ou tomar banho, mas Anthony Hugo parecia ainda pior, pensei com um ar de superioridade enquanto me sentava na cadeira em frente a ele.

O terno chique e o anel de diamante no dedo mindinho foram substituídos por um macacão laranja largo que só o deixava mais pálido.

— Veio se gabar? — indagou ele enquanto o guarda o algemava à mesa com um som de encaixe satisfatório. — Porque vou sair daqui em menos de um dia. Não podem me deixar preso.

— Ah, ledo engano — falei, recostando-me na cadeira de metal. — Acabei de vir do escritório da agente especial Idler.

— Essa vadia será a primeira a morrer — debochou com cautela. — Bom, talvez a segunda, logo depois da sua namoradinha loira.

— A questão é a seguinte, Anthony. Esse é só o começo das acusações. Os outros oficiais da Rex Management foram todos detidos. Coincidentemente, eles também compõem a maior parte do seu círculo interno. Eles estão delatando tudo como se suas vidas dependessem disso. Os agentes federais já conversaram com uma boa parte dos seus subalternos que cumprem penas nas unidades que pertencem a você, e eles confessaram um número impressionante de crimes, incluindo agressões e homicídios. A maioria não pensou duas vezes em denunciar quem deu as ordens agora que você está preso, ainda mais depois de ter acordos e reduções de pena em jogo.

Anthony empalideceu ainda mais.

— Escuta aqui, seu filho da puta...

— Não — falei, impassível. — Agora é a sua vez de ouvir. Em menos de dois dias, desmantelei cada pedacinho do seu negócio. Tudo o que você levou a vida inteira pra construir. Não sobrou nada. Seus bens estão congelados. Os seus capangas estão em várias salas de interrogatório pela cidade. Incluindo os capangas que jogaram Felix Metzer no rio Potomac sob ordens suas. Você não tem mais nada. Sabe por quê?

— Vá se foder.

— Resposta errada. Tirei tudo de você porque você tentou tirar tudo de mim. Ameaçou minha família. Ninguém sai impune disso.

— Não vai se livrar de mim. Quando cair nas minhas mãos, vou terminar o que comecei com aquela lista que tinha o nome do seu amigo chefe de polícia. Vou matar todos que você ama, e depois vou acabar com você.

Abri um sorriso sarcástico.

— Boa sorte.

— Acha que ver seu amigo levar bala e a biblioteca pegando fogo foi ruim? Estou só começando. Eu mesmo vou atrás de você. Tenho capangas de olho em você e naquela vadia do FBI. Basta uma ligação minha e os dois morrem, como o Metzer. Ninguém ousa me desafiar.

Levantei-me e abotoei o paletó.

— Eu não teria tanta certeza. Aquela vadia do FBI prendeu seus "capangas" ontem. É a terceira reincidência para muitos deles, o que os deixou surpreendentemente dispostos a cooperar. Agora, se me der licença, tenho um compromisso.

Saí da sala sem pressa, deixando para trás suas ameaças hostis.

— CONTA TUDO! — Sloane me atacou assim que abri a porta de casa. — Ele sabe que está em maus lençóis? Ele ameaçou você? Tem alguma gravação mostrando o surto dele que eu possa ver? — Ela estava vestida com calça de pijama estampada com folhas de palmeira e uma regata preta justa. O cabelo estava molhado do banho, e os olhos cintilavam.

Uma sensação calorosa e radiante se alastrou no meu peito. Era como se eu tivesse engolido o sol.

Segurei o pulso dela, me curvei e a joguei com destreza sobre o ombro.

— As duas estão liberadas — falei para a Lina e a Grace, que ficaram de plantão com a Sloane nas últimas vinte e quatro horas.

— Oba! — comemorou Grace.

— Divirtam-se, crianças — disse alto a Lina enquanto eu levava a Sloane pelo corredor em direção ao quarto.

Joguei-a na cama, fazendo-a rir.

— Você está bem animadinho pra alguém que não dorme há dois dias.

— É o efeito de fazer um mau-caráter pagar por seus atos — brinquei, tirando o casaco e a gravata.

— Meu herói.

Suas palavras causaram sensações estranhas dentro de mim. E eu tinha certeza de que as guardaria comigo, assim como cada "mandou bem, garoto" que recebera do pai dela.

Sloane se arrastou mais para cima na cama e se recostou na pilha de travesseiros novos que eu tinha encomendado. Ela deu tapinhas ao lado dela.

— Vem cá me contar tudo, grandalhão, e depois a gente fica pelado e faz coisas indecentes um com o outro.

Consegui narrar um quarto da história da prisão do Hugo antes de capotar com a Sloane nos meus braços e dormir o sono dos heróis pelas dez horas seguintes.

QUARENTA E QUATRO
A QUESTÃO NÃO É O ESPAÇO NA GAVETA

Sloane

Stef: Flores e champanhe já estão tão batidos, né?

Eu: Batidos para o quê?

Stef: Para pedir a um cara para morarmos juntos.

Eu: Que honra você ter me procurado pra pedir conselhos sobre como fazer o pedido.

Stef: A Naomi é muito romântica, e a Lina não saberia o que é romance nem se ele a mordesse no *popozão*. Então estou pedindo ajuda a você. É exagerado ou simples demais?

Eu: Depende do resto da atmosfera que vai criar. É uma "conversa íntima, regada a vinho e uma refeição caseira, feita por você e suas mãos habilidosas"? Ou é um "anúncio com fogos de artifício e uma banda tocando na frente de toda a cidade"?

Stef: Vejo que escolhi a pessoa errada. Devia ter perguntado a um cara hétero.

Eu: Já pensou em tatuar "Toparia morar comigo?" no traseiro? Ou transformar uma festa de aniversário infantil estilo fazendinha em um pedido surpresa?

Stef: Vou ter que pensar em tudo do zero de novo. Tem que ser perfeito, planejado nos mínimos detalhes. Tem que ser romântico e ter a nossa cara. Uma história que contaremos aos nossos filhos. Meu Deus. E se ele não quiser ter filhos? Eu quero ter filhos?

Eu: Você está surtando já. Vá comer um chocolate.

— ARRÁ! TE achei — falei, triunfante, ao encontrar o sutiã que estava procurando na minha bolsa de viagem. Empurrei o restante dos itens de volta e fechei o zíper.

Lucian, deitado na cama completamente despido e bem pecaminoso, lançou-me um olhar carregado de más intenções.

— Quê? Você disse que íamos sair pra jantar. Não posso sair por aí sem sutiã. Essas maravilhas à solta já causaram muita confusão — falei olhando para trás enquanto entrava no banheiro enorme e digno de spa dele. Os azulejos hexagonais cinza-carvão estavam quentinhos sob meus pés descalços. A bancada tinha tanto espaço de sobra entre as pias luxuosas de ônix que dava para jogar uma partida de boliche ali. E o chuveiro. Ah, o chuveiro.

Essa era a razão principal de eu ainda não ter insistido que o Lucian me levasse de volta para Knockemout.

Anthony Hugo estava detido havia quatro dias. O perigo estava oficialmente encerrado. Mas eu ainda estava aqui, desfrutando de quatro dias de jantares fora de casa e caminhadas sob as cerejeiras com flores desabrochando. Quatro dias trabalhando juntos no mesmo escritório, compartilhando a mesma cama. Quatro dias de uma quantidade astronômica de transas com Lucian Rollins.

Tirei meus produtos de higiene pessoal do nécessaire que estava pendurado na porta do armário de toalhas e ajustei as configurações na tela sensível ao toque do chuveiro.

— Posso configurar suas preferências no sistema — ofereceu Lucian por trás de mim.

Eu o fitei enquanto ele entrava pelado no banheiro.

— Não precisa, eu me divirto apertando os botões — falei enquanto admirava a vista indecentemente bela. Ele parecia uma escultura em movimento. Uma ode de mármore à perfeição que ganhou vida.

Entrei no chuveiro e deixei a água me atingir. Um gemido escapou da minha boca.

— Urgh. Está me dando vontade de reformar o meu banheiro.

Lucian se juntou a mim, suas mãos imediatamente indo parar nas curvas dos meus quadris.

Tomamos banho em completo silêncio, curtindo a água quente e a presença um do outro. Mas eu podia sentir uma tensão nele que não existia antes.

— O que foi? Algum problema no caso do Hugo? — perguntei enquanto o Lucian me observava pensativo pelo espelho enquanto eu secava as embalagens do xampu e do condicionador com a toalha antes de guardá-las no nécessaire.

— Não, meu problema é com você — afirmou ele, virando-se para mim.

— Comigo? O que eu fiz? — indaguei, tentando não me distrair com as gotas de água em seu peito.

— Deixei gavetas e espaço no guarda-roupa pra você. Deixei espaço na penteadeira — declarou, abrindo com um puxão uma das gavetas vazias ao lado da pia que ele havia reservado para mim. — Abri espaço pra você no meu banheiro, *na minha casa.*

— E eu disse que não preciso de nada disso.

Ele apontou um dedo na minha direção.

— É *aí* que está o problema. Como vamos ter uma vida juntos quando você nem desempacota suas coisas, Sloane?

— Sério isso? — bufei. — Está bravo porque não estou usando as gavetas?

— Você guarda tudo depois que usa. Não abriu espaço pra mim na sua casa. Tive que contratar um organizador pra arranjar espaço pra mim no closet. Você não quer se comprometer com o nosso relacionamento.

— Lucian, nem sequer conversamos sobre a ideia de sermos um "nós" sem ser você insistindo que éramos um casal.

Sua carranca se acentuou.

— Quer conversar? Então tá, vamos conversar.

— PODIA TER me deixado pelo menos secar o cabelo. — resmunguei enquanto o Lucian tocava a campainha de uma casa sofisticada de tijolos e de três andares em uma rua arborizada em Georgetown. Cada carro na rua parecia custar uma fortuna.

A porta abriu, e um homem de barba grisalha e que usava óculos nos fitou.

— Chegou cedo — declarou. Ele vestia um avental branco sobre um cardigã de pelinho nas cores preto, laranja e amarelo neon.

— Emry, esta é a Sloane. Sloane, Emry — disse Lucian enquanto me arrastava para dentro em direção a uma salinha majestosa.

— Peço desculpas pelo Lúcifer. Acho que ele está com fome e de mau-humor — expliquei olhando para trás.

— Ah, isso promete — anunciou Emry, esfregando as mãos e nos acompanhando para dentro.

Cheguei à conclusão de que parecia o escritório de alguém com recursos, intelecto e muito bom gosto enquanto lia os títulos dos livros nas estantes de mogno escuro.

— Faça sua mágica terapêutica e a ajude — declarou Lucian, posicionando-se próximo à lareira.

— Achei que a ideia era jantar na casa do seu amigo? — frisei.

— Nós somos amigos. Ele esquece isso de vez em quando — comentou Emry, indo até um armário e pegando uma garrafa de vinho. Ele apontou para uma das duas poltronas de couro em frente à estante de livros. Eu me sentei.

— Não preciso dos seus conselhos de amigo. Preciso de um terapeuta que coloque juízo na cabeça dessa mulher — informou Lucian, cruzando os braços e me encarando com raiva.

Retribui o olhar.

— Sério?

— Isso é bem incomum. Até pra você — afirmou Emry para o Lucian.

— Nem olhe pra mim — falei, dando de ombro. — Em um minuto estou curtindo um banho divino, e no outro ele está surtando por causa de gavetas e organizadores de closet.

Lucian se afastou da lareira e começou a andar de um lado para o outro.

— Está vendo o que tenho que aguentar?

Emry parecia estar se divertindo.

— A questão aqui não são as gavetas, não é? Mas se for, posso chamar a Sacha, com o maior prazer. Ela é especialista em organização doméstica. Precisa ver a despensa dela.

— Ela não quer se comprometer — declarou Lucian, depois fez uma careta. — A Sloane, não a Sacha. Mas acho bom você queimar esse suéter antes que a Sacha veja.

— Achei o suéter bonito — insisti.

— Estou tentando conciliar nossas vidas tanto aqui quanto em Knockemout, e a Sloane se recusa a participar. Ela guarda os produtos no nécessaire sempre que termina de tomar banho! — berrou Lucian.

Emry parecia estar se segurando para não rir enquanto servia três taças de vinho.

— Entendo.

Eu me levantei da cadeira e fui em direção ao Lucian, interrompendo a sua caminhada de um lado para o outro.

— E *eu* já *te* disse que não pode simplesmente declarar que estamos juntos. Algumas gavetas não vão fazer com que eu me sinta segura o bastante para sequer considerar a ideia de namorar você.

— Não estamos namorando — disse o Lucian. — Estamos morando juntos. Estamos transando. Vamos *nos casar*.

— Se essa é a sua ideia de pedido de casamento, melhore — rebati.

Escutei um barulho de mastigação e vi o Emry acomodado na cadeira que eu havia desocupado, comendo pistaches e nos observando, entusiasmado.

— Por que é tão difícil aceitar que estou sendo sincero? — indagou Lucian. Ele passou as duas mãos no cabelo. Seus movimentos eram bruscos e frenéticos, tão diferentes da sua graça habitual, semelhante à de um animal.

— Porque, de acordo com as experiências passadas, era pra eu sair correndo aos berros noite adentro! Você me excluiu da sua vida duas vezes, em uma dessas vezes foi por duas décadas, e espera que eu simplesmente me esqueça disso? Que confie em você? — falei agora aos berros também. Eu estava longe de receber o prêmio de convidada para jantar do ano.

— Diga o que você quer, e eu te dou — disse Lucian, transparecendo frustração no tom.

— Quero tudo que está prometendo, mas não acredito que vá cumprir! Feliz?

O silêncio se infiltrou entre nós enquanto nos encarávamos. Emry pigarreou e limpou as migalhas de pistache das mãos.

— Pelo que estou vendo, os dois nunca tiveram realmente a oportunidade de lidar com as questões que os mantiveram afastados para início de conversa.

— Sempre achei que precisava te perdoar — disse Lucian, de repente. Ele respirou fundo e me encarou, com os olhos cinzentos tempestuosos. — Você traiu a minha confiança. Você deliberadamente me desobedeceu e, por sua causa, fui parar na prisão. Por sua causa, minha mãe ficou completamente vulnerável a ele. Perdi meu aniversário de 18 anos, a formatura no ensino médio. Por sua causa, meu passado moldou meu futuro.

Senti uma pontada de desconforto quando a verdade que ele escondera por todos esses anos atingiu em cheio a ferida que nunca cicatrizou por completo em nenhum de nós dois.

— Mas... — incentivou Emry, pegando mais um punhado de pistaches.

— Mas você se interpôs entre os meus pais para proteger a minha mãe, para me proteger. Você fez a mesma coisa esta semana. Tentou se interpor entre mim e um maluco que nos ameaçava, e depois mais uma vez com a minha própria mãe — acrescentou, rouco.

— Se está puto por causa disso, está só perdendo tempo, porque não vou pedir desculpas. Anthony Hugo é um panaca frouxo, e *nunca mais* quero ver a sua mãe levantar a mão pra você — falei, com a voz trêmula de emoção.

Ele segurou meus pulsos, acariciando a cicatriz antiga com o polegar.

— Eu não quero um pedido de desculpas. Não preciso de um. Nunca precisei. Você é a única pessoa no mundo que já me defendeu desse jeito.

Abri a boca, mas ele balançou a cabeça.

— Sim, o Knox e o Nash fariam o mesmo se pudessem. Mas nunca pedi. Também nunca precisei pedir a você. Simplesmente foi lá e fez. Porque é o tipo de pessoa que você é. Tão corajosa que chega a perder a noção. Tão cabeça-dura que beira o perigo.

— Seus elogios e pedidos de casamento são bem fraquinhos — comentei.

Mas ele não sorriu. Em vez disso, voltou a apertar meus pulsos de leve.

— Homens despedaçados também despedaçam as mulheres, Sloane.

Fiquei imóvel.

— Lucian — sussurrei.

— Meu pai destruiu minha mãe a ponto de anos depois ela ainda ser uma vítima — continuou. — Talvez ela nunca se recupere completamente por causa dele. Eu não queria correr esse risco com você. Eu não queria que você ficasse perto de mim enquanto homens como meu pai ou Anthony Hugo pudessem te ferir pra me atingir.

Segurei seus antebraços, sem ter certeza do que dizer. Eu estava meio zonza e desorientada, como se suas palavras fossem o suficiente para abalar as bases nas quais construí minha vida.

— Ainda consigo ouvir o estalo dos seus ossos na minha cabeça — confessou. — Eu nem estava lá, mas mesmo assim ainda escuto. É a primeira coisa que ouço ao acordar pela de manhã. É o que escuto sempre que você sai de um recinto e eu quero ir com você. É o meu lembrete constante de te deixar em paz. Ele poderia ter te matado, e eu não seria capaz de te proteger porque estava atrás das grades. Não pude proteger minha mãe. Não pude proteger você.

Meus olhos se encheram de lágrimas. Estendi as mãos e segurei seu rosto. Senti sua barba áspera.

— Lucian, meu bem. Nunca foi seu papel proteger a sua mãe. Nunca foi sua função manter o mundo a salvo do seu pai.

— Só pra constar, é o que venho dizendo há anos — interrompeu Emry.

— Vá queimar comida — disse Lucian, sem animosidade.

Emry riu baixinho.

— Eu traí a sua confiança. Reconheço — falei. — Eu era jovem e impulsiva, e não suportava a ideia de vê-lo te machucar. Você escuta meu pulso quebrando? Eu o ouço gritando e agredindo você naquela noite. Isso ainda me assombra.

Lucian fechou os olhos.

— Sloane...

— Não. Agora é a minha vez. Eu estava com medo. Com muito medo de sair e detê-lo. E com medo de que ele machucasse meu pai se eu contasse. Talvez se eu tivesse feito isso, as coisas seriam diferentes. Mas nunca vamos saber, porque eu chamei a polícia, indo contra o que você me pediu. E tive que ver Wylie Ogden te levar algemado, como você já imaginava que ia acontecer. E eu nunca, nunca vou superar isso. Se eu tivesse tomado uma decisão diferente naquele dia, você não saberia como é o interior de uma cela.

— Pior que eu teria, sim. Mais cedo ou mais tarde. Porque só havia um jeito de fazê-lo parar.

— Foi por isso que eu chamei a polícia. Porque você jamais se recuperaria de algo dessa magnitude. Você teria passado a vida achando que era igual a ele. O que, aliás, significa que você não é nada parecido com ele.

Ele soltou um suspiro trêmulo, com os olhos fixos nos meus.

— Mas pensar em todos os "e se" é desperdiçar o tempo que nós dois sabemos que é precioso — continuei. — Sinto muito que tenha passado a vida achando que está contaminado. Que não merece felicidade. Isso parte meu coração, Lucian, porque você é a pessoa mais absurdamente generosa que já conheci. Você vê que algo precisa ser feito e, sem fazer alarde, corre atrás de resolver. Você não precisa de plateia ou elogios. Você dedicou sua vida a corrigir injustiças nos mais altos escalões. E isso é heroico. *Você* é um herói.

— Não é bem assim que eu vejo as coisas — disse ele baixinho, mas suas mãos foram parar nos meus quadris e me apertaram com delicadeza.

— Eu sei. E sinto muito que você tenha enfrentado isso sozinho. Você não tem culpa por absolutamente nada que seu pai tenha feito.

— Segundo ele, eu era o culpado de tudo. O meu quarto não estava limpo o bastante. As minhas notas não eram boas o bastante. Eu não o chamava de "senhor" alto o bastante. Eu não fazia nada direito.

Meu coração não estava apenas se partindo. Estava se despedaçando em um milhão de fragmentos.

Eu o segurei com mais força.

— Você não fez nada de errado, Lucian. Foi tudo culpa dele. Ele era um homem despedaçado que tentou tornar você igual a ele, mas falhou. Ele nunca chegaria aos seus pés nem no melhor dia dele. Tenho tanto orgulho do menino que você foi e do homem que se tornou. Você reivindicou o nome da sua família e o transformou em algo bom. Não há nada dele em você. Eu vejo mais do meu pai do que do seu em você.

— Tenho um pavio curto. Mas estou me esforçando para controlar. Faz um tempinho já. — Ele apontou para o Emry, que continuava devorando pistaches feito um esquilo.

Bufei, nada elegante.

— Quem não tem pavio curto? O que vale é como lidamos com isso. Você se controla tão bem que chega a ser irritante. E isso quem diz é alguém que passou boa parte da vida adulta tentando te tirar do sério.

Lucian balançou a cabeça.

— Durante todo esse tempo, achei que precisava te perdoar pelo que fez.

— E agora? — incentivei.

— Da mesma forma que não cabia a você entrar nessa briga, nunca coube a você pedir desculpa.

— Estou com a impressão de que vem um pedido de desculpas por aí. Está com fome, quer uma água? — perguntei.

Ele acariciou minha bochecha com os nós dos dedos.

— Não precisa pedir desculpas, Fadinha. Porque eu não preciso te perdoar.

— Quer, sei lá, uma barrinha de chocolate ou algo do tipo?

Ele fez que não.

— Me desculpe, Sloane. Desculpe por te culpar. Desculpe por te colocar em uma situação em que você se viu sem saída. Desculpe por só agora abrir o jogo sobre o que eu queria ou precisava de verdade.

— Do que precisa agora? — perguntei, ofegante.

— De você. Só de você. Sempre de você.

Agora eu estava apavorada pra valer.

Ele se aproximou aos poucos. Eu sentia sua respiração quente no meu rosto, e já antecipava a sensação dos seus lábios nos meus.

— Acho que os dois fizeram um excelente trabalho hoje — disse Emry, estragando o momento como uma versão humana de um disco arranhando. — Sugiro que tirem um tempo pra se conhecerem mais profunda e intimamente antes de tomarem qualquer decisão.

— Tempo? — repetiu Lucian, como se a palavra deixasse um sabor amargo na língua.

— Há muito a ser desfeito. Estamos lidando com a vida real. Não é como nos filmes, em que um gesto marcante convencerá a Sloane de que você não vai se fechar e abandoná-la de novo — explicou Emry.

Eu já tinha visto esse olhar no rosto belo do Lucian. Um desafio tinha sido lançado, e ele se sentia compelido a encará-lo.

— Agora, quem está a fim de um vinho? — perguntou Emry.

— Eu — respondi com uma boa dose de desespero.

Naomi: Como andam as coisas com o Lucian?

Lina: Ele já te deixou sair da cama/para longe da vista?

Eu: As coisas estão... complicadas. Bom, não na cama, a questão é o resto. Ele fala que está comprometido até o talo. Que não vai mudar de ideia. Fala tudo o que quero ouvir. Tudo o que passei anos desejando que dissesse. Mas sigo achando que vou fazer papel de trouxa se acreditar, toda felizinha, que ele está nessa pra valer e que vai formar uma família comigo.

Lina: E se ele te der de presente um castelo ou algo do tipo como símbolo do "felizes para sempre" de vocês?

Eu: Não acharia ruim.

Naomi: Ou quem sabe o gesto grandioso dele seja dar ouvidos ao terapeuta e se provar pra você com o tempo?

Eu: Maravilha. Vamos brincar de "estamos nos conhecendo" enquanto meus óvulos se encolhem como uvas-passas. Só não acho que haja algo que ele possa fazer para desfazer mais de vinte anos de desconfiança. Pelo menos não antes de eu ser um deserto infértil.

Naomi: Dá para ser mãe de outras formas.

Lina: Sim. Basta esperar sua irmã gêmea do mal abandonar a filha que você nem sabia que existia.

Naomi: Eu estava pensando mais na linha da adoção. Mas posso confirmar que o lance da irmã gêmea do mal funciona!

Lina: Ô pessoal, sem querer roubar a cena, mas vou me casar semana que vem!

Eu: O Nash já deu piti como um bom Morgan por causa das flores mosquitinho?

Naomi: Aqui não tem espaço para pitis. Só para perfeição no casório!

QUARENTA E CINCO
CORTOU, SAIU, OBA!

Lucian

Nash: Boa sorte hoje. Todo cuidado é pouco pra garantir que vai conseguir andar até o altar na semana que vem.

Knox: Puta que pariu. É hoje que o nosso garoto vai virar homem?

Eu: Vão se ferrar.

Nash: Estou me sentindo rejeitado e explorado.

Knox: Sei lá, acho que a gente não devia cumprir nossa parte do trato até o Lucy aprender a ser bonzinho.

Eu: Odeio vocês e vou dar uma surra nos dois na primeira oportunidade.

Inspirei fundo e ajustei a gravata no espelho. Por fora, eu parecia de boa, calmo, talvez um pouco irritado. Por dentro, eu era um turbilhão de... sabe-se lá o quê. Estreitei os olhos para o meu reflexo.

Eu era ninguém mais, ninguém menos que Lucian Rollins. Porra nenhuma me deixava ansioso. Eu que causava esse efeito.

Ajustei o punho da camisa uma última vez, assenti para o espelho e saí do quarto para dar início ao meu futuro.

O meu futuro estava sentado no balcão da cozinha, terminando de comer uma omelete, ao mesmo tempo fofinha e sexy, vestindo calça jeans justa e um suéter com bordado de morango nos cotovelos.

— Vamos — falei, girando as chaves do Jaguar no dedo indicador.

Sloane olhou para mim e vi o lampejo de um sorriso. Por anos, sua primeira reação ao me ver era uma carranca. Eu não ia deixar aquele sorriso passar batido sem lhe dar o devido valor.

— Você não tomou café da manhã — frisou ela, dando uma olhada no relógio. — E ainda não são nem 7h30.

Dei um beijo em sua testa franzida.

— Não vamos para o escritório hoje.

— Aonde vamos? — perguntou, envolvendo os braços no meu pescoço.

— É surpresa.

Ela franziu o cenho.

— Você não comprou um castelo, não, né?

— Um castelo? — perguntei, conduzindo-a em direção à porta. — Não. Você quer um?

— Ainda não sei.

Passados quinze minutos, a Sloane parecia ainda mais preocupada.

— O urologista? Olha, grandalhão, sempre lembro de fazer xixi depois de transar. Juro que não estou com infecção urinária — disse ela, parando pra olhar o prédio à nossa frente enquanto eu trancava o carro.

— Estamos aqui por minha causa — falei, seco.

— Meu Deus. Quebrei seu pênis com aquelas manobras?

— Ainda não. Mas tenho certeza de que é só questão de tempo — falei, entregando-lhe as chaves.

— Você está passando mal? Está doente? — Os olhos dela estavam arregalados e preocupados por trás dos óculos.

— Estou bem — tranquilizei-a enquanto segurava a porta de vidro aberta para que ela passasse. A sala de espera era toda de mármore, couro e materiais cromados. Havia meia dúzia de homens da minha idade, a maioria lançando olhares nervosos em direção à saída, com revistas não lidas no colo.

Sloane me seguiu até o balcão de atendimento, onde dei o meu nome para a enfermeira e peguei a prancheta que me entregou.

— Lucian, o que estamos fazendo aqui? — sibilou Sloane.

Eu me virei para encará-la.

— Viemos reverter a minha vasectomia.

O que saiu da boca dela não podia ser chamado de frase. Não podia nem ser caracterizado como palavras. Foi a fala embolada de uma civilização antiga.

— Essa não era a reação que eu esperava. Estava em grego.

— Ai, meu Deus. Você encararia uma cirurgia no *bilau* só pra ter filhos comigo? — anunciou Sloane para toda a sala de espera. Parecia que ela ia desmaiar.

Estendi a mão para o braço dela, determinado a mantê-la de pé.

— Está mais pra nos colhões — disse um desconhecido vestido com uma camisa polo, apontando para o modelo 3D de um escroto.

Acenei uma mão na frente do rosto da Sloane.

— Fadinha? Você está bem?

— Acho que ela está em estado de choque — comentou a esposa do cara à medida que se levantava da cadeira. — Vem cá, querida. Vamos pegar um copo d'água pra você.

— Vasectomia. Filhos — murmurou Sloane. — Ele vai abrir seja lá o que fecharam só porque eu quero ter uma família.

A mulher a levou até o balcão de bebidas e entregou um copo com água nas mãos trêmulas da Sloane.

— Sabe, meu bem, tem homem que surpreende a esposa com joias. Já outros preferem surpreender com uma cirurgia nas próprias joias.

— Relaxa, colega — falou comigo o marido. — É entrar e sair, vapt-vupt. Você pode ficar de boa no sofá pelo resto do dia, dando um trato nos meninos com gelo. É moleza.

— Pode botar fé no que ele diz. Essa é a segunda vasectomia que ele faz. É cortou, saiu, oba! — falou a esposa, trazendo a Sloane de volta para mim. — Ele já está craque nisso.

— Diz alguma coisa, Sloane — pedi.

Ela me fitava com olhos vidrados e uma expressão atônita. Nunca, em toda a minha vida, eu a vi fazer essa cara.

— Se não abrir a boca nos próximos dez segundos, vou arrastar o profissional da área de saúde dos testículos mais próximo pra vir te examinar.

Ela se curvou e deu uma respirada dramática.

— Ai, que inferno, Lucian! Eu não sabia que você estava levando isso a *sério*. Não faço a menor ideia de como encarar isso. — Ela se endireitou e torceu o nariz para mim. — E se *eu* não quiser ter filho com *você*?

— Você quer — garanti com ar de superioridade.

— Bom argumento. Mas se tivermos filhos, vamos ter que nos casar antes. Não que seja obrigatório casar antes de ter filhos, mas é o que eu quero. Eu quero um parceiro. Não quero ser mãe solo com um pai que só paga pensão.

— A julgar pelo terno, seria uma pensão e tanto — ponderou a esposa em um sussurro bem audível.

— Vamos nos casar, Sloane. Já falei isso pra você.

— Rá! Ele jura que pode chegar assim sem mais nem menos com esse tipo de papo — riu o marido com um chiado.

— E-e-eu não faço ideia do que está acontecendo — falou Sloane, dando dois passos para longe de mim antes de voltar para me beliscar. — Consigo sentir você. Você parece real. Será que eu sou real? Será que entrei em alguma dimensão alternativa? Meu Deus, será que sou a protagonista de *A Biblioteca da Meia-Noite*?

— Você não está morrendo — falei.

— Você já leu *A Biblioteca da Meia-Noite*? — Sua voz subiu uma oitava.

— Eu leio todos os livros escolhidos para o seu clube de leitura — expliquei.

— Por quê?

— Por quê? Jesus, Sloane. Por que será? Porque eu te amo. Estou *apaixonado* por você. Passei as últimas duas décadas obcecado por você enquanto mantinha distância.

A mulher deu uma cotovelada no marido.

— Você nunca ficou obcecado por mim enquanto mantinha distância.

— Claro, o mais longe que você vai é nas reuniões do clube de leitura da sua irmã. Talvez se fosse mais longe, eu teria brecha pra ficar obcecado — rebateu ele.

Sloane levou as mãos ao rosto.

— Merda. Não faço ideia do que fazer ou dizer. Ontem à noite, o Emry nos disse pra tirar um tempo pra amadurecer a ideia. Isso não é tempo. Não se passou nem um dia! Não que eu queira mais tempo, já que a minha fertilidade provavelmente diminui a cada segundo que passa. Mas eu tinha tanta certeza de que não havia nada que você pudesse fazer pra me convencer de que estava mesmo sendo sincero. E agora... — Ela interrompeu a falar e apontou para a minha virilha.

— Fadinha.

— Não ria. Tenho todo o direito de surtar. Droga — murmurou ela, massageando a testa. — Eu teria lidado melhor com um castelo.

— Vou lembrar disso da próxima vez.

— AINDA NÃO entendo por que você não podia se recuperar em casa — falou Sloane, conduzindo-me até a varanda da casa dela.

— Achei que você gostaria de dirigir o Jaguar, e *estou* me recuperando em casa — falei. Era a verdade. A casa dos Walton foi o único lar de verdade que eu tive.

— Repouse. Coloque gelo. Foi o que o médico recomendou — lembrou-me Sloane.

— Fiz uma cirurgia ambulatorial leve. Estou bem — insisti enquanto ela subia de costas os degraus da varanda, segurando-me pelos bíceps. Eu estava dolorido e com fome, mas acima de tudo, eu estava uma puta pilha de nervos por causa do que viria a seguir.

Ela estava tão concentrada em me ajudar a subir os degraus que, antes que percebesse e olhasse para baixo, ela já estava com flores de cerejeira até o tornozelo.

— Mas o que...

Fiz um lembrete mental de dar uma surra no Knox e no Nash. Os irmãos Morgan exageraram tanto que aquilo beirava a insanidade. Dez centímetros de flores de cerejeira soterravam a varanda. Parecia que uma floricultura tinha explodido.

— Sloane... — comecei.

— Misericórdia. Isso é mais bizarro que um monte de ratos mortos — decidiu, ainda me segurando e franzindo a testa para a sua cerejeira repleta de flores. — De onde essas pétalas brotaram?

— De dois idiotas possivelmente bem-intencionados que estão prestes a ir de arrasta pra cima. Vem cá. — Passamos pela avalanche de pétalas cor-de-rosa e fomos até o balanço da varanda. Lá, em cima da mesa, estava o champanhe que eu tinha pedido. Ao lado, havia uma garrafa de bourbon que eu não pedira, e, na frente das duas garrafas, estava uma caixa de pizza da Dino's cheia de gordura.

Sabia que devia ter ligado para o Stef, não para o Knox e o Nash. Mas o Stef estava ocupado com o próprio pedido.

— Lucian, o que diabos está acontecendo? — indagou Sloane, abrindo a caixa de pizza com desconfiança.

Notei uma movimentação nos arbustos. Knox Morgan, vestindo roupa com estampa camuflada e com tinta verde no rosto, surgiu de um rododendro com o celular. Ele fez um sinal de positivo.

— Que. Porra. É. Essa? — esbocei com a boca.

— Tô filmando, babaca — esboçou ele, apontando para o próprio celular.

Eu me debrucei sobre o guarda-corpo e o empurrei de volta para a moita.

— Lucian? — repetiu Sloane.

— Quero falar com você sobre uma coisa — falei, voltando para perto dela.

Meu coração estava quase saindo pela boca. Eu podia sentir meus batimentos cardíacos na cabeça enquanto diminuía a distância entre nós.

Estava já bem pertinho dela quando os primeiros acordes de *You're Still the One* de Shania Twain ressoaram de um abeto robusto do outro lado dos degraus da varanda. Avistei o torso do uniforme do Nash se escondendo atrás da planta perene. Ele segurava o alto-falante do celular próximo a um megafone.

Era por isso que as pessoas contratavam profissionais.

— Por que tem bebida, pizza e uma penca de flores de cerejeira na minha varanda? — questionou Sloane, nervosa.

Respirei fundo.

— Amar você foi uma constante por mais da metade da minha vida. Mas ser amado por você? É a porra de um milagre. Você, Fadinha, é a porra do meu milagre.

Sloane deu uma inspirada trêmula e balançou a cabeça.

— Lucian, não estou preparada pra isso — sussurrou.

— Está, sim. E eu também. Case-se comigo, Sloane.

Ela levou as mãos aos olhos, ainda balançando a cabeça.

— Quê? — perguntou com a voz esganiçada.

— Você entendeu. Eu me ajoelharia, mas não sei se conseguiria me levantar. Case-se comigo. Seja a minha esposa. Me relembre todos os dias que sou melhor do que acredito ser. Me mostre como é ser amado por você. Porque é tudo o que eu sempre quis. Ser bom o suficiente pra você.

Acariciei sua bochecha e, em seguida, enrosquei meus dedos nos cabelos dela.

Ela soltou um soluço sufocado.

— Não chore, Fadinha — implorei, roçando os lábios em sua testa. — Me parte o coração quando você chora.

— Pare com essa fofura toda, então — acusou ela.

— Só aguenta mais um pouquinho e vamos poder voltar a nos xingar — prometi.

— Tá bem — disse ela com um suspiro entrecortado.

— Sloane Walton, eu te amo há tanto tempo que nem lembro como era a minha vida antes do meu coração ser seu. Esse amor mudou ao longo dos anos. Mas eu te amei como amiga, inimiga, amante. Me permita amá-la como minha esposa, e essa será minha maior honra.

Lágrimas rolaram por suas bochechas uma após a outra.

— Case-se comigo, Sloane. Seja a minha mulher. Me deixe viver a vida com você de pertinho. Me deixe protegê-la e amá-la como estou pronto pra fazer.

Eu a soltei para pegar a caixinha do bolso, que se se abriu com um estalido quase imperceptível.

O som que saiu de sua boca foi um gemido sibilante e lamuriento que lembrou uma gaita de foles colidindo em alta velocidade com um acordeão.

Logo depois, ela se atirou em meus braços, me fazendo dar um passo para trás.

— Isso é um "sim"? — falei entre os beijos que ela plantou nas minhas bochechas e na boca.

Ela recuou e segurou meu rosto.

— Sim! — exclamou.

Eu ri baixinho.

— Deixa eu colocar o anel em você, Fadinha.

— Ah, como eu queria que você não tivesse acabado de fazer uma *pênisectomia* — disse ela, estendendo uma mão trêmula.

Decidi que íamos cortar isso do vídeo do noivado enquanto colocava o anel novinho em folha no dedo dela.

— Jesus. Isso aqui pesa uns dois quilos — disse ela, estendendo a mão com reverência para que o diamante brilhante pudesse captar a luz da primavera.

— Vou comprar mais um pra você usar na outra mão, assim equilibra o peso — prometi, sentindo uma alegria que nunca havia conhecido antes florescer dentro do meu peito.

— Lucian? — chamou ela, com a voz falhando.

— Não está querendo voltar atrás, né? Eu jurava que a reversão da vasectomia ia me dar pelo menos até amanhã antes de você começar a surtar.

Ela negou com a cabeça, com mais lágrimas escorrendo.

— Preciso te contar uma coisa importante.

Segurei-a pelos braços.

— O quê? Eu dou um jeito, compro ou acabo com a raça.

— Eu te amo.

Suas palavras, e a sinceridade contida nelas, me deu um frio na barriga, como se estivesse em queda livre.

— Repete — pedi com um tom de voz grave.

O sorriso dela era como um raio de sol que iluminava os recantos mais sombrios do meu coração.

— Eu te amo, Lucian Rollins. Sempre amei. Sempre vou amar.

Dei-lhe um beijo. Apaixonado. Esmaguei meus lábios nos dela enquanto a puxava para perto de mim.

— Chefe, temos um N12. Tem um galo na Pop 'N Stop de novo. — A transmissão estática no rádio encobriu a voz da Shania.

— Merda, foi mal, Lucy — disse Nash pelo megafone.

Sloane sorriu para mim, e, mais uma vez, me deleitei com a sensação de ser o herói em vez de o vilão.

— Meu amor por você só aumenta quando você sorri — confessei.

— Idem, grandalhão.

— Não vejo a hora de acordar amanhã e me lembrar de hoje — admiti.

— Eu te amo, Lucian. Mesmo que durma de terno e seja exigente com marcas de pasta de amendoim.

— E eu te amo, Sloane. Mesmo que vá me enlouquecer vinte e quatro horas por dia pelo resto da vida.

— Queria tanto poder transar com você agora — disse ela. — Mas a paciência é uma virtude.

— Vou compensar assim que o médico ou o Google liberarem. O que vier primeiro.

Dei-lhe outro beijo, sem pressa e apaixonado.

— A Naomi vai encher o meu saco por não ter contado. — Ouvi o Knox resmungar de longe.

— Fala que estava seguindo o código dos homens — aconselhou Nash.

— A minha mãe vai pirar — previu Sloane.

Karen: Bem-vindo à família, meu futuro genro favorito!

Maeve: Vê se não vacila.

Chloe: Tio Lucian, como dama de honra mirim, aqui estão alguns vestidos de estilistas que eu acredito que dariam para usar tanto na cerimônia quanto na festa.

QUARENTA E SEIS

A LEITURA PODE SALVAR VIDAS

Sloane

Pare de balançar a perna — pediu Jeremiah para a Lina, que parecia estar prestes a sair correndo da cadeira do salão.

Era a tarde de primavera perfeita, e estávamos no Whiskey Clipper, o salão/barbearia descolado de Knockemout, arrumando-nos para o jantar pré-casamento da Lina e do Nash que seria à noite. O lugar estava cheio para uma sexta-feira à tarde. O basset hound do Knox, Waylon, deitou-se no chão com um osso para roer enquanto o Knox dava um trato no bigode sedoso de Vernon Quigg. A Naomi estava suspirando e expressando admiração pelo penteado elegante que a cabelereira Anastasia estava fazendo.

Fi, a gerente de negócios do Knox e irmã do Jeremiah, estava atrás do computador da recepção com a Waylay, enquanto a pré-adolescente de 12 anos explicava como funcionava o novo programa de agendamento.

Eu e o Stef estávamos no sofá de couro sob a janela da frente, observando a movimentação. Meu cabelo estava preso em um rabo de cavalo alto e provocante, que eu estava feliz em saber que meu noivo, Lucian Rollins, envolveria no punho antes de a noite terminar.

A noiva lançou um olhar fulminante para o Jeremiah pelo espelho enquanto ele jogava seu cabelo escuro e curto para lá e para cá.

— Eu não estou balançando. É *você* que está balançando.

— Até que é divertido ver a Lina calma e serena começar a surtar — refleti.

Reflexivo, Stef tomou um gole do uísque e continuou franzindo o cenho.

— Eu não estou surtando — disse Lina, deixando claro que se ofendeu.

— Está, sim — entoaram todos no salão ao mesmo tempo, menos o Stef.

— Ah, vão ver se estou na esquina — resmungou ela, cruzando os braços sob a capa.

— Você está bem? — perguntei ao Stef. Ele estava encarando o Jeremiah com uma expressão de total tristeza.

— Estou ótimo. — Ele se levantou, parecendo tudo, menos ótimo, e encheu o copo de uísque de novo de um dos decantadores.

— Psiu!

Olhei na direção do som.

Waylay apontou com a cabeça na direção do Stef.

— O que deu nele? — esboçou com a boca.

Dei de ombros e fiz uma careta.

Jeremiah girou a cadeira da Lina para que ela ficasse de frente para ele.

— Preste atenção, sua poderosa, linda e destemida. Acho que você não está nervosa porque vai se casar. Acho que está nervosa por conta do casamento.

— Tem diferença? — perguntou Lina em um tom seco.

— Já te vi com o Nash. Você está feliz com a ideia de se *casar*. Está animada pra começar a vida a dois. Não deixe a ansiedade pré-casamento plantar a sementinha da dúvida.

Lina abriu a boca, mas depois a fechou.

— Hum — vocalizou.

Naomi girou a cadeira para fitar a noiva.

— Ele tem razão. Nem todo mundo fica animado com a ideia de ser a noiva, de passar o dia sendo o centro das atenções. Mas eu te conheço. E sei que você está feliz com a ideia de ser uma esposa.

Lina relaxou os ombros.

— Ah, graças a Deus. Achei que tinha alguma coisa errada comigo.

— Com você, não. Mas comigo, sim — disse Stef, tomando todo o uísque do copo e depois o colocando na mesa com um baque.

Fi tirou o pirulito da boca.

— Hã, o que é que está pegando?

Waylon soltou o osso e trotou até os pés do Stef.

Stef se dirigiu até o Jeremiah.

— O seu apê é uma nojeira — anunciou.

Juntei os lábios para segurar o riso.

— Isso é verdade — concordou Fi. — Quem desmonta uma moto no meio da sala de estar?

— Então tá — falou Jeremiah com cautela.

— É uma nojeira e não tem espaço no closet pra mim. Mas acho que deveríamos morar juntos — soltou Stef impulsivamente.

— Caraca — sussurrou Fi, abraçando a Waylay pelo pescoço.

— Sei que não chegamos a conversar sobre o futuro, e sei que talvez seja maluquice da minha parte me mudar pra cá, mas você está aqui — disse Stef, olhando para o Jeremiah. Ele se virou para a Naomi. — E você está aqui. Estão *todos* aqui. Tenho família aqui, e quanto mais penso nisso, vejo que ficar longe seria uma maluquice maior.

Jeremiah abaixou a cabeça e encarou as botas.

Lina e eu trocamos olhares surpresos.

— No fim das contas, parece que você não vai ter que vender sua parte da barbearia — falou Knox para o parceiro de negócios.

Todos viraram a cabeça de volta para o Jeremiah, que agora estava sorrindo.

— Parece que não.

— Você ia vender? — repetiu Stef. — Por que diabos faria uma coisa dessas? Você ama isso aqui.

— Mas amo você ainda mais — disse Jeremiah, sem enrolação. As palavras fizeram lágrimas brotarem nos meus olhos.

— É por isso que a comunicação é importante pra caralho — disse Knox, cruzando os braços musculosos.

— Sério? — disse Lina com um sorriso sarcástico. — Logo você com esse papo?!

— Vá à merda. Sou um ser evoluído nessas paradas agora — disse Knox.

Vernon tirou a toalha aquecida dos olhos.

— Que diabos está acontecendo? Este bigode não vai se fazer sozinho.

Naomi abriu um sorriso radiante para o marido. Waylay revirou os olhos.

— Espere aí — disse Stef, gesticulando com as mãos. — Bebi muito uísque em um período muito curto de tempo. Você está de boa com a ideia de a gente morar junto, mesmo que eu te faça sair do seu apartamento que cheira a fumaça de combustível?

Jeremiah começou a se aproximar lentamente.

— Estou de boa com a ideia de comprarmos uma casa, uma fazenda, um terreno ou o que você quiser.

Stef estava assentindo e engolindo em seco.

— Aham. Beleza. Por mim... tranquilo.

Jeremiah segurou as mãos do Stef.

— Estou de boa com a ideia de formarmos uma família... com as nossas famílias.

— Ai, meu Deus — falei, ofegante, e peguei o celular para gravar o momento.

— Como assim, Jer? — indagou Stef.

— Vamos morar juntos. Vamos nos casar. Vamos fazer a porra toda. Esperei tempo demais por você. Vamos dar logo todos os passos.

Naomi levou as mãos às bochechas.

— Não ouse começar a chorar, Daze — pediu Knox, com a delicadeza de um elefante.

Ele deixou o Vernon e foi até a esposa.

— Xiii. Agora vão se pegar — previu Waylay, voltando a atenção para a atualização do programa, revirando os olhos com exagero. — Vai sair mais caro.

— Sim — disse Stef, parecendo atordoado. — Sim para todas essas coisas.

Naomi soltou um soluço alto. Knox xingou.

Fi se levantou da cadeira em um pulo, e o pirulito saiu voando.

— Meu irmãozinho vai se casar e vai sair daquele apartamento meia-boca!

Waylon se aproximou e lambeu o doce descartado.

— Larga isso, Way — grunhiu Knox.

— Ele está falando com você — disse Waylay para o cachorro sem desviar os olhos do monitor.

— Abram o champanhe — decretou Vernon, distribuindo "toca aqui!" e cheirando a loção pós-barba.

Entrei na fila para dar os parabéns.

— Vamos criar nossas famílias juntos — falou Naomi com a voz trêmula.

— *Não* me faça chorar, Witty. Fico inchada quando choro e tenho que estar deslumbrante hoje à noite — resmungou Lina.

Família. Faz só alguns meses que me dei conta de que isso era o que eu mais desejava. E agora, graças ao Lucian e a essas mulheres, haveria vida nova em minha casa. Mais festas. Mais datas comemorativas. Mais amor. Mais risadas.

Senti uma pontada leve no coração. Meu pai teria adorado isso. Ele teria ficado radiante, planejando festas de noivado, escrevendo brindes engraçados, praticando nossa dança de pai e filha. Sentia tanta saudade dele que doía respirar.

Eu te amo, pai, falei em minha mente. *Obrigada por tudo.*

Como se lesse meus pensamentos, a Naomi apertou meu pulso. Aquele que um monstro quebrara tantos anos atrás. O filho daquele monstro conseguiu reconstruir suas próprias partes quebradas e, no caminho, consertou meu coração partido.

— Vamos nos casar — gritou Stef, levantando a mão do Jeremiah.

Nós nos aproximamos do casal feliz. Até o Knox e a Waylay entraram na onda dos abraços.

MEU CELULAR TOCOU enquanto eu voltava para casa com o cabelo fantástico e o coração transbordando de amor.

— Você *não* vai acreditar no que aconteceu hoje, grandalhão — anunciei quando atendi a ligação.

— Acontece que tenho notícias pra você também — disse Lucian com a voz branda e carinhosa pelos alto-falantes do Jeep. — Você primeiro.

— O Stef pediu ao Jeremiah pra morar com ele, e o Jeremiah o pediu em casamento!

— A coisa foi de zero a cem rapidão, hein? — brincou ele.

— Mal posso esperar pelo casório. Casamentos queer são os melhores — falei com alegria enquanto dobrava a esquina da minha rua. — Agora, me conte qual é a sua notícia. É boa ou ruim?

— São notícias muito boas. Acabei de sair de uma reunião com a agente especial Idler. Parece que a empresa de fachada do Hugo estava subornando autoridades para designarem prisioneiros para as prisões privadas no nome dele. Eles acabaram de dar início à investigação, sem fazer alarde, e parece que vários juízes, promotores e até alguns policiais locais estavam recebendo propinas bem ilegais. Quanto maior a pena, maior a propina.

— Caramba — falei.

— A lista preliminar inclui o Não Tão Honrável Juiz Dirk Atkins.

— O mesmo juiz Dirk Atkins que se recusou a reconsiderar a pena da Mary Louise?

— O próprio — disse Lucian com presunção. — A Idler prometeu que ela mesma daria uma olhada no caso da Mary Louise. Há uma grande chance de que a investigação resulte na anulação de várias sentenças dele.

— Anulação? — dei um gritinho. — No sentido de *sair da prisão*?

— Vai levar um tempinho, mas farei o possível pra dar uma acelerada nas coisas. A ideia é tirá-la de lá antes da formatura do Allen — continuou Lucian.

Minha resposta foi um soluço abafado.

— Sloane. — A voz do Lucian era um sussurro afetuoso.

— Estou tão feliz — murmurei em meio às lágrimas.

— Deu pra perceber — disse ele, seco.

— Meu Deus, como eu te amo.

— Espero que esteja falando sério, porque dei um jeito de você e a Fran ligarem para a Mary Louise pra dar as boas novas em cinco minutos.

— Santa Louise, Lucian — falei, entrando na garagem. — Já não tem mais espaço na lista de "boquetes para quando o médico liberar".

— Confio que vai arrumar um espaço — disse ele. — Agora vá ligar pra Mary Louise.

— AGRADEÇO A ligação, mas, como já falei, não vou mudar de ideia. Não vou pôr meu filho em risco ao contar minha história — anunciou Mary Louise logo após as saudações.

— Por que não dá a notícia? — falou Fran para mim pela tela do notebook. Ela vestia um blazer de malha amarelo-canário com fios cintilantes.

Eu estava praticamente pulando da cadeira.

— Mary Louise, você não precisa contar sua história, e não precisamos entrar com recurso. Mesmo assim você vai pra casa em breve.

Ela ficou com o rosto petrificado e, depois, os olhos começaram a se arregalar.

— Perdão. Acho que a conexão deu uma falhada. Escutei você dizendo que...

— É verdade — confirmou Fran. — O juiz está envolvido em atividades suspeitas, e quando a investigação começar, vão analisar de perto os casos dele. Começando pelo seu.

— O juiz e os demais envolvidos vão se dar mal. Não só não terá que fazer nada a respeito, como também não precisará mais se preocupar com retaliação — prometi, ciente de que o Lucian ajudaria a cumprir a promessa.

Mary Louise levou as mãos ao rosto, cobrindo os olhos.

— Não acredito. Não dá pra acreditar.

— Pode acreditar — aconselhou Fran com um sorriso raro. — Agora, acho que podemos esperar que...

Enquanto a advogada explicava os próximos passos para a Mary Louise, eu folheava distraída o arquivo do caso. Tantos anos perdidos. Tanto tempo roubado. Poderia muito bem ter sido o Lucian anos atrás.

Tudo isso porque homens gananciosos queriam encher os bolsos. Eu esperava que pagassem. Cada um deles. Lucian e eu garantiríamos que pagassem, mesmo enquanto a gente se adaptava a essa nova normalidade e começava a construir nossa trajetória juntos.

E Mary Louise retomaria sua vida.

Lágrimas voltaram a embaçar minha visão. Pisquei para contê-las e encarei os papéis na mesa. Um nome familiar na página chamou minha atenção, e eu franzi a testa. Era uma cópia do registro de prisão da Mary Louise. *Agente responsável pela prisão: Chefe Wylie Ogden.*

Meu coração errou a batida.

Lucian mencionara que as autoridades locais estavam envolvidas no esquema de propina da prisão do Hugo. Wylie era um deles? Ele com certeza não agira conforme as regras quando era chefe de polícia, deixando os amigos escaparem impunes e pegando pesado com os cidadãos pelos quais não nutria lealdade.

Outro pensamento me atingiu como uma tijolada na cara. Ele era amigo de Tate Dilton, que estava envolvido até o pescoço com a família criminosa Hugo. E se Wylie tivesse sido o responsável por apresentá-los?

As batidas do meu coração ecoavam na cabeça. Eu precisava ligar para o Lucian. E para o Nash.

— Entraremos em contato assim que tivermos mais informações, mas queríamos que você soubesse que seus dias aí estão oficialmente contados — estava dizendo Fran, atraindo minha atenção de volta para o notebook.

Os ombros da Mary Louise sacudiram enquanto ela chorava baixinho. Ela abaixou as mãos de repente.

— Meu bebê. O Allen sabe?

Saí do meu estado de estupor e estampei um sorriso no rosto.

— Ainda não. Achamos que ele gostaria de ouvir a novidade de você...

A transmissão de vídeo e tudo mais na casa se desconectaram abruptamente.

— Droga — resmunguei. Quedas de energia só aconteciam em momentos inconvenientes.

Peguei o relatório de prisão e estava procurando o número do Lucian no celular quando a campainha tocou.

Corri para a porta, torcendo para que fosse o Nash cuidando dos preparativos do casamento, e abri de supetão.

Mas não era o Nash. Não, parado com botas sujas no meu tapete de boas-vindas novo estava Wylie Ogden. Ele segurava uma caixa de livros. Um palito de dente vermelho pendia no seu lábio inferior.

Puta que pariu.

Relaxe, falei para mim mesma. *Ele não sabe que eu sei. Nem eu sei se eu sei.*

— Oi, Wylie — falei, com um tom muito desconfiado. — O que posso fazer por você?

— Comprei esses livros em um bazar e achei que você poderia querer para a biblioteca. O incêndio foi uma tristeza.

Incêndio esse que ele poderia facilmente ter provocado. O incêndio. O bilhete. Os ratos na minha varanda. Céus. O cheiro de algo chegou ao meu nariz.

Será que era...

— Seu palito de dente tem cheiro de canela — falei com a voz sufocada.

— Costume herdado — disse ele. — Quando eu era criança, meu pai sempre andava com palitos de canela. Desde que me entendo por gente, quero ser como ele.

Eu não sabia o que uma pessoa normal responderia a isso. Então, apenas dei o meu melhor sorriso falso.

— Bom, obrigada por ser tão generoso. Pode deixar que eu me encarrego dos livros — falei, estendendo a mão para a caixa.

— São pesados e eu sou um cavalheiro. Pode deixar que eu levo.

Sem saber como agir, a não ser empurrá-lo e fechar a porta na sua cara, fiquei sem reação. Se fizesse isso, ele se daria conta de que eu sabia.

— Pode deixar aqui no chão mesmo. Cuido deles quando voltar do casamento do Nash. Na verdade, ele ficou de me buscar, já deve estar a caminho — menti, transmitindo um tom alegre.

— Ela sabe.

O sotaque sulista arrastado atrás de mim fez meu rosto empalidecer.

Dei um giro com meus pés descalços salvo por meias e dei de cara com o juiz Atkins parado no corredor, segurando uma arma com um silenciador rosqueado no cano.

— Hã, esse martelo de juiz está meio diferente — soltei a piada boba.

— Feche a porta, Ogden — mandou Atkins.

Wylie colocou os livros no chão, depois fechou e trancou a porta da frente.

— Não se irrite à toa — reclamou Wylie. Ele estava nervoso, trocando o peso de um pé para o outro, olhando para todos os lados. Isso me deixou ainda mais nervosa.

— Ela sabe o suficiente pra ficar apavorada só de você bater à porta, não é mesmo? — disse o juiz, balançando a arma na minha direção.

Olhei ao redor, tentando pensar em um plano de ação. Se eu corresse, o juiz não hesitaria em atirar nas minhas costas. Como o pinscher raivoso que ele era, se eu partisse para cima, era capaz de eu acabar com buracos na parte da frente do vestido, e eu era apaixonada por essa roupa. Eu estava sem sapatos, o que dificultaria que eu firmasse os pés no chão ao chutá-lo.

Eu tinha que pelo menos guardar o relatório da prisão em algum lugar onde o Lucian pudesse encontrar. Ele juntaria os pontos.

Fixei o olhar numa das câmeras de segurança quase imperceptíveis que o Lucian havia instalado na sala. Mas a luz não estava acesa. Cortaram a energia e o Wi-Fi, percebi com um pressentimento ruim na boca do estômago.

Soltei o relatório da prisão e coloquei lentamente as mãos atrás da cabeça para mostrar que não representava perigo.

— Qual é a ideia aqui, gente? É uma cidade pequena. Aposto que alguém viu vocês na varanda ou pulando a cerca.

— Eu estava apenas doando alguns livros — lembrou-me Wylie, sacando uma arma da cintura da calça de velho. Ótimo. Agora dois caras armados estavam fazendo um "sanduíche" de Sloane. — E você estava bem quando fui embora.

Eu ia botar os bofes para fora.

— E eu não estou aqui. Saí pra jantar com a minha mulher para comemorarmos as bodas de casamento — disse Atkins com um sorriso carregado de crueldade. — E todas as evidências serão destruídas pelo fogo.

O sujeito quer atirar em mim e tacar fogo na minha casa. Quase tive pena dele, porque o Lucian não ia parar até ter destruído tudo o que era sagrado para o Atkins.

— Olha, não faço ideia de por que você acha que precisa agir assim. Tem certeza de que é necessário? Você recebeu propinas de uma prisão e incendiou uma biblioteca pública. Não é como se tivesse matado alguém.

— Não vou deixar que uma loirinha destrua meu legado por conta de uns trocados — anunciou o juiz. — Dediquei minha vida a colocar criminosos atrás das grades.

Aham, conta outra.

— Não foi falta de aviso — afirmou Wylie com pesar. — Não era pra ter chegado a este ponto.

Cogitei divulgar a notícia de que o FBI estava prestes a pegar os dois, mas desisti. Eles queriam me matar para se resguardarem. Não terem absolutamente mais nada a perder provavelmente não os deixariam mais propensos a me deixar viva.

— Onde vamos executar o plano? — perguntou Wylie.

— Tenho cara de que me importo com onde vamos matar a garota? — indagou Atkins.

— Que tal no jardim lá da frente? — sugeri, pouco convincente.

— Vamos levá-la para os fundos da casa — decidiu Wylie e gesticulou com a arma na minha direção. Mas havia algo em seu olhar. Ele estava maquinando algo. Seu olhar se voltou para o carrinho da biblioteca, que estava bem ali na entrada da sala de estar, e depois voltou para mim. Estava abarrotado de livros de suspense grossos.

Ele baixou o queixo, e eu concordei com a cabeça.

— Vamos — disse ele, apontando para que eu fosse até a sala de estar.

Entrei na sala, ficando momentaneamente fora da visão do juiz. Torcendo para não ter interpretado mal o sinal, agarrei o carrinho e o empurrei com toda a minha força assim que o Atkins entrou no cômodo.

Escutei um estalo, um gemido e um tiro abafado seguido por três tiros mais altos e rápidos.

Conferi meu torso e senti um alívio imenso por não encontrar nenhum buraco em mim ou no vestido.

— Filho da puta! — Atkins fez sons de engasgo enquanto sangrava sem parar no piso de madeira devido aos ferimentos no pescoço, no peito e no tronco.

— Ai, meu Deus. Ai, meu Deus — entoei enquanto o Wylie pegava a arma do Atkins. — O que a gente faz agora?

— Não queria ter que fazer isso com você, Sloane, mas espero que entenda — disse Wylie, apontando as duas armas para mim.

— Sério isso, Wylie? Por que caralhos você *ainda* está querendo atirar em mim? — berrei, estridente.

— Pra amarrar as pontas soltas. Com você e o juiz fora de cena, não resta mais ninguém para me incriminar. A grana que eu recebia do Hugo não era nada comparada a que o Atkins recebia. Alguns milhares aqui e acolá. Nunca dei bola pra isso. Meu único interesse era o trabalho.

O trabalho que ele havia deturpado. O trabalho que o Nash tomara dele.

— E daí se fiz uma graninha extra? O salário de um chefe de polícia não é lá essas coisas. Eu tinha orgulho do meu trabalho. E Nash Morgan tirou isso de mim. De jeito nenhum vou deixar a coleguinha dele acabar com a minha reputação.

Fechei os olhos por um instante enquanto a ficha caía.

— Foi você quem botou o nome do Nash naquela lista, não foi?

— Não quis perder a oportunidade. O Metzer estava fazendo a lista. Eu dei uma mãozinha. Minha recompensa foi incluir mais um nome.

Balancei a cabeça.

— Então você deu início a tudo isso.

Ele deu de ombros.

— Tenho um legado a zelar. É tudo o que me resta.

— Isso não é um legado. É um padrão de má conduta.

— Você não faz ideia do que garantir a segurança de uma cidade inteira requer.

— Ah, é? Pelo visto, nem você. Você prendeu um garoto de 17 anos e deixou que o pai abusivo quase matasse a mãe dele, só porque eram *parceiros de pesca*.

— Pode falar o que quiser porque não estou nem aí. Só um de nós vai dar o fora daqui hoje, e não vai ser você.

— E vai fazer o quê? Atirar em mim com a arma do juiz?

— Me parece um bom plano.

Ouvi um chiado de pneus na estrada lá fora e rezei para que ajuda estivesse a caminho.

— Ninguém vai acreditar que você estava passando por acaso e viu um juiz distrital me ameaçando e atirou nele — falei.

Ele abriu um sorriso malicioso.

— Não seria a primeira vez.

Suas palavras foram assimiladas aos poucos.

— Meu Deus! Você não matou o Tate porque estava defendendo o Nash. Você o matou pra silenciá-lo.

— Esperei até ele atirar, achando que ou ele daria cabo do Nash pra mim ou ficaria sem balas. O desgraçado nunca aprendeu a contar as munições. Detestei ter que fazer aquilo. O Tate era meu amigo, mas era a porra de uma bomba-relógio. Mais cedo ou mais tarde, ele acabaria abrindo o bico pra pessoa errada.

— Então matou o seu amigo.

— Segundo o relatório oficial, disparei contra um homem pra proteger um agente da lei — corrigiu.

— E qual será a versão oficial desta vez?

Ele deu de ombros.

— Eu só estava devolvendo os livros que peguei emprestado na biblioteca.

Ele ia fazer isso. Atiraria em mim e estragaria o jantar pré-casamento do Nash e da Lina. Peguei um livro grande e pesado da mesa lateral e o arremessei na cabeça do Wylie. As duas armas dispararam enquanto eu me jogava no sofá.

Aterrissei com um grande impacto, batendo a mandíbula na quina da perna do aparador. Mais tiros foram disparados, desta vez atravessando o sofá. Dei uma cambalhota, me levantei e corri agachada pela sala de jantar, derrubando cadeiras pelo caminho.

Ele estava perto, mas eu conhecia cada centímetro da casa. Corri pela cozinha e voltei pelo corredor, subindo as escadas de dois em dois degraus.

O som das sirenes estava ficando mais alto.

— Não adianta tentar fugir de mim — gritou Wylie do térreo, ao pé da escada.

— E você não pode esperar que eu fique parada para você atirar!

Suas botas ressoaram nas escadas.

Vi um borrão de pelo passar por mim no patamar enquanto eu corria para o primeiro andar. Ouvi um baque e alguns palavrões.

Benditas sejam as gatas arteiras. A Miau Miau acabara de me conceder segundos preciosos.

Consegui subir os últimos degraus com bastante esforço e esbarrei de frente com um corpo masculino firme. Estava quase partindo para cima quando uma mão cobriu minha boca e fui tirada do chão.

QUARENTA E SETE
INJUSTIÇAS CORRIGIDAS

Lucian

— Pare de chutar, Fadinha — sibilei enquanto fechava e trancava a porta do quarto dela.

Soltei minha noiva que ainda se debatia, e ela se virou para me encarar. Ela estava usando o vestido de festa cor-de-rosa que eu mesmo tinha escolhido porque realçava perfeitamente suas curvas. O cabelo estava preso em um rabo de cavalo alto e platinado, com fios escapando para todos os lados. Os óculos tinham uma tonalidade verde-primavera que realçava o brilho dos seus olhos. Havia um corte ensanguentado na sua mandíbula.

— Caralho, vou matar ele — anunciei. A ira floresceu dentro de mim como uma flor letal.

A Sloane se atirou na minha direção e me abraçou com força.

— Não faça isso. É o Wylie.

— Eu sei. Vi as imagens da câmera de segurança antes de elas serem cortadas.

— Ele me fez acreditar que ia me ajudar. Aí atirou no juiz. Ah, sim. O juiz também estava aqui, mas acho que agora está morto lá na entrada. E depois ele tentou atirar em mim. O Wylie, não o juiz morto. E foi ele que colocou o nome do Nash na lista, não o Dilton. Meu Deus, e ele matou o Dilton pra silenciá-lo, não para salvar o Nash. Eu estou puta da vida! Sabe quanto tempo vai levar pra tirar as manchas de sangue do piso de madeira? Também foram eles que incendiaram a biblioteca!

As palavras saíram em um ímpeto de indignação, mas a explicação só serviu para atear fogo dentro de mim.

— Não adianta tentar se esconder de mim, Sloane. Vou atirar assim que te encontrar e vai ser antes de a polícia chegar — anunciou Wylie do corredor. Ouvimos seus passos pesados e o rangido das portas quando ele começou a verificar os quartos.

Ao longe, ouvi as sirenes. Eu mal tinha estacionado o carro quando ouvi os disparos. Eu fui ao inferno e voltei.

Peguei um lenço limpo da cômoda e limpei o rosto da Sloane.

— Ai!

— Venha, amor. — Meio arrastando, meio carregando, eu a levei até o assento da janela.

Com entusiasmo, ela subiu no assento e passou uma perna sobre o parapeito da janela que eu deixara aberta.

— Vamos — disse ela.

Fiz que não com a cabeça.

— Vá na frente. Vou cuidar pra que ele não te veja no telhado.

Ela se encolheu.

— Lucian.

— Sloane. Vá!

Os passos se aproximavam e a fechadura na porta não seguraria nem um golden retriever eufórico.

— Não vou sem você — disse ela, teimosa.

Segurei seu rosto entre as mãos.

— Fadinha, preciso que confie em mim desta vez. Confie que vou resolver isso. Agora estou pedindo, mas logo vou estar mandando. Preciso resolver isso, e não consigo se estiver preocupado com a possibilidade de ele conseguir atirar em você. Confie em mim.

A maçaneta da porta se mexeu, seguida pela risada rouca do Wylie.

— Sei que está aí, garota.

— Urgh. Tá legal. Mas também confio que você não vai matá-lo — disse Sloane.

— Não prometo nada.

Ela jogou a perna sobre o parapeito da janela.

— Não me decepcione.

Mulheres.

— Ah, tem mais, ele está com duas armas. A dele e a do juiz. Ele ia dar um jeito de fazer parecer que viu o juiz me matando.

As sirenes ecoavam pela rua agora, e uma raiva como nunca antes senti tingia tudo de um vermelho-sangue de fúria.

Empurrei-a para o telhado.

— Eu te amo. Agora dê o fora, porra.

— Eu também te amo. Não acabe indo em cana — sussurrou ela.

Fechei as cortinas no exato momento em que uma bota desferiu um chute forte na porta. Ela se abriu no segundo chute, batendo na parede enquanto eu atravessava o cômodo às pressas e me encostava na parede.

O cano de uma arma com um silenciador apareceu no campo de visão.

— Vamos, pode sair, de onde quer que...

Desci o braço no dele em um arco rápido e amplo. Nossos antebraços se chocaram. Agarrei-o e o arrastei mais para dentro do quarto.

— Filho da puta!

— Estou mais para filho de um miserável — grunhi em resposta enquanto brigávamos pela arma.

— Seu pai era um homem bom. Você que era um moleque ingrato que se achava melhor do que todo mundo.

— Eu era melhor que ele. Você tirou tudo de mim uma vez. Não vou deixar que isso se repita, seu velhote. — Desferi uma cotovelada no queixo dele, e ele gritou de dor. A arma caiu no chão, e eu a chutei em direção à cama. — Você a machucou. Você a ameaçou, incendiou a biblioteca dela e a fez sangrar — berrei mais alto que o barulho das sirenes.

Seus olhos azuis estavam avermelhados e desesperados.

— Não era para terem se metido nisso. Não tinha necessidade de vocês se envolverem.

— E você devia ter ido para a porra da prisão no meu lugar, seu imbecil. Vou garantir que todo mundo que já ouviu seu nome saiba o tipo de homem que você é.

Deixei que ele me empurrasse dois passos para trás. Ouvi passos pesados subindo as escadas. Mas isso era entre mim e ele.

— Melhor já ir levantando as mãos para que o chefe possa te algemar. Até que enfim vou poder ver você sendo escoltado — debochei.

Em um movimento surpreendentemente ágil para um babaca na idade dele, Wylie levou a mão para trás e pegou a segunda arma. Mas eu já estava em movimento.

Ele disparou no exato momento em que o primeiro policial chegou ao primeiro andar. Desviei para o lado e continuei avançando como um trem desgovernado.

Recuei meu punho e o levei com tudo para frente. Acertei o queixo dele, e Wylie Ogden se encolheu como se fosse feito de papel.

A arma estava ali, bem ao alcance. Eu poderia pegá-la e dar um fim nele, em toda a dor que ele causara ao longo da vida. Mas eu era melhor do que isso. Eu era melhor do que homens como o Ogden e o meu pai. A Sloane era a prova viva disso. Eu tinha uma vida inteira com ela pela frente, e não a colocaria em risco por nada neste mundo.

Nash entrou no quarto, com a arma em punho, usando um colete sobre o que parecia ser um terno decente.

— O suspeito foi abatido — relatou ele no rádio enquanto me observava com atenção. — Você está bem?

Assenti rapidamente.

— Sim.

— Graças a Deus. Não estava a fim de encarar essa papelada.

— Talvez seja melhor esperar ele acordar antes de você mesmo algemá-lo. Foi ele que colocou seu nome na lista, não o Dilton.

— Desgraçado — murmurou Nash. — Sorte dele que a Lina não está aqui. Ei, você está sangrando.

— Cacete.

— LUCIAN! — Um borrão loiro e cor-de-rosa veio na minha direção, e a Sloane se jogou em meus braços.

— Pega leve, Sloaninha — orientou Nash. — Ele levou um tiro.

— *Ele atirou em você?* — Ela se contorceu para tentar se soltar.

— Aonde pensa que vai? — quis saber.

— Vou matar ele — anunciou ela, indo em direção à porta.

Eu a agarrei pela cintura e a puxei.

— Não vai, não. Não quero que nossa primeira experiência após a reversão da vasectomia seja durante uma visita íntima.

Ela resmungou em resposta. Rindo, eu a carreguei até o balanço da varanda, onde as paramédicas se juntaram a nós.

— Ela se recusou a ser tratada até você sair — explicou a mais próxima enquanto começava a limpar o ferimento da Sloane, que fez careta. Eu a abracei.

— Você está bem? Está doendo? — perguntei, ríspido.

— Só quando sorrio, o que vai ser um porre amanhã, com o casamento de dois dos nossos melhores amigos.

— Odeio quando você se machuca — confessei.

— Também não gostei nada dessa história de você ter levado um tiro, grandalhão.

Dei um beijo na testa dela.

— Tenho uma bomba pra contar — disse Sloane, mexendo na barra do vestido.

— O que foi?

— Além do estrago no meu vestido, parece que um dos tiros atravessou a janela do escritório do meu pai e atingiu o galho mais baixo da cerejeira. Ele quebrou quando desci.

Parecia que todos nós ficaríamos marcados por conta deste dia.

— A gente dá um jeito — prometi. Se for necessário chamar a porra de um bando de especialistas em árvores, que seja. Jamais deixaria a maldade e a ganância destruírem algo tão importante para mim.

— A bala entrou e saiu sem maiores estragos — disse a outra socorrista enquanto examinava meu ferimento. — Se fosse um ou dois centímetros mais acima, teríamos tido um problema sério.

A Sloane segurou minha mão em silêncio enquanto faziam curativos em nós.

Os veículos de emergência bloquearam a rua, mas uma multidão de curiosos já se formava.

Do outro lado das barricadas policiais, Knox, Naomi, Waylay, Lina, Stef e Jeremiah estavam juntos, vestidos para o jantar. Boa parte da comunidade de Knockemout também apareceu e ficou observando enquanto um Wylie Ogden aturdido era conduzido até o banco de trás de uma viatura policial.

Um ciclo se fechou junto com a porta do carro, pensei com satisfação.

— Fiquem aqui. A Bannerjee vem registrar seus depoimentos — instruiu o sargento Hopper.

Eu esperava ter uma sensação de vitória enquanto o homem que quase arruinara minha vida encarava a humilhação e o fim da vida como ele a conhecia. Em vez disso, senti uma onda de frustração diante do vazio de tudo. A ganância não destruía apenas os gananciosos. Não. A busca por poder corrompia e destruía tudo o que tocava. Homens como meu pai, como Hugo, Ogden e Atkins deixavam um rastro de destruição por onde passavam. Em troca de quê? Dinheiro? Poder? Respeito?

Eu também buscara essas coisas. Mas dinheiro nenhum se comparava à mulher em meus braços.

O som de pneus cantando chamou minha atenção, e eu observei enquanto o Nolan dirigia direto para a calçada e saía apressado de um SUV. Ele subiu as escadas da varanda de dois em dois degraus e congelou de repente ao me ver.

— Graças a Deus, porra! — disse ele, levando a mão ao peito, e em seguida me deu um abraço de urso.

O riso da Sloane era música para os meus ouvidos.

— Ai! Estou baleado, não morto, e você não é um golden retriever. Me larga, caramba — reclamei.

Nolan fez uma careta, ainda abraçado a mim.

— Eu soltaria se pudesse, mas fiquei enjoado na porra daquele helicóptero. Não sei se vou vomitar ou desmaiar.

— Pra mim tanto faz, estou nem aí. Desde que seja longe de mim.

— Eu te ajudo — disse Sloane, levantando-se do balanço e pondo o braço em volta do Nolan. — Venha. Vamos ver se a Naomi tem algum lanchinho na bolsa. Isso vai fazer com que se sinta melhor.

Nolan voltou a olhar para mim.

— Que alívio saber que não morreu, chefe.

— Digo o mesmo — concordei.

Observei minha noiva levar o Nolan até as barricadas e entregá-lo aos nossos amigos. A Sloane foi logo envolvida por abraços preocupados, mas lutou bravamente para se livrar deles e voltou para mim.

Abri os braços e ela se jogou em meu colo, apoiando o rosto com curativo no meu peito enquanto a confusão reinava ao nosso redor. Com o pé, impulsionei o balanço em movimentos suaves.

Ela estendeu a mão e contemplou o anel de noivado.

— Obrigada por não ter surtado e matado o Wylie.

— Obrigado por confiar em mim… e por avisar que havia uma segunda arma.

Ela se aconchegou ainda mais em mim e soltou um suspiro satisfeito.

— Será que esse lance do ferimento de bala vai adiar ainda mais a hora da brincadeira a dois?

— Se não fosse pela polícia revirando a nossa casa e o jantar pré-casamento, você já estaria com a roupa com que veio ao mundo.

QUARENTA E OITO
CASAIS FELIZES

Sloane

A aba da tenda se abriu, e o meu belíssimo noivo entrou, o epítome de todos os sete pecados mortais vestido de smoking.

Naomi olhou de onde estava, dando tapinhas nas costas da Lina, que hiperventilava em um saco de papel. Naomi sorriu. Lina acenou.

— Tudo certinho, meninas? — perguntou Lucian.

— Sou completamente apaixonada pelo meu marido, mas, minha nossa, Lucian. Você está pura sedução com esse terno — disse Naomi, com olhos arregalados.

Lina largou o saco de papel.

— Só diz logo que o Nash está aqui e que não deu pra trás, Gostosão de Terno.

Lucian abriu um sorriso de derreter calcinhas.

— O seu quase marido só falta abrir um buraco no chão de tanto andar de um lado pro outro, murmurando sobre o quanto está ansioso pra te ver.

— Ah, graças a Deus — disse Lina, desabando de volta na cadeira.

— Se serve de consolo, ele vai ficar de pernas bambas quando te ver com esse vestido — previu ele.

— Valeu, chefe — disse ela, com a voz fraca.

Ele voltou sua atenção para mim, e eu me senti como uma flor desabrochando sob o sol primaveril.

— Posso roubar a minha noiva por um instante? — perguntou.

— Claro — respondeu Lina.

— Traga mais champanhe na volta — sugeriu Naomi, indicando com a cabeça a garrafa vazia na grama.

Praticamente corri até a porta.

Do lado de fora, estava um lindo dia de primavera. Quente, ensolarado e com o céu azul. O canto dos pássaros e o gorgolejo do riacho forneciam o fundo perfeito para as músicas country lentas que a banda estava tocando. Nash e Lina tinham decidido começar sua jornada juntos na vasta terra verdejante onde construiriam sua casa.

A cerimônia e a festa aconteceriam debaixo de uma grande tenda branca ao lado do riacho. Parecia que toda a comunidade de Knockemout tinha sido convidada.

Lucian me levou para longe das tendas e me puxou para trás de um carvalho.

— O que está...

Não consegui terminar a pergunta porque a boca do Lucian encontrou a minha em um beijo que fez minhas pernas fraquejarem e me deixou sem ar.

— Caramba — consegui ofegar quando ele se afastou.

— Primeira questão resolvida. Agora, vamos para o próximo item — disse ele. — Quero a data.

— Quer saber que dia é hoje? — Minha mente ainda estava confusa por causa do beijo.

— Quero *marcar* a data. Do *nosso* casamento. — Ele olhou para a festa caótica e animada. — Não quero esperar. Já perdi tempo demais. E ver você andar até o altar hoje, sabendo que é por outra pessoa, está me deixando louco.

— Na véspera do Natal.

Ele ficou imóvel e tenso. Toda a atenção focada em mim. Seu rosto era só ângulos e contornos bem definidos, mas havia uma ternura exuberante em seu olhar.

— Véspera do Natal — repetiu.

Assenti.

— O Natal passado não foi nada fácil. Que tal fazer o deste ano algo digno de ser lembrado?

Lucian engoliu em seco e depois concordou com a cabeça.

— Véspera do Natal — repetiu mais uma vez, a voz rouca quase inaudível.

Envolvi os braços em volta do seu pescoço e sorri olhando para ele.

— Eu te amo, grandalhão. Amo tanto que chega a ser ridículo.

Ele me apertou contra si, depois fez uma expressão de dor.

— Tadinho. Ferimento de bala ou cirurgia no testículo? — provoquei.

— Os dois.

A LINA NÃO caminhou até o altar, ela marchou. O pai dela precisou praticamente correr para acompanhar as passadas longas e determinadas. O olhar dela em momento algum se desviou do rosto do Nash. E quando o casal feliz deu as mãos e olhou nos olhos um do outro com uma alegria radiante, todos os que estavam no altar se debulharam em lágrimas. Tá legal. Naomi e eu choramos. O Knox e o Lucian mantiveram a pose de machos inabaláveis.

Lucian me observou com aquela intensidade abrasadora característica dele durante toda a cerimônia. E quando nos encontramos para voltar pela passarela juntos, ele me entregou um novo lenço.

Dançamos, rimos e choramos mais um pouco, abençoando com amor o local onde a casa do Nash e da Lina seria construída.

Praticamente não saí dos braços do Lucian durante toda a noite. Eu me sentia segura ali. Era o meu lar. Depois do caos aterrorizante de ontem, de repente me senti... livre. Como se a última sombra que encobria nosso grupo, nossa cidade, tivesse enfim se dissipado. Com Anthony Hugo e Wylie Ogden na cadeia e o juiz Atkins no necrotério, finalmente atravessamos a floresta sombria e emergimos do outro lado.

Este era o começo do nosso "felizes para sempre".

Ao cair da noite, as comemorações prosseguiram. Liza J dançava animada com o Wraith, o motociclista bonitão. Ao lado deles, na pista de dança, Maeve e Kurt se balançavam de um lado para o outro, encarando-se profundamente. Nolan e sua futura esposa, Callie, estavam interagindo com a minha mãe, as amigas dela e várias garrafas vazias de vinho. Os pais da Naomi estavam no meio de uma partida acirrada do jogo de saco de feijão com os pais da Lina. Chloe e Waylay estavam sentadas à mesa principal abandonada, devorando a sobremesa.

Metade de Knockemout parecia estar um pouco embriagada na pista de dança. A outra metade, incluindo todo o departamento de polícia, estava na fila do bar. Lawlerville teve a bondade de ceder alguns policiais para o Nash, para que sua equipe pudesse celebrar com ele.

Enquanto Lucian e eu dançávamos ao som de uma música de Chris Stapleton, Stef e Jeremiah apareceram sorrindo, cada um segurando duas garrafas de champanhe.

— Topam? — perguntou Stef, gesticulando com a cabeça em direção à noite.

— A gente pega as taças — prontifiquei-nos.

Lucian e eu fomos atrás dos pombinhos recém-casados, que estavam se despedindo do pai do Nash. A sobriedade do Duke ainda era uma novidade para a família. Pegamos oito taças de champanhe e seguimos no breu rumo a um cantinho sereno no prado, onde Stef, Jeremiah, Knox e Naomi já estavam esperando.

— Ao casal feliz — propôs Stef depois que o Jeremiah encheu a minha taça.

Lina fez que não, estonteantemente bela como noiva.

— Aos casais felizes — corrigiu.

— Que todos nós vivamos felizes para sempre — acrescentei.

— Saúde!

Estávamos na grama, tomando champanhe e ouvindo a sinfonia noturna de risos, música e sapos.

Lucian me puxou para o colo dele e roçou o nariz no meu pescoço.

— Casados, casados, noivos, noivos — disse Knox, apontando para cada casal do nosso grupinho. — Rapaz, as coisas acontecem rápido por aqui, viu?!

— Já escolheram a data? — perguntei ao Stef e ao Jeremiah.

— O Stef quer no mínimo um ano para organizar "o casamento do século" — provocou Jeremiah.

— Ei! Naomi e eu sonhamos com os nossos casamentos desde que éramos pimpolhos — disse Stef na defensiva.

— Só não se casem na véspera do Natal — comentou Lucian, pegando minha mão e dando um beijo no anel de noivado. — Já tem algo marcado pra esse dia.

Lina e Naomi deram um gritinho.

— Vocês escolheram a data!

— Ninguém aqui está convidado — provocou Lucian.

— Estão *todos* convidados — corrigi.

Lucian "Lúcifer" Rollins era o meu futuro marido. E eu era a futura esposa dele. Passaríamos o resto de nossas vidas formando uma família... e tirando um ao outro do sério.

Talvez tenha sido o champanhe ou as lágrimas de felicidade, ou talvez tenha sido o meu pai operando um milagrezinho lá do céu, mas nunca tinha visto estrelas tão brilhantes.

— Eu te amo, Fadinha — sussurrou Lucian no meu cabelo, acariciando a cicatriz no meu pulso.

EPÍLOGO
CASAMENTO NO NATAL

Sloane

O dia 24 de dezembro amanheceu frio e fresco, com uma camada moderada da neve que caíra no começo da semana. Era o dia perfeito para criar o clima natalino sem atrapalhar a viagem dos convidados, segundo a coordenadora de casamento contratada pelo Lucian, já que a Naomi e o Knox andavam distraídos com as consultas com o especialista em fertilidade.

Tiffany, a cerimonialista, havia coordenado tudo nos mínimos detalhes.

A nossa casa estava abarrotada de gente. Neste exato momento, risadas ecoavam do térreo enquanto as pessoas que mais amo neste mundo se preparavam para celebrar conosco. Eu apostava que a Lina e a esposa do Nolan, Callie, estavam comparando as barrigas de gestantes enquanto os outros abriam o champanhe.

Optamos por nos casar em casa, onde o Lucian não economizou na decoração para o nosso primeiro Natal juntos. A cerimônia seria realizada dentro de casa e a festa no quintal. De alguma forma, Lucian conseguiu cobrir todo o quintal com uma tenda grande e aquecida, equipada com todos os luxos que tornariam o evento memorável. A passarela estava forrada com flores de cerejeira, completamente fora de época; nem queria imaginar o quanto o Lucian gastara para tornar isso possível. Se brincar, ele havia pagado cientistas para clonarem a nossa árvore.

Tiffany estava no paraíso das organizadoras de casamentos, com um orçamento ilimitado e um noivo que queria o melhor de tudo. Ela era assustadora na gestão dos detalhes e dos horários, por isso eu estava me escondendo no nosso quarto.

Mandei minhas madrinhas e minha mãe para o andar de baixo para recepcionarem a Mary Louise e o Allen, que tinham acabado de chegar, enquanto eu aproveitava o momento a sós para surtar.

Eu estava vestida, maquiada, com os sapatos calçados, pronta para sair. E começando a entrar em pânico.

Não ver o Lucian desde o jantar pré-casamento — que, graças a Deus, foi livre de drama — estava me dando nos nervos.

Andei de um lado para o outro usando o vestido de noiva mais romântico e perfeito da história dos vestidos de noiva e refleti sobre o quanto havíamos progredido nos últimos meses.

Lucian tinha como objetivo realizar todos os desejos que já tive, começando pela reforma do nosso banheiro e instalando não apenas um, mas dois chuveiros com efeito de cascata e vários jatos corporais, e seguindo com a conclusão da biblioteca em tempo recorde, trazendo novos atrativos que deixaram a cidade toda até agora deslumbrada.

Nervosa, alisei a saia de cetim do vestido enquanto caminhava pelo quarto.

Por mais feliz que eu estivesse com a ocasião, ainda sentia o vazio da ausência do meu pai. Saber o quanto ele teria se orgulhado de me conduzir até o altar, o quanto teria adorado interrogar o Kurt, que agora estava noivo da Maeve, sobre seus planos para o ano, o quanto teria dançado com a mamãe até os pés doerem, me fez perceber que o meu coração ainda estava um pouquinho fragilizado.

— Merda. Não vai chorar agora e estragar a maquiagem, pelo amor de Deus! — avisei a mim mesma.

A Tiffany me mataria se a maquiadora tivesse que voltar.

Abanei as mãos na frente dos olhos e pensei em coisas que não fossem tristes. Como no fato de que Wylie Ogden estava preso e nunca mais poderia ferir alguém que eu amava. E que o Lucian estava fazendo trabalho remoto dois dias por semana e nos demais indo e voltando do trabalho — muitas vezes de helicóptero. E que toda a cidade esteve presente na grande reinauguração da biblioteca.

Droga. Meus olhos estão voltando a encher de lágrimas. Queria que o Lucian estivesse aqui. Ele sempre soube como me acalmar… ou me irritar, dependendo da situação.

Pensei em mandar mensagem para ele, mas me lembrei de que a Naomi estava com o meu celular para registrar o grande dia sem que eu precisasse me preocupar com isso.

Uma batida na janela me assustou. Dei um giro com o vestido amplo de tafetá e cetim e dei de cara com Lucian Rollins agachado no telhado da varanda, vestindo smoking.

Corri até a janela enquanto ele a abria.

— Achei que dava azar ver a noiva antes do casamento — falei enquanto o puxava para dentro.

Ele me fitou, depois balançou a cabeça devagar.

— Azar? Não acredito mais nisso. — Ele abriu um sorriso avassalador.

— O que acha? — perguntei, rodopiando na frente dele.

— Acho que você é a noiva mais bela que já vi e que sou o homem mais sortudo do mundo.

Era efeito do corpete que realçava os seios, concluí.

Parei de rodar e me joguei em seus braços.

— Boa resposta.

— Ainda tem certeza disso? — perguntou, inclinando meu queixo para olhar nos meus olhos.

— De que quero me casar com você?

— Casar comigo. Passar duas semanas em Fiji. Adotar. Tudo isso. — Quando voltássemos da lua de mel incrivelmente sexy, daríamos início ao processo de candidatura para sermos pais adotivos. Os esforços tradicionais para conceber um bebê ainda estavam em andamento e eram muito, muito prazerosos, mas nenhum dos dois queria esperar para começar uma família.

— Certeza absoluta — prometi. As lágrimas estavam se acumulando perigosamente rápido desta vez. — Obrigada por tornar todos os meus sonhos realidade, grandalhão.

Lucian deslizou o polegar sob o meu olho, enxugando uma lágrima.

— É tudo o que eu sempre quis — disse ele com sinceridade.

— Não! Na-na-ni-na não! Pode parar — pedi enquanto saía de seus braços. — Chega de melação, senão vou chorar e estragar a maquiagem, e a Tiffany me assusta horrores. Ela vai acabar cancelando o casamento.

— Me diga do que precisa — disse ele, com um sorriso tímido surgindo nos lábios.

— Preciso de um dos seus discursos motivacionais ofensivos. Não pegue leve — insisti, gesticulando para que ele mandasse ver.

Ele deu um sorriso travesso.

— Deixe de frescura, Sloane. Quer sair parecendo o Alice Cooper nas fotos do casamento que serão publicadas em todo o país? Achei que fosse dura na queda.

— Boa. Essa foi boa. Continue.

— Se eu vir uma única lágrima nesse seu rosto lindo pra caralho antes de você ir até mim no altar, vou dizer pra Tiffany que queremos que ela planeje todas as bodas de casamento pelo resto de nossas vidas.

Arfei.

— Que maldade!

— Deixe de manha, porra.

— *Eu?* É bom você se segurar, já que é você que sonha com isso desde a primeira vez que subiu naquela maldita cerejeira — rebati.

— Você vai gostar de saber que "aquela maldita cerejeira" já voltou a suportar peso. Os arboricultores fizeram um excelente trabalho.

— Ótimo. Continue me distraindo — falei.

— Trouxe uma coisa pra você.

— Ai, que droga, Lúcifer!

— Engula o choro e aceite — disse, entregando um envelope grosso de gente rica.

— Onde você compra esse tipo de material? Na Loja Magnata Cheio da Grana? — indaguei, agitando o envelope de linho perto do nariz dele.

— Não seja absurda. A gente compra na Riquezas ao Nosso Bel-Prazer.

Revirando os olhos, abri o envelope metido e retirei os papéis.

— Minha nossa, quanto juridiquês. Você acabou de me dar um acordo pré-nupcial *de presente*? Eu disse que assinaria um.

Com um revirar de olhos, Lucian passou as páginas e apontou para uma delas.

— Não é um acordo pré-nupcial, Fadinha. É uma doação e a papelada para oficializar a Fundação Simon Walton.

— Puta merda, grandalhão. — Meus olhos foram direto para o número. — Isso é um número de telefone? Ou é uma doação incrivelmente generosa?

— Você fez um bom trabalho. Esse dinheiro permitirá que continue. Talvez com alguns funcionários em tempo integral.

Olhei para ele, embasbacada.

— Como a Mary Louise?

— Quem melhor do que ela para gerenciar a rotina? Acho que o Allen talvez se interesse em se juntar oficialmente à luta agora que passou no exame da Ordem. Também acho, embora a decisão seja sua, que minha mãe pode ser um ótimo reforço.

Pouco tempo depois da discussão, a Kayla começou a ver um terapeuta. Ela e o Lucian se reconciliaram rapidamente, e a Kayla enfim começou a levar a sério sua independência. Nesse meio tempo, ela e a minha mãe acabaram virando amigas.

Fixei o olhar na página enquanto palavras e números se embaralhavam diante dos meus olhos.

— Já vai chorar de novo, né?

— Não vou, não, imbecil. Meu Deus, por que você sempre dá presentes tão atenciosos? Como você é insuportável — funguei.

— Segure a onda, ou vou ser obrigado a soltar a Tiffany pra cima de você.

Piscando para conter as lágrimas, atravessei o quarto e fui até a mesinha de cabeceira e peguei o pacote embrulhado que eu guardara na gaveta.

— É pra você — falei, entregando-lhe.

Enquanto ele desfazia cuidadosamente o embrulho, voltei a me abanar para secar as lágrimas.

— O que é? — perguntou, virando o quadro.

Ele ficou imóvel como uma estátua esculpida em mármore por um escultor apaixonado.

Era um retrato daquele verão comigo, Maeve, mamãe e Chloe na varanda. Lucian estava sorrindo no meio, com os braços ao nosso redor de maneira protetora. Abaixo do retrato, havia um papelzinho. Era a última mensagem de texto que meu pai lhe tinha enviado.

Se eu pudesse ter escolhido um filho nesta vida, teria sido você. Cuide bem das minhas garotas.

Lucian engoliu em seco. Ele abriu a boca, mas nenhuma palavra saiu. E quando ele cobriu os olhos com a mão livre, eu soube que tinha acertado em cheio.

— Isso é... — Sua voz estava embargada. E quando ele olhou para mim, seus olhos cinzentos estavam avermelhados e transbordando tanto amor que me deixaram sem ar.

Gesticulei entre nós.

— Não ouse chorar. Segure as emoções, Lúcifer, porque se você desabar, eu desabo junto.

Ele estendeu a mão para mim e me puxou para o seu peito.

— Ele ficaria tão orgulhoso de você, Lucian — falei com um sussurro entrecortado. — Posso sentir. Ele estaria transbordando de orgulho e estaria muito feliz por nós.

Um arrepio silencioso percorreu o homem que eu amava, o homem que levara um tiro por mim, o homem que reconstruíra meus sonhos.

— Te amo tanto, Lucian. Sempre amei.

Ele se afastou e olhou para mim, segurando meus pulsos em suas mãos fortes.

— Tudo o que fiz foi por você, Sloane. Porque pra mim sempre foi você.

— Isso é tudo o que eu sempre quis, Lucian — confessei. — Você é tudo o que eu sempre quis.

— Ouvir isso de você, enquanto está nos meus braços, usando o anel que dei, é tudo o que eu sempre quis.

Emry foi o responsável pela cerimônia e teve que parar várias vezes para assoar o nariz com força em um lenço bordado.

Sloane não caminhou até o altar. Ela correu e saltou nos braços do Lucian. Eles trocaram os votos enquanto se abraçavam.

Quando o celebrante perguntou: "Quem entrega esta mulher ao altar?", Karen Walton se levantou e respondeu: "O pai dela e eu". Depois disso, ninguém conseguiu conter as lágrimas durante o restante da cerimônia.

Nolan chorou e deu um abraço apertado no Lucian. A esposa do Nolan registrou o momento com a câmera, e Petula emoldurou a foto e a colocou no escritório.

Ao som de From This Moment On, *Sloane e Lucian dançaram pela primeira vez como marido e mulher.*

Lina chamou Sloane e Naomi para um canto e sussurrou a palavra "gêmeos" para elas.

Knox, Nash e o pai deles trocaram um abraço na pista de dança.

A família ficou surpresa ao se deparar com a árvore de Natal na varanda com um novo anjo que se parecia muito com Simon Walton. Ninguém sabia a origem, mas todos concordaram que parecia que ele estava dando uma piscadinha.

EPÍLOGO BÔNUS
FELIZES PARA SEMPRE

Lucian

Cerca de uma década depois

Na véspera de Natal, nossa casa sempre ficava uma loucura. Era tradição reunir a família aqui todo ano para um jantar extravagante de Natal ou de aniversário de casamento. Com o passar dos anos, nossa família crescera bastante.

No núcleo familiar, a gente tinha dois cachorros, a Miau Miau — já velhinha, mas ainda crítica —, e um aquário de água salgada supercaro com um peixe mal-humorado que comeu todos os outros até um pequenino peixe-palhaço dar um corretivo nele. A Sloane lhe deu o nome de Lucian.

Apesar de todo ano eu sugerir contratar um serviço de bufê, as mulheres — e o Stef — tomavam conta da cozinha, bebendo vinho, rindo e cozinhando por horas enquanto os homens cuidavam das crianças mais novas.

Eram tantas tradições e tanta gente que as mantinham vivas. Tinha tudo para ser sufocante, mas sempre que a porta da frente se abria e um rosto conhecido entrava carregando presentes, agasalhado para se proteger do frio, outro pedaço danificado dentro de mim era restaurado.

Não que um dia eu fosse dar o braço a torcer. Eu era a porra do Lucian Rollins, caramba. Mesmo passando a trabalhar meio período na minha própria empresa, eu continuava um filho da puta amedrontador.

Exceto para a minha família, claro.

Entrei na cozinha com a minha primeira netinha no colo. Amara era uma bebê pequenininha e careca, vestida em um macacão de Natal grande demais. Eu não a largava desde que ela chegara. Sloane passou rapidamente e deu um beijo na bochecha da Amara e depois na minha.

— Está bonitão, vovô — provocou ela.

Nosso filho mais velho, o Caden, tinha 25 anos. Finalizamos a adoção dele e da irmã, a Caitlin, quando a Sloane estava grávida do nosso primeiro filho, um menino que batizamos de Simon. Em um intervalo de quatro meses, passamos de nenhum para três filhos. E, um ano depois, veio a quarta, a Juliana.

Lancei um olhar cheio de desejo para a minha esposa, sugerindo o que estaria por vir.

Ela deu uma piscadela e depois perguntou:

— Quando a família do Nolan vai chegar?

— Eles vêm amanhã à noite, a tempo da festa de Natal do Stef e do Jeremiah. — O Stef tinha comprado a Red Dog Farm, que estava hipotecada nos arredores da cidade, e a transformou num spa de luxo. Todo ano nos reuníamos lá para um banquete.

Knox atravessou a cozinha com a filha mais nova jogada sobre o ombro. Ele deu uma paradinha para a Gilly pegar dois biscoitos do prato.

— Viking e mini viking, os dois vão se ver comigo! — gritou Naomi.

— Alguém quer alguma coisa? Uma bebida? Um pano de prato limpo? Um pouco de juízo? — ofereci, maravilhado com as travessas de comida.

— Vinho — falaram todos ao mesmo tempo.

— Lou, a galera na cozinha está pedindo vinho — berrei para o pai da Naomi, que, junto com o pai da Lina, estava cuidando do bar que montamos na sala de jantar. Amara olhou para mim com os olhos arregalados e depois deu uma risada gostosa.

— Como está a minha pequerrucha? — perguntou Waylay, fazendo voz de bebê para a filha aninhada nos meus braços.

Em uma reviravolta do destino, Caden e Waylay oficialmente uniram as nossas famílias ao passarem por anos de amizade e se apaixonarem na faculdade. Eu ainda os achava assustadoramente jovens para terem assumido esse tipo de compromisso, mas a Sloane me fez prometer guardar as preocupações para mim mesmo.

Como minha bela esposa observou, desde que tivéssemos feito nosso trabalho direito, o Caden seria um adulto equilibrado e produtivo, que saberia o que queria. Até agora, a previsão dela parecia estar certa. Até o Emry, que estava na sala com a esposa, Sacha, vestido em um suéter com tema de Chanucá e explicava aos gêmeos do Nash como se jogava *dreidel*, me garantiu que eles pareciam ser um casal feliz e saudável.

— Toc-toc! — saudou uma voz calorosa da porta da frente.

— Vamos ver quem é — falei para a Amara. Chegamos a tempo de ver minha sogra, Karen, entrar com minha mãe, seus namorados e as malas. Eu ainda não havia formado uma opinião sobre os dois homens. Por mais que o pançudo do Max tivesse encantado a Karen na aula de salsa, e o veterano condecorado com a medalha de Coração Púrpura, José, olhasse para minha mãe como se ela tivesse dado à luz ao sol, à lua e tudo mais, eu ainda não estava pronto para confiar em nenhum dos dois.

As bisavós se derreteram em gritinhos animados, e a Amara foi tirada dos meus braços.

A minha esposa, toda suja de farinha, apareceu e começou a distribuir abraços e beijos nas bochechas.

— Os quartos de vocês estão prontos lá em cima. O jantar será daqui a uma hora. E o vinho já está à disposição — disse ela.

— Deixem que a gente leva as malas — ofereceu José, usando o braço bom para levantar a bolsa de viagem da minha mãe. Para um cara com um braço amputado acima do cotovelo, ele era irritantemente bom em tudo. Isso só me deixava mais determinado a descobrir a sua fraqueza.

Karen suspirou ao ver Max se dirigir para a escada.

— Falem a verdade. Estou velha demais pra essas coisas?

— Que coisas? — perguntou Sloane, envolvendo a minha cintura com um braço.

— Para ficar assim tão... rendida.

— Ninguém fica velho demais pra essas coisas — garantiu com firmeza minha mãe, piscando para mim enquanto balançava a Amara no quadril. Eu ainda estava me acostumando com essa nova versão confiante da minha mãe. E ela ainda estava se acostumando ao Lucian, o homem de família. Mas estávamos nos virando.

— Mãe, parece que o papai o escolheu a dedo pra você. Ele é um querido — disse Sloane.

— Pior que ele é mesmo, né? Por falar em gente querida, quando é que a Maeve e o Kurt vão chegar? — perguntou Karen.

— A Maeve acabou de mandar mensagem. A Chloe e a namorada chegaram agora, então devem estar aqui em alguns minutinhos — informou Sloane.

— Estou ansiosa para conhecer a mulher que fez a Chloe parar de tagarelar por tempo suficiente pra se apaixonar — disse Karen com um sorriso no rosto.

Um movimento rápido de pelos chamou minha atenção, e vi a Miau Miau escondida atrás das cortinas na janela da frente.

Knox rosnou de brincadeira na sala e ficou de quatro. Duas crianças gritaram e saíram correndo pelo corredor, com três cães latindo atrás. Knox riu, até que teve que se levantar.

— Vou contar, viu, essa coisa de estar na meia-idade é um saco — gemeu ele.

Todos nós tínhamos envelhecido. Muitas partes do corpo doíam ao me levantar da cama de manhã. Mas eu nunca me senti melhor na vida. Fazer parte desse circo de família curara várias cicatrizes que eu nem sabia que tinha. Parei de cobrir as feridas físicas com tatuagem depois de ver minha esposa exibir as dela como um distintivo de honra.

— Ho! Ho! Ho! — Duke Morgan, pai do Knox e do Nash, apareceu na soleira da porta. Ele estava fantasiado de Papai Noel, e a esposa estava de Mamãe Noel. Na varanda, tinha uma sacola vermelha de veludo cheia de presentes.

— O Vovô Noel chegou — gritou Nash, que estava fardado por estar de plantão. Lina estava aconchegada ao seu lado, com os braços em volta da cintura dele. Crianças de todos os cantos da casa correram para receber os recém-chegados.

Aproveitando a distração, segurei a Sloane pelo pulso e indiquei com a cabeça a porta da frente.

Ela sorriu para mim. Pegamos os casacos sem sermos vistos e saímos de fininho para a varanda.

— Tem gente demais aqui — reclamei à medida que ela nos levava para o balanço.

— Você sabe muito bem que ama ter a casa cheia, Lúcifer.

Eu amava, sim, e não dava para esconder, por mais que tentasse.

Puxei minha esposa para o meu lado e nos abriguei sob o cobertor de lã que a gente deixava na varanda para essas escapadinhas.

A Sloane se aninhou contra mim e soltou um suspiro de satisfação.

— Cada ano que passa só melhora — disse ela.

Acariciei o cabelo dela, que agora estava em um tom loiro platinado. Era verdade. Minha semi-aposentadoria não foi o transtorno que eu previra. Nolan e Lina foram promovidos. A tão animada que chegava a ser insuportável, Holly, havia se tornado nossa vizinha e se mudado para minha antiga casa, com o recém-marido, para trabalhar na fundação da Sloane. Entre a biblioteca e a fundação, a Sloane continuava a me impressionar com sua generosidade e determinação.

Não nos desfizemos da minha casa na cidade, mas foi preciso comprar uma casa enorme em Outer Banks para fazer a Sloane desacelerar de verdade. Todo ano, reuníamos a prole inteira para curtir duas semanas de férias na praia. Do jeito que eu sempre sonhara quando era moleque. Com fogueiras, fogos de artifício e dias ociosos desfrutando de muito sol.

A vida que construímos parecia ter saído de um sonho.

Sloane se endireitou e me encarou com olhos ávidos.

— Tenho uma surpresa pra você.

— Você já me deu tudo que eu poderia querer.

— Falou o ricaço que me enche de presentes todo santo dia. Acha que consegue se segurar se receber o presente de bodas de casamento agora?

Soltei um suspiro.

— Com certeza, mas seja rápida antes que alguém nos pegue aqui.

A troca secreta de presentes sentimentais durante nossas bodas passou a ser mais uma entre tantas tradições entre a gente. Hoje cedo, entreguei o da Sloane, um vestido feito sob medida pelo mesmo estilista que fez o seu vestido de casamento. Ela estava vestindo-o agora, e toda vez que eu a olhava, meu coração batia um pouco mais rápido.

Com um sorrisinho de satisfação, ela levantou uma almofada da ponta do balanço para mostrar um pacote embrulhado em papel xadrez vermelho e verde.

Tirei de dentro um porta-retratos de acrílico.

Era uma única e perfeita flor de cerejeira.

— É da nossa árvore. Imaginei que, já que você deu um galho para cada um dos nossos filhos, você devia ter algo dela que pudesse apreciar o ano inteiro.

Tracei os dedos sobre a flor que representou tanto para mim por um bom tempo.

Esperança. Amor. Família.

Tudo o que eu havia conquistado. Tudo o que a Sloane tinha me dado.

— É... hã... é... legal. — Consegui articular apesar do nó na garganta.

Sloane sorriu, quicando no assento.

— Sabia que você ia amar! — Ela interrompeu a dança de vitória ao ouvir o som de vidro quebrando, um coro de "xiii!" e latidos agitados vindos de dentro. — Agora, recomponha-se antes de voltarmos lá pra dentro.

Dei uma risada e levantei a vista para olhar o anjo piscando no topo da árvore de Natal.

— Ele teria adorado isso — falei.

— Sabe o que mais ele teria adorado? Ver o pai e avô que você se tornou.

Eu a puxei para o meu colo e segurei seu rosto.

— Tudo por você. Sempre.

NOTA AO LEITOR

CARO LEITOR,

Nunca encerro meus livros com "Fim". Nem mesmo nos finais mais felizes. É uma superstição minha porque nunca me sinto completamente pronta para dar adeus. Para mim, esses personagens que habitaram minha mente seguem vivos por bastante tempo após o término de um livro ou série.

Porém, a série Knockemout chegou a sua conclusão e estou sem saber o que fazer agora. Esses personagens fizeram parte da minha vida por mais de dois anos. Dois anos de mudanças radicais, sonhos intensos e perdas trágicas.

Não só me tornei uma escritora melhor por causa da série Knockemout (escreva quase meio milhão de palavras sobre qualquer coisa e veja que a melhora é certa), mas sinto que me tornei uma pessoa melhor. Aprendi tanto sobre amor, luto e todas as nuances existentes entre esses dois sentimentos graças a Naomi e Knox, Nash e Lina, e Sloane e Lucian. E me lembrei dos poderes mágicos do riso (aquela cena "chocante" do jantar).

Obrigada por estar nesta jornada comigo. Você nem imagina o quanto sou grata por você!

Beijos e abraços,

Lucy

SOBRE A AUTORA

LUCY SCORE É autora best-seller do *New York Times, USA Today, Wall Street Journal* e nº 1 da Amazon. Ela cresceu em uma família de escritores que insistia que a mesa de jantar servia para ler e se formou em jornalismo. Escreve em tempo integral em sua casa na Pensilvânia, que ela e o marido dividem com sua gata irritante, Cleo. Quando não passa horas criando heróis destruidores de corações e heroínas incríveis, Lucy pode ser encontrada no sofá, na cozinha ou na academia. Ela espera um dia escrever de um veleiro, condomínio à beira-mar ou em uma ilha tropical com Wi-Fi confiável.

Assine a newsletter e fique por dentro de todas as últimas novidades dos livros da Lucy. Você também pode segui-la aqui:

Website: lucyscore.net

Facebook: lucyscorewrites

Instagram: scorelucy

TikTok: @lucyferscore

Binge Books: bingebooks.com/author/lucy-score

Grupo de Leitores: facebook.com/groups/BingeReadersAnonymous

AGRADECIMENTOS

OBRIGADA A JOYCE e Tammy por tudo, principalmente por me lembrarem de tomar banho.

Kari March Designs pelas três capas perfeitas.

Victoria Morrone pela doação generosa ao leilão LIFT 4 Autism.

Às equipes da That's What She Said, Bloom Books e Hodder Books por... bom, absolutamente tudo. Um agradecimento especial a Tim, Dan, Deb, Christa, Pam e Kimberly.

Flavia, minha agente, e Eric, meu advogado, por me impedirem de cometer tantas burradas. E olha que foram *várias*.

Os criadores dos cursos ELOE, Tiki e TWSS por facilitarem a parte difícil da escrita.

Cada um dos leitores que tive a oportunidade de conhecer pessoalmente durante a turnê.

Cada um dos leitores que ainda não tive o prazer de conhecer.

Taco Bell por todo o sempre.

OBRAS DE LUCY SCORE

Série Knockemout

As coisas que nunca superamos

As coisas que guardamos em segredo

As coisas que deixamos para trás